王耀明 著

秋影漫筆

上海文艺出版社

作者幼时与母亲在北京合影

作者与母亲合影

作者与母亲、二姐合影

作者与父亲、大外孙合影

作者夫妇与小外孙合影

作者夫妇与大姐夫妇合影

全家福

作者与著名作家叶辛先生合影

作者与收藏家马未都先生合影

作者与画家贺竹元先生合影

作者与中国作协会员、资深编辑宋廷沼（左）、中国作协会员、多产作家倪辉祥（中）合影

作者与书法家吴元京先生合影

作者与作家、资深编辑陈士镛（中），原上海市收藏协会副会长周伯钦（右）合影

作者与鉴赏家钱汉东先生合影

合影：作家陈士镛（前左1）、画家朱季禾（前右1）、篆刻家徐友才（后左1）、书法家叶伯镛（后左2）、油画家孟宝法（后右2）、作者（右1）

作者与市公安局原副局长王明诚合影

作者与浦东公安分局党委副书记、副局长陆晓航合影

合影：（从左至右）李美怿、胡海明、徐牲民、付伟铨、陈士镛、倪辉祥、宋廷沼、作者、张凌清夫妇

作者与国家文物局原局长孙轶青先生（中）、同事金仕根在黄浦江上合影

作者与资深编辑徐智明先生合影

作者与资深记者劳有林先生合影

作者与同济大学原宣传部新闻中心编辑王蔚秋合影

作者与上海博物馆原馆长陈燮君先生(中)、同事杨洪义合影

作者与原闸北公安分局同事合影

# 渐入晚秋霜叶红（序）

倪辉祥

我这个在文学路上跋涉了几近半个世纪的追梦老兵，或许是有幸成为浦东本土第一位中国作家协会会员的缘故，也或许是机缘巧合得以进入浦东图书馆设置的"名人文献馆"展示的缘故，慕名邀我参加活动，或是央我为之作品作序，或是寄书来要我点评一二的文友，竟然应接不暇了起来。然而鉴于鄙人尚有着撰写序文不易一蹴而就的自知之明，也基于本人年事渐高精力不济、腿脚行走不便等诸多客观原因，对于大多数的崇敬与高抬，我只能是婉言致歉却之不恭了。唯独此次公安作者王耀明先生恳求我为他即将出版的散文集写上一些文字时，我却是一反常态地欣然应诺了。究其违背初衷"自食其言"的缘由，不外乎是我同《人民警察》杂志社有着难以化解的特殊情缘之故：不仅邀请我成为该社的特邀记者，且在我从学校副书记兼副校长的岗位上辞职下海之际，向我伸出过鼎力相助之手，再到与原本素昧平生的王耀明从结识到结缘，都同《人民警察》有着千丝万缕的联系。

初识王耀明，是在30年前接受《人民警察》的委托，去川沙采写公安改革的试验田——浦东新区率先成立的第一个警察署的时候。那时担任署办公室主任的王耀明接待了我等。这位中等个子透溢出精明能干相、年仅30出头的英姿飒飒的警察同志，如数家珍般的介绍，立时给我留下了极为深刻的印象。我心有灵犀地意识到身为办公室主任的人，文字功底一定不会逊色，由他合作采写，定可使稿子锦上添花。我当即邀约，王耀明毫不推诿地答应了。在我俩发挥了各自特长的几番推敲下，这篇配有挂牌照片、题为《浦东第一警察署》的2千多字的采访稿，经责编宗廷沼老师的润色后，终于在1994年9月号的《人民警察》上发表了出来。之后，因我忙于下海经商，他也因几经换岗忙得不亦乐乎，我同他的联系似断了线的风筝。但对于这位以特殊方式结识的年轻的警察文友，我时常会想念记挂。令人出乎意料的是，时隔30年后，王耀明竟然几经周折，最终从对我有着知遇之恩的《人民警察》的资深老编委陈士铺老师处获得了我的联系方式后，才算连结上了这根风筝线，并邀我和挚友宗廷沼先生小聚重叙别后情。曾经有过一段印象深刻经历的文友重新聚首，自然是难以形容地亲热有加，两只紧握的手久久不舍松开。王耀明一遍又一遍情真意切地说："虽然我同您30年不曾相见，但我对30年前的那段弥足珍贵的特殊之缘，从没忘怀过。幸亏您这位一直让人敬意满满的大作家，经常在报刊上一篇接着一篇大作不断，不意之中纵使我这个小字辈成了您的忠实粉丝。"紧接着他一篇篇地报说着见报的篇名。没想到仅仅有过一次合作、不是很熟悉的警察朋友始终默默地关注着我，真是情义无价啊！一种感激不尽的亲近感，自然在我的心头迅猛地升腾，言谈中，我知道了他除了具有情有独钟的收藏情结外，还有着记录生活足迹的文学创作之兴趣，意欲退休后的生活丰富多彩。在他把自编成册的大开本足有40多万字的《人生如树》分赠给我俩盼望指点时，顿时让我对他刮目相看了：原来渐进晚秋的他，辛勤笔耕霜叶已是红遍了枝头！共同的文学爱好，致使互相间的叙谈频繁了起来。欢聚过后，我也从《人生如树》中挑选了几篇推荐到报纸副刊或是新媒体的文苑上发表，据说不少读者对他的作品反响还不错。事过不久，对文字喜欢有加的王耀明滋生了要正规出版一本散文集的想法，捧来了一大叠精心挑选出来的文稿，要求我为之写篇序文。是时，王耀明同我之间挥之不去的"无形连结"的缘分，当然要促使我改变初衷了。

翻阅了文稿，顷刻间改变了我对王耀明原有的偏颇印象。起初，我的心中总存有当过铁道兵转业为警察又当过署长等领导职务的人、情感不同于一般人的铮铮铁汉、所写的作品难免会带有习惯成自然的粗犷的疑虑。谁知道从他笔下流淌出来的一篇篇作品，却是那么地多愁善感、那么地柔情似水，又是那么地情真意切。真是人不可貌相、海水不可斗量啊！貌似粗鲁的王耀明，竟然是一位情感既细腻又火热的性情中人。他的一篇篇作品，满蕴着自成一体的独具的醉人魅力；看似信笔随心所欲，实却不乏用心良苦之妙；看似朴实无华，实却不乏意蕴匠心独运；看似语言平实，实却不乏感人的情真意切。文稿中的许多篇章，似乎都体现出了我读后得出的以上三个方面的引人入胜之处。比如那篇《巴金签名的笑影》，将一件原本不足而奇获得签名本的事情，一波三折地写出了它所特具的意蕴，借以表达对文坛巨匠巴老无比崇敬的心情。文章是从摄影大师祁鸣先生的《巴金的笑》摄影展兴的，交代了祁鸣因仰慕巴金，经漫画家张乐平引荐，从而结下了深厚的友谊。签名本正是在为巴金拍摄了许多珍贵照片的祁大师的周旋下获得的。是已88岁高龄的巴老病重在杭州疗养时一笔一画签下的。对于作者来说，当然是如获至宝了。作者通过获取"镇宅之宝"的过程，抓住了祁大师拍摄下的笑意经典的照片，做足了"笑"的文章，将一位慈祥而平易近人的文坛巨匠的和蔼可亲的形象，插叙进了许多有关巴老情趣满满的生活细节，栩栩如生地跃然纸上，表达出作者对巴老崇敬不已的情真意切。读之我在想，假如作者在构思时能剪去些枝蔓，那吸引读者的魅力势必会更足。

综观《秋影漫笔》中的分成五辑的几十篇作品，可见作者笔触的涉及面是相当广泛的，有着对名人师长崇敬的忆趣，有着对朋友同事情义无价的难以忘怀，有着对父母亲人不尽的感恩追忆；有着对曾经工作过的地方的深情回忆，有着对爱好收藏的情趣流露，有着对居住过的石库门的碎片掠影；也有着对重大案件侦破的欣喜流露，对所从事的警察事业热爱之深的直录。从中不难看出作者视野的开阔与目光的敏锐，以及观察生活的细致，给人留下了作者具有"抓在篮里皆能成妙文"的超强的捕捉写作素材能力的深刻印象，也给人留下了作者善于在不同的篇章中琴瑟和鸣地融进自己特殊情感的印象。这显然也难能可贵地体现出作者别具一格的才气。

如果代为归结一下的话，那么收集在《秋影漫笔》中最多的乃是人物类的作品，我姑且将之视为"人物散文"。大凡抒写过"人物散文"的尝试者都知道，这种以写人为主的散文，既好写又很难写得出彩，因为里面牵涉到写作者对被写对象的熟悉程度，也牵涉到写作者能否慧眼识珠地抓住被写者身上独具的特点与生动的细节，同时要求作者倾注在被写人物身上的情感，决不能矫揉造作，而须恰到好处恰如其分。阅之觉得，王耀明在"人物散文"的几个要素上还是处理得比较得体，透溢出了一定的文学功底。比如《百岁书翁苏局仙赠我墨宝》《皋兰路的韵致》《记公安作家陈士镛先生》等等，又比如《父爱如山》《母爱如水》等等，无论是写何等样的人物，名人也好，小人物也罢，正因为作者抓得住各个所写对象的典型特征与熠熠闪光的亮点，所以写得还是蛮吸引人的。除此之外，其他类型的散文，也有令人身临其境之感，引发得出读者共鸣之声的精彩之文也不少，限于篇幅恕我就不一一赘述了。

至于作者谋篇布局的手法与描写人物、事物、场景等方面的文字表达的功力，虽谈不上达到炉火纯青的地步，但也展露出了一定的修养功底，是绝不能小觑的：从书名富于诗情画意且留足了令人想象的空间上，从五辑的辑名"轶事如馨、趣事如珠、往事如歌、家事如熠、琐事如影"上，都可略见一斑窥全貌的文字美感。冰冻三尺非一日之寒也，锲而不舍的磨炼，使作者的文笔尽显舒展流畅之感染力，倘若有些地方能多去除一些枯枝残叶，那么经过了霜打的红叶，一定会更具诱人的魅力。

以上所序，权作是向同我有着特殊情缘文友的絮唠吧！

* 倪辉祥系上海文坛资深非专业作家、也是浦东籍本土第一位中国作协会员、多产作家

# 目录

渐入晚秋霜叶红（序）| 倪辉祥

## 第一辑·轶事如馨

古燕京里墨蕴香　　　　　　　　　　　003
巴金签名的笑影　　　　　　　　　　　006
钱君匋先生教我"以德养廉"　　　　　009
百岁书翁苏局仙赠我墨宝　　　　　　　012
"红霞寓公"与我的忘年之交　　　　　015
他那刚毅从容的目光——小记伍修权将军　022
在"康办"聆听教诲　　　　　　　　　026
会聚上海大厦　　　　　　　　　　　　028
首长黎虹为我题词　　　　　　　　　　032
红色文化达人郑胜国　　　　　　　　　034
教编相长成"杂家"　　　　　　　　　037

## 第二辑·趣事如珠

卢湾流光绰影　　　　　　　　　　　　043
皋兰路的韵致　　　　　　　　　　　　054
凯司令的"小老大"吴荣锡　　　　　　057
走近"上海厨王"程尔曼　　　　　　　061
健硕的黄健　　　　　　　　　　　　　068
臻品背后的"煮""熬""滗"　　　　074
自是芳华能修远　　　　　　　　　　　079
书画沙龙遇高手现场示范　　　　　　　083

| | |
|---|---|
| 再持火光当空舞 | 087 |
| 难忘海宁游 | 089 |
| 茶之韵 | 092 |
| 迎紫轩里诗魂涌 | 094 |
| 克勒文苑重晚晴 | 096 |
| 涵古濡今赏史韵 | 098 |
| 端午抒怀"嬗变" | 113 |
| 穿越"狂野非洲"的心灵之旅 | 115 |
| 我仰望"东方微笑" | 118 |
| 钟情复兴公园 | 128 |

## 第三辑 · 往事如歌

| | |
|---|---|
| 如歌的岁月 | 133 |
| 依旧兵心 | 135 |
| 追思"成昆"英烈 | 139 |
| 春潮烂漫木棉红 | 141 |
| 不散的军魂 | 143 |
| 两张纪念封 | 145 |
| 不忘初心　尽心履职 | 147 |
| 神秘"394" | 149 |
| 擎剑护浦东 | 152 |
| 浦东第一警察署 | 161 |
| 岗位变职责不变 | 164 |
| 平安来自"治顽"后…… | 170 |

| | |
|---|---|
| 喜获"光荣在党"纪念章 | 172 |
| 老警本色 | 173 |
| 重忆入党初心 | 174 |
| 追忆杨国烽局长 | 176 |
| 记公安作家陈士镛先生 | 179 |
| 病危之中有亲人 | 184 |
| 师生邂逅 | 186 |

## 第四辑 · 家事如熠

| | |
|---|---|
| 父爱如山 | 199 |
| 母爱如水 | 206 |
| 胎记 | 211 |
| 妈妈带我上北京 | 212 |
| 当国旗升起的时候 | 216 |
| 童叟牵手攀长城 | 220 |
| 藤蔓依依 | 226 |
| 寅虎报春 | 229 |
| 在网课中成长 | 230 |
| 全家福 | 232 |
| 无题｜张本固 | 233 |

## 第五辑 · 琐事如影

| | |
|---|---|
| 石库门流光碎影 | 237 |

**跋**

  嘉树着花有清采 | 徐智明   *339*

  上海警官的新视界 | 劳有林   *343*

  莫道桑榆晚　汝树枝叶新 | 王蔚秋   *345*

  东方耀明珠 | 宗廷沼   *347*

**后记**   *348*

## 第一辑·轶事如馨

# 古燕京里墨蕴香

　　泱泱中华，源远长流，京城文化耳于天地并存，日月齐老。老北京历史悠久，玉宇呈祥；今首都文化名城，锦绣华章，然群贤毕至、名流荟萃，从闻名中外的著名琉璃厂文化街，到大名鼎鼎的中国最大的旧货市场——潘家园，经营来自不同民族的古玩艺术品市场。如，观复博物馆创始人马未都曾是拿着手电筒和小钱逛于摩肩接踵市场捡漏的常客，那里颇具随性、个性野趣品味和富有生机的城市文化。余尝观乎京城过往，闻知一二，游兴甚浓。文化是常青树，艺术乃聚宝盆。但在我心目中，京城最为精彩纷呈的要数1950年初，毛泽东郭沫若齐白石三人"争画"的那一段脍炙人口的故事。

　　1991年5月5日至15日，我39岁随原卢湾公安分局王午鼎局长率队与倪瑞平、杨泽强一行四人，乘火车赴京参加由原北京崇文公安分局主办的第五届十城区公安分局协作会议，列车缓缓抵达火车站，老远站台上停着三辆由外交部使用的旧奔驰车，我们感到格外不惑与惊喜，顿时眼神一亮，下榻于百乐酒店。"十城区"是：广州越秀公安分局、上海卢湾公安分局、天津和平公安分局、长沙东区公安分局、西安莲湖公安分局、北京崇文公安分局、沈阳和平公安分局、武汉江汉公安分局、南宁兴宁公安分局、温州鹿城公安分局。会议期间，各分局相继发言；5月11日下午，原公安部部长陶驷驹身穿蓝色夹克衫与治安局领导莅临"十城区"公安分局协作会议，与各地公安代表座谈基层工作的创新思路及工作模式。旨在遏制刑案高发态势，集中优势兵力，打出"严打"声势，发挥公安职能。与会代表先后参观亚运村、一号地面卫星站、故宫、天安门、毛主席纪念堂、天坛、宋园、九龙公园、昭陵、延庆、八达岭长城、人民大会堂、观看激光水幕电影等；还有幸请董文华、解小东、解小卫签名；可谓，公安协作，团结友谊，天长地久，共创辉煌。其间，原北京崇文公安分局王景山局长分别给了我们一行一份意外的惊喜，赠送我一幅白石幼子齐良末的国画，我喜出望外，即与王景山局长在人民大会堂内蒙古厅合影留念。

工作之余，亦会钻研一些书画艺术，陶冶情操，丰富自己的业余生活。齐良末8岁，齐白石就手把手地教他绘画，还专门为他制作画的范本。10岁时，齐白石教他画《钟馗捉鬼图》备受人称赞。自幼受父亲熏陶，聪颖勤奋，功底至深，人称"小齐白石"。

纵观古今，人出名或不出名，并不重要，最重要的就是做自己。大画家齐白石就是这样一位惠贤达人。即，勤奋努力是齐白石，小气抠门也是齐白石，永远不装也是齐白石。齐白石共有12位子女，最早的孩子，大约在他30岁左右出生，最小的幼子（七子）名良末，是齐白石75岁所生。两人之间岁数差距较大，虽有父子关系，却形似爷孙，齐白石在日记中写道："二十六日寅，钟表乃三点二十一分也，生一子，名曰良末，字纪牛，号耄根，号以蠡根者八十为耄，吾年八十，尚留此根苗也。"齐白石老人对他的幼子特别钟爱，夫人宝珠难产去世后，他就一直将良末带在身边。良末成长的时光是齐白石80岁到90岁的日子。良末曾回忆起，小时候跟父亲睡一张床上，半夜醒来，父亲常常不见了。这么晚了，父亲上哪儿去？于是，他爬了起来，看到父亲趴在画室的桌子上正在认真描红。描红是儿童学字启蒙阶段用的方法，名扬天下的父亲却也这么做。对此，良末很不解。齐白石对良末说，我到底画得好不好，我自己也犯糊涂。许多有名望的画家到最后画的东西都放得太开了，自己收不回来，我要管住我自己，用描红的方式使笔法有放也有收。

任何艺术品是精致文化的载体，每一件书画作品都是作者的观点与态度。齐白石幼子良末先生此画：上有二尾鱼，下有三只虾，中间留白，寓意"年年有鱼"。二方篆刻印章赫然醒目；给人一目了然的美感。其作品鲜活灵动、逸而清新、生气勃勃、盎然天趣；良末先生在艺术上牢记其父说"学我者生，似我者死"的教诲，吸取齐派艺术的精髓，在父亲的基础上始创了"红花墨叶"的技法，把齐派艺术推向了另一个高峰。如果你会细细品鉴齐白石的画，我们一定会觉得世界真是非常美好，连一些最微的草虫也那么的可爱，生活过得那般快乐，透过齐白石笔下的可爱世界，我们绝对地感受到了生命欣欣向荣的喜悦。那么，良末先生秉性其父艺术天赋与精华，无论是画虾趣、鱼虾、蛙趣、钓虾、玉兔、寿桃、荔枝、葡萄、花鸟、草虫、鱼乐、乐趣、山水、人物，无一不精，栩栩如生；而且其书法熟通多体，在其中，对篆书钻研最深，颇有内容丰富、风格大雅、深沉敦厚、朴茂雄浑的意境，堪称一代艺术大家。所以，从文学艺术和深厚修养的角度看，并以文人的襟怀去赏读一幅画的深度、趣味；也能从书画的文字与技法，发现瑕疵。喜欢收藏书画作品的藏友都懂得，它具有鉴赏和研究的"双金价值"。由此可见，中国书画的博大精深和艺术魅力。有缘遇上一幅艺术珍品，乃是遇见北京同仁机缘所赐。

刊于 2021 年 5 月 7 日《东方城乡报》

# 巴金签名的笑影

继 1999 年 11 月 25 日至 29 日祁鸣先生在申能国际大厦举办《生活中的巴金》影视作品后，2014 年 11 月 8 日至 11 月 16 日为纪念巴老先生诞生 110 周年系列纪念活动，祁鸣先生又在海上艺术馆举办《巴金的笑》摄影展，时年 82 岁的祁鸣先生因患病显得苍老憔悴，我又与祁鸣先生合影留念，十分亲切、温暖。观展后，使我对巴老的人生轨迹和卓越才华有了更深的了解。

正如巴金所说，即使我的生活很快化为尘土，我那颗火热的心仍然在朋友们中间燃烧。他在作品中把他的心交给了读者，读者在阅读他的作品时也把心交给了他，作家的心与读者的心紧紧地贴在一起。心心相印，这是巴金立足文坛、始终拥有广大读者的秘诀。纵观巴金诸多作品，他的作品的最大魅力，不是精雕细刻的语言，不是缠绵曲折的故事，而是他自始至终拥抱读者的心。

巴金的微笑，不仅仅是世界最美好的语言与乐观心态，而且也是一种精神力量，能传递真诚与作家的仁爱。所以，巴金的签名与微笑，皆是巴金这位文坛巨匠对读者的真诚见证。所以，我一见巴金的签名，就会在脑海浮现出他的微笑。巴金的微笑内涵丰富、深刻，不是吗？正如他所说："我写作只是为了一个目标，对生活在其中的社会有所贡献，对读者尽一个同胞的责任。我从未中断同读者的联系，一直把读者的期望看成对我的鞭策。"

爱，是奇迹发生的本源。微笑，是无形精神财富。在巴金微笑的时光隧道里，这一幅幅自信而亲切、坚韧而慈祥的微笑，宛如花开无声，却润物有声：血浓于水，馨香沁鼻。让我们轻轻地撩开《巴金的笑》摄影作品的丝纱，真正看见巴老心灵深处的微笑。祁鸣先生《巴金的笑》摄影展中主要作品（注：1977 年之前作品由祁鸣所编辑；1977 年之后均为祁鸣所拍摄。）是为祝贺其 1977 年《家》重新出版，他家客厅里老友聚会，李济生、师陀、孔罗荪、张乐平、王西彦、柯灵等老作家们又重新沐浴春日阳光时，各位老友久违的微笑。

　　1945年女儿小林出生了，巴金与家人在上海复旦教师宿舍生活时纯美的微笑。他上世纪五十年代初创作小说《团圆》时，倾吐心声的正义微笑。1959年，他与夫人萧珊在新安江采访沸腾工地，与工人攀谈时的会心微笑。他在1962年在其书房与家人下棋时，脸上流露出幸福生活的微笑。1962年访问日本寻求友谊，日本妇女向他献花时的频频微笑。1964年8月，他到山西大寨与农民交谈时的贴心微笑。特别是，解放思想的春风吹入了人们的心田，上海武康路上那扇黑漆剥落的门又重新打开了，凋零的花园里又长出了百草，可是主人的音容再也不出现了，他充满了活力的身影再也不会恢复，七十老翁的他又焕发出勃勃青春，他的笔一发而不可收，默默地耕耘的自信微笑。他的《激流三部曲》作品等被改编为影视剧、话剧并搬上舞台，受到了观众的欢迎，与编导、演员座谈时的亲和微笑。1981年10月13日，胡耀邦同志邀请他在中南海谈心时的开怀微笑。1981年12月，他与当代文坛大师夏衍、冰心三人合影时的温情微笑。

　　1982年3月15日，意大利驻华大使塔马尼尼和《新日报》记者弗尔南多-梅泽蒂，来到上海巴金寓所，正式宣布将该年"但丁国际奖"授予他。通过中外文化交流，彼此啧啧称赞时的欢欣微笑。1983年5月7日，在上海展览馆宴会厅，法兰西共和国总统弗朗索瓦-密特朗授予他法国荣誉勋章时的无愧微笑。尤其是1986年3月26日，中国现代文学馆在北京西郊万寿山的古朴庭院开馆落成，他心愿实现了，心里宽慰的微笑……

　　总之，我深深感到巴金的签名、微笑与作品都充分体现了巴金的精神。他以血泪之笔，春蚕抽丝，飞蛾扑火，燃薪为烬，委身成泥。巴金的信念是一个"爱"字：爱祖国、爱人民、爱生活、爱一切美好的事物，特别是社会的公平合理、人类的崇高理想。巴金在小说《春》的结尾写道，春天带来的是生命，是欢乐，是花香，是鸟鸣，是温暖，是新绿，以及别的许多许多的东西。的确，"春天是我们的……"

　　卢梭说："我们之所以爱一个人，是由于我们认为那个人自有我们所尊重的品质。"每当我手捧巴金"签名"墨宝，从中领悟巴金春天般的微笑，让我清晰地看到巴金伟大而善良的本色：尽管命途多舛，仍用颤抖的手一笔一划为我签名：这种无私的爱意，仿佛从地心底喷涌而出的温泉，仿佛从云端微弯垂挂的彩虹，仿佛今生睁开眼的第一道光华，醉心温暖。

刊于2021年9月10日《东方城乡报》

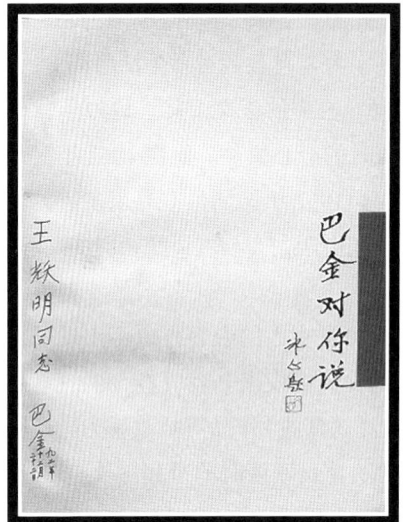

巴金遗像及手迹

# 钱君匋先生教我"以德养廉"

笔者喜收藏，乐结友，属性情中人。在数十年的收藏生涯中结交了一些藏界师友，其中，有相当一部分是神交。沪上著名书画篆刻家钱君匋先生便是其一。这幅"种德若深海，立志如大山"的墨宝，是86岁钱君匋先生于1991年10月馈赠我的。令余欣慰不已，已珍藏了30年。这位平易谦和的慈祥老人，其书法端庄俊秀，典雅超俗，翰墨的文化内涵和分量，善小之为，不言而喻。

"种德若深海，立志如大山。"原句出自近代高僧弘一法师（李叔同）《华严集联》。"种德若深海"，种德，含有我们心中修养品德的意蕴。明代大思想家王守仁《传习录》："种树者必培其根，种德者必养其心。""德"好比美玉。古人云："玉有六德。"即：温、润、细、洁、凝、腻。"德"人之德性也，亦即"格物"，是基础、是前提、是人之根本涵养，是"种德"的基石。"种德"，分为二种：一种是智慧的德；另一种是行为的德。前者是从学习中得到，后者是从实践中得到。君子比德焉，种德者，务必修到以道为高、以德为海、以和为贵之境界；同时，具有严于律己、不断修养道德品行、守道修德、广布种德，方能行稳致远，旨在"养廉"。在这里，钱老用"种德"，是教育我们警务员，必须"以德养廉"，努力勤政清廉为老百姓服务；而且他要求很高，就像浩瀚大海一样，又深又广。

"立志如大山。"立志，树立志向，"夫志当存高远"，古代诸葛亮主张人应当树立高尚远大的志向。周恩来年轻时，立志"为中华之崛起而读书。"叶挺将军面对敌人利诱，说："头可断，血可流，志不可屈！"这真所谓"三军可夺帅，匹夫不可夺志"。追究原因，这无非是一种定力，是一种信仰。正因为，信仰既是人生观的映照，又是世界观的反射，其魅力能使你冲破迷茫困惑，保持崇高的心灵不变色，所以它的核心价值正如巍巍大山刚毅、坚韧，丝毫不动摇。当我在工作中遇到挫折或困难的时候，一想起这帧对联，就会勇气顿生，倍添对钱老的由衷敬意。

钱君匋浙江桐乡人。俗话说，一方山水，养育一方人。他高小毕业即当乡村小学教师，由于受浙东浓郁乡土气息和文人墨宝的熏陶与影响：他忘不了家乡的灵山秀水、古典温婉；经常操着浓重的桐乡口音说"实嘎实嘎"（这样这样）；听惯了乌篷船上咕噜咕噜地划桨水声、船舫及吴侬软语的乡音；看惯了河边两岸农妇裹巾提着篮子箩筐一上一下、湿淋淋淘米洗菜的身影和孩子们天真玩耍的场景，所以时时都会勾起他对故乡人文的眷恋与情愫。

创业之初，并非一帆风顺。钱老一生勤奋，从吴梦飞、丰之恺学习西方美术，从刘质平学习西方音乐。后承蒙开明书店创始人章锡琛之邀，到上海开明书店任音乐美术编辑，是我国新文艺书像装帧艺术的开拓者之一。1927年，他任浙江艺术专科学校图案教授，并作曲发表于《新女性》月刊。同年，为了谋生，他为宝山路宝山里60号的开明书店及出版社从事封面设计和装帧。他的书籍装帧艺术格调清新，诗情荡漾；还自己办了小型出版社，工作日夜操劳；辗转内地，从艺十分艰辛，遂有"钱封面"之称，饮誉新文化界。

钱老曾说："艺术哺育了我，我也有义务为艺术的发展尽一点绵薄之力。"同时，他以深厚的学养、天分、才华打下了扎实艺术功底，"推陈创异、代古为新"，把自己的创作的灵性与智慧融入于艺术生命之中，克勤克俭，夜以继日，出神入化，成为中国当代"一身精三艺，九十臻高峰"的著名篆刻书画家。尤其是他一生精心治印，博采众长，极见功力，上溯秦汉玺印，下取明清诸家之精髓，其风格有吴昌硕的老辣、奔放，有赵之谦的浑厚、飘逸，有黄牧甫的清秀、练达，鹤立印坛，驰名中外，卓然成一大家。还曾为毛泽东刻过数方藏书印，尤其是他的长跋巨印，久为艺林称道。钱老一生以弘扬民族艺术为己任，奖掖后学，不遗余力，又有谁可以企及？

总之，每每品赏这帧对联时，我感悟到钱老不仅仅是人民的艺术家，而且也是德高望重的教育家，引导我们警务员走上"以德养廉"大道。追忆钱老，以寄托我对他的由衷敬重与深切怀念。

刊于2021年10月1日《徐汇报》

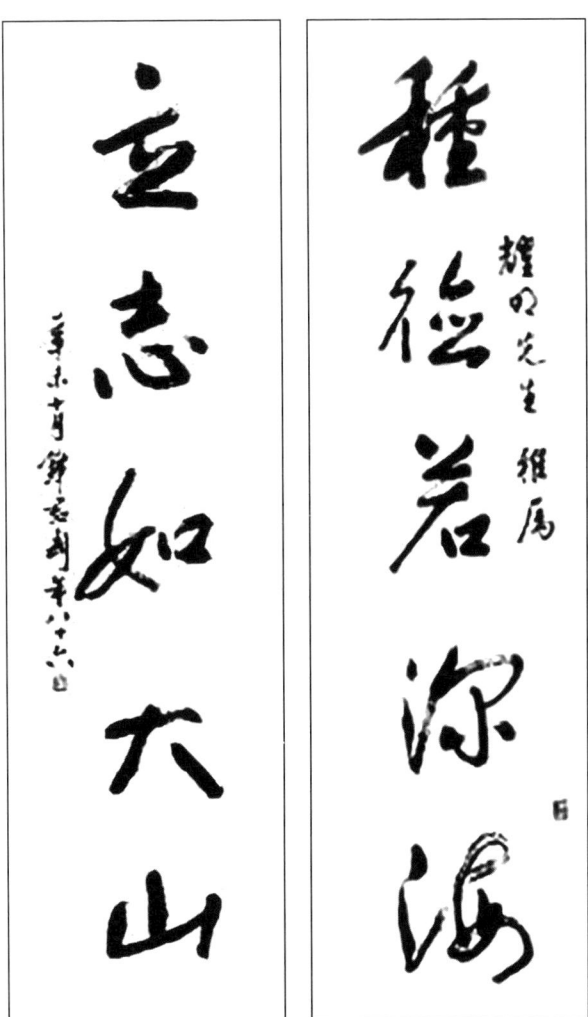

钱君匋先生墨宝

## 百岁书翁苏局仙赠我墨宝

久久渴求并慕拜沪上苏东坡二十八世孙、前清最后一位百岁秀才苏局仙,是我和书友的夙愿。1990年冬日的一个下午,郊区的空气有一股清新感,令人身心分外舒爽轻松,我们一行由原南汇县公安局局长李世明引领,冒着蒙蒙细雨,专程驱车由大道拐进幽静的周浦镇牛桥村小巷,欣欣然地来到苏老古色古香的旧宅。

一进门,就被弥漫书艺气息的书斋所吸引。墙上四周挂满书法条幅,我们不由自主地细细欣赏起来。那时,苏老刚午睡起身,闻声稳健地步入书斋,然后自如地坐在藤椅上,与我们点头微笑,并一起品茗酣畅,谈笑风生;我们被他独特的人格魅力与精妙的书法艺术所折服,他依然和颜悦色,频频颔首,并语重心长地说道康乐之奥妙,强调精神上一定要康乐。尤其是在生命的时光无多,一定要过得丰盈饱满。这乃是苏老坦荡的人生精髓和宝贵的精神财富。诚如英国著名诗人拜伦所言:"一滴墨水可以引发千万人的思考。"哲理甚深,弥足珍贵。

临别前,苏老笑容可掬地与我们合影留念。事后,苏老亲笔为我题了一幅《康乐》书法,"赠耀明先生雅正",落款庚午春,百岁苏局仙并盖上二方篆刻钤印,由我收藏。这幅《康乐》书法,墨润如玉,获如至宝。

苏局仙先生1883年1月1日生于浦东新区周浦镇牛桥村,1991年12月30日辞世,寿高百又十岁。其孙苏永祁说过,祖父从8岁正式习字,到临终前两天还执笔书写依然,执笔生涯长达103年,堪称笔龄"之最"。1979年,他的书法作品荣获全国群众书法征稿评比一等奖后,曾感怀赋诗:"苍颜白发老龙钟,剩有丹心一点红。为是寒梅花又着,雪霜已过沐春风。"生前立誓:"志愿捐献遗体全部。"曾赋诗坦诉心声:"皮囊原似春蚕蜕,亘古谁能永保存!"苏局仙先生一生钟爱书法与诗词,见字如见人;他平易近人,乐于助人,赤诚为人。每当我休闲时，边品茗，边欣赏这幅《康乐》墨宝。"康乐"两字乍一看，又健健，又快乐。很简单，其实，含义十分深奥。康。含义有三：一、即康健。古乐府《孔雀东南飞》："四体康且直。"二、古人李善注："康，安也。"《诗·唐风》："……大康，职思其居。"三、康，乐也。《文选·屈原离骚》："日康娱而自志兮。"乐，喜悦，喜欢。《论语·学而》："有朋自远方来，不亦乐乎！"也有"爱好"之含义；《论语》："知者乐水，仁者乐山。"这使我情不自禁联想起苏老的祖先苏东坡一生坎坷，但依然"乐水"，"乐山"，心态康健，乐观，淡泊宁静。可见，《康乐》两字，令人玩味，沁人心魂。

人到无求品自高。得失随缘，心无增减。书法身健方为福，种树花开总是缘，唯有"康乐"生活，生命才会有乐趣与价值。佛曰："你活着时候的每一个瞬间都是你的。"这就是《康乐》墨宝的底蕴。此外，在书法艺术特色上，苏老颇有苏东坡"丰腴跌宕，天真浩瀚"的遗风。江泽民曾评价道："苏老字迹秀丽，至为欣赏。"亦体现了苏老给人以饱经沧桑、疏淡而高洁的人生写照。静静地欣赏其墨宝，是一种独特的精神享受；令人又康又乐，仿佛有一股淡淡的墨汁芬芳，来自苏老内心深处；令人豁然开朗，由衷顿悟：健康属于慧心者；快乐属于知足者。求得好字，美于诗赋文章。

而今，这幅墨宝已珍藏三十多年了。每次欣赏，心情格外愉悦；身心灵怡然升华。俗话说守旧不变的字，"字是黑狗，越描越丑。"这就深刻的表明，变化是书法的根；神采、韵味是书法的魂。由此印证：线条决定优美，结构决定风骨，笔意决定墨的神韵。苏老的墨宝章法是点画与点画之间的呼应，字与字之间的顾盼，行与行之间的相映，整体上气韵通达、虚实相生、神采飞扬。尤其是"意"是书法家把书法的情感注入笔端，抒发胸中之意，让读者欣赏到书法作品的底蕴和内涵，从中得到感悟、启示和涵养。由此可见，苏老书法艺术是通过汉字表现作品的情感艺术，把笔画、结构、章法、意境等所有的元素以及变化统一在一起，并注入作者的技法、情感、思想、境界、追求，乃是可圈可点的经典作品。

这就像厨师烹饪首先讲究菜肴的质量。然后做到"形""色"俱佳，登上高品位。"好吃而有营养"是厨师做菜肴手艺的核心内容，要把菜肴做得入味，酸、甜、麻、辣、鲜、香，回味无穷，才是真正的享受。书法也是如此，其形在外，味在内，形可观，味可品，做到形似不难，要做到神似，有味道就不那么容易，二者皆佳者，可谓形神兼备也。

百岁书翁苏局仙墨宝

作者与百岁书翁苏局仙等友人合影

## "红霞寓公"与我的忘年之交

桑榆未晚霞满天,最是人间重晚晴。承蒙郑胜国老师抬爱,我在90年代初期,有幸拜识"红霞寓公"孙轶青先生,亦曾多次在文化联谊活动中与文博泰斗孙老结下了不解之缘,获益匪浅,终生难忘。

艺术大师罗丹曾经说过:"世界上并不缺少美,而是缺少发现美的眼睛。"在修订《文物保护法》的讨论过程中,孙老始终在有利于祖国文化遗产,发展收藏文化的高度看问题,从历史的发展和艺术品收藏的规律,提出自己的独特见解和建设;并在2002年《论出土文物的保护和利用》文中指出:出土文物不论归于国家还是散存民间,应一律加以保护、利用,不得随便弃置、糟蹋。在2000年9月6日,孙老在西安首届民间收藏理论研讨会开幕式上宣传《艺术品市场散记》宏论中,主张改革我国管理艺术品市场的现行政策,撤销传世文物古玩只能由国营文物商店统一购销的规定和不准入市的三条限禁令,实行自由贸易等。2002年10月28日,第九届全国人民代表大会常务委员会第三十次会议通过的《中华人民共和国文物保护法》新增了"民间收藏文物"一章,从法律角度充分肯定了民间收藏文物的重要性,规范了民间收藏文物的合法途径,允许民间收藏的文物可依法流通,从根本上改变民间收藏文物无法可依、无章可循的局面。这里无不倾注着孙老的满腔热血和卓越智慧。

无独有偶,90年代初,孙老在大连逛摊时,看到了一方张之洞砚,这块(14厘米×23厘米)的长方形砚台,由张之洞亲撰的铭文记载着自己到端州参观包公祠后仰慕包公无私精神而刻下的:"舟心一颗千金哪比人格贵,清风两袖万贯不移品行真"的铭文。有人讲孙老"砚痴"很确切。凡文人砚名人砚,新砚古砚都钟爱有加。他藏有赵孟俯、吴历、王时敏、梁同书、翁方纲、刘庸、邓石如、林佶、陈撰、石韫玉……有道是,"案有清供是君子之心。"心有所属,寄托于物,自有一种生活态度与情趣在其中。孙老有"宁舍一室，不舍一石"的"砚痴"，每当你用手触摸着它身上充满着古典气息的纹路，细细品味它们的审美造型、纹饰、古朴的美和匠心的美，会产生一种跨越时光的感觉——小小砚台乾坤大，遥远的历史不过转眼一瞬，时间过"客"的人，不过是沧海一粟。中国历代的文化人对砚台的珍爱，可以说是到了无以复加的地步了，刻砚、赏砚、藏砚、作为一种文化载体，人皆爱之，源流灿然；古今对话，共赏清趣。

也许忙碌之中浸染其间，这种浓浓的文化氛围，亦是孙老收藏情结的必然，更是他书香与砚馨的吻合。他在用砚、藏砚、咏砚的过程中，情有独钟地将自己内心的美好期许，像爱孩子似的赋予了砚之本身，视砚当作有生命的器件看待，当作文人浪漫情怀的信物。孙老爱砚、藏砚的故事一串串，颇有个性，生动有趣。假如，每一方砚是一台戏；那么，三百多方砚，就是一台崇尚砚文化的系列电视剧。艺由心生，砚水心转。孙老不仅在把握石砚"看、摸、敲、洗、掂、刻"环节上得心应手，而且从石砚人文滋养方面有所建树；而且对墨韵文化亦如数家珍，它分青、赤、黄、白、墨五色，尤其好墨，犹如名将之良马也。在砚池中漫研，既放心敛性，也寻找感觉，也是凝神屏息的过程，可从养性修心。起初我迷惑不解，过去认为文房四宝中，笔为首。孙老曾对我讲起：笔砚是古代文人"吃饭"的家伙，庄严又沉重，磨出宛若长河的酽酽的墨，它们从这亮而黑的墨色中，照见了自己的身影。用现在的话来说就是，保持乐观、安静、心平气和的精神状态，在恬静雅趣的基础上，不仅能消除精神疲惫，调整神经机能；而且能增强脑血循环和延年益寿，恰到好处，方能进入调心养神的最佳境界。旨在从每方嫩而坚实、润而不滑的石砚里，体悟"是无情之物变为有情"的内涵，抛弃浮躁，深切的感受"步步穿云到龙尾"的静气艺境。在五十多年收藏生涯中，孙老跑遍了大大小小的古砚市场，在其收藏的三百多方心仪石砚中，其中有一方砚台与我契合所致，让我触目韵致，观其心怡志悦的独特天机。

上海东台路、北京潘家园，是中外闻名的淘宝圣地。岁月悠悠，如今东台路古玩市场已成为一段历史；三十年来人声鼎沸，多少老上海的真假宝贝都从这里流向四面八方，周末更是闹猛，早就成为觅宝朋友一个流连忘返的场所。孙老时任国家文物局局长时，有一次来沪，由郑胜国老师安排我陪同孙老到原卢湾区东台路古玩市场实地调研，我陪同孙老走进一爿雅玩小店。店主知道我们来意后，孙老即仔细地听取该店主对国家管理民间藏品流通信息，并促膝地交换意见；店主顿感气氛轻松和谐，原来不敢想的话题，随之倾吐了心声；"就是这位老前辈，主张文物开放的，我们现在才敢拿出来卖"。"心有灵犀一点通"，志趣相投，相敬相知；临走前，孙老在该店看好一方砚台，哈气成雾，要价150元。我在旁边心想这方砚台，普普通通，这个价钿值吗？孙老胸有成竹的对我说："呵之可得水"。砚台以"润而发墨"为上，砚赏呵一口气就能有水，那是万里挑一的好砚了。噢！怪不得内行看门道，他能在简陋的店里，发现平中见奇的砚台，足见砚文化博大精深。他喜获心爱之砚，感觉轻松自在。临近黄昏，我陪孙老走出小店，随即在附近路口乘上等候的车辆，直朝饭店驶去。路上孙老对我说：全力管好管活这个市场，民间藏品潜力巨大。我一边点点头，连连微笑；一边对孙老说：由您亲自掌舵，民间收藏的春天，必将早日来到。晚间，酒过三巡，孙老爽朗地微笑道："我是个老'砚痴'。"那时候，大概在20世纪50年代，我在《中国青年报》工作，一次去福州出差逛文物店，天赐良机，我突然双眼发亮，惊艳地发现"残荷砚"的美，那是一件清代收藏家黄任的"残荷砚"。我双眉一沉，暗想："残荷"，破破烂烂的，有什么美不言呢？孙老一见我的表情，知道我不懂，接着从从容容地说："砚的正面为微微卷边的荷叶，砚池温润，池边由荷叶的三友强茎支撑着；砚背则为残荷一叶，雕出了一叶悲秋的意境美，沧桑而豪迈之美。"这方（15厘米×20厘米）的砚台，还有黄任亲刻的砚铭："荷叶圆，石骨瘦，书不佳，呼负我。"我这才明白，"残荷砚"美妙之处，获益匪浅。孙老深邃的明眸发现了"残荷砚"真正的隽永的美，令人肃然起敬。孙老见我听得津津乐道，又形象地说道：一日不摸砚，好不自在；抚之如肌，爱之如命。正像砚是文房四宝之一的魂魄一样，既是养生的一种载体，又是修心的一剂良药，给人以心灵富足的欢愉之感。由此，我顿悟二个禅意：一是真正的高人，平易近人，光而不耀；二是和常人没有什么二样，短暂相聚，让人感到如沐春风般的亲切感。

　　孙老与我交往，我常聆听孙老对磨墨、养砚很有讲究。一是磨墨有两种方法；一种是"旋转式"另一种是"拉据式"；研墨时"重按缓磨"，砚使用过后最好马上清洗。古代文人曰："宁可三百不洗脸，不可一日不洗砚"之说。二是养砚也有两种方法；一种是"手养法"，将砚置于案前，把玩摸砚，使砚的表面会留下手泽、形成滋润感；另一种是"水养法"，就是注水于砚池，常年水浸，显得滋润。不然，长年欠缺保养的砚，易受潮生霉、风化斑驳、切忌阳光曝晒；否则，犹如病中美女，风采尽失。三是养砚与养生有密切的关联："静则神藏，躁则消亡"，"生命在于静养"。正确对待"动"与"静"的养心砚，"形神共养，形存则神存，形谢则神灭。"无神，则形不可活；无形则神无所生。养砚与养生，必须有机统一，始终创造良好的心境，要驾驭自己的性格和情感，保持乐观、安静、心平气和的精神状态。在恬静雅趣的基础上，不仅能消除精神疲劳，调节神经机能；而且能增强脑血循环和延年益寿，恰到好处，方能进入调心养神的最佳境界。显而易见，玩砚、赏砚、藏砚、兴趣使然，没有重复演绎，都是自娱直播；唯有细品砚、精养心；尽情地畅享欢乐人生！

"笔墨纸砚"文房四宝中，砚为首。细润如月，扣之无声，储水而不耗，发墨而不损毫。深谙砚雕艺术，与其他艺术一样；即超越了物体的标题，又带给你那种本真的、情趣横生，或是满含哲理和意象纷呈的曼妙心灵感受。真正供养生命的石砚，是思想、是精神、是灵魂、是内心繁荣的全部。人们在设计石砚、制作石砚、把玩石砚、欣赏石砚、赞美石砚之过程，无非就是一个不断寻找自己的过程。上至皇帝，下至黎民，无不都是体验石砚文化的历史底蕴与文化神韵；或隐然蕴于其内，寄托遥深的敬意；或与灵性铸造工匠的亲切对话；或畅想独特艺术的历史沧桑感和文脉的厚重感。

与其像雾像雨又像风的景致刻画自己，时而迷入荒径，时而跌落崖畔；不如像佛像禅又像琴的弦韵跨越自我，时而以砚养心，时而怡情逸趣；人文滋养，使之获得神清气爽，清风朗月，抛弃浮躁，体悟雅正，盥手涤砚，如迓大宾，日久弥香；久而久之，达到"八德"。即，历寒不冰、贮水不耗、研磨无泡、发墨无声、停墨浮艳、护毫加秀、起墨不滞、经文不乏。精神因明朗而蓬勃，内心因繁华而清透，意境因丰富而深邃。

砚翁谈笑方砚间，锁定久远忆往事。孙老还饶有兴趣地讲起，他曾在秦皇岛古玩市场觅得吴历为明六大家之一，这方砚石头好、造型好、刻工好、题好了。虽价格不菲，却爱不释手。在北京还通过考证并竞拍一方作有"处真秘真"四字铭文八大山人的古拙石砚……那方方铁骨柔情、淡泊自然、寻觅人古水远的石砚，是整个中国文化的见证；无疑使孙老获得咪外之咪和莫测的情感体验。欣赏砚台就是他的休息方式。砚成了他的"宠儿"，连枕头下也放块小砚台，睡觉时拿在手里；上外地或是住院也不忘带着个小砚台，形影不离；爱砚，真是深入到骨髓了啊！

又有一次别有意趣的活动，至今给我留下了抹不去的烙印。1993年，趁孙老在沪期间，应邀并陪同孙老乘巡逻艇游览浦江活动。事先，请原市公安局航运公安局局长王敖才安排一艘巡逻艇。翌晨，我与同事金仕根陪同孙老乘坐巡逻艇从外滩延安东路码头起锚，又稳又快地先驶向浦江南浦大桥；而后，折返至杨浦大桥附近区域；孙老高兴地饱览了浦江两岸的景色，再折返到外白渡桥旁边的浦江饭店江边码头停靠；紧凑畅游，缘游未尽。我们与孙老仿佛沉浸在会心微笑中，一桥飞架贯西东，碧波浩淼泛轻舟；画艺诗情情未了，旖旎浦江映霞红。中午时分，孙老与受邀的原本市公安系统的嘉宾共进午宴。餐毕，孙老答应诸位要求，并欣然挥笔题词。当王敖才局长问我题什么内容时，我即直言地说：那就请孙老题写"水上卫士"四字吧！诸位嘉宾均兴奋地喜获墨宝；是年，孙老在沪办展结束，参展展品要全部运回北京。我特地派一名警官用警车护送展品到上海火车站。孙老与夫人张勇阿姨都很满意。在沪办展期间，孙老癸酉夏沪展吟："诗为骨肉字衣裳，翰墨情深韵自香。书内功兼书外得，二王门下效苏黄。"这书风情韵的诗句中，蕴含着厚重深沉的情感起伏，是建立于民间文物收藏的共同情缘上，"红霞寓公"与我一段特殊交往，至今时常浮现在我的眼前。

宝剑锋从磨砺出，梅花香自苦寒来。由于在"红霞寓公"特殊交往中，我进一步深入了解他不平凡的一生，更对他非常钦佩。孙老从6岁即习书，人称"大秀才"，笔耕不辍。在名师指点下临摹碑帖，打下了扎实的书法基础。孙老中学未毕业，就投身抗日战争，打过仗，办过报，勤钻研；在战争年代，他见缝插针，习文笔耕；以墙壁为纸，书写抗日标语；用办报之机，奋笔写作；"五七干校"时，他用贺兰山上的树根自制一个台灯，挑灯夜读。灯罩用铁丝和废旧塑料布制成，外蓝内黄，扣在灯泡上像个鸭舌帽，别致实用。还亲自在那盏"枯木夺天工"的台灯上面镌刻："枯木夺天工，战士夜秉灯。弄通真马列，好辨奸与忠"的诗句。灯下抄写毛主席的著作，陪伴孙老在干校度过一个又一个清苦疲惫的长夜……任国家文物局局长时，兴趣高雅广泛；对诗词、书法有很深的造诣，获得中华诗词终身成就奖，骨子里弥漫着一位砚翁质朴久远、清玩鉴赏的韵味。欣赏并研究历代书法名迹，并在实践中自成一家：其诗以书传久，其书因诗生辉，真是珠联璧合，相得益彰。他一生酷爱书法，对书圣王羲之更是尊崇有加，曾三次拜谒兰亭，第一次题诗曰："诗尊书圣众芳来，洗砚池边笔阵开。风鬶龙蟠欲胜昔，临池发奋供虚怀。"四年后，再临兰亭，留下其中四句说："遥忆昔贤觞咏趣，近观高土壁碑情。从来此地书风盛，乘兴抒豪气自雄"。孙老书法重传统、尚功力善行草，遍临名帖，博采众长，自成一格，法度严谨，清雅遒逸，凝重洒脱，诗书结合，雄健潇洒，笔力雄健，圆润秀美，韵味丰厚，达到雅俗共赏的艺术效果。他一首《咏犬》诗："智能侦破案，狩猎代人劳。尤贵知情义，家贫不跳槽。"在孙老那么多诗不挑，却偏偏挑出这一首亲笔题写在瓷盘上，成批烧制送人，本来还是个谜，最后还是他夫人张勇阿姨道破玄机：他属狗。时年孙老84岁，这是他在用狗的忠诚和情义自喻啊！其书法和诗词作品常应邀参加展览和见诸报刊、碑石，为许多博物馆、纪念馆和机关、团体以及个人收藏。在其戎马生涯、文化、新闻等工作，上上下下，接触各种各样的文化人，各种文化载体，使他看到了郭沫若、邓拓先生这些大家吟诵词赋和临池挥毫……孙老在担任中国青年报社长、总编辑期间，这份生动活泼的报纸风格，受到毛主席的赞扬。

孙老的亲和力是圈内圈外的人士所一致公认与钦佩的。1991年春，我与原上海刃具厂厂长唐南海是朋友，又是同弄邻居。一天，我陪同孙老、郑胜国一道到原卢湾区蒙自路上的上海刃具厂考察，受到了唐南海厂长的热情接待。唐厂长是无锡人，高个子，讲起话来慢条斯理，文绉绉的；孙老和郑胜国老师参观了该厂生产工艺，样本，一边详细听了专业产品介绍；一边就是记录他走南闯北随身总是带着的一个小本，他管这个小本叫"怀中日记"；他会把新知识、灵感、诗句等都一一记在小本上。可以说，"怀中日记"是他真实记录！他的所思所感！这天，孙老应允特意为唐南海厂长和我在该厂办公室里为我们欣然题写墨宝。孙老连续写了二幅给我：其一是《滕王阁》巍巍高阁赣江边……，其二是"任重道远"；这份厚重的情意非同一般，它似清泉默默地流入我的心田，滋润着我的心灵家园；珍藏30年，每每欣赏，犹如仰望高山，沐浴清风，激励着我去跨过一道道坎。我清晰地记得2006年，孙老莅临上海下榻在新锦江饭店，我又一次遇见他。记得他那慈爱的笑容、亲切的教诲、如大海里的一盏永不眠目的灯塔，无论大风还是大雨，一直都在散发着微弱而又温暖的光，给了我无尽的光芒与不迷的方向，即使我不知道他智慧的光芒在我的生命待多久，这正是我希冀的永恒……

记得，2006年，郑胜国老师赴京看望孙老，时年84岁的孙老还特意为我题写"涵菁轩"斋名，并由郑胜国老师返沪后转交我珍藏。斯是陋室，惟吾德馨。这幅墨宝，现在成了孙老留给我的遗爱。孙老仙逝12年了，他的音容笑貌、书风情韵仍时常浮现在我的眼前。我幸会孙老30年，您身居高位，铮铮骏骨；文博翰畅，玉树临风；殷殷教诲，诗缘绵长。文博雅士作派鲜明如昨。借用郑胜国老师在——记孙轶青先生《心声》一文中所说：在您壮阔的征程中，也许我只是路边的一棵小苗，但您却无私地为我"浇水除草"。每当我回想与孙老在一起的美好时光，那种睿智而善心会沁人心脾。莎士比亚说："善良的心，就是黄金"。不一样的经历，有不一样的故事。大凡成大器者，要么是天赋超群的天才，要么是历经磨难的强者，要么是审时度势的智者，要么是众望所归的仁者，要么是菩萨心肠的善者……大器者，必有其高度的思想、宽度的心胸以及厚度的格局；如此，方能有大境界成就，人生的大事业。至此今日，我的思绪里会常常想起您那句至理名言：读书写书法，赏砚台，就是最好的休息，也是最美的享受。最快乐的事是买书，最幸福的事是读书。

2007年5月18日（世界博物馆日），孙老因友人之邀到杭州、绍兴参观民间艺术品收藏，在绍兴突发脑溢血倒下，倒在他为之献身的事业上，从此一位文化巨人再也没有能站立起来。我从郑胜国老师那里得知孙老不行，我在上班，不能前往探望；我对孙老敬佩不已，仰止弥高，心里十分难过。事后，又听郑胜国老师讲起，孙老在弥留之际，每当家人把小砚台放到他手里时，他紧紧地攥住不松手，甚至能用大手摸索着将错开的砚台盒时正盖上！爱砚，真可谓是"砚痴。"孙老于 2009 年 3 月 17 日因病逝世，享年 87 岁。这时，我的耳朵简直不敢相信的事实。连忙打电话给郑胜国老师证实："他是累死的。"余生尚谙征途远，半迢犹当一老牛。就是孙老生动的写照。

在追忆"红霞寓公"与我的一段特殊交往，悠天宇旷，切切文脉情。孙老是位界内不可多得的文博泰斗，历经沧桑，古朴纯美，精彩绝伦，德艺双馨，以其雍容华贵的文博姿态傲然屹立于群芳之首，渗透着强大的艺术生命力，似一杯美酒让我心醉。景在眼中，情在心中，勾勒出秀韵多姿的风景。然而，荡漾在心中的不是风景，而是激情；盘旋在脑际的不是剧情，而是深情；于期间默默倾听，静静品鉴，慢慢感悟，最可贵的是从孙老身上首先学到的是正直做人，勤奋做事；孙老长者之风与卓然艺境，无疑是一本书。他的文博根基与精神风骨，持续地渗进我的生命征途，那一峰独秀的韵致，永久珍藏在我的心中！

**孙轶青先生馈赠墨宝**

# 他那刚毅从容的目光
## ——小记伍修权将军

伍修权将军是一位杰出的无产阶级革命家、军事家、外交家，是一位久经革命斗争风浪考验的具有足智多谋、文韬武略的将才，他多姿多彩的一生，无疑可以帮助我们更好地了解老一辈无产阶级革命家的理想、信念、人格和精神，弘扬红船精神。

那天，我们陪年迈抱病的伍修权将军夫妇赴宝钢，其缘由得从四十多年前讲起：1977年5月，原冶金工业部部长唐克向邓小平汇报打算在沿海搞一个现代化的大钢厂，邓小平说："要搞就搞个大的，花点钱，买点现代化的设备回来。" 1978年邓小平访问日本，参观新日本钢铁公司君津钢铁厂时说："就照这个样子，给中国建设一个钢厂。" 创新，是不灭的灵魂。1978年12月23日，正值中国共产党十一届三中全会闭幕后一天，宝钢从一片荒滩上破土崛起，成为"国之重器"。1985年9月15日，中国一号高炉万吨级大高炉提前点火投产；1991年6月29日，二号高炉点火成功，跻身世界先进钢铁企业行列。这一辉煌成就，正如邓小平同志在1979年宝钢建设初期预言："历史将证明，建设宝钢是正确的。" 1984年2月15日，邓小平同志到宝钢视察，为宝钢亲切题词："掌握新技术要善于学习，更要善于创新。" 毋庸置疑，宝钢为中国的"改革"打响了"第一炮"，不断创新，实现了跨越式发展，凝聚着将近十万名火线上生产者七年的汗水，手笔之大，涵意之远，天地可鉴。

这一切深深地吸引了伍修权将军明亮深邃的目光，渴望一睹为快。于是，伍老不顾步履维艰，疾病缠身，决意亲眼见证这一钢铁企业的发展成果。为了不打扰市委，伍老携同夫人徐和阿姨怀着爱国心切、执意轻车简行。这种非官方性质的警卫工作，某种意义上要比正规警卫工作更有难度，必须安全方案逐一落实到位，做到万无一失，慎之又慎。在市安全局的指导下，几经推敲、策划、最后决定由郑胜国老师承担视察活动总指挥，由我担承开车引导现场调度，因系非官方警卫工作，我考虑到在不动用警车的情况下，最后选定由我的老战友上海家电公司党委书记的专职驾驶员金贵兴驾驶。他驾车经验丰富，技术高超，是最佳人选。同时，将其所驾驶的那辆丰田进口轿车换上（沪GA-0597）临时警用牌照，做到人、车安全系数落实到位，然后，再仔细地逐段逐路分析途径线路、路径时间及其他应急方案事项。看似十分简单，但力求周密、严实。出发前，我们再一次对车况安全、通信联络、行程节点及行径线路逐一进行复查验收，确保绝对安全。

这天早上，我与郑胜国让金贵兴驾驶的丰田轿车先停靠在兴国宾馆，先准备接徐和阿姨上车；接到徐和阿姨后，车由我引导按原定路线，到达华东医院，我们小心翼翼搀扶伍老上车入座，依次编好小车队赴宝钢视察。伍老虽然健康欠佳，但目光刚毅从容，仍像一棵挺拔"不老松"；他的眼神仿佛往我心里灌输一种使我振奋的力量，和夜空一样深邃、神秘，埋藏着一颗火热的爱国之心。

那时，逸仙路还未建高架，小车队到逸仙路时，警卫员报称伍老内急：伍老窘迫的眼神夹着惘然的光，透视出尴尬的盼眺，要求紧急停靠。出于职业敏感，我一边冷静地选择临时停点，一边及时让金贵兴迅疾驶进一家仓库，临时紧急停靠，尽快解除伍老抱病中的无奈；少顷，我立即下车用手势指引小车队迅速变换队形，加以保护伍老，并快速度进入正道，继续小心行驶至视察目的地——宝钢。是日中午，为了尽量不多打扰伍老夫妇的生活节奏，安排伍老和徐和阿姨单独用餐；餐毕，伍老与夫人兴致勃勃地参观了宝钢主要炼钢现场，回到车厢后，我发现伍老展现和蔼可亲、兴奋温和的眼神，气质不凡的浓情，深深地铭刻在我的心里。伍老视察完毕，我与郑胜国老师又将伍老夫妇安全送到住地。回想起来，我曾先后有3次参与陪同接待德高望重的伍修权夫妇。我总的印象，伍老因年迈抱病，很少说话，然而，他那明亮的眼睛，如同两颗闪耀的明星，恰如神奇的力量，为我指引航向，令人深思、敬仰。

如果把时光倒转115年，追寻伍老的足迹，一部辛酸苦难的家史映入眼帘。1908年3月6日，由湖北阳新县王英镇毛坪村伍玄组迁至武昌城内，离江岸也不远的弄堂伍氏家族又添一名男丁，他叫伍修权。曾用名：吴寿泉。在八儿二女中，他排行老四；在那里度过了饥寒凄苦的童年；只有伍修权和七弟幸存，其余八个兄弟姐妹都先后逝去；在母亲40岁时，他的父亲去世，家境可想而知。那时，社会的不幸，国家的不幸，深深地刺痛了他少年的心；14岁读五年级时，陈潭秋担任导师，在陈潭秋、董必武的引导下，走上了革命道路，亦为他打开心灵里一扇明亮的思进之窗。在战火纷飞的年代里，他发扬"红军不怕远征难，万山千水只等闲"的精神，曾参与并组织抢渡金沙江、吴起镇、直罗镇等战役；过草地时，提出了战胜敌人骑兵的有效战术……用生命书写辉煌，他与前辈们卓绝奋战见证，祖国才如此强盛、繁荣，我们老百姓的生活才如此安宁、幸福、温馨。1925年10月，17岁半的伍修权与王家祥、张闻天等青年被党选派，由上海乘船至海参崴，转到莫斯科进入中山大学深造。1927年9月，进入莫斯科步兵学校学习。1950年11月24日，纽约时间六时十三分，一架载有新中国的第一个出席联合国会议代表团的飞机，在纽约机场着陆了。以伍老为首的九名中国的共产党人，持有新生的中华人民共和国的外交护照，浩然正气地踏上了美国的土地。这个代表团有七位男性和两位女性，他们是四亿七千五百万人民的真正代表。在历史上，伍老代表中国人民的立场首次在美国联合国讲坛上发言。当时，美国反共反华的气氛很浓，伍老一行在那里当然是很不自由的。为了防止下榻旅馆有窃听器，伍老与随团人员改变到旅馆附近的公园切磋工作，既散步交谈，又方便安全。尤其是他那双坚毅的明眸里，似乎蕴藏着一种神秘机灵的智慧和对祖国人民的赤胆忠心。让人在他正严姿态的面前，猜不出他想说什么？！11月28日下午，他首先说："我奉中华人民共和国中央人民政府之命，代表全国人民，来这里控诉美国政府武装侵略中国领土台湾（包括澎湖列岛）非法和犯罪的行为。"任何诡辩、撒谎和捏造都不能改变这样一个铁一般的事实；让蒋介石残余集团代表蒋廷黻连头都抬不起来，"面部带着一种丧家犬的神色。"不是吗，过去我们同帝国主义及反动派在战场上刀对刀，枪对枪是"血战"，初登联合国舞台是面对面"舌战"。如今，却站在美国本土上，指着美国当权者的鼻子，面对面地痛斥他们，尽管他们恼怒万分，却只能硬着头皮听着，奈何我们不得。软弱必然挨打，今天却成了现实，更加深刻地体会到了毛泽东同志庄严宣告的"中国人民站起来了"的伟大意义。各国代表通过同声翻译听了发言内容。这篇正气凛然的发言，伍修权嗓门很高，劲头很足，都把会场给震动了；同时，对台湾代表蒋廷黻卖弄英语发言，以最有力的藐视与抨击；当时国外主流媒体称：毛泽东的代言人，一个名叫伍修权的将军，让人们认识到中国的力量；在国际社会引起了强烈反响。就像把中国人民憋了多年的气，一下子吐了出来。他刚毅又冷峻的目光，像锥子，锐刺刺的；铿锵的"霸气"声音，像子弹，命中靶心；轰动了美国和西方世界，回荡在联合国的大厅里。

　　他所面临的诸多重大的国内外事件，伍老曾谦逊地说，在中国革命的伟大斗争中，自己个人一直是一个执行党交给的具体任务的工作人员，但是我一生经历和参与过的，从国际到国内的、从党内到军内的、一起又一起重大历史事件，还是很值得后人特别是历史学家们去研究和思考的。我作为一个历史的目击者和伟大斗争的参与者，虽然历尽艰难，备受坎坷，总觉得苦没有白吃，不虚此生！这段话，我更难忘伍老那刚毅从容的目光。

最是凝眸无限意，似曾相识在生前。在我书柜里，珍藏着有伍修权将军于1992年3月亲笔签名《往事沧桑》一书，这本书陪伴了我三十余年了，每每捧读，倍感亲切与鼓舞。伍老戎马一生，横刀天下；外交生涯，震撼世界；傲骨铮铮，矢志不渝；在他传奇的人生征途中，还著有《辽沈决战》《我的历程》《回忆与怀念》《在外交部八年的经历》等著作，给后人留下了一笔极其宝贵的精神财富。虽经尽沧桑，仍含笑一腔热血，温暖如初。最值得敬仰的是，伍老以风的执意求索，以莲的姿态恬淡，那眼神时而笑意、深情脉脉、时而似剑光、折射出立党为公、毕生奉献的巍峨风范；他那"捧出一颗心来，不带半棵草去"的风骨，不经意间渗入骨髓；相逢，都是命中注定，每个人都有本身的初心，伍老少年信仰，坚贞的精神，鞠躬尽瘁，一心为国，活得完美而睿智，智慧芬芳弥漫世界；即使在逆境中保持尊严，坚守温暖有生命力的品质；难能可贵的是心念之纯，则万物皆纯；灵魂丰盈，名垂于千秋。

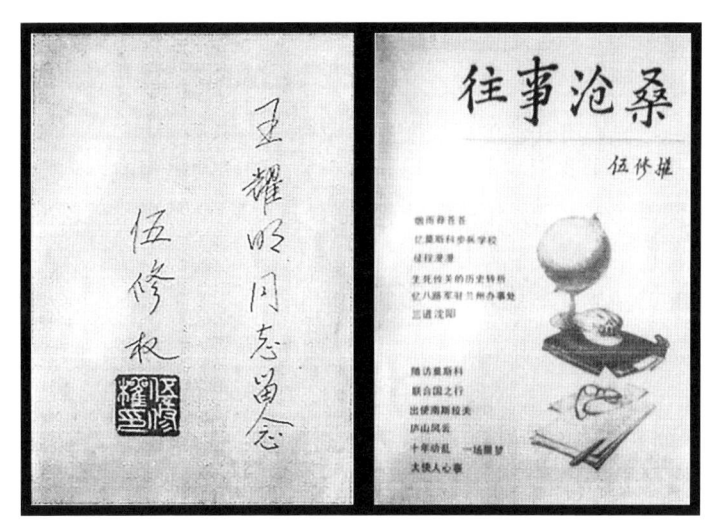

**将军赠书签名**

# 在"康办"聆听教诲

1991年的一天,在郑胜国老师的好友胡立教的秘书董文权的精心安排下,我随《萌芽杂志社》编辑郑胜国和该经理室主任吴剑烨满怀着愉悦的心情来到"康办";破例受到原上海委第二书记、市人大委会主任胡立教和市委原老领导夏征农及夫人著名诗人方尼的亲切会见并合影留念。这种机会,极为难得。这天,75岁的胡立教身穿厚呢蟹青夹克衫,双目有神,银发满头,身材魁梧,精神矍铄。明媚的阳光从缝堆里钻出来,透过玻璃窗,温柔地照在整个客厅,淡淡地折光反射到胡老的脸庞,颇具儒雅之风范。在场的董文权秘书讲,这几天首长血压高,医生嘱咐他休息。他却诙谐地对医生说:"你的血压计是不是坏了。"这位闲不住的首长,硬是抱病会见了我们。正如鲁迅的话:生命的路是进步的,总是沿着无限的精神三角形的斜面向上走,什么都阻止不了。这位从14岁的娃娃就投奔革命随毛主席爬雪山、过草地,在军队干了近20年情报工作、对军队有特殊深厚感情、出生入死的首长,却那么平易近人,一见如故,侃侃而谈那些难忘的岁月,40年前的事,依然记忆犹新。他说,那是1949年4月下旬的一天上午,他接到上级电报,突然通知他立即赶赴丹阳。他驱车赶到丹阳,接待他的老领导张鼎丞拉着他的手说:"邓小平同志要找你谈话,我陪你去。"胡立教随张鼎丞来到总前委的在宝培弄6号戴家花园,走进邓小平办公室,他亲切地招呼我坐下,然后就开门见山的说:"立教啊,要你转业了,去当张鼎丞的助手,作中共华东局的组织部副部长。"胡立教对小平同志说:"我才34岁,还不到转业年龄呀。"小平同志却耐心地说:"我们马上就要解放大上海了,就是要选派年轻的同志到地方上去工作,接管上海的工作非同小可,你要和上海地下党的同志密切配合,选配好各级干部,加强党的建设。"之后,他离开了20年军旅生活,开始了到地方工作的新征程。几度春秋几路程,几经风雨几征途。脱下军装,任重而道远。真是绵绵深情,撩拨了许多的心弦。夺取政权，建立新中国，来之不易呀！临别时，我们诚邀胡老与我们一起合影留念。

　　生命中的遇见，都是一种缘分和注定。漫漫人生路，历经沧桑，岁月告诫我，每个人总有风起的早晨，亦总有绚丽的黄昏。我们一行三人一脚走出胡立教的办公室，一脚又踏进了夏征农的办公室。迎候我们的夏老和方尼阿姨早已经在客厅了。夏老客厅正前方悬挂一副周恩来总理照片，十分简朴、普通沙发、普通家具、没有一件奢华摆设；一进门，正如一股清廉儒雅之风扑面而来；一种敬重爱戴之情扑面而来；当年80岁的夏老，戴上一副老花眼，显得尤为磊落、朴实、亲切、睿智。他思想清晰，记忆增强，一下子拉近了我们与夏老和方尼阿姨的距离。我们与夏老和方尼阿姨握手问候后，夏老说，回顾我的一生，在漫长的革命生涯中，一无战功，二无专长，对党的事业很少建树，自责汗颜。他这种谦逊的美德给了我们莫大的启示。夏老几十年如一日，孜孜不倦地研究书道，他以观古今，博览群书，读万卷书，行万里路，德高望重，硕果累累。可谓，秀才不出门，便知天下事。直到2000年1月29日夏老还在《解放日报》"朝花"。栏目发表《九十自况》文章和忠诚于党的事业的诗词：革命七十年，一腔正气，毋谄毋骄，未负党员称号。求知无止境，数卷诗文，有风有骨，可供后人品评。伟大是平凡的积累，好名声是无私奉献而来的；此事足见夏老品德之正、品格之优、品行之实、品味之高，乃为我党一代楷模。这珍贵的镜头，刻骨铭心；夏老95岁的初心不忘，党性不移，无愧于人；德行天下，方能厚德载物。

# 会聚上海大厦

1991年9月19日，中共中央原顾问委员会第一副秘书长黎虹因重大公务（负责用包机将在沪逝世的宋时轮上将骨灰带回北京），下榻于上海大厦。

是日下午5时许，我和同事金仕根开车在原卢湾区政府大楼接到周禹鹏区长后，驱车朝上海大厦驶去。在黎虹所住的客厅里，中共中央原顾问委员会委员、市文联主席夏征农及夫人著名诗人方尼，市委常委、原上海市副市长赵启正，原萌芽杂志社主编曹阳，萌芽杂志社编辑记者郑胜国、萌芽杂志社经理室主任吴剑烨等先后抵达，百忙之中的首长黎虹与市、区及有关方面的负责人一一握手。席间，我与金仕根一边有幸破例聆听首长黎虹谆谆教诲，一边饶有兴趣地"考察"一下上海大厦的来由与历史。外滩，申城独特美的迷人风景线。在黄浦江与苏州河的交汇处，外白渡桥北堍，有一幢历经80多年风雨洗礼、浓缩了大上海传奇故事的老建筑——上海大厦，位于北苏州路20号。

上海大厦拥有一段辉煌的历史。上海大厦原名百老汇大厦，由当时英国著名建筑师法雷瑞设计，英商业广地产公司投资，于1930年夏季动工兴建，建筑面积24596平方米，钢框架结构，落成于1934年。1935年大厦正式开业。大厦由一栋主楼、两栋辅楼组成，主楼建筑结构采用摩天楼形式，楼高78.33米，共22层，选用了当时最为盛行的艺术装饰风格，并以浅褐色泰山面砖覆面。大批原材料都由英国进口，选材考究，一落成便跻身外滩名楼之列。

据史料记载，百老汇大厦落成后不久，17楼和18楼两层楼面被长期包下，设立美国新闻记者俱乐部。推开上海大厦大门，映入眼帘皆是历史。大堂面墙上挂着1930年至1934年间拍摄的13幅百老汇大厦建造时的老照片、三角钢琴，"元老级"文物的老式OTIS电梯，开业至今，虽经多次修理，但却保养非常完好。OTIS电梯公司创始人的孙子在参观时，对这部电梯赞叹不已。名号"上海客厅"，主人是著名篆刻书法家陆康。厅内，满墙的字画和文房古董映入眼帘，现代又饶有古意。清末龙凤床头柜、英制热水汀、斯诺克台球桌等，找到往昔的诸多生活细节，坐一个厅、住一间房、就是读一座城市；其内涵厚重、格局经典、雍容典雅。新中国成立后，百老汇大厦被上海市政府接收。1951年5月1日，时任上海市市长陈毅决定将百老汇大厦正式改名为"上海大厦"。1956年，上海大厦归机关事务管理局领导，并长期从事外事接待工作。上海大厦18楼露天观光平台作为俯瞰外滩的最佳观景点，曾先后接待了世界各国100多位国家元首和政府首脑、政府代表团。1988年，上海大厦等四家饭店划归衡山集团，成为市政府接待基地。2008年12月正式挂牌成为五星级酒店。

华贵典雅的上海大厦，据说是原来周总理最喜欢下榻酒店之一。1963年，国务院副总理陈毅和夫人在大厦18楼会见厅与柬埔寨王国元首诺罗敦、西哈努克亲王会晤。1973年9月17日国务院总理周恩来由邓颖超随行，全程陪同法国总统乔治·蓬皮杜访华，最后一站恰是在上海。周恩来先于蓬皮杜来到上海大厦18楼，在贵宾室小憩片刻，周恩来呷了几口茶，走上休息室外边的阳台，凭栏远眺俯瞰，感慨沧桑。这也是周总理生前最后一次陪同外国客人来上海。建国后，周总理前后48次来到上海，其中27次他专程陪同外宾访问上海与外国政要会面。上海大厦，是周总理开展外交活动、打开中国外交新局面的重要场所；得到共和国第一位总理的青睐，更为它增添了一丝神秘和高贵，周总理与上海大厦有着深厚的渊源。据1958年12月5日《解放日报》第1版《金日成首相勉励工人创更大成就》节选："昨天上午，金日成首相和他所率领的朝鲜政府代表团在游览市区时，登上了上海大厦18层楼，俯瞰上海全景。首相和陈毅副总理、许建国副市长等一起倚在阳台栏杆上远眺。这时晨雾渐散，在阳光照耀下，林立的烟囱，喷吐着滚滚浓烟，黄浦江边大道上，车水马龙。"首相说："一望无际，上海是多么大啊！"如今，这幢建筑年龄86岁的上海大厦，未见明显下沉现象，足见工程质量之高。

半个多世纪沧海桑田，城市的高度不断被刷新，一座座曾经的"最高楼"转眼就成了现代钢筋水泥森林中的"小矮人"。然而，上海大厦依然如一个巨型"山"字巍巍矗立外滩，沉稳依旧。下榻于此，可感受到郭沫若先生为大厦的题词："春申水涨铺银浪，万顷楼台映日红"里的意境。站在大厦露台上，面对视野里的浦江两岸雄伟的建筑，上海大厦有着得天独厚的临江景观，窗外就是气势磅礴的外白渡桥，向西望去，苏州河上依次排列有乍浦路桥、四川路桥、河南路桥、山西路桥、福建路桥、浙江路桥、西藏路桥……我家旧宅位于北苏州路996弄（即浙江路桥与西藏路桥中间地段）恰巧在北苏州路上，俯瞰两岸风光，好似迷你版活灵活现的"现代清明上河图"。小时候,我家离外滩较近,经常去玩耍,亦深深地被浦江美景、万国建筑所折服,特别是上海大厦和外白渡桥就如姐妹般共同承担着上海人文的历史坐标。大厦副总经理黄嘉宇先生说道:"伟大的城市总有伟大的河流。我们很庆幸,灵动的苏州河就在大厦面前流淌着,这条河像是柔美的琴弦,弹奏起上海优美的旋律。"

当时客厅有三排沙发,墙上有一幅仕女国画,一盏落地吊灯,墙角花架有一盆万年青,地上铺有蓝白相间地毯,显得简朴、宁静、雅致,紫红色宽幅窗帘下摆着一对米黄色单人沙发,黎虹坐在左侧;赵启正坐在右侧,周禹鹏、曹阳、金仕根和我坐在右侧的三人沙发;大家的目光都聚焦到首长黎虹身上,零距离聆听其语重心长的教诲。刚坐下,黎虹话匣子一下就打开了,此行是要用包机将宋时轮上将骨灰带回北京。宋时轮上将湖南省醴陵县人,新中国开国上将,1927年入党,参加过土地革命、抗日战争、解放战争、抗美援朝;曾在莱芜、济南、淮海、渡江、上海等战役屡建战功,军功显赫;早年他带着队伍进入井冈山地区,被编入黄公略任军长的工农红军第6军,开始了他在人民军队的革命生涯。当时,毛泽东曾经笑着称赞他说:"宋时轮,你也是一路诸侯呀!"1935年9月长征途中,张国焘公然违抗中央北上的战略方针,企图分裂红军。红军主力于9日夜出发北上。由于时间仓促,宋时轮事先没有得到北上的通知。第二天早起,他发现红军全部转移,他立即自动追赶中央红军。毛泽东见到他时,说:"宋时轮你来了,好!"尤其是在抗美援朝的岁月里,在零下40多度极其困难的条件下,宋时轮几次调整部署,在长津湖之役,第9兵团苦战13昼夜,毙伤俘敌1.39万余人,开创了志愿军一次战斗歼灭美军一个建制团的记录,使整个战局发生了很大变化。毛泽东盛赞:"第9兵团在极困难条件之下,完成了巨大的战略任务。"他是中国共产党的优秀党员,久经考验的忠诚的共产主义战士,无产阶级革命家、军事教育家。1991年9月17日在上海病逝,终年84岁。大家不时被这个精彩的故事所敬佩、所感动;没有老将军及英烈们的英勇善战,哪有我们今天的幸福生活?!接着,黎虹关切地对在座的各位说,近年来,上海的经济发展世人瞩目。希望市、区领导及各行各业都要抓住机遇,乘势而上,当好全国各地的排头兵,并勇于敢超世界一流,发挥好上海天时地利人和的作用。并对赵启正副市长微笑地说,你原是组织部部长,希望各级领导都要爱才、用才、育才。比如,如果说时间是金子,那么,人才就应该比金子更贵重,因为他们是金子的挖掘者,是创造财富的主体力量。此话博得在座各位连连称赞。整个会见都在亲切和温情的气氛中进行。

会见结束,黎虹与各位领导及有关方面人士共进晚餐。餐毕,我亦随同市、区领导陪同黎虹登上上海大厦 18 楼的露天观景台，俯视浦江两岸璀璨迷人的夜景和别有韵致，上海外滩的夜晚安谧、宁静、只有浦江水缓缓流淌，海关的钟声洪亮、清晰、悠远。我们与首长黎虹摄下一张浦江夜景照片，我正好站在首长黎虹右后侧，从他那亲切的微笑中，我领悟到他的思绪正随着浦江波涛和海关钟声飘向远方，给人欣慰、温暖、活力。

## 首长黎虹为我题词

金秋的上海，气爽宜人。

30年前，1991年9月18日下午，由原《萌芽杂志》编辑郑胜国精心安排，我与同事金仕根负责陪同中共中央原顾问委员会第一副秘书长、原公安部副部长黎虹首长视察淮海中路沿线商贸景点活动。他身着一套深藏青的西装，红润透光的脸庞，一双明亮的眼睛上架着一副轻盈方框眼镜，大背头发型自然得体，薄薄的嘴唇微微抿着，给人以和蔼可亲之感。一路上，我们之间无拘无束，边走边聊，显得十分轻松、亲切；他举止文质彬彬，或驻足细看，或赞叹商品，或询问价格，或提货观赏，显露出儒雅风度，不知不觉中已经过了一个时辰，他不顾劳顿，与我俩一起穿梭于繁华而高雅的商业街。我俩及时安排首长在原卢湾区百货公司一个简陋的办公室休息一下。其时，他一边喝茶；我们一边在该公司办公室摊好桌布，备好笔墨纸砚，准备邀请首长挥毫题词。他一眼看出了我们的心思，随即脱下西装，欣然命笔；我俩心怦怦然，好像时间一下子凝固了，这种时空与机遇，千载难逢。是啊，我们都是基层普通公安干警，能得到首长题词激励，真是可遇而不可求呵！此时此刻，我站在他身右侧，黎虹边提笔、边思考，站着俯身，即兴书写"百炼成钢"为金仕根题词；然后又写下"勤学苦练"，"赠王耀明同志留念"；我琢磨其内涵，不"勤"无以奋进，不"学"无以明智，不"苦"无以成功，不"练"无以成钢；这一字一字地涌进我的心底，仿佛荡漾起生命的涟漪；回响着生气勃勃的旋律；虽然没有什么炫目的颜色，但却字字珠玑，点墨成金。

欣喜之余，我亦默默地联想起往日当铁道兵的难忘岁月。这支特别能战斗、特别能吃苦的英雄部队，曾先后在解放战争、抗美援朝、援越抗美以及建设各条战线上无不闪耀着铁道兵的光辉。"背上了那个行装，扛起了那个枪，雄壮的那个队伍浩浩荡荡，铁道兵战士志在四方"是这首歌，沁骨入髓；驻留了我最美好的青春年华，烙下了最深刻的人生印痕。我在成昆线、渡口支线、襄渝线与各地战友以其兵种代号"亥"字为军魂，在征服大自然的险恶环境中逢山凿路，遇水架桥；我们全体指战员不怕苦，是为了人民不受苦，我们不怕死，是为了人民得幸福。那时，每个战士每天施工为国家创造财富；一个施工连队的一个班，每天风枪、钢钎、铁锤等人工设备硬要拿下打隧道掘进纵深一米的整体桩子面，并要将上下道坑几十立方米的碎石料装在翻斗车上，一车一车地运出洞外堆场，这在全球铁路建设史上都是可歌可泣的奇迹。我们这支筑路大部队就是在崇山峻岭的万千沟壑中千锤百炼，锻炼成长，并以汗水、热血、甚至牺牲，绘就了一幅"钢钎挥动凿隧洞、架桥铺路舞长龙、困难面前何所惧，彪炳千秋铁路网"的时代画卷。是啊，我们这支铁道兵不怕苦、不怕死的可贵精神，难道不是"勤学苦练"，豁出性命顽强拼搏出来的么！这沉甸甸的墨宝，忽然转化为人间的真情，生死拼搏的人生写照，焕发出生命的夺目火花。

# 红色文化达人郑胜国

在我未认得"红霞寓公"孙轶青先生之前，先认识郑胜国老师。掐指算来，至今三十多年了。他，一张国字脸，天庭饱满，戴一副金丝边眼镜，双目透露出从容自如的青辉，眉宇间有一种儒雅的书卷气。说话风趣幽默。

1987年夏，我从上海市公安局政治部干部处，调到卢湾公安分局办公室供职。工作之余，我常去原南市唐家湾那家《萌芽》杂志社发行部淘书；时间久了，慢慢地与该处几位同志熟悉起来，由于胜国老师跟我意气相投，便成了挚友。

有一次，他曾对我讲起，他在1984年编辑出版系列有声读物《革命前辈的心声》赴京，中宣部新闻局局长钟沛璋建议：让他去叩教孙轶青先生；他万分感激，心知肚明，孙老是一位精通红色文化历史的老前辈。于是，马上来到孙老住的"红霞公寓"专诚拜访；后来由于编辑"红色文化"丛书交往多了，人称孙老为"红霞寓公"，孙老欣然应邀聘为报告文学丛书《献给后代的报告》的编委；他跟胜国老师一起，潜心致力于编辑红色文化丛书，建立了"红色"的友谊。他作为报告文学作家与红色文化丛书的责编，我十分敬重他。1995年6月，胜国老师赠送我一本签名书，此书由上海市当代人物研究会、《萌芽》杂志社主编《献给后代的报告》（第2辑）。我拜读了他的赠书后，觉得红色人物并非枯燥的、苍白的，而是高大而富有人情味的。

赠书中写了邓小平同志力挽狂澜；万里同志整顿铁路秩序，大刀阔斧搞改革；杨成武将军枪林弹雨中指挥抢夺泸定桥；雷洁琼同志为了"四个现代化"脚步永不停歇，等等；特别是题为《理智的感情》一文，记杨得志同志1928年入伍入党，1955年被授予上将军衔。战争年代，他曾一次次热泪；和平时期，他又一次次心热眼湿。有人说"军人不流泪"，那么，又是什么能牵动他心中的缕缕情愫……长征路上，他率领的团队抢渡乌江，8名战士乘着竹筏试渡，到江心时被险恶的漩涡吞没了。这时当地老船工站了出来，他与战士们第二次尝试，终于竹筏成功到达乌江北岸，过江之后，他派人沿江寻找。在草地露营时，一个班的战士因瘴气中毒全部牺牲，他要求在每个死者的坟墓上做个标记……后来每次讲起来，他都泪水流溢。正如他自己在回忆录《横戈马上》一书中所说：那一夜我就流了泪……"想起来，激动的心情仍不能自已。"他是个重感情的人，重的是一种军人特有的感情。然而，这次将军流泪，无疑是血与火的考验铸就了他的英雄气概。请看1935年5月24日，杨得志率红一团冒雨急行军，来到四川安顺场的大渡河边。仅靠一条小船，次日拂晓，17名勇士冲过险滩、巨浪和枪林弹雨，成功强渡大渡河，又在我军历史上写下了赫赫辉煌一页。由此可见，红色文化是立党立国立军之血脉。

在我与胜国老师的交往中，尽管我俩工作不同；但是，我俩都是浙江籍人，有一种乡亲感。岁月流逝，胜国老师与我是亦友亦师，他不仅赠红色书籍，而且抬爱我，让我参加他组织的红色人物的活动。90年代初，我与胜国老师一起在兴国宾馆，与国务院原副秘书长、中共中央调查部部长罗青长会见，他是周恩来总理临终前召见的最后一位中央部门负责人；我俩在沪多次接待中共中央原顾问委员会常委伍修权，以及中共中央原顾问委员会副秘书长、公安部副部长黎虹；还十分有幸在胜国老师精心安排下，与原浦东新区管委会副主任王洪泉，三人在原浦东川沙招待所受到张闻天夫人刘英的亲切接见；老人家刚正不阿、是纠正冤假错案的"包青天"，闻名遐迩；1991年5月离休后，积极推进社会主义精神文明建设。这天，老人家跟我们讲；"实事求是"四个字，是中国革命的生命线和胜利线。刘英阿姨还对郑胜国说："写我不能把我写得太满，写得太满就成了不食人间烟火的神了。你看，我是神吗？"临别时，我拉开轿车门，与老人家握手话别，目送她和胜国老师乘坐的那辆黑色轿车渐渐远去……

郑胜国老师给我印象最深的有三：一是知行合一。他将"红色文化"融入自己的"红色家风"中；儿子成亲，他特邀年时九旬的原上海市组织部副部长、著名书法家、诗人叶尚志做主婚征人。叶老爽朗而郑重地说：新婚夫妻是一首青春的歌，是美好的；但不能忘记革命好传统，要把富日子当苦日子过，以俭养德。这"红色文化"的独特氛围，影响了新郎新娘与主宾，"红色文化"源源地浸透到他的子女骨髓里了。二是言行一致。2007年5月18日，惊悉"红霞寓公"孙轶青在绍兴脑溢血倒下……胜国老师曾多次去协和医院探望，盼望医生创造奇迹。孙老逝世，胜国老师又赴京凭吊，送孙老一程；含泪书写《心声》一文，以示哀思。2017年3月11日，胡耀邦夫人李昭阿姨（享年95岁）在北京仙逝。胜国老师专程赴京凭吊，鞠躬致哀。多年前，开国上将肖华的夫人王新兰年迈住院。闻悉，他牵挂于胸，又赶到北京医院深情探望；是年12月24日，他在《谁是长征中最小的女将军》一文微信中点赞留言：王阿姨是我十分敬重的革命前辈，敬祝王阿姨健康长寿！2018年11月20日，他在《曾志回忆：我与陶铸》微信一文中写道："曾妈妈是位坚定的革命家，至今还珍藏着她给我的题词：心底无私天地宽。"三是以贤为友。记得2017年的秋日，胜国老师诚邀挚友石鼎、曹琦、徐跃、屠新时、张颖、汪紫俊、陈涛、徐红霞等在新开元酒店就餐，我有幸于大家欢聚，徜徉在修身养性、红色文化家园之中。是年12月，我与胜国老师观摩屠新时策划《润墨五洲》书法展；微信互动、收益颇多。类似"红色文化"故事，曾如他2018年12月7日在《催稿的意趣》微信一文自述：我任编辑也经常向作者催稿。其中的甘苦、跌宕、情趣、真可以写成报告文学！2019年元旦，他的精致微信送给好友："迎来了新年第一缕曙光，我心里涌动着美好的企望。让晨曦拂去您旧岁辛劳，愿您每一天都满溢芬芳。"猪年期盼，脉脉情深。

这些年来，我从胜国老师为人处事的品行中，看到他不仅不计时间，不计得失奔波于京沪之间，成了一位一丝不苟编纂和促进"红色文化"时代相传的忠实文化使者；而且对革命老前辈非常关心、敬仰，倾注了一颗嫣红而滚烫的赤诚心；胜国老师无愧是我"红色文化"的启蒙老师。

我觉得，没有敬畏和信仰，生命的动力便荡然无存。诚然，信仰同气相感，同频相吸，方能遇到文化贵人。为使星火代代相传，依然闪烁！我仰望星空，那一抹仿佛丝丝缕缕都透着"红色文化"气息的根基和灵魂，依旧散发熠熠生辉的金光。以史为鉴，可知兴衰。千秋伟业，筚路蓝缕。在风云暗涌的和平岁月，唯有弘扬红色文化精髓，才能震我中华，扬我国威。

# 教编相长成"杂家"

蹉跎岁月，光霁月明。在我所熟悉的教师队伍中，蓦然发现不同性别、不同风格的老师；然而，与我交往时间最长、感情至深的就是徐智明老师。

上世纪70年代末，我在闸北业余大学进修，徐老师上写作课。有一次，他以杂文家劳有林（别名：林兰）撰写的"走一步0.75秒"为范文，逐字逐句地加以剖析，强调惜时紧迫与高效，分分秒秒的价值，把握好每一步，提高学习与工作的成效。读到精彩句子，他放慢语调，脖颈上一条条的筋显露出来，面色涨红得像关公，全身都震起来，入耳入脑；无论哪个善打瞌睡的同学，也不得不悚然一惊。授课一点不含糊的认真态度，至今让我很敬佩。教育乃强有力的生命种子，他曾创办学校写作刊物，凡被选中的文章，选入校园《青工协作》刊物上，旨在提高学生阅读与写作的能力。我拿到油墨飘香的小刊物，如获至宝。自此，我学到写作基础知识，并当上《上海电视台》通讯员，时常有《以好党风带出好所风》《守卫车站战功赫赫》《282名劳教人员回家过年》等文章刊于报端。与凤凰同飞，必是俊鸟。欣喜的是，他培养过的不少学生，相继走上了从政、国企、记者、编辑、作家、律师等岗位。

对于那些高考在即的朋友圈或陌生的孩子们需要他帮助辅导作文时，他从不退却，不遗余力，给予"点对点"的精准助力。记得1995年冬，徐老师发现吉林白城市第一中学高一赵阳撰写的《飘远的小帆船》散文在上海青年报《红花》栏目发表，由他点评："兴发于此而义归于彼"，自然贴切，真挚感人。收到了"意在笔先"，引人入胜的艺术效应。此后，该同学考上四川大学中文系，毕生后跃升成为香港某集团的经贸精英。有次，小赵来沪探望徐老师，我们仨共叙友情。本来是陌生的外地学生，靠文化魅力的千里姻缘，事后他俩成了忘年交。又如，2015年高考前夕，徐老师又帮助一对龙凤胎的"新上海人"几次辅导高考写作，致使他俩应对考试充分，最后分别双双考取大学。送人玫瑰，手有余香。不少学生把他当作自己父亲一般来爱戴和孝顺。

2018年11月30日中午，徐老师诚邀我与其大学老同学、原上海《语文学习》的老主编范守钢老师和华东六省一市中学生作文比赛创始人之一葛子厚老师夫妇相聚，让我近距离拜见两位老师，聆听他们独到而精深的文萃。是夜，范老师打电话给我，找到了我诗句中的"两个"错字。起初我还思而不得其解，顿时感到茫然。由于，我在《钱君匋先生教我"以俭养廉"》一文中，误将个"德"字，写为"俭"字；误将"深"字，写为"你"字，不仅字意错了，而且张冠李戴；原诗句为："种德若深海，立志如大山"。但作品钱老先生书写的是草书，幸好被资深的范老师及时发现有误；随即，将书题改为［钱君匋先生教我"以德养廉"］。一字之师，仰慕不已。前几年，欣获徐老师多次在国际文学研究会活动中屡屡获奖的喜讯。这些金光灿灿的奖牌，真是其活到老、学到老的见证；在大奖的背后，无不凝聚着他的睿智与文采，也是他毕生著书立说的结晶。

近几年来，为了提高我的写作能力，增强师生友情，他在年迈体衰、视力弱、消化差的情况下，费尽心思地帮我精心构思、潜心修改，强调前后呼应、字句正确、过度自然、结构严谨，并赠诗一首："入笔平凡出笔奇，虚实相间互通所；点面结合欲详略，启承转合求新鲜。"

他随家人于2019年1月8日参观上海大世界时，还时不时地把我欢喜收藏老物件的喜好时刻挂在心上，事后遂将一本领到可以收藏的《上海市居民购买证》（非卖品）送给我。他在记事栏上写道：1915年黄楚九创立大世界。在荷兰定制哈哈镜，轰动上海。抗战时，大世界被难民居住，成了难民避难所，1939年又开放。这种见人见物见生活的镜头，让我重温擦肩而过的时代脚步声。同年新春期间，有次午餐后，我俩走进文庙一家旧书店，淘书是他的一大嗜好，走过书店是必去的。虽然人群挤搡，书架叠加，让好静的他一头栽进了藏书的宝地。既然是淘书，总得淘点好书，不买就对不住自己也对不住好书，淘淘旧书过过瘾。他的视角像猎鹰捕食，扫视书架，不一会儿，即淘到了两本书，并分别在扉页上题字。一本是《上海辞典》："新时代上海发展，需要我们掌握上海历史文脉"。另一本是《李天命的思考艺术》："静能生慧，就是静静地深入思考，才能产生真知灼见。可见思考艺术、方法是多么重要"。我真佩服他的眼力与匠心；如果没有这一绝招，就是最好的书籍也会在你的眼皮底下溜走。他说，淘书一是有史料，于写作可用；二是为求知，以人文社科类为主；三是"捡漏"，如初版本、签名本和稀缺本。付款后，我俩走出了书店。又说，知识靠平时一点一滴的积累，要成就学文，务必要在学懂弄通的实践中，汲取营养，不断灵悟，不断提高自身的阅读和写作能力。人品决定文品。品读徐老师曾为我《人生如树》一书作序：序题："嘉树着花有清采"；他说：写作是思维和文字的"圆舞曲"。通篇凤彩鸾章，霞鲜锦缛，着实让我镂心铭骨。

我深知徐老师的人品、文品、作品的分量；如果不是2019年7月19日，正值徐老师80岁生日，我谨以一首《贺老师八十华诞》小诗述怀：年华似水匆流过，育人撰文不停蹄；室有芝兰春自韵，人如松柏岁常新。年逾耄耋不服老，毕生致力著文章；焠炼心智得佳句，一生心血凝书香。徐老师除了欢喜茶文化、美食文化、打乒乓、旅游、制作图文并茂画册外，最大的爱好莫不是，读书、啃书、淘书、写书、编书、藏书、送书，有书相伴，就像鸟儿有枝可依，从而也有了一片天空。

罗竹风先生曾经说过，编辑是"杂家"。他任窗外风起云涌，不恋纷扰和浮华，做人当如幽兰，委身斗室，坚守业态澄净。他戏称自己是一只"草根兔子"。然后由其主编和责编的书尤为宏阔。《中国厨艺文化大观》（约130万余字），林吾堂《吾民吾土》全译本，《太极文化》，整理修改了由俞振飞题名、封底是陈巨来为杨振雄刻的洪昇名句"可怜一曲长生殿"朱文印阅读本《长生殿》等有102本。出版在各家杂志的书评、散文、故事和人文传记有199篇。他却谦逊地笑道"杂七杂八"；这一系列"杂家"书在某种深层意义上，影响跨越了中小学语文作文指导、写作国际应用文研究、心理学、文学艺术、美术艺术、评弹艺术、上海滑稽艺术、烹饪艺技教育、美食研究、药膳研究、茶文化、酒文化等领域，其价值可想而知。

写到这里，我想到美国文学家拉尔夫·沃尔多·埃里森所说："一个伟大的灵魂，会强化思想与生命"。人最宝贵的是精神文化元素。他点亮了我生命的火花，启智润心，"杂"韵卓然，灯光可亲，书香氤氲。

## 第二辑·趣事如珠

# 卢湾流光绰影

有哲人说，看不见的和谐比看得见的和谐更美好。一个人如果无法辨认自己成长的城市，也相当于忘记了母亲的面庞。因为是城市养育了我们，塑造了我们，亦承载了我们的乡情。

原卢湾区，陆地面积 7.55 平方公里，是市中心一块寸土寸金的黄金地段。这个地块于 2011 年 6 月 8 日从地图上抹去，重新组合，只要城市微空间还在成长，尤其在空间维度、历史维度的基础上，建构出一个城市的精神向度，这个关注话题就会不停发酵。

以高雅浪漫著称的百年淮海路，2020 年正好 120 岁。这里曾是旧上海的法租界，一直是上海尊贵和时尚的坐标。它被赋予了古典与现代、东方与西方一份独特包容与和谐使之融会贯通，繁华的背后刻下了深厚的文化底蕴。卢湾之所以迷人，并不在于有多少高楼大厦，而在于弄堂街坊所体现的城市元素与个性，在于她的烟火气息，在于她的特色与人文。漫步街头，两排高大的法国梧桐舒展茂密的枝叶，在头顶编织起一片绿荫，夏日的阳光透过缝隙钻进来，欢快地亲吻着行人的脸颊。地面上树影忽隐忽现，掠过那一砖一瓦所记录的故事，从而去回味岁月的洗礼。整条充满"高雅时尚、芳容繁华"的幽静走廊，恬静与悠然，高端与典雅，演绎出海派商业文化风情，仿佛时光回转，陶醉于触动心灵的优秀的人文历史之中。

从历史发展的轨迹上来看，它从星火之火可以燎原的红色文化到怡情养性的地摊文化，从名寓名店到名人荟萃，低调奢华，彰显文化，让你在刹那间之间穿梭时空回到上世纪二三年代的上海滩。区内有历史遗迹一百余处，100 年前，望志路 106 号；100 年后，兴业路 76 号这幢上海典型的石库门是出席中共"一大"的上海代表李汉俊之兄李书城的住所。太仓路 127 号一幢独立的砖木结构老式石库门建筑，是中共一大会址纪念馆办公场所（原白尔路389号）。位于南昌路100弄（老渔阳里）2号，这幢旧式石库门民宅，原是安徽都督柏文蔚的居所，人称"柏公馆"。门前挂有三块牌子，一楼的客堂间是《新青年》编辑部，亭子间是《共产党》月刊编辑部，陈独秀上海故居。1920年5月，青年毛泽东也曾风尘仆仆地来此与陈独秀晤谈马克思主义研究会问题。同年夏，中国共产党发起组在此成立。翌年6月初，经陈独秀、李大钊书信商议决定在上海召开中国共产党第一次代表大会。7月中共"一大"后，此地成为中共中央局办公地。复兴中路221弄12号（原辣斐德路成俗里），又新印刷所旧址，所承印的第一本书，正是陈望道先生翻译的《共产党宣言》中文全译本。复兴中路239弄（冠华里）4号，曾是中共上海区党委党校旧址，在苏、浙、沪地区的革命斗争史留下光辉灿烂的一页。自忠路355号曾是《新少年报》旧址，报纸设有一个"咪咪信箱"栏目，专门解答小读者学习、生活中的疑难问题，直至1948年12月2日第100期刊登告别信《暂别人，朋友》而被迫停刊。路漫漫其修远兮，奋行永远在路上。除外，周公馆、孙中山故居、郭沫若故居、韬奋纪念馆等，上海市第十二中学，原是革命烈士茅丽瑛同志生前就在这所学校就读和任教过。1990年12月12日，茅丽瑛烈士雕像在十二中学落成，记录了一个传奇女子平凡而伟大的情操。瑞金二路148号一幢典型的三层小洋房，简单的铭牌，空间狭窄，曾是革命烈士秦鸿钧（金神父路）设立"第三国际电台"旧址。1939年首次辗转演出《黄河大合唱》、创作《中国人民志愿军战歌》、1964年组织大型音乐舞蹈的创的著名音乐家周巍峙的青年时代是在上海度过的，他从马当路278弄63号西成里奔赴延安。百年文脉，群星璀璨。素有东西方文化相融、享誉东方香榭丽舍大街的霞飞路、思南路、南昌路、复兴路上蓝天白云下，绿树成荫的一幢幢小洋房，每一处都是让老上海、老卢湾骄傲的地方！优秀的历史建筑像树根，而名人及文人过客是树叶，一并撑起了老街旧宅的文脉。上海文史馆、上海社会科学院、上海科学会堂等，乃是城市文脉所系，也是一座城市成长的刻度，更是彪炳史册，屹立不倒的精神丰碑。每当走进闹市中静谧的复兴公园，就仿佛走进历史；百年园内最亮的看点，无疑是大草坪前矗立着一尊花岗岩石材的马克思、恩格斯双人雕像。公园是历史的见证人，浓缩了近百年来上海乃至中国所发生代翻天覆地的变化，驻足仰望，崇敬之情油然而生，伟大导师的形象铭刻于人们的心中，马克思主义潜移默化地浸润着人们的灵魂。卢湾是上海最能体现东西方文化相融、交流的区域之一。无论是淮海路，还是散落在区内的18幢欧式优秀保护建筑和中西合璧的石库门里，卢湾人杰地灵，在此居住的有：外国侨民、政治家、文学家、艺术家、亦承载了一段丰富的近代史。

上海文化广场，曾是"逸园"跑狗场，号称"远东第一大赌场"。当时一旦入迷涌到逸园的赌客，就会弄得浑身是债，卖妻鬻子，倾家荡产。解放后，成为上海音乐生活和文化生活的一个亮点。追忆一番这些年文化广场所历经的变迁：我曾有幸在此观看革命现代舞剧《红色娘子军》、一票难求的"上海之春"交响乐、朝鲜平壤歌剧院的《卖花姑娘》。这里还曾举行重要政治集会、报告会、公判会等。1969年12月19日12时50分，文化广场大火，由于在使用喷灯烤油漆时工人违章操时，致使煤油外溢燃烧芦席长达3小时之久，整个广场建筑付之一炬，伤亡惨重！还如，1990年5月23日凌晨2时，我在值班时接到延安中路557号上海针织十七厂针织车间火警报告，即与消防科同志先期赶到火灾现场，十多分钟后，杨惠泉副局长、区领导闻讯先后赶到现场指导抢救，事由配电板受潮漏电所致，无人员伤亡。

现今的锦江饭店在茂名路，旧时习惯称其为"十三层楼"，对它的南楼则称谓"十八层楼"。1972年美国总统尼克松访华时，曾下榻锦江饭店。2月27日美国总统尼克松和基辛格一行，在国务院总理周恩来陪同下抵沪，双方在锦江小礼堂签署《中美联合公报》（又称上海公报）；期间，尼克松向毛泽东求取一副墨宝，毛泽东欣然应允，挥毫泼墨送给尼克松12个字——"老叟坐登，嫦娥奔月，走马看花"。尼克松看后，如获至宝。

二三十年代，有不少进步的文艺界人士为了逃避内地的白色恐怖，纷纷到上海来寻找新生活，也常常租用亭子间。如鲁迅、蔡元培、郭沫若、茅盾、巴金、丁玲、丰子恺、苏青、梁实秋、张爱玲、艾青等都在亭子间里居住过。这些文人不仅住在亭子间，他们的作品中也大量涉及亭子间和石库门的生活，故有"亭子间文学"之称。学贯中西的大学者钱钟书与夫人杨绛、女儿杨瑷蜗居在辣斐德路609号的亭子间住过8年（现为复兴中路573号），写下了揭露和讽刺当时的种种人生病态和社会弊端的长篇小说《围城》，内涵充盈，以理于情，是现代文学史上一部风格独特的讽刺小说，被誉为"新儒林外史"，在《文艺复兴》月刊上连载，很受读者欢迎。在历史的长河中，过去名人荟萃，当下人才济济，从卢湾走出了不少迄今有名气的人士：著名儿童文学家陈伯吹、遗传学家谈家桢、分子生物学家陈竺、儿科专家沈晓明；乒乓名将：陆元盛、何智丽；泳坛名将庄泳、蒋承稷、乐靖宜等；向明中学走出来的有：徐智明高级编辑、朱学骏皮肤性病科专家、陈晶龙资深编辑、程尔曼美食家、付伟铨资深鉴藏家……不论医术、影视舞台；还是作家、体育平台，无不都是汗水和智慧的结晶。他们传承中华文化，亦都是温度与情感的高度融合而成，都是独一无二的。你可以听风，你可以听雪，你可以听云，你可以听雨，因为你在用心观察世界，凡重复客观存在的别人的东西都不会成为本真的文化艺术。唯有独创的文化艺术和体坛成就，才能具有独特的生命力。定然，卢湾寸金地的一草一木，一楼一校，其含金量纯度极高！

享有二十世纪中国画坛最具传奇色彩的国画大师张大千与其姊琼枝和二兄"虎痴"张泽（字善孖）曾住马当路278弄（西城里）16号、17号。在1932年张大千34岁生日之际，西城里群贤毕至，徐悲鸿、朗静山、吴湖帆、谢稚柳等人聚集一堂。"文人相轻，自古而然"！早年，吴湖帆托人在原嵩山路88号租赁了两幢三层的西式房子作为寓所。他把画室和卧室安置在楼上，名其寓为"梅景书屋，在楼下与陈子清合办一个书画事务所，平时高朋满座，来访者济济一堂。吴湖帆承吴大澂遗风，生性豪爽，喜交往，待人友善。虽然，家具陈设都是较旧的，常有来客的裤子被破椅子的钉子钩住的笑话。"有人劝他调换好一点的，他却笑儿答道："换了好的，来访的人更坐不下了。"寓舍向朝南方走去，不远处为邻"新天地"，旁边建有顺昌绿地人工湖，朝北走到嵩山路尽头，有延中绿地同样也建有人工湖"出门一笑大江横"，正印证了这位沪上大画家所向往的浪漫情趣和其中涵义了。老房子有历史，承载着人文温情。重庆南路169弄巴黎公寓，185号重庆公寓（原为吕班公寓）著名美国女记者史沫特曾在此居住。205弄万宜坊，属于典型的海派建筑。在大门横额上镶嵌着沈钧儒手书的"韬奋纪念馆"五个大字。88号是家境优渥的郑苹如旧居。斯人已逝，围绕她留下的无数谜团，她带走了太多的秘密，小说、电影……始终更让她的故事扑朔迷离。其实，撩开后世氤氲成障人双眼的薄雾，清晰地拨开历史的迷雾、走近一位平凡而伟大的女性。这位女性，不因"伟大"而动人，而因"真实"才更感人。万宜坊54号是韬奋故居，毗邻的53号则被征作韬奋纪念馆馆址。睹物思人，使我们不能不深切地怀念他们夫妇俩，谱写了一曲淡然而馨香隽永的恋歌。韬奋夫人沈粹缜先生是宋庆龄的挚友。因情而暖，距今45年前，我曾作为一名户籍民警、退伍军人，被评上上海市烈属、军属、革命残废军人、复员退伍军人积极分子。1978年5月5日上午，我与代表们出席在市府大礼堂召开的积极分子代表大会，有幸受到上海市委书记林乎加等领导的亲切接见，并在大会作了题为：《发扬革命传统，为巩固无产阶级专政站好岗》的交流发言。下午，与会部分代表又集中在和平饭店召开座谈会，席间，我曾坐在时年78岁沈粹缜先生的旁边，聆听这位德高望重革命前辈的殷切教诲。短暂的交流，真挚的情谊，倍感荣幸与珍惜。她亲切话语、丝丝真情、像和煦的春风，悠悠地涌动我的心海，至今记忆犹新。

雁荡路82号有一家"洁而精川菜馆"，曾是上海滩的知名食肆，创建于1927

年，不仅接待过周恩来，还拥有苏步青、刘海粟、程十发、赵丹等常客，亦对这里美食赞不绝口，有感而发，留下墨宝，历经岁月沧桑。据吾师徐智明2008年所编辑的《兰台艺事》一本纪念册书中主人公许兰台先生回忆：上海解放前夕，著名书画张大千携带自藏画卷专程坐飞机抵沪，走访他的同道老朋友吴湖帆，彼此读画切磋。那天，吴湖帆先生邀请张大千先生在家晚餐，酒菜是由"洁而精"菜馆厨师，挑着装满半成品的佳肴上门来烧的，在家厨房摆起大炭风炉，坐在圆台面桌上的，除了吴湖帆先生的家族外，作陪的由吴的外甥弟子朱梅村、学生吴少温、寄子许兰台。餐毕，由吴湖帆先生掌卷先读，卷上包了一只金黄色织锦夹层的包手皮，金光灿灿，原来是一件极为完整绢本重彩工笔画卷《韩熙载夜宴图》长卷，这是南唐时期画院供奉画师顾闳中所画，用笔细腻精湛，人物栩栩如生。大千先生恳请吴湖帆先生在结尾上题词，最后题上年月日期吴湖帆敬观，并由学生吴少温在卷面上盖了印章。册页上智明老师手书赠我"清雅真赏"，戊子年春节。时隔12年，我呈请吴湖帆之孙吴元京欣赏这本纪念册，当即，上海海派书画院执行院长吴元京手书览，庚子之秋。位于重庆南路、靠近淮海路的上海正宗沧浪亭，坐东、朝西，只有一开间门面。店堂里挂着吴湖帆先生题写牌匾："沧浪亭"。勿晓得这块几经沧桑真迹的名匾还辣海哦，辩帧墨宝如完好无损，今朝肯定要价值连城。该店为上海姑苏特色面点、糕团第一店。早年京剧大师梅兰芳演出结束后，也常来食用。老早，腰花面、鳝糊面、葱油肉丝拌面，滑嫩弹韧，老吃客就爱这一口。"困难时期"的年代，沧浪亭一碗好个浇头面要卖5、6块洋钿。原来当时上海青工每月工资只有30块左右。一般普通市民是不敢脚踏进这片店堂过去吃面的，就是要去吃碗面的顾客，也还得排队进去，才能品尝这款热腾腾、味道好的特色面。听画家张迪平追忆老画家程十发时，她讲起这样一桩故事：当年邀请程十发老师及画友到淮海路、成都路一片饭店二楼聚餐。当程十发刚坐下，只见墙上挂着一幅"程十发"的画作；于是，大家疑惑的神情都投向程老师。不辩乃为智，不争方为仁。即是，程十发不加思索地说："他知道我很忙。"才高不傲的心灵，才是最高的境界。幽默地话语，印刻在画友们的心中里。淮海路洗尽铅华，方露本色；除了著名的上海全国土特产品商店、上海哈尔滨食品店外，顾客光顾指数最闹猛的要数，[老字号]光明邨大酒店天天生意超级兴隆，许多年纪大的老人都喜欢排着长队买全年供应的鲜肉月饼、油爆虾、熏鱼、葱烤鲫鱼……我总觉得这些老食客不仅是为了美味，更是难忘享受这排队的精致生活，尤其是享受阿拉时尚乃至繁华背后老百姓生活的朴素与本真。

位于建国中路、思南路口的那栋赭红色的高墙，两幢四层监房，旧时为"上海法租界会审公廨监狱"，人称"马斯南路监狱"。解放后，改称上海第二看守所。据悉，这座监狱里曾经关押的人不计其数，有中共领导人邓中夏、著名的爱国"七君子"中的邹韬奋、沙千里和史良也被关押于此，以及大诗人艾青因同一批青年画家，共同成立"春地艺术社"于1923年被捕，在阴森电网和严密看守的狱中度过了无数个日日夜夜！狱中，他写下了抒情长诗《大堰河——我的保姆》在《春光》杂志上发表，引起轰动，一举成名。他的真实姓名蒋正涵。艾青曾幽默地说："决定我从绘画转变到诗，使母鸡下鸭的关键，是监狱生活。"为此，人们常常吟诵他的著名诗句："为什么我的眼里常含泪水？因为我对这土地爱得深沉……"

而今，我与老同事周耀珍微信互动，她比我大20岁，名字中间都有一个"耀"字，志趣相同，结交笃深，亦会常常谈及老早顺昌路一带的一些往事。他们夫妇俩原来都是50年代老嵩山公安分局民警，后并入卢湾公安分局，曾住顺昌路（永安里）89弄7号三楼前楼，他们对周围人文历史了如指掌。顺昌路过去叫"菜市路"，当年西门菜场是上海的人气地标，周围商铺云集，盛极一时，闻名海内外。1988年秋，老周屋里乔迁时，我们同事都是她家搬场的志愿者。至今，老周还记得起我讲的一句话，"搬家具当心点，勿要碰坏冰箱"。我与周耀珍一起工作相处2年，她退休至今一直都有来往，还是发起"霞菲"警友沙龙的创始人；她丈夫宋国华时任卢湾区人民检察院院长，中午都在一个食堂就餐；每次遇见颇有涵养的宋检察长，他总是和蔼可亲，毫无畏惧之意，深受同行的拥戴。每当谈及石库门里的烟火气，鲐背之年的夫妇俩，娓娓道来，抹去的是岁月，留下的是真情。

闹中取静的绍兴路，静谧而优雅，茂密的梧桐树把这条小路隐藏在繁华都市的背后，树梢间透出沿街法式、西班牙式风格的民居，没有公交车，近百年来的浸濡，颇具独特的韵味，保持典雅、庄重的风格，一踏入绍兴路，周遭的车水马龙嘈杂之声立刻消失得无影无踪，心也沉淀了下来，又不失现代文化企业的时代感。小街上到处遍布着出版社、画廊、书店、是条闻名遐迩的文化街。坐落在绍兴路27号，这幢房环境幽静，简约朴素，别有洞天，这里曾是杜月笙的公馆之一。2014年9月的一天，我收到由老同事周耀珍亲笔书写、邮寄来的一份精美的邀请函，兹定于10月2日上午10时，在绍兴路27号《老洋房》举行钻石婚庆招待会（谢绝贺礼），宋国华、周耀珍谨邀。这份特殊的邀请函，我们夫妇甚是荣幸。中午，蕙质兰心的周耀珍、鹤发童颜的宋国华伉俪在此举办钻石婚宴，蕴含人间情味。60年前，周耀珍伉俪在这栋洋房喜结良缘；60年后，这对伉俪再度定格在富丽堂皇的大厅，宾朋满座，歌舞升平，弥漫着欢乐的气氛。钻石只有经过六十年风雨洗礼，才能发出夺目高贵的永恒光亮！它非所有人有这种"钻石婚"的机会，我们夫妇幸会第一次莅临如此真诚高贵的喜庆场面，也只有相守相伴了六十年的忠贞的爱情，才能配得上"钻石婚"这一美丽晶莹的名称！这条颇具精雅线条的绍兴路，经过跨间、混搭、融合，有书店、茶室、传承、心肠、软实力、人间烟火，演绎着许多有趣的记忆。每当踏上小资风情、且移动的风景线，真是别有一番情调。南昌路上不少名人的故事。曾是上世纪三十年代文人骚客偏爱的居住地，曾经的法租界，隐藏着名人的轶事。但由于很多历史原因，虽然挂上了名人故居牌子，但里面却早已换了人间，难以窥见昔月风采，凝固的旧居，人文荟萃，浸润着心扉。一块醒目的横匾"科学会堂"四个字，镶嵌在南昌路47号一号楼正上方，这是首任上海市市长陈毅亲笔题名的。南昌路东侧48号，原为大同幼稚园旧址，当年毛泽东的岸英、岸青、岸龙三个儿子，以及恽代英、彭拜、蔡和森、李立三等子女，都曾在大同幼稚园抚养。53号为中国现代绘画的一代宗师林风眠旧居。68号新四军驻上海办事处，李一氓故居。著名书法家、画家、篆刻家、书籍修帧专家钱君匋早年久寓重庆南路166弄4号，其寓所建造南北高架时，举家迁至南昌路83弄善庆坊3号，也是他人生最后的住所。南昌路110弄上海别墅，是我的老师徐智明、陆蒙丹夫妇旧居。我到老师家里做客，总会发现一位爱书家是个杂家的情怀，无不透溢出浓浓的书卷气。捧书忆昔，我与老师如何认识与交谈的情景浮上眼前，老别墅有韵则灵的陋室维系着人的温度，唯吾德馨，倾注着主人的毕生心血，把心思揉在字里行间，凝成一沓沓文稿，无私地在播种着文化的种子，流畅的文笔，字字锦绣，历历在目，情深意长。136弄1号，曾为巴金（1932年–1933年）旧居。39号，著名翻译家、文艺评论家傅雷的旧居。148弄11号巴金曾短期居住的旧居。如今，南昌路、茂名南路口东南角的街心小花园内，伫立着一尊泰戈尔的半身铜像，寓意中印人民的"精神纽带"。如徐志摩那首情谊缠绵的诗句："悄悄的我走了，正如我悄悄的来；我挥一挥衣袖，不带走一片云彩。"沿南昌路到陕西南路，然后沿着陕西南路至39弄（长乐村）93号是丰子恺旧居，也是丰子恺生前最后定居时间最长的地方。因寓所阳台有三面窗和天窗，均可观赏日月，故丰公自名此居为"日月楼"。无独有偶，我新近邂逅文采斐然的庄寅亮先生，就是一位从事中国笔迹鉴证专家、上海市丰子恺研究会会员（丰子恺"绝笔"解密者庄寅亮先生。）

淮海中路494号康绥公寓，原是国营淮海路旧货交易市场，被上海人称为"淮国旧"。前门成了交易所，后门成了"旧货论坛"。后来"旧货商店"又更名为"调剂商店"。"文革"时期，资产阶级趣味的东西，市面上基本销声匿迹的、抄家抄来的钢琴、小提琴、大提琴、萨克斯、贝斯、吉他、黑管满坑满谷。不"领市面"，要变成"阿木林"或"洋盘"的，可以买不起，但不能看不懂。我也爱"轧一脚"逛旧货市场，自己去"领市面"。店堂里看得人比买的人多，老旧物品俱带有历史沧桑感。交易方式：一种是商家对货物估价，一手交货，发票盖上"银货两讫"印章，这种方式叫"买断"；另外一种由卖家确定出售价钿，货物放辣商店里，委托商店代售，东西卖出后，商店通知卖家收取货款并缴付佣金，这种方式叫"寄卖"。以寄卖为主，卖断为辅。"淮国旧"的营业员"爷叔"门槛精得九十六，个个身怀绝活。凡营业员的收入并不与业绩挂钩，断之有据，功夫过硬。老卢湾人总有一种情怀，老商店变迁，恍若隔世，一声叹息，它却消失在夜色阑珊的霓虹里。此后，我渐渐地对淘旧货很感兴趣。曾听明式家具收藏家汪笃诚说："其实清朝家具有一部分就是在明朝的经典家具上加了一些装饰图案，以雕刻居多，对普通人来说也无伤大雅。就像那句话说的——越复杂的东西越容易做，越简单的反而越难做"。明式家具线条简约，工艺严谨，令男士品味它的完美，更令女士痴迷圈椅，细腻地感觉自己被这种椅子的扶手环抱着的惬意。我是亲历者，也是见证者。1991年11月3日，我曾委托卢湾木器调剂商店销售一只红木转椅，总价650元，扣手续费7%，实收585元！另外，从汪笃诚经理手上买了一件明式红木摆件，价格150元。掰指数来，整整30年，每每珍赏，与古人对话，别有情趣。

建国中路22号，原是法租界会审公廨及警务处旧址，拘留所设在主楼南部的底层，于1918年建成。这幢精美建筑，三层砖木结构。红瓦四坡顶，檐下有齿形带饰，檐壁周遭有回纹带纹；一至二层采用清水红砖砌筑，中央大扶梯至半层，再由左右两侧小扶梯上楼，二层和三层有长方形倚栏，有外置石梯，开拱形长窗，底层水泥仿石饰面，颇有气派，曾有多部影视剧在此拍摄镜头。

1987年6月，我从市公安局政治部干部处调到卢湾公安分局，分局任命我为办公室副主任兼党支部书记。面对全新岗位，务必练就内功。那时，我与副主任徐振庆及情况组同志在二楼正南西首一间柚木地板、百叶窗、宽敞明亮的大房间集体办公，老徐与我用一只老式大玻璃双人写字台，台上有两部电话：（310500×134，310500×138）；电讯室许克林班长等人，轮流会用酒精棉球消毒电话机，其他同志分散在各处办公。老徐大我10岁，因缘邂逅，尽管他性格内敛，不善言辞，但为人忠厚、任劳任怨、文笔犀利、行家里手，足以担当我开展工作有力的靠山与支撑。指挥室墙上挂有一幅刘海粟《金盾利剑》的书法作品，乃为"镇局之宝"。这四个字寄予着公安的职责与重任，心系着一方平安，每每品味，感触颇深。办公室是综合各类信息和协调参谋部门，与全室同志唱好一台戏，倾力演绎出自己的角色。

三十多年前，我与同事参与卢湾区国庆保卫工作，每年淮海路观灯安全保卫工作无疑是重头戏，从制定保卫工作预案到定点定时定岗，旨在确保万无一失。男女老幼为了一睹节日夜景，早早地抢占最佳地形，居家等候；我们上岗民警脑子里却是无暇观赏流光溢彩、火树银花的夜景，而是要做好落实淮海路沿线制高点节点防控的同时，屯兵街头面对街面人群，注意观察动向，锁定人流涌动，将群体性不安全因素降低到萌芽状态之中。配合街道、居委在重要路段设立医疗救护和供水站。群众的欢乐时分，就是我们民警的尽责之时。淮海中路567弄渔阳里东侧搭有一间淮海路治安联防办公室，1988年至1993年期间，日常工作由派驻淮海路治安联防办公室副主任张祥林负责。主要开展淮海路沿线商店治安防范管理，发挥各店职工佩戴红袖章、手持小红旗、参与店堂日常防范，是反扒窃的"克星"；针对各个时段治安状况的不同特点，公秘结合，群防群治，重点打击现行扒窃违法犯罪活动，降低发案率，营造良好的购物环境。这个不起眼的治保组，曾多次跨入市、区治安保卫系统先进集体集行列，名扬四海。八十年代末的一个盛夏的中午，在分局档案室工作刚满一年余的新民警蒋国昌同志，正在档案室库房分拣、登记造册旧资料时，翻着翻着，倏然，从一叠旧材料中抖出一张老照片，这张微微泛黄的旧照片映入他的眼帘，他被它吸引住了。再仔细一看，原是革命先烈彭湃生前与其母亲留下的一张合影照片。发现如此罕见珍贵的历史老照片，小蒋的内心顿时一阵激动。于是，三步并两步跑到二楼办公室，"报告王主任，刚才在清理法租界公董局巡捕房资料中，无意间发现了一张黑白签有'彭湃'名字的照片，是张两个人的合影照——一个老太太坐在椅子上，边上站着一个男子，相片反面用蓝黑钢笔墨水写着彭湃与母亲及日期等字样"，"相片手掌大小，现交给卢联康（档案室组长）"。是日下午，区、市档案馆高度重视，专家叮嘱要妥善保管好相片，最好用相片袋装好，不要直接用手拿相片。于是，我即督促小蒋与老卢包好相片，遂将相片交由上级主管部门去鉴定。数天后，市档案馆专家鉴定：它是一张真迹，是彭湃烈士早期革命活动的珍贵史料。虽然事隔三十多年了，思绪回到现实，我们曾经为弥合先烈的生前珍贵史料做了点实事，大家心里十分踏实而欣慰。那时，办公室有个约定俗成的规矩，不论谁搬家，上至局长、下至民警，都一视同仁，不分厚薄，不找搬场公司，而是组成志愿者团队，利用星期天休息，帮助需要搬家的干警派车搬场，并蔚然成风。记得有一天下班时，突然间，我被电话铃声骤响停下脚步，拿起话筒一听，却是同事郑玉娟丈夫打来的央求电话：他急促地讲，小郑左撇子使用菜刀剁猪尾巴不填，竟剁断右手食指第一节小指，疼痛不止……面对紧急求救，我一时不知所措，立即招呼巡警队队长金仕根一同驱车赶到瑞金医院。傍晚时分，找不到医生，小郑又痛又哭，显得尴尬。这时，金队长急忙双手抱起小郑直朝急诊室冲去。闻讯而来的医生被金队长的举动所惊，当医生得知我俩是单位同事，特意为此事赶到医院，二话没说，立马给小郑断指作了紧急施救，所幸手指血管缝合成功，免遭断指成疾，小郑感激涕零。

最令人难忘的是，趁南浦大桥尚未正式开通前，1991年夏日，组织全室青年党员和团员来到南浦大桥实地参观，亲身感受我国自行设计、建桥工人的雄伟壮举，主塔上镶嵌由邓小平同志题写"南浦大桥"四个红色大字，刚健挺拔、气象万千，我们站在桥面中央集体合影，顿时感到无比的自豪。后来看视频在知道邓小平题词的奥秘。他在书写"浦"字最后一点时，稍为将最后一点"点"下了些。当时，在场的其小女儿（邓榕）曾感到好奇，"爸爸，这一点怎么往下点了"。邓小平却说，"是因为浦东开发开放晚了一点。浦东如果像深圳经济区那样，早几年开发就好了"。这正是伟人宏观经济发展的点睛之笔。意义深刻，发人深思。1991年2月18日上午，小平同志视察了建设中的南浦大桥浮码头工地后，晚间登上新锦江大楼顶层，俯瞰上海市容，听取了关于浦东开发工作的汇报。这座世界第四大双塔双索面叠合梁斜拉桥，犹如一架横卧的竖琴，更如一条蜿蜒的巨龙，跨过上海市的母亲河黄浦江，它记录了上海人圆了"一桥飞架黄浦江"的梦想。

如今，思南路逐渐成为全国知名"上海文化"靓丽的名片。阳光透过荫翳的法国梧桐投下精美而斑驳的洋房，浓密的树荫覆盖了幽静的小马路，随着微风有节奏的颤动，只有一丝缝隙透射进钟情的梧桐树。当我们怀着一颗虔诚之心逡巡在宅门内外，那些人、那些事，居然浮现于我们眼前，亦勾起了对这条路风云历史的记忆。一个氤氲旖旎的星期天中午（2014年6月14日），我们"霞菲"沙龙（第四届）十五位警友欢聚会，相聚于思南路口、南昌路59号5楼燕云楼红楼苑，畅叙友情，黏附于友谊网络之中。是日，徐霞客第十代文孙徐振庆馈赠于我书于甲午年端午节的一把草书扇面，录徐霞客醉中漫影诗一首："绕屋梅花香更清，当窗竹影云俱轻。梅花宜月竹宜雨，一时雅致谁与并？我来恰值阴晴会，晓色空濛夜明媚。雨中移竹月中栽，客与梅花同一醉。"尽管彼此见面不多，每次聚首，消失的是岁月，收获的是朋友。青山常在，绿水长流。2019年11月27日中午，我与老同事徐广鳌、张丹娣相聚。回忆彼此的共同友情，似乎时光回到了欢歌岁月。广鳌快言快语，着装大方，戴上一副眼镜，头上戴领黑色贝雷帽，颇有艺术家的风度，是拍电影的一位最佳男演员范儿。难怪当年上海人民照相馆老板眼光独到，曾拍摄他年轻时、穿白色制服帅气的艺术照，放在店里橱窗展示。他兴趣广泛，爱说唱、懂文艺、通草书、精茶道、会缝纫、常修身、悟佛心、无一不精，乃为全能明星。随即，广鳌君特意拿出纪念上山下乡 30 周年特制"首日封"送给我和张丹娣留念。一边拿起叮当响的两块竹板，即兴表演：请听我来说家乡。说家乡，夸家乡，蒙山是个好地方。绿水青山景色美，麦苗青青稻花香。30 多年前，广鳌君开始对茶文化产生浓郁的兴趣，亦陆续收藏与研究茶道，从中体语悠久中华文化的内涵；退休闲暇，不忘初心，以茶会友，依旧笑傲江湖。他泡的首道茶，是距今有二百多年历史的中国珍贵绿茶之一的"狗牯脑"贡品，品茗甘味；顿时，一款集红土情有机浓醇馥郁的茶香，沁人心脾。二道是红茶，一杯上好的香茗，需要茶、水、器三者相配缺一不可，富有雅韵诗意，也是高端玩家所追求的标配！三道是其收藏三十多年的云南老茶，独特醇香，暖在心房。

去年，他始终以饱满而独特的艺术魅力活跃在舞台上，获得 2020 年上海市第五届九九重阳节舞台朗诵情景剧《相信》一等奖。广鳌君的好友徐祖威先生就是一位老克勒贤才。他生活跌宕，几经沉浮，以惊人的毅力，不知道多少个夜晚在柔和的灯下读书和写作，以感恩之心一路前行，终于完成了《一个平民的变迁》一书，于 2018 年 8 月 26 日在上海书城举行首发式，新书告罄，茗香神州，折射了一个平民在不同历史阶段的社会生活故事。期待，此书改编为剧本，搬上电视剧舞台，再次读者与观众见面。正所谓，跟着蜜蜂才会找到鲜花，和优秀的人同行，朴素情深，非常实在，随喜自在，一生回味。

"修合无人见，存心有天知"。人文有情，城市芳香，霞飞韵味，生命璀璨。卢湾的滋味，不仅仅是淮海路的内涵和外延的拓展。而且，曾经的卢湾区这个地域名称已经进入了博物馆。但徜徉其间，仿佛置身于历史和时尚海派的风景线，似乎那股弥漫最摩登、最浪漫的气息等着你。

刊于 2022 年 4 月 29 日《五里晚霞》报和《出海口诗文库》一书

# 皋兰路的韵致

我也许沾了天时地利人和的光，闲暇之余，每天下午会逛一逛近在咫尺的复兴公园。从家门前一棵百年枫杨树出发，步行20来米，便踏上了幽静的皋兰路（2号至31号）。东起复兴公园，西至瑞金二路，全长278米，现是上海64条永不可拓宽的道路之一。

从前，北段为居民区，南段为荒滩坟地。它与思南路同始筑于1914年，初时以法国诗人"高乃依"之名命名为高乃依路，他是同莫里哀和拉辛齐名，法国古典主义戏剧三杰之一，人称"雄伟的天才"。1946年改名"皋兰路"。两侧有优秀历史建筑4处，黄浦区文物保护点4处。这里每栋洋房建筑精致，尤其是独特且多姿风格的花园、长窗、圆窗、百叶窗、落地窗、老虎窗、篱笆墙、错落有致的斜坡顶，25弄底还套有"萍尘小筑"的旧貌、无不形成浓郁的海派风情。此刻，让我抛开思维，远离喧嚣，颇有"蒙太奇"的趣致。窗外，色彩斑斓的树叶与老洋房交相辉映，恍如行走在一幅繁衍了满地的苍翠、色彩浓郁的油画中；窗内，正传递着浪漫情愫，秋色静悄悄地洒向金秋氤氲。说起皋兰路的气质，你自然会想起金宇澄小说《繁华》"有一次，两人从洋房假三层窗口，爬到屋顶上去，附近皋兰路东正小教堂，样子仍旧很高，眼下是半个卢湾区，屋瓦温热，心情好。"

沿街途经两侧各有26棵梧桐树，棵棵高出五层楼顶，树木萌翳，郁郁芊芊，悄声无息，驻足于此品味美景的愉悦。民间有一种说法，梧树是雄性的，桐树是雌性的，梧树和桐树在一起，相依为命，象征忠贞、高洁、吉祥、福端、孤独、离别、白头偕老的寓意。它的狭窄，在某种程度上，却成了一种厚重的保护。除了早上和下午出现家长接送孩子车辆拥堵外，那里盛夏遮蔽烈日，不用阳伞，寂静无声，蝉鸣回响；冬天阳光送暖，透进心房，安闲舒适，这种安静，犹如一首孤独的夜曲。

20号与对面11号至17号均为上海最好的思南路幼儿园。每次路过这里，我的脑海里自然会浮现一帧"思幼"的彩照。那是一张小外孙与一群小伙伴在思南路幼儿园庆祝2017届大班授园微仪式活动上的集体照。小外孙上穿绿色翻领短汗衫，下穿一条蓝色中裤，脚上穿一双靛青色的胶鞋，像离弦之箭一样跑在最前面，头发飞翘，小嘴微微地颤动着，两手左右挥动，脸上洋溢着甜蜜的微笑，姿态笑容可掬，与一群小伙伴迈开了人生的第一步。皋兰路亦是大外孙和小外孙到七色花小学的最佳线路，依稀可见他俩背上书包，手牵手，走路皋兰路，穿过复兴公园去上学，多么期待他们像每一粒"沙"都熠熠闪光。

16号原为东正教教堂（名叫圣尼古拉斯教堂），建筑呈多层塔状，颇有宗教感。几经变迁，文革时期上部尖顶被毁，先被幸福洗条机厂占用，后为幸运阁大酒店，1999年大修，重建教堂穹顶，开了一爿阿香蒂法式餐厅。现改建为思南书局诗歌店。门前设有露天栏栅，咖啡弥香的诗社沙龙，吸引着文人墨客惠顾清风雅韵之地。

解放前，18号是上海滩大亨虞洽卿的故居。幼时到上海，从布衣学徒，跌打滚爬，到商贾大亨，对富贵贫贱者，皆一视同仁。人们因而感谢并尊称他为"阿德哥"。22号原为虞洽卿的长女虞彦涵和女婿江一平婚房。1号是一栋西班牙式的老洋房，系张学良旧址。如今，大门禁闭，颇有神秘感，不知什么时候再度对外开放。依旁2号，便是复兴公园西门的皋兰路门口。20号后改为卢湾交通队旧址，从这里走出来的有同事摄影家王国年、艺术家徐广鳌……

如果从空中俯视，皋兰路一串璀璨的绣带，静静地躺在历史的尘嚣之中，轻轻地掠过，没有走近，隐约地暗示它曾经的法国血统。夜幕降临，橘黄色荧光灯在路中央串成一盏盏大明珠，与两旁浓密的枝叶亲吻合拢，相交成趣，这就是隐藏在典雅又繁华身后的皋兰路。

秋风落叶别恋殇，物是生非两茫茫。树是梧桐树，路是皋兰路，晚照对晴空，相遇千年修。眼前的一切是如此令我着迷，那里，曾留有我第一次驻足拜访书坛名家的足迹。由业内好友引见，我曾幸会到27号拜之著名书法家徐伯清大师。1991年（辛末年）秋日，是年65岁的词翰双美的徐大师得悉敝人欢喜书画，欣然执笔，即兴泼墨为我书写一幅墨宝。只见徐伯清先生凝神静气地站立悬腕书写的书卷气，得唐风之神韵，树自家之风范，疾除吞吐，聊写胸中逸气，绘成一幅晚唐朝孟浩然的诗歌《春晓》，"春眠不觉晓，处处闻啼鸟。夜来风雨声，花落知多少"的佳作。此景此情，颇有行云流水，动态显奇，运势壮观，给人的力量感。蘸墨挥毫如云烟，笔走龙蛇若惊鸿之势。诗句短小隽永，妇孺皆知，诗意十分优美，生动地表达了诗人对春天的热爱和怜惜之情。尤其是连笔时似断非断，《春晓》诗中所提及的鸟字，似泛指大自然的活泼鸟类，正巧与1959年我的好友吴元京五岁时看他祖父吴湖帆所绘荷花时，神笔巧妙而灵动将一摊青滴改成一只往水里冲的翠鸟，两位大师遂将"画鸟"与"写鸟"颇有异曲同工之妙，"字向纸上皆轩昂"。我在场亲眼目睹徐伯清大师书写《春晓》墨宝，着实满目生情，其志高远，墨留余香，弥足珍贵。28号汉院，原是银行家宋汉章的故居。转角处，原来有一爿藤制品店。31号为第四聋校。

古与今的融合，风景与生活的交织，从宁静的心情里嗅到缕缕清香。步入暮境，荡漾于书香和文化气息的小路上，其空间维度充满活力，历经风雨沧桑，依旧根脉璀璨。让人春有碧玉、夏有翠绿、秋有黄金、冬有遒劲，四季如画，岁月成诗，也许还会邂逅的"梧桐雨"。这，就是"皋兰路"的海派韵致。

刊于2023年4月28日《五里晚霞》报

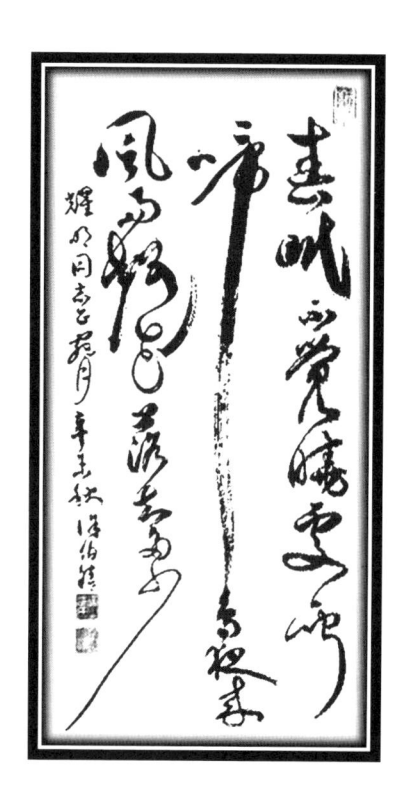

# 凯司令的"小老大"吴荣锡

2018年迎来了著名老字号凯司令90岁"大寿",不惧拼搏竞争,苦练内功,让这个老字号立于"常胜将军"之宝座,在上海滩名气响,家喻户晓。"老上海"流行一句闲话:"买月饼去杏花楼,吃蛋糕到凯司令。"我手中有一份张爱玲"美食地图",当时在静安寺路西摩路(即现在的南京西路陕西路)平安戏院对面的凯司令咖啡馆,是张爱玲喜爱的美食"重镇",因为凯司令的栗子蛋糕,精美可口,由德国总会著名华人西厨凌庆祥,外号凌阿毛亲自手工制作。凌阿毛,当时上海滩最出名的面点师傅。解放后他老了,将手艺授传于他的两个儿子凌鹤鸣与凌一鸣,以及得意门生吴荣锡。由于吴荣锡勤快好学,苦练内功,聪敏灵活,为人谦虚、踏实,深得凌庆祥喜爱,并跟他的两个儿子称兄道弟,成为当时赫赫有名的"凌家铺子"。

常言道"严师出高徒"。为了学好裱花手艺;师傅要他学习绘画书法,让他去观赏花展、画展,看戏听评弹,阅读古典诗词、吉祥成语等等。他常常下班后,主动用牙膏代替奶油苦练裱花技术。师傅不仅在手艺上点拨他,而且在职业道德上熏陶,激励他"一丝不苟""精益求精";吴荣锡在磨炼中感悟到"应知功夫深,在乎点滴勤"。他明白这个"勤",指眼勤、手勤、脑勤。凡成功者,无一不是脚踏实地、勤苦攀登的结果。"勤能补拙是良训,一分辛劳一分才"。他持之以恒,日积月累,功夫渐入佳境。

1960年他随凯司令赴京参加全国西点技术比武观摩会,获得优质奖,受到全国人大朱德委员长接见。从此,凯司令蛋糕在上海人心目中是高品位的代名词,更是一种修养、健康的象征。由于吴荣锡埋头苦干,头脑灵活,不断苦苦追求"布局合理、线条流畅,简洁明朗,雅而不俗"造型艺术目标,他成为凯司令的蛋糕明星,在同行内外"红"了起来,连他的小师兄凌一鸣也戏称他为"小老大"(按:当时电影《五十一号兵站》正"热播",电影演员梁波罗扮饰"小老大",家喻户晓),因为他做蛋糕的花色造型会依据不同顾客的性别、年龄、性格、爱好、情趣随机应变,灵活讨巧,深得大家欢喜。

自从1988年凯司令赢得中商部金鼎奖后,吴荣锡已人到中年,正值蛋糕技艺的造诣步入炉火纯青的境界,不少国内外著名人士、国家首脑纷至沓来预约。吴荣锡先后曾为香港霍英东、原复旦大学校长谢希德教授、全国佛教学会会长赵朴初、世界冠军庄泳、百岁棋王谢侠逊、象棋特级大师胡荣华、中国国画大师刘海粟、朱屺瞻、中国动画大师万氏兄弟(万籁鸣,万古蟾)、英国女皇、日本天皇、世界各地圣约翰大学校友会、美国"太阳帝国"电影剧组、上海国际友好城市电视节闭幕式、全国政协主席刘靖基等等,精心制作大型创新艺术蛋糕。

吴荣锡做蛋糕心灵手巧,得心应手,在西式德国蛋糕制作中还融入了中国元素,如他在蛋糕中裱上了传统的吉祥语"松鹤同春""五福临门""麻姑献寿""苍松翠柏""天官赐福""天赐良缘""天作之合""新婚燕尔""百年好合""欢聚一堂""一帆风顺""松柏常青"等等。又如他还"描绘"了吉祥花卉、果品、动物,其中有牡丹、康乃馨、梅花、迎春花、樱桃等等。吉祥动物有仙鹤、快鹿、鸳鸯、燕子、十二生肖(鼠、牛、虎、兔、龙、蛇、马、羊、猴、鸡、狗、猪)等等;吉祥人物有圣诞老人、孙悟空、麻姑、仙女、老寿星、胖娃娃、小天使等等。尤其是他用奶油塑造的孙悟空,促使他与著名动画泰斗万氏兄弟万籁鸣、万古蟾成了朋友,成为流传于上海的趣闻。紧接着,有不少记者去凯司令工场间采访,先后有二次闹了"笑话"。吴荣锡这名字,无疑是男性的姓名,因为采访工场间,没有见他本人,只欣赏了他的裱花艺术品,报道时,在文章上用"她"指代吴荣锡。例如《中国厨艺文化大观》介绍"上海特色美食名店凯司令"时,第961页写道:动画美术大师万籁鸣先生83岁寿辰,凯司令根据万先生的要求,把万先生亲自绘制的孙悟空托仙桃的"双寿图",加以临摹,立体地"站"在16寸的大蛋糕上,一级西点女技师胡荣锡的高超技艺倾倒了在场的人们。前不久,又有一本上海美食文化书,提及凯司令一段章节里,又把"吴荣锡"误称为女性。弄得他十分尴尬。我为此反复研究了他的有关资料(包括裱花艺术作品彩照),深思分析了一下,从"吴荣锡"这个名字来看,明明是男性姓名,为什么说是"女"的?主要原因吴荣锡裱花造型艺术太细致精巧,敷色太鲜艳明丽了!以"麻姑献寿"这一经典造型艺术品来说吧,这麻姑的形象细眉凤眼,红红的樱桃小口,黑亮亮的高髻上点缀着光艳的花饰,身材苗条,婀娜多姿,裙带潇洒飞动,栩栩如生,女性美十足,难怪人家弄错了。

在吴荣锡的记忆中，他一生从事凯司令蛋糕工程有两件事值得提一下。一是吴荣锡与著名动画大师万氏兄弟万籁鸣、万古蟾艺术情缘。原来万氏兄弟早已了解凯司令有个吴荣锡，绘画艺术功底深厚，裱花工艺非常精湛，他俩"双胞胎"兄弟七十、八十三、九十寿庆大蛋糕预约并要求吴荣锡亲手造型制作，由此建立了真挚、亲切的情谊。特别是 1987 年 12 月 27 日，由中国新闻社主办万籁鸣、万古蟾九十大寿宴会，那天万籁鸣先生一时高兴，即兴亲笔绘制了一幅美猴王孙悟空手托双仙桃的"双寿图"，要求吴荣锡将此画裱制在一只直径 16 寸的大型蛋糕上，孙悟空要立体地"站"立大蛋糕的中央！众所周知，我国第一部彩色有声动画片《大闹天宫》是万氏兄弟的代表作，是轰动全国经典作品，万氏兄弟画笔下的孙悟空是"人、神、猴"三者合一的艺术结晶，美猴王的脾性、神情、动作画得惟妙惟肖，淋漓尽致，如今要以裱制的形式"站"在蛋糕上，是有相当难度的。当时他欣然接受了万氏兄弟的"挑战"，聚精会神凝视这幅"双寿图"，托腮深思，双目一亮，当场献技裱制，随着他的妙手裱制动作，一个活灵活现、生动可爱的孙悟空双手托着仙桃，映入众人的双睛。万氏兄弟与亲友们、记者们情不自禁露出快乐的笑容，啧啧叫好，掌声雷鸣。

第二天，中国新闻社有关各家报纸，《解放日报》《经济参考》等都作了报道，引起人们关注，一时传为佳话。比如万籁鸣对资深记者丁一说："吴荣锡做的蛋糕比八仙桌还大，既好吃，又可供欣赏，你们记者介绍介绍他的艺术。"按照万籁鸣绘制的"平面双寿图"吴荣锡用 20 斤面粉，适量的玉米粉，30 斤奶油，精心裱制成立体的大型美猴王双手奉献双寿桃，谱写了中国蛋糕史上灿烂的一页。就在吴荣锡为"万氏兄弟万籁鸣、万古蟾"制作 90 华诞裱花蛋糕的第二天，新民晚报刊登记者詹同发表《不寻常的大蛋糕》一文。吴荣锡曾对记者说："等到二万老先生活到一百岁，我再做一只更大的蛋糕送给两位老先生，二万老先生肯定会更高兴。"之后，他与二万老先生常有接触往来，感情笃深。有一次下午 2 时许，吴荣锡到华山路静安宾馆对面、红宝石食品厂二楼揿门铃，万老笑嘻嘻前来开门。一进门，他惊喜发现万府客厅挂满活灵活现孙悟空画像，仿佛进入了动画世界。席间，品茗聊天，十分投缘；这时，万老拿出一幅"奔马"水墨画要送给他；他连说："不好意思！"怎么也不敢收下这珍贵的画作。但万老没有半点艺术大师架子；他说："这是举手之劳的画作，我平时手抖，一旦动笔作画就自然不抖了，握笔完全听我指挥。"他笑着说道："你老真了不起！"盛情会晤后，吴荣锡与万老依依惜别；带着这幅深情厚谊的画作离开万老家里，从此以后这幅名家画作却成为他俩情谊的永恒纪念。二是在 1988 年 4 月 22 日，日本著名影视明星栗原小卷在上海时，闻知凯司令曾为日本天皇制作雅典精美的樱花大蛋糕，慕名去凯司令食品厂工场间参观访问。她亲眼目睹吴荣锡现场制作大型花式蛋糕的精彩表演，惊叹不已；对翻译人员说："我们日本没有如此精湛工艺作西点；并请求能将吴荣锡的精彩表演的一招一式全过程用摄像机记录下来。"后来，吴荣锡被聘请为中日合资的上海樱花度假村技术高级顾问；不久，他又应邀成了中美合作的红宝石食品厂西点技术指导老师。其实，吴荣锡一生用灵性与双手，将近50年来裱制了林林总总、琳琅满目的庆贺志禧的大型花式蛋糕，不仅展示了中国丰富多彩的美食天地，而且也寄托了他对名家寿星与普通老百姓的爱心、崇敬，更彰显了中西结合的海派美食文化的品格，体现了审美的情味与妙趣。这就是吴荣锡先生从事"甜蜜"工作的人生价值的可贵之处，令人景仰。

"梅花香自苦寒来"。吴荣锡裱花艺术之精湛，绝不是偶然的；一分耕耘，一分收获。吴荣锡十三岁时就从看连环画册启发，并把旧时香烟盒内的小卡片中各种人物一一收集起来，欣喜发现"水泊梁山"水浒中的108将等人物栩栩如生、逗人喜爱；由此萌发对人物造型艺术追求的初衷。他自15岁1950年10月经亲戚介绍进原重庆北路109号上海老正兴菜馆当学徒开始，至1956年期间，公私合营转到原新成区（即静安区）饮食服务公司，有幸安排到位于茂名北路253号凯司令做西点工作。当时曾在德国留洋学习西点20年的凌庆祥宗师对吴荣锡说："我已近花甲，挑选了不少的徒弟，没有一个看上眼。你一定要争争气。"师傅的引领教诲，成了吴荣锡从事西点裱花工艺孜孜追求的动力。此后，吴荣锡一头栽进了这个喜爱的工作岗位，并自言自语地告诉自己："开门是徒弟，关门也是徒弟。"一路上精心学艺，忘我工作，于1982年度被上海市饮食服务公司评定为一级西点师。1983年，他制作的奶油裱花蛋糕，经专家评定"上海市优质产品"第一名。成功背后，浸透着辛勤的心血，可见，巅峰不在遥不可及，而在信念与汗水之间。

# 走近"上海厨王"程尔曼

程氏向明园中葵，尔雅聪慧编著作；
曼倩美文皆珍贵，众评厨王艺生辉。

程尔曼老师给我印象是位智慧和务实型的美食家，沉静大方而不失高雅。时间是最好的过滤器，她前半生浸润着对纺织生涯的匠心积累，后半生融入美食文化与实践的精烹细调。言行合一是岁月，生命里的勤奋是坚韧。程尔曼于1959年毕业于上海市向明中学，考入纺织专业，是中国第一届针织专业毕业生。她热爱针织业，业余爱好烹饪。1999春，在上海"厨房争霸"电视大赛中获得"厨王"称号，赢得了上海电视台广大中外观众如春雷般的掌声，在美食文化领域气场中足见她卓越超群。跟她一生有关的是纺织与美食文化，前者关于民生的"穿"，后者涉及民生的"吃"，二者不同，但其匠心相通。她懂得如何自我融化，自我完善，得自由者，方得大自在。只要活得灵活、透彻而有趣味的精彩，就能永葆夕阳的馥郁，获得内心深处的淡泊与清静。

2017年12月11日早晨，应徐智明老师之邀，我租用了一辆七人座商务旅行车，先在白渡路上海滩花园门口，接徐老师上车；后到海华花园接老师小妹徐蕊珠、杨栋国伉俪，旋即上虹桥地区奥森公寓接姜润泉、程尔曼伉俪，经过一个小时左右的车程，大家都感到饥肠辘辘，逐挑选一家饭店午餐，由程尔曼点菜，众人共叙友情，同尝佳肴，心情格外惬意。餐毕，我有幸与姜润泉、程尔曼伉俪合影。

然后，车子续驰几分钟，下榻于航南公路4988号大船酒店。"大船"是一家上海唯一的以邮轮为造型，结合浓郁的海洋文化气息特色酒店，亦是传承文化，承载快乐并获得全国设计金奖的豪华型"邮轮"酒店。该店客房设计独特，温馨舒适。店内设有180度全景室内游泳池、全日制西餐厅、港式茶餐厅、养生蒸菜馆、粤菜馆等各类风格迥异的餐厅。我们一行六人，抓紧时间稍作小憩。随即，我就对程尔曼、姜润泉伉俪做了采访。我心存疑惑、饶有兴趣地问وا："你是学纺织专业的，哪能会爱上美食文化的呢？"她不加思索回答，"山各有峰，人各有志。""我与美食有缘嘛"程尔曼微笑着如是说：26岁以前优渥的生活滋养了她，自己几乎没有动手做过菜。她的母亲是在法国教会学校学过家政，做得一手好菜，不仅会烧中国菜，也会制作法式西餐；她自小喜欢跟随母亲上街买菜，也喜欢看母亲做菜。嫁到夫家，婆婆也是个擅长羹汤的好手，程尔曼遇上周日休息，偶尔也下厨房帮忙打打"下手"。

1967年，初为人母的她因产后虚弱又不慎骨折，病休在家。无所事事便想看书，但在那个"读书无用论"的非常时期，哪有"精神食粮"？！巧的是，她楼上邻居是个作者，找出了一套12本的《中国各地名菜谱》，借给她"解解闷。"而正是这套菜谱丛书，汇集各地菜肴烹制技术的精华，荟萃各地菜肴技艺一席，为她打开了美食之窗，让她触及到缤纷多彩的餐饮世界。她不仅边看边实践，还认真地做笔记，不经意间将12本菜谱的精华都浓缩进了她整整三本"工作手册"。从此，她养成了边学、边记、边操作、边写心得的习惯，五十多年来耕耘不辍。

万事开头难。她首先尝试的是为她先生姜润泉做四川冷拌面，照着菜谱书上的点拨、煮面汤要宽，面至八分熟就起锅，冷水冲凉沥水摊开后即置电扇下快速冷却，面浇头也要按照要领"亦步亦趋"。冷面做成后，她还有点忐忑不安，她的这位先生对美食爱之弥深，味觉敏感。没想到他下班回家，尝了一口冷面就叫好。问："今天的冷面啥地方买的？"当她意味深长含笑不答时，丈夫几乎不敢相信："是侬做的？"真是心有灵犀一点通。生活的常识告诉我们，心动是一回事，行动又是一回事。从心动到行动，这几个飞跃需要反复摸索。美食文化也不例外，它能滋润人生。于是，程尔曼、姜润泉伉俪合作，同心同德对美食又研究又实践，从此一发而不可收拾。

从"门外汉"到行家里手，程尔曼也有过"曲折"，闹过笑话，但她独具匠心、别有一功，常会"无心插柳""插"出新花样，带来不少乐趣。有次炒肉丝，程尔曼将辣酱油误当红酱油（生抽），结果炒出了别具风格的"香辣肉丝"；又有一次在洞庭东山旅游，因河虾便宜，一下子买了十几斤，怎么带回上海？油爆，人在外地多有不便；制盐水虾，带卤亦多有不便；思量再三，她试着用热锅旺火干炒，结果炒出的虾清鲜甜嫩，从营养角度来讲，比油爆虾更胜一筹。"干炒盐水虾"也因此而生。又有一次，程尔曼上中药房买药，营业员向她推销白木耳，她随口说了声"白木耳是甜品，吃腻了。"营业员打趣道：吃腻甜的换咸的嘛，言者无意听者有心，回到家，程尔曼试着用水浸发白木耳发透后，以沸水快煮十分钟，再沥干冷却，用白糖、精盐、米醋、酱油、麻油调料拌和，吃起来又爽脆又清口，滋味胜过海蜇，从价格角度而言，都比海蜇合算可口。在学习烹饪中，她体会到，烹饪和生产产品一样，若其中有一道"工序"不到位，口感会逊色不少。买菜是美食的第一关，也有不少学问，如椭圆形的茨菇质地柔软，味微甜，正圆形的质地偏硬，味略苦；猪肉中最嫩的肉是排骨上的一条里脊肉；冬瓜要挑皮色青的；甲鱼要吃菜花开和桂花硕放时的……家常菜要做好是项博大精深的"系统工程"，不仅要营养合理搭配，还要掌握火候油温，而且讲究"炸、炒、爆、炖、煨、熘、烩、煮"等操作工艺，把握咸淡酸辣的调味要领，还得学好"下手功夫"——刀工、刀法乃至选、汰道道买菜经，各项都大有学问，富有窍门。她运用学校里学到的数理化知识，理论与实践综合操作，如讲究挑选炒盆极为简单的肉丝，应选肉质细嫩部位为原料，在切肉丝时，先批片后斜丝缕切断，调味讲究先后上浆需加多少小麦淀粉，火候控制油温在六、七成热肉丝，即可下锅并立即旺火快炒，煸炒要勤而全，一见肉丝变色，立即离火装盆，这样肉丝才会吃口肥嫩而润滑。

除了从菜谱上学，夫妇还到餐厅学，边尝边评论边记录，不放弃一切机会探索内中诀窍；回家参照菜谱去繁从简，作出适合家庭操作的"局部改良"又将烹调操作中必须用到的调味品、香草料要采用"汤匙化计量"。例如菜谱书上写着精盐几克，味精几克等等，虚拟计量不适合家庭，家中不方便使用计量仪器计量，必须改革。姜先生恰巧是计量高级工程师，他设计出量器计量，即以日常用汤匙为量具，测定出一平匙的粗盐及细盐多少克，一匙酱油、麻油等各是多少克，这样将调料从虚拟化为了实在。这种量化法使家常菜的操作和练习方便多了。

阴差阳错的故事中，也有程尔曼的辛酸和眼泪。她从小所受的家教，是将烹饪业余玩耍的。"文革"时，程尔曼家被抄，保姆被赶回老家，她先生被造反队队长命令将他当的工薪全给了在他家干了多年的保姆，他们照办了。看来全家人的生计就只能靠程尔曼的工资了。发工资那天，她拿到后想要为先生买瓶他爱吃的红乳腐，不料，低头取钱，钱包不见了。她肯定是刚才紧贴她的一个男人是小偷。就急忙转身去追赶，此时正巧街上走过一行喊着口号的游行队伍，发现小偷已混了进去；她本想去拉他出来，但想到自己家昨天"抄过"，就不敢引火上身，贸然冲进队伍中捉小偷，只得眼巴巴地看着小偷穿过游行队伍，扬长而去。她心急如焚，知道现时家中只有半袋白米，半罐盐，今后怎么生活？想到一家人的"开门七件事"，家中等这她的工资开销，她泪如雨下，边流泪边无目的向前走，脑海中空荡荡一片走呀走的，走过家门口都不知道；当她发现已经走过了"头"，又折回身再向前，走着走着又走过头，要不是牵挂妻子的姜润泉在弄堂口拉住她，真不知失魂落魄的她会出什么事。直到今天，程尔曼讲到这个惆怅的故事依旧心酸。后来，那瓶乳腐吃完了，乳腐汁一直舍不得倒掉。在爆炒河虾时，她为了省点调料，灵机一动将一些乳腐汁放进虾中，一看，嘿！不仅色泽鲜艳，而且味道至美。这道菜就是后来参加"挑战厨王"中的"秘密武器"——鸿运虾。她举一反三，炒菱角、煸春笋、煮鹌鹑、蒸粉蒸肉——试着加入红乳腐汁，效果极佳。

人生路漫漫，学会拐弯，学会变通，抓住机遇，知难而上，才能在生活中立于不败之地。如果不是1984年的偶然"参赛"和"编书"，姜润泉、程尔曼伉俪可能只会在家庭小范围中"自得其乐"。那年，上海举办"节日家宴菜谱设计大奖赛"，看到广告时，程尔曼并没想过要参加。参赛截稿日，正巧那天姜先生出差在外，她刚下班回家，她大女儿就纵容她"挑她上山"。女儿说："姆妈，今晚我们晚饭马虎些吃点泡饭，上海在举办家宴菜谱设计大奖赛，你平时一直在写菜谱稿的，赶快写份参赛菜谱吧！"

她动心了。于是根据参赛要求，设计了一份用20元做出五冷盘八热炒外加一汤的菜单，菜肴兼顾色、香、味，又具多种营养，符合要求，实惠而实在。菜谱为：生炒盐水虾、芝麻牛肉卷、油浸烟熏鲳鱼、蟹粉球等。第二天，程尔曼寄出菜谱，以为此事就此"了"了。没想到一个多月后，主办家宴大赛的《科学生活》杂志社电话邀请几位老师向她"请教"了几个问题。最后杂志社向她"摊牌"，令她意外的是，她的参赛作品不仅得了奖，而且得的竟是特等奖；与她同得特等奖的其他几位都是上海有名饭店，如国际大鸿运、闽江绿波廊、锦江、红房子等专业厨师。为公正起见，主办方两位"老法师"看了程尔曼参赛作品都惊讶了，以为普通妇女怎能写出这份品种齐全，口味独特且营养多种的20元一席菜肴。所以"请教"我不少"补充题"在当面得到正确的回答后，才信服的表示这个特等奖"货真价实"。这时，程尔曼才恍然大悟，后来杂志社认为这份设计稿只可能出自于专业老手。

程尔曼在惊喜中出了名。她其实并不在乎这个"奖项"，但这个奖给了她很大的启示：中国千家万户的家常菜大有生命力，可以融会贯通成沪、京、粤、苏等各帮菜肴精华的"程氏"家常菜，应当走出小家庭，进入千千万万家，她计划写一本有关烹饪的科普作品，让人们都能在家中享受天南海北的美味。不久，曾写过《计织手册》《纺织品大全》等八本专业著作的她，欣然接受了《膳食保健》的约稿，开始了她"美味"科普的新尝试。"为了保证《保健食谱》确有保健的科学性，她参考并反复阅读、推敲了大量的资料，力求严谨无误"。刚开始写时，时间很慢，她又天生重视工作效率，自我加压，硬性"计划"强立定额，规定自己每天一定要完成 1000 字的写作任务。为支持妻子写作，姜润泉包下了晚饭后的一切杂活——洗碗、洗衣、辅导女儿作业。然后，夫妇俩一起研究修改程尔曼刚刚完成的初稿、并由她誊清。他们那 7、8 平方米的小小亭子间橘黄色的灯光，几乎夜夜不熄……一次，程尔曼接受了市农委要出版一本有关食品科普书的任务；当时她天天低热，病得不轻，但她以顽强的毅力坚持写作，仅用 1 个月的时间就完成了 3 万余字的编写任务。市农委有关部门领导接到此书的书稿时，激动地说：虽然这是一本科普书籍，但映衬出作者一颗金子般的心。

在这里，应该令人关注的是她的先生姜润泉，他是上海典型的"老克勒"，文质彬彬，说话透着儒雅，办事精干，给人"谦谦君子"之感。他不仅是上海厨王程尔曼得力助手、鼎力后盾，还是资深海派收藏者。在大船酒店里，他特意将事先准备好由父亲珍藏的 40 年代篆刻大师童大年多枚印鉴拓印，亲笔签名后赠送给我。这几方印章至今已有七十多年，篆刻工整精细，字迹清晰美观，令人陶醉不已。

1986 年，程尔曼、姜润泉伉俪心血结晶的菜谱处女作——《膳食保健》定稿了，程尔曼还不放心，出书前她特地请营养权威专家，为她的菜谱把关。那位专家看了她的食谱，不仅没挑出刺来，反倒真心诚意地称赞程尔曼："这本《膳食保健》集医药、营养、烹饪为一体，可算是全国首创保健书。""第一本书，我写得最苦。"如今，提起那段每天在亭子间里"爬格子"的日子，程尔曼心酸不已。原来她家就在淮海中路上，但她根本无暇光顾商店，却一心扑在写作上。就在这斗室里，她接二连三写出了《健脑食谱》《膳食保健》等 10 本科普书籍和报刊杂志社上发表的数百篇短文，有的好友看她太辛苦了，就劝她："这么累，太对不起自己和家人！"程尔曼微微一笑："我留给孩子的可是无穷'财'富啊！"凡是街道、里委、电视台生活频道《健康美食 ABC》栏目、民间厨艺《挑战厨王》栏目以及"千名老人游长江"等活动有请她讲解膳食保健的，她再忙也要赶去演示厨艺讲解技能；或还会带上自己的创新菜，请大伙品尝提意见；做了好菜，亦请邻居尝味道。功夫不负有心人。令程尔曼欣慰的是，她的菜谱真能造福悠悠众口。"谢谢程老师，教我们母女俩摆脱治疗荨麻疹困惑难治的难题。"一位外地读者通过出版社，来信向程尔曼致谢。原来，有过敏体质的这母女俩，常常莫名其妙地在饮食上犯了"忌"，全身患荨麻疹体痒心躁，坐卧不安。看了程尔曼的《膳食保健》，照着荨麻疹病人膳食那一节试行后，嘿！果然有效！还有一位母亲，照程尔曼的菜谱所授做炸虾球，给她缺钙的儿子尝新。儿子原来不爱吃虾，没想到美味炸虾球却大受儿子青睐，做母亲的乐不可支，特地写信给程尔曼，让程尔曼与她共享欢乐……

平日里，程尔曼、姜润泉伉俪会精心自制虾子酱油、橘子酱、糖桂花酱等等，放在小瓶子里，分送给邻居、亲友；大家眉开笑眼地说："比商店买的赞！"在她俩的心目中，分享美食快乐，加倍快乐。面相心理学上有一个"道体·格雷效应"，听上去和算命一样玄乎，其实你的年龄越大，你的颜值就会比年轻的时候更加反映你的心态和个性。每当程尔曼收到读者来信来电体悟到自己的生命张力，能够给广大读者带来欢乐与美味，她就会忘却她写作的艰辛。从容心态的程尔曼个性格外爽朗、豪气，深知自己的付出是值得的——让千家万户都能调控煮调技术享受美味，都可提高生命的质量，岂不是给大家在自由的天地中活出游刃有余的自我，这才是她的真诚初衷与心愿。

几十年来，程尔曼不知不觉地形成了一套非同一般、风味特色各异的菜谱，如"家常"菜单中有：白果虾仁、糖醋鲳鱼、雪菜墨鱼块、煎培根蛋、开洋韭菜、南乳焖肉、炸梳片馒头、麻香糖米糕、生炒豆沙汤圆，玉米鸡茸蔬菜汤。一看菜单，感觉不错。虾仁是现剥的，不但有自然的原汁鲜味，而且口感真实、美妙。糖醋鲳鱼和糖醋排骨（偏甜）虽不一样，但糖和醋比例都较平衡。雪菜墨鱼块，鲜雪菜是绿色的，光看就感到很可口。煎培根蛋，培根是自己熏的，煎过培根的油用来炒菜，蛋有培根香。开洋韭菜，火候恰到好处，韭菜有一股"糯"味，开洋是中国最好的"小金钩"。南乳焖肉，是"程式"招牌菜。炸梳片馒头，不是一般的油煎，既要形美，又要香透其内。麻香糖米糕，糯米粉和黑洋酥和在一起，在微波炉内"转"成。生炒豆沙汤圆，讲究爽糯。玉米鸡茸蔬菜汤，用甜玉米做成，味是淡淡的甜鲜，品尝，垂涎三尺。

"你听说过牛蒡吗？牛蒡如何保鲜？""为什么上海人爱食竹笋，而香港人却不喜欢？""您认为如何开发老百姓喜欢的速冻食品？"——这是一场挺特殊的考试，主考官有老外，有美籍华人，还有香港来的董事总监，而被考则是一位已过半百的、清秀尔雅的女性——程尔曼，一位退了休的纺织专业高级工程师。当她从从容容地将考题答案一个个娓娓道来，尤其对第三个问题，她谈出了既有科学依据，又有很强可操作性的独到见解，令主考们不自主地交换满意的眼色。OK！

为了物色一位在烹饪知识上融贯中西、有创意而且动手能力强的中国食品研究人员，这家挺苛刻的外资食品公司到处寻觅，可算是"踏破"了"铁鞋"，他们通过各种渠道先后在中国大陆考了近千人，却都不称心。老板认为了解消费口味，又心怀消费者之爱的研究人员，是企业成功的关键。最后，他们从《食品与生活》杂志、从《上海家常菜》《膳食保健》《健脑食谱》等菜谱书上看到了程尔曼名字，并辗转找到了她。你若盛开，清风自来。当时的程尔曼退而未休，在上海一家外贸公司"发挥业余",接到对方约请电话时,她为原以为,对烹饪、自己虽已出过几本书,但那是业余爱好,自己并非科班出身,也从没有想过会涉足食品行业,但当她听到电话那头说到希望能润泽千万家而开发更多中国美味时,程尔曼心动了,于是就有了这场特殊岗位的"考试"。

晚年"重新设计自己的后半生,"她在跨国公司"通用磨坊"任技术顾问、原材料质量保证主任。具体说来,就是保证"湾仔码头"品牌的水饺、云吞、汤圆、小刀切等产品原材料的质量,包括面粉、糯米粉、肉、鸡、蛋、菜……不但新鲜上乘,品质把关第一。最后,在其厨艺成功的背后,当然,不能抹杀其夫姜润泉先生的功劳、洗、切、拼、摆全是他辅助的配套程序,绿叶护红花,彰显了这对上海独树一帜的伉俪的真爱与善心。

我从她的精彩故事中感悟到,程尔曼老师如此成功、完全归结她独特见识与勤奋上进;敢于挑战,勇于创新,居功不傲,低调做人,高调做事,可谓是智慧而务实型的美食家。亭子间虽照样能飞出"金凤凰",她的《上海家常菜》,因内容丰富多彩,家庭操作性强而深受读者欢迎,一版再版,至今已售出几十万册,还欲罢不能。此后,出版社不得不第15次再版……程尔曼老师的最可贵之处,就是终生学到老,老有建树,老有作为;路遥知马力,日久见人心。

那天在大船饭店,我为了将采访进入深层次,又访问了程尔曼老师向明中学59届高中二班同班老同学,现为上海食文化研究会高级顾问徐智明先生,他对程尔曼、姜润泉伉俪,主要讲了三点:一是他俩如今坚持不懈地进行美食写作,上海《食品与生活》杂志月刊,每月发表她的新作,比如他俩从现实生活中寻觅老味道,写了《发芽豆,平民餐桌上的佳肴》(2018.4.《食品与生活》)等等,听说程尔曼老师身体健康欠佳,她能以美食写作来抵抗疾病,热爱生活,实在是冰雪聪明的对策。二是,他俩有时会别出心裁,自费精心组织老年朋友们赴外地搞美食品尝会,返沪时,还每人赠送当地土特产。足见他俩待人热心真诚豪放到了什么程度。三是我们应该对程尔曼荣获上海厨王,心怀敬意,因为上海这个国际大都市,有二千多万人口,称"王"是非常不容易的。况且记得钱钟书曾经说过:"烹饪是文化在日常生活里最亲切的表现,西洋各国的语文里文艺鉴赏力和口味是同一个字(taste),并非偶然。"其意为烹饪高手与厨王,跟大艺术家是相提并论的,我们理应致以敬礼。

## 健硕的黄健

　　我早就听说南京东路社区有个热心的"大忙人",年近八旬不闲着,近二十年坚持当志愿者,义务为广大居民读书、讲课、关心生活、助人为乐,这就是"黄浦好人"黄健先生。

　　由于黄健先生是我的"忘年之交"老徐初中老班长,每当我与老徐聊家常、写作交流时,他常常提起上世纪50年代初中老班长黄乃壎(后改名为黄健),他俩是国强中学初中丙班同学。早在60多年前,黄健这个"黄浦好人"的善根,就在母校国强中学(后改为京西中学,在北京西路石门二路口附近)滋润萌芽;六十多个春秋以来,黄健为了感恩母校,至今跟原国强中学老校长陈企平、樊尚德,班主任蔡蕴玉老师保持亲密联系,还主动积极组织同班老同学与老校长、班主任老师欢聚一堂,给师生之间开辟一条心灵通道,让师生晚年生活增添幸福的光彩。故而老徐一提起黄健,就眉开眼笑,十分亲切。我想:一个心怀感恩的人,是善良的,然而他被评为全黄浦区的"好人",而且每年评为"优秀党员",确实难能可贵;因为整个黄浦区位处上海市中心,人口几百万,黄健凭什么出类拔萃?!出于好奇心,也出于我对新时代老人楷模的敬重,我打算通过老徐采访一下黄健先生。

　　以下用一问一答的手记方式,实录如下:

　　问:请您简单谈一下,退休前,干什么工作的,生活怎样?

　　答:1960年8月,我从上海冶金专科学校毕业,分配到武汉钢铁设计院工作。我以满腔热情投身到武汉钢铁厂钢管厂的设计工作,设备是苏联的,图纸也是俄文版的,正当设计进入两年的紧要关头,中苏关系恶化,苏联专家都撤走、图纸也带走,项目下马。当时又正是中国的三年自然灾害时期,我们在紧张工作中,一天只能吃到两餐杂粮,我不幸患上了肺结核,停止工作休养。1964年12月,武汉钢铁设计院不少项目下马,人员要精简,我被作为病退人员返沪回家养病。

1965 年 1 月，我一边养病，一边为社区做些力所能及的事：出黑板报、为居民读报、组织社会青年学习，发挥了一个共青团员的作用。

在我肺疾治愈后，街道也给我安排当临时工的工作：先后当过东沟船厂做电焊工、吴淞化工厂做设备维修工、电子管二厂机修工、纺织品批发部运输工……在备战备荒那段日子还参加过挖防空洞的艰辛体力劳动。1979 年 11 月我进入上海蓓蕾服装厂工作，从最基层的运输工、机修工、统计员，到提拔到厂部供销科、计划科、副科长、厂长、在每一个岗位上，我都兢兢业业地工作，得到职工和领导的赞誉，年年评为先进工作者，曾多次到杭州屏风山疗养院和无锡太湖疗养院休养。1986 年，我光荣加入中国共产党。1999 年 8 月，我六十周岁，服装公司总经理破例为我举办了寿宴，与其说表彰我在工作中的无私奉献，还不如讲是借之激发广大职工积极性。

问：您 1999 年退休后，是如何度过晚年的？

答：1999 年 12 月，我光荣退休，从"单位领导"变成"社区公民"，我的第一件事就是报名当上了一名社区志愿工作者，要践行共产党员全心全意为人民，活着只为夕阳红增辉。

我退休二十多年来，整个身心地投入社区的志愿服务工作中，无怨无悔、从不考虑报酬什么的。

每天早上，邮局投递员送报纸到居委，我及时为阅报栏更换上当天的报纸，让小区居民及早看到新信息。有时，我也会在阅报栏前同居民聊聊天，谈谈时事新闻。

在小区弄口有一个《道德评议台》，它设有《每月一星》《给你提个醒》两个版面，我作为小区的"道德观察员"，同其他观察员一道，收集小区里的好人好事、健康养生知识、防火防盗、防电信诈骗等等，写成文章在这个宣传平台上刊出，总会引来小区居民驻足阅读和热议，他们还会将身边的好人好事与不文明行为如实反映，看见自己的努力工作能够得到社区居民的大力支持，我深切感到辛勤的付出很值；于是《道德评议台》成为小区居民的精神文明建设园地。

后来，大家选我为社区"老伙伴"计划工作小组组长，带领九位志愿者为社区的高龄独居老人开展结对服务，上门探访、电话问候、嘘寒问暖、聊天谈心，为老人提供力所能及的服务。我们这些志愿者也都是六十开外的退休老人，依然精力充沛、满腔热情地为这些老人服务。"老伙伴"计划工作是一项以心换心的工作，心中装着这些老人，才会真心实意地为他们真诚地服务，让老人感悟到新时代社会的温馨。

问：听说你为不少老人做好人好事，请举几个代表性例子。

答：我结对的五位高龄独居老人，有的已经九十几岁，有的腿脚不便很少出门，见到我上门同他聊天谈心，开心得不得了，泡上一杯茶，捧出小零食，天南地北的聊，开心事、烦心事都会跟我讲，我总会静心地倾听，同他聊上一两个小时。

九十高龄的独居老党员沈履和，老伴走了，子女不在身边，虽然子女偶尔也会来探望，但只是匆匆忙忙地说上几句就走了。老人爱唱京剧。拉得一手好京胡，早些年还每天上公园同一些京剧票友过过瘾，八十五岁以后，心脑血管病缠身，难得出门，只好在家里自拉自唱。家里用的钟点工忙着给他打扫、做饭，洗衣，没时间跟他说话。平时难得有人来，沈老伯日子过得孤独烦闷。自从我跟他结对服务，他就每天盼着我去看他。每次去总要聊上两个小时，我给他讲社区里的各项活动，国内外大事。老人很爱看老年养生健康知识方面的书报、还用他的蝇头小楷抄录下来，也常给我分享这些知识。老人有什么烦心事，也会向我倾诉。我耐心倾听，送上一些安慰的话语，让老人解除烦恼，开心每一天。2014年初，沈老伯病倒不能下床，我隔天就抽空去看望他，老人心里感到很舒坦，我们已经成了无话不讲的知心老友。沈老伯知道来日无多，对生与死坦然面对。不久，沈老伯安详地走了，我以老朋友的身份为老人送别，见了他最后一面，心中默默祈福老人一路走好。

心中装着这些老人，遇上什么事总会先想到他们。一年冬天，气象台预报北方强冷空气侵袭申城，气温骤降。我首先想到了这些独居老人，一面召集小区志愿者做好上门看望老人的工作，一面自己也对结对的老人逐个上门探望。要这些老人添衣保暖，尽量不要出门，有需要帮忙做的事可以电话告知。

当我来到八十七岁的独居老人蒋金度家时，她一把拉着我的手，气喘吁吁地指着朝南的一扇碎裂玻璃窗对我说，这块玻璃窗给弄堂里的调皮小孩扔石块砸坏了，物业来看过，因为是压花玻璃，物业没法更换。天要冷了，不修好怎么过？我劝老人别急，走到窗前把碎玻璃清理干净，拿尺来量好尺寸，带上一块碎玻璃，连着跑了几家五金材料商店，配到了相近的压花玻璃，给老人安装好，还把房间清扫干净。蒋金度老人紧紧拉着我的手千谢万谢。临走的时候，我再三叮嘱老人早上不要那么早去锻炼，下雪天路面滑不要出门，房间冷的话就开空调取暖，不要太节约。我不仅只关心结对的老人，对周边邻舍的高龄老人有什么事，我也一样满腔热忱地服务。

一天，我到社区医院去配药，刚走进挂号大厅，就看到我隔壁一幢楼的高龄独居张星南老人，她正愁容满面地走来走去。我赶紧上前问了情况。原来是老人早上走路不小心滑了一下，用手撑一把，右手一只戴着戒指的手指淤血肿胀，医生要她尽快把戒指拿下来，不然会坏死的。老人的儿子远在高桥，一时也来不了。戒指又拿不下来，急得团团转。我听完老人的讲述，看着她肿胀的手指，我也顾不上看病，让老人坐在门诊大厅的椅子上，我急急赶到居委借来轮椅车，把老人推到南京步行街的"老庙黄金"修理部，那里的老师傅用专用工具帮她剪断戒指，还帮她重新焊接好，张星南老人淤肿的手指用药后很快消淤了，她逢人便夸："黄健是个大好人！"

2012年3月，我被评为"2011年度黄浦区优秀市民宣讲员"的光荣称号。2014年4月，在黄浦区政府的大会场召开"2012年黄浦区精神文明建设先进表彰大会"，我被评为首批"黄浦好人"，并在大会上作了发言，汇报了自己担任社区志愿者以来，热诚为社区居民乐于助人，乐于奉献的事例，我的发言赢得了全场的热烈掌声。

问：后来您参加南东街道市民讲师团，在宣讲上课中有什么新情况？

答：2007年7月，南东街道市民讲师团正式成立，我被首批聘为这个市民讲师团的一名宣讲员。市民讲师团主要是围绕群众关心的重点热点问题，坚持"从群众中来，到群众中去"的宣讲宗旨，精心备课。宣讲的内容既有党的政策方针的宣传，凝聚人心。同时也针对百姓关注的社会热点，解疑释惑，还为居民讲健康知识，法律知识等讲座。宣讲员在宣讲过程中，善于用群众的语言进行宣讲，找到百姓的关注点和兴奋点，善于将党和政府的方针政策与百姓的衣食住行结合起来；通过生动形象、贴近实际的宣讲，很好地发挥了政府与居民之间的桥梁作用。在宣讲过程中，宣讲员根据不同的内容，不同的环境和需求，以互动的形式讲课，让听众能够面对面地交流，近距离沟通，在轻松愉悦的氛围中享受知识、享受生活乐趣。

我担任市民讲师团宣讲员的八年来，每年都要围绕党的宣传中心、宣讲党的方针政策、时事政治、健康养生知识。每年总会准备九个课题左右，每天用在看书读报的时间在四个小时以上。平时有空闲不是到档案馆查资料，就是到图书馆看书。每年为党员的组织生活会、居民小区和街道的读书会、健康自我管理小组讲课将近五十场，听众达到一千五百多人。

我所在的南东街道市民讲师团，在2012年3月被中央宣传部授予"理论宣讲先进集体"的光荣称号，全国共十个先进集体，上海仅授予"南东街道市民讲师团"一个。这是我最引以为自豪的。

问：听说您宣讲课题，相当丰盈广博，后来又获得不少奖？承担了多少工作？

答：我从2007年新时代中国军队面临全新挑战以及中国未来面临的五大挑战到党的十七大报告解读，还讲了生态文明建设、共同呵护赖以生存的地球家园，等等。

2012年12月20日，荣获南东社区和格致中学图书馆的"十年回眸，书香伴我行"征文活动优胜奖。2013年9月13日，荣获南东社区"推广普通话，共筑中国梦"老年读书会诗歌朗诵优胜奖。2015年6月30日，荣获南东社区"纪念抗战胜利70周年"演讲会优秀奖。2015年9月12日，市民文化节"家和万事兴"市民家族家庭故事讲演大赛，进入黄浦区前五十名复赛。2015年9月，荣获2015年上海市民文化节"阅读好声音"——我喜爱的一本书全城微朗读大赛黄浦区复赛优胜奖。2015年10月25日，"微朗读大赛——阅读好声音"百名市民阅读好声音决赛，我作为南东社区的两名参赛选手参与全市百强决赛，我朗读《不能忘记的中国历史》一书中的一篇"南京大屠杀"，以声情并茂受到评判员的赞誉，重在参与，乐在其中，这是我每次参与征文，讲演、朗诵比赛的心态，不在乎名次，在于参与，享受那份快乐的氛围，开弓没有回头箭，2015年10月，上海市第11届全民终身学习活动展开，身处上海这座大都市，终身学习的生活方式和发展策略是每个市民提升幸福指数的重要路径和方法。我临近八旬，学习乃是我终身的必修课。

我退休二十多年来的生活很丰富，很充实，为社区乐于助人，乐于奉献，在20多年的退休生活中，拥有过许多"头衔"：承兴居民区党总支委员、第一党支部书记，党小组长，承兴居委委员，"老伙伴计划"工作小组组长、承兴市民读书会会长，承兴健康自我管理小组组长、南东街道市民讲师团宣讲员、南东街道读书会核心组成员、黄浦区老年读书会理事……我退休20年来，为社区作出真诚的奉献，赢得社区居民的赞誉，也获得社会的赞誉，每年都评为"优秀共产党员"，特别是2012年在黄浦区精神文明建设表彰大会上评为首批"黄浦好人"，曾获得"2011年度黄浦区优秀市民宣讲员"；在担任社区志愿者以来，评委"2012年黄浦区优秀志愿者"我所担任的承兴健康自我管理小组，评为"2011年度市民健康自我管理小组先进"称号，并列为市级示范点；我的家庭，2013年和2014年度荣获"2013年度黄浦区五星文明家庭""黄浦区最美家庭、五星家庭"称号……所有的荣誉证明，我退休生活很充实，很快乐，在为社区的志愿者服务中体现了自己的人生价值。

问：最后，我们请您小结一下人生的感悟好吗？

答：我的生活，人生很平平淡淡；然后，平淡是生命和生活的立体；我爱平淡的生命和生活，平平淡淡过好每一天；用平常人的心去品人生的幸福，平平淡淡才是真。当然在晚年的人生之路上，总会有坎坷的曲折，坎坎坷坷的风雨人生，何尝不是一种幸运；起伏跌宕的不凡旅程，何尝不是一种境界。苦中乐，乐中苦，有苦有乐方是美好人生。时至2020年11月3日上午，黄浦区第一届石库门弄堂运动会（分会场）暨承兴里第33届石库门弄堂运动会如期展开，各项文体活动，吸引着市民踊跃参与，我担任裁判员，使我返老还童，越活越年轻。总之，人要善待自己，珍惜生命，热爱人生；特别是退休后活着只为夕阳增辉！

刊于2022年8月26日《杨浦故事》

# 臻品背后的"煮""熬""滗"

2016年12月9日，正值秋收冬藏季节，上海迎来了一个世界汉字书法艺术盛会。全球34个国家与地区的书法作品，和国内数十位书法名家作品共同亮相，异彩纷呈。该展由旅居美国30年的好友、美国《中美邮报》社社长、美国汉字文化书法院院长、海外华人书法家协会共同主席、英国剑桥名人中心"国际名人"暨本次展览策展人屠新时主持开幕式。我与好友郑胜国、同事杨洪义等有幸被邀请参加由上海市对外文化交流协会、上海城市规划展示馆主办《墨润五洲》2016上海国际汉字书法展开幕式活动。席间，屠新时先生在作品集上为我签名；我与杨洪义分别与策展人屠新时先生、原上海市文物管理委员会副主任、原上海博物馆馆长陈燮君先生合影留念。

此次《墨润五洲》书法展，呈现在我们面前的是来自五大洲34个国家与地区百多件书法家精品之作，名家云集，臻品荟萃；最让人驻足并耀眼的无疑是：中国书法家协会荣誉主席、当代中国草书大家沈鹏先生佳作；上海书法家协会副主席、上海中国书法院副院长陈燮君先生的"甲骨文"和"楷书"《录城市成长记忆》二种楷体作品；上海海派书画院副院长、吴大澂纪念馆名誉馆长吴元京先生的楷书《千字文》；屠新时先生的榜书《心动》；其中还有美国国会议员马克·考夫曼的毛笔汉字作品，他第一次用毛笔，写下了"为民"两个字。欣赏佳作，拓宽视野；深感各国书法家对汉字的敬重与钟爱，我亦被汉字书法艺术的魅力所陶醉、所钦佩。

汉字，是中华文化和文明的特殊图腾，见证了中华五千年浩瀚历史所有更替和兴衰。中国书法艺术是世界艺术之林中独有的品类，它以别有意味的形式和内涵，成为东方文化审美的重要因素及标准。众所周知，古今中外文人、墨客、贵族、绅士都不乏以文会友，以友辅仁的佳话不胜枚举。孔子和贤达之士，孔子和他弟子之间的交往，鲁迅和林语堂及其他文化界名流学士、鲁迅和文学青年的交往，都是个很好的范例。孔子对子贡说："（我）不怨天，不尤人，下学而上达。知我者其天乎！"他认为自己下学礼仪文章，上通天命，真正理解他的只有老天吧。白马寺后殿门上有副对联："天雨虽宽不润无根之草；佛法虽广不度无缘之人。"佛教讲究因果，有因才能有果；种子是因，粮食是果；而因果之间所产生的关系也可以称之为缘。前者譬喻，后者点睛。书法艺术也是如此，可谓"书贵自然，风神超逸"。董其昌书法用笔最突出的特别为"虚灵"。其虚包含了丰富的内涵和无穷的意韵。为了达到虚和取韵，他十分强调书者主宰笔的能动性。他说："作书须提得笔起，不可信笔。盖信笔则其波画皆无力。提得笔起，则一转一束处皆有主宰。转、束二字，书家妙诀也。今人只是笔作主，未尝运笔。"活的学识是"煮"出来的，境界是"熬"出来的，诗画、书法是"滗"出来的；务求章法疏空而流宕，用墨浓淡相间，笔虚而骨力内蕴，笔润清淡神韵，在崇尚自然和自身涵养中提炼率真之趣和丰采姿神，使书作攀登自然之妙和生动之趣。

书法文化是中国古典艺术的一朵奇葩，在世界文字书写中没有任何一种文字与之相同，独具深刻的内涵与风格，极富有汉字文化的生命魅力。鲁迅说，汉字形、音、义三美："意美以感心，音美以感身，形美以感目。"书法是以汉字为基础，用毛笔书写的、具有四维特征的抽象符号艺术，它体现了万事的"对立统一"这个基本规律，又反映了作为主体的精神、气质、学识和修养。此展汉字书法以其独到的东方艺术中生命意识和激越狂狷之美朗朗地展示并释放出来，它在传承创新中提升人文精神；在墨润五洲中弘扬浩然之气，更以独特的艺术形式和艺术语言再现历史长河中的嬗变过程；而且书法艺术与京剧、武术、针灸是国际社会公认的四大国粹。书法与其他一切艺术一样，无疑折射出心智、性情、修养乃至技艺等方面的特征。"凡人各殊气血，异筋骨。心有疏密，手有巧拙。"书之好丑，在心与手；悠远空灵，气象万千；启迪灵感，开发智慧；给人以至臻至美的艺术享受。

在这些臻品背后每位书法家都各有不少曲折精彩的故事，但留给我最深印象的是与我合影的陈燮君馆长。他眉清目秀、地阁方圆、鼻挺圆润，架上一幅秀琅眼镜，慈祥的笑脸，得体的外表，语音儒雅灵气，气质富有睿智，不凡学识，才情洋溢儒雅和富有文人气息。现被英国剑桥世界名人传记中心授予"世界名人"证书和"21世纪2000名杰出科学家"证书。巧合的是，我与陈馆长同岁，他的卓越才华给我的感悟是"煮""熬""滗"的典范。

## 一、活的学识是"煮"出来的

陈燮君十分孝敬父母。饮水思源，他很感谢他的父母亲。在《视觉意象——陈燮君油画》画册的扉页，他曾写道："敬畏历史、感恩亲情，让艺术之花在悠悠艺术长河和殷殷亲情嘱托中绚丽绽放。"在这字里行间中，足见其功底，完全是一个深得传统文化精髓之人啊！小时候，他家住在黄浦区北京东路、虎丘路一带，4岁练习书法，父亲教他在地板上蘸水写大字；为他和其妹妹请来吴野洲、胡成荣先生，学画花鸟走兽；还请了林先生、蔡先生教他弹琵琶、拉提琴。7岁他认识了画家陈逸飞，是当年同学陈逸鸣的哥哥。陈逸飞、陈逸鸣先生也为他家带来艺术氛围。可见，他对绘画的热爱，是幼年时已经浸透在他的灵魂、心目中的。16岁他创作了一幅反映工人学知识学文化的油画《自编教材》，参加上海美术馆展出。这次成功给了他很大的鼓励，此后画画成了他人生的重要组成部分。油画、写生一发不可收拾。他的女儿陈颖，也爱好丹青，父女曾一起结伴去新疆、西藏写生。陈颖在《有艺术相伴的人生是绚烂的》一文中，深情地回忆了她热爱画画的父亲："记得2001年夏的西藏之行，到达拉萨的第一天下午，父亲就去布达拉宫写生；第二天一大早，父亲就背着画夹去大昭寺，一画就是一整天。"她还写到2000年的新疆写生之旅："在新疆吐峪沟的村庄里，顶着50摄氏度的高温，父和我一起从早晨画到晚上九点太阳落山。"

宝剑锋从磨砺出，梅花香自苦寒来。不登高山，不知天之高也；不临深溪，不知地之厚也。不飞则已，一飞冲天；不鸣则已，一鸣惊人。陈燮君1991年3月在美国圣刘易斯举办"陈燮君旅美画展"；1999年8月至10月在金茂大厦展厅举办"金茂印象——陈燮君水墨与写生展"，2000年10月在日本横滨举办"陈燮君书画展"，2001年5月在奥地利萨尔兹堡举办"陈燮君萨尔兹堡之旅画展"，2002年7月在上海美术馆举办"上海香格里拉——陈燮君崇明水墨画展"，2002年8月在西藏博物馆举办"西藏之旅——陈燮君陈颖西藏水墨写真作品展"，2002年9月至11月在崇明学宫（崇明博物馆）举办"陈燮君水墨写真作品展"。他出版的画册和书画作品被上海图书馆、鲁迅纪念馆、辽宁博物馆、唐云艺术馆、沈钧儒纪念馆、蒲华美术馆和日本岛根美术馆等收藏。入选《世界美术家传》《世界美术集》《世界当代著名画家真迹博览大典》等。从其背后的艺术生涯，使我真正领悟到幽深苍远的中国文化和书画艺术载体。具有社会认同、智力支持、生生不息和不竭动力。

## 二、艺术境界是"熬"出来的

"胸藏万卷凭吞吐，腹有诗书气自华。"陈燮君先后出版著作二十多本。如，《学科学导论——学科发展理论探索》《时间学》《生活中的色彩学》等；参加主编《新学科辞海》《世界新学科总览》《21世纪世界预测》等，发表《战国楚竹书的文化震撼》《千年丹青》《百代法书》等论文、文章一千多篇，计达二千多万字。据他的女儿陈颖透露，父亲还会弹琵琶、拉二胡和小提琴，擅长为歌曲填词作诗；其如此聪慧又如此勤的学者，方能取得超出常人的不凡成就。石涛曰："作书作画，无论老手后学，先以气胜得之者，精神灿烂，出之纸上"。中国画讲究稳中求奇，险中求稳，看对比，形成气韵、笔墨、气运节奏，运观其势，近取其质，透过整体感应，方见纤毫毕现的神韵，或深厚苍劲、或刚健挺拔、或含蓄内敛、或简约空灵、或飘逸洒脱，给观者的视觉美感。含情线条是中国绘画独到的艺术语言和灵魂。蕴含皴擦点染，线条变幻流畅、风格潇洒苍秀，构图不落俗套等至深技法与功底。好的臻品伴随着气韵而生，无疑是画家天赋与锤炼，用心血和汗水"熬"出来的结果。

陈燮君亦不例外，尤其谈艺作画，他会站在艺术境界的高度，细细评说，侃侃解读。在对相识40年上海大学美术学院执教的陆志文汇集《上海名人故居》系列绘画作品解说时，他用独特的视角，考虑作者对各款名人故居独具匠心的建筑艺术、历史的风景、人生的分量、社会的口碑和文化的意境的综合分析，起到恰到好处、画龙点睛之作用。在志文的画中，名人的声音容貌留驻故居、名人的昔日风采汇入历史、名人的行为屐痕化为情景、名人的生活往事传为旧闻。《张闻天故居》虽经岁月沧桑，依然守着阳光；虽然主人远离，依旧温馨和煦；虽然花开花落，张闻天经年栽植的两棵美人蕉依然苍绿舒卷。《柳亚子旧居》在斑驳飞影中透出婉丽气韵，在彩墨淋漓中融入澹远空灵，气格高朗，气度潇洒。此画用奇崛浑然、恬澹清超的气象显示了旧居主人的隽骨天奇、爱国情怀。《巴金住宅》作品，光影追逐熙和，宽博融汇雄骏，温和映照风骨，静谧隐含风华。整个画面秀雅端庄，沉静从容，遒劲酣畅，洒脱逸宕。

## 三、知古鉴今是"滗"出来的

陈燮君平时爱书、买书、读书、写书；从书中吸收学识。他家约有五万本书，买书是他最痴迷的癖好，尤其喜欢文学、历史、哲学的书。之后，艺术和文博类的图书又成为最主要的购买对象。他会书画、懂音乐、通艺术、精文博；如果不是"滗"出来的心慧，就不可能成为一个地地道道的杂家。

从他学习和工作的轨迹渐进变化来看，他涉足学科领域广阔，尤以文史哲见长；并在企业集团的岗位、上海社会科学院情报所、出版社、信息研究所、社科院图书馆、上海图书馆、上海博物馆、上海文广局履职，身兼中外学会、理事会、研究会，国务院新闻办《中国网》专栏作家、专家等职。同时，还擅长书画音乐，会弹奏多种乐器；很早地从事过电子计算机内存储器和程序设计工作，知识渊博，多才多艺，在上海文化界是可圈可点的。最有影响力的是他在上海博物馆任职期间，"上博"是发挥他才华的风水宝地，他到任后精心策划了一系列在国内外产生巨大影响的文物大展，如"晋唐宋元书画国宝展""淳化阁帖最善本展""周秦汉唐文明大展""故宫博物院和上海博物馆藏书经典展""中日书法珍品展"等，几乎每个大展都以其独有的亮点、独有的珍稀性和高难度引起广泛的轰动效应。陈燮君说："上海博物馆这金字招牌的魅力大，在国际上拥有如此影响，那是几任老馆长、老专家倾注了全部心血造成的。"我们只是享用他们的经验，以国宝的力量展示中华文明，以经典的力量呼唤文化传承。2010年，他是中国上海世博会总策划师。他曾说，我们要具有全球视野，用运精神讲述中国的故事，用中国的元素表达全球的追求，并以一曲创新和融合为主旋律的交响乐，将成为人类文化的一次精彩对话……

# 自是芳华能修远

赓续中华文明之"脉",筑牢文化自信之"基",是我们构建"一带一路"精神家园的永恒主题。截止2019年5月,正在中华艺术宫举行的"第十二届中国艺术节"。全国优秀美术作品展览中,有18件作品来自于"时代风采——上海现实题材美术创作工程"。该"工程"目标是"五年百部精品创作工程",业已创作完成签约作品88件。如《"燃灯者"邹碧华》《美丽家园·幸福生活》《心灵的舞蹈》等作品,不仅让读者看到"记录"或"图存",而且能发现作品背后闪烁的艺术灵光和火花;用美术的形式讲好中国故事,无愧于提升创作灵魂,刻画出时代精神。时代让我追梦,不知你是否还记得60年前,抒怀时代,哈琼文以巧胜,其扛鼎之作就是《毛主席万岁》。它将光彩夺目的城市女性第一次作为主体形象凸现在宣传画上,创意之新,意蕴丰满,久久难忘。

我家至今六十余年珍藏着一张小小的彩色年画。这张过去年画反面介绍目录:共汇集24位画家作品序列,第一为《毛主席万岁》,哈琼文作品;第二为《毛主席在我家做客》,程十发作品⋯⋯其封面是60年前的一幅宣传画《毛主席万岁》。这张宣传画,是军旅画家哈琼文1959年为庆祝国庆十周年精心创作的代表作,构思独具匠心,画笔细腻生动;色彩缤纷鲜艳,美在和谐;这幅宣传画见证了我自己从小到成长,每当我深情凝视这幅宣传画《毛主席万岁》时,画里画外的回忆碎片浮现在我的脑海里⋯⋯

1959年,上海人民美术出版社的编辑向哈琼文组稿,要他为建国10周年创作一幅重点作品。哈琼文为创作这幅献礼作品倾注了不少心血。经反复推敲、几易其稿、构思出一改常规表现毛主席形象的画面画法,画面上没有领袖、没有红旗、没有游行队伍,也没有标语口号;其不凡之处,还在于它突破了热闹的游行场面的窠臼,重点刻画花海中美丽的妇女与儿童的形象。在淡玫瑰色的背景衬托下,身穿黑旗袍的妇女显得格外精神，她肩上的小女孩天真烂漫的神情惹人喜爱。同时，用无声的语言代笔，别出心裁地向前超越一步，不仅恰到好处表现艺术效果，而且还直接起到鼓舞人心的作用，渲染了"激情燃烧的岁月"人们的精神风貌。著名作家冰心曾以《用画来歌颂》为题，撰文赞誉这幅宣传画；后来上海教育出版社又将冰心这篇文章编为学生的课外阅读材料，影响了一代又一代学生的成长。整个画面以崭新的母女形象当主角；一位肩扛小女孩的妇女被包围在这花海中，她和小孩的脸上都洋溢着幸福的笑容；为突出主题，背景左上角隐隐约约出现的华表只是对特定地点和时间的一种渲染与提示；自然而匠心地把母女的目光引向左上方，遥望着左上角小小的华表"留白"，令人神往，将憧憬变成现实，别具深意。艺术的核心，在于让人们去天马行空，丰富想象，回味无穷。那时候，提到哈琼文，就不得不提到《毛主席万岁》这幅宣传画。1959 年，国庆 10 周年之际，上海最热闹的南京路第一百货商店大楼外墙上，出现了巨幅宣传画《毛主席万岁》，这幅精心又得意作品，曾轰动一时，一版再版，享誉中外。当时我只有 8 岁对这幅时代的符号《毛主席万岁》，印象尤新，感到这位画家真了不起。随着社会的发展与岁月的更迭，每每鉴赏这幅富有亲和力的作品，其亲切感、时代感、艺术感随之油然而生；尤其是其主题与艺术高度融合，富有动感，色彩亮丽，充分表达了人民尊敬与爱戴领袖的一腔真情深意，具有强烈而生动的视觉魅力，如春风扑面；构思新颖，人物逼真，让人百看不厌。

这幅脍炙人口的画在上世纪七十年代中也难逃批判。那时，敌人攻击他的罪名是"不画工农兵，却画穿黑旗袍，戴耳环的资产阶级少奶奶"。"欲加之罪何患无辞。"曾遭受多次批判的哈琼文越想越不服气，苦闷之极。一天晚上，他把自己关在卫生间里打开了煤气开关……幸被其子及时发现了父亲反常举动，翻窗跳进卫生间，遂将已经昏迷的哈琼文送到华山医院抢救，性命保住了，致使其双眼眼底出血，右眼失明，左眼视力尚存，用业内画家的行话来说，"已经无法准确对焦距。"围绕一幅宣传画，发生这么多曲折的故事，在宣传画历史上，实属罕见。

哈琼文，1925 年 7 月 23 日出生北京，1945 年在重庆中央大学艺术系绘画专业油画系学习，1949 年后参军，从事美术教员与创作。1955 年转业到上海人民美术出版社，长期从事宣传画创作，任编审，上海文史研究馆馆员。擅长油画、宣传画。作品宣传画《毛主席万岁》、油画《志愿军铁道侦察英雄》《美帝从南朝鲜滚出去》《祖国万岁》《做一颗红色的种子》《一不怕苦，二不怕死，学习王杰同志一心为革命的崇高精神》等宣传画，多次入选全国美展，部分作品荣获全国美展银奖及佳作奖；1983 年获宣传画工作成绩卓著荣誉奖。1992 年，哈琼文画完最后一幅宣传画《琴声嘹亮欢唱改革，振兴上海繁荣祖国》，就"收山"了。退休后，依然笔耕不辍，用尚存的左眼，"探索表现自然与美的事物"。画，既是艺术，更是生命。笔墨当随时代，哈琼文凭借其独特的天赋与艺术才华，任何环境都无法阻止他对艺术的追求和热爱，他亦跟随时代的进步而不时转变灵感与技法，并悟出自己的精髓，独树一帜，令人称颂。他于2012年5月20日逝世，享年87岁。

一幅好的作品，几经构图、匠心独用、与时代脉络一起跳动，唤醒人们的心灵家园，无疑是画家自己的心灵、情趣、品格和生命凝结而成的，乃是"笔墨诚可贵，艺境价更高。"《毛主席万岁》整幅作品立意创新，神采四溢，始终充满热爱，挥动作者饱蘸热情之笔，用其心灵最美丽的语言讴歌毛主席，用爱心慰抚千千万万人的心灵。主题鲜明生动，沉稳自如，颇有"似不用力而力自存，似不激越而激越自在"的意境；形成了清新典雅、自然质朴、别具一格的画风。

除外，我觉得"画外"碎片是"三个见证"。即，一是见证了这幅宣传画伴我成长。60年前，我刚进小学读一年级，与天真烂漫的同学一起上学读书，一同放学回家；尽管平常粗茶淡饭、欢乐不多、生活极其贫乏；且没有汉堡包、没有手机、没有高级玩具、更没有电脑；但孩提时伴随着善良的家人与启蒙老师，在碧空如洗、水色清澈、且没有污染、没有造假、更没有竞争的氛围中读书、嬉闹与成长，尽兴沐浴着灿烂的阳光，尽享童稚之心。当时最值得欣幸的是，遇见《毛主席万岁》这幅宣传画，喜出望外，爱不释手。它既亲切温暖、又生动鲜明地表现人民敬仰领袖这一主题的满腔热忱与殷殷祝福。那时，我特地恭恭敬敬地把这幅小小的宣传画放置在方桌的玻璃板下，盼望可以天天见到这幅画，并能在其中找到自己的影子。虽然时代风云与几次搬家，至今仍完好无损地珍藏，与其说宣传画飘沙如烟，不如说这幅宣传画与我六十余年来一直心心相印。二是见证了哈琼文绘画创新的不懈动力。列夫·托尔斯泰名言："艺术不是技艺，它是艺术家体验了的感情的传达。"作者既专工又博学，融会贯通，把前人的精髓带入自己的作品之中，注重师法，独到创新，超凡独特；在墨韵的深厚华滋之中，构成艺德齐飞的意境，显示出磅礴恬适、灵动娴熟、生动气韵的大家风范，尤显其创新动机、表现手法、象征意义的独到见解，以及职业使然。同时，他与人民心连心，一脉相承接地气，形成了"色墨并举""色墨共辉"的新元素，乃是中国宣传画艺苑中一枝独秀的奇葩。这幅《毛主席万岁》作品之所以一举成功，不外乎是作者先天之禀赋，后天之勤勉，加上机遇之把握，有此三者，方能融进艺术领悟、贴近时代、纯朴鲜活的深远意境，赢得百姓喜爱。三是见证一个画家跌宕起伏的故事。哈琼文所创作的《毛主席万岁》这幅宣传画一经问世，闻名华夏，崭露头角。时隔7年，树欲静而风不止。当年，作者被栽赃诬陷为资产阶级鸣锣开道的代言人等等；顷刻间，由艺术高峰跌落人间低谷，身心受到严重伤害，险些丢了性命。一叶落知天下秋，寒鸦一渡冰雪舞。有欢乐有伤害，才构成了每个人的生活。1976年后，哈琼文又重新走出逆境，落一蓦幽然，而不染尘忧。雏鹰初翔云端，在苍凉的天际，赫然划过，以刚强的毅力，不屈的灵魂，翱翔重返艺术的舞台，在反思中拨开云雾，又继续默默地驰骋画坛，妙笔生花。

时过境迁，六十余年之后再回头细细品赏，觉得它艺术效果很好，它摆脱了宣传画固有的强烈意识形态时空的束缚，进入了当代艺术经典审美的云端，它当之无愧荣膺中国政治宣传画上的里程碑。"相逢亦无事，不见忽忆君。"应该说，人民群众自有强烈的审美意识。1976年后的第一个国庆前夕，有位叫丁临渊的读者曾给哈琼文寄去珍藏的一张印有宣传画《毛主席万岁》的贺卡，并附言说："鬼话是骗不了人的，珍珠的光辉是掩盖不住的。"无有独偶，这幅《毛主席万岁》宣传画已经从小陪伴我到老年了，钟爱如初，倍感亲切。正所谓"自修芳华能修远。"

# 书画沙龙遇高手现场示范

在我与陈士镛先生的交往中，留给我深刻的形象是：与其说他气质上是位文人，"文章本天成，妙手偶得之"的信手拈来，一挥而就；倒不如说他具有铸成其人格的高雅气度和高贵的人品，犹如一股荡涤胸中尘浊的春风，给人一泓流向心灵荒漠的甘泉。25年前，由他精心筹划的"幸福沙龙"，我漫步其间，让我沉浸在艺术家的即兴抒情之中，大饱眼福，平添了高雅艺术的意趣，亦成为一生回忆的资本。

时间不能救赎一切。老照片却见证的就是我们的穿越岁月。记得1998年2月28日星期日（己卯年）农历一月十三，陈士镛先生精心安排诸位老朋友在幸福小区孟宝法老师府上相聚。我欣喜地与沈尹默弟子、著名书法家叶伯镛先生、花鸟画家朱季禾先生、篆刻家徐友才、诗人王晶晶、自学成才的油画家孟宝法等共叙友情，此次"幸福沙龙"，徐徐地吹进了我的心扉，让我至今难以释怀。夜幕悄悄降落，使我不禁想起诗人李白的一句诗："桃花潭水深千尺，不及汪伦送我情"的诗意，让彼此这份真挚的友情，永久荡漾在我的记忆的海洋之中。

餐前，陈士镛先生逐个介绍朋友，并合影留念。我们在幸福小区沐浴着"幸福沙龙"。东道主孟老师备以美酒佳肴，举杯畅饮，无不惬意。餐毕，时年70岁的叶伯镛先生笑容可掬与诸友敞怀畅谈。不用客人提出索字，叶老步态轻捷地站在桌前略有所思，笔墨之兴，涌上心头；只见他身躯挺拔地开始铺纸碾墨，手执湖笔，少蘸浓墨；脸上露出一丝不易察觉的微笑，颀长的手指有灵性，柔美地舞动着，泼墨于环宇之间。顷刻间，大家被他朴茂琳琅、尤攻工、楷、行、隶功底深厚的运笔的吸引；触目皆新，凝神定气、遒劲弘厚、结构秀雅、气势流美、笔之细腻，悉具王羲之书法、并渗以北魏之笔意的个性和特色的佳作，跃然于上；为我题写："北水蛟龙盘地，南山天马行空"条幅。墨宝传情，有魂则仙。欣赏这幅有情有义有温度的佳作，颇有志在高山凸现巍峨之势，意在流水舞出荡荡之情的书法，使人感到一种富有寥廓无极、深邃明净、悠然脱俗、浩渺雄浑的意境与美感。墨韵凝真情，方寸显精华；目睹佳作，大家倾心为之击掌叫好。

欣喜时分，陈士镛先生边说边笑地说，今夜幸福沙龙，艺人荟萃，邀请朱季禾老师亮相登场。素有下笔风雨快，展纸气已吞，"一道通万艺"之誉，时年 56 岁的朱季禾老师旋即进入我们的视线。他身体健硕，双目明亮，神气昂扬，显露出一种艺术家浪漫豪放的风采；常常不过一支烟的工夫，就一挥而就。果不其然，还未等我回过神来，寥寥几笔，勾勒出一幅栩栩如生的"墨虾"图。真是不看不知道，一看大饱眼福。尤其这幅"墨虾"图上题款长而生动，于飞动中见沉稳，沉稳中见灵动。显然，与他的画相配，可谓珠联璧合，相得益彰。有幸得到"神融笔"墨宝，真是爱不释手，非大手笔不能绘之，在场诸友无不为之啧啧称好。

古人云：文章如日月，终古常见光景常新，绘画亦如是。陈士镛先生接着告诉各位朋友，近年来，朱季禾老师学术与艺术成就颇丰。他的《孙子杂谈》哲学论文，于 1997 年 10 月 23 日在中国作协《文艺报》社举办的"97 文化艺术人才创作研讨会"上获二等奖。1990 年举办个展；1997 年秋，在重庆举办的全国"庆香港回归东方文学艺术创作交流展"的授奖仪式上，在全国各地以及韩国等国家和地区近二千位作者创作评选中，朱老师作品崭露头角，荣获"美术金奖"。朱老师非凡的成就告诉我：艺术来之生活，生活充满艺术。他擅长文史哲，熟读诗书，又下笔则熟能生巧；如题"茶趣图"语："茶和橄榄上口嘴涩，回味香甜，清心意舒。画以记之。"等等，画龙点睛，充满哲理与生活情趣，使其图文更具魅力。尤其是朱老师勤于思考，功底扎实，艺高谦和，青灯黄卷，不知度过多少晨昏，多少寒暑？岂不是我人生道路上不可多得的良师益友。

这天，年方 42 岁的徐才友看似文弱书生，戴上一副近视眼镜，儒雅细腻，文质彬彬；刀下却叱咤风云，笔到意到。他对诸友说：我的艺术空间的发展，离不开陈士镛老师的悉心牵领。正由于古道热肠的陈老师积极推荐我的一方方的篆刻作品连连跃上报刊的版面，才受到爱好者的青睐。我深知，一方篆刻，一个世界；一枚印治，一种艺术。席间，老陈却谦和地说：小徐秦汉雄风，神形兼备的篆刻艺术，无不深得书法、章法、刀法的凝练而成；既如壮士舞剑，又似美女拈针，颇有江而文人艺术的灵秀。切磋中领悟到，"篆刻"的一熔古铸今决定了其造诣精深和笔酣刀畅的个性刻印风格。小徐驾轻就熟的说：印章以古玺最难，因而能掌握汉印与小篆细朱文印这两大门类，就像人有两只脚似的，可以稳稳当当立于印人队伍之中。如兼通古玺，三项全能，可称得上全能篆刻家了。"印从书出"，旨在苍劲浑厚，刚健婀娜，古朴雄秀。1998年，徐才友被聘任上海东洋印社社长。至此，他与该社名誉院长陈立夫先生结成了忘年交，先后为陈立夫先生刻制了三枝上乘一印章。陈立夫回涵感谢并送上"随缘"条临、亲笔题写："精美入微"，予以高度评价。

是夜，陈士镛先生的好友孟宝法老师在家做东，盛情款待诸友。室外夜空寂静，室内沙龙欢乐；这时，年纪56岁的孟老师悠然宛转的独奏琵琶曲韵将沙龙推向高潮。那悠扬的琴弦是心灵的慰藉，遂将我们带入了一弦一思、一炷一禅、那楚楚动人的江南水乡之韵，真的是孟老师的钟爱。早年他考取上海音乐学院，但那场浩劫剥夺了他正规学习音乐的机会；之后，他不断探索和追求音乐与绘画之间的共鸣点，期望施展从艺宏图。在特殊年代，音乐不仅是他生命中流动的旋律，还是他游走在心海里的精灵语言，谧听其音，温暖如春。其间，他跟随日本侨胞伊东先生学画毛主席巨幅画像，反复琢磨，掌握技法，领悟艺术的本真。他的画，既有崇尚自然，吸收中国山水绘画的特质；又有彰显人文情怀，透露出一种清旷秀峭的内在意韵。1998年，孟老师创作的一幅《双虎图》油画代表作，刊登在海外留学生杂志上。临别时，孟老师馈赠我一幅《江南水乡》油画，乃是知音相吸，情深似海。我深谙，孟老师在音乐与油画之间寻找到一条独特的从艺之路，非一般人莫属；显然，一切艺术的高峰谁都能达到，再往上高攀，无疑是一种人品与能量的较量。相聚沙龙，荡漾艺术氛围，雅趣使人仰慕；事过境迁，陈士镛先生等诸位老师慈祥而隽永的微笑，短暂欢聚，墨香晕染，浸润真诚；各献其艺，异彩纷呈；这份浓郁而精湛的艺术之花把大家挚诚的心贴得更紧了。生命之短，忠贤至深；丹青不知老将至，富贵于我如浮云；缔结真诚的友谊，乃是人生最好的无价之宝，是啊！难忘的书画沙龙烙在我的骨子里，弥久馨逸。

愿"幸福沙龙"的吉光片羽成为我们共同的记忆，永存在心。

北水發龍盤地
南山天馬行空

## 再持火光当空舞

丹枫迎秋，慕名前来参观瞻仰。我在厂门口遇见文友庄寅亮先生，他手里拿着笔记本，巧手匠心，素心微澜，不一会儿，寥寥数笔，勾勒出一幅矗立的老烟囱与庄严的"民族之光"雕塑相间辉映，朦胧、清莹，情景交融，呈现出厚朴与氤氲的写意线条的效果，让人窒息之美。醒目的"闸北"厂牌，映入眼帘。

闸北曾是上海最具有红色传奇的地区域之一。翻开闸北红色传奇，乃是一部记载"一二八""八一三""八百壮士"四行仓库保卫战系等系列的革命奋斗史。在我的生命旅程中，我的大半辈子在闸北度过的，掐指数来，对那里演绎着岁月变迁及犄角旮旯的旧影，情有独钟。天有天道，人有人道，每个人有每个人的道道。十多年前旧宅动迁时，我捡了百余块英制红砖，逐块清洗并收藏，它与门弄牌一样，不会说话，却有温度、有故事，迭种依稀斑驳的石库门的时空里，给我留下了与生俱来的足音。

一馆观四史。我从厂办负责人陈伟同志手里拿到由其签名的《百年传承·自强不息》一书，零距离触目闸北发电厂的前世今生，原先老厂旧址位于闸北恒丰路叉袋角地带（现为新客站），早已荡然无存。闸北旧貌嬗变，唯独"闸北"两字却脱胎换骨从闸北移至"火树银花天不夜，流光溢彩望无头"的黄浦江畔，烽烟尽处，满满地载入像铁轨上宣誓入党的李连发同志、原地大党支部书记冯大文同志、原厂党委顾问滿慧君同志、原厂党支部书记梅耀华同志等几代电力人毕生心血和卓越奉献，甚至于付出了宝贵生命的辉煌史册。

我颇有回娘家之感。百年中国电力工业发祥地，经历了百年风云、百年烽烟、百年发光、百年跨越的变迁。在当今互联网时代，怎样拓展企业生存与发展的空间呢？！敝人建议：在"深""细""实"三字上下工夫，在"三度"上有所突破。深是传承红色思想要有深度。思想比科技更重，努力打造与上海国际大都市相匹配的现代电力绿色服务。针对当下信息变的对称又透明，"供给"和"需求"都被精准连接，不存在"中间环节"和"赚差价"的因素，与其停滞不前，不如秀外慧中，顶层设计至关重要。秦始皇统一中国这是大功劳。但是，真正留到现在，看得上，还能直接创造经济效益的，只有一个长城，一个兵马俑。借古喻今，素有"野猫精"之称的浙江徐文荣先生，他靠卖粪起家，创业之难，难于上青天，终于创立了"横店帝国"。有信心未必赢，没信心一定输。只要不懈努力，"屌丝"也能逆袭成功。

　　细是目标导向要有维度。人们看到了闸北发电厂坚定地走上高端电力之路！显然，火车跑的快，全靠车头带，领导驱动发力，带动各个车厢联动的动力源，组合成动力系统。同时，随着数字化转型大潮奔涌而来，逼着企业磨砺核心软件技术，真正实现数字转型。自主技术开发势在必行，开源软件没有捷径，尤其是"国之重器"的电力行业，既是机遇，更是挑战，使企业充分享用数字红利，实现跨越式发展，做细企业文化。目前，企业一般都推行朝五晚九的坐班制，员工积极性则难以调动。如果推行自动调节机制，岔开上下班交通高峰时段，打破传统的工作时间想概念，加班一小时，实行免费就餐；加班二小时，报销上下交通费；加班三小时，报销打的费；使员工主人翁意识得以提升，激活一盘棋。

　　实是服务管理要有温度。"谋事在人，成事在天"。记得二十多年前，我在公安系统基层谋差时，有次我与某街道主任谈起，咱们街道怎么没有红绿灯呀？！既无安全感，又无亮点。当街道主任向区领导汇报时，区领导当即拨款20万安装路灯，我也争取交警支队拨款5万，有了这笔基金，一盏盏红绿灯安装到位，每一盏交通信号灯，弥漫着警民共建的人文情怀。昔日闸北发电厂的雄风，像天空中一闪即逝的流星，光辉不再。"大蛋糕"没有市场，可以制作精致"小蛋糕"。摆脱传统束缚，因时因地因情制宜，拓宽各领域用电需求运行维护、调整电力负荷，优化电力储能功效等措施，再度燃起星星之火，犹如璀璨混沌的流光，映照着天上宫阙的寂寞和人间的繁华。

　　往事蝶变，生生不息，修身守正，立心祷魂。2021年10月27日迎来闸北发电厂110周年华诞。正巧是日，也是我70岁生日，尤为欣喜雀跃。再持光火当空舞。上海夜幕中的钢筋铁骨，月色是清的，灯光是浑的，在混沌的灯光里，渗入了一派清辉，都市多彩的霓虹，沁入心田，像儿时母亲深夜为我缝衣点燃的烛光，乃是一种莫名的怀念和难过，然而霓虹散发出光遥相呼应，试图在"日流闪烁、风度清锵"的古韵里，寻你，寻那一条与你相逢的红色之光。

刊于2021年10月《出海口文学》第5期·特辑

# 难忘海宁游

我们夫妇俩于今年 7 月 4 日上午在南站乘坐动车，历经一个多小时到达了浙江省海宁站，老朋友王家麟先生已早早到站为我们接风，心里暖烘烘的。接着，我们仨便一起乘坐公交车去赞山路亲和源琳轩度假酒店。车上司机见我们夫妇俩出示上海市退伍军人优惠证，但并不能刷卡，他没有要我俩买车票，虽是一元钱车费，却感受到了海宁人的好客。

中午，家麟夫人闵嫂早在该店乐龄大学食堂等候我们了。于是我们四人共进了午餐，一起品尝新鲜的白灼河虾、塘鲢鱼烧毛豆、红烧肉、臭豆腐、丝瓜、海蜇皮以及平湖槽蛋、自种茄子等丰盛的菜肴，颇有到家的感觉。

我与家麟兄是五十年的老朋友了。1973 年 3 月我在海宁路派出所谋差时，遇到了家麟兄，当时他是居委干部，系海宁人氏，为人厚道，老少和气，颇具浙东人勤奋耐劳的品质与气场。转眼几十年过去了，青春已不在，但几十年的友情还在。这次见面，欢乐交谈的场面，仿佛一瞬间回到了曾经的岁月，往事如烟凝聚着岁月的静好，与家麟的见面他殷情的招待，见证了友情的真诚，温暖了我们的心房。

海宁一游，享受着家麟兄细心的关照与呵护。家麟夫妇冒暑一路陪伴，还带我们去他家的一块自留地观赏，种了茄子、玉米、西红柿、小辣椒等，浇水用的是旁边的小河水，辛勤劳作，流汗出力，自给自足，喜获丰收。

少顷，家麟兄晓得我欢喜收藏，随即带我们拜访了一位身体健硕的 88 岁朱文笙老师。老朱一身书生气，欣悉我们是家麟兄的朋友，在寓所热情地接待了我们。他不仅收藏有沙孟海、任政等名家作品，而且近几年自己迷上了绘画。切磋中朱老师说两年来，自己上绘画网课 100 课时，初步掌握了国画的基础知识，每次习画得到授课老师的好评。闲情雅兴时分，朱老师欣然推开一扇窗户，让我们看有一只鸟妈妈正在花盆里孵化雏鸟，介绍的样子好像在与鸟儿亲密对话，我兴奋极了。鸟儿们不惊不扰,过着它们自己清幽的生活。我即说,喜鹊不请自来,寓意家里有好运气。临走时,朱老师特意将自己创作的一幅国画送给我,我感动地说再隔2年,我们夫妇会来海宁与家鳞兄一起给他过90华诞。分手时真是依依不舍。

傍晚热浪仍未消散,我们乘车至南关厢,又饶有兴致地游览关帝庙、大瑶桥、硖石灯彩、皮影戏等。在月光照耀的夜幕下,走在青石板路,漫步于小桥流水间,家家临水,户户枕河,前店后坊,临河亭廊,即刻被厚重的历史文化底蕴所吸引,亦给南关厢平添了一抹芬芳的江南雅韵。夜幕下,我们仨顾不上劳累,扫码骑上共享单车,沿着毗邻鹃湖公园的环行通道缓缓前行,别有意趣。家鳞兄对我说,平时清晨,天开始蒙蒙亮了,他常在寂静的鹃湖之畔畅游,尽享这种生态游是多么的恬适和惬意呀!

我还将一路游玩拍的照片发至朋友圈,与亲朋分享,心情倍儿好!

又是一天,家麒兄开车接我们来到康乐路78号白石桥老店的一爿水金面馆。我们各自点了一碗面,有咸菜鱼片面、爆炒猪肝面、爆炒鳝丝腰花面外加2只特色鸡爪,面汤红亮油润,油而不腻,喝上一口面汤呀,真香!

那天天空碧蓝,我们精神抖擞地驱车至浙大国际校区,再换乘332中巴,约一小时左右到达了盐官风景区。家鳞兄说,他的祖上是盐官人氏,前两年祖上斑驳的穿斗式构架老宅被政府收购。当然,家鳞祖先遗存虽抵不过当地王国维、徐志摩、金庸等故居的名声鹊起,但也不逊色,修缮一新,同样可参观瞻仰。据说,乾隆帝六下江南,四次巡幸海宁,来视察钱塘江工程。海宁天天可观潮,月月有大潮。是日(农历五月十八)预报1:40有潮讯,我们足足等了一个半小时,总算有幸看到了滚滚而来的自然景观,即盐官的"一线潮"。

傍晚,我们走出驻店,来到对面浏览赞山良渚文化遗址公园。上世纪50年代被发现,距今三千余年,占地十余亩。据《海宁州志》载:山高五丈,周二里。先有深潭,水极澄清,俗称钱王磨剑池。乡人以水缲丝,色愈皎洁,更堪沦敬。"当地素有"先有赞山街,后有硖石镇"的说法。赞山深潭中的水不仅可缲丝,还可以烹沏香茗。那里有超过二百年的榉树,我们沿着河岸揽胜,除了一位保洁工人身穿桔红色的工作服,卷起裤腿,汗涔涔地赤脚用网斗蹚水过膝在水中打捞水草及废物外,周围游人如织,好一派人与自然和谐的景象。前面有一群人围着,我们也好奇地走上前去观看究竟,只见2棵樟树边各有一位持小棒男士在不停的逗小松鼠觅食。我们即驻足欣赏人与小动物喜乐的时刻。有位老人喂食者说:你们观看开心,可我们在喂小松鼠食时,常常手指被其小尖嘴戳破,流血是常态。就是因为满心喜欢,也不顾疼痛,乐着逗着,小精灵和人一样有灵性。小松鼠见人并不怕，在树上不停地做怪动作，探头探脑逗人发笑，矫健的四肢很轻快，滑翔本领更是绝唱，甩开大尾巴，一纵身就能腾空跳过好几米，在树冠上飘来飘去，下落时尾巴像降落伞一样，特别逗人。只见樟树上，倒伏着一只毛茸茸、大尾巴的小可爱，它昂着头，小耳朵紧贴着，眼睛一闪一闪很明亮，前肢落地，后肢弓着，憨态可掬地在树杈和草坪上蹦腾跳跃，但它气性大，尤其是它在5月至6月为叛逆期，脾气暴躁，攻击性强，且反射神经活跃。更令人奇怪的是，它的前爪子分岔得像有手指头，一双前肢津津有味地抱着一粒粒小玉米送入口中。我们漫步游闲，观赏了游客给鸽子、鱼儿喂食，也拍下了一张张珍贵的合影。

烟霞碧波，"海洪宁静，海涛宁谧"。上海到海宁共130.2公里，近在咫尺。然而，我们二王兄弟却从上海海宁路到浙江海宁城一转身就是50年，况且我的家乡平湖乍浦与家麟兄家乡海宁盐官，两地相距71.1公里，同一地块，语音相似，人杰地灵。岁岁浅浅，余生慢慢。记得47年前，兄弟俩勇擒歹徒的一幕即刻映入眼帘。曾有这样案例记载如下：1976年11月27日，闸北分局破获重大拦路强奸抢劫集团。是年2月起，闸北、虹口、黄浦等区先后发生拦路强奸抢劫案十余起，受害妇女16人。子夜，我与家麟兄在上海海宁路、福建北路守候伏击，双眼紧盯违法犯罪嫌人，一举奋勇地擒获持刀拦路强奸抢劫作案的歹徒陈某，其他犯罪团伙也纷纷入网，慧剑斩害虫，群众无不拍手称快。

一座城，一生缘。我们路遇的时光和藏在心底的不舍与记忆，淡淡翻寻，缓缓捡拾，集半袖素淡一檐浮华，汇成温暖人事，那些山重水复的暗指，皆是铺垫，昏暗与明媚，不过一念之间。3天2夜之行，活动排得满满当当，收获颇丰。临别时，我将一张于2019年3月10日制作的从戎50周年"珍藏军旅记忆"塑封卡片赠于家麒兄留作纪念，并与家麟夫妇在琳轩养生源门口再次合了影。家麟兄开车送我们到火车站，我们握手道别。

真正的兄弟，不仅有情义，更有默契，那是一种棱角能够承担兄弟间的信任。如今，我们均年愈七旬，在此感叹一首：

> 我俩同姓一个王
> 晚霞一醉兄弟旺
> 相逢相知是向往
> 海宁相逢此不忘

是呀，这世间最难得就是朋友之间能知己知彼。

刊于2023年10月31日《五里晚霞》报

# 茶之韵

万物皆有灵性。茶虽然不谙言语，但它将自己的灵魂注入叶片内，宛如坠入凡间的精灵。从古至今，诉说着自己的风霜雨雪，其本质比其他饮品更具有人文精神。正如宋诗人杨万里在《谢木韫之舍人分送讲筵赐茶》中的诗句中所说："故人气味茶样清，故人丰骨茶样明"。由于其嗜茶，"老夫茗饮小过，遂得气疾"，弄得"瘦骨如茶"。当年，嗜茶如命的杨万里绝非是口腹之贪，而是追求的是茶的味外之味。最为难能可贵的是，他将清澄如碧茶的清雅、明澈，来称道知心朋友的气质、丰骨，悟出了为人处世之正道，并将茶的人文精髓，融入到一个新的境界。

"韵"字，多般用于山水人物、文学艺术等，如文韵、诗韵、词韵、书韵、画韵、舞韵、风韵、神韵、气韵等；茶韵，不外乎指淡泊、宁静、悠远、得天地之灵气，聚日月之光华。茶韵既是润物细无声的旋律；又是至真至善至美的境界。更为欣喜的是，深谙茶道之人品的都是其韵味之味。茶无论盛入什么茶具，它就会呈现什么形状，这就是茶无声无息的执着和宽容。有道是，袅袅茶香锁住灵魂，殷殷茶德规劝品行。人与茶，茶与人的关系，都是一种水乳交融的境界，故有茶如人生，人生如茶之说。当下，我们解读茶韵无非是一个色、香、陈、品的审美过程，唯有追求的是雅致，才能享用一种感觉一种意境。青花盖碗沏香茗，婉如一曲温婉悠扬的琵琶行，恰似一幕黛绿悠悠薄雾缥缈的意境。当你慢掀茶盖轻撇浮叶时，一缕碧绿的蕊香扑面而来，直倾心底，犹如纤手拨动了你心底的那根琴弦，仿佛置身了翠竹深处，渺渺地、传来嵇康弹奏那款曲调不急不徐、不屈不挠、坚韧不拔的千年绝唱《广陵散》。其时，你薄薄地呷上一口，一抹淡绿挂满了翕唇，弥住了舌，缠住了心。顿时，禅心挽着新绿直注心田，润泽了你的肺腑，抚慰了你的心灵，让你的心灵碧波荡漾。

现在，从我平时接触的茶道人士来看，要数茶情如潮志溪君。2021 年 7 月 17

日下午，受出海口文学社社长刘希涛先生、副社长龙孝祥先生邀约，我有幸来到镶嵌在城隍庙旁边风水宝地的道教白云馆东侧青莲街"迎紫轩"茶馆参加座谈会。期间，只看到那位面目清秀、文质彬彬的馆主志溪君在门口热情地恭候与会会员入席。我细品茶之香茗，感受铁观音茶文化之博大精深。据了解，馆主刘志溪来自铁观音的茶乡福建安溪的太湖镇。他家世代种茶育茶制茶，享誉国内外。掐指一算，到他已是20代了。由于制茶工艺独到且精良，2012年上海举办首届斗茶大赛，志溪君制作的铁观音力挫群雄，荣登宝座，著名作家叶辛亲自给这位"斗茶"冠军颁奖。嗣后，志溪君与出海口文学社情缘之深，遂将市中心、寸土寸金的"迎紫轩"茶馆辟出大块空间为上海出海口文学社交流的场地，这是何等高尚的文化修养和博大胸怀，既是世家茗茶辉煌铁观音的馆所，又是播散上海出海口文学种子的摇篮。这异常独特的物质空间与纯粹文学的心灵天地，佛缘源于骨子里的，只要这种元素还在血液里流动，乃是生命相吸的底色，君子之交淡如水，君子之情香如兰。

　　一种冥冥之中的定力，让我对志溪君有了更深的了解。常言道，乃"铁观音茶"有缘修佛缘，布施种善缘，志溪君修的是慧心之德，行的是大山之品。我们每每品茶，与金木水火土相关联；取树叶为茶，为得木之心；用铁锅炒，为得金之星；然慢火烘焙，为得火之形；沏水倒茶，为得水之韵；用茶具喝茶，为得土之喜。那么，五行俱备，喝下去的是滋味，品到的是韵味，体会到的是一片心境。通过透析茶道的穿越与流变，茶之本，可育人之德；茶之性，可观人之行；茶之韵，可鉴人之品。"铁观音"即"观音韵"的感观特质是："滋味鲜爽生津，甘醇浓稠，馥郁持久，蜜甜微苦，无明显涩感。"禀赋茶韵文化，乃是传承茶道之素养。我觉得"守正笃实""酷爱诗文""久久为功"也许就是志溪君的茶韵气节；同时，练就钢铁意志，刚柔相济，坚守下去，方能成仁。

# 迎紫轩里诗魂涌

2021年9月19日，上海《出海口》文学社假座城隍庙附近的《迎紫轩》茶馆举行《茶人刘志溪》征文颁奖暨瞿冰诗集首发式活动。是日下午，迎来了共和国同龄人——中国作家协会副主席、著名作家叶辛先生出席此次首发式，邂逅相遇，与子偕臧。牛郎与织女的邂逅，诠释着等候；茶叶与诗的邂逅，追求着诗韵；我与文友的邂逅，演绎着人文荟萃的故事。

程序一：会议由"出海口文学社"社长刘希涛先坐主持。龙孝祥副社长介绍了《茶人刘志溪》征文简要过程。本次征文活动，共收到191篇征文。

茶人刘志溪系福建安溪人氏，上世纪90年代闯荡上海，从事茶叶营销，并在茶文化上下工夫，生意越做越红火，把"迎紫轩"茶馆作为上海出海口文学社的"新娘家"。宋长星副社长宣读《茶人刘志溪》征文获奖名单。叶辛副主席、刘希涛社长及主席台嘉宾分别为获得优秀奖杨华等5名、提名奖10名分别颁奖。

获奖代表作家陆新先生首先发言，他一口标准的"克勒文化"上海闲话，娓娓道来，有血有肉，入木三分。接着，副社长李冠琛女士与姜威先生朗诵迎紫轩——"绿意盎然"等部分获奖作品诗篇。茶人刘志溪致答谢！诗人瞿冰特意为茶人刘志溪画像相赠，旨在鼓励其续写自己传奇的茶叶人生。一茶一诗一画，凝聚了出海口文学社的"一家亲"，大有唐朝所谓"心随湖水共悠悠"况味。

程序二：举行"出海口文学社"形象大师瞿冰《冰雪诗缘》首发式。中国作家协会副主席叶辛为瞿冰一叠书解开红绸带，由作者分送部分与会成员。作家季渺海先生解读了瞿冰诗集形成（六辑）的特色和精华，正如作者所说："灵感总是随着生活中的片段一次次闪烁，留下一些细腻的感触，化为笔下的诗句。"因为文艺是相通的，情感也是相连的。

前几天《劳动报》副刊编辑、副社长宋长星先生专门拿出束之高阁的笛子练习，无疑是自带勤奋练笛的气质，我先从网上看到他认真的练笛姿态，再到莅临现场观赏他一曲《喜庆丰收》笛子独奏，那音质里带有复音的笛声，如潺潺流水一样轻轻从笛子里流出，似雨点不变的舞步，妙不可言。

江妙春先生娴熟而又轻松的京胡独奏，蕴藏着他的修养、气质和情感，而且这把琴颇有来头，主人是雁荡路14号味香斋小开解某（网名慈航）从京胡大师尤继舜名下买下的，义送的京胡拉得忒棒啦，在这么多文坛达人在场，满弓溢释美妙音，随韵随曲随心意，酣畅淋漓。

副社长龙孝祥深情地朗读《出海口》诗组、蔡静盈女士和陆慧莉女士朗诵由刘希涛社长所写的"一朵带露的小花"《冰雪诗缘》（序一）：正如这位80后的作者感言：时光，如剔透的倩影／点亮如霜的晨露／我仿佛看见／一朵白莲清雅地盛开……瞬间，绽放出了世界上最美丽的色彩。期间，余志成先生、胡永明先生、许翠萍女士相继发言，作者瞿冰致答谢词。

嗣后，中国作家协会副主席叶辛讲话，叶辛首先祝贺本此征文获奖者。他说，自己是贵州茶文化大使，"贵州有我半亩茶"，每年4至5月份要举办国家茶文化节，都会安排我作主题发言，这些年贵州茶数量为全国之最，衷心希望中国的茶文化越来越精彩。

同时，他回忆起自己从1977年出版的《高高的苗岭》一书伊始，笔耕不辍，已出版了160多本书，今年出版的四本书（其中三本已付梓），强调作为作家，要深入生活，与人民和时代的脉搏一起跳动，充分肯定"出海口文学社"最近开展了《百名作家看百年电厂》等一系列采风活动的成果，期望凝心聚力，再创辉煌。最令人钦佩的是，我第一次看到"钢铁诗人"刘希涛社长声情并茂的朗诵代表作《康定老街》，令在座社员无不欢声雀跃。刘社长赤诚地投入一个民间文学社的未来发展，深为敬佩。在庆贺取得如此丰厚成果的同时，由刘希涛社长再度领衔，文学社成员整装待发，正在扬帆远航。

《迎紫轩里诗魂涌》所蕴含的内涵，正如徐祖威所说：在刘志溪的茶馆里，听到能麴心灵相通的坦荡豁达韵音，飘香了出来，一如涓涓细流，温润传递，一下子，旷远辽阔了起来，就如意境，就是境界，乃至仰望新标尺起来。

刊于《出海口文学社》（上海诗书画），获三等奖

# 克勒文苑重晚晴

2021年6月7日上午，沪上资深鉴藏家付伟铨先生偕同藏友王耀明专程来到本市赤峰路上海作家陈士镛先生府上拜望陈老夫妇，敬祝陈士镛夫妇白头偕老，健康长寿！其间，付伟铨先生遂将自己珍藏了几十年的——"珠山八友"之一汪野亭绘制的一件：正面精细描绘含蓄蕴藉、意境清幽的山水回，肩面书写"'红树青山'传芳居士野亭写意"的精制瓷盂馈赠给了陈士镛先生，并建议陈老在此件瓷盂内放置"寿茶"奇石。

（附注"寿茶"奇石的由来：当年陈士镛随文友赴南京笔会在工艺品商店抓"雨花石"，一元钱，抓一把！无意间抓一把，才惊喜地发现"寿茶"雨花石。喜得这颗"寿茶"寿石的第二天，恰巧是陈士镛先生提前做70虚岁生日，真可谓是大自然的恩赐，千载难逢。事后，上海火花收藏家周伯钦闻之，遂将"茶寿"寿石，改为"茶寿"奇石。茶道称："茶"字可分解为"二十加八十加八"，等于一百零八岁高寿。许多挚友为之纷纷赋诗，以示庆贺。为此，陈老遂将这枚乳白色的雨花石视为珍宝，珍藏于身，亦吟一副对联自乐，"金陵天赐雨花缘，茶寿奇石咏千秋。"此乃当今世上一大奇缘也！）

当时，陈士镛先生高兴地抚摸着这件精美的瓷盂，边把玩，边欣赏、连连叫绝：陈老时不时被国民绘瓷大师汪野亭独特景法、完整布局之间、画面颇具翠峰烟云、路转溪桥、山水通景的意境所陶醉；又被其主次分明，皴、擦、点、染形质俱佳、深浓浅淡、湿润华滋、渗入斧皴的擦笔技巧所折服。整个山水画面，以小见大，林木葱茏、参差错落、聚散疏密、笔迹磊落、呈现其崇尚宋人山水之严谨、明沈周之豪放、清王石谷之清丽厚实、心仪石涛"搜尽奇峰打草稿"的创作特色、富有师山师水，集天然意境之技法，在瓷盂的器皿上徐徐展开，让人从任何角度都可以看到汪氏特有的清丽娟秀的完美的画面。

短暂相见,两老意趣相投,难分难舍。临别时分,陈老遂将本人出版的《春的世界》《三人集》《萝想成真》等书籍,签名并钤印,敬赠付伟铨先生细细漫览,可谓:"克勒文苑结友情,写作雅玩两相宜。珠联璧合重晚晴,儒风道韵点春秋。"

# 涵古濡今赏史韵

我非书香门第，自幼误打误撞，渐渐地从玩耍泥塑、木偶戏等游戏中，爱好收藏糖纸头、香烟牌子、香烟壳子，还喜欢信手翻看一本本连环画和《人民画报》等旧书，悉心揣摩家里的旧照片、旧邮票、旧瓷器、老物件，备受正规教育和传统家教的熏陶，陶冶文化情操。七岁时，正值建国10周年之际，我看到画家哈琼文《毛主席万岁》的彩色宣传画后，真叫我喜出望外。此后，我把这张精制的印刷品放在桌子上的玻璃下，天天看到，暖在心里。六十多年来，这张精美的宣传画一直陪伴在我的身边；也许，它就是我至今孜孜不辍地爱上文化收藏的引领者。

那时，岁月飘红，收藏也飘红，到处呈现出红色的海洋。其时，我经常独自闯荡到老北站上街沿的徽章交易市场，挤进人群，领行情、凑热闹，一度我亦多么渴望收藏到精致的徽章，引以为傲。此后，我亦开始将学生年代写的点滴小文、参军的日记、书信、书签、老发票、购粮证、各种票证以及长辈的笔墨等，一一收藏。随着红色收藏孕育红色情结的升温，我在学点基础素描、感受艺术魅力的同时，追随内心的率真与纯正，慢慢地趋于收藏邮票和小型张、书札，并渐渐地发展到收藏书画、瓷器、红木家具、宁波红漆提篮（果盘）、铜茶壶、老式油灯、胎笔等藏品，像星星一样照亮平凡的生活。有道是，信命，不认命。正所谓，与其哀叹阶层固化，寒门难出贵子，不如自己在赓续传统文化上博上一博。

回想起来，我的收藏过程大致有三个阶段：一是朦胧期。在青少年时期，正值"破四旧"（旧思想、旧文化、旧风俗、旧习惯）、"立四新"（新思想、新文化、新风俗、新习惯）的氛围中，社会上"打砸抢"成风，好端端的文化精髓难逃一劫！对此，我敏感地意识到，那些过激行为对社会的危害，十分憎恨。不管是文房四宝，还是琴棋书画，无不凝聚着历代工匠们血汗和智慧的结晶，亦随之对积累稀奇古怪的物件产生了浓厚的兴趣，并迷上瘾，爱物及物，亦养成囤起来慢慢品鉴的习惯。二是萌发期。在青壮年时期，通过以书籍、年谱、字帖、画报、影视等为载体，对传统文化较为关注。1973年3月，我当户籍民警时，辖区正巧座落着山西北路吉庆里石库门（457弄12号）海派画家吴昌硕的故居，61号"梁氏民居"（现为市级优秀保护建筑），斑驳的建筑，富有文化元素和沧桑感，令人过目不忘。此类优秀建筑，既是文化与传承的地标，也是阅读与收藏的源泉。三是活跃期。上海是红色文化、海派文化、江南文化相互依存、相互渗透的策源地，无疑打下了多元文化的烙印。我的战友兼藏友的高志鸿先生，不仅素有拉小提琴高手的雅号，而且性喜收藏，又满腹书画收藏学问，频繁涉足画坛，与诸多名人切磋书画，很快练就了一双锐眼，在书画收藏方面得心应手。三十多年来，志鸿兄边致力收藏，边撰写藏品鉴赏文章。他曾在《澳门日报》副刊上陆续发表《沪诸学者关注钱穆健康状况》《读〈朱屺胆年谱〉》《梁漱溟及其教育文集》等述评，拜读文章尚存虽非系列，却不失雅致，足以养目。久而久之，我也成为收藏书画的爱好者。

孔子曰："君子有九思：视思明，听思聪，色思温，貌思恭，言思忠，事思敬，疑思问，忿思难，见得思义。"其意思是：看的时候要想想看清楚了没有；听的时候要想想听明白了没有；待人的脸色要想想是否恭敬；说话要想想是否忠诚；做事要想想是否认真；有了疑问要想想是否向人请教；遇事发怒时要想想后果；有利可得时要想想是否正当。这些传统文化的经典，无疑是做人做事的准则。虽然我在学习上遇到中断期，错过了正规求学的机会，但自己的成长离不开社会的实践，在实践中不断学习，成长知识。我17岁去当兵，部队是个大熔炉，几乎就是通读毛主席语录，学习《毛泽东选集》，不懂的字，临时抱佛脚查词典，我因此荣获"白字先生"雅号，实在不敢当。半月或一个月写信给家人，大山里几乎不见书籍和报纸，信息闭塞；但指战员们革命加拼命的干劲就是一本鲜活的教科书，不仅有血有肉，而且故事精彩，每每回忆起来，好像全景式的镜头一一涌现在我的眼前。退伍时，我将当时的家信、军用品和首长的题签等，都舍不得丢掉至今珍藏，它是我的心路历程与情感记录。经过锤炼，在成长中提升自己的情操与胸怀。冯仑说："伟大是熬出来的"。

书道即文道。平时，我从擅长书法的领导批文和旧档文书中发现，书法不仅仅是写字，而且还承载和传递着古圣先贤的文化演进信息，博大精深；临摹碑帖，触目书法，欣赏佳作，方能逐步理解其阴阳对立而又统一的艺术元素，悟出其生命感和节奏感。"骨董"这句行话，在唐朝时就用了。明朝大书画家兼大收藏家董其昌（松江华亭人，今上海闵行区马桥人，官至南京礼部尚书）写过一本《骨董十三说》，书名用的"骨董"两字便是一句行话。后来演变成了"古董"，大约到清乾隆年间再演变成"古玩",大概是取"古代文玩"的寓意。"古董"的意思是古代遗存珍奇异品之通称。虽然我没有买彩票中大奖的惊喜,也没有抢红包的兴奋,但有个闲暇温馨的乐趣。对我来说,旨在心灵点灯善有道,古玩清赏添福慧。荀子曾说,"蓬生麻中,不扶而直;白沙在涅,与之俱黑。"所谓近朱者赤,近墨者黑。和谁在一起,和什么样的人交往,有时决定你人生的高度,就会有什么样的人生。人生一大幸事就是:与智者同行,你就会不同凡响,才会出类拔萃,攀登高峰;与高人为伍,能让自己的修行之路更加顺畅;与挚友为伴,发现自己的学识和境界在不断提升;与心灵齐飞,就会激发自己内在潜能,远离消极的人,发挥自己独特的智慧。我以贤者为师,慢慢地学会"爬格子",可叹一支秃笔实在写不出什么好玩意,我坚持边学边写,或起草学写公文;当然,没有一篇耐咀经嚼,但还是常有"豆腐干"的铅字和电视新闻常见于媒体,别人嗤之以鼻,乃是理所当然。人到中年,见到东西多了,我忽然发现,文化的演变始终存在于风气与风俗两者之间。风气的定向自上而下,风俗的定向自下而上。古往今来,莫不如此。当下,我们这一代中国人的精神家园,不但要淡泊、知足、优雅,还应该自信、激情、砥砺,始终如一,守护固有的精神家园视为神圣的使命。

  1987年6月,我调到卢湾公安分局工作,指挥室墙上醒目地挂着刘海粟的"金盾利剑"的一幅墨宝,真叫人百看不厌。此后,我前前后后接触过一些社会名流、书画家、收藏家、作家等,可谓是:"鸟随鸾凤腾飞远,人伴贤良品自高。"三十多年前,我认得温州市鹿城公安分局王盛先生。他年少手勤嗜学,临池不辍,心中有象,深郁豪放,外柔内刚,诠释于笔墨。警务繁忙,以利家身份而作行家书法,集"眼中之书、胸中之书、手中之书"于一体,既展现当代警察刚毅挺拔的气质,又拥有魏晋清雅秀逸的修养,乃至晓造化之妙,成合道书艺之臻美成熟。同时,酷爱篮球,文武双全,果真"书为心画,书法即人"。几十年坚忍不拔地对书法艺术的执着追求,使他的书法艺术取得了丰硕成果。人间重晚晴。我俩成了一见如旧、志趣相投、崇善致美、笃行致远的知己。烈火炼真金,日久见精神。近年来,相继结集由中国美术学院出版社出版发行《王盛书法集》《墨芳斋王盛书法集》以及《温州书法百家百集系列丛书》等三册,2013年,书法作品《前后出师表》《雁荡山记》长卷,在由中国书画家协会和中国名家艺术研究院举办的"中国名家艺术大奖赛"中荣获一等奖,在中国报告文学研究会和美丽中国大型活动中被组委会授予"艺术大使"称号。他的作品被德国恩格斯博物馆收藏和艺术爱好者的青睐。2020年6月中旬,他将《道德经》(8.7×0.68),沐手敬赠杭州灵隐寺光泉方丈。是日,杭州灵隐寺方丈光泉法师赠予藏品收藏证书。

沪上警界书画家陈孟豪先生，90年代中期，他曾是我三年业务工作上的顶头上司，彼此接触甚多，其画品即人品，书风即人格。孟豪兄工作之余，专心书画。其在师古方面的深厚功底，于书书画，如琢如磨，砥砺不已，形成了鲜明的个人风格，名噪沪上。书有佛心，书画皆通，其用笔稳健流畅，融隶楷行草为一体，在点画上化方笔为圆笔，变凌厉为涩劲浑厚，干湿互现，虚实相生，节奏感、层次感得以丰富。尤长绘山水，以沉着灵动的行书笔法勾勒树木、亭台，山石则勾勒、皴擦并用，处处见笔；以浓墨点苔，生动涌动，古韵苍然，赋予画面以清纯淡泊的宁静美感。

　　90年代中期，陈玉堂先生与我素昧平生，能以相识，实出同好所致。老陈先生从古旧书店走出来，逐步成长为上海社会科学院文学所的研究员陈玉堂学术型专家。他先后编辑《中国近现代人物名号大辞典》，洋洋300多万字，具有较高的史学价值，被称为"笔名大王"。自撰一联曰："方寸一隅上下千年，斗室之后纵横万里"。我曾冒昧地对老陈先生说，司马迁写《史记》用了14年，您的书是《史记》的三个翻番，太震撼了。四十春秋和三十万张卡片乃是，"一书之成四十春，万般艰辛如芥尘；但愿留得邺侯架，九泉之下慰平生。"除外，老陈先生一生节衣缩食，俭省下的钱就是挑选历代精品水盂收藏，满满一间房子陈列着多姿多彩的水盂，让我看得眼花缭乱。闲暇，素有"民间藏盂第一家"的老陈先生总会有声有色地讲述鉴赏每件水盂藏品的年代、特色、文化寓意及收藏价值，每次面聊与品鉴，收获颇丰。他还将编辑的《百盂斋图谱》（水盂，故事）一书赠送给我鉴赏，亲笔为题写：敬请耀明先生漫览及图文两正，百盂斋，甲申小阳春陈玉堂。钤有八方朱印，尤其是他的精于鉴赏的闲章，充分反映出趣味的高尚。曾经为我书题："盂缘：盂友友盂皆为友"耀明先生雅正一幅作品，乙酉元宵百盂斋主陈玉堂。落款钤有三方朱印。事后，陈玉堂先生遂有委黄江平、曹建国转寄王耀明先生钤拓之举。"如果要亲托最好加一条稍宽的边"。因盂结缘，岂不快哉！盂兮盂分，我当歌分。真是没齿难忘。

　　我的好友原上海电视台资深记者祁鸣先生，他是巴金先生晚年的随身摄影师，经祁鸣先生抬爱，诚邀巴金先生为我留下珍贵墨宝，1992年12月22日，时年88岁被誉为"二十世纪中国文学的良心"的巴金先生，在疾病缠身之中，欣然提笔在《巴金对你说》画册上我为题签。每每欣赏，感慨万千。当下，传统民间艺术剪纸，已成为世界非物质文化遗产的收藏门类。素有"鸽中有花，花外有鸽"的剪纸大师冯祖东先生，早年，曾收到郭沫若书为："要剪出一百种不同的鸽子姿态很不容易"的回信。鸽子象征和平友谊，百花表示繁荣昌盛，鸽子奋飞，百花盛开，《百花百鸽》生气勃勃。2006年1月3日冯祖东配诗剪纸《百花百鸽》册子送给我。并为我题词：

"艺无高下，灵则生巧，世界和平，财源广进"。一缕梅香入梦来。梅葆玖先生不仅是一位伟大的艺术家，更是一位可爱、可亲、可敬并且兴趣广泛的老人。我常听到徐智明先生提及他曾为写"梅府家宴"一书作序一段心路和往事。无独有偶，我的远房亲戚张先生与梅葆玖先生交往甚笃，自2009年以来，每年梅葆玖先生送戏票、挂历分享；从他身上洋溢着中国儒家道韵的意蕴和与世俱来的高贵气质。艺术家总是善于在心灵深处提炼生活，日积月累，不断提高，创造出艺术作品。2014年2月12日，梅葆玖先生赠予王耀明先生留念的签名相片，令人无不崇敬之，弥足珍贵。

2020年金秋，我到挚友陈士镛先生府上做客。刚坐下，92岁的老陈一边欣喜的在书橱里从一只剩放水的碗里，取出已经收藏了22年的一颗湿哒哒、鹅黄色的雨花石（宽2.5公分、长3公分）给我观赏。仔细一下，顿觉惊喜。哟！那颗鹅黄色雨花石正面隐现一个白色繁写草体的"寿"字呈现在眼帘，反面又清晰一款呈现笔锋秀丽的白色革体——"茶"字。一边讲述当年赴南京笔会时，随书友在工艺品商店抓雨花石，"一元钱，抓一把！"无意间抓一把，才惊喜的发现"寿茶！"雨花石。喜得这颗"寿茶"奇石的第二天，恰巧是其提前做70（虚岁）生日。可谓，这是大自然的恩赐，千载难逢。上海火花收藏家周伯钦先生欣闻之后，遂将"寿茶"奇石，改为"茶寿"奇石。茶道称："茶"字可分解为"二十加八十加八"，等于一百零八岁高寿。许多挚友为之纷纷赋诗，以志庆贺。为此，老陈遂把它视为珍宝，珍藏于身，亦吟一副对联自乐，"金陵天赐雨花缘，茶寿奇石咏千秋"。这真是当今世上一大奇缘也！癸未年孟夏，堂兄书法家王道明赠送我一把正反两面小楷扇面。一面书写：南宋词人文天祥的《念奴娇·驿中言别友人》辞情哀苦，意气激昂。另一面书写：宋代词人柳永的《望海潮·东南形胜》风格迥然，文辞瑰丽，歌咏宋代繁华都市锦山秀水的画面。真可谓，扇面观世象，墨润藏乾坤。几年前的一天上午，陈杰俊老师带我到其同窗刘伯华书画家府上，幸遇刘大师书画示范。其间，果不其然是大师，一幅行草映入我的眼帘，我暗自窃喜。随之轻声地与陈老师攀谈，刘大师的墨润风格与周慧珺大师纵逸而酣畅的风格别无二致。贸然，刘大师透悟了我的心绪，便对我说，等一会我送你一幅作品。欣喜时分，我对刘大师说，今天太幸运了！于是，他边翻书画边抬爱我说，那你挑一副吧！我讲，我属龙，请你挑一幅！接着，刘大师特意为我选了一幅癸已冬手书行草的宋代王安石《梅花》诗，这幅气韵生动、笔墨浑厚的作品，给我带来乐此不疲的享受。中午，刘大师还邀请同学陈杰俊先生和我共进午餐，每每欣赏，不忍释手，真挚之情，溢于言表。2020年新春的一个下午，由老同事杨洪义诚邀，幸会在资深收藏家白耀明先生寓舍，与作家、当代文人书法家、陶瓷考古研究及鉴赏家钱汉东先生会晤，钱教授浓重的浙江诸暨口音，娓娓道来；他一生集多门学术领域高位而不高傲，却平易近人，一见如故。其间，钱教授分别为我和杨洪义先生在其《钱汉东散文笔选》《江山胜迹》二本书上题签，并各人赠予一幅"福"字墨宝。临别时，钱教授分别与我和杨洪义先生合影留念。分别三十多年不见的上海、香港两地新闻编辑、评论员劳有林系我的知音。他著作等身，却光而不耀；幸会的是，近期来我俩又互通信息，遂想起昔日那段深情交往的印记。2020年11月3日，久居香港的劳兄特地给我寄来4本书，其中三本是其专著，并为我一一题签，使我心灵里不得不钦佩其卓然的文化功底，正如高尔基所说："书籍为理智和心灵插上了翅膀。"真情，乃世间最纯的元素，是攀缘的梯，是相搀的手，是远航的帆，让我慢慢地品读这份饕餮的盛宴吧。

生活是艺术的源泉和基础，艺术是生活的最高境界。在我看来，艺术好似无尽的苍穹，生命则是承载苍穹的浩瀚大地。在追求艺术的路途开始前，先看清生命的价值吧。有多少艺术家、收藏家在生与死的抉择中选择回归泥土，或许他们看来是回归艺术；又有多少在艺术成就登峰造极时却失去了人生的目标，选择魂归苍野。十六世纪著名文学艺术家开中国画"泼墨大写意"之风，创建"青藤画派"的徐渭是这样；清初画坛"四僧"之一、简朴豪放、清逸横生、似"哭"似"笑"、八大山人的朱耷也是这样，艺术及收藏家历史的演变并非偶然，在艺术道路走到终点时，他们的人生道路往往也走到了尽头，但艺术及其作品的辉煌，烘托和反射了他们生命的辉煌，使其在艺术作品的光芒中得到永生和升华。

生命的历程是一溪清水的奔流，即便无法预知何时止尽；那么，自己走过的岁月，除了生命会毫无取舍的保留之外，岁月的心情就是一种期待。值得我记忆和珍惜的是，经原民警茅伟（英年病故）引见认得原东方明珠科幻城美术总监及博采众长、自学成长的画家贺竹元先生。90年代初期，竹元先生先后两次在澳洲悉尼大学举办个人画展，1995年5月在上海第一八佰伴举办《贺竹元中国画展》；2017年7月在上海友谊商店4F展厅举办《清风雅韵》贺竹元艺术作品展；2012年10月出版《童雅天趣》贺竹元画集；2016年出版贺竹元婴戏画集；2017年5月又出版《童雅天趣》贺竹元杨留海堂上艺术画册，他小我2岁，1954年生于上海，现为上海市美术家协会会员、上海书画院画师、上海宁波同乡书画院副院长、秘书长，是不可多得的当代海婴戏人物画家。多次在海上举办个展，受到海内外藏家追捧。其绘画艺术是在传统文化中寻找创造元素，认识文化源头，溯游而上，心追丰子恺与程十发的艺术轨迹，效法丰老"文化的画"，发老"画的文化"，用生命诠释艺术。在以福禄寿喜财为主旨的同时，用"童心"追梦而行，尤以人物见长，捕捉孩子们灵动的瞬间，使之定格在最有张力的姿态，画作的生命就有了一半，欣赏其活龙活现的笔下儿童，天真烂漫，有趣自然，千姿百态，别饶韵致和文化内涵，为人们喜闻乐见。他自小生活在上海弄堂，孩提弄堂游戏样样拿下。"我白相抖空竹"，抛得最高落得最稳，别家小孩白相勿过吾的。贺友直老先生对他评价："凡从事绘画艺术者，毕生为之追求的唯发现与区别。竹元先生专攻一题，诚有识之见也。"贺竹元笑言，"我画斗蟋蟀，是把自己混在孩子当中，很有参与感，哪里放盆哪里放草，自己也投入得很呢。"宛如"清水出芙蓉，天然去雕饰"。现在的生活又添了个真实模特，小外孙以各种憨态可掬的神情动作"征服"了贺竹元，他一一捕捉，入了画中。记得退休前，我在单位里还收到竹元先生专门快递寄来"清趣牧童"的一幅墨宝。2018年3月15日下午，我到贺府拜见竹元画师，被其家里文化气息所吸引，屋前屋后，走廊客厅，明式家具，诗画摆件，花鸟鱼虫，不拘一格雅室所折服；年过花甲，心态尚佳；边品茶边欣赏，诗情画意涌进心房，令人赏心悦目。最值得敬重的是，他不事张扬，也不炒作，醉心作画，微笑待人，人为知音，不可多得。临别前，他夫人特意为我与竹元君两人在客厅前合影留念，时间仓促，切磋画艺，底蕴尤深，惜时畅叙，其乐无穷，愿他一枝独秀的艺术才华，红蔓画坛，受人青睐。

  生命的本身便是一种坚持，随波但不逐流，才能感觉自我真实的存在。生命结合了坚持和期待，才会越发充盈。与孙社君相识，屈指数来，已有30年了，依稀记得初次见面时情景：那时，他才二十多岁青年，中等个子，浓眉大眼，快言快语，外形"武行"，内藏"文秀"，根正苗红，颇接地气，骨子里充满朝气。叶孙社先生自幼喜爱中国传统艺术——书法和篆刻，从小学起临摹名家碑帖，笔耕不辍，业余时间仍然与墨砚为友，斗室虽小，名曰"遣闲轩"，执笔操刀，自得其乐。同时，他用心良苦治"寿"印，查资料、阅古籍、进出博物馆，从甲骨文、钟鼎文、竹简、小篆等文物、文献中找寻"寿"字，功夫不负有心人，日积月累，搜得四百种。于是，钻进遣闲轩，埋头弄刀，刻成四百方书写各异的寿字印，乐此不疲，令人赞叹。2019年11月，相继出版书名：《遣闲轩书法篆刻选》《寿印四百方》集萃。2018年9月27日，我们夫妇来到叶府白相，墙上中央挂着国家一级编剧许成章教授精美的小楷书卷，两旁是沪上著名画家唐云的花卉，又在书房品茗笑谈，亲如兄弟。临别时，孙社君馈赠我一幅篆刻印制的"百寿图"和"书法篆刻选"，使我们夫妇高兴而来、满意而归。2019年7月2日，孙社君微信发来我的一枚印章和龙的闲章，让我闲逸养心，温故乃能知新。日后，我们夫妇再度到叶府相会，我把"追忆杨国峰局长"一文，请他们夫妇审阅。胜社君将包装两方印章递给我，印治虽小，亦可说雕虫小技，乃是礼轻情义重嘛。其时，夫人小杨从里屋拿出来一张由我拍的彩色照片给我看，瞬间三十多年前的往事浮现在眼前，这个特写画面，即将历史的镜头拉回到 1986 年 1 月 25 日其父 60 华诞的喜庆场景，珍贵合影，珍藏岁月。

　　文物鉴赏，冥冥之中有缘也，无缘不可强求，有缘切莫错过。我以为，欲享鉴赏之乐，尚需随缘、静观、友情三要也。尤其是文物艺术收藏，也属过眼云烟，而为善为乐，互惠互让才是鉴藏之乐也。2013 年 12 月 10 日，主办人马明新系来自丝绸之路古道后裔的资深藏家，在上海恒大古玩城内"刘海粟美术馆展厅"，共展出三百余件古陶瓷珍品。中国古陶瓷研究院副院长李永翔曾对马先生的藏品做出这样的评价："这里有国家博物馆都没有的藏品。"期间，我有幸与本次展览主办人马明新先生、上海资深瓷器藏家吴志余先生、付伟铨先生、李茂林先生等相识，大家互相交流，切磋藏品内涵。嗣后，我与吴志余先生、付伟诠先生、马明新先生共同策展，又于 2015 年 3 月 18 日再次在上海恒大古玩城二楼"知希堂"举办为期一周的上海首届民间汝瓷藏品展览会。此次展览藏品的亮点：一是冲破前人所谓民间无汝瓷的说法与樊篱，以臻稀藏品改写官方过去否定世存汝瓷不足百件的说法；二是以跨越时空的角度，用汝瓷藏品的实物佐证，揭示并还原了古代工匠高超的技艺；三是所展汝瓷藏品品种繁多，包括釉色、器型颇有原汁原味地呈现给大家与臻稀艺术品真切地视觉体验；四是此次展出的藏品中最具有代表性的器物有《崇宁五年清凉寺王家窑》款、《奉华》款、《蔡》字款、《厚德载物》款等，得到与会著名德高望重的汝瓷泰斗、考古学家赵青云的充分肯定，并赞赏展出藏品、绝大部都是国宝。它有力的印证了汝瓷多种款识，填补了历史的空白，对专题研究汝窑具有无可估量的学术研究价值。每件藏品蕴含着一段文化历史，揭开了沉睡悠久民间汝瓷藏品的神秘面纱。办展结束，生性豪爽的马明新先生见我为其办展鼎力相助，执意要馈赠我一件汝瓷谢忱，承蒙其隆情厚意，被我婉言谢绝了。古人曰：人无信不立，事无信不成。收藏，并不一定越古越贵越稀奇越赞，只要于自己的心曲相通，便是好藏品；品之鉴之等于曾经拥有。所以，无论达贵贤仁，还是普通百姓，务必要恪守"静守"和"守朴"两条，要做到"静漠恬淡""有而若无，实而若虚"，方能达到"外不乱内，静不动和"和"治其内不治其外，逍遥于无事之业"的境界，才能万事和为贵，始终立于不败之地。

　　文物是历史的见证者，是前人留给我们的第一手资料。史书可见含糊其辞，但沉默的文物却会带我们接近最真实的过去。我不知道在这广袤的中华大地之上，还埋藏着多少历史记忆的碎片，还隐藏着多少尘封已久的故事。凡热衷于青花瓷者，细细观赏，那淡淡的芳菲，古朴凝香，纯净高雅，墨落幽芳，纯净中透出丝丝雅韵和古典的美；无论是贞观之治，还是靖康之耻，无论是洪武初年，还是康乾盛世，依旧静静地立在那里，千年不变。对视，读你，静静地，却震撼了我的心。这里呈现我的"瓷迷"藏友、耄耋之年的吴志余先生收藏的一只"风尘三侠"瓷瓶，器高57公分，与大多数著名的康熙青花瓷纹饰主题不同，该瓶瓷画取材于风尘三侠的传奇故事。我见此瓶，豁然吸引眼球。工匠师独具匠心、惟妙惟肖、塑造了逼真的三侠神韵，活灵活现地展现出"风尘三侠"一段传奇故事。

唐朝末年，有个从长安流亡到蜀中的道士杜光庭的小说《三十三剑侠传》中的《虬髯客侠》，相传为隋唐时的女侠，"风尘三侠"之一，本姓张，名出尘，江南吴兴（今浙江省湖州市）人。张出尘虽然在正史中默默无闻，但在野史与民间传说中，却是一个奇女。红拂女一直是中国古代奇女子的代表，清代《红楼梦》中，林黛玉赋诗赞红拂女："长揖雄谈态自殊，美人巨眼识穷途；尸舍余气扬公幕，岂得羁縻女丈夫"。红拂，隋代侠女，宰相杨素府贴身侍女，慧眼识得英雄李靖，遂成秦晋之好。遇上虬髯客，说与红拂同姓张，认红拂为妹。李靖告诉虬髯客，太原留守的儿子李世民是个了不起的人物。虬髯客本有取隋朝而代之的雄心，见了世民一面，便知道他将是天下之主。于是把大量资产赠给李靖，叫他辅佐李世民。李靖投奔李渊立下大功，被唐朝拜为大将，被封为卫国公，其追随李靖南征北战，多有智谋，甚得李靖喜爱，便成为一品夫人。未已（贞观14年），客死红拂醴陵，葬于仙山东麓，并勒石为记，以彰其功。三侠中的李靖确有其人（571–649），是唐初的伟大军事家、军事理论家兼军统帅，深得唐太宗李世民信任！为建立李唐皇朝树立了卓越功勋。后人根据这篇小说，把爽直慷慨三人的形象，世称为"风尘三侠"。瓶腹通景围绕三侠人物故事图，山峦石桥，溪水潺潺，祥云缭绕，布局层次清晰，舒密得当，以高超娴熟的绘画技巧将人物形象刻画得栩栩如生，衣褶折迭错落之处尤见功力。观整器用笔流畅，场景生动细腻，纤毫入微，以寥寥数笔描绘出细微的人物生动传神，构成一幅雄奇魁伟的瓷画，表现出清晨三侠初遇时曲折的故事情节，峻伟的自然景观，画面意境幽深，青花发色纯正艳丽，笔触纤巧精致，细细风雅，幽蓝神香，借助独特的青花艺术跃然于一件观音瓶上，堪称康熙青花瓷中的镇馆之宝。1903年，浦东高桥的钱慧安和吴昌硕合作了《风尘三侠》图，运用绘画中线条，就充满了张力，传递着古典侠义间的爱情诗意。为此，吴昌硕题诗谓："紫衣皂帽绛纱囊，脱服方知是女郎，昨见已教心暗许，笑他多事风求凰"。时过境迁，现在这件"釉具青花，艳丽绝伦"的珍品，与浙江湖州人氏吴志余先生为伴，何尝不是人生一大快事？！

艺术品与其独乐乐，不如众乐乐，绝不可以孤芳自赏。古董文物有灵气，它会自己锁定要给谁保管。我所欣赏到资深收藏家付伟铨先生的这两件藏品，无不给人以隽秀之感。其一：永乐贴金龙纹大盘，系永乐早期甜白釉上龙纹贴金工艺，由御窑烧造，典雅而秀美，温润而返青，仅供皇家使用，为宫廷用瓷，无愧瑰丽罕见，是色釉中的贵族。所绘龙纹，不如元代凶猛，多为五爪龙。龙纹图案疏密得当，胎壁匀称厚重，釉汁滋润清雅，瓷面莹润光洁，精巧别致，同臻其妙，施金柔丽清致，天意活泼自然，造型庄重圆润，唯以用料愈精，制工愈细，构思愈巧者为上乘。其二：成化黄地青花杞子纹盘。幽靓浓艳，光洁温润，造型精巧别致，胎釉玲珑细腻，杞子花卉潇洒自然，线条舒展柔美；且成化瓷器釉面，以细腻见着，俗谓"明看成化，清看雍正"。《周礼。冬官考工记》中指出："天有时，地有气，材有美，工有巧，今此四者，然后可以为良"。这两件精品瓷器，从一个侧面反映出中国陶瓷以天赐的瓷土，经陶工的精琢、烈火的洗礼塑造而成之精品。可谓，卓尔不群，拨乎其萃，古趣盎然。

珍藏不怕门面偏。资深收藏家李美恽女士收藏近三十年来，她以民间收藏为己任，后天勤、厚学养、塑人格才是历练藏家的必经之道，倾力收藏了一批历代瓷器精品。藏家的眼光有多远，收藏投资的成功概率就有多大。好的藏品在不可阻挠的"痴情"中诞生，更为难能可贵的是，她不畏地段偏离闹市区所困扰，三年前，毅然在闵行区水清路1034号开出一爿"汇德福"集藏。在此中心城区有一座优雅安静但不失繁华之地。藏友鉴赏，幽静柔和的环境更拉近亲密的情愫。上下二层陈列着琳琅满目的历代精美瓷器、杂项等艺术品，我每次踏进该店，店主李女士如数家珍地向我介绍每件藏品背后的内涵与故事，仿佛来到沪上一家小型的博物馆参观。触目历史、抚摸美瓷、沐浴文化、品茶鉴赏、无不是一种高端生活的精神享受。冥冥之中的情趣相同，藏友缘分，且年龄跨度呈梯形结构，店主李美恽提议与吴志余先生、付伟铨先生及我约定，"汇德福"集藏为四位藏友工作室，旨在潜心研究并品鉴历代陶瓷文化；一店一世界，一品一故事；店不在偏，有精品则灵，彼此共同切磋、传承中华传统文化之精髓。

德化与景德镇、醴陵并称为中国"三大瓷都"。我珍藏的这尊德化白瓷观音像，是由明代瓷雕大师何朝宗的作品。这尊观音脸型饱满大方，双目微闭，双盘惮坐，双手托瓶，胸部饰缨璎珞。脊背处戳印阴文篆书"何朝宗"三字葫芦形印章款。何大师继承了泥塑的传统，糅合石刻、泥塑的不同技法，师古而不泥古，发挥传统"传神写意"的长处，着意追求纯朴典雅，微妙地表现人物的内心世界，造型新型，富有神韵，形成独具一格的"何派"艺术。立像通体施象牙白釉，特征为釉色偏黄，釉面温润如凝脂，雕塑手法细腻，在注意人物内在表现的同时，着意外表的衣纹刻画，线条清晰，柔媚流畅，翻转自然，圆劲有力。美称为象牙白、猪油白、中国白等，放大镜下呈现细腻晶莹的糯米光泽。整个作品刻意追求瓷的质地美和雕塑美，堪称德化白瓷一绝，无不为之惊呼，具有极高的艺术欣赏价值。观音心性柔和，大慈大悲普渡众生，是救苦救难的化身，千灯万盏，不如心灯一盏！素有"天下共宝之，东方的维纳斯"的赞誉。被人们奉为神物至宝，深受日本及东南亚佛教国家对它格外喜爱，亦为各国大博物馆竞相珍藏。

俗话说，好马配好鞍。这尊明代德化白瓷观音像，配上一件与众不同精美的玻璃罩，乃是双双绝配。这件老红木佛龛玻璃罩是沪上木雕非遗传承人夏洪生先生的匠心之作。它选料考究，雕工精细，嵌入明式家具的元素风格，分上罩12根竹节、下座16根竹节（长37 cm宽26.5 cm高66 cm），上下可以脱卸，每根榫卯衍接，竹节严丝合缝，节缝活口匀整，颇有古朴灵秀的气派。木雕传神，情艺长存。竹在中国文化中具有独特丰富的意蕴，它是"劲节"代表着坚强的骨气，虚空代表虚怀若谷，萧疏代表潇洒脱俗，弯而不折，空心有节。历代诗人，寓情于竹；历代画家，画竹咏竹；历代工匠，寄情刻竹。在佛典里"青青翠竹，总是法身"。无独有偶，我国四大佛教名山普陀山上的"紫竹林"，则是中国佛教中观音菩萨修炼得道之地，也是道场的发源地，可以说中国佛教文化无处不打上竹文化的烙印。不能说是一种巧合，说明竹子作为一种"法身"，已深深融入了中国佛教。竹与禅息息相关。竹子高风亮节，现在很多竹种的名称也还带有浓重的佛教色彩，如体态和蔼的观音竹，竹节像弥勒佛肚的佛肚竹，竹竿基部像十八罗汉的罗汉竹，烟雾缭绕中诞生的紫竹，僧人手中捏出的方竹，以及贵州的梵净玉山竹，四川的金佛山方竹，湖南君山的圣音竹等等。而且，竹子被誉为"东方美的象征"，倍受国人赞赏，奉为做人准则，足见竹文化与中国佛教有了不解之缘。观音最好是请在微型的佛龛之内，可以有效地加强磁场变化，菩萨不食凡间烟火，可以放一些蔬果来上贡。福兮祸依，爱恨情仇皆是缘。"学佛不要求佛，则世人皆可成佛"。我不是佛教徒，但我愿意学习佛陀那种苦尽甘来、亘古而不灭的人格——大慈大悲。

中国文化一般涵义意义上讲，是分寸，是火候，是态度，人们千百年守候着的就是这样的文化情怀。因为文化的本意，就是一个情怀。譬如文学，《诗经》有风、雅、颂，个人情怀还有人间和天地的情怀都展开了。《离骚》的意义，除了文采，就是情怀。那么，中国传统文化的核心是什么呢？我认为，就是中华民族的勤劳、淳朴、智慧和自信。只有不断传承传统文化精髓，才能雕琢不变匠心信仰。我是一缕风。我本无形，也本无心，可我酷爱草根收藏。我的祖父传下来的一只清代的青花大瓷碗（直径22.5厘米，器高8厘米）瓷面中间碰撞后出现一条裂痕，后来父亲请锔瓷师傅用25只铜钉固定牢，裂纹上密密地布满碗搭，就像是刚开好刀后缝的线。尽管此碗有残，经过匠人左右扯动像二胡一样的弓弦，让钻头在碗片上转动；瓷质的碗片较薄，易碎裂；但很坚硬，又很滑，钻头不易钻进去，浅了，又会钉不住，重了，瓷釉面穿破，的确是很见功力的技术活。上沿口从右至左写有《兰亭记》：永和九年，岁在癸丑，暮春之初，会于会稽山阴之兰亭，修禊……碗中有一束唯美清丽诱人的花卉，画题"烁露含清香"，与碗腰部小花相媲美，呈现出诗书画于一体，让人尽可醉也。历史上最为有名的修禊，当数兰亭修禊和红桥修禊。兰亭修禊的则是东晋名士、大书法家王羲之，东晋永和九年三月三日，王羲之与名士谢安等四十一人，于会稽山边，做流觞曲水之戏。游戏充满文趣，各人分坐于曲水之旁，借着宛转的溪水，以觞盛酒，让盛满美酒的觞顺流而下，置于水上停于某人之前，他就必须即席赋诗。这天，有二十六人作诗，编成了诗集《兰亭集》。大家推举王羲之写一篇序。王羲之乘兴作序，千古不朽的《兰亭集序》就此诞生了。序文灿烂，隽妙雅迪，书法更是遒媚劲健，气势飘逸，被后世推为"天下第一行书"。此地有崇山峻岭，茂林修竹；又有清流激湍，映带左右，列坐其次。虽无丝竹管弦之盛，一觞一咏，亦足以畅叙幽情……其实，残瓷是岁月的表现形式，真正懂得收藏和审美的人，不只会欣赏完整的美，更懂得鉴赏那种摄人心魄的残缺之美。这只青花祖传瓷碗，让我找回亲情的温度，岂是一言两语所能道尽，一瓷一墨总关情，虽残犹美。

古代人以竹为伴，视竹为友，俨然已成为一种奉竹图腾，曾曰"君子比德于竹"之名言。苏东坡亦爱竹，言及此君，"食者竹笋，居者竹瓦，载者竹筏，炊者竹薪，衣者竹皮，书者竹纸，履者竹鞋，真可谓不可一日无此君也"。然而，我亦生性喜竹。醉心于在阳台上种植两盘竹子长势喜人，坚韧挺拔，四季青翠，绿影婆娑，傲雪凌霜，每天陪伴，颇有"竹报平安"之意，亦有"生旺"之效。彰显有"本固、高尚、正直、心空、风骨、节贞"等品格和情操的特质，枝叶柔柔，凤尾森森，龙吟细细，清秀俊逸的修竹之美，不知倾倒了多少丹青大师，为之挥毫泼墨，是一种充满魅力的文人精神。同时，还有净化空气，吸收有害物质，促进二氧化碳与氧气的调节等功用。在浮躁的社会生活里体味人生的滋味，领略人生的愉悦。本人收藏一只"之璠"款竹笔筒，（高13.7厘米，口径15.7厘米），竹肌呈酱色，竹筠和竹肌随年代的逝去而变色，年代愈久，逞色愈深。这只笔筒所雕山水、棋手、仕女、树木、山石无不精细，栩栩如生，大气磅礴。其阳雕：（唐）王建七绝"看棋"诗词。即："彼此抽先局势平，傍人道死的还生。两边对坐无言语，尽日时闻下子声。"右上角阴刻一个"贡"字，中间阴刻：奉祝友生仁兄花甲华诞，顺治丁未冬，落款吴之璠制［之璠］印款为阳文。此件是关于描写"绘景状物·屏棋"的诗句。棋战双方，争先抽子儿进取，局势处在对峙之中。围观的人各抒己见！

献计献策,说是死子反而获得起死回生。观众七嘴八舌,而棋战双方却盘膝端坐,凝棋不语。整天都是棋子儿与棋盘相撞的声音。极生动、形象地描述了下棋的紧张场面,并以观众的热烈时分来渲染气氛,烘托棋技高超。作者运用将诗与画融会一体,深谙闲暇逸情的人,烘托渲染了弈棋场景的雅兴所致,其雕刻技艺之精湛令人叫绝。作者是嘉定人,生活在清康熙年间,雕竹技法承自朱鹤、朱松邻、朱三松祖孙三人,又不拘泥此法,独创了一种薄地阳文技法,与留有的深浮雕有相通之处,透视出松下高士品茗弈棋、簪花仕女助兴入神的雅趣。

大凡收藏家写历史,靠的不是文凭,而是专攻,收藏人没有级别,有的只是智能;他们写历史,字字带血,句句含泪,倘若不是他们豁命藏宝之功,可能地下的宝藏还是呼呼大睡;不是他们艰辛南迁,可能璀璨的文物早已毁于战乱;抚今追昔,玩物有志,世代相传,才有我们今天瞻仰辉煌历史文物之时。由此,人们不尽会深情地提到两位耗尽一生心血收藏宝贝的名贤大德:一位是捐书画的张伯驹,一位则是捐瓷器的孙瀛洲。张伯驹先生一生醉心收藏,"借钱也要把流失的文物买回"。他曾说:"黄金易得,国宝无二。"不仅天资超逸,又倜然尘外。张伯驹的藏与捐尤为分明,每一件国宝都是一个时代文明的缩影。据统计,他捐出的文物可以抵上半个故宫。孙瀛洲我国文博界杰出先驱之一,著名的古陶瓷收藏家、鉴定家,在京城古玩界也是有口皆碑的。那时,虽然坐拥千万家财,但他一身素衣,三餐简单,还规定全家人一个星期只能吃一次肉,自己连一块钱的猪肉舍不得吃;就连到上海出差,只是在街边排挡摊点里吃点馄饨而已。古稀之年,他聘于故宫工作后,每天上下班都挤公共汽车,很多人嘲笑其寒酸,可谁知这位陶瓷界德高望重的孙先生,他不仅舍得买,而且舍得捐。1956年至1964年间,他陆续捐出了一大批瓷器等文物,这就是他视文物古董为生命的生动写照。樊建川创建的中国第一座援华美军博物馆,坐落于成都以西大邑县安仁古镇,记录了中美的官方、民间交往的历程。63岁的樊建川说:"一切激情风云、一切人间烟火……为此,我拼命拾掇了一千余万件历史'破烂',几乎耗尽了自己的一生。"国之伤痕,警醒后人。

提起陶瓷考古之父陈万里,今人可能对他有点陌生了,虽然他的身份是一名医生,非考古科班出身,但出于探秘起见,他的学养和超乎常人的悟性,在探寻龙泉奥秘之路上,他成为古陶瓷界公认的泰斗。当年他徒步到大窑村考察,一住就是一个月……作家张中行先生年轻时时常出入古董市场,他说,当年逛琉璃厂常会碰到陈万里,"那时他就有名气,常给喜欢古瓷的人'掌眼'。"解放后,他将55件收集来的青釉陶瓷,捐献给故宫博物院。著名文博专家王世襄先生一生追索、保护文博无数,名为"玩物",实是"研物";这位文博界老前辈,从小到大对于京城的各类玩意，如蛐蛐、怀鸣虫、范匏器、绘葫芦、架大鹰、驯獾狗等几乎无不涉猎，他不仅是玩玩而已，探其奥妙，整理评述，续其绝学，使市井的"雕虫小技"上出为系统之论，填补了门类收藏的空白。最遗憾的是，我曾与国家文物局原局长孙轶青先生成为忘年之契时，尚未提及拜见德高望重的京城"大玩家"，古曰时乎，时不再来；王世老毕生博学多才，为读者留下四十多部宏富巨著已成绝响，成就了令人崇仰的志业，让我看到了最伟大的情操与慧心；不由得对这位笑得率真而又谈锋甚健的文博前辈心生景仰。

古人云，乱世存黄金，盛世兴收藏。在真正的大藏家的眼里，均素有意在借鉴前修，使古为今用，文物并不意味财富，而是事业和信仰。以我仅有的知识，敝人认为："收而不藏即为俗，藏而不鉴即为庸。"不管你收藏《清明上河图》《祭侄贴》，还是你拥有元青花、"三秋杯"，都是每位藏家个人把玩一种愉悦的过程；那些将精品、孤品、绝品的收藏视作生命的藏家比比皆是。与其藏宝不止，不如护宝珍藏。由此看来，每位系列藏家无非是一位"仓库保管员"和"护宝守护员"而已，其拍卖的薪价比，不过是一种上下波动的价格比值，最终归宿并不属于藏者，而归宿于国家博物馆，乃至世界博物馆。随着中国经济的发展，古玩渐渐地走入平常人之生活与视野中，甚至成为一种风尚。许多小的把玩，已成为人们茶余饭后的手中的必需品。从苦涩到收获，需要走漫长而遥远的路程，等待古代艺术品资产化的时刻到来！

所谓收藏，是一门涉及诸多交叉边缘领域的综合学科。既是充满酸甜苦辣，又能陶冶自我修养，非一知半解就能学到的。在这条荆棘的道路上，有待于在欣赏美感、体验文化、积累经验、感悟历史、纯化境界的同时，不断探索书画之精，在于疏旷之韵；瓷器之美，在于注入艺术的注念；瓷器之贵，在于烈火的烧制；人性之美，在于拥有真、善、美的内涵；人之坚强，在于经历苦难的磨炼。收藏，"收"的是情趣，"藏"的是文化。收藏是一种情怀，点亮自己，照亮别人。平生素来远源流传的中华文化，十岁藏有哈琼文的宣传画《毛主席万岁》、十四岁荣幸受到毛主席的接见；尤其在我平凡的收藏道路上，曾经有幸得到诸多识画谱史的革命前辈、文化贵人的鼎力赐教，获益匪浅。承蒙上海海派书画院院长、吴大澄纪念馆名誉馆长、海上书画名家后裔会会长吴元京先生的抬爱。2020年初秋，我前往吴元京府上拜望。彼此尚有二十多年未相见，一见如故。他精神矍铄、坐拥书房、娓娓道来。我俩谈及话题十分广泛，从读书、书法、到甄酌对联诗句和文玩收藏，他谈笑间什么都能切中肯綮。令我如沐春风，不由就想到歌德赞美洪保德的那句名言："他像一口有许多龙头的喷泉，你只需把一个容置于其下，随便一触，任何一边都会流出清澈的泉水。""一道残阳铺水中，半江瑟瑟半江红。""生也有涯，学也无涯。"玩收藏人很多，难免鱼龙混杂，伪学言甚于行，一定要跟对人，入对门，文酬知音。

　　山外青山天外天，海阔心无界，山高人为峰。收藏既是一种执着，又像一场恋爱，让我几十年如一日，将一生的喜怒哀乐都与之纠缠在一起，未必鲜衣美食，何须豪宅宝马，而无怨无悔。人活凡间，不是神仙莫妄逍遥。收藏与生俱来，你的品德可以惠泽影响你的收藏和拥有，让我远离尘嚣，拥有一颗宁静的心，宛如从心灵深处点燃一盏温馨的神灯，累了，烦了，老了，坐下来，沏杯茶，摸一摸心爱的宝贝，顿时物我两忘，涵古濡今赏史韵，心情自然地会随器物的弧线变得灿然、欣喜、圆润、欢快。正如吴湖帆之孙吴元京先生馈赠我的这副对联："写作雅玩观礼记，儒风道韵点春秋。"

**系上海海派书画院院长吴元京先生为作者亲笔书写对联**

# 端午抒怀"嬗变"

沪新村原是浦东张桥乡的一个自然村,夕阳西下,映入眼帘的是:阡陌、农鲁、蔬果、炊烟、鸡犬相间,头上是天,脚下是地,一派田园风光……

今生,我们注定的一场相遇,仿佛似海一般的情,天一样的恩,德此手牵着手,繁华历尽,方知平凡是真。

沪新村原是浦东张桥乡的一个自然村,夕阳西下,映入眼帘的是:阡陌、农舍、蔬果、炊烟、鸡犬相间,头上是天,脚下是地,一派田园风光。

就在 2003 年,村民们依依不舍地告别了深深爱着的这片土地。一夜间,这块东紧靠尚未辟通的浦东北部,南邻东陆路,西接莱阳路,北依尚未打通的东波路的镶嵌于黄浦江畔的风水宝地,划归了沪东新村街道。因工作关系,我有幸参与了这一区块的动迁,也见证了它的昨天与今天。

经过二年多时间的匠心建造,已设有 3 座地下车库、呈稍狭长楔形地块内:春有白玉兰、夏有茉莉、秋有桂花、冬有梅花,5 棵棕榈树镶嵌于区内中央袖珍水池旁的绿荫丛中,15 幢小中高楼拔地而起。

如今,地铁 6 号线、12 号线已交叉贯通丁家门口,礼拜天上海基督教主恩堂信者鱼贯而来:琴声、萨克斯不绝于耳;健身、舞蹈、娱乐,遛狗、闲聊者络绎不绝;接送孩子、童车、快递外买车辆来去穿行,每天道路两旁弯弯曲曲停放着近千辆款式各异的轿车,整个园区内交织成了一组富有生命旋律的海派交响曲。

从零星农舍的炊烟在屋顶袅袅升腾,至连片群楼矗立于黄浦江畔。沪新村的变迁,乃是浦东改革开放的一个缩影。

从浦西转到浦东工作,又从浦西移居至浦东生活。这一切就像做梦一样,触目嬗变,宛若在眼前。14 年前,我在庭前长廊旁的绿地上种栽的一棵金桂,年复一年,长势丰盈。每年金秋之时,朵朵小黄花,清香四溢,勾勒出了一幅生机盎然的水墨画。

　　诚然，每个生命都很平凡，但每个生命都不卑微。若生命是一朵花就应自然而自主地开放，散发一缕芬芳在人间；若生命是一棵草，就默默地生长，不因是一棵无名草而自卑自叹。

　　值此端午，信笔涂鸦：蒲剑辟邪挂门旁，雄黄驱秽额书王。粽子飘香艾草芳，试问瘟神往哪藏。人生如"粽"，向白米学会融合，向粽叶皆成包容。不捆绑就是一勺薄粥，不蒸煮哪有美味香浓！

　　鄙人平凡得像是海中的一滴水、林中的一片叶，然生命皆有一份怡然自得，回首沧桑，平淡如水最珍贵。今生，我们注定的一场相遇，仿佛似海一般的情，天一样的恩，彼此手牵着手，繁华历尽，方知平凡是真。

　　如今，小区的平安，我们同相守，让岁月的铅华渗入我们的骨髓，小区的人文，关乎于用绣花针和卓越心去精心打造，因为未来可期。

# 穿越"狂野非洲"的心灵之旅

回来很久了,我却依然不止一次,魂牵梦回素有"阳光下的绿城"和"东非小巴黎"美称的肯尼亚。晨光中,我们走进"狂野非洲",湛蓝天幕下,美轮美奂的大草原依稀闪动琥珀的色泽,如伞状般兀立的合欢树,秀丽挺拔,草原与天色相浑,像塞尚的油画,简单而斑驳,凌乱而优美。

我们一行由内罗毕搭乘小型飞机至马赛马拉大草原,各种桀骜不驯的野生动物时不时给我们带来惊喜或者惊吓。长颈鹿在悠闲地昂首踱步;黄白相间的瞪羚跃出优雅的弧线;成群结队的斑马奔跑着扬起尘烟;几只秃鹫箭一般从天而降,争抢腐尸;笨重的河马在泥塘里装死酣睡;鳄鱼在河岸边露出锋利的尖齿;成群大象竟然旁若无人地从我们车头前身穿过,走向最为丰盛的草场;珍稀的黑犀牛从远处天际慢慢地行进;凶悍的狮子或成群漫步,或躲藏灌木中熟睡,或在草丛中静卧等待猎物;猛然,凌厉眼神的花豹飞掠过车前,凭着它强壮的体魄和飞一样的速度,顷刻间将一只羚羊按倒,几身影鬼魅浮隐,太壮美了。

此行,最美的相遇或许就是走进博格利亚湖了。只见湖面上浮动着一条条红色的彩练,如落英、似朝霞,集光、山、色融于一体,数不胜数的火烈鸟,身披透红的粉红羽衣,一步一景,一深一浅,斑斓绚丽,两条长腿悠然挺立,倒映水中,时而浅水踱步,时而岸边蹁跹,忽而振翅起飞,忽而盘旋落地,孤芳自赏,对影自怜!与蓝天、碧水、绿草、落日融为一体,鸟水一色,竞相风流。在纳瓦沙湖巡游,各类珍禽逡巡捕食。当地的湖泊中最具特色的是,古老又憨憨的霸王河马,它上岸能生吞狮子,下水可咬爆鳄鱼,凶狠无边,令人惊愕!身在异国,"乡心"不泯。

平日里,我们大部分时间都是穿梭在风光明媚的江南水乡,那如诗如画的河道红灯笼和乌篷船,淡泊怡静,曼妙灵秀,它像一面镜子,水映出客栈,映出了拱桥，映出了绿树，亦映出美目盼兮、巧笑倩兮的江南姑娘，在缓缓流过的河水罩，摆弄着浣衣的婀娜姿态。天下人要看江南美景，还得下江南。"千里莺啼绿映红，水村山郭酒旗风。南朝四百八十寺，多少楼台烟雨中。"4 品得是世外桃源般纯净的江南，嗅得是自然原生的沁雅之馨香，河水潺潺悠悠，流泉灵动消溢，良朋在座，灯光亲人，是人间的天堂，有人不爱繁华都市，但应该没人不爱江南水乡。

不囿于江南一隅的人文环境和自然景观，来到这镶嵌在茫茫草原里的碧监湖水，与动物共存的独特景致，立刻生出截然不同的情感。江南有大家闺秀的风范和小家碧玉的娟秀，而在这里，我看到了粗犷的奔放。每年7月至9月，为了寻找充沛的草原和水源，近二百万只角马和斑马群、羚羊群，都不约而同的从遥远的塞伦盖蒂平原跋涉3000公里跃向并渡过马拉河，去到对岸丰美的草场。

我们一行随车队来到马拉河，这是一条草原中不起眼的黄泥水河，可以看到成千上万的"渡河幸存者"聚集在草原上。站在马拉河边，看到成群结队的角马、斑马前赴后继，一刻不停地横渡马拉河的壮观场面。竭力控制着不眨一眼，目睹眼前上演着动物迁徙时惊心动魄的一幕。此刻，马拉河成了鳄鱼的屠场，被称为最悲壮的"马拉河天堂之渡"。江南的小桥流水，真的太温柔了。而这里看似精彩壮观的背后，更是教会我们解读草原的生存密码，感悟来自野外生命对于生存的勇敢和坚韧，不仅是视觉的震撼，更是灵魂的冲击。

我们下榻于被誉为"赤道上的雪山"的费尔蒙狩猎度假酒店，它抚慰了我们白天遭遇"马拉河天堂之渡"的触目惊心。赤道线正好贯穿酒店中心，门前广场地上立有一块铜制的赤道标志牌，让客人体会同时横跨两个半球的乐趣。花园里独辟在赤道线上的一条通道，在参天大树和绿荫环抱中，显得幽深与宁静。在房间的浴室里，也有一个赤道的小标志，是一个装有两支郁金香的花瓶。两支郁金香的颜色不同，白色的对着南半球，黄色的则对应北半球。花瓶两边都装有洗脸池，仿佛要让我们肆意地玩转于南北球中。我既可以在北半球洗脸，又可以在南半球洗手；在北半球刮一半胡须，另一半留到南半球去刮。

酣睡未醒，红颈鹤会用嘴啄你的窗门，催你起床；随身有野生鸟类、孔雀陪伴；用观望台的望远镜眺望肯尼亚雪山，或遥视兽踪。晚间，我与同伴在旅客签名册上签上"上海游客"的姓名。

我喜欢江南水乡幽雅恬静、秀美如画的原生态环境，也钟情祖国塞北大好河山，偶尔也会去看看国外的自然风情。草原旱空和日出犹如仙境般的美妙，那些为未来预留的丰盈的情愫，力透着一枯一荣的代谢，从草缝里悄悄破土，诉说着草原的沧桑；从澎湃磅礴的湖泊流向五湖四海，演绎出最深沉最轻逸的魂。

　　月影之间，没有嘈杂，没有尘世纷目之所及，四无人声，声在树间，心之所倚，游目骋怀，俯仰天地。江海河流，天地自然，不一样的湖泊，一定会找到不一样的情怀。

　　刊于 2022 年第一期（总第 25 期）《湖区旅游》新民晚报社区版

# 我仰望"东方微笑"

卢梭说：一个人抱着什么样的目的去游历，他在游历中，就只知道获取同他的目的有关的东西。其实，人生就像一场旅行，不必在乎目的地，在乎的是沿途的风景以及看风情的心情，让心灵去旅行！2015年12月中旬，我们这些脱下军装的老兵定下心来，网上一招呼，情不自禁地集结到了一起，带着惊喜跨越时空，前往经济（世界上最不发达国家之一）与文化（世界文化遗存璀璨）悬差极大的柬埔寨，一个古老又神奇的国家。

一下飞机，我们一行即被当地的特别新鲜空气所吸引、所陶醉。12月的旱季，30度的气温又湿又闷，正是当地旅游旺季。那是典型农村风光，一片一片的稻田，"鱼米之乡"、常年瓜果飘香；破旧错落的高脚屋掩映在椰树芭蕉林之中，几棵高高的槟榔孤独地站在田头地角频频点头……吴哥的行道树有南国的特点，有高大的榕树、按树、椰树，还有花型美丽的金合欢树，巨大的树冠使道路成了名副其实的林荫大道。

虽是旱季，但由于雨季刚刚结束，老天时不时地还会下一阵豪雨。豪雨过后，空气更为清新，风光更加旖旎，凉风习习拂面，时空瞬间舒服。我们一行10人下榻于号称4星级的柬埔寨高尔夫吴哥酒店。该店硬件简朴，堪比江浙沪的农家乐水准。这是柬埔寨人民的精神象征。看这一家子，多么养眼。西哈努克自言，一生恋爱过19次，先后娶过六位王后，子女共14位。莫尼列公主，是他第六位妻子，他一生的真爱。如今，他们的长子继位，小儿不幸病逝。莫尼列王后为富商的混血，端庄妩媚，仪态大方，耄耋之年，风韵犹存。大堂门框顶上高挂国王诺罗敦·西哈莫尼和前国王西哈努克与莫尼列王后的照片。柬埔寨的男子，上至国王，下至平民，一生至少出家一次，时间可长可短，随缘而定。已故国王西哈努克亲王曾在25岁时出家1个月。大堂有姑娘轻音木琴的独奏表演，餐厅整洁，配有中西自主餐，大门口设有一个精制的小神龛，燃香求神，店堂周围花卉繁多，设有泳池和桌椅，供旅人休憩，环境优雅宁静，好一派秀丽的南国风情。

吴哥是我们向往已久、不朽文明的圣地，当我们终于站在了它的面前，却难以用什么词汇来精准形容此刻内心的激动，只有怀着谦卑和崇敬的心情欣赏这曾经如此的文明之光。方圆10平方公里的吴哥王城，俗称大吴哥，始建于9世纪末至13世纪，是吴哥王朝鼎盛时期的首都。据说，当年曾经驱使了三十多万奴隶和民夫修建了这座不朽的皇城。阇耶跋摩七世（1181–1215年在位）宣称自己是观世音菩萨的化身和神王，他赶走了入侵的占婆人后，曾兴建了巴戎寺、塔普伦寺、圣剑寺等建筑，被称为"建筑之王"和"第四次吴哥"。小吴哥又名小吴哥寺，是世界上最大的一座印度教的神庙，称为"毗湿奴的神殿"。与中国万里长城、埃及金字塔和印度尼西亚的千佛坛一起被誉为古代东方的四大奇迹，曾以其建筑宏伟与浮雕细致闻名于世。

由于受古代中国文明强大的影响后，柬埔寨吴哥窟曾经一度渲染上浓重的中国色彩。与此同时，受悠久的古代印度文明的影响，那个主宰天女命运印多拉神是印度教里的天神，到了佛教他就成了"帝释天"，当然是属于印度土产。由此，柬埔寨从中汲取一西一北两大文明中的营养，故延用一直持续到今天。古代建筑师对吴哥窟的设计，激起了一种敬畏和赞叹，雄伟的楼梯，寺庙内的空间感，引导朝圣者前往壮丽的中庭，这些都需要建造者的远见卓识，他们与印度教主神之一、毗湿奴面面相对，祭坛最高层的五座圣塔即须弥山五峰，寺塔修得高而陡峭，台阶窄得容不下半只脚掌，必须登塔者怀着十二分敬畏之心，全神贯注手脚并用才可登顶祭拜，仿佛添加了梦幻的色彩，让古老的吴哥变得温柔起来，历史的庄重气息扑面来。说到吴哥窟，有"一动一静"两种景观尤为特别。"动"景指的是吴哥窟的日出。长夜将尽，朝阳初升，飞鸟出林，盘旋翱翔，在吴哥窟优美轮廓的映衬下，可谓人间胜景！直教人四大皆空，物我两忘。"静"景指那些寺庙墙壁上的繁复雕刻，就能得到谜题的答案。这是吴哥窟寺庙的第三层回廊，在这条回廊里，雕刻着800多米长的浅浮雕，浮雕讲述了建造这座庙宇的古代文明，高棉人的故事，塑造了一位伟大统治者苏耶跋摩二世国王的形象，这是高棉艺术史上第一幅，他正坐在他的宝座上，显示王者风范。身边是他的参事、大臣和神职人员，由华丽的伞盖为他遮挡太阳，还有扇子、拂尘，严格地来说，苏耶跋摩并非王室继承人，他从他叔叔手中夺取了政权，吴哥窟的庞大规模正是他为了赢取民心，名正言顺的国王，所以他建造了一座特殊的庙宇，能与天国相通，苏耶跋摩专门设计秘密地库，是为了将来保存他的遗体，它还是一台把国王送上天国宝座的灵魂传输机，然而苏耶跋摩的陵寝，它必须在国王去世前修建装饰完成，令人费解的是，建造吴哥窟这样规模庙宇的整体建筑仅用了32年。

  吴哥窟是坐东向西的寺庙，面对日暮，与众不同；护城河呈长方形，东西长1500米，南站长1350米，宽190米，护城河外岸有砂岩矮围，拱卫着庄严神秘的寺庙。围绕吴哥寺的红土石围墙正面中段是230米长的柱廊，西门正面耸立三座塔楼，是吴哥窟的山门。可容大象通过，又名象门。三座塔门的顶部塔冠已残缺，但正中的一座塔楼，恰好比左右两座高，呈一个山字形。它的别致造型成为柬埔寨国家的标志，同时镶嵌在柬埔寨的国旗上。城门两侧有54尊石雕神像，左边是天神修罗，右边是恶魔阿修罗，为了提炼长生不老的琼脂玉浆，两股势力合作；它们拔起曼陀罗山作搅拌棍棒，用那迦王瓦苏基（七头神）的身体做绳子缠住山腰为图腾，阿修罗们抓住那迦王的头和蛇尾，搅动世界之海，一搅就是数百年。然后，海水变成奶，海水出现许多新的宝物和神……这是印度教的著名故"搅拌乳海"。寺庙四边回廊是如何创造这一非凡奇迹的呢？900年前，石匠用尖凿和大锤凿石块，确保砖块相互齐平，必须先凿平，打磨后，每块砖有10吨重，他们从采石场到工地，制作竹筏，通过水流源源不断地把砂岩石块运到工地，石料运输连成一片，在这么短的时间内，建造一座史诗级的庙宇，至少需要十万工匠，团队的规模极其庞大，展现出强大的组织能力，这是伟大文明又一项特征。最终，吴哥窟的最后一块砖，在国王苏耶跋摩二世去世之前落位。令游客惊叹，这座庙宇像密林中的一座小岛，当时庞大的施工工人他们住在哪里？吴哥窟为赞美一位国王的统治而建，包含数百根巨大的石柱，其墙壁和圣塔，装饰数以千计的精美雕刻，在900年前，是极为壮观的。寺顶镀了美丽的金色，每扇门上都装饰有精美的五座莲花圣塔中央，镶满金色，反射阳光，像平原上的篝火一样闪耀，数十万工匠才建成这座奢华的宗教建筑。吴哥窟不仅仅是一座寺庙，它还曾是一座大都市的中心。但这么大的城市是如何在丛林中兴旺起来的呢？究竟是什么秘密武器造就了吴哥窟，并使其进一步扩张，成为高棉帝国。吴哥窟曾经是丛林大都市，跳动的心脏，但高棉统治者意在创造一个帝国。柬埔寨以前很发达，现在的越南、泰国等都以前属于柬埔寨。到了十三世纪，整个东南亚都在向高棉国王朝贡，和宏伟壮丽成为伟大帝国的终极象征。可为什么现在会这么落后呢？是因为柬埔寨曾经发生过内战，经济发展慢，所以落后了。

  历经岁月的沉淀，时间赋予它以独特而唯美的沧桑，缺损的遗憾赋予它丰富的情感。吴哥的每块石、每块砖都有了再生的意义。曾经的圆满不复存在，其魅力却更胜往昔。每一刀的刻痕，都深深烙印在它的身上，为它的故事画上浓墨重彩一笔。狄金森说：美不是人工造就的，美是天生固有的。这里的古老艺术用最自然本真的方式呈现给我，在心醉神迷的氛围中，让你感受一种异域风情，颇具古老而匠心的力作，炽烈而蕴藉的吐露，只有真正懂得生活的人，才方能领悟到游刃有余兼顾高棉的诗意与烟火。自然界是这样，人生岂不是亦是如此。生命本来就是一种残缺之美。世界很大，社会很杂，生活繁琐，人事繁杂，总有一些事情，令我们失望；凡事毋需要太执着，永远卡死在一个自认为过不去的门槛上，要勇于接受挑战与改变，坦然面对一切，或许欣慰。

巴肯山是吴哥遗迹群的一座小山丘，位于吴哥窟西北1.5公里，高67米，是附近唯一的制高点，是皇家寺庙。山顶可以俯瞰吴哥全景，亦是日出和日落的最佳地点。这里，阳光十分充足，四周绿荫遮蔽，且常年高温多雨。我们赶上早季，并不感觉闷热。爬山路上，草木是那么茂盛，天空是那么辽阔，心境是那么惬意，疑是人间的仙境。巴肯寺的109座宝塔，呈几何型对称布置：顶层的五座宝塔，如五点梅花；每一层正方形台基的四角，安置角塔，共20座角塔；四道五层阶梯的每一道每一层各有一对宝塔伺立左右，共有阶宝塔40座；另有44座宝塔王不立庙山四周。整个布局宛然，如同一幅独特诗意的国画。14世纪初，元代航海家汪大渊访问真腊时称巴肯寺为"百塔洲"，当时均为金塔，现已残缺不全。为了保护古迹寺顶每次只能保持300人，游客排队登顶。看到长长排队的阵容，所以我们决定不放弃，在这里留个影，我们也就没有遗憾了。为了赶上寻思再纯净最后的一缕夕阳，我们一行急匆匆地攀上陡窄的木梯，三步并着二步地赶时间，迅即登上错落窄小的平台，独自选好最佳拍影点，分秒必争地拍摄一张张全辉映红塔尖的夕阳，这仙境般的画面！仿佛我们每位同行者的生命与夕阳同辉，唯可仰止。欣喜之时，我的感悟油然而生，假如生命是树，就要一心一意把根扎向大地深处。即使坚硬的岩石，也要奋力地将根须钻进石缝，汲取生的源泉。倘若在森林做一棵参天大树，当然很美妙；给在荒漠中做一棵孤独的小树，给迷路的跋涉者以希望，那就更为导向。

柬埔寨是著名的佛教国家，皈依佛国的本源，寻觅那颗游离了太久而蒙尘的初心，尤显宝贵。山不在高，有仙则灵；国不在大，有魂则灵。诸多佛寺是柬埔寨立国之魂。古寺林立，有的灵动，有的窠臼，千姿百态！凝固载体；它依山而修，傍水而建，寺柱为骨骼，石壁为风骨，宝塔为精魂，神秘纷纷，给人无限想象的空间。现存巴空寺是罗洛士群中最大的寺庙。它是一座五层台基的方形金字坛塔楼，底层边长65米，是吴哥遗迹中第一座多层式的神殿山，因陀罗跋摩奉献给印度教众神的寺院，寺院坐西朝东，也是吴哥王朝第一座用砂岩石块代替红砖的寺庙，寺院周围各色花木绚丽绽放，塔上的美丽女神镶嵌在四周，活灵活现。神牛寺，罗洛士群的第二大建筑，六座塔的浮雕精美，门楣雕刻为吴哥早期门楣雕刻的巅峰，相当精彩，但寺庙损毁严重，供奉湿婆和国王的祖先。罗莱寺，是罗洛士群建造的最后一个寺庙。寺庙当初建在人工湖——因陀罗池的中心岛上，现在湖水完全干涸。它修成有六座红色砖塔的祭祀庙，塔上雕有父系家族的武士装束的塔身雕像，以及母系家族的身着长裙、腰系宝石坠链的塔身雕像，有碑文。祭祀祖先的仪式是最神圣的、最高级的艺术形式，它是所有文明的根柢。古老的祭祀中，不但会宣扬祖德，还会演奏和谐的乐曲涤荡后世子孙的内心。亚里士多德称：人类在模仿中会得到真正的愉悦。世界各民族的原始祭祀，都是效仿着祖先的教诲，一代一代流传继承下来的；在祭祖的礼乐教化中，人们得到了最为和谐的灵性的提升。在攀登人类文明的必经之路上，树木有根本才能长出枝叶花果，江河有源头才能形成滚滚长流。报本反始，共同缅怀人类始祖之德，乃是和谐世界的正能量，祖宗是我们的根源，我们有祖宗的德荫，才有当下美好的家园。

吴哥城巴云寺内矗立着54座玉米状宝塔，每座塔的四面全是巨大的笑面佛家，由一块块巨石堆砌而成。神奇的是，眼前呈现48座高大的四面佛，如众星捧月似的簇拥着一座巍峨矗立的四面佛，场面极为壮观。无论你从哪个角度和方向看，都可以看到那种对世界充满活力的微笑。但再细看，你会惊奇地发现，这些佛像造型宏伟，刻画细腻，颔首微笑，既有菩萨之慈和，又兼金刚之雄健，凝神观之，每一个微笑都是各不相同的。这216张笑脸的共性是嘴唇，嘴角微微翘起，眼睛半静半闭、似笑非笑，个个巧夺天工，有幼童的微笑，纯真无邪；有青少年的微笑，活力四射；有少女的微笑，优雅端庄；有亲人的微笑，和蔼可亲；也有坏人的微笑，阴险狡诈。因为石块间的错位，佛像们那谜一样的笑容变得扭曲，形成令人费解的怪异表情。他们长长的耳蜗线被时间之手抹平了，消失在石头里。当然在这其中有一个便是传说中的高棉的微笑，因为它是这些微笑中笑的最灿烂、最美丽、最善良的。尤其是这些惟妙惟肖的代表慈、悲、喜、舍的四面佛，在微笑着注视你，怎能不让人心旷神怡。这些微笑完全是石头搭置，雕刻而成，在没有任何大型机械设备的情况下，恐怕只有神仙才能造出如此奇观。这是个奇迹，谁能不为之震撼！历经八百多年的风霜雨雪，却依旧屹立在这片土地上。像个饱经风霜的老人，虽然有些残缺不全，但却处处透着浓浓的历史沧桑感。置身于其中，你仿佛能穿越时空，看着这种独特而慈悲的微笑，顿生烦扰皆去，万物清净之感。触目这奇妙景观，与著名油画《蒙娜丽莎》齐名，被称为"柬埔寨的微笑"。让人犹如在寂静缥缈的晨雾里，默然孤赏那种神秘的美，彰显了高棉的微笑神秘而迷人，纵然断壁残垣饱受离乱，石壁上巨大的带着裂纹的佛陀头像，还是温暖安详地以浅浅笑意义面对一切，眼前再现八百多年前的辉煌，荡气回味。

"班蒂斯蕾"照柬埔寨文来翻译，是"谋求幸福"的意思，当地人习惯将其叫"女王宫"，即"女人的城堡"，又因为神庙刻有许多"阿帕莎拉"的女神像而得名。那巍峨的女王宫距吴哥城25公里，是柬埔寨三大圣庙之一。它以小巧玲珑、精致剔透、富丽堂皇而闻名于世，有"高棉艺术之钻"的美誉。供奉婆罗门教三大天神之一的湿婆神。因为不是皇家寺庙，整体建筑高度低矮，每个人都得低头前行，代表对国王的尊敬。寺院整体为红色砂岩雕刻而成，在阳光不同角度的映照下，随时变化出金红、朱红、碣红、赭红、橘红等不同色彩。内部四座守卫雕塑被移至金边国家博物馆，现雕塑为复制品。驻足欣赏山门、内苑正门、第二重门等建筑，门顶上都有不同造型与美不胜收的山形门券，简直让人目不暇接；同时，从许多立体的石柱、屋顶、山檐及基座的精美雕刻的图案和花纹上，可谓是一门一景致，一步一故事；据说女神像有36种神态，她们或裸胸束腰、或身穿长裙、或长腿赤足、或颈戴珠链，高棉美女的特征：嘴唇丰厚、胸部浑圆、蛮腰丰臀，或庄严肃穆，或捻花微笑，或凌空起舞、姿态曼妙，我深深地被超凡入圣的艺术构思和印度教的神话典故所吸引、所陶醉。

透视一幅幅生动而精美的雕刻艺术作品，使我沉浸在艺术的海洋之中，并认识到真善美的真谛。正如德国哲学家阿尔贝特．施韦泽说："什么是文化，那是对生命的敬畏，和历史问题的表达。"这种富有生命力的艺术之美，款款倩影好似缠绕心头挥之不去，亦可以随时浮脑、重唤古典艺术文化百折不挠进取的信心，从而深化了存在的美感。久而久之，美，充塞于广宇之中；美，激溢在大地之上。在无穷的时空里，美在消逝；在无穷的时空里，美在滋长。应该说，我们此行所见到的一个个活灵活现女性雕塑之美是由其生命地位所决定的。人类从古希腊的神话故事中不断追寻"灵感缪斯"艺术创作中主司艺术与科学文艺的女神源泉。于是，我们零距离欣赏每一件雕刻的艺术之美是一种崇高的享受，亦会最直接、最长久地感染人。不是吗？诚如，女性是花。花开时是美好的，花落时也是美好的。于是，我要沉淀下来，不紧不慢，才能想得更远更深。

我们一行还乘船游览洞里萨湖。洞里萨湖又名金边湖，是东南亚最大的淡水湖，是柬埔寨人民的"生命之湖"。每年夏季唐古拉山的积雪融化，从澜沧江流入湄公河，在柬埔寨境内倒流入洞里萨，淹没了中部大部分平原，造就了肥沃的土地。整个洞里萨湖冲积平原的粮食产量占据全国的四分之一，是柬埔寨的主要粮食产区。因为水具有神圣性，它是高棉文明的核心。水赋予了精神层面的意义和运气，约有三百万人居住在洞里萨平原，也占整个柬埔寨的四分之一，这里是天然粮仓，哺育了吴哥王朝和今日柬埔寨。我们一行还乘船游览了洞里萨湖。果然，名不虚传。每往前一看，哇，水面开阔，一眼望不到头。每年12月到来年5月为旱季，湖水由北向南流入湄公河，再从越南入海；而雨季来临，河水由南向北倒灌入湖，水位从1米涨到12米，湖面从2500平方公里猛扩至1万平方公里，占据整个柬埔寨面积的5.5%。我们到此已进入旱季，水位明显下降，版面约有7000平方公里。眼前，水与天相接，远处的船仿佛浮在空中似的，根本分不清是水还是天。近看湖水泛黄，看见很多"高脚屋"的水上人家，水上小学，船屋锚地，水上餐厅，养有鳄鱼、黑鱼和鲶鱼等。左看看，右看看，无边无际，好似宇宙般浩瀚。柬埔寨的孩子都有一双大大的眼睛，炯炯有神，他们纯洁可爱的腼腆给我们留下了深刻的印象。他们懂事之后，就要赚钱来养父母，而不是靠父母来养活他们，在他的小而弱的肩头上，担负像生活的一副重担，过早地懂得了生活的艰辛，在他们童年记忆里，或许有赚钱才能让他们快乐。船上7、8岁的小孩为了上学付学费，就学会给船上游客敲背，收点小费，交给老师，以减轻家长负担，我虽然未叫幼童敲背，但也付了小费，这样心里会舒坦一些。荡漾在浩瀚无边的湖面上，一片迷蒙的水气弥漫着，景色迷人，览景会心，格外惬意。记起东坡诗句："水光潋滟晴方好，山色空濛雨亦奇"的意境。人与自然浑然一体，无不展望闲情逸致中的涌溢的欢乐。我默默地自问，倘若仅仅是为了来放松身心；那么，享山水之乐是太渺小了。岁月如何？要使自己成为一股奔腾的活水呵！哪怕是区区一瓢耳清泉，哪怕是一条小溪，也要日夜不停地、顽强地流，去冲开拦路的高山，去投奔咆哮的江河，天下芸芸尽管如此，顺应自然，实为深深揖别。

东梅奔寺位于东大人工湖的一座岛上，此湖早已干涸，在碑铭以及周达观的《真腊风土记》中有文字的记载。寺庙为金刚宝塔形式，三层五塔。中央建筑是个正方形，中间最离的塔楼代表须弥山，四个角落各有一座较矮的塔楼，呈现石砖式塔林风格的建筑，塔主体中间雕饰门楣，层檐壁上的坑洞，为当时镶嵌水晶宝石的地方，现在只剩下凹凸坑洞，已失昔日华丽的光芒。塔普伦寺如同睡美人的城堡，完全被丛林吞没，其盘根错节的巨树，或缠绕着佛塔，占领了长廊，撕裂围墙，掀开石阶，探进门窗，举起房顶……其迷宫般的狭窄走廊和破碎石雕，有的地方用绳索围了起来，因为随时都可能坍塌。寺内，有排近400年树龄、4人和抱的木柚桐、又叫4年桐、黄花梨，3人和抱的紫檀、高大参天的金银树等姿态各异，形成了独特景观与标记，尽收眼底。

斗象台是吴哥举行公共仪式的地方。台长超过三百米，设三个平台。这里曾是古代吴哥国王"选坐骑"的地方。即国王在台上检阅——马队、车队、象队、鱼贯在广场上走过。传说是，由各地驯养、精选来的大象经过轮番打斗，胜者选为国王坐骑；次者驯养为战象，可怜失败的大象们却被象奴驱进丛林做苦役……王座前的大道直通胜利门，广场正门对面的 12 座砖塔是审判疑犯的地方，难以决断的疑犯关进砖塔不给食物，让神灵决断生死。癞王台，是吴哥的又一个未解之谜，后人推断是当时皇家火葬场所。目睹这一宏大的场景，仿佛灵魂的图腾正由于此，透过残酷惩罚肉体映入我们的眼睛，对我们耳朵说话，这就是专制制度国王的政权魅力。在共享文明的世界里，东西方文化可以交流沟通。琢磨之后，我又仿佛又复原听到悠久历史的悠远象蹄、马蹄竞相追逐沙沙地响声……

在此次旅行中，最遗憾的是在旅馆里乘电梯时发生故障。早上 6 时许，我与金玉芳乘电梯由上至底层就餐。谁知因电压不稳，突然乘电梯下行卡至三至四层中间骤停，我俩死死地被困。太倒霉了，竟在境外遇到如此险情，既纳闷、又胆怯。为了安全起见，我与老金两人用尽九牛二虎之力，从缝隙处慢慢地拉开电梯门，但电梯悬在夹缝中间，顺着通道微光，我俩一前一后才爬至楼层，终算迅即逃生。事后，我十分恼怒，执意旅馆有个说法。面对这桩涉及不安全事件，我先拍照锁定证据，同时要求该馆在我的陈述词上予以说明，避免类似情况发生。回沪后，经我与组团的某家旅行社交涉索赔未果，只得投书有关旅游主管监督部门，经双方调解，终于确认组团方某旅行社酌情经济赔偿。借此，亦忠告各位旅行者，随时随地增强安全和保险意识，唯有绝对安全，才是旅游的最大保障。

柬埔寨璀璨的建筑文化之真髓是世界文化发展的重要组成部分，也是当之无愧的世界文化的珍贵瑰宝。我们所领略到的仅仅是整个多情柬埔寨佛教文化的冰山一角，最简洁的形象是，白天像埃及，晚上像巴黎；它每一处优秀文化遗存是历史的沉淀和多元文化载体。通过观光与解读，不仅让我领悟到佛教文化和精湛雕塑所带来的温度、虔心、智慧、愉悦；而且还深悟到这种天人合一卓然艺术时空和深厚底蕴的传统文化正在滋养心灵，萌发动力，陶冶心灵；这份罕见而独特艺术成就，一览无余的给予人类以无穷无尽的鲜活生命力和文明的真谛。特别是以吴哥为代表的所有历史文化遗存浩如烟海，蜚声于世，世人瞩目。既原始地反映了佛教与柬埔寨民族文化水乳交融、唇齿相依的关系；又生动地展示了神话故事、民间传说、风土人文等多元文明的内涵，巍巍精湛的古老艺术文化成就，无疑是古代先民工匠智慧结晶和原始文明的辉煌史诗。

我国建筑界泰斗梁思成（解放前时任清华大学建筑系主任）嘱咐学生罗哲文（著名古建筑专家、被誉为"保护万里长城第一"）："文物、古建筑是全人类的财富，没有阶级性，没有国界！在变革中能把重点文物保护下来，功莫大焉。"斯人已逝！其保护文化遗产的慧心和决心正如罗哲文先生诗句所表述："断壁残垣古墟残，夕阳如火照燕山。今朝赐上金戎刀，要使长龙复旧观。"足见文物、古建筑的含金量是天下珍奇与瑰宝。在柬埔寨人的观念里，全国由95%的人口笃信佛教徒，诸如印度教、伊斯兰教、基督教等其他教派，依然享有充分的生存空间，不同教派的信徒间也相互和平共处。而且，他们基本上都安于现状，慢节奏才是生活的真谛，钱够花就行，没必要为挣大钱而忙碌奔波，劳神劳力。当你急得火烧眉毛，火冒三丈，他（她）却赧然一笑，一脸纯真无邪，终是默念几遍《莫生气》经文来平复心情了。我们此行佛国观光，只是一种自我放松的行为模式，而启迪并收获人类文明的精华才是实现自己人生价值的出发点，亦是实现自己"老有所梦"的归宿点。总之，世界因你"吴哥文明"而骄傲；人间因你"高棉微笑"而雀跃。

柬埔寨此行，昔日的辉煌与今日的贫弱，给我的印象是一种极其强烈的反差，湮没于历史不等于被世人忘记。历尽磨难却仍然恢宏壮丽的吴哥建筑彰显着神秘的古代吴哥文明；不仅勾勒出从地理坐标到古迹坐标，而且从文化艺术坐标到人文情感坐标的赓续延伸，并成为一种承载民族文化基因的独特审美符号。透过大量的简洁、质朴、优美的图案，一幅幅千年前的生活画卷向我们缓缓地展升，这些林林总总、熠熠生辉的"文化原石"犹如视觉盛宴，在给游客共赏的同时，亦在倾诉着它的前世与今生，并带着远古的记忆再度走向世界。

别了吴哥，别了暹粒，别了柬埔寨。没有一点装装饰，没有一丝顾虑，自然而亲近地出现在我的世界里，除了遗存古代遗迹和良好空气的先有资源外，其他发展均落后与无序……带给我无尽的惊喜与赞叹，体悟生命的诞生与归去，平静与狂喜，寂寞与热闹，纯朴与残暴，欢欣与悲哀，绽放与凋谢。旅行不仅是游山玩水，是一种最真实的心灵表白。这是多么盛大的一次旅行！每个人的个体生命或许不完美，或许太渺小，或许太短暂，或许太卑微，但谁能否认，这所有的不完美却创造出的大世界，这所有的渺小创造出的恢宏佛国的杰作，这所有经典连接起来的无限永恒，这所有的卑微铸就的人类无穷！

是啊，每当我们把盏叙阔，存一颗虔诚感恩的心，感恩蝉鸣鸟语，感恩林间天籁，感恩蔚蓝苍穹，体味佛国无以名状的感动；感恩，因生命所创造的。这里曾是一座辉煌而神秘的王城，以建筑雄峻和浮雕精细闻名于世，是世界上最大的寺庙建筑群！是印度教与佛教信仰的艺术极致。然而，它却饱受战争病疫的无情吞噬，在热带丛林里面湮灭成一片废墟，她是柬埔寨的灵魂，也是柬埔寨人放在佛前的一朵永世盛开的莲花，透过广袤的原始森林和树隙的光芒，她承载着昔日的吴哥文明，穿越历史的沧桑，凝结着高棉人的无上荣光。留存的不仅是记忆，更是缘分，是天意。我低首合十，佛系之旅，让我脚步步入圣地，步步生莲，在被我们带回相机里的时候，这个神秘而璀璨的国度带给我们的，不仅仅是一次说走就的旅行，更多的是发自心灵的震撼和突如而至的惊喜，让我们祝福柬埔寨繁荣昌盛，我仰望"东方微笑。"

# 钟情复兴公园

我家距离复兴公园不足 300 米。

儿时，我与小伙伴时常会躲在梧桐树背后"捉迷藏"。它像一顶巨大的绿绒大伞，给我们报春，给我们遮阳。据悉，1991 年前，曾在大同幼稚园生活的毛岸英三兄弟常到复兴公园玩耍，那里留下了他们童年的身影和笑声。千禧年 10 月 15 日 100 对新人齐聚在大草坪上，点燃象征爱情的圣火，其浪漫又壮观场面载入史册。令人兴味盎然的是，1978 年 1 月 9 日大雪，年逾八十三岁的刘海粟头戴贝雷帽站在零下十度的园内写生《复兴公园雪景》，手龟足僵，左右开弓，无所畏惧。

南门左侧一株梧桐树，堪称"沪上老二"。园内 50 年以上梧桐树名列全市之冠。右侧一株百年七叶树长势趋衰，但每年开花。此外还有白栋、银杏、椰榆、黄荆、朴树、皂荚等各类树木达 170 多种，其实梧桐是至情至幽之物，皮青如翠，叶缺如花，妍雅华净，夏秋之萌赏心悦目。

每天入园遛达的游客络绎不绝。除翩翩起舞、打太极拳、修炼静功、儿童乐园、跑步外，老者结伴慢走居多，连不少国外游客也欢喜这种浪漫风情。一股柔情的萨克斯缓缓吹响，那首《回家》的曲子，既深邃空灵，又似云淡风轻地诉说人间故事，其涵染出的艺术感染力，打动了我的心。

纵轴线上一片迷你大草坪，像天上掉下来一块绿宝石，碧草如茵，郁郁葱葱。一个男孩手上拨动遥控器，不停在草坪上玩耍四驱无线遥控车。南端有个白色圆柱形的音乐亭边上是荷花池和长廊，围着几堆老人正在下围棋荷花池怪石嶙峋，湖水碧透，鱼儿在花叶间或慢行、或窜游，有人在喂鱼饲料。周边疏林红叶，层林尽染，像鸭子的小脚丫，半是红叶半是黄，慢数流年赏秋光。六角亭前的悬崖上有一巨石凸出，石间有潺潺流水，瀑布直下，崖下有山洞，游人可由此穿过水帘，让人陶醉。

公园北端矗立着一尊马克思、恩格斯巨型雕像，周边及背景由雪松、香樟和棕榈树林点缀，独特的点睛之美，显得庄严肃穆。大小喷水池，每天定时喷水，让人倍感温馨。

玫瑰园和春广场，尤显清翠雅致。它呈椭圆形，由常绿整形和月季等组成模纹图案，一排排紫藤廊架，展现紫藤的"一帘幽梦"。这里的喷泉、雕塑和花卉，亦是情侣们月下拍结婚照的圣地。

一翠一鸟一世界，一草一木总关情。虽然钱柜关了，之后没K歌了。PAPK97、官邸、猫二玫瑰咖啡，却门庭若市。随着拆除围墙，与街区无缝衔接公园正在勃发新的生机与活力。

刊于2023年8月31日《五里晚霞》报

## 第三辑·往事如歌

# 如歌的岁月

一瞬间
五十年过去了
曾经的记忆是那个老三届上山下乡的岁月
是接受贫下中农再教育的岁月
学军学工学农
在那火红的岁月
我加入了解放军的行列
一头栽进了铁道兵的怀抱
从喧嚣城市
来到了偏僻而艰苦的部队大熔炉
陪伴我成长的不仅仅是春天盛开的木棉花
还有《老三篇》的宝书
嘹亮的军号
吹奏着那个如火如荼的岁月
融进青春血液里的
是老兵的言传身教
风枪钻孔爆破
轻伤不下火线
吼一声号子士气沸扬
嗨哟嗨哟山河壮烈
一劈山筑路何所惧
金沙江畔摆战场

钢钎 铁锤 烂棉袄
是神圣的标杆
是铁道兵的三大法宝

军人的品质
就是坚强无畏
越是艰难越向前
曾记得
在地震活动带施工
住土坯 住毛毡房
被烈日与高温锻炼着考验着
样样事情学着做
被子叠成豆腐块
不留一点皱褶
帮厨劈柴磨豆腐
装沙运石出公差
垦荒种菜圈养猪
备个小小针线包
缝补洗衣全包干
六元津贴花不完
省下积蓄寄回家
酣战成昆转战襄渝

临危面前不惜生命和牺牲
座座丰碑皆是军魂
战天斗地的岁月
轰轰烈烈

二零一五年
我与战友重回部队营地
心潮起伏
今非昔比话当年
攀枝花市
钒钛储量世界第一
苴却砚惊艳于世
丙谷烈士墓地移至米易烈士陵园
眼前的景象
让人几次哽咽几度哭泣
逝者寂寂悼者荧荧
那英烈的遗志
赓续铁军精神
退伍不褪色
军人的风度
诠释了老兵的精神与奉献

战友的情
是人间最忘不了的情
五湖四海都见情
如今网线相牵更叙情
铁打的营盘温馨的情
去年在沪
遇见阔别五十余年的李德首长
短短相聚叙了情
人生如戏岁月当歌
一生故事恰似酒

酒之纯情之真
战友似酒
越久越清甜
走过的日子就是这样
让你我品出滋味
横绝学海笑傲苍穹
生命的维度与厚度
见证了
曾经的身心弥坚与意志
也见证了
我们那个奋斗的岁月

2022 年 8 月 1 日

# 依旧兵心

## 老兵出发

人间四月,春风和煦。我们铁五师 21 团 6 位退伍老兵终于欣然踏上了仰慕已久的军旅,揭开了上海老兵再出发的序幕。2015 年 4 月 8 日上午,我们一行搭乘吉祥航班由上海飞赴云南,经过 3 个多小时的飞行抵达昆明,又换乘一个半小时的火车,到达云南省第二大城市曲靖。一路上,大家谈笑风生,春情涌动,颇有时光倒流之感,而今又回到了四十多年前部队的岁月,荡起了每位老兵的悠悠回忆。目睹时过境迁的变化,大家由衷地感到:岁月可以赢得我们的生命,但它赢不去我们一路上努力留下的欢声和笑语。历史印证:没有咱们铁道兵大军昨天的巨大付出,就没有今天成昆铁路沿途经济带改天换地的累累硕果。

## 千里相会

在曲靖,我们一行下榻于曲靖军供宾馆。会前,主办方特意燃放 36 枚礼花,以示热烈祝贺。9 日上午,由原来 21 团宣传队为主体召开九省市铁道兵战友联谊会。这简朴而浓郁的气氛,使各路战友不无沉浸在无比兴奋之中。会议,由马明勤会长主持,副会长致欢迎词,原宣传队各组及各省市战友代表相继发言;杜若渠代表上海老兵讲话,他笑容可掬的话语,博得大家阵阵鼓掌。一时间,歌声、掌声、欢乐声,声声入耳;真情、热情、战友情,情情入心;汇成了具有铁道兵本色和特质的热烈场面,共叙友情的气氛久久不能平静。正所谓,各路老兵昨天相遇修筑成昆线,今天相逢举杯曲靖城,这种经过生死考验及老战友的特殊相会,深深地铭刻在每一位与会老兵的心际。

## 久别重逢

当年风华正茂的 21 团宣传队缪发谦队长，时隔四十余年，而今已是七十多岁的白发老翁，且患有中风偏瘫后遗症，行动非常吃力。聚餐是日，众多战友到其府上拜望，彼此友谊拉近了队长与队员的距离。会见后，战友们将老队长搀扶下楼梯候车。期间，朱必正见队长久站不住，迅即借来一把椅子让老队长稍坐，队友们就像照顾自己亲人似的敬重缪队长。鉴于缪队长夫妇的热情与厚爱，专门盛情设宴款待各地老兵，大家频频兴杯，共叙友情；席间，美渺的歌声，优美的舞姿，不时将宴会气氛推向高潮。此情此景，令人难忘。大家迸发出强烈的愿望：一是祝福缪队长夫妇身体安康，家庭幸福；二是祝愿四十多年后的宣传队员更加精力旺盛，艺术高超，充满新的活力；三是祝颂各位战友相会虽短，但经过战斗洗礼的手足之情天长地久、血脉相连；也像奔驰的高铁列车，缔结着歌舞和纯情奔向远方。餐毕，战友们用车送缪队长到家里，姜宝根独自上前将缪队长缓缓地背在身后上楼房，安顿其坐下才放心，与缪队长依依不舍地话别。

## 时空对话

此次追思英烈的主题活动，就是深切缅怀先烈，追寻信仰力量。米易县革命烈士陵园坐落在老县城（师部）铁建路的山坡上，陵园前有一块大广场，陵园后安放烈士墓地，广场左侧设有一个小型纪念馆。11 日中午时分，各路战友列队伫立在陵前临时搭建的祭台前，献上花圈、摆上贡品、点上心烛；朱必正细心地拿出一包软壳中华牌香烟逐支点燃，在庄严肃穆的气氛中举行了简朴又庄重的祭祀仪式。当年，先烈们在修建铁路的打隧道、铺轨、架桥中流淌着你们的热血，有 204 名战友献出了自己宝贵的生命，祈愿英烈眠而永生。此次特殊的时空对话，既是一种生命深处的眷恋，也是心中恒久永远的怀念。在无愧无悔的岁月里，我们曾经当过铁道兵，富有同生死、共患难的经历，恰巧亦是共筑成昆线把我们东西南北的战友生命的机缘紧紧地绑在一起所在。它珍藏着老兵们许多挥之不去的情愫故事，积淀和承载着昨日创业的艰苦历史和今天发展的璀璨名片。

## 米易巨变

　　米易——四川省卫生城市。2015年5月1日，中央电视台专门拍摄了篇名为《美丽中国——米易篇》大型电视专题片，演绎该县具有综合经济发展的魅力，现正在打造一座国家级新型生态的袖珍旅游城市。当地老百姓告诉我们，米易人对铁道兵特别有感情，并视修建铁路为当地经济发展的脊梁，誉不绝口。过去穷山恶水的土地，时序变迁，如今赏不尽、看不尽、回味无穷。我们老兵均被这山美水美生态美知名度的韵致所折服、所感动、所震撼。变数见证，百闻不如一见，米易巨变，老兵陶醉。这天中午，各地老兵在米易江边漫步，我顺便向山东籍老兵王均友、郁红光询问："我寻找了42年的山东老兵白如法、刘彦福等，你们认得哦？！"老兵即答："我们都是老乡，彼此都有往来。"一下子帮我找到了两位山东籍老兵。当天下午，我拨通了刘彦福手机，与他通了电话，彼此格外兴奋；他根本没有想到，我在米易故土能找到离别42年的同班战友，这也许是天意所赐吧！缕缕情思，竟让我久久追寻，寻找着一份往昔的安祥与温情，搁浅在素笺墨香之中，值得一世留恋。

## 舒心畅游

　　9日下午，我们从曲靖乘大巴到陆良，畅游彩色沙林。10日上午游览石林风景区。午后乘车至攀枝花市。11日下午一时半许，我们全体老兵又乘大巴来到丙谷镇铁路旧址参观。我们爬上路基石墩，站在钢轨上瞭望四周，觉得眼前这幅风景画十分亲切，那熟悉的路基仿佛在诉说："老兵，你们辛苦了。"其间，不期而至，远处一辆货车戛然轰鸣，呼啸而过，就好像在欢迎并接受老兵们的正规检阅。大家格外兴奋，相互拍照，铭记历史，留下印记。随后，我们又驱车来到攀枝花三线建筑博物馆参观，馆名由中央老首长宋平题词。12日至17日，我们浏览丽江、香格里拉、远眺长江第一湾、畅游虎跳峡、克宗古城、船游洱海、赏大理三塔及古城、逛昆明。途中的车厢里，我们的歌声、掌声、扑克声、说笑声此起彼伏，那舒心而悠闲的心绪随车沿着雪山、密林、田野、河畔、高速公路而舒心地远去。若你要问我，此次军旅游得怎样？我们会说："安逸"；要得怎样？我们会答："要得"。这趟非常舒心的军旅太富有诗情画意了。如果用一字来概括军旅收获的话？我们都说："爽"。人生短暂，十天的军旅结束了，我们一行18日又乘飞机回沪。

此次军旅，它给我们老兵所目睹、所领悟、所启迪、所思考、所倾心、所交流、所共鸣、所收获的东西实在太多、太真、太美、太丰厚、太宝贵。我们老兵一辈子都会铭记并收藏今年 2015 年 4 月 8 日至 18 日这段特别难忘的军旅之恋。希冀 2019 年纪念光荣 50 周年之际，我们战友有缘再次相聚在最美的——攀枝花市。

# 追思"成昆"英烈

九省市铁道兵五师退伍转业老兵赴川凭吊热血铸就成昆线英烈的祭文如下。

（三鞠躬）

九泉之下亲密的英烈们：

碧血丹心铸"成昆"，追思英烈情为魂。今天是 2015 年 4 月 11 日（农历二月二十三），我们九省市铁五师退伍转业 36 位老兵怀着十分沉重的心情为梦而行，并代表九省市因故来能前来的所有老战友专程来到阔别四十多年的西陲钢城——攀枝花。昨夜，刚踏上这片神秘而秀丽的热土，我们就思绪万千，心潮起伏；顿时，往年许多难忘的记忆浮现在我们的眼前。现在，我们以普通老兵的名义，并用极其简朴的祭祀仪式，定格在米易县革命烈士陵园，凭吊不该被遗忘的先烈，寄托我们的哀思。此次凭吊英烈主题活动的目的，就是要践行深切缅怀先烈精神，千里追寻信仰力量的夙愿。

一生最美是军旅。46 年前，我们这批十七八岁左右的新兵与来自五湖四海的老战友有缘汇集到成昆线渡口支线一起战天斗地筑铁路、献青春的情致，至今历历在目。历经多年浴血奋战，终于在 1970 年 7 月 1 日建成了世间罕见地质结构最复杂乃至中国铁路史上难度最大的工程（除以后所建的青藏铁路以外）西南大动脉成昆线的全线贯通。透视陵园一隅，曾记得整条成昆线 1100 公里，平均建一公里铁路就有一人捐躯，屡屡从未谋面的英名，足见其血染风采，令人敬仰，催人追思。随着岁月的流逝，我们大家思念之情与日俱增。如今，我们深切地感到，没有英烈的满腔热血和无私奉献，就没有我们今天的安定和繁荣。你们每位英烈就是我军铁道兵中最为杰出的精英和我们心中的巍巍丰碑。此次凭吊活动，旨在激发我们把英烈们不朽的精神永远地、深深地珍藏在心底，深刻铭记当年那种铁道卫士的光荣牺牲与庄重尊严，以此转化为我们退伍转业老兵在新常态下的新活力。为纪念史无前例的成昆线伟大工程，曾由王树文、杨志谦、朱玉成设计，北京工艺美术厂160位工艺师匠心制作，用8支象牙雕塑一尊迷你版（1.1米×1.95米）雕塑艺术作品，通过"散点透视"和"焦点透视"相结合的手法，将成昆铁路壮美风光浓缩于雕塑艺术作品，生动、鲜活地再现了当年筑路可歌可泣的伟大场景，至今置放在联合国纽约总部，供世人永久纪念。

纵观我国铁路发展史，如今我们已跨入了高铁时代，这铿锵有力的事实，足以告慰那些长眠在寂静幽谷九泉之下先烈的英灵们，祈愿你们长眠而永生。我们生者在祭拜先烈的同时，更要紧跟高铁时代的列车，继续滚滚向前行动，关注信仰、修为、抗衰等方面多下功夫；我们趁弥坚之际，向先烈英灵们学习，尽情地书写"大千世界任我游，岁月精彩即人生"的篇章。献上一枝圣洁的鲜花，点上一支小小的香烛，深表我们的敬意与追思。与此同时，衷心地祝愿各位退伍转业老兵们让梦喝彩、信念光彩、体魄神采、家庭风采、岁月精彩！

继承是最好的纪念。借此机会，我们感谢苍天、感谢大地、感谢自然、感谢时间、感谢时代、感谢生命、感谢始祖、感谢祖国、感谢父母、感谢党与部队、感谢英烈、感谢大家！世上只有妈妈好，人间唯有战友亲。最后遥祝：天路英烈万古流芳！

## 春潮烂漫木棉红

在我的人生之旅中，掰指数来，足足有三个春天是在攀枝花市度过的。1969年初春，我随接兵部队风尘仆仆来到素有"七户人家，一棵攀枝花树"之称的渡口市（原名）这块杳无人烟的山城安营扎，开始了我的军旅之恋。那里巍巍峻岭中却贮藏达数亿吨的钒钛磁铁巨型矿藏，我有幸成了十万大军日夜建设攀枝花钢城的一兵。当年春天，一树橙红，椭圆形的蒴果，如喷如倾，昂首挺胸，宛如一把巨伞高高耸立，随风向我们挥手。

攀枝花，也叫木棉花。它可远观亦可近玩焉。生得高大，枝又平直，红彤彤的花朵，却看不到树叶，缀着一个又一个花蕾，映红了我们的脸蛋，像燃烧的一支火炬，花谢后才生叶子，会结棉絮，变成树上的棉花，絮质地柔软，是古代中国的重要织衣材料。它还是一剂解毒清热、驱寒去湿的良药，亦可煮粥或煲汤。正所谓，远看时仿佛男士宽厚的臂膀，也有雄性荷尔蒙的气息；近看时那五片拥有强劲曲线的花瓣，情深意切，猩红迷人，似血如烛若艳霞。又曰"盼子花"。传说，一位母亲盼她奔赴沙场的儿子归来，在山崖上站成了一棵树。那都是血滴的期盼，了无归期，一棵古老的树，遥望着无际。故又称"英雄花"，就像英雄的鲜血。嫣红，却不张扬；滴血，都又默然，年复一年在最美四月展现自己，始终无视权贵又不谐蜂蝶的傲然正气，把根深深地扎根泥土，而以卓尔不群的风骨，将生命在春天里活色生香。

五十年风雨，五十度春秋，那些柔风细雨，恰如春雨江南。她与人是一样的，有些地方你去过很多次，但总不能给你留下什么印象；有些地方只需去一次，会勾起大脑的兴致，带你回到往昔英姿勃发的时空，给你留下终身的记忆。攀枝花市便属于后一种。久盼的木棉花，时隔46年的春天，当我再度踏这块军旅的热土，旧步闲庭，处处别情，又见木棉透红的时候，透出的浪漫殷红、殷红，展现婀娜身姿，正在用它独有高洁，高傲蔑视一切花卉，渲染着整座山城的静美。是啊！多么诱人的春天气息呀！原是花品即人品也，半是温柔半是风，一生从容一生花。让执着的春风荡涤情怀，我们无法留住攀枝花市的春天，却值得一世留恋春潮烂漫的木棉花。

# 不散的军魂

1969年3月10日,我告别熟悉的石库门,乘坐南下的篷车军列至云南一平浪站,再搭乘解放牌军车,抵达四川省米易县丙谷(一枝山隧道沿线)——素有"七户人家一棵树"的荒芜村寨。

记得最苦最累的活,上海籍战友陈尚怀总是抢在前头。在烈日下,他扛着七十多公斤的角钢,一趟又一趟地蜗行在崎岖的山路上,肩肿了,咬着牙,却不吱声,埋头苦干;或是推着装满水泥浆的小斗车连续十多小时往返操作。住在帐篷里,摸什么都是滚烫的。夏季金沙江水呈淡咖啡色,望"水"兴叹,只得在山腰间水田里找水洗漱。他不苟言语,只会闷头干,为的是要真正改变别人对上海兵不会干活又怕吃苦的偏见。

一个夏天的夜晚,突然起了狂风暴雨,上海籍老兵王建华与3班战士们在道工。这时;意外发生了:一条巨蟒迅疾前行,纵身一跃,忽飞了起来。大家目瞪口呆地望着这一景象。好险!老兵忙捡起棍子,以防不测。紧接着,一声惊雷劈在了巨蟒的身上,巨蟒翻身挣扎,缠绕在隧道口顶端的树杈上,正好蛇头悬挂在洞口上方。大伙儿费尽力气将巨蟒拉下,将它扔进石堆场谷底。这个场景;反映出战士们不仅要经受艰苦工作的考验,还要练就与大自然恶劣环境考验的胆量。

在"气死猴子吓死鹰"的悬崖峭壁上凿洞架桥,隧道掘进进度双口平均月成洞213米,单口成洞最高达400米。一踏进上二下道坑隧道,大量风尘扑面而来,眼都睁不开;鼻腔满粉尘,极易造成矽肺病。桩子面风枪手打好眼,这八十多斤重的大风枪,两个副手在左右扶撑着,风枪的钻头强烈地旋转着、震动着,一寸一寸地向着坚硬的岩层掘进。风枪手手臂被震得发麻,耳朵被震得什么也听不见。有时风枪头撑正钻头被石层突然卡住,还得把它重新弄出来再打。最可怕的是钻孔水涌出,竟会把人跟风枪都冲出去好几米。接着,装炸药、雷管,弄点火引爆;

爆破后，用巨型排风机吸弥漫粉尘，将炸碎石块装上人力翻斗车运出洞外。接下来，测量工就要在洞内上道坑标准位置，一个吊锥球线，一个用手电筒对着中心线，让经纬仪测量到位，水平仪控高到位；之后，木工班要将左右两个600斤的半弓形支撑顶对接并固定支撑，铺上模型板，灌烧混凝土，揭固填密，有序掘进。

当时，打桥墩及配套工程机械相对落后，测量班的任务是负责桥基及桥墩的纵横方及水平测量。有时，我会带上测量工具，乘上滑轮下斗车到桥墩上，精心做好精准定位，并标上红漆示意。

记得有一次突发意外，我从几十米高度的桥顶处6至7平方米平台完成桥墩测量，拿上测量工具，从一部自制木扶梯歪歪扭扭、一格一格往下爬，谁知突然间，在半山腰踏脚木头断裂，一脚踩空，幸好我反应快，急忙双手死攥住扶梯扶手，手脚剧烈晃动，全身悬空，失去平衡，魂不守舍，冒出一身冷汗。其时，向上看是蔚蓝色天光，向下看是黑幽幽不见底的山谷，向远看是弯弯曲曲的金沙江。这个特写镜头现在回想起来，的确又惊又喜。或许此刻老天保佑，我稍静定呼吸，硬是咬咬牙，继续由半山腰间一步一缓地爬下扶梯至地面，化险为夷。在场的战友亦被这有惊无险一幕所感动。

刊于2021年7月24日《新民晚报》(夜光杯)

# 两张纪念封

近日，我不经意间翻到两张纪念封，何其幸甚。仔细一看邮戳，原来正是 32 年前的 7 月 27 日，承蒙原《新民晚报》编辑周骏抬爱，我有幸在"郑辛遥潘顺祺幽默画展"上海揭幕现场喜获沪上两位漫画家的签名纪念封。现在这两张纪念封，虽已有些淡淡泛黄，却愈看愈有趣味。有道曰：画如其人。翌日，漫画家潘顺祺还特意将此次"幽默画展"的一张纪念封钤盖画展红印和邮戳寄至：建国中路 22 号，卢湾公安分局王耀明先生。右下方由潘顺祺和郑辛遥亲笔签名，这种机遇可遇不可求呀！

记得有一次，周骏诚邀我和潘顺祺三人在艺术沙龙清欢。时任《现代家庭》《为了孩子》等杂志主编的潘顺祺先生创作和事务繁忙，如期而至。我又一次见到漫画家潘顺祺，身材魁梧、浓眉乌发、谦逊恭谨、幽默风趣，一派绅士气质，令人难忘。我先打开话匣子叽里呱啦说我从小就是阅览丰子恺、张乐平、方成等漫画家作品长大的。这些漫画大师和你一样画功出众、造诣极高且性情纯真，最爱童趣的天花板。潘顺祺则侃侃而谈道，漫画对于我们开启心悟是个捷径，既可以放松身心，缓解压力；又有利于培养阅读兴趣和爱好；与人们平常喜怒哀乐的生活息息相关。我顺着他的话题，例举《郑辛遥画张乐平》和《潘顺祺画张乐平》之映景比较，虽然两位画家的神态各异，却都有信手拈来、异曲同工之精妙。牵线人周骏笑着为之频频称道。分别时，潘顺祺又将他的作品集《奇思妙想》一书签名后赠送给我留念。此次漫画沙龙，历久弥香。

嗣后，仍有一个漫画故事，让我记忆犹新。我曾看到原《新民晚报》资深记者李坚就在潘顺祺和郑辛遥两位幽默画展不久，对他俩作了一次不无幽默的采访，并请两位漫画家抓阄。幽默是天生的吗？五张牌子，郑辛遥抓了一张。他说，他现在对中国古代的哲学十分感兴趣。根据"中庸之道"，当取这一张。不谋而合的是，在完全不知晓的情况下，也是在五张牌里面取其一，潘顺祺抓出的牌子也是同一个问题。可见，幽默同样需要齐备与众不同的奇特功效，这显然不是天生的，而是后天培养的。

## 不忘初心　尽心履职

1973年4月，我从部队退伍，到上海市公安机关当新兵。回想我在刚刚分配作民警工作时，曾有过一段思想斗争过程。那时候，由于我过多地考虑了个人利益，认为脱下军装当工人，有技术，工资福利条件也不错。不料，接到的通知书是分配到公安部门工作，真有点意外，我的第一个反应，就是"拖"，迟迟不去公安局报到。见此不行，就是采取第二个办法，就是去"求"，要求公安局领导"放"我到企业当工人。由于"拖"、"求"不行，思想上很苦闷。后来，在分局领导、派出所支部以及老同志热诚谈心，认真学习毛主席"发扬革命传统，争取更大光荣"的谆谆教导，才逐渐地弄通了思想，端正了态度，并在工作中不断地增强对民警工作的光荣感和责任感。常年工作，从警生涯，始于足下，贵在实干，使命如盘。

此后，我调到原闸北公安分局政治处曾任宣传干事兼团委书记7年，亦是上海电视台首届通讯员。由于新闻报道事宜与该台责任编辑劳有林、漆启泰、政法记者朱黔生、郭大康等关系甚好；也由于文博爱好之缘，又相识时任该台的资深记者祁鸣老师（是中国第一代电视工作者、摄影专家），祁鸣老师每次办展我都到场观赏，汲取艺术养分。由此，与年长而儒雅的祁鸣老师结下了深厚的情谊。之后，还与《学林出版社》资深编辑徐智明、《人民警察》杂志资深编辑、作家陈士铺、宗廷沼、倪辉祥、《解放日报》政法记者邱怀友、吴文骥、《青年报》记者计承德、《新民晚报》记者虞继光、周骏、钱勤发、《上海法治报》沈栖、《上海商报》沈全梅、上海人民广播电台经济台主持人刘文仪、丁文元、主持人（编辑）倪正阳（阳阳）等均有工作交流及提供撰写文稿，通过不间断的互动，彼此之间亦增进了交往与友谊。

我是一名普通的人民警察。我深爱这份神圣的职业，虽然平凡无华，耀而无光，但是面对自己所做的每份工作，精心地演绎好业内的每个角色，致力做一位忠诚如铁、公正如山、奉献如牛、廉明如镜、心系百姓安危的守护神。忠诚是警魂，公正是灵魂，服务是宗旨，奉献是天职。人民公安，国之重器；国家安危，系于心胸。其实，警察和普通人一样，有血有肉，有喜怒哀乐。但是，警察又与普通人最大的不同；一旦临危之际，无私奉献乃是人民警察核心价值观的重要体现，可以毫不犹豫地献出自己的一切，甚至宝贵的生命，这就是人民警察的魅力之所在。

公安事业山高水长，任重道远。上海知名作家陈村曾写道："警察数量的增加，警察工作的繁忙并不是一个社会的理想状态，这是一种被动的反应。既然有渐渐上升的犯罪率，这样的结果便无可避免。发案就要破案，破案的最终目的就是为了遏制犯罪的势头。"近40年从警生涯，我在执法中历练本领，在思想中升华信仰，在反思中领悟智慧；并自觉而牢固地锁定警察生命的律动，以致融进具有警察素养和从警内涵的每天警务序列之中，同时，又能热情而有序、稳健而泰然地行进在闪耀着蓝盾光芒的警业路上，以自己的品格和勤奋激情诠释人民公安为人民的主旋律，没有愧疚和遗憾。

# 神秘"394"

每当我漫步在梧桐树下的建国西路、岳阳路附近，总会被那里最佳的地段所吸引，幽静的岳阳路 145 号原是宋子文故居，后为市委老干部局；150 号白色洋楼为白崇禧故居，人称"白公馆"。两旁形态各异的极品老洋房，尖翘的屋顶、绿荫覆盖的门，隐匿于复古建筑风情，让我驻足凝视这尊耸立于街心花园的俄国伟大作家、诗人普希金的雕像，年仅 38 岁，竟用写诗的手拿起枪走上决斗场……他高贵的尊严，让人垂泪与敬仰。在十字路口，无疑使人能从这里寻找出历史感和文化感。提起 394，凡是老公安都晓得原是上海市公安局总部所在地，即建国西路 394 号。这幢公寓大楼，以前是法国太子公寓，1935 年建共九层，高矗挺拔，结构庄重，房间宽敞明亮，冬暖夏凉，一部旧式小型电梯直通顶层，楼前是个大花园，雪松草坪错落有致，东侧一层是食堂，二楼是可以容纳二百多人的礼堂，有舞台和放映设备，礼堂的南部是一排车库，楼上是司机的住房，布局恬静而严谨。公寓楼四周都是低矮的花园。这高宅深院，初来乍见，颇有神秘的敬畏感，但熟悉其特性的使用者自然会有一种温馨的亲切感，久居之后，更感到和谐宽松。

1984 年 6 月，我由原闸北公安分局政治处调到这幢市公安局总部 304 室办公。其时，我家住在西藏路桥附近的苏州河畔，每天骑自行车上下班，犹如乡下人进城，从石库门民居途径繁华的南京西路、延安中路、建国西路走进 394 大门，又走进小门 304 室。柚木地板，配以精制钢窗，显得尤为气派。同事有陆海臣、周文娟（内勤）、谢鸿才等。时夏，我有幸配发到在我警旅生涯中警服衣料最为高级的一套凡立丁春秋装和一套马裤呢冬装以及一件草绿色的公安呢大衣。对我而言，工作由原政宣部门转到组织人事部门、工作层面、工作内容、工作目标全然不同，严格地说："394"即"人体心脏部位"。即核心之核心。4 年里，我边学边干，逐步掌握了工作的一般规律，尤其在注重干部人事原始材料的基础上，更关注干部的现实表现及工作实绩，像弹钢琴似的掌握音符与键盘，富有节奏和活力的开展工作，使本来枯燥而神秘的工作，趋于正确性、公正性、科学性。有一次，原市公安局政治部秘书处处长凌荣生对我说："小王，你到这里办公，这份工作很重要，不是一般的人都可以来的。"这番话，无疑是对我巨大的鼓舞和鞭策。我的工作思路是：阅档仔细、仔细、再仔细；对话谨慎、谨慎、再谨慎；考核正确、正确、再正确。致力使每一份干部档案考核表述正确，材料鲜活，当好"二传手"，"小伯乐"。随时为局领导决策，选好人用好人严格地把好这道关。任免科旁边就是市公安局政治部韩锡清主任的大办公室。韩主任系山东人，既威严、又慈祥，颇受部下敬佩。他走起路来一瘸一拐很费力，事后才知道70年代遭受迫害，跳楼摔断了腿所致。他对工作极端认真负责，偶有机会，他亦带着我们一同下基层调查考核。与他同车聊天，他总是和蔼可亲，又愉悦又轻松，不愧为市公安局干部人事管理部门的好当家。有一次聚餐，在欣喜而激动的时刻，他老泪纵横；仿佛在诉说人生的痛苦，山东人豪爽大气的风格蓦然倾泻无遗，在场同仁亦感同身受。敬重是一种连接人与人之间的纽带。据说当年老韩下放到上海市服装公司劳动，他与该公司原保卫科科长王志麟关系甚好。有一会，我和王志麟来到岳阳路老韩府上看望老领导，他如数家珍，激动不已，一下子就拉近了距离，给人留下了其身居高位，大度谦和，亲民务实的良好印象。离休前，韩主任出国去朝鲜访问，归来时，他带回了朝鲜的糖果让大家分享，还解释道："那儿现在买糖还要凭票。这是朝鲜人民特殊照顾我们，没凭票买来的水果糖。"原来是出口转内销的山东高粱饴而已，乐得大家捧腹大笑。

　　当时，这幢楼大门两侧是竹篱笆黑漆围墙，大门口有警卫值守，我们骑自行车的同志都会自动下车推车进去，轿车进出都打铃声，显得很静很严。那时，原市公安局老局长王鉴还在楼内有办公室，原市公安局老副局长杨光池亦常串门，局长李晓航，东北人，我们吃饭时偶有相见。这位局里"一号"领导，照样与其他局领导一样排队就餐，从不优先买菜；这事极小，但折射出领导们的品行与人格，根本没有高低、悬殊等级之分，这就是榜样的力量是无穷的。有时，李局长饭后亦会常到各办公室串门，在场娱乐气氛顿时活跃起来。他或"指手画脚"，或助兴点评，或朗声大笑，干警与领导没有距离感，十分融洽，亦增进了上下级之间的感情交流。当时食堂里吃饭流传着一个经典的笑话。有一次，崔路副局长拿着白瓷大碗来到队伍前向买饭窗口里面张望，排在队伍后面的人突然严厉的说："不要插档！到后面排队去！"崔局长听罢一愣，回过头看了一下，只见有位瘦个子瞪着眼睛大声嚷道："怎么啦，不认识我啊，我是政治部的陈镇江。"其实，崔局长怎么会不认识这位大名鼎鼎的陈镇江呢？他是反特影片《斗熊》的编剧之一，是公安局的作家和秀才。崔局长当即和气地解释说："我没有插队，我是看看有什么菜。"说罢便尴尬地来到队伍后排起了队。尽管这是"书呆子"指责局长的一个小插曲，但从另外一个侧面也反映了那时的官员和同仁颇为平等，没有什么特殊。

  记得我离别这幢楼前，原市公安局政治部干部处处长胡宝银找我谈话，印象很深。我还记得是这样对胡处长讲的：一是感谢组织的培养，此工作至关重要，务必为局领导选好干部把好这道关；二是你心脏病要当心，务必多多保重；三是我坚决服从组织调动到卢湾公安分局工作。三十余年过去了，现在回忆"394"，它虽无号牌，但显神威与魅力，为上海的安宁，曾发出一道道指令，无疑是保护人民、克敌制胜的司令部，令人十分难忘，十分留恋。

# 擎剑护浦东

早在一百多年前，孙中山先生就设想在浦东建立一个"东方大港"，这个美梦却成了泡影。那么，这块土地什么因素促成其慢慢地苏醒的呢？！从史学角度来看，远可以追溯到汉朝中后期的西域三十六国之一的"精绝古国"。据考古资料表明：1995年10月，中日联合考察队在新疆尼雅古城（今和田地区民丰县尼雅遗址）一处古墓中发现的汉代蜀地织锦护臂，臂鞲（gōu）是古人狩猎时系在臂上用以护臂驾鹰，置于手臂之上的一种套袖。精绝护臂（长18.5厘米，宽12.5厘米）圆角长方形，白绢缘边各缀三条黄绢系带。锦为五色纹经锦，图案为变形云纹及星级、孔雀、仙鹤、辟邪、白虎等，专家称之为"云气动物纹"。护腕上赫然织着八个缪篆体文字："五星出东方利中国。"这是介于隶书和篆书之间的一种字体，在西汉魏晋时期非常流行。织锦质地厚宽，纹样瑰丽流畅；"五星锦"只有手掌大小，但它所承载的信息量非常大。古人惊世预言："五星"指太白星（金星）、岁星（木星）、辰星（水星）、荧惑星（火星）、填星（土星）。只要"五星皆从辰星而聚于一舍"，其所含之国就可以法致天下。五色的"青赤黄白黑"分别与"五星"的太白星、岁星、辰星、荧惑星、填星"一一相应"。这非谶纬迷信，而是"五星"被赋予的新内涵。古人能在一块方寸不大的织锦上把阴阳五行学说，表现得如此淋漓尽酣畅，实属罕见，现藏于新疆博物馆，为国家一级文物，被誉为20世纪中国考古学最伟大的发现之一。天地回转，日月流逝，五星难以聚合，意蕴神奇。疑是神仙下凡来，千载难逢，得天时地利人和的强劲助力，随着改革大潮的涌动，浦东迎来最好的历史发展机遇，一幅"当代清明上河图"的历史画卷正在古老东方徐徐拉开……事实雄辩证明，华夏振兴，浦东必兴。

历史是一面镜子。遥看上海浦东发展历史，你就会发现我们祖先留下的许多印记。如果没有战国四公子之一的楚国令尹相国春申君黄歇诸封吴地（今苏州一带）兴修水利；那有供奉城隍神及繁荣兴旺"申城"的美名与根脉。水者，天地之血也。血贵周流而不凝滞。如果没有明代水利专家叶宗行废弃吴淞旧河道，拓宽"黄浦"疏浚分流，"以浦代淞"的宏大举措；那有孕育黄浦江"母亲河"东西一对"双胞胎"，即浦西和浦东，延续下去，源远脉脉。如果没有明朝大文豪陆深和他的夫人梅氏深厚的文脉根基，或如此慷慨护墙的悉心恩惠；哪有今天"花园石桥"一带久远闻名遗址"陆家嘴"大名鼎鼎的地名。与其说昔日农舍星星点点，田埂坑坑洼洼；不如说浦东人杰地灵，古今人文璀璨。

相传，三国时期的一座家庙，是东吴孙权专门为其母敬香祈福的庙宇，至今仍是奉行道教财神赵公明元帅的浦东源深路《钦赐仰殿》。"上海市古树名木第0002号"的一棵宋代千年古银杏，被称为上海的"树后"，高20米、树围6.4米、冠径17.1米，"千年银杏证道性，菩萨万世悟禅机"，至今傲立了惠南镇福泉寺内。川沙，老浦东称它为北沙，而把南汇新场古镇称为南沙。由于长江的流沙受海潮的顶托而在此沉积，形成一个个沙洲，逐渐连片成陆地，故取名川沙。它自1912年立县至1992年撤销，存81年。

浦东因水而建，因水而兴。原先这块很不起眼的农田，幽静地在黄浦江东岸沉睡了几千年；始终保留了"日出而作，日落而息"的田园生活气场，哪里会想到如此好睡的土地猛然间快要苏醒了；也像闭月羞花的修女，不愿意撩开一层层天生丽质的神秘面纱，裹得紧身而古朴；唯有天赐良机，她才会"粉墨登场"，方显婀娜多姿、楚楚动人的芳华。如今，浦东大地伴随改革开放应运而生，30年翻天覆地的巨变，举世瞩目；它发展之快之强之高之美，乃是我们的祖先、前辈、浦东人、上海人、中国人以至不同肤色的外国人都不可思议的。

30年前，浦东还是阡陌纵横、荒凉贫瘠、煤屑小路；乡间农耕，炊烟袅袅；在1978年以前，农村一个人民公社，派驻一名"公安特派员"，具体负责辖区的治安和户籍管理，村民生活平静；那时，老浦东曾有这番描述：侬浦东，"风光勿旖旎，空气蛮新鲜"。在我记忆之中，勾起了几件往事，至今历历在目。炎炎夏日，正是孩子的天堂。童年，我与小伙伴一起乘摆渡船到东昌路江边滩涂，趁退潮时分，圈起裤脚，一脚深一脚浅，在淤泥里提小螃蟹、小鱼虾；很怪，小动物好像就正在等待我们一样，时不时地被我捉了一只又一只。聪明的小动物，往往躲藏在石头底层，我用手把石头捂严，猛地一扣，又捉到一只小螃蟹。不过，我又把它们重新放回浦江，毕竟那水里才是它们的家呀！

有一次，父母带上我与大姐和二姐一起到远房亲戚"浦东阿奶"东沟农舍小住，那时的农村景象，正如诗人杜甫《杜诗绝句》诗曰："舍下笋穿壁，庭中藤刺檐。地晴丝冉冉，江白草纤纤"。好一派雨后的早晨田园水汽氤氲、富庶闲适的生活气息。在这里，摆脱都市的喧嚣，空间显得大而不空，厚而不重，沉静中尽展轻松关逸舒朗；生活本源，回归自然、回归田野、回归天性。夜幕悠然降临，碧空一片寂静，自来一抹清雅韵味，我边慢慢地合上了双眼，让人觉得极为惬意，静享美好。最馋的是，吃到田里刚砍下的新鲜甜芦粟、野田鸡、毛豆、瓜果等。

我永远不会忘记童年的甜芦粟，那是大小和孩子们心中的偶像，也是我的最爱。在烈日下，碧翠的新叶渐渐墨绿，叶子渐渐加厚，变得柔中含刚。那碧绿秸秆，格外挺拔，一节一节青汁碧透，青壳内则包裹着青莹碧透的果肉，果心呈有小红点，最上方有穗。轩来根甜芦粟，拗下一节，撕去皮，嚼一口，松脆甜润，汁水四溢，爽口、解渴、健脾、消积、通气、一直甜到心里。记得，我还会拿根甜芦粟做成一盏灯笼，其虽粗陋，但足以让那时的小孩脸上写满了笑容。然而，小时候吃它没少遭罪，不是嘴划破就是手割破。无奈之时，我会用指甲刮些甜芦粟秆皮上的白色粉末涂抹于伤口，止血效果非常好。故川沙一带的老人说：芦粟打成墙，郎中避开走。于是人们会将甜芦粟掐头去尾，斩成二三段，随吃随取。偶有想起，那水灵灵般清甜的味道，似乎仍在唇齿之间。最乐趣的是，我在大灶头边拿着夹火钳烧柴草，堂火映红了脸颊，坐在小木凳上脚不想挪开一步。老阿奶说，灶堂要自家掌握得当，火焰噌噌直冒，火苗才能舔到每一个锅罐。我放进一把一把干瘪毛豆壳、"花棋柴"、那种哗哗剥剥地燃烧声，此起彼伏，饭菜烧好，香气扑鼻，锅巴色泽诱人，吃一口嘎嘣脆，好吃极了。"人要实，火要虚。"没有充分燃烧的烟雾，烟囱口冒出的浓烟、黑烟；充分燃烧过的，飘到房顶上，软烟袅袅，很淡很淡，像幅水墨画。最靓丽的风景线，是浦东农妇和儿童系"肚兜"，没有袖子，没有后幅，形状菱形，下面倒三角；材料一般以棉、丝居多，绣有鸳鸯戏莲、各种花鸟图案，上端的两根带子套在脖颈上，左右端的带子束于腰后，应景时髦，煞是好看。最难忘的是，我与家人乘过浦东米轨小火车，那蒸汽机头带上4节至6节车厢，从庆宁寺到南汇祝桥镇，约35公里；车头前下沿置放一只大型充气轮胎，以防不测；运行中，咣当咣当，汽笛长鸣，久久地在耳边回荡……

我每一次和浦东的接触，都是人生一段一段的开端；我走过的每一步，都在大地上留下脚印，那是我生命的曙光；我用双脚丈量浦东，热土回赠我的思念；我用足迹叩问大地，浦东也许由我的脚印起始。

人生就像打电话，不是你先挂，就是我先挂。我清晰地记得1991年金秋，时任南汇县公安局李世明局长诚邀卢湾同仁到南汇品尝时令晚桃。那天，我们一辆车上正好是"四王"。正是局长王午鼎、区长顾问王明诚（原市公安局副局长）、治安科科长王炳生和我。午餐毕，大家轻松地边散步、边聊天。东道主李局长直率地对王局长说：你同意王耀明调到南汇工作哦？挚友如异体同心。我保证给他一至二年分房与晋升。"这怎么可能呢？！"王局长随口答道。这趟"四王"轻松笑谈，不经意间是铺垫，也许此行与对话，却潜藏了我萌发到浦东工作的初心。果然，两年后的1993年2月15日，我由卢湾公安分局商调浦东公安分局工作。工作重心由浦西转至浦东，是日（星期一），我来到源深路20号，浦东公安分局（筹）临时办公点报到。屈指数来，我成为从卢湾公安分局调到浦东新区公安分局（筹）的第一位干警（警号00023）。那时候，东方明珠、延安东路隧道南线均在建，浦东马路老旧，没有高楼，最高建筑仅是24米高的东昌消防瞭望塔；街景空旷，人员稀少，路边存有残垣的碉堡；我从浦西骑自行车到延安东路轮渡摆渡过江，沿着浦东大道右拐到源深路20号，晴天一身灰，雨天只好圈起裤子踏自行车，全身是泥巴；每天往返于浦西与浦东之间，尽管很累，但心里想到浦东开发，忘掉疲劳，却是乐滋滋的。正如法国思想家孟德斯鸠所说："在困难中才更像一个人。"在这里临时办公点，我与几位干警主要负责全区"110"接处警的联网与运行，协调筹建工作中应急警务；那时，各种警务白手起家，"兵马未到，粮草先行"，暂借浦建路444号（力丰饭店）和浦东大道838号（海运职校）为临时办公地点。由于条件所限，一个分局（筹）分三处办公；然而，最早筹建办是在东昌路借了一间20多平方米的房子，摆了五张办公桌，十几个人挤在一起办公，就那么简单，那么贫困地开始筹建浦东新区公安分局，创业之难，道路崎岖。半年后，我奉命调至筹建上海浦东新区第一个警察署——川沙警察署。

1993年4月28日，踏着浦东新区管委会成立的时代步伐，浦东新区公安局挂牌。这是三区二县划归浦东新区，在东上海奔向明天辉煌的历程中，"东方剑"以它无可抗拒的警威，托起保护神的巨大张力，"亮剑"出鞘，成效凸显。警无民失根，民无警不宁。这支新组建的公安队伍，牢记把人民放在心中最高位置的使命，致力把热血和生命淬炼的"执法为民"情怀融入血液，守护万家灯火，守护浦东安稳；持续开展严厉打击涉黑涉恶涉枪的行动，折射出公安机关为民除恶的决心和力度。今天，当我依恋地离别那熟悉而亲切的警营，回眸警业曾经创下的赫赫战绩，我们不会忘记，一次次正义与邪恶的较量中，我们迎着利刃，迎着枪口，前赴后继，无所畏惧。为了浦东的开放、浦东的发展、浦东的安定、浦东的功能；生，是一堵墙，护卫浦东平安；死，是一座山，震撼世人心灵。由此，我们不得不欣喜万分，自豪地重提当初威震东上海的"三大战役"。

1993年6月至1995年3月，我在川沙警察署谋差，每天开车由浦西于至单位往返80公里，寒暑兼程，无暇顾及川沙名胜古迹"内史第"等，那里的小桥、流水、人家，颇有诗情画意的"华堂映月""德厚春和""凤戏牡丹"等怡静宅院、飞檐翘角、雕花仪门、旖旎多姿的江南风貌；而是一心扑在这方古老而景致的公安改革的试验田上。在物欲横流的当下，经济活动是水、是湖；法律是渠、是堤。循渠水能为用，决堤水便成灾。坚信正义，惩暴除恶，抚弱助困，无所畏惧；辩证处理好正与邪、剑与盾、法与情、疏与驱、布网与破网的关系，淬炼执法素养，镌刻警魂坐标，肩负责任与担当，映照出新时代赋予公安民警坚守初心的精神风貌。

　　短短30年，今天浦东，万商云集，宾客如云，陆家嘴金融圈（区）、上海自贸区、临港自贸区等一片"试验田"雨后春笋，渐渐凸现，数十座直蹿云霄的高楼流光溢彩与你亲切对话，浦江两岸交相辉映，怎么不叫人感慨万千呢？是的，就是这块曾经平庸与寡欢的地块，华丽转身，挺拔矗立，却向世人交出一份为中国、为上海"骄傲"的答卷。假如倒退十年，或二十年，一定以为是在做梦。

　　2002年，俄罗斯麦穗出版社社长米尼可夫第一次到"中华第一楼"金茂大厦时赞叹："真漂亮，上海真漂亮！"他也不是孤陋寡闻之辈，他到美国、瑞士都工作过。但是，当他走进56层咖啡厅却惊愣了一下，感叹摇着头，赶快拿出照相机朝上照相。在沙发上坐下，他说：真难以想象，我们在这样的地方喝咖啡，政治局委员也没有这样的生活。随团多次来沪访问的俄罗斯作家协会外委会主任阿列克对上海东道主原上海作协副主席赵长天和儿童文学家秦文君说：在俄罗斯，没有来过中国的人，对中国的巨变，简直是无法想象的。然而，依照地域情缘之分，黄浦江是镶嵌在浦西和浦东的一条"母亲河"。今天，人们凝望浦东一切辉煌的惊艳蝶变，它正以铿锵有力而富有改革开放的韵律、并以其独特、浑厚、浪漫、抒情、豪迈的生命乐章，奏响新时代腾飞的交响曲，正以浓郁而自豪地气场弥漫在东方的蓝天之下——太阳升起的地方。

　　零点行动是一个"代号"的标记，它标志着浦东警方力保东上海改革开放的利剑已经亮相，历史将记录警方旗开得胜的这一页。自零点行动后，警方相继于1994年6月至7月，再度发起出击，集中精力开展了"地毯行动"；以及以"扫六害"为主线、"禁毒、禁娼、禁黄"的"清风行动"。正由于接连几次震慑行动，使整合后的国家机器的浦东新区公安局，彰显了坚实又强劲的警威，全天候地守护浦东、上海的安宁！诚如原上海市公安局副局长、首任浦东新区公安局局长邹传纪真切地坦言：浦东新区作为一个历史性的大舞台，必然充满着时代潮流与历史陈迹的冲撞，革故鼎新与因循守旧的角逐，科学进步与愚昧落后的挑战。我们公安机关在浦东的大舞台上将承担什么角色呢？应该是：打击犯罪活动的主力军，社会治安秩序的管理者，为民排忧解难的服务员，群防群治的组织者……

回望浦东警务改革历程，宛如仰望群星璀璨的苍穹。为了浦东的明天，为了母亲的微笑，为了大地的丰盈，为了人民的安宁，为了经济的腾飞，广大公安干警心系浦东开发开发宏业，恪尽职守，风雨兼程，团结一心，无私奉献，用职守、智慧、汗水、鲜血乃至生命构筑一道坚如磐石的平安屏障，在撤并试运转的同时，各条各块机构相继成立；创举空前，重任之艰，全局上下，团结一心；在新的起点上，全局干警以"廉洁、高效、公正、优质"为己任，牢记宗旨，履行使命；拓展新思路，探索新课题，破解新难题，夯实新模式，迈出新步伐；就像多情而清丽的浦江音韵、那低音大笛独有的低沉缥缈，宛转悠扬的艺术氛围，演奏出可歌可泣的"平安浦东"依偎恋情的序曲。

你还记得 1989 年的 "7.28" 南国酒家震惊上海的血案吗？五年后，1994 年 6 月 18 日，在夜色笼罩的乡间村落，竟即将发生一起歹徒围殴民警，残暴杀害联防队员的恶性案件，就在一幢尚未成形的楼引发了一起震动浦东、震动上海的大案。

富明初勇斗智斗案犯的故事很多。英雄已逝，我们只能从罪犯的供述中重现正义与邪恶搏斗的那一幕……当时，随着胡某第二波一声"打"，富明初即被严某等 3 名歹徒分割围殴。严某揪住富明初，另两名歹徒便用粗毛竹和玻璃瓶朝富明初猛砸。富明初临危不惧，狠狠地咬住严某的左手中指，痛得严某直叫。严某一伙不放手，硬是拖着富明初五、六米，来到城南三队的一条河塘边。就在这宛如荒无人烟的野外对我联防队员进行施虐。夜色中的凶犯就在无人呵斥、不见人影的悲凉中竟然发生了——富明初被这伙设定好计谋的歹徒拖至河塘边，依旧紧咬着严昌兵的手指不放。终于，这伙歹徒向富明初下毒手。他们拖着富明初，跃下半米高的堤岸，一起冲入河塘边的淤泥中，紧按住富明初的头，死朝淤泥中猛压，富明初几度挣扎了三下，但终因势单力薄，抬不起头，整个脸部埋在淤泥中不动了。当他的嘴松开以后，这伙歹徒感觉富明初已经没命，便慌慌张张地夺路而逃。大约半个时辰以后，川沙警方在河塘里发现富明初的尸体。近处的河面上飘浮着 3 包香烟：红双喜、红塔山、红上海。这 3 包香烟分明是富明初同歹徒激烈搏斗的主证，又浸透着富明初的血泪……

就在呼啸的蜂鸣器划破乡间宁静的夜空时，这 11 个歹徒便四出逃逸。随着抓捕大网旋即拉开，这伙案犯先后在本市及安徽、云南等地悉数归案。

6 月 28 日下午，富明初同志追悼大会在浦东隆重召开。我久久地凝视着富明初的遗像，这个在农村成长的人却像泥土一样朴实而又温度，像泥土一样具有灵性而又内涵。正是这种纯朴的升华，全然不顾一切的释放，才能在最关键时刻豁出性命，将热血倾洒在家乡的热土上，为自己人生画上了一个浦东人徒手勇斗凶犯的正义句号。29年过去，当他的生命和热血化为英魂之后，他没有离去，他的热血仿佛流淌在每个浦东公安干警和全体辅警的心中，依旧眷恋着浦东的那块热土，人们永远呼唤着英魂归来。

《浦东公安史》上写的一段话："浦东公安历史，是一段值得记述而又不易记述的历史。"这个时代，缺的不是完美的人，缺的是心里给出的真心、正义、无畏和同情。原分局指挥中心民警蒋国昌同志外表粗放，工作并不冒尖，但他关键时刻挟着一股警察的精气神，敢亮剑、冲得上、不怯战，心细如针。在我的印象之中，在小蒋的身上至少有两件往事，值得记忆。他以最淳朴情感，映现着人与人之间最真诚最纯正的生死离别之中。其一，记得1994年10月11日中午，浦东新区公安局指挥中心的同志们正在紧张而又有序地进行着"110"警情的分派、处置反馈等工作。此刻，指挥调度台上的内线电话铃声响了"报告指挥中心，我是交警大队值班室的，我们四大队参加杨高路一线警保任务的民警潘波同志被一辆军车突然撞倒，生命垂危！伤者现已送至东方医院抢救，请马上报告区局领导"。蒋国昌同志依照应急预案，拿起电话记录单，迅速跑到当班的李世明副局长办公室报告此事。当即，李副局长拨通后保部处长电话说："拿好现金或带上支票。马上派人到东方医院急诊部"。于是，小蒋拿上联络的"二哥大"手持电台，随李世明副局长驱车冒雨赶至东方医院。

小蒋紧随李副局长来到急救室门外，只见抢救的医师黯然地相继走出急救室，低垂着头，神情肃穆。李副局长听了医生简要报告抢救潘波的过程后，随即与小蒋跑进急救室，只看到护士正在将潘波同志身上的输液管等抢救设备一一撤去。此情此景，真不是滋味。为什么潘波同志竟然倒在车轮下，而今他穿着警用雨衣闭上双眼，却静静地躺在诊疗床上，李副局长良久没有说话。小蒋走近潘波同志身边，发现潘波同志右边耳垂处裂着一道伤口，他即用双手上去捏住它想让伤口闭合，却怎么也合不拢。他噙着泪水，立马要求医生将潘波同志耳垂旁的伤口缝好！然后，小蒋又强忍悲痛将潘波的腿脚摆正，在整理潘波的制服时，发现潘波身着的"三号二型"制服已破损，立马通知后保部门送来新的制服。小蒋噙着泪水用毛巾和酒精棉球，小心翼翼地给潘波同志擦洗身上的血污……紧急着小蒋拨通电话，遂将潘波同志不幸牺牲的消息电告邹传纪局长。（时年潘波同志32岁，他是浦东公安挂牌以来因公牺牲第一人，并被追记二等功。）

其二：1997年5月26日晚，"交通事故，一辆摩托车及骑手被一辆大型散装水泥罐车压在车下。现场处置民警报告：摩托车骑手的工作证显示是我局民警王某"的警讯传到了指挥调度台。"警情就是命令！"原指指挥中心的值班民警蒋国昌迅即将这一情况向当班的局长助理鞠卫峰报告，并随鞠助理驾车赶到事故现场。

当时，这场车祸惨烈，不堪入目。只见卡车车头低垂变形，一辆摩托车卡在了卡车前轮和发动机下面，人与摩托车又绞在一起，卡车头与水泥罐的链接部已凸起，卡车油箱及水泥罐底部封口均已破损。柴油和水泥正在不断地泄漏，漏出来的水泥越堆越高，柴油裹挟着水泥从卡车的底部流向路边。鞠助理向勘查事故的交通民警询问情况，"人还卡在卡车与摩托车之间的车底，车辆严重变形"，"人已经没有生命体征了"。交通民警已通知工程车来现场牵引肇事车辆。这时，为了抢时间先期处置，在旁的小蒋立即向鞠助理请示："我个子小，让我爬进去试试。"蒋国昌同志不顾柴油的滑腻和水泥粉尘的呛鼻，卧下身子，手脚并用爬到卡车底下，在狭窄、黝黑的空隙中先将摩托车车把手松动，用脚蹬开变形的摩托车车轮，将已失去生命体征的民警王某的遗体慢慢地移挪出来，配合交通民警和救护人员，遂将遗体抬上救护车送至上海市第七人民医院。

此时，蒋国昌同志顾不上清理身上的油污和泥浆，又马不停蹄地随鞠助理赶到七院急诊室，协助局领导落实处理相关善后事宜。接着，小蒋又不怕累、不怕脏、用热毛巾一把一把地擦去王某身上的泥浆与血污，并整理好他的衣物，盖好被单，与其他同志一起在这个特殊的场合等候其家属的到来……

事后，指挥中心的同志问起蒋国昌同志："国昌，你做了这些事，你有否感到害怕吗？"蒋国昌同志都直截了当的回答道："都是警察，他们是我的战友，就是我的亲人，我一点儿都不害怕。我只是做了我力所能及的事。换作你，在那样的特殊场合你也会的。让咱兄弟干干净净、体体面面地走，我敬重他们！人生就是一场修心，修的就是一颗心"。每当我追记起这些因公牺牲同事的往事，心里十分哀痛，潸然泪下。

上世纪初，曾有外国人说："整个中国全都是农村，没有城市，如果有话只能是上海。"这是过去的旧镜头。岁月不忘记，从浦东昔日"衔泥筑城"的美丽传说开始，直至1990年4月18日，党心民心警心凝聚到浦东大道141号简陋办公楼前，定格成载入中国史册的难忘一瞬。从此，广为流传的那句"宁要浦西一张床，不要浦东一间房"。以及，被叫做烂泥渡路已经退出人们的视线和历史的舞台……沸腾了上海，沸腾了浦东，它正在长江入海口勇立于世界潮头扬帆启程……短短三十多年沧桑蝶变，旧中有新，新的有根，二次创业，早已化作白鹭点点梦幻般穿越时空，又崛起一座崭新的、开放的、包容的、多元的东方新城；如今，黄浦江母亲正孕育出无限的生命力，浦西与浦东这对孪生兄弟更贴近，更吸睛；浦江上不时传来"呜""呜""呜"的轮船汽笛声，那悠扬和美妙的声音，仿佛正在演奏"浦东之恋"的圆舞曲，让人们或瞻望、或俯瞰，足见这对亲兄弟的宽宏与气魄；此时，海关钟声又敲响了："铛""铛""铛"，这钟声分明在述说悠远沧桑和百年上海的历史。尽管，历史的衍化，时代的发展，现实的嬗变，一切都在变化。但万变不离其宗，我们千万不要忘记英雄的人民解放军浴血奋战在川沙大捷、洋泾激战、智取新陆、勇夺金家桥、强攻高桥等激烈战斗中的英雄故事。特别是在1949年5月12日发起的解放上海战役中，人民解放军以压倒一切敌人的英雄气概。于5月25日午夜攻克高桥，直逼吴淞口咽喉要塞，切断了敌人外逃的通道，一举歼灭了敌人的有生力量，曾有1619名解放军指战员牺牲在浦东这块大地上，他们为上海的解放做出了杰出的贡献。先烈们用身躯乃至生命灌浇着浦东的热土，而我们活在当下的人们，丝毫没有任何理由，忘却历史，忘记英烈；否则，就意味着忘本与忘根。红色文化的主旋律，再次殷切地告诉人们：不出国门没关系，不到浦东留遗憾。因为，它凸现"上海现代化建设的辉煌缩影"和"中国多元化改革开放的坐标象征。"我是浦东发展的亲历者、参与者、记录者，见证守护浦东平安的昨天和今天，这是多么包容和纯粹的欣喜。投身浦东公安19年，足是老浦东矣，情深意长，血脉相连；人生如书，从容恬阔；岁月如画，幅幅珍藏。正由此，我深爱浦东的优质热土和包容天下的气场，更期待浦东的明天会更加璀璨夺目。

# 浦东第一警察署

上海浦东新区第一家警察署——川沙警察署自1993年10月20日揭牌以来，已经半年多了。最近，我们兴趣颇浓地采访了这家警察署。

身为浦东人，如今随便到新区内哪一块土地上走走，总有一种日新月异的感觉。昔日的川沙城，近年亦建成了繁华的新城区。川沙城北原县公安局所在地，现今赫然挂着川沙警察署的牌子。

跨进警署办公大楼，楼内似乎有点冷清。交谈中得知，原来两天前刚有过一场"战役"，加之各地来参观的客人不断。王自强、鞠卫峰等署领导和各部门的人都在外面忙得不亦乐乎。该署管辖川沙镇、城镇、蔡路、合庆、龚路、施湾、六团、江镇、黄楼、王港等11个乡镇的社会治安，地域面积197.6平方公里，相当于市中心几个区面积的总和，常住人口26.8万，外来人口川流不息。而警察署300多名干警则要承担如此繁重的治安管理任务，忙碌是可想而知的。

上海市公安局副局长兼浦东新区公安局局长邹传纪去年4月28日在新区公安局揭牌仪式上曾经展望说：浦东新区处在中国改革开放的前沿，公安工作也是浦东重要的投资环境之一。为适应浦东新区的建设，新区公安局的体制也将是新的，将不再沿用公安分局、派出所的老模式，实行的将是"警察署"和"警务站"。这不仅仅是名称上的变化，而是为了改变现在公安分局的机关化倾向，大大增强其实战功能……如今在川沙警察署，我们看到了这一构想的具体实施。

浦东警方继承我国公安工作的优良传统，借鉴外国警务工作的成功经验，切实扩大治安防范工作的覆盖面，精心构建统一、精干、高效、务实的新型公安基层的警务工作模式，按照区局拟定，经浦东新区"两委"和市公安局党委批准的《警察署暂行条例》和《警务站工作细则（试行）》，着力改变机关化做法，警署下设办公室、侦察大队、治安大队、巡警大队、后勤科、消防科、预审科及9个派出所，在中心地区川沙设铁沙、华夏、新川、临园、城镇等5个警务站，并在镇区内设了3个多功能岗亭，全署90%的警力向第一线倾斜，强化警署的实战功能。管理上实行署长负责制，实施户籍、治安，内保三位一体属地化管理；署本部实战部门和5个警务站实行24小时昼夜执勤制，四班三运转。经过半年多的综合运作，该署在整体功能实战化、治安管理动态化、队伍管理规范化方面，迈出了富有成效的一步。

在浦东新区成立前夕的一段时间，一些社会渣滓趁政府机构撤迁之机，频频作案。镇区及周边地区的社会治安秩序和市容一度不尽人意。新区公安局成立之后，很快改变了这个状况，去年10月20日川沙警察署刚建立3小时，是日傍晚，一青年男子即向新川警岗报称：一夥徒殴打了他并抢劫钱物后逃跑。站长徐建一立即带领民警赶到现场，迅速将案犯人赃俱获。从5分钟侦破第一件刑案起，拉开了警署整治治安环境和发挥实战功能的序幕。之后，打击、整治、查禁等运作高潮迭起。去年，王港、合庆、蔡路乡的一些工厂、商店、饭馆、学校等10余家单位接连夜间遭窃。为了侦破此案，王港所和侦查大队在调查取证的同时，讲究侦讯谋略，终于挖出了隐藏在申华客运公司开车的驾驶员黄炳根这个累犯（因盗窃罪两度判刑）。在对其住处搜查时，搜得浦江、龙海加油站汽油票3000余公升、BP机2只、金银首饰10余件及高档名烟、名酒等赃物。但"二进宫"的黄炳根仍然矢口否认自己所犯，故意编造情节，企图蒙混过关。于是，公安干警以变应变，并在获取大量证据的基础上，周密安排审讯方案，再度对黄犯进行突击审讯。几经较量，黄犯的思想防线终于彻底崩溃，不得不交代出携带作案工具、采取登高钻窗入室方式作案，窃得价值10余万元赃物的犯罪事实。警署乘胜深挖，一举破获盗窃案20余起。

建署初期，针对流氓恶势力横行乡里、欺行霸市、活动猖獗的状况，警署专门抽调精兵强将，开展统一行动。半年中，警署坚持对流氓恶势力"露头就打"的方针。已打掉了10伙流氓恶势力。今年3月，工作组从一起流氓斗殴案件中发现有一伙男女青年在一家宾馆包房吸、贩毒的线索，就深追细查下去，结果，在宾馆包房等处查获了一个由10人组成的流氓敲诈、吸贩毒团伙。此外，警署还采取了突击清查行动，先后取缔了21家搞异性按摩、提供色情服务的发廊、美容院；集中整治、取缔公共场所出售黄色书刊、劣质录像带的违法活动。通过主动出击、严密管理、加强法制宣传等动作，终使川沙镇区及周边地区的治安环境得到了明显的改善。半年中，9名犯有各类违法犯罪的对象，慑于政策的威力，分别向警方投案自首。

为造就一支政治素质好、业务水平精、纪律作风严、工作效率高的警署队伍，该署领导深知：若要维护一方平安，既不拘泥传统做法，又不囿于某些发达国家的经验，而必须联系实际，使警务工作尽快与市区乃至国内外成功的警务管理模式接轨。为此，警署坚持"从严治署"的方针，着力在塑造警署形象、警容风纪和所容所貌上下工夫，不断提高干警凝聚力和整体功能，最近，为迎接建署一周年的到来，一个"我为警徽添光彩"的主题活动，正在全署警官警员中蓬勃而又热烈地展开。

作者与作家倪辉祥合作，刊于1994年第9期《人民警察》杂志

# 岗位变职责不变

## 一

1995年至1997年期间，我调浦东新区公安局治安支队三科（外来人口管理科）任科长。该科是随着浦东改革开放的力度逐步加快加大而应运而生的。它亦是全市公安系统同行中单列的一个管理外来人口的运作机制。其主要职责，按照公安部发布《租赁房屋治安管理》《暂住证申领办法》等现行法律法规，一是指导并协调全区各基层单位外来人口日常治安管理和业务培训工作；二是集中整治治安顽症及脏乱差的外来人口集聚点；三是每月组织开展一至二次全区性的集中遣送"三无"盲流人员，配合民政部门搞好遣送站"四边"收容审查工作，从中发现隐案和深挖各类违法犯罪分子，四是加强投资类、聘用类、购房类的蓝印户口管理及复核、审批工作。全新课目，全新内涵，必须全心全力地投入其中。

90年代初期，大批外来人口无序涌入浦东，他们是浦东发展的生力军，但其中鱼虾混杂，极易造成管理中的失控面与"黑洞"。为此，在分管局长沈少建和支队领导顾明昌、刘俊祥、杨耀华、彭功阳等的指导下，紧紧依靠各街、镇（乡）相关部门开展基础摸底调查，并通过发放《暂住证》的登记与管理，从居住地源头上推进并依法加强外来人口日常管理，同时，确立原凌桥乡西新村作为私房出租管理为抓手，推行"一二三四五"系列管理措施，将出租私房个体旅馆管理的职、责、权、利有机统一起来，边试点、边总结、边推广，使之趋于制度化、有序化、常态化。据调查统计，第一次排查中摸清浦东新区的外来人口约占全市十分之一，达16.8万人左右。面对这一现状，我们没有被这一难题所吓倒，而是摆脱各种迷茫和困境的束缚，顶酷暑、战严寒，投入到整治、排查、培训、遣送、管理等工作中。哪里有顽症，我们就出现在哪里，有的同志负责遣送对象，就是吃熟泡面充饥，哪里最脏最苦最累，就有我们同志的身影。为夯实基础、以点带面开展工作，在警力有限，民力无限的情况下，我们经常拍摄外来人口管理现状与问题对策电视录像片，建议并提交区管委会及各街、镇、乡领导牵头，开展不间断的集中清查行动，做到排查到位，铲除隐患，不留死角、长效管理。三年里，我与同志们风雨同舟，踏遍角角落落；并没有发生一件因我们工作疏忽或失职造成致死的事件。我们走过的路、吃过的苦、看过的环境、见过的场面、遇过的痛……正由于这点点滴滴拼凑而成，成就相遇有缘及今天真实而成熟的你我，也让我们人生合作共进变得更加丰盈与充实。我的《略论外来人口管理工作科学化》一文，发表于1996年第七期的《现代领导》杂志。

## 二

1998年初，我调任分局后勤保障部综合科科长。这对我来说，真有点不是滋味。因新任处长黄禹生是部队战友，生怕两人处理不好关系而影响工作。那时，分管后勤的副局长田卫华问我："你们两人打过架吗？"我说：没有。他说，那有什么关系。我想，我在公安部门政治处、（政治部）、办公室（指挥部）都干过，就是没有在后勤部门干过，与其左顾右盼，不如脚踏实地，做点实事。综合科说到底，就是发扬后勤工作参谋长的作用。尽力找准定位、不越位、多补位、致力保障到位。我觉得，这个角色就像一块砖头一样，放到哪里，就要在哪里起黏合作用。只有分工不同，没有高低贵贱之分，它亦是做好思想政治工作的一个重要组成部分，务必精心规划、精心运作、精心保障。俗话讲，兵马未动，粮草先行。于是，我草拟"抓队伍、促业务、理财务、保服务"的工作思路，即被处领导认可。这样，四个轮子同步启动，无疑会增加整车驱动合力。

那时，后勤保障部共有干警102名。设有综合科、总务科、财务科、装备科、计通科、基建科，虽系非公安业务，但每个环节缺一不可，有时还显得特别重要。尤其是要盘活资源，用好钱，把钱用在刀刃上。保障也要根据轻重缓急及特需或特急，有序有节地做好各类保障。记得1998年夏季，局领导按惯例，对一线交通干警及值勤辅警进行高温慰问。我们的任务就要精心安排防暑用品、机制冰块、饮料等，配合局领导做好相关保障工作。实际上，后勤保障部每位干警就是一扇窗。窗户明净，使人温馨，不明不净，令人寒心。有时，原则性与灵活性也要有机结合，充分发抒想基层所想，急干警所急的保障理念。例如，有一次，处里领导不在，交警支队后勤保障科长说：由于市局交警总队配发的汽油票没有如期收到，现在交警摩托车没有汽油票，不能上路。如果按正规程序办，势必影响交通正常运作。对此，我即与该科科长到装备科商借 4000 公升汽油票，并办好手续；事后请处领导补签，两全其美，及时帮助兄弟部门解决了燃眉之急，心里感到很踏实。

工作实践，我也体会到没有作为，就不会有地位；其重中之重，就是要形成合力、并注重重点和难点，致力优质保障服务到位。是年，我已 46 岁，原副处长陈福荣对我说：老王，今年是你最后一年晋级的机会，你可以争取一下。我说：我原先也搞过干部工作，现在也这把年纪了，就让年轻的同志晋级吧，并婉言谢绝了。事后，处里推荐我和财务科科长王耀敏两人竞聘晋级。汇总上报名单上，我填写了王耀敏，并交给处领导。最后，处领导还是推荐我竞聘上岗。此次竞聘是分局第一次举办竞聘演讲活动，共有 20 名被推荐同志入围，我被挑在第 12 位演讲，最后经过评审一致同意 12 名同志晋级。这天，我演讲时的第一句话说：今天，我代表后勤保障部 102 名干警竞聘上岗，即兴给自己鼓足底气，坦然应对，能上能下，经受领导和同志们的点评。这种公开竞聘，亮底演讲，亦从一个侧面是激励自己，磨砺意志，作好两种准备，上者真抓实干，水到渠成；下者调整心态，尽心履职。对此，亦感谢局、处领导对我的长期培养和信任。此后，岗位变了，但工作的责任始终不会变，而要在更高的起点上做到变中求不变，不变中求变；更富有成效地在新的岗位，从零做起。

## 三

1998 年 12 月，分局副局长田卫华陪我到陆家嘴警察署报到，并宣布我任该署署长。工作伊始，因其特殊的环境及工作定位，尤其是"陆家嘴地区无小事"的工作要求，迫切需要调动全署干警工作积极性，集中优势精心做好各项治安管控工作，确保一方平安。在分管局长的领导下，必须立意更高、更实、更强地在治安管理和为企业服务上下功夫。同时，优化警力配置及发挥党员、团员、骨干作用，努力做到预警在前，处警在中，形成对策，确保重点；加强调查研究，掌握信息动态，建立健全楼宇各类企业管理档案，使该地区"打、防、管、控、查、改"治安管理落到实处。一是围绕重大警卫工作节点，确保绝对安全。1999 年 9 月底，99《财富》全球论坛上海年会；12 月，"沪、港、澳、台姐妹亲世纪行"大型联欢活动，高规格的国际 APEC 会议等频繁，要求警卫安保思想入耳入脑，定人定时定岗，以每位干警饱满的精神和良好的姿态，出现在系列安保的序列之中。为此，我署还超前定制了一只形象直观、立体感强的管辖区域的《沙盘》模型，提供局领导在重大活动时坐镇指挥使用，尽力做到未雨绸缪，确保万无一失。二是做好"110"接处警的讲评工作。平时，教育干警居安思危，始终绷紧"稳定压倒一切"的理念，既要快速处警，又要依法讲究处警质量和工作态度，体现大都市警方的工作风貌。三是做好打击现行违法犯罪活动和侦破刑案及治安案件审查工作。四是做好大型文艺演出和大型商品促销活动的安保工作。年末晚上，上海第一八佰伴有限公司迎接千禧年举行"不眠狂欢夜活动"，由于事先考虑欠周，尚未形成处置重大活动安全保障工作预案，一度商厦流量猛增，自动扶梯被挤坏，险象环生，22名顾客受轻伤。为及时化解险情，区局领导调集400余名警赶到现场维持秩序，果断决定"商厦停止营业，人员只出不进"，将此次险情消除到最低程度。总之，确保一方核心区域治安良好，责任重于泰山。还有一天傍晚，我获悉赶场子演出的著名歌星廖昌永的车子坏了，为了不耽搁他的演出任务，遂即叫他坐上我开的车子，直接送他到演出现场，事情虽小，举手之劳，觉得很欣慰。

1999年春节，我们警署内置办年夜饭，让值班同志也不落下，大家可以轮流吃上年夜饭，别有一番风味与意义。工作中，注意发挥每位干警的特长。比如，民警李胜明同志工作大胆泼辣、进入角色，就注意发挥敢打敢拼或"临门一脚"打头阵的先锋突击手作用；民警沈建平同志工作勤恳，心细善断，就注意发挥重点场所和重要星级宾馆的日常管理；副署长孙相明工作任劳任怨、作风踏实、充分发挥其抓好面上治安管理工作，形成工作新格局，开创工作新局面。有一次，辖区发生一起外籍人乘坐残疾车，因某宾馆安保不许停靠而引发残疾车主倒地纠纷的一事，该车主即用手机叫来5至6辆残疾车主起哄。不久，他又陆续以同样方法先后有50辆左右残疾车主相继赶到，伺机围哄滋事。闻讯后，我即放下饭碗，赶赴事发现场。一边劝散围观群众，一边隐蔽地取证，并将肇事者带出现场，缩小影响。之后，这批残疾车主纷纷包围警署，企图再次寻衅闹事。对此，我立即向分管的副局长田卫华作了汇报，他亦随即赶到并坐镇指挥。在各兄弟部各警种的合力配合下，及时制止了这件不安定事件。幕后唆使对象周某某被纳入控制视线内。但该人不但不收敛，反而地下串通，扩大事态。一天下午，我与聘用的陈兴宝师傅车行至浦西海宁路、浙江北路口时，我突然撞见布控的残疾车肇事者周某某的行踪。他万万没有想到，自己在浦西开着残疾车仍然逃脱不掉警方追踪的视线。此刻，我立马责令其回警署，这场景就像拍电视镜头似的，一车紧跟一车，牢牢地锁定前方目标，对其进行续审。周迫于政策攻心，连连求饶"放我一码"，不要报处劳教，并表示愿意悔过自新，决不闹事。故报请局领导批准：免予处理，以观后效。至此，这件纠纷所引发不安定因素才得以解决。

有一次深夜，我在署里值班，突然间，一位中年女司机开着出租车并带着一位男青年来到商城路357号我署报警。她报称：刚才有多名男青年在高桥地区持刀抢劫作案后，搭乘上出租车，途中4名男青年跳车逃逸，车上这位男青年不敢跳车，被我锁在车内并带来报案。这件现行刑案，必须乘胜追击。是夜，我们立即审理被带来的那位江西籍男青年，得悉这伙人都是江西老乡，在高桥地区持刀抢劫后，均乘车寻路逃跑，准备到火车站乘车回家。时间宝贵，务必分秒必争。于是，我迅速带领干警和辅警分乘二辆警车（一半穿警服，一半穿便服）火速赶到火车站，为了不打草惊蛇，我们个个睁大眼睛注视发现可疑人员，当发现车站广场角落处有几个男青年呼呼地躺在旅行袋上酣睡之际，并经其老乡辨认，我们便衣干警立即贴靠上去，我见状并立即下令："不许动！抓住对象！"穿警服民警与两股力量猛然一跃，当场抓获4名作案对象。回署途中，我们已经忘记了工作疲劳，乘上带回作案对象的警车，警灯闪闪，凯旋而归。经连夜审查，这伙江西籍团伙在浦东高桥地区持刀抢劫作案后，搭乘出租车逃逸，途中4名对象跳车逃跑，幸好被那位出租车女司机机警发现并迅速报警，为警方追逃破案赢得了有利时机，使警方及时追击并侦破了这件现行刑事案件，及时打击这伙持刀抢劫团伙。次日，我代表警署，陪同那位女司机来到其单位上门表扬，向企业单位领导当面致谢，奖励200元，以资鼓励，并建议该公司弘扬这种见义勇为的精神，尤其是女司机不顾个人安危，挺身智斗罪犯更显得十分机智、勇敢与敬佩。她的英雄事迹，激励着我们干警的斗志，并始终牢记从警使命，一方平安，守土有责。

两年里，我与全署干警如履薄冰，居安思危，坚守从严治警、从严治长，凡要求同志做到，自己必须率先垂范，带好队伍，并管住嘴、管牢手，严格遵守从严规定，经受环境与物质的考验。平时工作虽忙，还要注意关心干警和做好干警思想工作。有一天上午，民警沈孺对我说，因房门钥匙未给其母，她有心脏病进不了家门，要求请假送钥匙给母亲。我二话没说，就放下手头上工作，陪小沈开车去送钥匙，解除了他的后顾之忧。有一次，晚上值班，我与民警陶述华聊家常。他说，我现在与岳父同住，一家三代住房较困难。老陶既不敢与岳父交涉，又不符合住房困难申请。我说，如果你岳父同意你与其户口分开，既不影响亲情，又符合困难户条件，让我去做他的思想工作吧。是夜，我陪老陶驱车赶到他的岳父家，并送一篮水果，当向老人说明情况后，他岳父答应女婿户口分立。说服老人后，即趁热打铁，我又连夜陪老陶到该驻地长宁区新泾派出所办理了申办分户事宜，请原柳爱国所长为其化解了燃眉之急。除外，值得提及的是，由企业借调来署的陈兴宝师傅，敦厚朴实是他的底色，不辞辛苦确保车辆运转良好和车辆整洁，根底在于坦荡真诚，深受大家尊敬和拥戴。我与老陈从相识20多年，朋友如茶，需品；相融如水，需淡。如今，他81岁，钟爱自主驾驶、把酒言欢、花鸟鱼虫，且小辈敬老，温馨安详，童心未泯，活得丰盈自在。正如作家纪伯伦所说："一个人的意义不在于他的成就，而在于他所企求成就的东西。"

  眼下，每个人都在创造财富的价值。显然，没有财富是乞丐，没有文化是土豪；拥有财富是能力，享受财富是艺术，故为"富而有术"。人生百味，种豆得豆，种瓜得瓜，珍爱生命。人生最美的是过程，最难的是相知，最苦的是等待，最后悔的是过错，最幸福的是真爱。那么，我们究竟如何塑造高尚、健全的人格呢？！人格如金，优秀的人格往往可以转换为能量、知识、情感、财富，并帮助我们实现实充、精彩、有意义的人生。这种极富有生命力的合成之神！就是古希哲人赫拉克里特所说"人格决定命运"的经典誓言。与其岗位变动而起伏跌宕，不如以变应变而平和卓然，把握有张有弛的工作节律，悟出更多的人生真谛。

# 平安来自"治顽"后……

2001年2月，我调任沪东警察署当署长，回想在这5年工作里，留给我印象最深的是经过整合资源、综合治理、严格执法、夯实基础，社区刑事事件发案率逐年下降，步入良性循环轨道；倡导并推出110动态接警模式被分局所首肯并推广，群众的安全感和满意度明显增强。当初，还兼管浦兴街道警务；我作为基层单位一位班长，不可有位而无为，我始终绷紧"平安社区，稳定第一"这根弦，致力于"用志不分，乃凝于神"，着力在治安防范方面下功夫，凝心聚力，撑起一片"平安社区"的蓝天。对内，从严治警，提高执法为民素质；对外，多策并举，心系社区安全，确保地区治安持续稳定与好转。

一是平安是本。有一次，我对街道原主任钟国祥说起，咱们五莲路是上海的"南京路呀！怎么没有一盏红绿灯？！既不安全，又无'亮点'"。此话，老钟都印在心里。他向区领导作了汇报，时任区领导李佳能当即表示拨款20万元安装路灯；我亦从交管部门争取到了5万元。有这笔特殊基金，一盏盏红绿灯陆续安装到位。每一盏交通信号灯，无疑连续着平安社区的心灯；红绿灯每天在与人们微笑对话，弥漫着深深的情怀。

二是揩清"面孔"。原西小王家宅地块（已拆）各类治安隐患抬头，已成为"黑窝"。在调查摸底的同时，我署突击开展"地毯式"清查整治行动，适时铲除非法私房出租"毒瘤"，净化了治安环境；并配合综治办建立和健全群防群的长效机制。原向东居委干部钱枫说：端掉黑窝，还社区宁静，群众拍手称好。

三是打击犯罪。有一天晚上7时许，一位民警正在一家超市门前盘查几名外来人员有关证件时突遭其无理拒绝。正当民警准备将他们带上车回署询查时，一名外来人员上车时绊脚没站稳摔倒在地，被旁观路人误会打眼部致伤，双方僵持，引起群众围观。闻讯后，我立即带了多名民警赶到事发现场，制止事态发展。然而，对方非但不听劝阻，摔伤的外来人员反而起哄说："今晚记者不到，我们死不罢休。"我反复阐明政策，也无济于事，甚至将我们的衣服纽扣拉掉，火气正盛，我保持耐心，关心伤者，拨通120电话，救护车赶到时，那位伤者却坚决不上车，企图扰乱民众视线；我又调集4辆警车到场处置，也未见效。为不混淆民警打人行为，不蔓延事态恶化，只得请援特警配合现场处置。在确保双方人身安全的前提下，一边组织强行突围，并急送伤者去医院；一边驱散围观人群，几乎同步清空现场，带回肇事对象，现场恢复了宁静，平息了事态。处警时，不法分子趁机起哄，袭击民警，某民警脸部被划伤。经查处，这件严重暴力袭警事件，多名涉案对象均被刑事拘留。

四是全力保稳。那时，小吵天天有，大吵三六九。例如：上访者擅闯街道领导办公室；众多回沪知青集结到伟业一村抢房（一位民警因公几颗牙被撞坏）；企业职工集体封堵某企业集团领导办公室的门；双方扭伤并致使一方看病途中猝死；昼夜密集施工带来粉尘及噪音，与周边居民发生对峙，并一度阻止20辆装满水泥的搅拌车滞留路边影响交通。我始终以临战姿态，闻警而动，摸清缘由，因势利导，既秉持原则，又把握火候，使各类群体性不安定因素逐一疏解于萌芽状态之中。2003年10月24日，文峰广场正式开业。是日上午，人流如潮，无序涌向自动扶梯，事态危急。为了确保人身安全，我迅疾搭建临时指挥平台，我一脚踏在一位民警肩胛处顶住，一脚踏在扶梯边缘。在我沉着指挥下，终于化险为夷，消弭了一起踩踏事件的发生。

因任职到年限，2005年2月，我卸职调离恋恋不舍地向沪东民众和居委干部惜别。履职5年，勤勤恳恳，坚守职责，我内心依然维系着对人民群众赤诚的爱，努力实现自己的工作情怀和从警价值。

刊于2019年5月31日《人文沪东报》，获正文比赛三等奖

# 喜获"光荣在党"纪念章

7月28日下午2时半,浦东公安分局政治部副主任顾剑峰、局秘陈嘉润陪同分局党委副书记、副局长陆晓航,专程冒着酷暑驱车来到浦西市中心本府,特地上门给我已退休11年的老警颁发了一枚"光荣在党50年"纪念章,并送上一束花卉和果品礼包。作为一名普通的退休老警,人虽走茶未凉,竟然获如此幸荣,既兴奋,又自豪。

陆局魁梧身形、幽默谈资、举止端详、一下子打消了忧惧之念头,互动式的沟通,拉近了彼此的距离,使我顿生敬意。顾、陈两位首先急忙地为我和陆局拍下颁发纪念章的照片。接着,陆局如数家珍地谈及有关业内的故掌,并关切地询问我的退休情况。我说:退休后,人闲心不闲,趁头脑清晰,前两年,我潜心写了《人生如树》一书,约46万字。回忆过往,在党组织的培养下,不管经历任何角色,始终牢记入党初心,努力做好本职工作。现在腾出时间书写如烟的故事,能防止老年痴呆症,也是一件自得其乐的趣事。陆局又问:你还欢喜什么呢?我即答:除了适当运动外,别无嗜好,就是爱好雅玩收藏,不仅可以涵古濡今赏史韵,使自己心情自然地随书画及器物的弧线变得灿然、欣喜、圆润、欢快;还能不断提升文化品鉴水平。正如吴湖帆之孙吴元京先生馈赠我的一幅对联:"写作雅玩观礼记,儒风道韵点春秋。"

临别时分,我将是日作的一首拙诗开怀朗诵,深情地表达了一位老警久久藏于心底的情愫。近一小时的短暂相会,我与陆局、顾主任和小陈依依不舍地握手话别,目送他们远去。

是夜,我将这一高光时刻及熠熠生辉的照片发至网上朋友圈,不时地有来自海内外近百余亲朋为之点赞。素色如锦,静守安然。风雨人生,纯净快乐,浅笑前行,给自己一点掌声,给自己一个淡定的微笑。

刊于2023年8月31日《五星晚霞》报

# 老警本色

五十年党龄
只是入党征程的一次跨越
组织上入党一生一次
思想上入党却是一生一世
走进每个警营驿站
随时听从党的召唤
潜心演绎执法为民的角色
时刻为警徽添彩
4年军旅
39年警业
遇到挫折和困难
职任于在作为与担当
都是党的力量源泉
为我指明前行方向
民众急难愁盼无小事
细微之处见风范
丝丝真情暖人心
滑滑细流归大海
不负时光
不负每一天
曾经守护申城的老警
矢志不渝跟党走
任凭风云变幻
信仰始终不变
职业淬炼精气神
丹青流韵写警魂
珍惜余生是本色
坚守初心铸忠诚
低配生活
高配心灵
若是内心丰盈
万物皆是诗篇
警此一生
无悔春秋

2023年6月30日

# 重忆入党初心

眨眼是一天，一晃又一秋，回头是一年，转身就是一辈子。1972年10月1日，我的人生因迈入党组织的大门，成为一名光荣的共产党员而终身难忘。

漫漫人生路，立党为本，千里之行，始于足下，不断地追寻诗与远方。"不忘初心，方得始终"是《华严经》中的名句，意思是只有坚守本心信条，才得德行圆满。入党是一种要求，也是一种思想境界，一切跟党走，仿佛水滴汇入大海，组织上入党一生一次，而思想上入党却是生一世，非得言行一致，严于律己，并深知，入党意味着肩负使命、责任、实干奉献和牺牲。

1969年3月，我走出校门参军入伍，风尘仆仆，来到四川省渡口市铁道兵军营，每天与钢纤、铁锤、打眼、放炮、运碴等为伴，只身投入到紧张而火热的成昆线工地上，在大熔炉里练就军人的精气神。本来或许还可以提早些时间入党，只因那时政审查"三代"：入党并非很容易呀。尤其是城市兵，更需要经受组织的考察。在我的社会关系中，却有"二伯系资方"成分的记载不免延长考察期。经过两年半的组织考察，由文书赵广存（安徽岳西兵）、副班长李广华（河北大厂兵）介绍，并经班里党员举手表决，一致同意通过我的入党申请书，终于跨进了党的怀抱。这年秋天，终身难忘，年方20岁。

4年军旅，39年警业，绘就出一幅富有个人色彩的人生画卷，既平凡，又无殊荣，日复一日，年复一年，挥别了军旅和警界生涯，不知不觉中于2012年10月底退出了工作舞台。由此深切感受：山高水长总有源，党的恩情比海深；步入古稀，不负时光不负每一天，任凭风云变幻，信仰始终不变，为善最乐，即使没有鼓掌，也要优雅地落幕。

天意怜幽草，人间重晚晴。忆往昔，党旗引领不停步；看今朝，50年党龄重头越。人生很短，务必正道直行，初心如磐，笃行致远。知足知不足，有为有弗为。与其在别人的辉煌里仰望，不如亲手点亮自己的心灯，扬帆远航，把握自己的命运，才会更深刻地解读自己。

刊于 2022 年 12 月 30 日《五里晚霞》报

# 追忆杨国烽局长

怀旧是一种对往昔的追思和眷恋。原闸北公安分局旧址位于天目西路2号（已拆），呈"几"字形连体四楼独幢建筑。1978年至1984年期间，我在该分局政治处任宣传干事兼团委书记。当时，政治处由李宗民、宋宜秀、邵荣林、徐香荪、霍晓东、刘金花、陈银妹、陈如山、董相林、陈林、顾龙兴、周梓型等组成，杨国烽时任副局长兼政治处主任，日常工作由副主任宋宜秀主持。那个时候，我从海宁路派出所调到政治处工作，年龄最小，面对这份全新工作，宛如一叶小舟，渴望引领。

那时，外界对公安颇有神秘之感，大多数人是通过书籍和影视等撩开公安神秘之面纱。其实，公安局、检察院、法院三家既独立执法，又相互制约，而公安局是执法全过程的首道程序，务必将执法理念和依法办事贯穿于始终，给社会及人民群众有更多的安全感和满意度。公安老前辈是党和国家的宝贵财富，是党执政兴国的重要资源，也是公安事业的开拓者、创建者和见证者。记得，杨国烽局长是位原行政14级干部，平易近人，一点看不出官架子。平时，他很少穿便服，保持一身警服笔挺得体。他发型整齐利落，鼻梁上架着一副眼镜，黑色的镜框下双目炯炯有神，举止端庄，作风严谨，谋事睿智，颇有儒将风度，刚正不阿、颇有执法如山的个性魅力。《红楼梦》里说："才华馥比仙，气质美台兰。"从杨国烽局长警容端庄、言行一致中，透露出一种人品高雅与真诚品德。那时，分局各级领导风正气顺，身先士卒，危急关头冲在前，工作推进有章法，生活上官兵平等。全局干警一个食堂，领导也排队就餐，杨局长带头，两位局长合用一个小型办公室，由市局配发两辆公务轿车（分局一把手上下班可使用），而杨国烽局长却几乎不使用，他没有特权观念，警风一贯清廉。曾听老公安讲过，以前市公安局领导每天晚上6时至10时要听业务处长、分局局长汇报工作到深夜，然后，主持日常工作的分局常务副局长还得骑着自行车去市委、市政府汇报，足见上上下下相互沟通，由此可见，杨局长起早摸黑，里里外外一把抓，为我们树立了光彩夺目的榜样。

40年过去了，每当我追忆杨国烽局长言行笑貌、儒雅风度时，常常想起他对我的培养、教育。有一次，我与原户籍科王震东之子（系上海衬衫二厂保卫科长）建议，趁每月3月5日"学雷锋、树新风"的东风，分局团委与该厂党政工团联手搭建一个干警服务的平台，倡导警民助人为乐的新风，此创意得到杨国烽局长的支持与鼓励。他进一步指出，要把团员青年、党员青年都组织起来，发挥青年突击队、突击手作用，使工作富有朝气和活力。经过精心准备，我们因地制宜，服务至上，活动内容有：修箱包、修拉链、置换衬衫衣领、购置毛绒手套、皮带等便警系列活动，尽管时间短促，但反响却非常好，当时，电视台等媒体作了相关报道。嗣后，我的拙作《一小时的婚礼》首次发表于1982年第三期《人民公安》杂志。为此，我深切体会到一方面争取领导支持、指导，是"金钥匙"，亦是我不断成长的催化剂；另一方面，就是本职工作与如何发挥青年突击队作用相结合，做到召之即来，来之能战，战之能胜。在开展每年盛夏"抓防范、保安全"系列活动中，组织干警志愿者和青年团员参加全区范围的摩托车夜间治安巡逻活动；旨在造声势、强防范。杨国烽等局领导亦与干警们乘坐摩托巡逻，风雨同舟，同甘共苦，对我的教育是深入人心的。杨国烽局长得知行政科团员青年为了搞好后勤保障工作，适时上推出"炒小锅菜"及开辟夜间点心供应系列服务项目后，他在充分肯定的同时，勉励我与团员青年立足岗位、精心服务；他并希望我们"在其位，履其责，尽其心，务其实，聚其源，激其力"。类似故事，不胜枚举。

记得1982年期间，组织上安排由我和原消防科沈杰兼团委副书记、交通队姜德芳三人具体从企业中招警及政审、体验、面试、考试、商调等事议。在时间紧、任务重、要求高、商调难的情况下，我们三人拧成一股绳，力求做细、做深、做实，宁缺毋滥，确保招警优质。期间，杨国烽局长多次指出：招警工作务必质量第一，好中选优。他还百忙中抽空听取招警工作汇报，使我有机会与局长零距离接触，学习他的言行一致。当时我们奔波于各企业调查相关材料，做到有序推进、择优录用。有一次面试，他又亲临现场，或询问特长，或了解从警志向及职业履历，或像拉家常似的亲切谈话，尤其是他从不同侧面，手把手提示我们细节决定成败，周全才能确保质量。岁月匆匆，杨国烽局长那清脆有力的话语、得体慈祥的举止、记忆犹新，至今留在我灵魂的最深处。

工作之余，杨国烽局长颇有雅趣。不仅喜爱国粹京剧，钟爱养花，尤爱蟹爪兰、君子兰等，而且喜欢跟年轻人交朋友，喝酒聊天。有一天，杨局长诚邀我到他府上，那天当我看到他家墙上悬挂其大女婿叶孙社题写的"寿"字条幅，才醒悟；原来是杨局长60华诞，我只觉得自己空手而至，不免显得尴尬，而杨局长热诚迎客，毫不在乎，我能与其家人欢庆，甚感荣幸。他70岁寿庆，我又如约赴宴，又一次沉浸在无比欢乐之中。其实，我与杨局长正好相差一个辈分，但彼此相知相融，可谓亦师亦友的忘年交。他那胸中有正义、肩头有责任、笔下有乾坤、生活有情趣的品格，令人铭记于心。尤其是杨局长对工作一丝不苟。在我的记忆中，那时行文制作程序，政治处副主任宋宜秀、邵荣林都是写作公文高手，那些公文最后由杨局长签发。他圈圈点点、杠杠划划、东改西删的底稿里，连一个标点符号也要讲究，一丝不苟，足见其行文严谨之风范。

又有一次，杨局长约我和原治安科副科长兼巡逻队队长姚恩洪驱车去海丰农场。起初有点丈二和尚摸不着头脑，直到老姚车开到目的地，接待我们的老陈请客吃中午饭，见到墙上挂着老陈长子陈智康与杨国烽二女晓林合影照片，方知他们是两亲家，一见如故。此行，亦是我与杨局长唯一的难忘之旅。更为难忘的是，杨局长对他的部下无微不至的关心。与此同时，杨局长又把他的部下当作亲人。早年我与夫人马扣娣同在一个派出所工作，加上女儿幼小，需要照顾。为摆脱这一困境，杨局长与原陆加高副局长商定将她调到治安科，并派她常驻区工读学校做管教，一干就是三十余年，使我们双警夫妇没了后顾之忧，杨局长就是我们夫妇最大的"贵人"。杨国烽局长给我留下最深的印象是，他这位由山东南下来沪的从政干部，极具先贤遗风，文武兼备，激情内蓄，和蔼可亲。他宛如一盏心中的明灯，点亮你，一路前行。花草留根，人需留心。让我永远不会忘记他曾经悉心培养我的恩情。

天有不测风云。1998年2月10日杨局长因病猝然去世。这天我心里像天崩地裂似的阵痛。是夜，我怀着悲痛的心情由浦东赶到灵石路他府上，最后一次与他的夫人林宪凤阿姨及家人在他的遗像前默默地守夜，寄托哀思。至今，每年清明，我们夫妇都会来到松鹤陵园凭吊，缅怀他与夫人林宪凤阿姨的浓浓深情。

想当年，杨局长夫妇专门为我们精心包的山东饺子，正宗爽口，余味弥香，有着返璞的清欢，难以忘却。当下，真爱是最珍贵，最难忘，最相融，刻骨而铭心。尼采说："感恩即是灵魂上的健康。"2021年2月10日是杨局长逝世23周年。虽然您已经离我们远去了，但您的音容笑貌值得后人永远铭记。冥阳靡隔，温情脉脉；追思恩德，涌泉相报；死似秋叶之静美，烛灭丝尽初心永。

# 记公安作家陈士镛先生

今年，原上海市公安局《人民警察》杂志编辑陈士镛先生已 92 岁了。我与他通话，他声音爽朗亲切，思维敏捷。我和他是淡若水的君子之交，亦是相知很深的同事；因为我们职业相同，志趣相同；但他实在比我高，因为辛勤的耕耘是收获之本，良好的付出是成功之道。陈士镛先生自上世纪 50 年代供职宝山县公安局开始，利用工作之暇，自学文化、民间绘画艺术、通俗文学作品；80 年代初调入《人民警察》杂志社之后，由于业余爱好，成了他永志不渝、为之毕生奋进的事业。1990 年老陈退休了，又先后在《民主与法制画报》《商务与法律》杂志社任主编。

他笔下"情痴火花"一文是他曾采访原上海市公安局《人民警察》杂志社编委周伯钦先生喜爱收藏火花的许多故事，究竟是怎样的故事，我既陌生，又好奇。文中写道：从跨进寓所门槛开始，即被五光十色的火花珍品的微型艺术殿堂"方寸艺术"所吸引。他笔锋一转，将镜头拉向主人公周伯钦的童年故事。在交谈还未切入正题时，伯钦先生转身从内室取出一页已泛黄的纸片，用双手递给老陈："这是我珍藏将近 46 年的烈士手迹。"老陈怀着崇敬的心情接过纸片，仔细地观赏起来，那是一页从微型日记本上撕下的纸片，上面用蓝黑墨水书写的一行刚劲有力文字映入眼帘：

伯钦弟：
　　求知识不一定要在学校里才能得到，只要你不中断的随时观察随时怀疑随时研讨的努力学习，在任何地方你都可以求得知识的。
　　记着，离开夜校后，不要忘记读书，以后永远都不要忘记读书求进步才对。

穆汉祥　十二月十六日

经伯钦先生叙述，1948年间，渴望求学的伯钦先生当时才13岁，因家境贫寒，随父来上海一家棉店学徒。某晚，一个偶然的机会，他爬在当时由中央地下党举办的交通大学民众夜校窗口，观看教师在教学生唱歌，正听得出神时，蓦地觉得肩上被人轻轻拍了一下，猛抬头，一位年轻教师微笑着向他招呼说："小弟弟，你想读书？进去一起唱吧！"打这以后，伯钦就成了中共地下党员穆汉祥班里年龄最小的学生……临别，穆老师给他在日记本上留下了这段文字，勉励他学会思考奋求进步。直到上海解放，伯钦才从报上得知年仅25岁穆汉祥，已在上海解放只有一个星期壮丽牺牲于宋公园（今闸北公园）。到上海解放后，5月29日上午，交通大学学生会的几位同学在普善山庄捡获穆汉祥、史霄雯两位烈士的遗骸，6月5日，在庄严的国际歌乐声中，交大师生将两位烈士的遗骸合葬于交大徐汇校园西南侧的大草坪上。苍柏青松掩映，秋菊傲霜而立，墓碑塔基由交大土木系祝慕高先生设计，塔上正面刻着由交大国文系教授、书法家罗君惕先生书写的碑文"史霄雯、穆汉祥二烈士之墓"，庄严肃穆的花岗石碑下面，分嵌着瓷质烧制的烈士的遗像，墓墙上刻有陈毅市长题词："为人民利益而光荣就义是值得永远纪念的"。先烈们在国家复兴与民族解放运动的重要关头，坚持真理，前赴后继，义无反顾地用自己的生命去捍卫祖国和民族的尊严。正可谓："不与万物共尽，而卓然其不朽者，后世之名。"正是这闪光的真理，催醒主人公去追求光明，启迪他投身于火热的革命洪流，它是伯钦人生征途上的一盏明灯，鼓舞着他奋求、进取，永远保持活力。

读完这段扣人心弦的故事，我心底竟泛起了一段酸楚，顿时受到一次"血与火"的洗礼。这不就是中华民族精神内涵最好的诠释吗？是他们，在腥风血雨中，甘愿为革命抛头颅，洒热血。硬是在敌人的刀枪下，血流成河的田野上；用他们的鲜血染红了国旗，用他们的生命换来了今天的和平！天下警察是一家。伯钦的动人故事，老陈的现场采访，打动了我的心弦。寻访红色足迹，缅怀革命先烈，传承红色种子，不迷红色航标。触目历史，回望过去，遥想未来，传递的是穿透岁月的希望。

讲述这个故事，也许这就是伯钦先生痴迷于火花收藏的动因；星星之火，可以燎原；滴滴之火，带来曙光；说明这种文化收藏，既能记录对历史的怀念，与对美好的追求，更能折射出一个人高尚情趣和精神世界。至今，他收藏的火花珍品中，有系列成套28枚历史名画长卷《清明上河图》，有著名画家张乐平名作《三毛流浪记》计624枚等等，洋洋大观，令人目不暇接。可谓，片片火花，是祖国历史和艺术的缩影；枚枚方寸，凝聚了独具匠心设计家和收藏家的无限心血和脉脉情感。

  前年，在纪念上海解放 70 周年之际，我来到中共三大后中央局机关历史纪念馆举办"铭记五月——革命烈士后代陈冠宁绘画展"参观。首先，一封家信映入我的眼帘。陈冠宁现任上海红星书画院院长、高级画师。他以菊来寄托对父母无尽的哀思、以莲来讴歌父母的高尚情操；这就是 1997 年被国家民政部批准为"中华著名英烈"的陈尔晋和王曼霞烈士。70 年前，还在襁褓中的陈冠宁，对父母印象全无。血色黎明，他的父亲陈尔晋是一名中共地下党员，为免伤及无辜，这位"神枪手"决然弃枪走向敌人……母亲王曼霞被捕后坚贞不屈，严守党的秘密；在毒刑面前，他们夫妇俩坚决不回答任何问题。最终，陈尔晋搀扶着怀有身孕的妻子缓缓地走向前……5 月 19 日，陈尔晋夫妇与十多名难友被押至刑场，他们壮丽地倒在血泊之中。一曲悲歌，烈士们的鲜血染红了闸北宋公园的土地。如今用原二十六军第一任军政委王一平的话来说："我们只是幸存者，光荣属于那些烈士们。"今天，感谢您，能让我们如此惬意地享受春光，没有你们的牺牲，就没有我们山河如锦、国泰民安的今天。鲁迅先生说："一个没有英雄的民族是可悲的民族，一个有了英雄却不懂得敬重和爱戴的民族是不可救药的民族。"70 年硝烟散尽，70 年春华秋实。追忆峥嵘岁月，感悟革命精神，铭记英烈功绩，汲取英雄力量，赓续红色故事，伴随新时代、新生活的每一次心跳，让殷红的红色基因代代相传。

  日月无痕，光影有迹。回望历史，血与火镌刻的印迹，使我倍受鼓舞，深受启发。无论是穆汉祥烈士留给伯钦弟的勉励读书求进步的纸片书信，还是陈尔晋和王曼霞烈士面对敌人各种刑具，而气宇轩昂、无所畏惧的凛然正气，无不都是铮铮铁骨的民族英烈。红色历史，孕育出了一个民族源远流长的精魂所在。忘记家国历史中的血泪荣耀，无疑会背离责任与使命；守护好红色文化的沃土，才是立国的基础，更是强国的根基。岁月匆匆，我在一个相对和平的环境下长大，那样惨痛的记忆或许我忍受并不得到，但我认为，如果我们无法铭记那段锥心的历史，我们就无法珍惜此刻所创造的未来。

  陈士镛先生的文章，文字朴实凝练，记事手法委婉，不加雕琢，不加矫饰；写人感情真挚，引起读者的精神共鸣；在他的精心培育下，刊物及作品像一株幼苗茁壮成长；他用不同的视角，荡涤社会的污垢，提供并营造大量的法律信息及良好的舆论环境，汗水没有白流，创作迸发火花。我亦十分关注他的力作动向，他先后出版有纪实文学《旋转人生》《春的世界》《申港谍影》《千里擒狼》等书籍，勤奋播种，硕果累累。不是恭维，老陈郁郁葱葱、涉笔成趣、妙于拈来、下笔有神，不是表现在其中年，而且出现在其晚年。无论是写公安人员、企业家、发明家，或是厂长、医生、街道干部等等，都倾注于刻画他们的高尚的品德，字里行间蕴含着他的心血与才智。每每捧读他的签名本，好像一位良师益友在始终陪伴着我前行。尤其是他所创办的各类杂志，从孕育诞生到成长发展无疑是时代的产物，它浸透着改革的雨露，亦印记着他的深深足迹；如果把杂志比喻为一支协奏曲的演奏乐队，那么，杂志的决策者老陈就是一位雄心勃勃的乐队指挥。在他挥洒自如、跌宕起伏的指挥下，乐队人员默契配合，各自到位，不断地演奏出了一曲如有声有色富有感染力的新乐章。由此，上海作协理事，小说专业委员会主任谢泉铭先生特地为他的《春的世界》一书作序，"老树着花无丑枝"，这亦是他创作走向成熟的一个标志；无疑给读者带来闪烁着智慧的光泽。

陈士铺先生笔下"春风常绿女儿院"等法制作品，凸现其匠心与智慧，让我们鲜活地看到了他笔下一个真实的上海公安干警的心灵历程。该文详尽地叙述了原上海市第一收容教养院、市"三八红旗手"管教组长刘春兰这位女警官的一腔慈母心，如春雨滋润着学员们已经枯竭的心田；它不是花园，不是医院，不是学校，却是"康复"失落女子的"女儿院"——上海第一收容教养所。她约40岁年纪，细长的身材，瓜子脸上挂满着笑容，长长的睫毛闪烁着一对明亮热情的眼睛。若不是穿上一身橄榄绿警服，我们定会误认为她是一位教师或者医生。是她，像春风一样拂去学员们心灵上的尘埃。有多少个夜晚，每当窗外繁星闪烁，学员们一个个打起了呼噜。轮到值夜班的刘春兰，就会习惯地跑到一间间装有铁栅栏的学员寝室走走看看。哟！是谁睡觉时还在调皮，把棉被踢落在地？她就会俯身拾起棉被轻轻地盖在学员的身上。夜深沉，学员们聚精会神在看电视，刘辅导见有个学员衣着单薄，蜷缩着像是怕冷的样子，她当即脱下自己的棉大衣，披到学员肩上说："今后看电视注意把棉衣披上，别着凉啦！"辅导员们胜似母亲般的关怀，像一股暖流，温暖着每个学员的心扉⋯⋯

短短一席话，拨亮一盏灯；轻轻一种关爱，打动一颗心灵。主人公的工作风貌就是"三个到位"。一是工匠精神到位。她从点滴入手、从微细做起，用匠心精神矫治学员们的心灵创伤；二是耐心帮教到位，正视现状，晓以利害，适时引导，言行得体；三是敬业责任到位。热爱岗位，锁定目标，净化心灵，追求精致。这一切，给收容教养所这个特殊的"女儿院"增添了无限生机。在浦东开发之时，这位"女儿院"主人公刘春兰于1994年调到浦东公安分局，在治安支队任场所行业管理科副科长；无独有偶，本人于1995年2月调任治安支队外来人口管理科科长。虽然各自演绎的角色不同，但她始终如一、恪尽职守的敬业风范，就是我的一面镜子。

诚然，原先我们曾都是市公安局、浦东公安分局的同事。如今垂垂老去，重温历历往事，似乎就回到最初工作的原点，虽然看起来都不是容颜，但心里都对那份警业依旧眷恋与关切；静下心来回忆，其中的甜酸苦辣咸让人回味无穷，这是年轻时所不可能的另类幸福啊！陈士镛先生留给我们读者诸多文章，就是一笔宝贵的精神财富。他鲐背之年至今思维清晰，豪爽风趣，依然坚挺着那嶙峋的傲骨；也许，他一生中做了许多实在艰苦的工作，其成就与不凡来自平实生活的"点点滴滴"。林清玄说：你的气质里藏着你所读过的书和你走过的路。这句话来对照陈士镛先生是最贴切不过的了。2020年9月13日中午，睽违已久的老同事在陈府畅叙阔别之情，往事如昨，回味甚浓。席间，老陈先生将时年86岁创作的"出污泥不染"和"鸟语花香"的两幅墨宝，分别馈赠我和刘春兰女士，情缘萦绕，意笃情深。餐毕，"编辑、'主人公'和读者"合影留念，依依惜别。老陈先生稳健地站在家门口的车站上，含情脉脉地目送我和部下刘春兰乘车远去……

文字是心灵的镜像，心灵是文字的枝头，德润的心灵，方能尽心倾吐优美的文字。读他的文章，品岁月人生，其"作为"何尝不是靠作品"立"起来的！我从他的许多佳作中，既能陶冶情操，又吮吸着丰富智慧的养分，真是可遇不可求呀！与其说他气质之美来自内心修养，不如说他是来的对美好事物的独特鉴赏能力。无疑从他灿烂的文章中，领悟其笔性、德性与智慧。的确，我由衷的感到，像老陈这棵"常青藤"公安作家的不辱使命，不是控诉和揭露；而是寻找的是真理，只为文心而默默地写作，向读者诠释文明与高尚，这就是他的人格魅力所在。

# 病危之中有亲人

记得1993年4月间,我母亲又犯心脏病,在长征医院心内科病房诊治。恰巧同病房48岁的病友赵玲妹患有严重心脏病,急需转院到上海胸科医院做心脏二尖瓣手术,医疗费需要5万元,患者急得团团转。其时,我母亲怀有一颗菩萨之心,对我讲:尽量帮赵玲妹想想办法呀!这位从江苏宜兴农村来的妇女哪来这笔现金呢?!

为使赵大姐能及时得到手术治疗,我竭尽所能,舆论先导,先是诚请上海人民广播电台播音员刘文仪在夜莺热线中传播这一消息。赵大姐在我家倾听报道时泪水盈眶;同时,诚请新民晚报记者周骏于1993年5月7日在《读者之声》栏目刊登我拟写的来信。全文如下:"编辑同志:最近,我母亲患病,我常去病房,见到有位病人总是愁眉不展。经了解,才知道病人赵玲妹心脏手术需要5万元资金。病房里的病友们都热情地关心她,并捐款相助,热心帮助其解决手术费不足的问题。真所谓'病危之中有亲人'。"这来信引起公众乐善好施的热潮,消息传开后,素不相识的善心人纷纷伸出援助之手,热心为其捐款。其中,由原浦东新区海科公司老总沈凯民亲自驾车将2万捐款送到胸科医院赵玲妹手里,她激动得泪如雨下,马上将2万捐款付给医院,上海胸科医院开出"病人入院暂存款"人民币2万元收据,编号为N0.024880并指明"浦东新区海科公司6404292019455日期93.5.21。时任新华路派出所副所长迟建宏、同事蒋国昌、交通大学干部、老邻居孟女士、来沪经商的陈先生等都以相同方式,为赵大姐尽早手术打开了绿色通道,捐款悉数到位,上海胸科医院又开出"暂存款人民币3万元"收据,编号为:N0.024596日期93.5.4为其手术赢得了宝贵的时间。手术后,赵玲妹被电击伤的臀部久治不愈,疼痛难熬。为此,我又赶到瑞金医院,商请灼伤专家专程到胸科医院为其会诊。经多方努力,患者赵玲妹终于化险为夷出院了。

赵玲妹大姐在沪疗养不久，由上海夏荣物资有限公司总经理沈招瑛安排一辆面包车，我们夫妇等专程送赵玲妹及家人回到宜兴元上乡老家。乡亲们见到重病的赵玲妹还能平安回家，无不纷纷奔走相告。这真是救人一命，胜造七级浮屠啊！1997年3月13日我母亲逝世。在追悼会上，赵玲妹大姐蓦然跪在老母亲灵前久久不起，衷心感恩非亲非故的慈爱之心，并能帮其摆脱病魔，起死回生。这个故事虽然30年过去了，却令人难忘，这一"病危之中有亲人"佳话，彰显一曲众人相助除疾患及生活因爱心而壮美的欢歌。

# 师生邂逅

回望初心，半个多世纪过去了，每个人的孩提时代，都会留下少儿时光那段历史的往事，都会深切地体悟到那个时代的印记。

耳际常常会忆起那首由乔羽先生作词、刘炽先生作曲"让我们荡起双桨"的经典之作，湖水在阳光的照耀下，波光粼粼，再配上优美动听的歌曲，真是美不胜收。就连没有音乐细胞的我，听到弦韵的律动，亦会引吭高歌，不得不勾起我美好童年的回忆。那时，按规定七足岁才能读书，9月1日出生的就要等下一年，因我出生月份小，未"轧进"，无所谓"择校"，于1959年秋，提早就近进入民办海宁路小学。62年前，从螺蛳壳里做道场起步，到组建海宁路967号面朝北的海宁路民办小学（属文昌居委），没有操场、没有礼堂、没有升旗杆、做操却在室内礼堂和很窄的上街沿边，礼堂右墙角竖有二三根竹竿，爬竿是体育课内容之一。小时候，我也学会左右手交替往上爬，爬到4至5米高的顶端，再抱竿老巨（沪语：熟练）地滑落下来。底层和二楼教室几乎都是朝北的，全靠天窗透进一缕阳光，让过道显得明亮和通风，历届同学以理想、情怀浇灌于简陋的母校。

之前，我未进过幼儿园，家里也没有要我学什么，天资既不愚钝，也不"呒青头"（沪语：失礼），知欲基因平平，小学生活最简单，也最快乐。家长不太管孩子读书的事体，托给学校是校方和老师的本分。每个学期结束开个家长会，发学生成绩单，没有红灯即好，老师的评语优劣，就是自己的学习态度和成绩的结果。尽管只读语文和算术为主，但我们的课余活动花色繁多，倒是不像现在孩子书包很重，流行于请家教、兴趣课、补习课、玩手机、玩电脑、在地铁车厢里做作业，有的学生写文章时"一闪一闪亮晶晶，满天都是假惺惺"有之，甚至出现微信网上游戏消费等，读书显得喘不过气来似的。然而，"学生"不是抽象的美，而是一个个鲜活的个体，点亮孩子的心灵是教师的使命。启蒙教育，关乎终身。学校正对面是一爿砌高墙的中药店，左侧是一爿二开间米店，西侧是一爿同茂泰堂吃酒店，邻近浙江北路。每年"六一"庆祝活动，白衬衫、蓝裤子、白跑鞋是最好的标配，由比我高一届的大队长李森林手持大队旗，两侧有小号手，叭叭叭；大洋鼓手少先队员敬礼，右手五指并紧，高举过头，表示人民的利益高于一切，大家在底层室礼堂里齐唱《中国少先先锋队队歌》(旧版)(由郭沫若作词、马思聪作曲)。我们新中国的儿童/我们新少年的先锋/团结起来继承着我们的父兄，我们新少年的先锋……文革开始后，马思聪因定性"叛国投敌"受到迫害，后来就改成电影《英雄小八路》插曲，我们是共产主义接班人/继承革命先锋的光荣传统/爱国家/爱人民/鲜艳的红领巾飘扬在前胸。我班大队长是胡稚临，我是五位中队长之一（墙报委员），简陋的校舍环境，同学都更加珍惜，在母校的怀抱里茁壮成长。现听耄耋之年的老校长叶盛邦讲：母校先后培育了16届小学毕业生，64年学生为第一届，我们65年学生为第二届，截于1974年3月并入塘沽路小学。

每天，老师带着我们情怀和梦想走进教室。一、二年级，班主任是胡翠娣老师，她身材挑高，宁波口音，常带笑容，语文课教生字注音，后来改用汉语拼音就全忘了。她洒下多少耕耘的汗，扶正多少成长的苗！下午，同学们会按照班主任划分的"学习小组"活动，先是一起把回家作业全都做好，有不懂之处的地方"互相帮助"，完成作业后到弄堂里去玩！仿佛老早辰光孕育的"弄堂游戏"热闹场景，又浮现在我的眼前。它不需要什么"道具"，越简单越有滋味。搭上两三只木凳子，搁上铺板，打乒乓、打算盘、跳绳、翻花绳、挑绷绷、抓沙包、刮刮片、踩影子、打玻璃弹子、顶橄榄核、老鹰捉小鸡，跳橡皮筋。还记得当年跳皮筋时唱的歌谣吗？这个游戏有挑、勾、踩、跨、摆、碰、绕、掏、压、踢等十余种腿部动作，跳得好，跳得齐，健康活泼数第一，一定不陌生吧！撑骆驼、也叫"跳山羊"。即一个人当"山羊"，手撑脚背或小腿，然后手撑膝盖，再站直，其他人助一段后，铆足劲，撑住"山羊"的背或双肩，双腿分开从"山羊"头跳过，"山羊"会越长越高，跳得难度亦越来越高。像同学杨永亮是我班高手，他不仅撑骆驼轻松一跃，就是跳上街沿旧式消防栓亦漂亮跨越。五花八门的小游戏看起来简单，却怎么玩都玩不够；或练习小楷、描红中楷、临摹大楷；或学刻纸花，用自制钢锯刻刀，将印有图案线条的蜡光纸放在玻璃或铁皮垫板上，通过依样画葫芦的镂空、挖削刀工，刻出各种人物、花卉和动物，这种手工劳动，动手动脑，陶冶情操。每天上午正规读书，下午课外学习活动，沐浴着天真烂漫的童年时光！

三四年级，班主任是张玉珍老师，记得那首诗留有特别的印象，"天苍苍，野茫茫，风吹草低见牛羊"。生长在大城市的我，对那遥远的草原天堂充满向往，不知"天似穹庐，笼盖四野"会带来何种壮美的胜景呢？诗中告诉我："书中自有黄金屋，书中自有颜如玉"。五年级，班主任是陈杰俊老师，他在教书法练习时，曾多次提及不仅临摹要到位，而且还要敬惜字纸，它是一个民族的传统美德。这句话，一直伴陪着我的成长。之后，我渐渐地体悟到，我们所读书本的每张字、每个字、都是有生命的；不能有丝毫轻慢和不恭，它是一个人的教养和素质的综合体现。六年级，班主任是刘政仪老师。尤其在校长叶盛邦、教导主任陈静毕、大校辅导员徐爱娣、以及陈杰俊、刘政仪、谭德容、刘金才、朱梁凤、李楚琴、孙露萍、袁芝郁等老师的悉心教育下，我们好似幼苗逢甘露，少年从命读书，为学而学，只能观其一二，少有悟性，如隙中窥月，初步尝到了学习文化的甜头，渐渐地体悟任课老师用辛勤的汗水洒向了母校的每一寸土地，凝聚在每一块砖瓦中，真正的教育给我们学生有诗和远方。同时，我们戴着红领巾，唱着红色歌曲，还伴随学习刘胡兰、黄继光、董存瑞、邱少云、雷锋、龙妹与玉荣的故事渐渐成长的，我们这代人从小就是爱国小标兵，童年时代的理想，是考上一所大学，成为一名报效祖国的有用人才。约在二、三年级时，我校假闸北区一中心小学正规礼堂排演节目，我班登台演唱歌曲时，我自豪地打拍子，指挥时两手上不超过肩，下不低过腰，有节奏地彼此呼应，让童声童音响彻校园。在沙锤和击鼓节拍声的伴奏下，我与同学表演"亚非拉人民要解放"的小组唱，我穿着小西装扮演小记者，热情地向大家逐一介绍各位亚非拉小来宾，圆了人生第一次上舞台的演艺梦想！

那时，电影是高级、时兴的宣传教育工具。这里曾是我学习成长的地方。星期天上午有二场学生专场电影（分早早场和早场），花上一毛钱看一场学生场电影。大热天，二轮三轮电影院没有冷气，全靠吊扇和纸扇降暑；若想看冷气开放的电影，偶会花三四角钱去大光明、大上海、和平、国泰等首轮电影，开心之情无语言表。给我印象最深的是，老师带领我们学生排队先后到"泰山"和"山西"两家电影院，分别观看《红色娘子军》和《烈火中永生》两部电影。一部围绕主角吴琼花从奴隶成为为共产主义战士的经历，与"南霸天"斗争的故事；另一部电影《烈火中永生》，着力塑造了江雪琴和许云峰这对革命伴侣英勇不屈与敌人斗争的英雄形象。还原了江姐受尽酷刑的历史，"竹签子毕竟是竹子做的，共产党员的意志是钢铁！"1949年8月一位年轻的女难友被营救出狱，她对江姐说：你有什么事情要让我办。江姐对她说：如果我有什么不测！这封信就算是我的遗书。她取出了一根竹筷子！把它磨尖缠上棉花，和灰土加了水调成墨汁，写下了这封"托孤信"……盼教以踏着父母之足迹，以建设新中国为志！为共产主义革命事业奋斗到底！让后来者仰望沉思动容，看见信仰的火焰升腾，听见排山倒海的脚步，照耀黎明中伟大的诞生，凤凰涅槃，向阳而生，壮士浴火，国之栋梁，却在人们心头掀起波澜。除外，还刻画了可爱、纯真的小萝卜头天真烂漫的形象，这位"小英雄"一岁的时候，他和妈妈一起被国民党反动派关进重庆渣滓洞监狱，他穿妈妈改小的小囚衣，吃的是发霉发臭的牢饭，长得脑袋大，身子小，就像一个"萝卜头"。他经常在牢房之间传递信息和情报，被杀害的时候才9岁。这个经典故事，小英雄形象久久地藏在我的心里。英雄的形象似丰碑，没有无数先烈和"小萝卜头"的壮丽牺牲，哪有幸福安定的今天；这般红色文化的电波，影响着一代又一代的青少年。"头可断，血可流，共产党员的意志，你是永远打垮不的！" 2020年6月27日晚9点07分，"最美奋斗者""新中国22大电影明星"之一、中国电影金鸡奖终身荣誉奖得主、电影事业家、观众心目中永远的"江姐"，享年99岁的电影表演艺术家于蓝走了。当精神穿透了时空，她也活成了江姐的模样，在人们心底永生的模样。

在小学六年学习生涯里，除了学习书本知识外，还通过电影、故事、文学、连环画等作品里的英雄人物、培养热爱集体、热爱公共财物、讲道德、守纪律的意识；进而，懂得知识是件穿不破的衣裳，一旦与时空有机衔接就有价；老师乃业之导师，道之明灯，启蒙教学，至关重要，教的是知识，育的是人才。毕业前夕，刘政仪、陈杰俊两位老师带领全班学生来到虹口公园（后改鲁迅公园）过一次"红领巾队日"集体活动，同学们无暇观赏风景，纷纷在鲁迅墓前、小石桥边、草坪上、留下难忘的少年身影，相守流年，温暖吾心，红领巾的火苗仍在枝头闪烁……

童年，是内心深处最好的存在，是我们回不去的时光。上海是中国连环画的发源地，新中国成立以来，上海的海派画家们连环画精品迭出，其中有董天野《甲午中日战争》、贺友直《山乡巨变》、顾炳鑫《渡江侦察记》、赵宏本、钱笑呆《孙悟空三打白骨精》、华三用《白毛女》、吴友如《尝鼎一脔》、程十发《孔乙己》、张乐平《三毛流浪记》等经典之作，其隽永的艺术魅力，几十年经久不衰，一幅幅精美绝的画面，妙不可言，脍炙人口，激励着一代代"连迷"历久弥坚的情怀，备受广大"连迷"青睐。记得，朱梁凤老师家人在康乐路102号（A）门口上街沿摆过小书摊，不但伴随了几代读者的成长，而且无数连环画小书摊曾经作为上海街头巷尾的城市文化一景。同班同学毛以诺家住在河南北路365弄9号图南里底层厢房，斑驳的石库门墙壁，散发着厚重的沧桑感。他家母亲性格开朗，文化高中，贤妻良母，心系社区里弄干部；父亲毛震耀是上海著名画家，年方三十多岁，浙江奉化人氏，眼睛深邃明亮，举止大方，莫过于静下来，在画室与居舍合用的统厢房里，撑一支笔，声心为画，或低头伏案作画，或表情凝练，默默遐想构思，用毕生的心血，绘出了画作等身的连环画。家庭文化基因甚至比生理的基因更能成就一个人，更能锻造一个人豁达和狭隘的人格。我额个人更执着于精神和感情因素，胜过物质。小时候，我有幸到同学毛以诺家里白相，亲眼欣赏小毛父亲精心作画，本是一种机缘。"书以人贵，人以品学重"。顿时，我对身边的毛以诺同学肃然起敬，因为他生活在一位名人的家庭里，何尝不是一种缘分注定的生命尽享愉悦的赏画呀？画家毛震耀带我走进了绘画的海洋，领略绘画的芳香。此后，我对连环画更为青睐，常会花一二分钱，坐在小板凳上，津津有味地看上个把小时，这是我童年最快乐的时光。"迭个小姑娘实为额相貌的漂亮呀"！老早底她梳着童花头，娃娃脸庞上嵌着一对弯弯的眉毛，眼睛像一对水淋淋的葡萄，仿佛那灵韵也溢了出来。一颦一笑之间，小贵人的神色自然流露……五十多年过去了，至今同学俞德慈还清晰地记得，小辰光她曾到石库门毛家，当过一次画家毛震耀临摹的头像小模特；画毕，毛震耀送给她一本由张伯文编写、毛震耀绘图的连环画《桥》（1962年12月第1版），内容有：伸臂桥、屋桥、卵石桥、吊桥、踏步桥、独木桥、架木桥、升降式铁桥、开动式铁桥、旋转式铁桥、袖珍桥、旱桥、钢拱桥、武汉长江大桥、五亭桥、天生桥、拱石桥、九曲桥、冰桥、水沟桥等，留下了如此深刻的唯美瞬间。我班同学几乎都是翻阅由毛震耀所创作的《骆驼祥子》《脚步》《一级英雄杨连弟》《绿色钱包》《姊妹船》以及1964年由浩然编写、毛震耀绘画《红林和半斤芝麻》等连环画长大的，让我们的童年沉浸在连环画爱不释手的愉悦之中。

那时候，我们无忧无虑过日子，还恍如昨天。记得小时候，天很蓝，水很清；清晨醒来，没有雾霾，空气清新，阳光和煦；衣着朴素，干净为美，一饮一啄，皆有来因；荤菜很少，保证一日三餐，却无农药和添加剂，都是绿色食品；马路没有车水马龙，没有红绿灯，更没有家人接送；三人一群，五人一伙，作业很少，书包很轻；每次新书发到手里，都要用牛皮纸和报纸包起来，学费很低，家困减免；住房很挤，经济拮据；因缘而学，因情而暖；微笑也好，苦恼也罢；所有笑容眼泪，所有的喜怒哀乐，却是痛快真实的，珍贵而闪耀，天真、可爱、原野、活泼是我们的底色；那时候，考试卷子都是老师自己刻字印刷的，考完试后考生手肘都被油墨蹭黑了；旧时光的色调，撇捺人生，屋泽天伦，比美颜滤镜好看一万倍，是童年弥足珍贵的宝物。如今，母校不复存在，它从无到有，从简陋到优质，无不谱写出这代老师们的辛勤耕耘、默默奉献的青春年华，注重启蒙教育，雕塑学生心灵，给我们学生一个慧心的人生。

岁月流逝，潮起潮落间，小学毕业后，我进入中华新路977号闸北八中。我们初一学生同样要接受革命的"洗礼"！"亮色"加上"单色"，是当时我们"红领巾"记忆的基本基调。该校位于闸北"下只角"，步行到校，一般需要45分钟，雨天乘78路或69路公交车，还得花上20分钟路程才可乘车至校。当初，初一年级有8个班级。我与同学张红根、乐汉成、顾玉芳、张蓓蒂、许兰英等为初一（6）班，班主任是政治老师鲁琴珍。她讲政治课深入浅出，有趣生动，使学生一听就明白。有一次，鲁老师讲到矛盾普遍性和特殊性关系时说："露始而化为霜，橘逾淮为枳。"在不同的时间和空间里，事物各自呈现出个性特征。这句话直到现在，我还记忆犹新。王一臣老师教了我们俄语，早已荒废殆尽。那时，班级同学中午就餐都是自带干粮，大米放在一只铅饭盒里集中蒸煮，配点小菜充饥。同学顾玉芳的爸爸顾凯与校长孙毓栋是朋友，故每天中午，小顾跟随孙校长一起就餐，同学为之倾慕。初二、初三年级，我的班主任是冯长根老师。他毕业于同济大学，身材瘦长，鼻梁上戴着一副近视眼镜，衣着得体，颇有教书匠风度，写得一手粉笔行书，教数学不仅水平很高，而且讲课循循善诱，引人入胜。冯先生于2009年作古，享年70岁。只读了一年初中，文革就开始了，所谓"停课闹革命"。初一伊始，我被校方选为校学生会委员，参与学校宣传工作，对于此类课外活动、对培养自己独立、自主能力均有一定好处。除外，在进驻学校工宣队的安排下，同学们多次接受工人阶级再教育，聆听老工人忆苦思甜报告、先后来到上海鞋楦厂、胜利木材厂、光复西路内河装卸十区搬运砖头等单位学工劳动，亲身体验工人的辛勤劳动的成果。

  1966年下半年，学校基本停课了，社会上弥漫着"造反有理"的氛围，我虽不是红卫兵，也跟着哥哥姐姐闯荡"破四旧"行列，曾以"革命的名义"、一分钱不交先后到过杭州、一场浩劫正在酝酿之中。由"单色"变为"染色""红色"转为"文革"记忆，搅和看热水、冰水、泪水、血水、碱水、墨水、秽水之类，却淹灭在"造反有理""读书无用论"的荒谬旋涡之中，致使学业荒废、成长抑止、心灵扭曲，我们纯正的理想都化为一缕青烟。

  几度春秋几程路，无书无知腹中空。每个人成长的过程应是一个不断尝试并最终获得智慧的过程。现在看来，天地万物，什么都有定数。在这大千世界里，没有崎岖坎坷不叫攀登；没有痛苦烦恼不叫人生！其实，命是掌握在自己的手里，是自己的心与行为在时时刻刻左右命运。师恩大于天。古人曰："智如泉源，行可以为表仪者，人师也。智可以砥砺，行可以为辅弼者，人友也。"往昔宛如今晨昨夕，虽然离开校园五十多年了，但我深知这方不择细流的厚土，可以滋养各具特色花朵。从舞勺之年，到前年师生邂逅，感恩戴德，每只乳臭未干的小鸟行将告别草窝母体，纷纷跃跃欲试，展翅翱翔；灼灼岁序，恰似晨露，今朝欢愉，明日何处？

　　生活如酒，色彩斑斓，安静下来，甜美之味令人回味。2017年11月一天早上八时许，老师由刘政仪、刘承川夫妇、陈杰俊、李秀菊夫妇，同学梅昕浩夫妇、我们夫妇、杨孝妹、秦佩华、胡稚临、吴卫中、高容芬、俞德慈一行，在市十医院门口上车，由于座位不够，我们夫妇只得坐在尾部折叠椅上，专程乘车到同学秦佩华老家无锡鸿山镇大坊桥白相。车在路上飞驰，我们一路欢声笑语，一会儿，侬小番茄要哦？汰清爽了，请放心！一会儿，进口巧克力啥人要？吃口蛮好咯！我也问：陈皮酸酸甜甜，老开胃，可提神哦！更有滋味的是，侬讲同窗桌子用粉笔中间画一条线，保持座位距离的故事，伊款款而来一段轻清柔美的沪剧清唱，喝彩声、拍手声、欢笑声、喊小名、此起彼伏，洋溢着浓郁的情谊，让大家似乎回到了年少去秋游的时光。那时，我们秋游的充其量、无非带上小面包、橘子水、茶叶蛋，坐在船上让我们荡起双桨……如今，返老还童之旅，我们提上拉杆箱、手机、笔记本电脑，坐在包车上满面春风去踏青，年岁不同，心情相同；刻度不同，温度相融。小梅是向导，沿途，我们师生一行游览了北倚灵山、南面太湖的无锡地标之一的灵山大佛和灵山梵宫。参观2004年度全国十大考古新发现、在特大墓葬丘承墩原址上建造的"鸿山"遗址博物馆。其中分为古墓惊现、等级之尊、奢华生活、贵族玉礼、乐库华章、千古之谜六大板块，整个设计平面像一把弓箭，象征吴越争霸及吴地人文独特的历史。次日清晨，我们一行漫步在青砖石墙、小桥流水、环境幽静的荡口古镇，湖风拂面，倍感惬意而富有诗意。途中，正巧还遇见相声演员姜昆也在古镇尽兴消遣。中午，秦佩华及她的家人忙忙碌碌、用丰盛的家乡蔬菜、鲜活鱼蟹一道道端上桌款待，让大家味蕾过足了瘾。餐毕，观赏大闸蟹养殖场，攀上柿树、摘下柿子直接吃，甜软爽口；品尝刚采摘的一串串葡萄，临走时小秦亲人还特地送上南瓜、山芋，让我们沉浸在收获的喜悦之中。

　　师生是一生一世的情缘。时隔5个月，应师生网主杨孝妹的诚邀，我们师生约定去扬州。出发前，我专门实地到长途汽车站"打前站"，锁定时间，确保绝对安全。2018年4月11日至13日，老师由刘政仪、刘承川夫妇、陈杰俊、李秀菊夫妇、朱梁凤、袁芝郁，同学由我们夫妇、秦佩华一行，在北广场乘长途车前往杨孝妹的家乡古城扬州。小杨有一颗金子般的心，事前做好此行接待功课，尽量地能让大家住好、吃好、玩好、来时快乐、满意回沪。11日中午，杨孝妹早已在车站恭候大家。她对自己的家乡倾注了深厚的情意，家乡的一草一木、喜怒哀乐都留在她的心里。这批贵客来我的家乡观光，盼得就是今天。扬州除了厨刀、修脚刀、理发刀天下闻名外，烟花三月，柳暖花春，竞相逗美，琼花惊艳，婀娜惊艳，以及闲情慢步瘦西湖、个园、何园、东关街；这山水亭台楼阁，一派满园春色，令人目不暇接。扬州是吃得天下，这是扬州的盐商培养起来的，也是中国灿烂美食文化的结晶。几乎每一家都有"家疱"，每个家疱，都有一两样拿手名菜。那里，尤以冶春茶社最为著名的清纯蟹粉狮子头、以大而圆，口感松软，肥而不腻，嫩且鲜著称，它是相传隋炀帝到扬州观琼花以后，令御厨以四景为题分别制成：金钱虾饼、松鼠鳜鱼、象牙鸡条、葵花献肉四道名菜问世，葵花献肉即"狮子头"的原型。此行，我们品尝了富春美食的狮子头、烫干丝、文思豆腐羹、扬州炒饭以及吮吸滚汤鲜汁再吃肉和皮的灌汤包……固然名不虚传。我们先后参观了扬州八怪纪念馆、朱自清故居、茱萸湾公园、所到之处只因停留时间太短，来不及细细品鉴。给我印象最深刻的是，扬州八怪之一的清代官史、书画家、文学家郑板桥。以卖画为生，世称"诗、书、画"三绝。郑板桥的"怪"，来自生活又高于生活，与众不同，含有几分真诚、几分酸辣、几分幽默，我最欣赏老郑先生的独特文化风骨。每当他看到贪官奸民被游街示众时，便画一幅梅兰竹石，挂在犯人身上作为围屏，以吸引观众，借以警世醒民。另一位就是赢得毛泽东同志高度评价"清廉爱国"的朱自清先生。这位我国著名散文家朱自清教授，他身患严重的胃病，每月的薪水仅够买3袋面粉，全家12口人吃都不够，更无钱治病。一天，吴晗请朱自清在"抗议美国扶日政策并拒绝领美援面粉"的宣言书上签字，他毅然签了名并说："宁可贫病而死，也不接受这种侮辱性的施舍。"这种民族的英雄气概，就是古代"不吃嗟来之食"的典故。春秋时期，齐国发生饥荒，很多人被活活地饿死，贵族默敖发善心，他在路上摆上食物，施舍于难民，并傲慢地喝道："喂，来吃吧！"谁知那饿汉表示宁愿饿死，也不吃这嗟来之食。这是多么高尚的情操，多么清正的风骨啊！世界缤纷多彩，人间无奇不有。

一天下午，在乘公交车上，我无意间讲了一句"扬州出美女"，当场有一位陌生的男士乘客听了极不耐烦，指责我说，你不要污辱扬州人！我当即回答：你不懂历史，"扬州出美女"，如同"绍兴出师爷""苏州出状元"一样，千百年来口碑广为流传，成为家喻户晓的俗话。只不过是其概念不断演变，注入了现代的内涵罢了。那人无言以对，灰溜溜地下车走了。青山在，人未老，同学情正浓；岁月增，水流长，情怀依旧深。那天，我们师生有幸登门杨小妹夫妇新居，一进门豁然开朗，考究全新装潢，乃是风水宝地也！其时，我送给小杨《大明万历年制》边款的一件彩陶茶托摆件，以示贺喜之诚意。大家玩麻将，叙家常，品茶果，其乐融融，余味无穷。13日午餐后，此行即将结束，杨小妹一直将回沪的师生送到长途汽车站，目送大家远去。回到上海，大家频频话别。因陈老师夫妇离我家不远，考虑安全起见，我将他们夫妇送到家里才放心。

现在上海人是勿大用莴笋叶子来烧"咸酸饭"。不过，一旦提及"咸酸饭"，自然会忆起童年辰光，家家户户会用莴笋叶子烧一锅子香喷喷额"咸酸饭"，其它什么菜都不用烧了，一碗"咸酸饭"看生活。2018年中秋，我与同学杨孝妹、胡稚临三人到老师陈杰俊府上看望他们夫妇。是日上午，陈老师、师母李秀菊阿姨执意留下我们吃"咸酸饭"。李阿姨快言快语，慈眉目善，给我们留下良好的印象。"咸酸饭"是其拿手活。她配有莴笋叶、胡萝卜丁、香肠丁（或咸肉丁）等材料，不宜多加，以免盖过了莴笋叶的清香。莴笋叶上放点食盐、用手搓搓，减少苦涩之味；然后，锅里放上一层米一层菜上锅煮；不一会儿，一锅子清香四溢的"咸酸饭"端上桌子，我们吃上久违色香味俱全、颗粒晶莹饱满的"咸酸饭"，使我们的味蕾重新回到从前最好吃的滋味。那么，为啥要叫"咸酸饭"呢？早老，贫穷人家吃饭没有什么小菜，吃饭没有滋味，上海人称之为"白饭"。为了改善伙食，饭里加一些咸肉、青菜，煮成菜饭，即称"咸酸饭"。一般人家都喜欢用莴笋的叶子做的"咸酸饭"。菜饭是咸额，但是到勿酸。当然，最好吃的咸酸饭，莫过于锅底锅巴，不过城市里没有这种烟火气，需要在农家土灶的锅气和火候才能做出来的。这顿别具滋味的"咸酸饭"，却香气四溢久久地留在我们三位同学的心里。2020年12月5日，我们夫妇相约同学杨孝妹、胡稚临、秦佩华来到老师陈杰俊府上，师母李阿姨又专门为我们烧了"一锅子"清香诱人的"咸酸饭"，配以正宗罗松汤，味道刮刮叫。这种浓浓真情，总是生命注定的缘分，勾勒出甜蜜的微笑，于时光深处……

最值得提及的是，原来母校大队长李森林年已七旬，2019年6月10日在申宴酒家宴请诸位老师。是日，他特意租上一辆出租车，专程抵达原大队辅导老师徐爱娣府上接她到饭店，下车后又将她扶上残疾车推至桌席旁，此情此景，映入眼帘，令人感动，使年迈的老师们无不沉浸在无比欢乐之中。当年老师慧眼识才，让优秀学生脱颖而出，他就是朝气蓬勃的大队长李森林，令全校学生瞩目；如今，李森林依旧不忘初心，有志始知蓬莱近，无为总觉咫尺远，一举一动作表率，言行一致暖人心，让健在的老师们又看到了当年那位永不褪色"大队长"的影子。最令我钦佩的是：陈杰俊老师分别于2016年11月28日和2019年9月27日先后两次冠心病复发。无奈之下，都是同学秦佩华及时找熟悉的医生帮忙住院治疗，经过系统检查治疗，陈老师的病情均得以恢复良好。这份仁爱之心是无形的、平常的、更是有温度的。

我曾听刘政仪老师讲起一个《蒙眼》的真实故事。在一次婚宴上，一位中午男士认出了他中学的老师，于是上前毕恭毕敬的说："老师，您好！您还认得我吗？"老师说："对不起，我实在记不起来。"学生说："老师您再想想，我是当年在课堂上偷同学手表的那个学生。老师看着面前的这位学生，还是摇了摇头说："我真的认不出你了。"学生又说："当时您叫全班同学都面向墙壁站着，在用手帕蒙上自己的眼睛；然后，您一个个的搜查学生的口袋。当您从我口袋里搜出手表时，我想我一定会受到您的严厉训斥并予以严肃处理的，从此我在班里再也抬不起头，这将给我人生留下不可磨灭的耻辱和创伤……但是一切超出了我的想象，您把手表归还给失主后，就叫我们坐回原来的座位上继续上课。一直到我毕业离开学校的那一天，偷手表的事从来没有被提起过。从此，我感恩老师，奋发学习，终于获得博士学位，成为国家有用的人才。老师，现在您应该记起我了吧？"老师微微一笑说道："我怎么会记得起你呢？为了同学之间保持良好关系，互相尊重，为了不影响我对班上每个同学的印象，当时我也是蒙上自己的眼睛来搜查学生的口袋的。"学生听完，眼泪夺眶而出，他紧紧地把老师抱在怀里，一句话也说不出来，彼此默默地拥抱着……这个故事讲完了，我也被深深的感动了，虽然不是发生在我们学校，却此时无声胜有声，给人容身的空间，给人转身的台阶，给人改过的机会，乃是千千万万老师队伍的一个缩影，宁肯甘心情愿作铺路石，也不愿一位学生掉队呀！我不禁想起一句名言："老师是人类灵魂的工程师。"故事里的这位老师不仅拥有善良和智慧的品格，更有一种崇高的慈悲境界和人格魅力。

　　2020年5月初，陈杰俊老师夫妇将自己亲手栽培的小辣椒苗送给我。它不需要一个多大的地方，移栽盆里，只要阳光和水相伴，仅养了一个多月，小苗长势很快，已长生了细长的小辣椒。小辣椒联结着师生的情谊，见物如见人，颇有一份暖暖的收获感。6月21日下午1点40分，上海《都市频道》栏目，专题介绍虹口区惠民路长青专业美发店的经营模式。偶见主持人丹丹携手特邀嘉宾、透出知性美的退休英语老师刘仁川走进惠民理发店，她俩一起现场采访店主生意经。店主柳建民几十年坚守老式理发工具美发，却一直保持一百元能烫个头的美誉，主持人当场试烫独特的发型，老格算额，下个礼拜我带我姆妈来，真是名不虚传，深受老上海人纷至沓来。我惊喜地看到这个视频，即用手机拍下这一镜头，与他们夫妇分享欢乐时光。人生是条河，岁月是首歌，偶然是风雨，自然是生活。

　　如今，我们师生一路走来，从前的男生女生，也已步入七十岁；从前的老师也已步履蹒跚；世事多变，人生如戏，任何时候都不要忘记老师的精心教诲："做人要常怀感恩之心的本质和底色。"老师就像蜡烛，燃烧自己，照亮别人，用爱心浇灌事业，用真情感恩"上帝"，让学子们在祥和的阳光里磊落而健康地成长，并匠心而赤诚地给学子们智慧与力量，情谊中最珍贵的师生情谊，那是饥饿时代不向命运低头的超脱，经历岁月的沉淀，从原点起步，经历风霜雨雪，各自演绎五色斑斓的人生，成为记忆中不可复制的经典，愈发显得如此的宝贵；蓦然，又回到原点，难忘的记忆依旧如初地涌动，都淬炼成波澜不惊、快乐逍遥的欣欢。清代诗人萧抡谓在《读书有所见作》一诗中写道："人心如良苗，得养乃滋长；苗以泉水灌，心以理义养。一日不读书，胸臆无佳想。一月不读书，耳目失精爽。"窃以为，最平易、最健康、最高雅、最休闲意味的消遣，还是读书。读书，如尝不是阅读人生。临窗伏案，清心观书，悠然举目，意到南山，快意生活，从容于心，淡是在表，纯净不带杂质，透明不夹色彩，如书如酒，愈品愈醉。老年常有微志，正如同学俞德慈自导自演用复音口琴吹的单孔单音《天边》慢四舞曲的视频一样，有情有味，委婉柔情；颇有至真至纯的声音撼动心魄，使我们内心得到安稳与清雅。百年人生谈笑间，此心即是。携一抹温馨的记忆，在如水的岁月，铭记生命中的心与心的遇见，情与情的相惜，骨子里的样子以及眼睛里互相欣赏的样子，虚拟世界是人生诗意栖居的又一个驿站，拥有自己的一方之主，每一颗丰沛的灵魂都值得品读，让最艳丽的花朵染香衣角，在闲话清谈碎影与读书滋润灵魂时，可谓："花有重开日，人无再少年！"

# 第四辑·家事如熠

# 父爱如山

百年人生一过客,雁来雁去一首歌。其实,人生最美妙的风景,是自己内心的安稳与清雅。岁月如梭,携一抹温馨的记忆,铭记生命中的心与心的亲缘,情与情的相爱,亦是灵魂与灵魂的欣赏。如果说母爱似水,那么父爱就是山;如果说母爱是包容,那么父爱就是引领;如果说母爱让我们感到温暖,那么父爱就让我们变得坚强;如果说母爱无微不至,那么父爱就是沉默无声。父亲是一座大山,小时候,我坐在他的肩膀,他给我厚实的依靠,总能让我看得很远、很远,我的身心即使承受风霜雨雪也沉着坚定。你没有修饰,没有奢华,却始终耸立在我的生命之源,伴随着我走过每一条坎坷而孤独的路程……当我拥抱人生脉络书写了悲笑并存的家史时,就需在漫然流光中学习并领悟人生所有。

慈父王志辉,生于 1920 年 11 月 17 日,生肖属猴,高中文化,祖籍是倚山面海、溪清水秀、富甲天下、被孙中山 1917 年在他撰写的《建国方略》中曾提出开辟东方大港的乍浦镇,系弘一法师(李叔同)、"三百年来篆刻第一人"陈巨来同乡。乍浦港即嘉兴港,地处长江三角洲南翼,位于东海之滨杭州湾北岸,离上海 100 公里左右。1975 年,原陈山码头两个 2.5 万吨级泊位在乍浦建成,目前,已建成码头集装箱万吨级泊位 12 个,千吨级泊位 7 个;在素以苏杭园林著称的江南水乡平原,镶嵌着一颗清代第宅厅堂的明珠——平湖莫氏庄园。作为江南六大厅堂(莫氏庄园、网师园、采衣堂、卢宅、退思堂、春在楼)之一的莫氏庄园、至今已经三个世纪;由九条河流汇聚而成的东湖(国家 AAAA 级旅游景区)、雅名鹦鹉湖,九龙山国家森林公园、九龙山的外面有一座岛,名为外蒲山,也称为中普陀山;平湖市的城中湖,古诗赞曰:"九里湖光九里城,九川环碧霭烟生,支流远带群龙合,巨浸中开一槛平。"同时,沉厚的文化底蕴,吸引着影视家们纷至沓来,1981 年以来已有《红楼梦》《家春秋》《梧桐雨》《原野》《半生缘》《画魂》等千部电影、电视在这里拍摄。早年，他受浙东人严格家训及儒家遗风的熏陶，逐步学会并养成"清清白白做人，认认真真做事"的良好品行；也许这句座右铭，却影响了他的一生。

少儿时期，他在家乡求学到初中，学品兼优，且爱好田径、球类运动，当初曾是县里学生运动会100米短跑的保持者。15岁随二兄王志溪及家人来沪学生意。奋斗是力量的艺术。经亲友介绍，先在北京东路、西藏中路六马路口的上海大亨黄楚九开办的中法大药房学徒、供职，同事有杨国器、蔡祖泉（电光源专家）等。1951年至1952年在芜湖中法大药房工作，同事有程松（系长兄亲家），侄子王佐明。解放后，在闸北区山西地段医院塘沽路门诊部药房间工作至退休。1942年，经母亲大姨夫倪荣康介绍，父亲与母亲相识并订婚；1943年父亲与母亲陆福珍结婚，居住在新闸路聚庆里石库门53号。1944年生长兄，1946年生大姐。1948年12月移至七浦路豫顺里石库门3号二楼居住。1951年生二姐，1952年生我，六七十年代又搬到曲阜路153弄永康里，他一生都是在石库门里度过的，渗透并诉说几代人的悲欢离合的故事。曾经，多少人来去匆匆，曾经，多少事绵绵待说，曾经，多少楼，烟锁灰蒙，曾经，多少感慨，天接云涛，石库门里市井文化，令人凝眸。纵观其质朴而平凡的一生轨迹，他"二点一线"勤俭持家，尊老爱幼，乐善好施，堪称"典型的上海好男人"。

50年代至60年代，父亲在山西地段医院药房做药剂师，每月工资88元，那时，家里4个小孩读书，母亲体弱多病，有时父亲充当双亲角色，忙里忙外，经济负担落到他一个人身上，幸好外公陆文斌鼎力资助，才勉强维持生计，虽然粗茶淡饭，衣裳均是新三年、旧三年、缝缝补补又三年，但是，一家三代其乐融融。依稀地记得那时，我们兄弟姐妹，人虽小，很懂事，遂将新年压岁钿及小额零花钱，分分角角，放进小小的储蓄罐，每年开罐一次，把里面的储蓄拿出来给家人一个惊喜，或用于学费、或添衣服、或看电影、苦中作乐、煞是有趣。

偶尔父亲会趁星期天休息，带我们到公园玩耍。有一天，太阳公公终于露出了笑脸，我们的心情变得晴朗了。父亲带着我们儿女乘20路电车和57路汽车来到了西郊公园，一路上，我们沐浴着阳光，观赏着沿途风景，呼吸着清新的空气，有说有笑，很快就到了西郊公园。公园里饲养展出四百余种各类动物，为全国十大动物园之一。我们一边观赏各类花卉；一边零距离与动物接触，或学滑双轮滑板，或划小船荡漾湖中，闻到随风飘送的清香，心里高兴极了，总算见了世面，玩得尽兴，一直到太阳落山，童年的我们才意犹未尽地和父亲一同乘车回到家中。那时，清贫节俭的家风，滋润着我们幼小的心灵。

在我的记忆中，父亲长期从事医务工作，为人处事，和谐相处，习惯于吴侬细语。透过几桩小事，足见其心细如丝之功底，他替子女削苹果或生梨，富有灵性；不一会儿，果皮像薄链条似的完整附着果肉，吃时只要把苹果或生梨的柄头一拎，果皮自然脱落，既卫生，又美观。家乡盛产平湖西瓜，挑起西瓜经验老到，保熟保甜。逢年过节，剪窗花亦是如此，别人手姿没有他灵巧，仅是三下五除二的工夫，一个双喜字，或是一个小动物跃然纸上。就在2006年12月底，86岁的父亲还帮我女儿（他的孙女）结婚家具上，剪上几个"囍"字，以及在他送的红包上赐予贺词。

"秋风起。蟹脚痒，九月圆脐十月尖。"从前，我不会吃蟹，连壳带肉，横嚼几下，连壳带肉吐出来，更不会当菜下饭。父亲对吃大闸蟹尤为钟爱，而且精于此道，首先掰开蟹壳，黄灿烂的蟹黄即刻展现在你的面前，先取掉蟹肠、蟹心、蟹胃、蟹腮、后舯处排泄物，蘸醋调姜，吮食蟹膏，肉白细嫩，精剥细嚼，尝上一口；啊，油而不腻，轻中带劲，味道真是妙不可言。然后，再拗开蟹身分成两边，吃完一边又一边，蟹是蟹，壳是壳，尽管从不沾酒，趁热与米饭交替大快朵颐，清清爽爽。之后，我从父亲熟练尝蟹的手势自如中，亦慢慢地学会边吃蟹边下饭，现在又设法衍生至外孙掌握吃蟹技巧，品尝蟹的滋味。最有趣的是，父亲那种矜持的"文吃"吃法，吃完蟹后，他还能拼回去，只是没了肉，重新还原成大闸蟹的原样；还能拼出有笑脸的、有千手的大闸蟹，厉不厉害？！

最值得提及并追忆的是，长兄于1961年当兵和我于1969年3月当兵均由父亲分别送我们到新兵集结地点，临别时，父亲对我说：你到部队当兵是全家的光荣，家里的一切别牵挂，请放心，要好好地在大熔炉里学习、成长。好男儿不轻易掉眼泪，我强忍地离别亲人难言之情，即对父亲说，我到部队会听首长的话，向老兵们学习，磨炼自己，经受环境考验。我没有一刻比现在更理解父亲，感激父亲，并含有歉意地对敬重的父亲鞠了一躬。分别时依恋，犹如绵绵不绝的亲情，爱是那样的渺小，但又是那样的伟大；父爱如山，父爱如溪，那股无法割舍的关爱，却刻骨铭心地留在我的心坎里。

1970年4月8日，我的二姐到江西省鄱阳县田畈街公社插队；临别之时，又是父亲送她到码头话别。她至今珍藏的，1970年4月9日由田畈公社党委会"五七大军"领导小组赠给的上海市下放知识青年的小红宝书，却给"知青"留下了极其难忘的记忆。我家四个子女，除老大、老二在沪工矿，老三插队、老四参军，兄弟姐妹，各奔东西。相拥的生命是美的。实际上，这份相拥中，所包含着父亲对我们子女何等温暖地关爱啊！那时，父亲给我们儿女写家信。总是千叮咛、万关切地教育我们要以苦为荣，迎难而上，字里行间，柔情似水地写满了他对儿女的最大的期望。鱼来雁去，既是开启人生之路的一把钥匙，更是激励我们儿女融入社会的一种能量。偶尔，父亲会把母亲为我们儿女准备的食品、月饼等邮寄给儿女。我们接到邮包，一股与生俱来的暖流涌进心头。50年过去了，我们儿女今生的每一步成长，你却没少操心；我们每一次进步你都及时鼓励与肯定。良言一句，恩泽一生。时光容易把人抛，红了樱桃，绿了芭蕉。

精神乃生命之魂魄。肉体终将消亡，精神可以不朽。在我心灵的天空、意识的天空、思维的天空，一只只精神的"不死鸟"，正不知疲倦地穿掠苍穹。为了仰望它们，人们正打起精神……为了全家的安宁与幸福，父亲亦会默默地藏起自己的苦与愁，上奉长辈尽孝，下操子女纷扰。青丝已去，白发染头，然而，父亲始终抱有低调生活的心态，最多一包飞马牌香烟，吸了好几天，不求更多的奢侈，这种低调就是禅意，颇显睿智、涵养，也不失热爱生活之举。在父亲的悉心哺育下，让我们子女的心在岁月中慢慢地磨砺，如蚌中的沙粒，慢慢的光润起来，等到我们步履蹒跚的时候，还可以让珍珠的光泽晕红最后的行程至归宿。解放前，父亲老同事汤麦世赠给他一只不锈钢烟盒，至今完好、锃亮如新；见物如见人，值得纪念并珍藏。

歌德说过，无论是国王还是农夫，家庭和睦是最幸福的。在我的记忆里，家里外公最好，母亲最亲，父亲最实。平时，父亲养成了良好的举止素养，衣着得体，语气温婉，和蔼可亲。他爱好电影、乒乓、田径、球类等，以丰富自己的业余生活。他高中毕业，文字端正、有力，亦懂一般英语会话及西医拉丁文，打算盘是其强项，迅疾自如，得心应手。早在1956年他为岳父书写自传，字字清秀，内容翔实，至今六十多年，这份家谱的字迹清晰，情深意长。他用双手，撑起一片蓝蓝的天；他用汗水，编织一个暖暖的家；他用严肃，写成一缕绵绵的爱；他用坚强，挺起脊梁压不弯。记得在外公左脚板边老痣溃烂久治不愈时，父亲寝不成寐，不是陪他到医院看病，便是不嫌脏、不怕累地为他清洗疮口、换药，每次微笑侍候，从不怨言。工作之余，谁家邻居需要送药打针时，父亲仁爱之心即送上门，仿佛时空里洋溢着浓浓的暖意；连熟悉父亲的我的老师、同学、同事都有口皆碑其博爱的品行。还有我们子女犯病及母亲心脏病复发的时候，他更是一马当先，送我们去医院治疗。愈及感恩，不应该借口。"感恩"这平平淡淡的两个字，是世间最暖人心窝的词语。父亲几十年如一日的医德医风，心细如丝，绵柔温馨，细水长流，温暖如春。释迦牟尼说，伸手需要一瞬间，牵手却要很多年，无论他遇见谁，他都是你生命该出现的人，绝非偶然。是因为，父爱如伞，为我遮风挡雨；而且，恐惧时，父爱是一块踏脚的石；黑暗时，父爱是一盏照明的灯；枯竭时，父爱是一湾生命之水；努力时，父爱是精神上的支柱；成功时，父亲又是鼓励与警钟。

我到浦东工作的第 16 个年头（1999 年至 2000 年），正是世纪之交期间，我尚在浦东新区公安分局陆家嘴警察署谋差，在 99 年《财富》全球论坛、国庆 50 周年观灯及焰火施放、年末上海八佰伴有限公司举办"不眠狂欢夜活动"及迎接"千喜年"等一系列重要保卫工作的节点上，唯有精心筹划，确保万无一失，才是最大的欣慰。遗憾的是，我家离陆家嘴 4.3 公里路程，我上下班配有公务轿车，开车约 15 分钟左右，却没有趁隙陪同父亲白相一趟。期间，上海东方明珠（集团）股份有限公司每月有 30 张优待票供给警方，我委托由副署长孙湘明负责机动使用，本人从未领取一张优待票让给亲人，也没有考虑陪伴父亲乘上自动扶梯到制高点，俯瞰卓秀立于陆家嘴地区现代化楼群的"东方明珠"。2000 年 1 月 1 日，利用吃午饭间隙，由原来聘用的陈兴宝师傅开车陪我买了 19 支菊花，再来到滨江大道水清平台。老陈也不知我意图，我将这束菊花放在护栏上，面朝黄浦江对岸的海关大楼，谨代表父亲与家人，对仙逝三年的母亲三鞠躬。钟声当当响 12 下，我即打手机给父亲，转告此次世纪祭祀的定数，可谓平生毋忘告乃翁哦！记得有一次，原航运公安局局长王敖才打电话给我，他想到浦东观光一番；我即对他说：你的部下在浦东这么多，且职务比我高，你怎么不找他们呢？他爽朗地说："我就要侬陪"。我二话不说，翌晨专程开车到吴兴路寓舍，接老领导王敖才和夫人卡秀峰阿姨到东方明珠电视塔登高观赏，并陪伴他们夫妇游览周边的新景观；午餐后，又送他们夫妇回家，此行莫不欣喜。

退休后，父亲仍不等闲安逸，先后在朋友蔡士蓬开设灯具店，朋友张国良开办红木店等继续发挥余热至 74 岁。在他 74 岁至 85 岁期间，身体尚可，看报、写字、唱歌、健身、看电视等，生活自理。最遗憾的是，我平时忙于工作，而没有抽空多陪他老人家多走走，多看看。之后，父亲身体每况愈下，晚年是与我二姐夫妇共同生活。真正重要的不是生命里的岁月，而是岁月中的生活。不论来世，还是今生，爱，只能用爱来偿还。有些事，有些人，有些风景，一旦入眼入心，即便刹那，也是永恒。记得父亲晚年曾经到过我的浦东新居。第一次是一个下午，我从北站街道社区卫生中心开车接他到浦东新居小座；第二次 2005 年除夕，父亲又与家人到浦东新家吃年夜饭，仅是两次，总算如我心愿。回忆中，总有一些瞬间，能温暖整个远去的曾经。父亲就像一张好的生宣纸，每当子女哪怕一丁点儿的欢乐和痛苦滴上去，都会被深深浸染、默默地、久久地收藏……当你 88 岁时，弥留之际，依旧凭着顽强的毅力，支撑着心力交瘁的身子，曾用颤颤巍巍的手分别封笔写下了"百年梦想"和"爱国爱民"的真迹。2008年11月全家为父亲90华诞祝寿，其时，大曾外孙贺润曦2岁，福泽三代，添福添禄。然而，这美好的时光太短，天涯很远；父爱如雨，为你濯洗心灵；父爱如路，伴你走完人生。嗣后，父亲因肺气肿、心衰于2009年10月26日在市十医院与世长辞，享年89岁。是日，天意所赐，正值农历九月初九重阳节。

记得2014年5月，我们夫妇与二位姐姐邀请父亲老同事福建籍85岁的陈炜辉、冯芝华夫妇一起聚餐。之后，这位高龄陈叔叔与冯阿姨特来信致谢，并写道："忆平生与令尊志辉共同药事数十年，在塘沽路山西街道医院门诊部，他天天勤劳、刻苦、热心之精神，使我终生难忘。他心里最明白：在蔚蓝色的天空中要光明和热能把家庭照耀，是全家的幸福源泉，'家之源、国之本。'过去和现在令我85岁的年纪看到了你们全家的幸福与成长，多高兴！多兴奋！"行文到此，不禁有老泪纵横之感。"……救主给予这个世界所有的美事尽在于斯。"这是林肯的一句名言。让我们在人间都充满着爱！这真是金碑、银碑、奖碑，不如口碑。凝漫憔悴的眼神，都镌刻深邃的记忆，而我蓦然望断来时路。《目送》作者龙应台曾说："所谓父女母子一场，只不过意味着，你和他的缘分就是今生今世不断地在目送他的背影渐行渐远。你站在小路的这一端，看着他逐渐消失在小路转弯的地方，而且，他用背影告诉你：不必追。"至此，我深深地感到，亲情是相携相伴的心脉牵挂，更是相遇相知的奇妙缘分，而父母对孩子的爱，永远是那样的温暖如阳，无私如光。

品若梅花香在骨，人如秋水玉为神。时间让我明白了：轰轰烈烈的告白不如接地气的陪伴，华丽甜美的语言不如绚烂成的温馨。垂垂老矣，溯而念想。尽管父亲没有什么光环与荣耀，但他一言一行，心悟禅意，给我们子女以刻骨铭心；生命里有当年的经历，一辈子也不会后悔！平凡造就不凡，这也许就是父爱如山的品质、精神、使命、性格与担当之所在。他的高风亮节不逊前贤！记得有一首诗：人生好比粥一锅，煎熬滚煮耐琢磨，宜疾宜徐看火候，酸甜苦辣自张罗。如果说，被尊称为"乐圣"的贝多芬《英雄交响曲》感情奔放，犹如磅礴之势的奔腾江河，那么，被尊称为"歌曲之王"的舒伯特《小夜曲》抒情安谧，就像赋予生命的淙淙小溪。父亲秉承信念如盘，也是人类一切感情中至情得以存活的摇篮。尽管父爱不如母爱那一样体贴入微，随处可见，但他丝毫不比母亲逊色；平时少言寡语，深藏不露，埋在心底，却犹如巍巍大山。父爱如山，呵护生命的火，像山一样坚韧挺拔，豁达的胸襟给我以豪爽气魄，正直的身影铸就我的性格，亦是我一生的字典。父爱更是一双手，抚摸着我们子女走过春夏秋冬；而父爱更是一滴泪，一滴饱含温度的泪水。父爱无法代替的，无法复制的，所以说父爱无疆。与其说父亲无私的家国情怀悠然绵长，还是抵不过似水流年和生命的折旧。

生活再平凡，也是限量版。为了这个家，你默默地付出，养育、培养、教化、引领对我的哺育与成长。年年岁岁，慷慨赐予，幽谷云霞映蓝天，酌水知源写春秋。正如刘和刚的《父亲》歌词中所说："人间的甘甜有十分，你只尝了三分；有老有小，你手里捧着孝顺；再苦再累，你脸上挂着温馨；凝望你的目光，我看到了爱心；听听你的叮嘱，我接过了自信；想想你的背影，我感受了坚韧；抚摸你的双手，我摸到了艰辛；我的老父亲，我最疼爱的人。"积善之家，必有余庆；风景养眼，感情养心，爱有天意，一叶知秋，生固欣然，死亦无憾。花落还开，水流不断。魂兮无我，谁欤安息。明月清风，何劳寻觅。历史不留下谁的刻印，但他已来过……

# 母爱如水

岁月如梭，光阴似箭。2023年3月13日是我们最亲爱的慈母陆福珍离别我们26周年祭日。敬爱的慈母与我们永别，言念及此，泪断如珠，无比哀恸。遵照您的遗愿，您的骨灰参加上海市第19次海葬仪式；13年后，于2010年12月11日，我们家人将您的衣冠冢与2009年10月26日去世的父亲王志辉（享年89岁）的骨灰一并合葬于南翔白鹤憩园墓穴，遂将您的骨灰撒海、衣冠冢入土、灵魂升天，自然地形成三维空间，乃是普通百姓生命归宿的一种冥福。

空山寻桂树，折香思故人；故人隔秋水，一望一回颦。母亲，离开我们整整26年了。在这段时光里，我暗地里流过眼泪，又有多少次心里呼唤母亲。在我与母亲生活整整45年的岁月里，在我心灵上留下了许多深深的烙印。虽然这些事情发生在我的童年、少年、青年、壮年、成年，但是，在我脑海里依然是那样的清晰。正当我家生活逐步走向小康的路上，在原闸北公安公局局长徐香荪的关心下，我将分配到的卢湾、普陀两套旧房于1996年12月交于夫人单位套配到交城路194号四楼一套新宅，亦曾陪母亲去看过，她格外欣喜不已，总算看见独居新居。但过了3个多月，正当我要装修之时，不公平的命运就从我们共同的生活中夺走了母亲。现在，我只能靠无休止的回忆来重温我曾经得到过的母爱。

母爱如水，恩重如山。您属牛的禀性，就是乐善好施，可亲可敬，清秀婧美，贤良豁达，犹如一盏心灯，时刻并悉心照亮、哺养着我们成长，这温暖相随、潜心养育我们的每一滴汗水、每一滴心血，都铭记于心、并寄托着我们深深的追思。母亲乃佛。您的慈祥笑言，亲切话语，心灵手巧，智慧品行，风韵犹存；必将持久地为全家及子孙后代带来无尽的怀念。生命乃是一个由始到终、由盛转衰的过程。离世26周年时光流水，漫漫旅程，您恰好像露出一抹灿烂的微笑，与我们一起在岁月里行走，并滋润我们的生命得以升华，给我们全家悄悄地带来温馨。

家庭和睦，一帆风顺。父母在，人生尚有来处。母在，那些静美的景致，多么令人驻足，那些静谧的时光，多么令人神往。记得1956年我才4岁的时候，是母亲带我第一次乘火车远行到北京。我8岁，是您给我挂上书包去上学；我10岁，与您一起听沪剧老戏《借黄糠》，剧情凄凉、饥寒交迫"几升黄糠，一只猫食盆"世态炎凉情薄纸，我似懂非懂，全剧终结，不禁潸然流泪。世上心心相印，人间相依为命。在家里，母亲是位富有浓厚趣味的女性，其"趣"字表现在其勤劳作、慧生活、爱文体、施善意。仰不愧于天，俯不怍于人。这就是她在天地间的灵明与精魂。

"岁月易老，情怀永驻。"流逝的光阴滑落岁月的痕迹，犹如静静地尘埃。一点酸痛，一点甘露，这才有了生活的五味杂陈，突然之间有了沧桑，有了练达，那淡泊的情怀，那释然开怀，细细品味，使我读懂了那岁月更长远的其中滋味。它无形的记录里我们的心情、艰辛与困苦，心痛与感慨，无不让我更加懂得珍惜生活，理解一家人小天地生活的意义。

熬受风霜雪雨的人，最懂得幸福生活的甜蜜。我的母亲双目炯炯，天庭饱满，天资聪颖，体态轻盈，心慈面善，秉性勤劳，给人一种亲和力。母亲虽没有资深阅历，但她是克勤克俭、一心一意地撑起咱家的"老黄牛"。她的爱心使我们一家人生活祥和而温馨，无不渗透着母亲的满腔心血。尤其在物资匮乏的年代里，在购物凭票（卡）供应的年景中，我家除了沿用"一卡在手，走遍市场"消费模式外，追忆过去，幸好慈母心灵手巧，做啥像啥，天赋好厨艺，烧得一手好菜，缝制男式呢大衣、编织各式毛衣、绣枕花、勤保洁等无一不精，堪称一位出色的"家庭后勤部长"。逢年过节，我们子女穿上她缝制的新衣裳，且自制质量不亚于商店里购买的款式，那种幸福的自豪感油然而生。她即使在自己脚踝被别人撞伤，还是闲不住；养伤期间，硬是默默地将每只2元钱米黄色的尼龙颈套一只只拆成团线，替我精心结成价廉又耐温的尼龙裤并寄到部队，慈母手中线，游子身上衣，它伴随我三十余年。晚年，她不顾年弱体衰，特地给孙女量身定做一只新颖别致的钢琴罩，这是她一生钟爱缝纫持家的收官之作。这每一件留过我体温的衣裳，蕴烫着一段生命中的无尽暖意；因为记忆不灭，诚然会感知生命和成长的温度与厚度。每年春节，不是购置年货，就是大显身手自制水磨糯米粉、猪油黑芝麻粉、八宝饭、甜酒酿、水发笋干、肉丸蛋饺等，忙得不亦乐乎！那时，全家7口人，全家靠父亲工薪和外公悉数鼎力支撑，才勉强维持生计。同时，我的兄弟姐妹4人，从读书到踏上工作岗位，全靠母亲精心打理，勤俭持家，才刚好撑起这个家庭。在我们兄弟姐妹的骨子里曾经静静地流淌着慈祥而恭谦外公温情的血液，无不倾吐着母亲操劳心血的暖流,并无尽牵挂我们子女成长、特别关心二姐插队务农和我在部队生活……因缘而聚,因情而暖。如今,外公、母亲、父亲相继离世,但母亲赐予我们子女的恩情是说不完、道不尽的。她的赤诚付出,身似菩提人似源,光泽鉴人万叮咛,爱意煦照港湾宁。她,青蚕吐丝,表里如一,丰稔厚主,温润醇香,犹如天使般的深情久久地徜徉在我们小辈们的心中。我们子女与长辈们共同生活在苏州河畔石库门里半个世纪,其变化不过时间长河中泛起的涟漪,稍纵即逝。流年如水,惟吾德馨。外公及父母双亲温情地洒在老宅子上,当我们怀着一颗淡定之心逡巡在宅门驻足,那种灭不去往事便浮于我们眼前,勾起了我们子女们对外公、父母共同生活在石库门里亲切的记忆和珍贵的享受。

小时候,星期天的早晨,我跟妈妈一起到外滩公园,妈妈与健身老师唐天明、朋友贾瑞坤、张素贞夫妇、姚守贤、陈淑琴夫妇、刘元生伯伯、李阿姨一道打太极拳、舞剑,健身结束后,我帮妈妈拿着一把木剑一道回家。回家路上,妈妈陪我到四川北路501号、武昌路口的"一定好"食品店买糕点。该店是上海老字号,口味正宗,价格实惠,服务周到,附近老顾客都纷纷而至,故后来广东人店主钟安樵索性就将店名改为"一定好",直白晓畅,延续至今。妈妈要为外公买他最欢喜吃得蜜糕和绿豆糕;她问我,侬喜欢吃啥?于是,我就不加思索的回答。并用手会指着:鸡仔饼、白元蛋糕,这下却满足了一老一小的口味。记得自己稍大一点了,趁星期天有空,妈妈叮嘱我慢点走,"小龙,去给外公买点蜜糕,每块一角三分",我马上领会并前去买糕点。如今,外公与妈妈早已远去,但"蜜糕"的糯味却至今印记在我的脑子,它"串"起了一家三代人浓郁至爱的亲情,怪不得"一定好"太吊老上海人的胃口咯。由家住西安路191弄16号的唐天明老师于1970年写到我部队里的信及1983年春(癸亥年)馈赠我的钢楷李白诗一首:李白乘舟将欲行,忽闻岸上踏歌声;桃花潭水深千尺,不及汪伦送我情。韦应物诗一首:独怜幽草涧边生,上有黄鹂深树鸣;春潮带雨晚来急,野渡无人舟自横。至今珍藏,并伴随我在学习中成长,在成长中提升。

由于母亲体质差,其三十多岁就开始到外滩公园锻炼。她不慕荣华,不求富贵;唯一爱好,便是健身。她先是拜师学习杨式太极拳,反复如切如磋,如琢如磨地请教,掌握运动的规律,旨在内心"清静",动作协调,拳法自如。之后,她又注重舞剑、气功等锻炼,敏而思进,风而无阻,韧带好松,练原地高抬腿,下巴可放到脚尖,也许,这种健身模式,就成了她追求和钟爱的人生目标。平时家务劳动和每天运动则是她的必修课。1987年10月2日,她62岁那年,由于日夜操劳患了心梗,抢救后才化险为夷。在病缠身的10年里,断断续续,时好时坏,之后，她身体状况每况愈下，靠药物维持生机。她常说：食遍天下盐好；走遍天下娘好。如果自己不犯心脏病，那该多好啊！即使每天吃咸菜、吃盐巴，我也无怨无悔。冰心曾妙论："花有色秀味，人有才情趣，三者缺一不可。"母亲幼儿就读于万竹小学，有点音乐与英文天赋，兴趣时她亦会弹奏简易钢琴曲或哼唱英文歌曲，这也许就是她的最大愉悦和宽慰。

除了健身外，她能赏沪剧、评弹、收听新闻广播等，而且慧心生活，"勤"耕细作，巧妇打理，乐善好施，吃的是"草"，捧出的是"爱"。尽管一生没有领过一份工资，却不图报，燃烬毕生，淡泊明志，勤俭持家。如今，我们家人从淡泊却不失温度中，仿佛看到母亲的微笑和灵巧的双手在延续给我们温馨与养分。至今，我们留用她生前曾使用过的不锈钢锅、不锈钢淘米筛、切菜刀、不锈钢小油壶；她用废旧塑料打包带编的小篮子，以及红漆糕盘、红漆竹提篮、圆台面、精制银台勺碟、二把红木椅子、一只红木方桌等，这乃"无所为而为之"的温情，却人去物留，深深地滋养着我们的心灵，留下了乘兴而"取"的人文情怀。

除外，慈母处处关心他人疾苦，与邻居和睦相处；她纯朴而务实的精神，慈祥而谦逊的美德，深受亲朋好友的尊敬和爱戴。就在 1993 年 3 月，母亲第三次患病住院期间，原浦东分局指挥部领导沈子明、乔解平曾到医院探望。那时，她遇见同室江苏宜兴来沪治病的赵玲妹女士急需施行心脏两尖瓣手术，她还释放爱意，为其捐募 8000 元，后经媒体及好人相助，费劲了九牛二虎之力，才凑成 5 万元手术费，经上海胸科医院及时手术，终于将濒临死亡边缘的赵玲妹拉回了人间。这个故事已过去 27 年了，但帮助素不相识的患病者挽回生命，乃为家母关爱他人一剂善心良方。她珍爱自己的品格胜过鸟儿爱惜它的羽毛。每当我想起这一幕幕感人肺腑的情景，怎么不激起我心海无限的涟漪，怎么不激起我心灵里无尽的哀思。

1997 年 3 月 13 日中午，她还亲手做了午饭，但餐前旧病突发，中午 12 时许，救护车到家时，她还撑着颤抖的身子自己上了担架，在长征医院急救 6 个小时无效，是日傍晚与家人离别。在永远离开母亲的此刻，我与家人都悲伤欲绝。为尊重她生前遗言和其尊严告别，并按母亲再三嘱咐：我小心翼翼地从母亲脖子上缓缓取下当年她结婚外公送的镌刻"陆福珍"；"花好月圆"金项链锁转送给我夫人珍藏。此串项链如当代著名诗人余光中《珍珠项链》节选所言：每一粒都含着银灰的晶莹，温润而圆满，就像有幸跟你同享的每一个日子。每一粒，晴天的露珠；每一粒，阴天的雨珠；分手的日子，每一粒牵挂在心头的念珠。串成有始有终的这一条项链，依依地靠在你心口。其时，我又从母亲的花白的头发上轻轻地取了一小撮发丝，永久纪念。

魂游水底波澜壮，名在人间草木香。生命是宝贵的，但还有比生命更为可贵的——这正是我们今天所要祭奠的。禀告慈母大人：大海是您的笑声，入土是您的坟茔，高尚是您的丰碑，我们全家人及孙辈们一定会牢记您的大恩大德，言传身教，并默默祈祷，先做人，后做事，让生命充满慈悲、阳光与智慧。母恩如海，涌泉相报。

　　生命源于大自然，最终还是要回归大自然。父母养育子女，付出心血，从来不计代价，是一种无私的奉献，父母对子女的关心，无不出于一片赤诚。无尽的思念，伟大的母爱。心中呼唤，即使平凡，你也有资格在高山上凝视崇高，在大海中奔向远方。正如伴随生命的约定和延续世界上最真挚的爱，在生命的那一头，是最深情的等待。从一而终，不离不弃。生于斯，成于斯，终于斯。人间两欢乐，聚散两依依。忆《母亲》慈母心，儿女情；吮乳汁，殷勤勉；针细缝，浓似密；耗心血，家和鸣；积善行，施温馨；驱雾霭，铭恩泽；亲别离，魂犹在。母亲一生曾在三处石库门里慢慢地度过的；她诞生于农历八月十三那股幽然而至桂花清香的时节，生来闻见的第一阵花香，是桂。桂的谐音，喻贵。桂香如故。古代士子赴京应试，常称折桂去也。若是前三，则以花色定等次，银桂探花，金桂榜眼，丹桂状元，难怪老戏里的状元，一律着大红袍。自古桂诗绵延不绝，宋代吴文英《朝中措·闻桂香》"天外幽香轻漏，人间仙影难寻"多为以桂自比。我非什么状元，但我对桂的喜爱，却与岁月俱增。无独有偶，15 年前，我亲手移栽于住宅花坛里一株碗粗的金桂，每到花期，馥郁的桂花幽香，定然绽放，我用力吸吮着含苞如胭的花蕾，放在鼻翼下，悠悠一股清香顿时在胸间荡漾。如今已长成葱郁浓密的大金桂，树高 6 米，树冠密集，椭圆至圆球形，叶面光滑亮丽，长势喜人，富有灵性，沁入心脾。"桂馥兰馨一片魂，润物无声留清香；今夜月明人尽望，不知秋思落谁家。"著名作家冰心曾在《繁星·春水》中写道："母亲啊！天上的风雨来了，鸟儿躲到他的巢里；心中的风雨来了，我只躲到你的怀里。希望有一天，像一片小小的桂叶，轻轻地落到母亲的身旁，相依终身。"

# 胎记

小小胎记与我
一起来到了这个世界
由芝麻点粒
长成了樱桃嘴
恰似烟青钻戒
默然嵌入右手掌背
小手大了
胎记也大了
随我劳作随我成长

一复一日相依相伴
走入夕阳
净无瑕秽非戒生慧
如通灵宝玉
不离不弃
胎记犹如青花瓷
是我的最爱
也是那割舍不了的
我的宝贝肉

2022 年 10 月 15 日

# 妈妈带我上北京

意大利诗人但丁说过,"世界上有一种最美的声音,那便的母亲的呼唤。"一点不错。姆妈啊!您已离开我们子女24年了。但您熟悉而馨逸的嗓音时常会在我的耳际响起。小时候,每当夕阳西下,太阳困倦了,打着哈欠,伸着懒腰,从西边一点儿一点儿下滑,马路一盏盏的路灯渐渐变亮的时分;您的双脚总在踏在石库门的台阶上,探出半个身子,一遍又一遍的喊道:"小龙,天黑了。""好早点回家了,快要吃饭了。"这音波在弄堂里由重渐轻由近及远地弥漫着,亲切的呼唤着我早点回到姆妈的身旁。随着时光的变迁,我亦越来越感受到,唯有姆妈最疼爱、最深情、最体贴、最温馨着我们子女,我是荣幸的,因为在我的血管里至今流淌着姆妈的血液,挚爱情深。

我如今老了,想起4岁时,姆妈带我上北京的往事,六十多年来虽有点迷迷糊糊,但还是有些印象,依稀的追忆印象中的历历往事:1956年秋,我幼年4岁,随姆妈、舅公马鑫祥一起乘火车站到北京。那时,上海到北京的蒸汽机火车要开二十个小时,长江没有大桥;火车到南京等候轮船摆渡,车厢调个方向,换个车头再开车,整整乘坐一天一夜才到北京。我们住在原北京复兴门外,南礼士路的中央人民广播电台附近马鑫宝奶奶家里(系母亲阿姨),那是黄墙、花园式三层楼房的大院,进出都要出示证件或询问,后来知道是国务院宿舍(奶奶其子孙超,宁波人,原统战部高干。)他家住三楼一个单元,由大小房间七间,垃圾可直接从灶间墙边,拉开一个小铁门倒下去即可。房间宽敞明亮,家具供给制使用,颇有气派,也算享受一会儿高干的生活待遇。还有,大表姑夫妇孙华、俞人则均在政协工作;小表姑夫妇孙洁、沈楚白分别在建委和会计学校工作。由于我幼小,行动不便,大人们没有带我游览长城;我与姆妈、舅公分别由亲人陪同,曾到过故宫、北海公园、天坛、颐和园等名胜古迹游览。

时光荏苒，父母携手我走过一个又一个盛夏酷暑、金秋时节，寒冬腊月，转眼间已经陪伴我4岁。儿时的点滴变化与成长让我魂绕梦牵，深沉热爱。最使我难忘的是，姆妈牵着我，在亲戚的陪同下阿拉游览故宫的情景。北京最令我们向往的古代庞大的建筑群——故宫（又叫紫禁城），4岁能懂"享受"吗？能懂"艺术"吗？

我记得天安门，门口有两个大石狮子面向宫外，好像在守卫着天安门。我指着华表上方的神兽模样的东西问大人，这是啥东西？大家也叫不上来。即问了导游才知道：这神兽名"犼"，俗称为朝天吼，象征国家最高权力。相传，朝天吼是非常牛的怪兽，它会喷火，可以吃掉龙。寓意是它之所以会出现是为了对身为真龙天子的皇帝起制约作用。我听了，真好奇呀！这个东西，皇帝见了敬它几分。一对华表以巨大高耸的圆柱为主体，柱子是汉白玉所铸，由须弥座柱础、柱身和承露盘组成，通身塑有缠柱云龙，耸入云端。城楼南面的两根华表顶端的嘲风面冲南，而城楼北侧的两尊嘲风面朝北。传说是，天安门，前有的嘲风又叫"望君归"，后有的嘲风叫"望君出"，这四根代替臣民进谏皇帝的华表石柱，以表达百姓的需求，可谓寓意深远。神兽！真神！朝天吼比真龙还厉害。

我一见就惊呆了，哇！好大一个城楼呀！天安门城楼原名叫承天门，为三层楼式木牌坊，由明初工匠世家"香山帮"泰斗蒯祥设计的，当时的承天门黄瓦、朱柱，正脊的两端，重檐歇山式屋顶，为避火镇灾，垂脊顶端各有一条龙吻，另有垂脊8条，上为面阔五间的门楼，下为开有五孔的城台，外有金水桥五座对应；最初名为"承天门"，取"承天启运、受命于天"之意，清初改为"天安之门"，后简称为"天安门"，沿用至今。天安门横幅标语，是"中国人民银行"六字的书写者、还是人民币和我国国徽设计者之一，书法家钟毓秀所书写。那里有几百年前的大砖头呢？不过，有好的完整砖头，也有坏的破损的砖头，经过常年风吹日晒，众人践踏，早已凹凸不平。各个大殿还有许多珍室，房屋方式各式各样，好美好美的呀！

穿过天安门，就来到了端门，再穿过午门，就来到了故宫。首先映入我眼帘的是一个宽大的"空地"，哇！好大的广场呀！我们听到导游介绍：这里是文武百官上早朝的地方；朝前就是著名的太和殿，里面金灿灿的宝座边上立着到两只活灵活现的丹顶鹤；中间两边有根金龙缠绕圆柱，足足要两人挽手才能环绕一圈。里面全是古香古色的宫殿，中心是内宫，是皇帝阿哥妃子住的地方，外面叫外宫，是大臣官员住的地方。穿过太和门，我们就来到故宫的最大宫殿堂太和殿。太和殿是故宫最雄伟的建筑，走过一段的屋顶是金黄的琉璃瓦做成的，殿正中央挂着

"正大光明"匾，匾下有一个金漆雕龙宝座，宝座背后是高雅的屏风，每年元旦、冬至、万寿（皇帝生日）等重大庆典活动都在此举行，殿的中间有供皇上坐的金漆龙椅宝座，宝座后面有画有金龙的屏风，还有金漆的龙柱和精致的蟠龙藻井；宝座两侧各有三根镶有金龙的巨柱，每条龙都栩栩如生。在宝座前两侧还摆有仙鹤和香亭，据说仙鹤象征着长城，香亭象征着江山稳固。参观完太和殿，我们还参观了中和殿、保和殿。穿过干清门，我们来到明朝皇帝的寝宫——乾清宫。宫殿高大，与交泰殿、坤宁殿相连，它是皇帝平时办事和后宫妃子生活的地方。虎皮树后面的宫殿是钦安殿，是皇帝诗兴大发，写诗的地方。慈宁宫，乾清宫，御花园，偏殿，四合殿……每个宫殿都非常气派，这是一个朝代一个国家的象征。天安门位于北京的中轴线，是皇城乃至紫禁城对外的第一扇大门，宏伟与华丽融合，沉稳与精致并行，彰显了皇家九五之尊式的高贵与神秘。走着走着，我感到非常疲惫。时不时紧紧地拉着姆妈的手，生怕迷路走散。就在这时候，我小手指着宫廷里官员坐得凳子，拉拉姆妈的衣裳，羞涩而怡然地顶住"官座"，就想美滋滋地坐上官座过过瘾。姆妈看出我的小心思，"哦"的一下，她拉着我的手，旋即母子俩遂心如意地坐上了官座，感受一番宫殿生活的滋味。事后才真正感觉我与姆妈同坐一只"官座"的幸福时刻，母子同坐的"珍惜"。故宫稀奇的东西实在太多太美，真是来不及欣赏。当我和姆妈及亲人依依不舍的离开故宫时，我默默地想故宫是古代劳动人民智慧的结晶，也是帝王统治安逸生活的一个缩影，我们要好好爱护它，有机会我还到故宫。

后来听姆妈讲起，时隔 9 年的 1965 年秋季，她与外公陆文斌又到过北京。在京期间，大表姑孙华和表舅孙超陪同姆妈和外公游览北海公园；大表姑夫妇陪同姆妈和舅公登上八达岭长城。小表姑夫妇沈楚白及妹妹陪同姆妈和外公并在大表姑夫妇孙华、俞人则的精心安排下，她们曾见到清朝末代皇帝爱新觉罗·溥仪，国民党元老李宗仁、郭德洁夫妇等社会名流。记得 1967 年期间，"北京奶奶"也到上海我家来白相，老人家此次返京，我就再也没见到过，遥祝老人家在天堂瑞安乐自在。

记得 1985 年 10 月，表舅孙超、表姑刘纯夫妇来到上海探亲访友。表舅忙着看望老友，到处寻找同学，我也曾陪他到上海岳阳路市委老干部局会见挚友上海市政府顾问杨光池，两人一见如故。从前，我小时候我听舅公马鑫祥讲过，"解放前，是他送表舅孙超到码头乘船转道去延安的。"后来他亦受到冲击。此次来沪，表舅对我讲起解放时期一段往事。1951 年 1 月 16 日至 1 月 25 日第二次全国统战工作会议在京召开。中央统战部李维汉、徐冰、廖承志、连贯、童小鹏、金城、张力之、程绯奕、孙超 22 人，共 61 人，有李维汉主持，在中南海在中南海召开预备会议。会议期间，毛泽东强调指出：要让民主党派和民主人士到各地去参观视察土改，状元三年一考，对于工商业家、宗教界、校长、教员、开明士绅和爱国分子，我们都应该采取积极的态度团结和教育他们，决不能置之不理。这个办法屡试屡验，结果总算好的，一切消极态度却是不对的。……你们当中要出专家，要熟悉人物和历史，精通此中门道。这番话，至今 70 年了，现在看来很有教育意义。毛泽东思想永远没有过时，他的思想体系对今天的人们，无论中国人，外国人，依旧有着启迪和警醒。表舅此次来沪，看到我东跑西奔为他找友人很累。他说，我要买样东西给你。临走时，他特意送给我和我大姐夫各买了一只牛皮手提包。尽管表舅是高干，拨乱反正时期，他又在天津市履新，当地老百姓称其"包青天"。但我从来不会炫耀，各人各志，踏实做人。

　　懵懂少年的我，人生第一次随姆妈及舅公到北京，已经 67 年了，仍是多么的温馨弥香呀？尤其是我依偎在姆妈身旁的照片，变成了人生最美的风景，也是人间至爱的之情的浓浓慰藉，与家人谱写了一曲悠然绵绵的绝唱。老舍曾说："生命是母亲传给我的，我之能长大成人，是母亲的血汗灌养的。我之所以能成为一个不十分坏的人，是母亲感化的。我的性格、习惯，是母亲传给我的。"慈母爱子，舐犊情深；蓦然回首，那葱郁般年华，已成为掌心的流沙，时光一去不复还，再也回不到从前；花开花落，依然灿烂。

## 当国旗升起的时候

十年前，我们夫妇及家人带上三四岁的大外孙贺润曦到外地游览，他总闹着要买小红旗，拿在手里又蹦又跳，不时挥动，兴高采烈，但天真的他都不知五星红旗的含义。之后，他又在电视机里看到天安门"升国旗"隆重庄严的镜头，既惊喜又好奇；顶顶欢喜模仿"升国旗"，索性拿来一块红布，一根竹竿，依贴在墙面，他当作解放军的模样"升国旗"，从"天安门"出来，手捧"国旗"，随着国歌音乐声的节奏正步出场，立正，高唱国歌；然后，潇洒的将"小红旗"向空中一抖……在家人看了都为他的天真与童趣，投去会心动情地目光。他还调皮地问："你们大人什么时候带我去北京，观看真正的升国旗仪式？""我们一定会带你去北京的！"我斩钉截铁的回答道。

2013年6月中旬，趁6岁的大外孙贺润曦秋季快要上小学之前，我们夫妇特意兑现承诺，陪他乘坐高铁到北京，让他亲眼目睹天安门升国旗神圣仪式。坐在高铁的软椅上，他东张西望，兴奋极了。我对他说："小朋友，从小都要有规矩，正所谓无规矩不成方圆。"俗话讲："孩子在街上走，穿着打扮看娘的手艺，说话办事显出爹爹的教导"这是千真万确的道理。接着我又对他讲点历史知识，引起他对北京之行的强烈愿望。我说：北京历史悠久，可以追溯到3000年前。秦汉以来，北京一直是中国北方的重镇，名称先后为蓟城，燕都，燕京，大都，北平，顺天府等等，1937年七七事变后，北平被日本占领，并成立傀儡政权"中华民国临时政府"，将北平改为北京，1945年日寇投降后，又改为北平，1949年9月27日将站中国的首都定在北平后，才又将北平改为北京市。1949年10月1日，中华人民共和国在北京天安门广场宣告成立。大外孙听得津津有味，感到"老北京"到首都的变化与神圣。趁他兴奋之时，我对他说，你祖籍是宁波人。我也是浙江平湖人，咱们浙东人最讲规矩。这时，我又讲给他听宁波牟山"状元糕"的典故。相传晚清时，镇上有一个姓魏的书生进京赶考时，店老板见书生喜欢吃，就特意送方糕让书生路上当点心。为讨口彩，老板遂将方糕称作状元糕。后来书生中了进士，衣锦还乡，家喻户晓。"状元糕"由纯糯米制成，口感锦软、爽口。每笼糕点，只印一只状元糕，并在糕蒸熟后，加上粉红印，图印有"寿""福""状元"字样，足见其匠心。大外孙听了，差一点口角流涎。他急忙连声说道，我也要吃"状元糕"，考"状元"，做一个喜鹊连科的"好小囡"（甬语：好小孩）。如果讲教育是立国之本的话，那么灌输并引导小孩的家庭教育则是立足之基，万万不可粗心大意。家庭是孩子人生的第一站，是其人生第一所学校；父母便是孩子的第一位老师，父母的言行、举止、品德、志趣、爱好、价值观、人生观、世界观等，都对孩子产生潜移默化的影响，家庭教育具有亲密性和权威性。其实，我们的生活已经进入了网络时代了。时代进步，不等于老规矩过时了。对于小朋友来说，没有规矩就没有教养所致。我用手指点在他额头说，"一个小朋友没有规矩，就等于没有文明修养礼貌，所以每一个中国人都希望孩子们将好的老规矩发扬光大，注入新的血液，蔚然成风。"我们在车厢里"故事"不断，大外孙小脑袋瓜里慢慢地领会了我们的话，变得乖乖的；不一会，高铁飞速稳稳的向前，几个小时后到达了北京，下榻于北京欢乐谷附近一家旅店，时间带不走的天真，依旧鲜活地停留在记忆中。

　　六月的北京天气，像小孩的脸多变化，或晴或阴，最遗憾的是，那里几乎天天都下阵雨。其间，我们先后游览天安门、故宫、颐和园、长城、天坛、水立方、鸟巢、瞻仰毛主席纪念堂等，但最富有教育意义、最值得观赏的景观，无疑要数天安门"升国旗"。这天，我们凌晨3时许起床、急忙搭乘巴士赶到天安门广场集结、安检；夜幕下，浩大的天安门广场，只有两名武警战士守卫的国旗杆。4时左右天亮了，人多了起来，围在指定地方，大家争先恐后，老人、小孩显然挤不过男女青年。大外孙小手推推前面的叔叔请求说："让我站到你面前行不行？我人小挡不住你的，谢谢你了！"这下，他终于如愿地站到了最佳位置。"快看！快看！出来了"。人群的骚动骤然而止，人们不再拥挤、争吵、四周异常安静，好像时间一下子凝固了。前面的人撑着身子，伸长脖子；后面的人踮着脚尖，昂着头；有许多父母索性让孩子骑在肩头上挣扎着挺起头。所有人的目光都聚焦在天安门前的升旗处，期待身临其境地感受国家级升旗这一庄严肃穆的时刻来临。《国旗护卫队》由著名书画家王子忠题写。1991年5月1日至2017年12月31日由武警天安门国旗护卫队护旗。2018年1月1日起，由中国人民解放军三军仪仗队护旗，升旗鸣放礼炮。每月1日"大升旗"由36名旗手护旗、升旗。62名军乐队员现场演奏三遍国歌。

6时10分，首先进入人们眼帘的是一排雪亮刺刀丛，当国旗护卫队护卫着国旗沿着中轴线雄赳赳，气昂昂走出天安门、跨过金水桥、迈过长安街，那身着礼服的士兵在故宫红墙的映衬下，显得格外英姿飒爽，展示出战无不胜的中国精神，那矫健的步伐，象征国家的精气神旺盛强大，让每一位国人为之振奋不已；当鲜艳夺目的五星红旗伴随着清新的晨曦，冉冉升起，广场两侧的观看升旗的群众高声欢呼，自拍杆架起的手机纷纷对准国旗，热切的人们要将这激动人心的壮观场面永远记录下来，留在心里，带回家乡。一个让我们夫妇与大外孙魂牵梦绕、盼望已久的时刻终于实现了，尤其是我家大外孙被这特殊的雄伟场景所震撼，双眼圆睁睁地盯住不放，整个升旗仪式2分零7秒，时间虽短，其核心价值极为重大。他好奇地问我：这么大的红旗多神奇啊！我说：这枚五星红旗是由浙江籍曾联松爷爷亲自设计的，它是烈士们用鲜血染红的国旗，是国家的象征。其中，大五角星代表中国共产党，四颗小五角星分别代表工人、农民、小资产阶级和民主资产阶级四个阶段。五颗五角星互相联缀，疏密相同，象征中国人民大团结。每颗小星各有一个尖角正对大星中心点，表示人民对党的向心之意。刚才，我们所看到威武雄壮的仪仗队的雄姿，表明解放军是如何誓死捍卫国家主权、保卫我们的国家、保卫我们的五星红旗的。为使他小脑瓜多开点窍，我又严肃地对他说：这升旗并不是闹着好玩，而是首先要有对祖国的敬畏和忠诚，五星红旗是中国人民共和国的标志和象征，没有国，哪有家。以后不论是什么场合，只要听到国歌奏响或是看到升降国旗时，都要立刻在原地毕恭毕敬立正，并要神情庄重、歌词正确、声音洪亮、清晰地唱国歌，眼睛随着旗子上升而上视，使自己的心与国旗同时上升。国旗是容纳56个民族之精魂，他的每一个音节都凝聚着中华民族的骨气，她的每一个音符都能激发咆哮的力量。讲到这里，大外孙听得入神了，他点点头说："以后学校每次升旗仪式，我会按你的要求去做，一定会进步的！"

　　在整个升旗仪式上，由按钮、展旗、立正、敬礼；这"一走、一甩、一升"的每一个细节动作，蕴含着深刻的内涵；甩旗时，手姿要果断、有力、迅疾、漂亮；抛出去时，为了抛出（5 m×3.3 m）17平方米的国旗，向空中甩出个扇形。护卫队员不知要付出多少血汗与艰辛！不是吗？他们每天要做100个俯卧撑、哑铃等力量训练；又要重复地模拟甩旗的姿势，严寒酷暑、严阵以待、身手不凡、甩旗自如。大外孙激动地对我说，回家后，我也要苦练俯卧撑、跑步、游泳、滑板等，锻炼意志，将来当兵，做一名护旗手。我们夫妇看到大外孙一点点懂事起来，打心里感到自豪。我又对他说，64年前的10月1日，天安门城楼上升起了第一面五星红旗。有国旗在，我们的国家就在。我曾于1999年冬第五次到北京时，第一次看过升旗仪式，至今 24 年了。今天，我们夫妇陪同大外孙一起看升旗仪式，其意义甚大；童叟期盼国运强盛！今天，我们观看庄严的升旗仪式，它像蒙太奇镜头全景式展示中国人是怎样历经磨难站立起来，并屹立于世界民族之林；润曦啊，童年正值身心全面茁壮成长阶段，在你懵懵懂懂之中，让你正式上了一堂"升旗"教育课，这是很关键的；它似充电，输入能量；因为可以让您在内心中首先升上爱国主义德育之"旗"，"上好这人生第一课"。这才是做人之本啊！

## 童叟牵手攀长城

"少年快乐很简单,老时简单很快乐!"我家的小外孙贺润坤与他哥哥贺润曦同是上海市黄浦区七色花小学学生。当小外孙刚出生不久,他4岁哥哥就给弟弟起个小名叫"笑笑",因为小朋友快乐很简单,遇到大人陪他出门玩,吃到好东西,就开心。从笑笑二、三年前上学开始,每天早上,兄弟俩背上书包相伴到学校去了。小外孙聪颖、活泼、机灵;眼睛没有哥哥大,但眼神清澈明亮,小鼻梁挺,薄薄嘴唇,颇有灵气。他们一家子与阿爷、阿娘同住市中心老宅,房子不大,却很温馨。幸福的是,兄弟俩的外曾祖母长寿健在,四代同堂,尽享天伦之乐。

生活之中,喜忧参半。喜的有:"笑笑"从幼就跟哥哥学写字,学唱歌、学画画、学运动、学自立;模仿兴趣极强,伊样样欢喜在旁边硬劲要"轧一脚"(沪语:参与)。他们兄弟俩除了幼儿园、学校里讲普通话外,回家是一口纯正刮辣松脆的上海话,讲得让家人合不拢嘴。"笑笑"对姆妈讲(沪语:妈妈):"侬买的白相(沪语:玩)玩具"老盎三"(沪语:很差)的。"好好较"(沪语:很好)的小汽车,"一歇歇"(沪语:立刻)就坏脱了(沪语:坏掉)。姆妈说:"噶许多(沪语:很多)玩具,侬头五头六(沪语:莽撞)白相的"一天世界"(沪语:一塌糊涂),还怪哈宁(沪语:谁)!那能会"勿坏塌"呢?(沪语:坏掉)忧的是:"笑笑"在"勿听闲话的辰光(沪语:不听话),或者小哥俩相持不下拌嘴、不开心的辰光,也没少"收骨头"(沪语:挨骂),最尴尬的是"立壁脚"(沪语:罚站)、甚至"吃生活"(沪语:挨打)。这下,"笑笑"会很"懊门痛"(沪语:非常难过)。但小孩,毕竟是小孩,"小八腊子"(沪语:小孩)脾气一发,雨过天晴,又嘻嘻哈哈,"笑笑"其是天真无邪。这种最纯真的童趣,令人啼笑皆非,令我外公、外婆很开心,真所谓"老时简单很快乐"。2016年5月3日,"笑笑"见到《少年日报》"小作家之窗"栏目发表由老师钱远星指导,哥哥贺润曦撰写的《昆剧里的"齐天大圣"》小文,心花怒放。他轧闹忙（沪语：凑热闹）挤在人前，一本正经地说："我要向哥哥学习，做个好学生"。我趁机教育他说：是啊，什么东西都得从小学好。历史上传说，王献之写字时，他的父亲王羲之偷偷从背后拔他的笔而没能拔掉，于是心中一喜，暗想："这个儿子将来一定了不得！"小外孙听了很好奇。我又趁热打铁地说："学习像爬山，攀长城，要花力气，下苦功夫才会成功！"

时隔4年，2017年6月，我们夫妇又带上6岁的小外孙贺润坤乘坐高铁去北京观光。在北京我们游览了颐和园、天坛、北海公园、故宫、恭王府、水立方、鸟巢、观看升国旗、畅游紫禁城等名胜古迹，但此行留给我与小外孙印象最深、最为欢欣的也许就是体验爬长城。1991年冬和1999年冬，我都爬过长城；2013年6月，我是第三次与（大外孙）登上南北峰长城；2017年6月我是第四次（与小外孙）携手再攀长城。每次爬长城，随着自己年龄老去，体会不尽相同。尤其是"奔七"老者，还能轻松攀登，深感欣慰。从长城的攀登，真正深切地感受到中华民族的伟大力量和坚强意志。在去八达岭长城的途中，巴士穿梭于驶向延庆区军都山关沟古北口的蜿蜒的坡路上。小外孙舒心极了，他一边眺望窗外群山绿荫，一边感到巴士盘转小山如螺、大山如塔的山坡忽上忽下而行，简直像拍摄电视镜头一样的神秘，哇塞！北京好美呀？！我对他说：我们这次攀长城不像在家里吃宁波汤团，甜糯、爽清、那么安逸；而是十分累、十分苦的。他即用小手拍拍胸脯，毫不在乎地说，我不管什么苦什么累，反正我吃得消，不怕！他又调皮而自豪地说，"上次哥哥到北京，他肯定很开心。可是我这次不仅要看升国旗，更要去爬长城，比他更开心！"我鼓励他说：侬是宁波小囡（甬语：小孩），从前宁波人天性勤奋，你长大了也要勤奋努力，要把文化学好，特别是慈孝文化非常精致，上从河姆渡废遗址到被誉为"南国书城"藏书楼的"天一阁"，旧式建筑，一进，两进，三开间，灰瓦红窗。楹联写道："室因山气为初静，坐有春风竹自修"。乃是范氏家族十三代人的执着坚守。应该说：没有文字的起源与民族文化，就没有现代的文明与繁荣。阿拉（沪语：我们）老祖宗"吃相"（沪语：很好），勤勤奋奋，把地道的浙东宁波一带建设成一颗夺目的"明珠"。

我这次是第四次攀登长城了，心中感触颇深，不免有些感慨，山自然不再是单纯的山，见长城是长城，见长城不是长城，见长城还是长城，一切的一切都是人的主观意志的载体，这个世界原来就是一个圆的。人外有人，天外有天，循环往复，青山绿水，生命永恒。王维《使至塞上》诗中的千古名句："大漠孤烟直，长河落日圆，"其叙事精练简洁，画面奇丽壮美"直"和"圆"准确地描写了沙漠的景象，一个"圆"给人以亲切温暖，其意开阔与雄浑。古诗，是一种意境。"豪则我有可盖乎世，放则物无可羁乎我。亲则终日魂牵梦绕，经则难越方寸心田。"长城，你的筑就与命脉，早已深入中华之骨髓，熔刻进每一个子孙的身体和灵魂。

不知谁嚷了起来，长城到了！果然！巍峨壮观的长城已经呈现在眼前。从巴士缓缓地驶进群山之中，绿油油的山坡手伸可及，车刚转弯，即随人远去。大约7时30分许，巴士抵达长城脚下，外婆未爬山，她在山下等候我俩。这时候，我们游客买票进去。导游即向下车的50名左右的游客说，今天各位爬长城，看谁第一名登顶，请到长城之巅——"箭楼"给我打个手机，并拍照留念，犒赏一只北京烤鸭。他话音刚落，男女老幼，纷纷行动起来，整理简易装备，准备爬山。那天，天气不太晴朗，雾蒙蒙的，被郁郁葱葱的绿荫覆盖着，远远望去好像一片绿色的海洋，又似乎像瑶台仙境。等我还没有反应过来此刻，小外孙像脱了缰绳的小野马，早已似弦上的箭向前跑去。一眨眼，他已跑出三、四米处，我急忙拔腿费力地追了上去，到他身边紧紧拉着他的小手说："侬慢一点，等等我，侬跑得那么快，太危险呀！我跟不上侬。"他也气喘嘘嘘地没吭声，尴尬地默认了。我牵着他的小手，携手向上爬去。啊！一阵山风吹来，格外清冽；我与小外孙牵手爬长城确是天人合一的良辰，我要感谢源于内心的恒心给予一老一小的动力，让我俩领略与美景亲密接触的机会。趁我擦汗之时，小外孙回头望了望身后的长城。哇！长城可真长呀！它像一条巨龙盘绕在连绵起伏的群山上，果真比画册、看电视、好看多了。"终于撩开了你神秘的面纱，这下可要不眨眼看清长城的面庞。"我一爬就出汗，汗水不停地从两颊滚下，脸憋得红红的，腿像灌了铅。但途中绝对不能歇脚或坐下，否则攀爬会更累噢！遥望看不到头的山顶，小外孙丝毫没有什么反应，越爬越来劲。耳畔突然传来"老同志加油！""加油！"成了一串串成语默然脑中，什么"金石为开""锲而不舍""铁杵磨针""水滴石穿"。一个掷地有声的两个字"攀登"给了我一种能量，驱使我不放弃，一个台阶一个台阶的向上迈，无限风光在险峰。倏然，毛泽东同志的诗词名篇《清平乐·六盘山》映入眼帘。天高云淡，望断南飞雁，不到长城非好汉，屈指行程二万……在这磅礴雄浑辽阔的意境中，怎不叫人充满顶天立地的万丈豪情，挥洒指点。这诗，或许如水的光阴，在幽谷琴韵中飞逝，那我愿在这阑珊处童叟牵手悠然地欣赏其浓浓诗意。

岁月流逝，物是人非。如今我俩攀登昔日长城的遗址，不仅是亲眼目睹逶迤于群山峻岭中的长城雄姿，更能亲近并领悟到中华民族创造历史的大智大勇。长城铺着方砖，历经千千万万人的踏过，早已凹凸不平，我不由感叹，这砖与砖的缝隙里凝结着多少人的辛勤与汗水，感叹祖先的智慧和伟大。每个台阶，深浅不同，经历千年的风雨洗礼，依旧坚固有序，依稀看到当年建筑工匠们所堆砌的匠心身影。在广阔的天宇下，这坚固的砖墙随着群山万壑绵延伸展，跌宕起伏。那高大的城堡，有的像奋起的勇士，傲视长空；有的像深思的巨人，默对苍穹。多么难忘的画面啊！那是伟大祖国的包容与开放。记得1972年2月24日美国总统尼克松访华并游览长城赞叹道："只有一个伟大的民族，才能建造出这样一座伟大的长城。"万里长城万里长，百世英雄百世梦。长城，我曾在梦中无数次出现你的妩媚惊世的容颜。啊！长城，我与小外孙来了……长城的石板跨度非常大，不一会儿，感到有些吃力，汗流浃背，气喘吁吁，但我还是咬着牙坚持看小外孙亦像进入梦境似的，俯视一景又一景，陶醉于梦幻般仙境之中。我暗忖，自己能有精力和体力与小外孙同游长城，这机会极为难得，旨在打小就能让懵懂的小孩沿着长城弯弯曲曲的石道攀爬而上，唤起孩子在成长期对我们民族、我们的祖先、我们伟大祖国的河山一种庄严而神圣的情感。尤其他长在大城市，哪里见过大山呀？！就上海而言，长风公园内铁臂山高26米，为上海公园中人造山之最。八达岭长城平均海拔1015米左右，似乎显得更加雄伟！由此，小外孙像断了线的风筝，不时被错落的景致所吸引、所入迷；他一会儿驻足远眺，一会儿屏住呼吸点头微笑，一会儿又蹦又跳的狂欢，小脸荡漾着美滋滋的欢笑。为了抢时间顶点，我怕耽搁时间，压住内心的兴奋，不给他拍照，力争快速登顶，比试自己的体力与意志，经受攀登的考验。

　　翻开长城的每一页史料，孟姜哽咽、鸿雁寒蝉、边关城楼、勇士墨客……我那朝思暮想的要倾听，就像母亲一样深情的臂膀紧紧地偎依拥抱着儿女的手不放。八达岭长城，它是最具代表性一段，总长度7600米；目前向游人开放的长度3741米，是明代长城最为精华的部分，集巍峨险峻、秀丽苍翠于一体，以其苍茫的风光和"不到长城非好汉"的赞美而冠绝天下……高山坚固是用巨大的赤石和城砖筑成的。每块赤石两三千斤重，全靠无数的肩膀和无数双手一步一步的抬上这陡峭的山岭。长城墙一米多高，用青灰色的砖砌成的。铺就方砖，十分平整，宽幅的道路，五六匹马可以并行，每隔三百多米就有一座烽火台，垛子上有方形的瞭望射口。守城的士兵在烽火台用牛粪点起狼烟，一个接一个传递，一直到燕京，就暗示这弥漫的烟气和我们要打仗了。我对小外孙说：据传说，当年检验墙身是否坚固，则用箭去射墙，倘若箭能窜入墙体为劣质；可想当年祖先工匠的匠心也。经历千年风雨，至今傲立不倒。我们一老一小来到一座烽火台前，小外孙问我："这是什么地方？""老像一个石头大房间。"顺着他的提问我说道，从前这里有一个有趣的典故。你想听哦？"一笑倾人城，再笑倾人国。"据史料记载：周幽王轻信宠爱妃子褒姒，竟玩了一个"烽火戏诸侯"把戏，结果让诸侯们深感尴尬，以致最终亡国，葬送了自己的江山……小外孙听着扑朔迷离的故事，感到既好奇又神秘。他又问：这里夏天为啥这么凉爽呀？我即回答：原来是因为烽火台四周都有半圆型通风口和小型射口，风能畅通无阻。他即点点头。出了烽火台，我们又看到了一座座山峰浸在乳白色的薄雾中，淡淡的透着青色，显得更加迷人。脚下是巨大的青石台阶，我们拾级而上，一口气冲出走老远，抬头前后眺望，远处的长城随山势忽高忽低蜿蜒起伏，还真像翻江倒海的"三条巨龙"呀！即：一条是群山的巨龙；一条是长城的巨龙；还有一条是人流的巨龙。"三龙"交叠，那青灰的巨龙在翠绿跌宕的巨龙之上，而五颜六色的巨龙则在灰龙上缓缓蠕动；动静交融，景物皆美，富有生命，颇有意境，彰显了长城你是我们祖先的智慧和力量，是我们中华民族的骄傲。那层层起伏的长城上的每一块镶嵌的石头都凝结了古代劳动人民智慧和血汗的结晶，这项伟大工程实在罕见，太了不起了。

　　清朝乾隆在《望长城作》诗曰：金墉迤逦倚山尖，想象当时守备严。但拟天骄祛冒顿，那知民怨萃蒙恬。道尽了长城的雄伟与命运。文人墨客乐以长城为意象写绘并称赞？在我们心中的形象便是屹立了千年，守护着中华的一种精神支柱，深刻地反映了中华民族的强大与兴盛。我们踏上长城每一块台阶，就踏上了两千年的华夏的沧桑，尤其是呼吸着长城的空气，就感觉到澎湃的涛声。快乐情景，怎么不如痴如醉呢？！我俩手牵手，互相鼓励，又一步一景地朝陡坡方向挺进！面对高矮不同，又滑又陡的台阶，小外孙说："我从上海来看你了。""你太长了。""你太美了。""你太陡了。""你太高了。"我接着便说；坡陡，旁边墙上没设栏杆，真有点危险噢！其时，往城下望去，是悬崖峭壁，也看不到尽头；好不容易走了一个又一个烽火台，算起来走了全部长城的万分之一，真可谓是一条长龙啊！眼看顶峰近在咫尺，心中激情澎湃，幽深寂静的山谷中不时回响着小外孙"我来了"的清亮童声，我被其天真童心乐得也早已忘记自己的疲劳。此刻，我自言自语，生命不止，攀登不止。今天，尘心的净化，是与众山间的亲近，受着自然的洗礼，清心不染，禅意盎然。

　　正在这时，一名游客哼着郑智化"擦干泪不要怕，至少我们还有梦"的歌曲，从我们旁边走过。是呀！对！刘翔12秒11的成绩夺冠荣获"红色闪电"是他拼搏的表现；姚明在NBA尽显自我风采的背后是辛勤的汗水和泪水换来……对！我们一老一小更是奋力攀登，一步喘一口气，马不停蹄向上进发。山顶凸显，冲刺时刻到了。我与小外孙一鼓作气，三步并作两步，几分钟快速冲顶，终于花了40分钟左右登上了"箭楼"顶峰。上顶上，四周群山，一览众山小。小外孙兴奋得又蹦又跳。并自豪地说："今天我总算第一名爬到长城！""我赢大奖了！"我赶紧为小外孙拍照留念。同时，我马上拨通导游手机报告："我们上海来的一老一小游客第一名到达山峰。"此刻，俯瞰群山，舒心而爽快，深感祖国的伟大；长城，乃是当之无愧的"国之瑰宝。"

上山容易下山难。一点不错，下坡双脚很难掌握脚步平衡，但我俩手牵手返回，极度放松，极为欣慰。我还在不失时机的寻觅古老战场的遗迹，眼前展现出挥之不去的一幅幅悲壮历史画卷，想起了陆游的悲壮词句："秋到边城角声哀，烽火照高台。悲歌击筑，凭离酹酒，此兴悠哉！"金戈铁马，往事如云。还有"镇楼之砖"的故事：相传明正德年间，有位名叫易开占的修关工匠，精通九九算法，经他计算："需要九万九千九百九十九块砖。"督导官说："如果多出一块或少一块，都要砍掉你的头，罚劳役三年。"竣工后，只剩下一块砖，放置在西瓮城门楼后檐台上。事后，督导官借此克扣易开占的工钱，哪知易开占说："那块砖石神仙所放，是定城楼，如果搬动，城楼便会塌掉。"从此，这块"定楼"砖，传为美谈。长城，风光无限；长城，故事精彩。今天我们一老一小攀登长城，时间虽短，意义甚大，尤其留恋小外孙触目长城的伟大，更是无价的。我逗趣地问他：如果把长城比作一个"大公园"，那么，侬家附近的复兴公园则是一个"小盆景"。他说："上海根本没有大山，我这次与外公爬长城真的太开心了！"

下坡时，我们耳边回荡着谭晶演唱的那首《迷人的花朵在长城开放》：千登万攀，拾阶而上，到长城去享受那种芬芳；千回百转，凌绝苍茫，到高处去感受那种力量；血沃热土，风浇而灌，到长城去感受那种力量；啊！这是祖国母亲、母亲的胸膛；心在奔腾，身在向往；啊！这是中华民族的脊梁。梦绕情牵，不惧沧桑、沧桑。这抒情而真切、弦动而优美的歌词，的确是对长城伟大形象的生动写照。攀登心悟：也许一个字、一句话、一首诗、一封信、一本书、一首歌、一幅画、一个梦、一个故事、一次旅行……可能会改变自己的人生！没用多久，我们到了集合地点，小外孙即把成功登顶的喜悦告诉外婆。至此，导游认可我俩成功登顶，即给小外孙发了奖品"北京烤鸭"。离别之时，我们还依依不舍，久久地凝视着奇妙而雄伟的长城。我对"笑笑"说："笑笑，这北京烤鸭是鼓励你的，今后争取更大的胜利！"笑笑微微一笑，频频点头，并洋溢在人与自然高度和谐的美意之中，我亦迫切地盼望再来观赏你悠久而神秘的风姿——长城。

# 藤蔓依依

一张陈旧而温情的老照片，就是一份情感的寄托。翻阅老照片，无论是感动、还是悲怆，给人视觉和心灵上极具震撼力，犹如一份珍贵记忆，永远在静静地述说着昨天。时光有限，岁月无情，情怀不老，桑榆未晚。一切的历史皆今日之历史，所有美好的怀旧恐怕也是在借着昔日的镜头反观今日的况味，倒让我回观了流逝的旧相，欣赏到昔日童年的余芳，颇令人耳目一新。

不是么，人们常常会在闲暇时偶尔浏览翻阅自己的家庭老相册，平日里也许会在陈旧发黄的旧照片里，突然发现彼时一瞬间美好真情的"定格"，随着岁月的沉淀，已成为永久的珍藏，成为弥足珍贵的家庭档案资料。诚如《现象学》一书认为，相片的美丽在于具有一种历史的证明力，是（您）过去实在事物的表露。即用旧照片真实反映当时特定形象。通过胶片的记录，能见到真实情景与人的音容笑貌。每张照片是人生凝固投影，历史的"镜子"。人最幸福的地方，往往却在于人有记忆的存在。这张精心定制的大姐王蔚明4岁的珍藏艺术照，陪伴她成长已经整整七十余年了。她活泼可爱的仪式感，记录了她那舞动的韵姿和婀娜的纯情，温婉如玉，楚楚动人。这条经典款式的童裙，由海派编织绒线大师冯秋萍的高徒，系住在江湾的奶奶祝梅宝（系母亲婶婶）颇费心思，凭用墨绿和淡黄两色的绒线，精心钩制以孔雀羽毛为蓝本标配而成的，是当时"最时兴的式样"。

"童年"意味着人类生命之生生不息，象征着未来与希望。陌生而资深的摄影师匠心地把一束聚焦的镜头，移情于人间真善美的4岁女童，让你神态表现得生动传神、憨态可掬、活泼自然，布局恰到好处，色彩别有韵味，可见儿时你稚嫩的眼神，可爱；喜欢长大你自信的神情，可人；给人以无限想象的智慧空间和审美空间，闪耀着人间至真至亲至美至善的纯净，让方寸的静态照片彰显稚雅童趣。不想长大，只想肆意地享受着大人的无限关爱，尽情地沐浴阳光，像折翼的天使张开翅膀，在天空中自由翱翔。她像一棵小树的成长，离不开土壤的营养、雨水的滋润，还要在严寒与风雪对抗中"千磨万击还坚劲"。

然后，人生短暂，等你渐渐地衰老时刻，一切都会归于尘土，什么都无法留下，什么也无法带走；无非是过着平凡而安稳地生活。大姐在家里排行老二，生肖属狗，原毕生于闸北区南洋女中，青葱岁月荡漾在心灵；辍学时，由于父母坚持抵触女孩不远游的意向，侥幸没有像同学王翠娥一样、奔赴于戈壁滩新疆的军垦农场，与戍边几率很大则擦肩而过；不然，也许就不是今天这个命运了。在彷徨与无奈时，冥冥之中是上天的眷顾，不经意间，安排她进了上海砂轮厂，成为一名新时代的工人，定格于"翻三班制"工作，在三车间和检验部门，敬业踏实、精益求精是其风骨；23岁与同厂技校语文老师张本固结婚，同甘共苦，夫妻和美；育女张瑾，她亦成了小家庭（女婿钱长根、外孙女钱加芃瑞金医院护士），演绎真情，家庭温馨；记得80年代初期，冬天家里洗澡条件差，趁大姐上班之际，我夫人索性夜饭后骑着自行车，凭着她高超而娴熟的车技，车上一前一后带上外孙女和侄女，稳稳当当骑到芷江中路373号该厂三车间去洗澡，一辆小小的自行车上坐着3人一路向前，脸上洋溢着她们会心的欢声笑语。尽管路上来回2个多小时，她们三人心里感到无比欢畅！平时，她不爱红装，生性洁癖，克勤克俭，业余爱好音乐与沪剧，性格率真，知恩图报，秉性贤惠，与亲朋好友和睦相处；尤其在我当兵、小姐王晓明插队务农期间，工作之余，与母亲一起料理家务，原来一辈子也是快得白驹一逝。往事如风，生命的轨迹难以丈量，只能勾兑成一杯岁月的白酒，自尝苦涩，品尝甘甜。诚然，你再也不能回到梦幻的童年。

每个人的人生，其实就像渔夫知富翁一样。渔夫没有那么多钱财名利，却拥有每天晒太阳的惬意；富翁无法抛下一切说走就走，却享受着金钱在握的快感。无论你是贫穷还是富有，潜能和地位是高还是低，也无法让自己的人生没有缺憾和不足的。在生命里，不管有多少遗憾，多少痛苦，顺也好，不顺也好，都是过去，全是曾经。人生最需要值得珍惜的时刻，无非就是天真的童年、激情的青年、享乐的中年、天伦的老年。如今，你已步入古稀之年。最大的遗憾是，也许受不远游思想的影响，亦没有逍遥地游历祖国的山川江湖。时光飞逝，2020年11月7日，阔别几十年的南洋女中老同学马玉珍、田翠凤不辞辛劳，特地分别从浦东、闵行换乘三部地铁，耗时近2个小时前来看望您。此刻，相逢亦谁别亦难，一往情深，言笑晏晏，几度哽咽，一时间仿佛又回到那灿烂无忧的岁月。

生命是一本书，岁月过往一页页翻飞，在泛黄的照片中，追索着童年的记忆与味道，记录着我们姐弟情缘好似一坛佳酿，时间越久，越酿越纯。今天，重读泛黄的老照片，重温一种初衷，怀旧难忘岁月，你的笑就是风，愿你阅尽千帆，永葆童心，晨起暮落，简简单单生活，入睡是甜，醒来是笑，归来仍是少年。

# 寅虎报春

小时候，我站在晒台上，好奇地俯看旧宅屋面上大小各异的"老虎窗"，欣喜时指指点点地数起来，不由地深为先人的智慧与情韵所折服。嗣后，又逐渐接触到虎娃、虎头鞋、虎头帽、虎头糕、虎枕、青铜尊上的饕餮铭纹等。

我对老虎的认识，是双重的，虎文化在中国源远流长。老虎很有戏：一是似虎非虎。我与老虎接触最多的莫过于从前的"老虎灶"。我童年提着扁南瓜形状的黄铜汤婆子到"老虎灶"泡水时，只看到其前两口锅像老虎的眼睛，后一口像虎身，烟囱却像虎尾翘得很高，阵阵吼声伴着灶膛中熊熊的烈火，膛口烧得通红。不过，这只老虎是砖头砌的，柴火在灶膛内烧得噼里啪啦作响，故被称作"老虎灶"。人们便不得不佩服砌灶师傅的点"膛"之笔了。虽然其相貌平平，可能力绝对不凡！二是"虎痴"温情。《风俗通》说："虎为阳物，百兽之长也。"虎的威猛、百米冲刺只要4秒，力量十足被人类所钦羡。俗话说：画人画虎难画骨。"虎痴"张善孖居苏州网师园时，他曾豢养一虎，寝食与共，朝暮揣摩，爱虎如子。其虎画透出虎身若隐若现之姿，含蓄着虎视眈眈威猛之势，尤其是抗日战争时曾绘群虎，题为《怒吼吧，中国》，以寄托自己的爱国之情。逢年过节，国人素喜闹猛，爆竹搭配虎年画，虎气满满，依然满眼火树银花。

寅虎报春，在繁忙的工作、生活中偶尔抬头望向诗与远方，抒写"纸上人间烟火，笔底四海风云"，寻回虎年不一样的烟火气。

刊于2022年2月20日《出海口文学社》上海诗书画报第43期

# 在网课中成长

上海疫情蔓延以来，3月14日全市中小幼学校停课，商店、超市关门，报纸、牛奶不送了；3月29日后更令人忧虑和窒息。疫情肆虐，男女老幼每天配合生活节奏之变，同舟共济，全民抗疫。其中，斗室抗疫，足见一斑。

时下，在黄浦区青少体游泳训练班学员暨七色花小学五年级的小外孙润坤同学因泳池场所也封了，只好以网课训练代替之，每天整整2小时。内容涉及背书包俯卧撑、平板支撑、快速跑跳、拉力带、平地跳远、助跑摸高、跳绳双飞几十下等，并伴随有氧运动的轻音乐节奏分组练习各种肢体拉伸动作，不时不地手捂小手测试心率，或抖抖肌肉酸痛，其场景小中见大、动静生辉，为不使足足6年的游泳训练不付之东流，他硬着头皮，不怯懦、不放弃，每天逐一坚持了这种魔鬼式集练的体能考验。他亦能自觉地完成各类作业，帮助家里老人自测抗原和排队核酸。其次，学习间隙，练习吹笛，写毛笔，专门精制设计了一张《鱼跃龙门·龙腾东方》的彩色套色剪纸，并投稿参加"创世神话·童画中华"竞赛活动。他亦养成按时作息的生活习惯。4月4日下午，我在房前发现对面百年枫杨树上有一只小松鼠在欢快的左右跳动，兴奋不已。我即嘱外孙拍个视频，计3分12秒，录下小松鼠爬上爬下的动感镜头，分发亲们一睹为快。我对他说，我们家长帮助你学习训练做好后勤保障工作，你要给我们一点小费呀？！他不加思索，即答："我给你们小费，那就不是亲人了，而是保姆了！"我一脸无语了。近一个月的特殊网课，他不仅坚守上网课及大运动量的训练，而且网上作业都要递交老师审批。我们家长做些辅助工作，觉得"交关值得"！有道是，疫情无情人有情，封楼封弄不封心。窗外，怨声吵声喇叭声，声声揪心；窗内，书声笛声朗诵声，声声入耳；隔代亲，童叟小指勾一勾；老少乐，智慧网课笑一笑。

夜晚一片寂静，我独自仰望星空，蓦然感到清空之城瞬间万变。敬畏自然，居家守"沪"，苍天有眼，指日可待。

刊于 2022 年 4 月 29 日《五里晚霞》报

## 全家福

花黄叶红秋色浓,
天蓝云白叠苍穹。
绿水盈盈泛碧波,
白帆片片抱清风;
松枝如臂迎宾客,
苇花似雪映丹枫。
溱湖岸畔全家福,
游兴未减露笑容。

# 无　题

张本固

王氏家族皆隽贤，
耀祖荣宗传世间；
明哲达理誉四海，
好人百岁享平安。

注：作者大姐夫张本固写于 2020 年 10 月 17 日。他是学霸，早年高考曾分别获得上海市考生外国文学和中国古典文学第一名和第二名。

## 第五辑·琐事如影

# 石库门流光碎影

民间素有"先有松江府，后有上海滩"之说。传说春秋时代周简王时，吴国郡主寿梦曾筑华亭于其国之东、吴淞江之南，作停留宿会之地，贵族狩猎之处，故称"华亭"。据史书载，东吴大将军陆逊封华亭侯，家族世居于此。楚时，松江为楚相春申君黄歇的封地。相传，黄歇曾经治理旧时松水，故而浦江姓"黄"，又名"春申江"，无疑松江水脉开启申城史河。松江是历史文化的发祥地，不仅山清水秀，物阜丰饶，而且人文荟萃，名家辈出。最著名的晋代陆机、陆云的《平复帖》被称为"天下第一帖"，书体为章草，宛如天书，珍藏在故宫博物院。

历史上曾有"苏（苏州府）松（松江府）财赋半天下"之美誉，创造了多姿多彩的辉煌文明。元朝二十九年（1292年），设立上海县，上海从此开始崛起。19世纪中叶，江南富商纷纷涌入寸金之地上海，建起一锅粥似的房屋，形成一条条弄堂。上海石库门本身并非纯粹的本土建筑，而且融合了中西方建筑文化元素的典范——石库门。百年上海开埠史，半部中国现代史。多少典故，多少故事，多少名人，多少记忆，与石库门紧密地联系在一起。经过碰撞、交汇、最终形成城市的轮廓与传统，凝聚着几代上海人的民风民俗，充分凸现这座魔都的魅力与内涵。可以说，没有弄堂，就没有上海，更没有上海人。无论是老上海，还是新生代上海人，或是外来新上海人，都应该了解上海、发现上海、品味上海。上海石库门的人文建筑和生活情调，既是近代上海海派文化的特征，也是近代上海历史的最直接产物。当你悠闲漫步于青石板路，当你信步河边有氧健身，当你踱进窄长的弄堂，当你穿过烟笼雾锁的路灯，你就会在不知不觉中沉浸于昏暗的却奇异地带着静谧和温暖的快乐中，这就是上海人生活的底色。

2007年3月19日，我与夫人及家人挥别苏州湖畔永康里那幢红墙砖木结构的石库门，搬至浦东新居。然而，在我的内心深处依然深深眷恋着石库门，因为石库门虽是一颗无名的星,但却在深邃的天庭里静静的闪烁着;闪烁不是为了炫耀,而是为了让温馨照亮你,照亮我,照亮你我人生摇篮,照亮我们成长的乐园。前14年,我在原闸北区七浦路232弄3号豫顺里石库门度过;后40年,在原北苏州路996弄67、69号永康里石库门生活;临别时,我拆下二块搪瓷门牌,捡了上百块红砖。一块门牌、一块红砖就是一个故事。似曾相识,鲁迅先生也曾收藏过两块古砖:一块为"大同十一年砖",另一块为"君子砖",从这些古砖的各种图案纹饰等信息上,可以提高自己的鉴赏兴趣和艺术探讨的价值。正如鲁迅先生在《且介亭杂文》集序言中曾评价自己的收藏:"决不是英雄的百宝箱,一相打开,便见光辉灿烂。我只在深夜的街头摆着一个地摊,所有的无非几个小钉,几个瓦碟,但也希望,并且相信有些人会从中寻出合于他的用处的东西。"数十年风风雨雨,除去我4年当兵,半个世纪石库门的温暖陪伴我成长,串起我54年漫长而又曲折的人生轨迹。

## (一) 石库门是我的人生摇篮

我对石库门情有独钟,因为石库门是我的人生摇篮。那时,妈妈身体欠安,本来不打算生我了,自从我呱呱落地开始,妈妈总会叫我"多头儿子"(沪语:多生),隔壁邻居宁波人秦家妈妈讲,"多头儿子"勿是蛮好的,小右手还有一块小淡青胎记,不会走失,勿是"哭出乌拉"(宁波话:爱哭)"小囡",那咯个"小囡",阿拉老欢喜,浓浓的爱意扑面而来呀!我听妈妈曾提起过,我幼时好动不肯吃饭,只要大人抱我到楼下车间里溜达,一见花花绿绿的纸片从机器出口飞将出来,觉得好奇开心,就肯乖乖吃饭了。我小时候,妈妈抱着我,请了一位瞎子先生卜相,看相以断吉凶。瞎子说,依家个囝称属龙的小囡,他不愿意在小河浜里去玩,而要到大江大海里去游。究竟什么意思,茫然不解,也许我的命运是性格使然。弄堂是我的成长起飞的跑道,放飞了我多少希望和期盼,她又珍藏了我童年最纯真的回忆;那左右前后一幢幢连在一起的石库门旧房子,那狭窄而又悠长的过道,承载着我们上海人几代人的怀旧回忆;我心中有说不尽道不完的乡愁情思。

我于1952年10月27日(壬辰年·农历九月初三),出生于七浦路豫顺里3号,何其有幸。这幢石库门,前后各有两个出入口,与大天井格局,东西二厢房,中间三前楼,呈"U"字型,工整大气,这是正宗的"石库门"。那时,我二伯王志溪在此开办昌新印刷厂,底层放置了3台传统印刷机及排字和装订车间,机器的折叠声朴通朴通地翻打,令人生厌。主要生产业务是帮业内福建路上的粹华卡片厂承接印刷信笺、信封及扑克牌等印刷品。厂与石库门居民生活"混"在一起,这也许就是石库门的特色。我出生到14岁,住二楼一间正前楼和一间西后厢房,西前、中厢房为职工宿舍,西前楼是该厂厂长宁波籍秦国雄、楼文婷夫妇及女儿秦雅新居住,东厢房是厂办公室。屋顶有4只老虎窗,老虎窗至关重要,它凸出在屋顶的斜坡之上,窗是直立呈三角形,铺着瓦片的屋顶上开了一个长方形的口子,安上木框或铁框,装上玻璃窗,晴天时打开窗门,雨天时关上窗门;清晨,阳光透过老虎窗射进阁楼,空气格外清新,顿时蓬荜生辉。为什么以"老虎"命名,后来才明白,原来,英文中屋顶为"Roof",读音跟上海闲话中的"老虎"近似,故上海人俗称把屋顶的窗叫成了"老虎窗"。东侧屋面搭有一只15平方米左右的晒台;2米宽的狭长过廊放置二家厨具、方桌及煤炉、上下都有水龙头,通往晒台的扶梯小平台可生煤炉,生活井然有序。

七浦路石库门豫顺里呈"D"字型,一条直弄,二条横弄,整条弄堂长度约60至70米,脖子稍为伸长一点,前后弄堂里的人和物都能看得很清爽。夜间,约有7到8只路灯,横弄堂中部有一只垃圾箱。前弄堂口过街楼是2号,家门弄堂口装了一只水龙头,上楼扶梯很陡,二楼有一平方不到的小踏步,转身到三楼扶梯更陡,非得牢牢拉好旁边木头扶手,三户人家上上下下走得很利索。二楼朝南住了居民小组长张渭清伯伯一家。老张伯伯背略驼,带副近视镜,热心和气。居民的琐碎事体,他都有求必应,深受大家敬重。她的女儿张金娣结婚住在沿街面前楼,丈夫瘸脚,是大学教书先生。三年前,我在汽车站候车,一眼就认出了张大姐,她细皮嫩肉很不显老,彼此相见似亲人。朝北住了铁皮匠阿芳爷叔一家,身材瘦长,笑脸迎容。他在弄口边搭了3个多平方的小作坊,天一亮就要卸排门板迎客的。如果今朝第一笔生意是顾客"敲排门板"再成交的,岂不触霉头呢。小辰光,我看到店主将一堂一堂"排门板"卸下来,"滴沥笃落","滴沥笃落",适时好听又好看。然后,店主将排门按号叠放整齐、安全、用绳子或铁链捆扎牢靠,竖放于墙壁角落,不影响邻里走路。白天叮咚叮咚,敲敲打打做生意,傍晚再将竖在店边的排门板、按号插入有槽道的门楣与门槛中,插上横栅。只好叫"打烊",最忌讳讲:"阿拉要关门了噢",不然会不吉利。从前,上海大街小巷的店铺差不多都用排门板,每天早晨要卸,晚上要装,上海城市的烟火气,每天从一卸一装排门板开始。三楼住了爱玉阿姨,有一子一女,为人厚道;她靠做帮佣和倒马桶维持生活。

豫顺里靠近前弄有一只露天小便池,一只粪池,一只汏脚钵斗。黎明时分,弄堂还是墨墨黑,猛然一声"马桶拎出来"的尖叫声震惊睡梦中的人,小囡吓了一跳，哇哇哭起来！不一会，又陡又狭的木楼梯传来了哒哒哒拎马桶的声音。倒马桶由专门的阿姨逐门户来收，赶早赚点辛苦铜钿，条件好的人家找阿姨清洗马桶，"做人家"的，省点钱自己动手，体会有温度的生活。工序是"倒"，倒进弄堂粪池；再"刷"，用一种竹制的马桶"豁笼"，加入毛蚶壳，马桶豁笼一刷，陡然，马桶竹豁笼搅动毛蚶壳的"贝壳舞"混响声，又引出了垃圾车铁铲与水门汀撞击出清脆声、伴随着清扫的沙沙声，打破了弄堂里家家户户沉睡的宁静，组成了一组鲜活而俗气的"都市清晨交响乐"。马桶洗净后晾干，讲究的人家有一主一备，一只晾着，另一只拿出来用。稍微局促点的，只有一百零一只，实在尴尬，碰到黄梅天马桶湿嗒嗒的，坐上去冰冰泅……

马桶，旧时叫"子孙桶"，寓意早生子孙，洗脚盆叫聚宝盆，水桶叫财富桶。民间一直注重传宗接代在于生儿子，以前长辈会让童男提前一天睡新床，早晨留下童子尿，寓意包生儿子。桶里面放红枣、花生、桂圆、莲子（早生贵子），或放5个红鸡蛋（五子登科），子孙桶要由娘家兄弟在新娘进门之前放进洞房，考究的人家在马桶外面，还配置一只红木马桶箱。想起小时候，问爸爸妈妈自己是哪里来的？他们都回答：粪坑里捡来的。虽是隐喻，却是悲凉！说明父母没有撒谎，旧时女子生孩子是坟墓，只是时移世易，旧式马桶消失在人们的生活中，导致了我的疑惑。作为一个儿子，真得感恩生在新时代，倘若活在旧社会，也许能见到这个世界也是一个问号呢。据老宁波说：马桶内壁积聚的砂石，称"坑砂"，貌似记得可做一味火药，虽属不洁之物，乡下人都称"勿尚飨"。以前会找穷人去从便桶中挖，老辈人叫"马桶砂"。浙江横店集团的创始人徐文荣老爷子，当年年轻的时候，他发现当地种玉米，缺乏肥料，就是"马桶砂"可以替代农家肥，于是他奔波上海收集每家每户的马桶砂，他就是凭借着"马桶砂"赚到了第一桶金。然而，事物总是在人们最不经意的时刻，发挥其独特的优势，带给我们不同的惊喜，以及它本身的能量与香气。

我家后门对面4号，过道隔墙贴靠旁边七浦路小学大礼堂隔墙，门口矗了一根电线木头，这幢楼上上下下房客多。我家与宁波籍蔡氏一家较热络，他家外公外婆、娘舅舅妈、阿姨及七兄妹都很亲热，阿三蔡瑞升和阿四蔡小妹与我年龄相仿，他俩都去插队，我在部队还收到瑞升兄从贵州寄来的信和照片，其父蔡兰荪在上钢一厂工作，其母在太原坊里弄食堂工作，一家三代居住在多个狭小的房间。我家3号后门斜对面是4号边门。左面是蔡氏娘舅家，右面是绍兴人老木匠一家，他屋里还挂着一张耶稣像，怀着一颗虔诚的心。二楼是人民代表王秋莲（光荣妈妈）一家；隔壁5号与3号房子类同，8号底层前厢房是资方宁波籍陈家，陈家阿婆为人慈爱温和，多子多女，女儿陈富珍大我三岁、大弟富康、小弟富良，我们发小几个经常一道白相；8号前楼住宁波籍"阿罗头"家，他家堂姐陈静文老师还是我校的教导主任；近几年，我们师生聚会看到陈教导倾注着一往情深；14号底层后厢房住有我小学三年班主任张玉珍老师；14号底层前厢房是高我一届（67届）周伟星家，他当兵复员分配到北站派出所，后与我夫人战友刘才英（原市公安局团委书记）结婚；右侧为2号到20号均为居民住宅。尽管弄堂里居民过着简朴而又平静的生活，却很少听到吵架声音，各家忙各家。那时，既没有电话、手机、更没有什么"110"，但城市的社会治安却有序而安定。从社会稳定角度看，也许这才是真正意义上的"太平盛世"。

60年前，上海生煤炉比比皆是。即使煤炉早已从你的生活中消失，偶有机会，它就像幽灵一样呈现在你的梦境里，生煤炉已经是遥远而陌生的记忆。轰然冒烟的煤炉，火星乱舞，烟雾升腾，呛得人家泪流哗哗。"啊……嚏！"那一刻你仿佛羽化成仙了。人间烟火，各有千秋。儿时，出于好奇，我跟着大人一起学生煤炉。也许小孩学生煤炉，大人认为这是学会生存吧，所以十分支持，大人教会我擦火点燃旧报纸塞入炉膛，再往里面加几块小柴爿，放在煤炉内铁架上用自来火点燃，柴要架空，这样容易点燃，于是熊熊火光里冒出了一阵青烟，呛得眼睛睁不开，用蒲扇对着炉门"呼哧呼哧"地左右手相互交换扇风，还要拉了上头拍炉口，使它上下通风，火头就会呼呼窜上来。袅袅炊烟空中漫舞，与砖瓦房舍相合，极富诗情。略加煤球，待到煤球烧成暗红色，再加几个煤球，拎起铁钩，轻轻通一下，炉子也就生好了。由于那时居民凭卡限量供应燃料，流行夜里睡前"封炉子"，舀一勺煤浆浇在炉口，中间捅几个小洞通风；次晨，只需一把火钳戳开干结的煤层，让下面隐藏着的火苗窜出来，就可不必重新生炉子了。之后，煤球店师傅制作圆筒形蜂窝煤、铁架真压型"煤饼"，取代煤球。自制煤饼模具，夯实煤屑，晾干定型，使用更便利。随着弄堂烟火升腾，总是传来源源不断的饭菜香。

豫顺里向东为七浦路小学（原宁波同乡会），向西为七浦路254弄巽阳里，8号原是商务印书馆主人的旧居。"文革"时期，我曾看到房东被抄家，三层阁里好几麻袋里装有旧版纸币钞票被抄走，老人被批斗，勒令规规矩矩。不久，这幢标准的三上三下石库门改用海宁路派出所驻地。与我家一墙之隔，两条弄堂，两个门牌，各自晒台面面相觑。大热天夜晚，弄堂里最闹猛，我家多数辰光在自家晒台乘风凉，偶有会到弄堂里去白相，邻里之间和睦相处，尊老爱幼，蔚然成风。二年前，我又联系上老邻居蔡小妹，感到我们从小在老弄堂里成长，现在老邻居还在微信互动，真是人已老，情不断，老弄堂的滋味愈久弥香。石库门前前后后，从早到晚，邻里守望，悲欢离合，缘起缘落，花开花谢，尽是演绎。

　　星期天早上，妈妈拎起桌上的罩笼，快来吃"啊！有自制的小笼馒头，皮薄、汁鲜、肉嫩、趁热好吃。"我提起筷子挟了一只。汤汁饱满丰腴，鲜美异常啊！"轻轻提、慢慢移、先开窗、后喝汤"，浓汁香溢，吸一口香汁，再整个咬进嘴里，好满足。"当心，当心汤水溅到你衣服上。"好过瘾哦！从前上海人家的窘困早餐，如今提炼成了回味"舌尖上的泡饭"。家家户户吃泡饭，硬泡饭喜欢的人比较多，开水淘淘，颗粒饱满，很有嚼头，它是上海泡饭里的一朵名花；软泡饭把隔夜冷饭团倒进镬子，略煮个小滚，并用筷子把饭团搅碎，黏腻而不清爽，鄙夷的人比较多。泡饭小菜，天南地北，碟碟精简：配点咸白菜、黄泥螺、萝卜干、酸辣菜、或将咸蛋磕个小洞，筷头一戳，红油吱地冒出来，"做人家"人家一个咸蛋切成四份，慢品朵颐，唇口留香；家境殷实之家，再配上皮蛋、乳腐、油氽花生米、油氽豆瓣，排场相当隆重呢？！回首当年滋味万般的票证时代，几乎涵盖了所有的生活必须物质。几乎所有商品，都按照人头定量供应，人们的购买能力由票证决定而不是钞票，它成了市民吃饱穿暖的一种保障。在这类票证中，我最关心的就餐券，再凭此券能进饭店和点心用餐。但父母确是牙缝里省吃俭用，让我们子女分享就餐券供应的早点。再次，妈妈爱心确实显而易见。关照"小朋友要吃有吃相，坐有坐相，站有站相，什么事都要从小养成好习惯"。每当刮风下雨，妈妈还会带上雨伞、套鞋，走上一段路到校门口等候我一起回家。这种浓郁的温情，乃是我成长的坐标，久久地印记在我的心间。

　　吴韵端午，碧艾香蒲又端阳。它有许多别称，如：午日节、重五节、五月节、浴兰节、女儿节、诗人节、龙日等等，家家户户充满了节日的气氛。弄堂里居民都会裹粽子，先把粽子整齐地摆在钢盅镬子里，水没过粽子，文火煨煮，煠到天亮。翌晨氤氲香饽饽炙热烫手的粽子弥散在灶披间，闻之如有回归大自然的感觉。粽子古称"角黍""筒粽"。相传，那时凡参加科举考试的秀才，临考前要吃"笔粽"，裹得细长很像毛笔，谐音"必中"。上海人把粽叶叫"粽箬壳"，它其实是新鲜的芦苇叶，碧绿生青，透着清香。妈妈洗清"粽箬壳"，然后把粽叶放在镬子里用热水烫一下，使其柔软；同时将糯米浸泡，将片粽箬叠起来，折成漏斗状，将叶片拗弯，一手用食指和中指挟住宽的一头粽叶，从叶尾到尖头捋去水渍，一层又一层，一道又一道，加2-3勺调羹糯米，中间放上酱油浸泡过半油半精的猪肉，另一手将叠补好的粽叶双手捧起，把粽叶向前弯盖住馅料和糯米，正面往里折叠，后面往前折叠，如裹粽叶不够长，可再添加小叶子接续，多出来的往前下折叠，一手捏牢粽子，另一手用棉线或细麻缠紧，打结。两只手像蝴蝶的翅膀一样熟练地上下翻飞，不一会一只胖乎乎的肉粽子裹好了，有棱有角，显得挺拔有力。最简单的是裹赤豆粽、枣子粽和白米粽。儿时，我很好奇裹粽子，于是对妈妈说："妈妈，我不会裹粽子，侬能不能教教我啊？"妈妈说："好个，裹粽子邪气便当，但是刚开始裹蛮难的，侬得耐心点儿。注意，卷的时候要尽量地裹紧，否则煮的时候会漏米。"我硬挤在妈妈身边学做，把粽箬叶叠成一个漏斗，裹成三角形的小白粽。果真是功夫不负有心人，我茅塞顿开，"来赛哦！"我终于裹好了第一个小粽子。虽然没有妈妈裹的那么好看，但在我眼里就像是手上捧着一颗闪闪发亮的小明珠，格外珍贵，那种喜悦与兴奋难以言表。蘸绵白糖，真是又香又甜，又软又黏，糯中带点嚼劲，好吃极了。每当吃到妈妈裹的粽子，忽而觉得，妈妈的爱多么像这款粽子，有甜有咸，芳香四溢。"粽"是快乐如花，那是家的味道。

那时，弄堂孩子们童趣萌发，我会跟着大孩子学做芦哨，嘟、嘟、嘟，比一比，谁吹得清脆嘹亮。还有，棕编艺人正是"小玩意儿"中宠儿，他们穿行于弄堂里展示技艺，放下挑担，技艺娴熟的编织成蒲扇、蜻蜓、蜘蛛、蚱蜢、蛇、龙等造型，以及编芦席、织苇帘等，让人叫绝。更有趣的是，妈妈用筷子头沾点微量雄黄酒在我额头上写个"王"字，寓意天汪汪，地汪汪，我家有个夜哭郎，过路君子念一遍，一觉睡到大天亮。在二姐的眉心正中点一颗朱砂，希冀五毒不侵！弄堂里许多小朋友手腕系上五彩丝线编织的"生命缕"，香囊内有朱砂、雄黄、香药，具有驱瘟辟邪功能。挂钟馗像、帖午叶符、悬挂菖蒲、艾草，荡秋千，吃"五红"等等，以驱邪避毒。考究的人家则用菖蒲、艾叶放入沸水，煮成汤汁，让女眷汰一个充满香气的兰汤浴，以洁身祛病。上海人把入夏后的食欲不适叫"注夏"，也写作"疰夏"。阿拉小辰光歇夏，如有体热、食差等症状，很少到医院吊盐水，一般吃点中成药、食疗、刮痧等方法缓解病情。民间对孩子还有戒忌，说要戒坐门槛，坐门槛会疰夏。民俗有称人之说，就是对侬是否"注夏"的一个体检报告。小辰光，儿童小毛小病基本不出弄堂，张家李家的老人就像神医华佗。他们宅家均有民间秘方：热天防中暑吃"仁丹"，发痧最好用"痧药水"（即：十滴水），放在"大指末头"上，或用汤勺沾点万金油刮痧，效果侪老好咯。冬天防皮肤皲裂用"蛤蜊油"，几分一盒蛤蜊油一年也用不完，园好来年再用。我生了麦粒肿，俗称"偷针眼"，不吃药，也不去医院，怎么办啊？妈妈就从棕梆里摘下一根小棕，用棉球消毒后挑一挑眼睑，使眼睑腺体的急性化脓性炎症迅速消炎消肿，这一招还特别灵验。妈妈的眼睛很神妙，不管缝纫针眼有多小，又准又快穿过。不是凭空讲话，妈妈还是除害"拍苍蝇"的能手。夏天，苍蝇飞来飞去，我拿着蚊蝇拍去打苍帽，一拍上去，蝇子就逃之夭夭。妈妈不仅不用蝇子拍，就凭眼到心到手到的秘籍，等苍蝇停歇时分，轻声慢步地上前，瞄准蝇子，只听"啪"一声响，苍蝇正被她拍死在地上。我也想试一试这门手技，于是我拿着蚊蝇拍，蹑手蹑脚地走到蝇子面前，眼疾手快锁定蝇子，顺手一拍，打中了一只。妈妈竖起大拇指对我说，什么东西都得学啰！看来不管做啥事体，关键是要掌握一定的正确方式，拍苍蝇真是一件有趣的事！老实说，那时小孩很少生病，除了吃穿差了一些，可比现在的孩子更健康、更幸福多了。

三年自然灾害时期，我们一般上海人家都尝试过"炒麦粉"，我也学炒面粉放在铁锅里，不断地翻炒，炒到面粉呈现金黄色。一种叫"湿吃"，再用开水冲泡，盘点砂糖，用筷子搅一搅，搅成糊状；另一种叫"干吃"，用小勺子往嘴里送，其味道也许不在乐口福之下，那就是上好佳的食品了。在定粮供应时，常会吃会吃上别有风味的豆腐渣，尽管饥肠辘辘，但能填饱肚子。儿时，偶会将胡桃放在房门的门隙里砸一下，剥掉硬壳，便是上乘食品。冬天，妈妈会叫我用石臼子将炒熟的黑芝麻捣碎，再与阿胶、胡桃、龙眼肉、冰糖小火慢煮，装入"狮子缸"里成膏状，乃是外公冬令最佳的滋补品。那时，洗衣晾衣都穿在竹竿上，衣裳、被单晾到晒台是最吃香的；其次，衣裳用丫杈头叉到客堂、天井的顶上，或将超长的竹竿两头门檐上一搭；实在没有地方晾衣，只能直接把竹竿撑到弄堂里，或两棵行道树上扎一根晾衣绳……弄堂老妇每天用"刨花水"把头发浸湿，盘绕其上，再用细梳梳抿得油光乌亮，待头发干后自然定型，就像现在时髦人用的"定型水"。就如影视剧里所言，这种刨花水，配了乌精、榧子、皂角几味中药，再加上梅花里的雪水，配以茉莉、栀子调香，常用这种天然护发素梳头，会使头发乌黑健旺。嗳，这种泡刨花水的勿是随便啥个刨花侪好泡的，只有用榆木的刨花才泡得出凝嗒嗒样子的水。上世纪五六十年代，上海的弄堂里经常可以看到卖榆木刨花的小贩。女人们将刨花用热水浸泡出黏稠的液体，装在小罐里备用，需要时用蘸取刨花水的梳子梳理头发，顷刻光可鉴人，且发际间散发出一种淡淡的芳香。小辰光兴趣正浓，我跑去问隔壁木匠师傅讨得薄薄的杉木刨花，好奇地放到弄堂阿婆的刨花缸里，歪打不正着，却将邻居阿婆一只老式化妆盒的刨花水弄得统统报废，都是顽皮惹的祸。

中秋至，月饼香。为了省点钱，中秋节前妈妈便开始准备自制月饼。这种弥漫香气的手工月饼，豆沙馅料，饼皮酥脆，看到口水都要流出来了，入口即化，口感松软绵密，让我欲罢不能。我什么都不懂，只晓得张开嘴巴吃。妈妈先用油、蛋黄与水和好面醒着，然后准备馅料，她就烊上一锅赤豆，烊烂的赤豆用纱布澄出红豆沙，倒入白糖、油，拌匀即可。其次，妈妈把面团搓成细长条，切小块，用擀面棍制成小薄饼，包几勺馅，一边娴熟地把包着馅料的面饼的边缘捏紧，月饼的雏形就出来了。再次，妈妈把做好的月饼放在平底锅上，锅底少许放油，周围用手淋点水，小火烘烤二十分钟即可出炉。每每吃到妈妈做的豆沙月饼，甜酥香脆，吃口不比买的差。如今，儿时中秋妈妈亲手做的手工月饼早已不复存在，但这款甜润的滋味，久久地浸润在我的心灵深处。

岁月不居，时节如流。打小的点滴趣事油然而来，或许是不经意中的经意，不栽跟头不会长大，仿佛是一种邂逅，这种独特的空间感，栩栩如生地存在，都在趣与真之间徘徊。"耍炮仗"一事虽已远去，不在演绎，但它留给我的故事，依然在我的心海中奔涌。平静之中有不平静，我成长之路的第一坎，都给我上了第一次安全教育课。1962年春节前夕，我10岁，一天上午，我独自兴冲冲地走上自家屋顶木制晒台玩耍，在一小堆尚未清理的垃圾边上学放小炮仗，放着、点着、无意间火星溅进垃圾堆慢慢地燃烧起来，将一块木板烧穿一个小窟窿，我吓得直叫，惊惶失措，幸好家人及时发现迅速扑灭，化险为夷，未酿成后果。这件事，虽侥幸未遭父母揍打，却也被家人严厉地训斥一番。回想起这件事来，我那时怎么会干这件愚不可及的蠢事。每每忆起，说实在话真是后悔莫及！民警晓得此事，亦对父母予以严肃的批评，督促家长要管好小孩，加强防火安全教育，堵塞不安全苗子。此情此景，我又惊又怕。巧合的是，曾儿时玩耍炮仗闹出险情的我，11年后我在原来家门口当上了民警。如果一个人少年在一个地方度过，那么那个地方则一生与之潜行。鸡蛋，从外打破是食物，从内打破是生命。人生亦是，从外打破是压力，从打内打破是成长。有风有雨有泪，才会承载着生命的厚重。至此，努力埋下自己的伏笔，时间就是答案。

每个人都拥有自己五彩缤纷的童年，承载着数不尽的欢声笑语；童年，是一条清澈的小溪，透视出说不完的天真烂漫。如拥有一只康元牌铁皮跳蛙，小玩具形象逼真可爱，只要慢慢地拧紧发条后，青蛙会憨态可掬地扑腾跳跃好一阵子，我兴奋得手舞足蹈。倘若金属发条不坏，仍可以传代当玩具。还有，消失在记忆中的西洋镜，现在人们感到很好笑，当时小朋友感到很好奇。弄堂口经常有放西洋镜人的身影，我会与其他小孩们围着一个大箱子，箱子上下多有几个小洞，眼睛凑上去看。花二分钱，或用喝剩的药水瓶换铜钿，就可以看暗箱操作的十个之内的图片了。一旦打开后，有孙悟空、杨家将等，也不是无法揣测，神秘妙测。但那个年代，也算是很开眼界了。

阿拉小晨光，呒么电视，阿呒么电脑可以白相，更呒么手机，格么白相啥呐？回想弄堂文化和市井风情，尤为真切而生动地一幕幕地浮想在眼前。窄小的弄堂，曾经是我童年时代飞翔的天堂。童谣，也叫儿歌，是每个幼童小时候的无形老师。既是"语言的化石、文明的溪流"，更是"民俗之根，文化之源"。老里八早，弄堂住着的好几代人都是这样从小到大的，而且每一代都很痴迷。只要一放学，放下书包，拿点既简又土白相的玩意儿，陆陆续续地簇拥到弄底开始他们的"游戏大会"。一般是分儿童的年龄段，以及游戏的难易程度来自选游戏的项目。"金钩钩／银勾勾／请你出个小指头／结结实实勾一勾／勾一勾／点点头／一起唱歌和跳舞／我们都是好朋友。"这些沁入心扉、韵味十足的沪语童谣，念起来真的朗朗上口，风趣幽默，天真浪漫，代代相传，雅俗共赏。

想想阿拉老底子，弄堂游戏是按照各人个性格、爱好、脾气、年龄分开来白相个。弄堂里各种游戏既雅又古，极其有趣。看《红楼梦》里行酒令的"猜枚"，自然就想起小时候我们也玩过：猜的是火柴梗，有几个小孩就用几根火柴梗，一个做庄，随意在手心放上几根，大家轮流猜，谁猜到了谁喝，谁都猜勿到，庄家窝庄自己喝。当然我们喝的不会是老酒，而是拧开水龙头的自来水，喝得小肚皮里"臜胀臜胀""晃荡晃荡"的！"撑骆驼"是弄堂里男孩子的专属项目，当骆驼的要弯腰，双手撑住膝盖，后面的小伙伴排队双手腰背一撑，快速地从他的背上跃过，跳跃动作连贯，陪伴我度过了最开好的弄堂岁月。

幼儿组玩的是"老鹰抓小鸡""半野猫""哚冬里咪""捆香烟牌子"。"挑浜浜"是常玩的游戏，随便找一根绳子两头一系，两人或坐或站着就浜起来，一个以手指编成一种花样，另一人用手指接过来，翻成另一种花样，相互交替挑浜，挑成蝴蝶、飞机、拉胡琴等，直到一方不能再挑下去为止。一根绳子训练手脑协调，越浜越有逗趣的兴头。白相折纸"东西南北"，制作废纸或纸张要硬点的，折成刮豆腐刮子的四角套叠，也叫"刮棺材板"。抽贱骨头（抽陀螺），手里拿根绳子，狠狠抽在地上不停转的木陀螺或铁陀螺，让它保持平衡，二个陀螺对撞，谁的被撞停了就输了。好一个宣泄情绪的游戏，不少大人曾经在教训小孩时也会搬出"抽贱骨头"作范本。

孩童曾经白相香烟牌子，五六十年代的香烟包装中，经常会夹带一张彩色纸片，俗称"香烟牌子"。像自来火尺寸的香烟牌子，纸片挺括、有一定的弹性、印刷精美，比如"水浒""三国"中的人物。我会从爸爸与亲眷烟后及时收拢，并将多余的与小朋友交换，丰富彼此的品种。我也会与弄堂里小孩会聚在一道，选择一块平地白相"飞"牌子；规则是墙上画一个高度，每人的香烟牌子从这个高度上将牌子贴在墙上往下"飞"，看谁飞得远，就由最远的孩子赢下所有的香烟牌子。记忆中的生活碎片难以令人忘却，但曾经触摸过这款图片与文字，让我感受到彼时喜闻乐见的民间娱乐和井市的默趣。

中儿组玩的是，女同学喜欢跳橡皮筋、勾脚跳、丢手绢、造房子是比较高雅的游戏，单脚踢石块，一层一层造上去。踢毽子，先要找一只方孔圆钱铜板和一些鸡毛，但鸡毛不是容易能找的，一般等到过年杀鸡鸭时才有机会，有眼光的只挑选靓丽的公鸡毛，岂不知尾巴还高高的翘在外边，抓住尾巴拉出来，拔几根漂亮的长羽毛，先用剪刀将羽毛管的根部剪下一段，长约3厘米左右，再剪四个小口呈十字状，拿针线缝制于铜板方孔处，将五六根羽毛根部捏到一块，用塑料纸裹紧塞进羽毛管，纯手工制成，随时可踢毽子了。男同学热衷于踢皮球、打三毛球、掰手腕、平地跳远、玩弹皮弓等。

大儿组玩的是金鸡独立（斗鸡）、溜棒冰车、翻倒立、下军棋、弈象棋、盯橄榄核、拉叉铃，即铃在绳上、棒上、空中、地上每变换一种动作加1分，每落地一次扣1分，得分多者获胜。打弹子，技术含量比较高，一般都是脑子活络的才白相得好。据说，少时弹子打得出色的，成大的很多在打高尔夫球。滚铁圈，原来固定木桶木盆的铁圈，被男孩子用一条铁丝做的推子，铁圈不容易得到，所以是个宝贝，走到哪里都带着。孩子后推着铁圈在弄堂里穿来穿去，玩得风生水起。看到弄堂里的小伙伴们放风筝婆娑生姿，我心里有说不出的兴奋。与其独自心里痒痒的，不如自己动手做风筝。于是，我用细竹条搭起一个简易的骨架，糊上薄纸，做了一只"大蜻蜓"。我左手举着风筝，右手拿着风筝轴，迎着风把风筝往上一抛，然后紧跑几步，风筝离地倏然腾空而起。它浑身碧绿，东飞飞，西瞧瞧，仿佛在捕捉着蚊子。那小小的风筝，带着我的幻想，带着我的欢呼，飞上湛蓝的天空。

老早翻麻将牌的游戏，让我勾起了儿时的天真与欢笑。小时候，我们白相的东西基本上是不要花钱的。那时，麻将大多是竹骨的，正面为象牙白底板统称白色，背面为竹青色简称黑色。先捡大人废弃的麻将牌，变废为宝；再做个沙袋，可用旧零布缝制成6至8公分见方的小布袋，内装籼米或黄豆或绿豆或黄沙，沙袋不能塞得太满，软硬适中，手感舒服即可，然后缝死。玩这个游戏一般用小方桌最佳，麻将在桌上撒得开，沙袋往上也抛得起，一般都在3至4个人左右。我也试过把小沙袋扔上去，低下头去翻麻将牌，配合不协调，结果乱成一团。这种简易游戏，通过"一扔"与"一翻"的反复作操，锻炼手、脑、眼的应变能力啊！谁要玩上手，就会玩上瘾。尤其是那些熟练快手的大姐姐们，常常在麻将形成一色后，先按同一顺手的方向把麻将一一竖起，接着一色一手压倒后，迅速跳跃般地一个个横起，也有先横再一色压倒的，瞬间让你看了眼花缭乱，全套运作连贯利落，一气呵成。迭种很雅很古老游戏。老到还没有麻将牌的时候就有了，翻的是羊骨。一旦有男小囡参加白相的时候，那个男孩一定是高手，要不然输给小姑娘多不好意思啊！

  还记得小辰光那个经典的地摊套圈游戏吗？看到地摊套圈，人人手都会"发痒"。我观察中发现，这种套圈游戏侬勿要客气，一定要抓住机会早套，因为越是到后面，剩下的东西就越是难套了，肯定是好套的东西被抢跑道的人套走的。我拿一分钱向摊主调得几只弹力圈，站在指定位置上，适当屏住呼吸，手势适当伸前，尽量选择高一点的物品来套，物品越高离侬的距离就会越近，学会用巧劲，用力要均匀，既不碰到圈的前边缘，又要高于圈后边缘，在抛出圈的同时，从手腕发力并加上个旋向速度，谁套得多谁就获胜。如果扔圈套不到奖品，也算是过了个瘾；如果运气好，套得奖品，就会得意洋洋，喜上眉梢。"弄堂游戏"是阿拉共同成长的地方，白相起来也就会有味道了，亦留下了我们最纯粹的欢乐时光！

  小时候，零食糖果是小朋友们的最爱。放学做完功课，我向妈妈要一点零用钱去买鱼皮花生、拷扁橄榄和棒头糖吃。棒头糖是再普通不过的小食品了。糖质一般，价格便宜，不像大白兔奶糖和米老鼠奶糖高一等似的。其实，粽子糖会有二三粒松仁嵌在里面，口感比棒头糖好吃。但小朋友喜欢边吃边玩，一根棒头糖塞进嘴里解解馋，啧啧有声，乐不可支，吃起来回味无穷。就在忘乎所以时，忽然一下子，糖从棒头上滑上来，从喉咙口下去了！唆法唆法，吃得津津有味！花上3元钱买一瓶瓶装牛奶，吃光，还要把硬质白盖头舔一舔，上头有一层层的奶油，吃完最好再拿开水荡一荡，好满足！读书时，买上一把铅笔小刀、或一块橡皮亦很高兴了。白相"糖纸头"是蛮有趣的课余生活。"糖纸头"又叫"玻璃纸"，它有花卉、动物、脸谱等图案，并由手工二头旋转、机器折叠包装二种；小朋友不管去哪个亲戚家，侪有糖果奉送，还可以获得交关"糖纸头"。糖纸头下端正中印有阿拉伯数字，小朋友不晓得掰个数字代表啥意思。约定俗成，数字大为贵。我也不例外，会把"赤刮勒新"的"糖纸头"，先用温水在玻璃杯里浸泡，洗净污垢糖渍，再用杯底慢慢地烫平玻璃纸上的皱褶。浸好水，揩干水渍，贴在台面上晾干，再放在玻璃杯下压平，使之没有龌龊，平整如新，夹在书里，芳馨久远。可谓一举多得，既是废物利用，又不花家长钞票，还可以带来童年和少年的乐趣。

  儿时，我家住的弄堂地面铺的"弹硌路"，与石库门相呼应。我稍许大一点，就会跟着弄堂里大龄小朋友学打篮球。在没有场地，没有球架，没有裁判的情况下，他们在墙壁上装上一个铁圈，就算有了简易篮球架，可以投篮了，小朋友们高兴极了！我亦轧在中间，跟着大龄小朋友们拍球、投篮。边拍边跑，纵身一跃，一个腾空，投进一个二分球，好开心啊！有时，没有投进，我不服气又投了一个还是没有进。然后我反复学"高手"的样子投了几个，这次我投进了。这下，我高兴地跳起来说"我终于投进了！"我缺少打篮球天赋，技术又差，加上弄堂"弹硌路"，能有这种模式玩篮球已经是很不错的了。一到暑寒假期，我与这些弄堂里小朋友会不约而同，结伴到后弄堂对面塘沽中学后操场的正规球场打篮球。但我人小，篮球大，玩耍起来好不带劲，左拍右拍，缺乏灵感，但我还是不服气，硬是屏住呼吸，睁大眼睛，把握好姿势，双手使足劲地把篮球向上扔去，结果，用力过了头，球越过篮球网，"铛铛铛"在球篮铁架上跳了三下，落到地上，小朋友顿时哈哈大笑，开心极了。

记得老早白相"打弹子"，即玻璃球，直径不超过 2 cm，是一项智力游戏，沪人称"打弹子"，孩提时的所爱。弹子有透明不透的之分，不透的谓"夜壶弹"，有贬人眼疾或看人视物有"豁边"之意。透明的分有瓜和无瓜，无瓜的称"赤膊弹"，有瓜的又以瓜多为上品，如四瓜或五瓜为稀品，最好是簇新透明的玻璃彩弹，更不舍落地，所以常玩的是一瓜二瓜至多三瓜。打弹子的手法有"老太婆弹"和"旋转飞弹"二种。前者软绵无力，命中率极低，后者旋转冲击力强，命中率高。弹子有二玩法，其一"落袋"式，以击中对方弹为胜。先定块场地，划条底线，然后夹弹击墙或砖，靠反弹力滑向底线，近者即获开弹权。一般人多玩为一人一弹，人少则可一人多弹。击弹姿势有蹲、半蹲和立式，击弹部位有上、下、左、右，均以战术而定。玩法二为高尔夫式，找块较大场地，即在石缝隙处挖几浅洞，一般也有八至十洞，然后从进头洞始至末洞终，先完成者为胜。负者受罚是要摸阴沟洞的。若是猛击之阴沟处，且力大部位准，只要击入阴沟就会顺坡而下落至阴沟洞里，而击弹前都不会忘了先把阴沟盖掀开。弹子金贵，全凭自己手感和技巧，左眼一闭，右眼一瞄，弹子从裤裆下一飞，宛如抛物线，只听清脆一"叮"，打中弹子了。负者只能趴在地上，伸手进阴沟洞里摸，偶尔若巧遇一股急水落下，把弹子冲下主沟就会摸不着，只能望沟兴叹了。围观者兴致盎然。我虽不会打弹子，但好羡慕会打弹子的小伙伴白相得真带劲啊！约至1968年，弄堂里弹硌路改成了水泥地，打弹子的游戏就此"寿终正寝"。

年少气盛时，样样好奇，上世纪六十年代，脚踏车交关吃香，一般人家买不起。少儿羡之，有租车，每小时约2角钱。特别是看到大哥大姐会骑脚踏车，总是让我心里痒痒的。放寒假了，我约好同学一起学脚踏车。但一时自行车很难借到，只得从平时"翻三制"的邻居处找车主，几经周折，我曾设法借得一辆骑耍过把瘾。我刚学时，车大人小，只能手把龙头，左脚踏板右脚发力后蹬，把握平衡缓进；不能独单骑车，不是死上车，就是坐在脚踏车的坐垫，后面有同学扶着车，还没蹬两下，龙头一晃，我就从自行车上摔了下来。心里更为紧张，到底怎样掌握呢？再想，借到自行车很不容易。于是，鼓足勇气继续学车。学双手保持平衡，双手上下配合的感觉，几次摔下来，又次爬起来再试；逐步由慢到快，初步有了平衡的意识，每当车身往旁边歪、快要倒时，我立即从坐垫跳到车挡横竿，用左脚当支点，把车停下来。旁边同学也鼓励我加油，我累，他尾随扶车更累，经过几次紧张的学骑，我的腿上挫伤、乌青块、皮蹭破均抛在脑头，没有付出，怎么会轻易地学会骑脚踏车呢？经过不断摸索，眼脑手足相协调，大胆心细找平稳，再学左右转弯及上桥下桥。从此，我恋上了脚踏车，自行学会骑车自己方便，终身受用。如今老了，依旧踏上脚踏车去超市购物、或上公园消遣、或走亲访问，照样体悟骑车的精妙与愉悦，乃是我的脚踏车情结。

　　学校放暑假了，小朋友们最开心。石库门的风情素韵，弥足珍贵。桂花糖粥莲心埋，柴爿馄饨葱菜白，端午粽香飘灶台，中秋月圆听"蟋蟀"。那时，小朋友和上海男士最时尚的"雅戏"，莫过于玩耍"赚绩"（蟋蟀）了。中国蟋蟀文化，历史悠久，源远流长，蟋蟀相斗，几经交锋，使足拼劲，败者退却，垂头丧气，胜者张翅长鸣，洋洋得意。人称"贾虫"的南宋奸臣贾似道，就是一位玩物丧志的蟋蟀宰相。虽于政不通，却精于逗蟋蟀，他着有《促织经》书中，更荒唐的，贾还带蟋蟀上朝议政，庭上不时传出虫鸣声，甚至曾发生蟋蟀自水袖内跳出，竟跳黏到皇帝胡须上的闹剧。古人在意蟋蟀的寓意和寄托，区区蟋蟀，给人印象是一种玩物，容易"玩物丧志"，难以表达玩者心中的情怀，古人与今人语境不同，审美也不同；从古至今，蟋蟀也演绎出许多悲欢离合的故事。掰"尾"读成上海闲话"妹"个。蟋蟀"瞿瞿瞿"，"唧唧唧"鸣叫声，牵动着大家的心，厮咬，搏杀，拼搏的精彩的打斗场景历历在目，只有雄"蟋蟀"会发声音，这是一种"求婚"的信号，亦会赶去"赴约成亲"。上海三十年代初，位于浙江中路上的"龙云居"，是一家中西合璧的三层楼中型旅馆。每年7月下旬大暑刚过，各地蟋蟀贩子汇集到此，自然形成一个堂口。精明的老板不失时机，在楼底大客厅开设蟋蟀斗场，这就是上海开埠以来，一场规格最高、规模最大的虫局"打将军"在此打响。与其说斗蟋蟀最扎劲，还不如说是人斗！

　　玩物未必丧志，一生嗜好，终难改变。离我家隔开几条马路便是沪上昆山路百官街"蟋蟀"市场，我会和小伙伴们去那里光顾。它既是民间活动的亮点，又是一种传统文化。不玩也罢，玩了则看上瘾。一次，我索性蹲下身子，钻进观看斗蟋蟀？圈子里观战。两军对垒，作壁观上；好虫博弈，精彩纷呈。首先进入眼球的玉鼎虫，它的异形令人惊叹。此虫身高体宽肉厚，头形呈方中带圆的狮头形，两根短而粗的棕黄触须，一须朝上，一须朝下，此乃天地须。牙钳甘厚阔而黑中冷红，形似二把板斧头，胸腹贴栅笼底，形象凶狠霸气，而覆霸虫形体壮硕雄健，前须直挺，此是霸王须，神相帅气。起闸后，两虫稳步前行，稍作凝视，这是真正大将军虫的交战形成，似先礼后兵，决一雌雄。少顷，覆霸主动进攻，壳翅猛咬，玉鼎虫则张牙相钳，四牙合并，互相使力，盘口交替，出现了片刻的僵持局面。随后，玉鼎虫凭借胸腹之力，将覆霸"霸王举鼎"，猛地举向半空，覆霸虫这次颇有作战经验，它一点也不惊慌，舒转四肢，顺势向下压，玉鼎虫也随机应变，一个留夹顺势拖罢，将覆霸虫拖在栅笼底，甩牙相摔。覆霸虫毕竟形体上要比玉鼎虫小一个级别，松钳时有些晃动，玉鼎虫猛地一个冲锋，将覆霸虫撞到了栅边。当玉鼎虫再度冲向覆霸虫时，覆霸虫一个避让，使玉鼎虫因扑空而险些摔倒，但玉鼎虫刚毅出击，见势猛地立定杀了一个回马枪，这次覆霸虫却主动张口迎战，牙钳重口，互相顶抵，从而形成了"拱型架桥"，这是两虫牙钳力与项肌力的殊死较量。在场观者，无不为赞叹"扎劲"。我为覆霸虫暗暗的捏了把汗，也怕覆霸虫顶不住这一招。除外，星期天我还与小伙伴到共和新路、汶水路附近的"联义山庄"。原是广东籍诗人达官显贵、社会名流的甲级坟茔。那里，区内种植松、柏、枫、樟等名贵树木，绿荫环抱，十分幽静。我与小伙伴们约好半夜起身，穿上长衣长裤，挎包里放着手电筒、捉虫网竹罐等，早早赶到那里，猫着腰，一头栽进去捉"蟋蟀"，如能捕捉品相好的"蟋蟀"，也算是幸运的，即便空手而返，也玩了这种捉"蟋蟀"的情趣，给人生机勃勃、意趣盎然之感，透过玩蟋蟀的体验，尝试触摸传统心法。各人各具情趣，此后，我再没有触摸过蟋蟀。

上海小开李嘉春今年80岁，他12岁开始白相蟋蟀，与王世襄两人被称为"北王南李"蟋蟀泰斗。李嘉春至今感言"千军易得，一将难求"。现在，生活条件优越，爱好花鸟鱼虫的人不少，但在我眼里，如果要说嗜好蟋蟀如命人士，非是"资深"爱好者战友谈善康和内侄马民他俩莫属。老谈玩"蟋蟀"足足60年了，一生从未间断，由于每年要精养蟋蟀，不仅体悟尤深，而且精气旺盛，兴致正当年。有一次，他与一位懂习武的朋友一起白相蟋蟀心致正浓时，一箍脑儿地玩耍，门外有人敲门都没听见，竟把烧饭都煮焦，把水壶都烧干。此刻，他的年幼女儿无意间走过来，一不小心把蟋蟀盆踢翻了，盆里蟋蟀跳出来不见了，一气之下，他竟顺手打了女儿一大巴掌，权当蟋蟀比人重要。天煞斗星的内侄马民也是玩蟋蟀的高手。他不仅深谙蟋蟀的动作语言、洗食、喂养、水槽、过笼、卧室、打草、合牙、斗口、斗间、将种外，而且掌握斗前配对，还规定家里盥洗室不准使用有香味的化妆品，以免气味影响蟋蟀的饲养。每年回到那些遥远的少年时光里，总要挤出时间专程赴山东"进货"（蟋蟀）。玩得就是斗赢、精彩、心跳！

"天生万物与人，人无一物与天。"万物之中有雅俗共赏之蟋蟀，其之所以令吾辈痴迷，盖因其有不顾身之虫，有争先克敌之勇，有委屈诱敌之智，以此区区之躯，忠、勇、智三德具备，实乃昆虫世界之罕见。随着岁月的嬗变，记得苏州陆慕澄泥蟋蟀罐堪称上品，看来斗蟋蟀确实颇有讲究，善斗蟋蟀应具备"四像"，即："钳像蜈蚣钳，嘴像狮子嘴，头像蜻蜓头，腿像蚱蜢腿。"犹如勇士的角力一样，一嘴定乾坤。可惜，而今我们早已见不到孩子玩蟋蟀，街头巷尾也鲜有蟋蟀的清脆叫声，倒是蟋蟀却反成极少数男士赌博的工具了。这就显然有悖于古人淡泊雅集、喜闻乐见的初衷，淡化了贴近生活、雅俗共赏的本意。在收、养、斗的过程中，相邀蟋友，携虫一决，人人弹眼落睛，各个情绪高涨，忘忧怡情。当我听到那非常熟悉蟋蟀的歌声时，蟋蟀的歌声是"犹疑、低沉而粗糙的"；夜深了，蟋蟀叫了，时长时短，打破了片刻的宁静，令我一惊。此刻，我被这柔中有刚的声音带入梦乡了，蟋蟀便"愈唱愈开心"，这些铿锵的旋律连为一体，看不见唱歌的人只听得见音乐家呀！仿佛在寻找切合那个时空的和谐。"一度是那样的悠长，消逝后又唱起来"，"啊，那清晨的蟋蟀之歌"，蟋蟀，真是一群潇洒不留名给静寂的夜晚增添不少欢乐，令我兴奋，那分明是一首首美妙的乐曲，让我的心里充满幻想。

在读五六年级时，尤其在春秋季节，我喜欢溜冰，有时约上三五同学一道到新都溜冰场去溜冰。新都溜冰场在南京东路720号，座落在南京东路上海第一食品商店五楼。它是南京路上"先施、永安、大兴、新新"四大公司之一，这幢大楼前身为"新新公司"。那时，上海室内运动场所很少，而新都溜冰场闻名全市。我们可乘电梯直达五楼，室内有一大一小两个溜冰场，旁边有护栏，颇为气派。溜冰是动静结合的全身运动，不跌跤，也就不称为溜冰了。我看到池中站有一位男士教练，双手交叉搭肘，颈脖上挂一只口哨，不时地盯着场上溜冰者，一旦有人摔倒，或接连有人冲撞，眼捷手快的教练边吹哨边快速滑到你的身旁，搀扶你起来。我把两只四轮滑冰鞋穿好，没有平衡感，刚站起来就摔了一跤。"哎哟，疼死我了！"当时，我不敢进大池，只得先进小池，扶着护栏慢慢地走了几圈。啊，又摔了一跤，好疼呀！我身上冒出了冷汗，可我还是坚强的站了起来；边滑边掌握平衡，渐渐地有了溜冰的感觉，但还是生怕一不小心摔个四脚朝天，这下才体会到了"如履薄冰"的滋味。有次，我摔了一跤，教练立即把我扶到护栏旁边，关切地说："小朋友，侬怎么样了？"就是屁股有点疼！还未等我向他说声谢谢，他就不见了踪影。为了学好溜冰，我边滑边琢磨，第一步站稳；第二步慢滑；第三步快滑。而且越滑越开心，越滑越熟练，于是我终于敢进大池去溜冰了。正当我溜得起劲的时候，突然，后背被人撞了一下，我连忙"紧急刹车"，"叭"的一下，可我的屁股还是再次"开花"了……但我还是咬住牙、屏住气、又投入到溜冰中去。此后，溜冰给我的印象是，场地虽小乾坤大，轮滑运动体魄强，平衡为要，熟能生巧，尤其是教练的多变溜冰姿势，时而下蹲一脚呈90度抱膝旋转，时而脚跟相靠划圈，时而跳跃180度转体双脚平行滑行，绷直膝盖弹起，双脚落地一前一后，重心向前，时而正滑变倒滑，顺时针旋转，这项点、线、面的全身运动真带劲，回味无穷，亦让我感受了人与人之间近距离的关爱与温度。

现在，体育运动内涵更加宽泛，大外孙贺润曦爱好极限滑板运动，2019年11月获得上海青少年滑板联赛SJSL碗池总决赛第三名。2021年6月12日，他与队友通过巧妙的掷球和刷冰，最后一投成功翻盘，获得上海市青少年冰壶锦标赛男子团体（乙组）第一名。这些运动项目不知比我儿时溜冰难度要高多少倍呢？2022年10月，他又荣获上海市青少年（冰壶）运动员三等奖学金。

## （二）石库门是我的成长跑道

我对石库门情有独钟，因为石库门是我的成长跑道。石库门是铭刻在上海百年沧桑的上海人心中的历史文化符号；石库门文化是市民生活的底色。石库门建筑展现的对中西文化的兼收并蓄，从容而滋润地泼洒着细碎光影；这些斑斑驳驳的石库门里，世世代代住着上海最普通的平民，正是在他们身上，积淀着百年上海弄堂文化的精髓，亦是我一辈子无法抹掉的记忆。石库门框、乌漆门、红砖墙、晾衣裳、光明牛奶盒、大白兔奶糖、糖年糕……亦成为石库门生活方式典型元素，这些元素承载了太多老上海沉淀的记忆，多少云烟往事，多少悲欢离合……

梁实秋《亭子间生涯》写道："厨房里杀鸡，无论躲在哪一个角落，都听得见鸡叫，厨房里烹鱼，可以嗅到鱼腥，厨房里生火，可以看到一缕缕的青烟从地板缝里冉冉上升……"那时，华洋杂处，开放多元，兼包并蓄，始终是上海石库门的人文特征。每次走过弄堂，看到形状各异、灵巧别致的老宅，我都会不由自主地驻步凝望；我晓得每幢石库门，就是一个故事。我还晓得顺着那幽暗的弯弯曲曲的木楼梯上楼，在亭子间门前，有一块小方形的平台，或一块三角形的小平台，我恍惚看见我和兄弟姐妹们在那里奔跑的小小身影，还有大人大声呵斥……于是，我深知我的魂，我的心灵注定是属于石库门的。我不可以抑制地关注和眷恋石库门老窝里的人生，它的文化，关注着屋檐下那些俗而亲切的日子。然后那些走过、错过的，都不再回来；丢掉的、撤去的，都不复拥有。该记得的记下，该忘掉的忘掉，不以物喜，不以己悲，泰然若处，冷暖自知。

上海这座城市就像一个有生命的肌体。从高空俯瞰，纵横交织的道路犹如动脉，把城市分成几何区块；每个区块，又有形成许多石库门的弄堂与小通道，它密密匝匝地布满全城，就像毛细血管那样细小充满了生机。上海的弄堂是许多上海人生活、休闲、娱乐的主要场所。每天从早到晚重复几乎一样的生活，但主妇们并无怨言。弄堂不仅是她们的家园，也是精神乐园。邻居们经常聚在一起东家长、西家短，聊股票，聊拆迁，聊插队，聊儿孙，聊聊弄堂里的那些往事，勿闹猛就是勿正常。石库门每家统一一个 3 安培的小火表，刚好能满足每家电灯、电视和冰箱用电的负荷量。一幢房子，常常才有一个汇总 10 安培的大火表。一旦突然爆表断电，或电灯忽明忽暗，那就只好左邻右舍沟通，协商支付电费。每月各户轮流做水电费账目，并逐月将一个门号所收的水电费加至服务站。弄堂里藏不住秘密的，形形色色的人物都在石库门这个小平台扮演着自己的角色，增添了人间烟火气。有时候，在弄堂树底下，老人一脸沧桑，用沙哑苍老的嗓音，叙述着自己在石库门里的亲力亲为的掌故。

茶余饭后，闲暇者或专注、或心不在焉的旁观棋摊、牌摊驻足消遣。绿色的藤蔓铺满墙角，滤下一地斑斓的影。躺椅和竹椅是弄堂人的最爱。老妪们端然坐在竹椅上，发出"咿咿呀呀"的响声，即便竹身早已斑驳破旧，痕迹靠背也从青翠磨出暗红，随便你什么姿势都一样的熨帖。此刻，一位邮递员骑自行车穿梭于弄堂送信送报，老房子多是木制楼梯，沾满油污，握上去油腻腻的。一位头发乱蓬蓬的女子，也是家常打扮，一张面孔向下窥视，随后即是一阵木皮拖鞋的踢踏声，脚踩上去咯吱咯吱响，左摇右晃、趔趔趄趄的下楼来取信；慵懒的穿睡衣趿拉着拖鞋的老妇，擎着痰盂急忙地往阴沟里一倒，又抖抖豁豁回到弄堂里……成了一个热闹、嘈杂、充满各种人情世态的世界。弄堂里和左邻右舍打招呼一般称"晏歇会"。如果约好了下次的碰头辰光，那就"明朝会""后日会"，年前散伙则讲"明年会"或"开年会"。生活当中，吃不准的事情，总归比吃得准的事情多得多，所以上海人还有一句万试万灵"改日会"。上海人厉害，可以用十个数字，把一个人批评得淋漓尽致。侬这个人真是，一天世界（沪语：糟糕得很），衣裳么穿得不二不三（沪语：不正经），嘴巴上面瞎三话四（沪语：胡说八道），看上去五斤哼六斤（语语：气势汹汹），其实么，七嘴八搭（沪语：办事乱七八糟），吃大闸蟹到晓得九雌十雄（农历九月吃雌，十月吃雄），侬这个十三点（差劲的人）。金嗓子影后周璇在上世纪四十年代的电影里就是这么唱的，她为上海的弄堂生活抒情，是上海市民的代言人。

每周四，里弄干部与居民们一起打扫弄堂环境卫生；上世纪五六十年代至七八十年代，上海爱国卫生运动如火如荼，其声势和规模，绝对不亚于当下的"垃圾分类"。每逢礼拜四，里弄干部就会带好袖套、穿上套鞋、拎上铅桶、扫帚、火钳、畚箕、铁铲、喇叭筒等，来到每条弄堂打扫环境卫生，弄内居民亦不约而同地端着脸盆、拎着铅桶或吊井水冲刷路面，对阴沟、垃圾桶、泔脚桶、粪池等处喷洒消毒药水。在蚊子、苍蝇、蟑螂、老鼠四害孳生地，刷上石灰水，进行重点药物灭杀。同时，墙贴宣传标语、出黑板报、举办卫生防疫讲座，好像当年拍苍蝇多少还要评比，居委会对优胜者奖励肥皂、牙膏及灭虫害药剂。夏天弄堂住户灭臭虫一节：臭虫多，家家难免，也就不怕丢脸，卧具坐具统统搬到弄堂里来用滚水浇，席子卷胧而拍之春之，臭虫落地，连忙用鞋底踏杀。为此，家家户户"熏蚊子"，形成防疫防病氛围。每年汛期，遇到刮台风、下暴雨、发大水时，不一会儿，弄堂已积水，下水道堵塞，阴沟洞的污水溢了出来，出现了居民蹚大水的身影。里弄干部冒着"哗哗"的暴雨、不顾阵阵雷鸣、披着雨衣撬起了阴沟洞盖，加速排水，怕人掉进大阴沟洞，她们在上面插上了根竹竿、缠绕上三角小红旗，套只破篓筐以作警示，洼处积水映见弄顶的狭长青天，房门上艳色的布帘被风吹出来又刮进去。有时弄堂的水越来越深，小朋友干脆当作白相的阵地，顽皮的孩子则在水中打起了水仗，或有小囡坐在汰浴脚盆里嬉戏，或用面盆、钢盅镬子拷浜，一边唱着"落雨喽、打烊喽、小巴辣子开会喽……"没人把浑浊的水当作一回事，还是里弄干部劝说他们勿要白相，注意安全！岁月匆匆，昔日弄堂积水通阴沟情景虽已石库门的消失一去不返，但涌动在每个人心中的那股弄堂情结和市井文化依然如故……

篱笆扎得紧，野狗钻不进，社会治安秩序较为稳定。晚间，值班的里弄干部与热心志愿者会拿着摇铃穿梭纵横交叉的弄堂边摇铃边巡逻，提醒每家每户火烛小心，前门后门关关好，这一招传统的防范宣传十分有效。这个时期，生活在石库门的居民，生活有序、安全、简朴、祥和、温馨，除常有的邻里纠纷外，几乎没有入室盗窃，夜不闭户不是空话，其他诸如入户抢劫及上门行骗、侵害等案件几乎为零；当时每位户籍民警对居民基本情况，亦了如指掌，提名知姓，见人知情，家庭情况，经济收入等了然于胸；即使出现一个"陌生面孔"，这幢石库门的居民会警惕而明亮的眼睛盯住他，或发现疑点，或消除隐患，或布网擒敌。平日，每条里弄都有佩戴红袖章的大伯大妈在弄堂里值勤、巡逻。

旧时弄堂从早到晚总有些身怀绝技的匠人，他们陪伴着弄堂里的人们度过了最难忘的岁月，除了箍桶匠，还有篾匠，与老百姓的生活息息相关。我最起劲看的是，竹匠编掏萝、鱼篓、修竹篮、编竹塌。操作细心，手技灵巧，目不暇接，不一会儿，一个精制的竹器呈现在你的眼前。篾匠是江南文化的一大特色，阔蔑制作农具，细蔑制作日用品，圆作制作家具，各尽其用，美不胜收。每天各种叫卖声，差不多都有特殊的情调。削刀磨剪刀哎，旧货烂东西有哦？阿有坏咯棕棚修哦？坏咯藤棚修哦？坏咯橡皮套胶修哦？坏咯皮鞋修哦？箍桶箍哦！如今抽水马桶和浴缸早已代替了老旧的木制品。穿来穿去的还有卖晾衣裳竿，卖长锭，编掏箩、修阳伞，阉鸡，瞎子算命，弹棉花最为有趣，师傅拿着一把很大的用木头做的长弓，时不时发出"蹦、蹦、蹦"的响声，再看着"刷、刷、刷"飞舞的棉絮，最后用圆形木制品压平，裱上红线、绿线，简直就是盖世神功啊！"江西人补碗自顾自。"俗话说：没有金钢钻，别揽瓷器活。所谓锔瓷，就是瓷匠用绳子上的钩子钩住碗边，再把碎裂的碗（盆）部分准确对接好，用绳子缚紧，双腿夹住碗。然后，通过人工钻头来回拉弓，钻出两排细孔，将扁平两脚锔钉分别敲入碗中，在缝隙处抹上白瓷膏，加固干透后继续使用。"不要出去瞎兜八兜，小心碰到坏人！"但我仍对穿弄堂白相兴趣不减，常常会溜出去"探险"。

  弄堂口的老皮匠一年到头，身着简朴、脖领上挂着长长的围裙，手臂上套着围袖，端端正正地坐在马扎上。摊前，备有可折叠小板凳，立着一根下部宽平的铁镇子，只见老鞋匠弓背低头，神情专注，左手将一只鞋子套在铁镇子上扁平的鸭形嘴上，右手挥动钉锤，着势欲敲打下去。头也没抬，手不停的做，不是划定鞋底中心线，用小钉将鞋面和皮底钉合在一起，就是依次将前头、后跟、中间几块木楦头塞进鞋内；孔锥穿过去，把线穿进针孔，拉过来线的一头，每一针约一厘米，再直接把孔锥带着线再穿过去，留在那头穿在锥子带过去的线中间，一进一出，鞋圈上好了。每天与鞋子、针线、牛皮、带钩锥子、剪刀、三角刀、画鞋样、楦头和钉锤打交道。虽然老皮匠每天很累很忙，这一行生活的辛酸和无奈，得钱不够养家婆。古代"皮匠"原指"裨将"，是指军队中的副将。俗话曰："三个臭皮匠，顶个诸葛亮。"寓意做好一件事重要的并不是人的数量，而是人的力量，此已成经典。不知何缘，我在此生，一直没有离开过老皮匠，断断续续，会去找老皮匠修鞋。记得，我退休前所在单位曾发过一双黑色"88"（SPORT）的作训鞋，因为是我在职时发的最后一双鞋子，特别爱惜，平时从来没有穿着走过远路，只是每天穿着当健身跑步鞋，久而久之，鞋底磨损厉害，只得找附近的老皮匠修鞋底，补了穿，穿了补，舍不得扔掉，好多年来老皮匠已经"见鞋知人"。2020年春年前，我又拿这双鞋子再去修鞋底，老皮匠一眼就认出了这双老修鞋。他笑嘻嘻地对我讲，侬已经穿了赚出本钿来了，这是最后一次修补鞋底了，说着他又仔细地修补鞋面和鞋底，表示修好保侬再穿一年。我感觉，旧跑鞋穿着舒适透气，天天陪伴，尤为欢喜。我自忖，如果不是老皮匠的匠心修补鞋底，那么运动跑鞋很不经穿，不知要换多少双跑鞋了。正如画家丰子恺先生曾经饱含深情赋诗夸赞修鞋匠："感谢良工手艺高，缝来鞋子最坚牢。遵行大道无忧惧，站稳脚跟不动摇"。由此，我亦感谢多年来那位质朴而艺高的修鞋匠为我 N 次修鞋的辛勤付出，不禁让我备感温馨。在岁月面前最小的就是人生，我告诫自己，越是有故事的人，越沉静简单。平时，我有点收藏的爱好，悉力把自己一生来做一些事情记录下来，如果这些事情是无法交代和传承下去，那我的时光无异于是一种虚度。岁月更迭，民俗流变，每件不起眼的老物件，尽管有的不值一分钱，却蕴含着灵性与生命。例如，我还收藏了在部队里配发的一双咖啡式（6号）凉鞋，与之陪伴 50 年了，无疑见证了我的经历与足迹。可谓，无意苦争春，唯有暗香来！

夜晚让人迷醉，也让人清醒。每当入夜时分，哗哗啦啦的炒菜声、嬉笑的聊天声、上下楼梯的脚步声、无线电里的欢乐声，此起彼伏，回响在每幢石库门房子里。各家晚饭吃啥、喝啥，也在那一刻彼此皆知。尤其夏天的夜晚，人们怡然自得地坐在那里乘起凉来，到处摆着横七竖八的凳子，人们合家而坐，拉家常，轧闹忙，谈笑风生，轻松自如，老人们则躺在竹榻、帆布折床、藤椅上摇着蒲扇悠闲纳凉，有的打开自装半导体欣赏音乐、评弹、沪剧。最具有特色是几十双木拖鞋，踢里塔拉、踢里塔拉，万马奔腾，奏响了一曲雄壮地《木拖鞋交响乐》。"木拖片"不值几钿，用硬木制成，一般用帆布、塑料、自编交织花绳或用报废汽车轮胎里面一层的开法丝当襻带，有"一字形"和"人字形"之分，钉上襻就成了。因为方便、凉快，弄堂里男女老少都爱穿，是夏天的主角。这种独特而流行的木屐，除了不准上公交汽车、看电影被拒之门外，一路行来，莓苔见履痕。欣悉，当年《新民晚报》社长赵超构先生，下班回家也是脚下不是皮拖鞋，而是一双心仪的木拖鞋，拎着酒瓶去弄堂口的酒店拷黄酒……因为我对木拖鞋钟爱，就在销声匿迹的今天，至今还藏有一双"人字形"木拖鞋，欣喜时分穿上有年份的木拖鞋，久久地记忆似乎瞬间回到从前，亦仿佛回到那个青葱岁月时的年代。据记载，上海人穿"木拖片"，最早起源于晚清光绪宣统年间，到 1970 年代中渐渐消失。其实，唐朝李白就写过"脚着谢公屐[注]，身登青云梯。"之后演变成曾是上海弄堂的一景啊！还有用凉席打地铺的，举目望去，道路两侧贩夫走卒，三教九流，各种睡相，一

---

注　谢公屐：即南朝著名山水诗人谢灵运（谢公）登山时为了保持身体平衡所穿的一种木质拖鞋。

览无余。有人直接睡到半夜还在贪图凉快，一直睡到第二天早晨，在习习的穿堂风里荡漾着惬意与欢乐。

苏州河的一年四季，伴我成长，这种情愫，难以泯灭。春天，万物在春天中醒来，展示着生命的可贵，诱人。绚丽的晨曦中，刚刚苏醒的苏州河揉了揉眼睛，好奇地张望着两岸的新鲜东西。河岸上，竹宝宝从地上钻出来了，柳丝吐绿，小草睡醒了从春姑娘那借来嫩绿衣裳给自己换上，花儿绽放，隐隐约约正倒映在河面像一幅水彩画卷。让我情不自禁的跑到河边，向您问好！我用它那纯净的"琼浆"洗了洗手，顿觉爽快，非常亲切。记得我小时候，会折些花纸船，让我意得志满的约好弄堂其他小孩，一起跑到苏州河边"放船"，亦会把几只船用线串成船队，排列放下去后，睁大眼睛一直看着，看它们能漂得多远。用自发天真"放船"仪式，时不时安慰一个成长中的我，让我在家门口与你亲密相遇，亦给我挫折时有一种力量；笑的时候仿佛听到你为我欢唱，哭的时候见到你陪着低吟……

夏天，火辣辣的太阳把地面烤得滚烫的，似乎冒出一缕缕青烟。苏州河绵延不断，涓涓不壅。主航道载满货物的一排排驳船，鸣笛，笃笃笃地拉着船只来来往往。两岸紧紧的停靠装卸的船只，船边与护墙上搭有一块窄长的跳板，码头工人肩上扛着沉甸甸的货物边喊边行，上上下下，人声鼎沸。码头工人却唱着杠棒慢步的号子：搭起来噻！奥嗨——！起来啦——！走嘎——！颤颤悠悠！嗨——嗖！一根杠棒！嗨——嗖！跳板颠簸！嗨——嗖！身体当心！嗨嗖嗨嗖！不要碰痛！嗨嗖嗨嗖！即便如此，为的是生存，码头号子承载了劳动者顽强的生命力，也见证了上海码头工人心酸的苦难史，也许码头号子的节奏，真的是四海皆准的。那时，我家住在苏州河旁边，河里有鱼有虾，我与小朋友们约好，拿着铅制饭盒、搪瓷脸盆、自制网兜及诱鱼的饼干、泥鳅等鱼饵，从河边石梯而下，蹲在河边侧身捕捉。鱼儿在盆上面，都不愿意走，吃着吃着就钻到盆里吃了，然后进去就不要想游出来，我顺手一捞，小鱼、小虾、河鳗即会捞到，随手用脸盆一捞，几十条黑黑的，一双黑眼睛几乎看不见，小嘴巴时不时吐出小泡泡，扁尾巴的"拿摩温"（小蝌蚪），就会怪怪地汇拢到脸盆里，拿回家把它放到玻璃瓶里装点水养起来，过了不好久，小拿摩温即变为青蛙，有趣极了……

那时候，父母说的孩子都听，孝顺父母，不敢说一句忤逆之语。童年没有阴霾，仿佛天天阳光灿烂。那是大热天，女人穿泡泡纱居多，男人特别是上年纪的，有不少穿香云纱衫裤，比较凉快。小时候，我一见棒冰，高兴地不得了，一口一口的吃了起来。那时，家里没有冰箱，卖棒冰的大叔每天吆喝着穿过弄堂，孩子们不管在白相什么，都会放下活动，立马跑过去把装棒冰箱的自行车团团围住，两眼直勾勾地盯着"棒冰"的木箱。箱子不大，花样都很多，每一种都足以让孩子们流口水。马头牌绿豆棒冰、赤豆棒冰、橘子棒冰、盐水棒冰4分一支，光明牌紫雪糕8分一支，吃完后小嘴抿抿，心中满是惬意。如能买到断掉棒冰3分一支，觉得很格算。当年，纸杯冰淇淋，小冰砖2角，为了节省区区1分钱，绝大多数人想买1角9分的筒装小冰砖，中冰砖4角，大冰砖8角。光明冰砖经典纯正香草口味，入口即化，香甜柔滑，蓝纸盒的包装更是让人回忆起童年的时光。为了解渴，妈妈将买来番茄用开水浸泡、剥皮、再用纱布裹着番茄，捋一把、捏一把、过滤出鲜浓的番茄汁，放点绵白糖，迭种番茄汁滋味沁入心脾。最开心的是跟着爸爸去"领市面"买西瓜，我家乡是浙江平湖，名产有"平湖西瓜""平湖糟蛋""平湖炙豆"。素有软黄金秘籍地冬季地道家常菜"冰糖河鳗""鲜鲤珠鱼"尤其是"平湖西瓜"。形似哈密瓜，长条状，瓜纹清晰，黄芯瓤又叫"老虎黄"，大黑子，浓香甜醇，吃口交关甜。水果有公母之分，肚脐大的是母的，肚脐小的就是公的。爸爸同样会分辨西瓜甜不甜的方式哦！爸爸挑瓜有眼力，老藤紧底，纹路深浅分明。记得卖瓜人独特"唱词"是邪气耳熟能详个，卖瓜人头筋骨浪吊块毛巾，手里拿把西瓜刀，喉咙吆喝："西瓜要吃哦？煞辣里甜个来！三分、五分来一块。"有时，我会跟着邻居叔叔阿姨学着吊井水，用绳子系住"铅桶"，手握住绳子慢慢地放下"铅桶"，然后右手碗随即左右一抖，"开桶"沉到水里，再左右手交叉，将一桶井水提上来，拿回家去浸凉西瓜；或者将西瓜用绳子悬空于井中，晚饭后剖食，一刀下去，喀嚓脆声，凉气四溢，连眼睛都一凉，与家人一起分享，特别的"沙"，甜沁人心。天下皆重"黑籽黄瓤"，吾乡独产"老虎黄"为贵。

小辰光，有一种小幸福，就是看妈妈从菜场买回的鳗鱼、鸡、鸭，涂上盐巴和黄酒来腌制。在晒台上，用竹竿挂起晾干，流浪猫狗的前爪也勾勿到，只能望物兴叹，尽管物质供应短缺，生活清贫，人情味满满，邻里互道家常生活常态，弄堂飘满香味。上海人很做人家，勿舍得甩脱西瓜皮，而是用西瓜皮做菜，或做酱瓜。我会跟着妈妈一起先将瓤刮干净，然后用小刀将软皮从西瓜皮浪"批"下来，格层软瓜皮苍翠欲滴，切成寸长的瓜丝，放入少许食盐浸润一下，浸侪捏干水分，放在油祸里爆炒西瓜翠衣，炎热天，家里隔三岔五吃起来清脆爽口，成了我们儿时的最爱。另外，妈妈还自制西瓜酱。先削皮去坚硬外层，切条，放盛器中，拌入盐，腌一天，取出放入清水中泡半天，并换水几次，捞出控干，阴干后装入布袋，投入面酱中，每天搅动布袋数次，一周后即成。这种自制西瓜酱瓜，清热败火，早上吃泡饭配上放入糖的西瓜酱瓜，大块朵颐，可比商店里的酱瓜好吃，真带劲哦！

暮春初夏，弄堂里的枇杷树形态很美，四季常青，枝繁叶茂，冬有香花，夏有佳果，金果压枝，灿若群星。黄澄澄的衣裳上镶上一丝丝的小绒毛，夹杂在绿中的一颗颗枇杷果挨挨挤挤的，就像永不分离的好兄弟，煞是惹人喜爱。素有"江南五月碧苍苍，蚕老枇杷黄"的说法，叶和果可以入药，浑身上下都是宝。如果你感冒咳嗽，摘下新鲜的枇杷叶，放点冰糖和川贝煮上一壶，每天喝点，感冒咳嗽就好了，省得去药店买药了。枇杷因它的叶子酷似琵琶而得名，又名"蜜丸""琵琶果"，与樱桃、梅子并称"果中三友"。轻轻咬一口，诱人的、黄色的汁水渗出来了，让你"三步回头，口水直流"。那种宜人的清香，那种酸酸甜甜的滋味，让人梦寐情驰！自古就有文人着墨成诗，书画家吴昌硕一帧枇杷图轴中并诗曰："五月天热换葛衣／家家卢橘黄且肥／鸟疑金蛋不敢啄／忍饥空向林中飞。"细细品来，笔墨酣畅的枇杷表现得淋漓尽致，硕果满盈的枇杷场景却跃然纸上。

　　夏日下午，我正午睡。白色洒水车悠漾，朦朦胧胧的听到远处"哆咪唆咪""啊呜——啊呜"洒水车的叫声，一骨碌地起身，兴冲冲奔出弄堂口，从七浦路朝东奔到河南北路上，追随洒水车后"赛跑"。水车高孩子小背后跟着不少小伙伴，湿漉漉的，嘻嘻哈哈，享受片刻快乐与凉爽，弄得浑身上下被水洒得像个"落汤鸡"，掰就是最开的小辰光了。如今回想起来，与洒水车赛跑，又有趣又健身。后来我当上铁道兵不掉队、跑步快，恐怕跟当年与洒水车比赛有关。

　　夏日炎炎，总非常想拥有一块汏衣裳板。这渴望的程度，绝不亚于现在孩子对玩手机、电脑游戏的思念。我家那块长方形的、约有半张床那样大，留有淡淡肥皂香的一副木板，反面配有二三根横档，其功效绝对不可小觑。那时候，几个孩子围坐在上面翻看着小人书，或会在上闻到个"四国大战"，四个人一起玩。亦称"陆战棋"。有三种玩法：即，明棋、暗棋、翻棋。作战时，战术上讲究声东击西，让对方措手不及；连环炮击，杀得对方将计就计；暗影击杀，迫使对方头重脚轻。"落棋无悔""观棋不语"，翻来覆去，此起彼伏。通过玩军棋，我学会了凡事不要急于求成，而要沉着应战，稳重行事，三思而后行。或落日余晖下搁上半导体收音机边听评弹、边对弈象棋，或在上面打牌、猜谜语、做作业、听故事……当时，汏衣裳板就像一个浓缩版微型的弄堂文化阵地。傍晚天气实在太热，没有空调，最多是用蒲扇，或用电风扇；一般是用水、自然风降温。或倒上一盆冷水在门口洒得水门汀地面上，"嘭"地一声，变成了一股蒸汽，总归好降降温。我们闹够了、玩累了，汏衣裳板成了栖身的小床，有时干脆就蜷在那块小木板上，一觉睡到天亮。清晨，当被送奶工、垃圾车吵醒以后，醒来时发现身上往往有着不同家庭好几个家长盖在身上的各种各样的线毯，这道弄堂风景线，普通洁净的汰衣裳板，它不需要一个多大的地方，却助人为荣，这种记忆至今抹之不去。

那时，苏州河是孩子最快乐的白相去处。露天泳池，释放快乐。我虽不会游泳，但亦非常关注这一时刻，只见那些赤膊穿游泳裤的青少年，毫不示弱，站在桥的栏杆上，一个接着一个，扑通扑通地往下跳，快乐的笑声在天空中回荡着，整个苏州河顿时变成了一片欢乐的海洋。不过，这种"免费大餐"喜忧参半。我是个"旱鸭子"。现在，我看到全家三代老幼都会自在游泳，真为他们高兴，尤其10岁小外孙贺润坤经过五年多的刻苦训练，从怕下水到爱游泳，已成为成长的必修课；2020年9月20日，他在参加"2020年上海市青少年游泳锦标赛暨青少年精英系列赛游泳决赛"中，获得100米仰泳1′27″63；100米自由泳1′19″63的成绩。曾听年旬七十多岁的陈杰俊老师深情地描述，他年轻时横渡黄浦江的亲生经历。我懊恼自己不会游泳的遗憾，从前，每到天热，苏州河的各座桥梁上，总有"英雄好汉"在跳水。我不是一个有游泳天分的人，却对看河里游泳很感兴趣，非常欢喜"轧一脚"，在桥护栏上"插蜡烛"，拿上一个旧轮胎，看着他们扑通扑通跳到河里。没有教练，没有救生设施，自己琢磨，也不怕"吃大板"摔伤，硬是"扎台型"（沪语：爱面子），这就是最好的解暑游戏。时不时的以品字形鱼跃式、倒跳翻转式蹲踞式、"插蜡烛"等花样动作，展现人们的眼前。跳水游泳姿势吸人眼球，水中浪花四溅，构成了一道户外桥上跳水的"水上芭蕾"。至尊级的要数在浙江路桥上跳的，非游泳高手莫属。跳水者先要爬到高出桥面10米左右的钢架子顶上，钢架下面还有3米左右宽的人行道，一不留神，性命攸关，甚是危险。但往往跳水者还是要露一手。一旦有跳水者在钢架子上，桥上人满为患，公交车也会停下来，大家期待观赏"免费跳水大餐"。趁人头攒动之际，跳水者忽而拗造型，忽而佯作跳姿，很吊人胃口，等下面的人越来越多，他就来劲了，纵身一跳，或抱头翻跟斗落水，或在空中用手拍几下脚再入水。尤其"压花"式，太漂亮了，欢声雀跃，绝对是当时的视觉盛宴。这种"露天跳水"比电影镜头更精彩，拿到现在来评比可创"吉尼斯"记录。另悉，上钢架跳水者往往带有赌博性质的，最大的赌注是10斤粮票。在当时一个月25至30斤左右粮票来说，不是一个小数了。显然，往往是几个高手，彼此挑逗，看谁的胆量上去。上去并成功地跳下来了，其他的人就给他东西。时光如水，从前这些游泳的、跳水者都已50岁以上了，也许也淡忘了激情燃烧的岁月。精彩的背后，风险极大，耳闻目睹，苏州河每年发生游泳死亡事件。一点不假，比我小一二年级的同校一名男生，就因游泳避之不及，钻入船底，再也没有浮上来……但愿千帆过尽，归来仍是少年！

雨打残荷，东一点西一点，点点愁人；蛙鸣秋池，高一声低一声，声声入韵。

秋天来了，天更蓝了，更纯洁，更明净了。白云在空中飘来飘去，像一个淘气的小娃娃。最迷人的是，白石老人笔下的残荷，看似杂乱无章的寥寥几笔，构成柳荞荷黄的景象，让人感受着大自然里独特的任性与孤傲。在这个硕果丰盈的季节里，红艳的苹果挂满枝头，橙黄的橘子像皮球，晶莹的葡萄、红嘟嘟的小枣、甘甜的荔枝和又酸又甜山楂都一串一串镶嵌在树权上，还有像葫芦的梨、像弯月的香蕉……争奇斗艳，如痴如醉。

上海秋天虽然各处卖热应季白果，但是白果树却很少见的。嗲呦呦的苏州吴语叫卖声，不徐不疾，抑扬顿挫，从弄堂口突然响声，弄堂中间便起了回音，细声糯音随之弥漫到左弄右堂，撞挤着石库门，寻了缝隙，钻了进去，轻轻地敲着东头厢房窗户玻璃。一会儿，几扇黑漆的门敞开了，客堂里走出来嚁哩咤嘞、布鞋不及拨上跟、双手蹭着围单的妇主；放学的孩子们，书包拍着屁股，嗝噔嗝噔跑来了；我拽着妈妈湿淋淋的手，寻着叫卖声，焦急地闻声而至。正好白果担子挑来歇下，便发出镬子里的索朗朗的起来，挑来得早，回去也早。小贩的一副担子轻松简单，已磨光滑的扁担，两头微微向下弯曲，前后两个木桶，古黝黝的。后面木桶存放生白果，炒熟的放在保温的棉盖子里，上面一个木盖子；前面的木桶，底下存放炭煤，上面架着红泥小炉，几缕火苗舔着小镬子边沿。小贩见人们围着，行的见猫便说，一边抓一把白果，悬着手，让白果从指尖跌落镬子，发出嘀哩哆碌的声响，恰似"大珠小珠盘"；一边用上海闲话高声喊："生妙热白果，香是香来糯是糯，一分洋钿买10颗。"用锅铲在镬子里翻炒弄出的响声，现炒现卖，炒得白壳不焦，颗颗开裂。"啵"的一声裂响，白果裂缝钻出一缕诱人的清香。居民目光，直直盯着镬子里的白果，二腮唾液涌到了舌尖。炒虾等勿及红，妈妈剥去硬壳，我撕下薄衣，手指一抖，一颗完整的、香糯的、清甜的、翠绿色白果仁，转着圈停在妈妈手指边，嗨——我问道："白果仁怎么和妈妈翡翠戒指一样的翠绿呢？"妈妈笑道："小馋老呸，不要把妈妈的翠戒也吃掉哦！"妈妈和我咯咯咯地笑了。妈妈告诉我，白果卖了之后，将有檀香橄榄上市，果园里瓜果飘香，菊花、荷花已开了，桂花发出了阵阵清香，秋天是收获的季节。童年就像白果，青的是仁，白的是壳；童年是青白的、碧透的。那叫卖声总在耳际萦绕，挥之不去的，这笑声浸透了难忘的童年。曾如鲁迅先生在《弄堂生意古今谈》中说："薏米杏仁莲心粥！""玫瑰白糖伦教糕！""虾肉馄饨面！""五香茶叶蛋！"这是四、五十年前，闸北一带弄堂内外叫卖零食的声音，假使当时记录了下来，从早到夜，恐怕总共可以有二三十种。

每逢国庆节，船上、岸上的人们都会站在岸边观赏绚丽多彩的节日烟火。我人小，还会搬上一只方凳与家人一起观赏。忽然，"轰、轰、轰"巨大的烟火在空中绽放，花瓣如雨，纷纷坠落；过了一会儿，"啪"地一声，一个爆筒冲向天空，空中顿时像开了花儿一样美不胜收。大人们、船民的欢笑声，我和孩子们的尖叫声，此起彼伏，热闹非凡。正是天时地利人和，我家沿河而居，我依河而长，由河而兴，因河而醉。

冬天，大雪纷飞的雪花像七仙女散花，船上岸上，银装素裹，煞时好看。弄堂里，屋顶和地上仿佛都盖上了冬姑娘送来的白棉被，煞是好看。我和姐姐，邻居小朋友就会在弄堂堆起了雪人，不怕冻僵，硬是堆成小雪人，洁白的身躯，圆圆的头，煤球做眼睛，红墨水给雪人涂了嘴巴，一咧一咧拿来笤帚插在雪人的手上，似乎在向我们频频微笑呢！我的少年时代是多么开心，多么真实，那一段岁月里，我想，我基本的人格与性格是一点一滴养成的。诚然，有生之年何不昔人共分秋色，汗青留名，想到此怎不有感于怀……我从小到大直至石库门动迁，半个多世纪与之打交道，这种美好情结的点点滴滴，或深或浅，或长或短，都会留下那个时代独属的烙印；一条路的衍生史，亦见证了自己的成长史。

## （三）石库门有我的至爱至情

我对石库门情有独钟，因为石库门有我的至爱至情。1966年初秋，因我家七浦路豫顺里3号房子原系闸北区手工业局所属生产组扩建，故我家搬迁到北苏州路996弄67号、69号（与曲阜路153弄永康里贯通）居住。我的印记中，上海人搬家的一般礼数是：搬家的前几天主人略备薄酒祭祖，同时准备装八分满的米桶，红包放在米桶上面，畚箕和新扫帚一对，上面结上红布条，用装三分满的水桶，碗筷几对放在水桶里，火炉等，另外，备有2根甘蔗、晾衣竹竿及带些泥土过去，避免水土不服，搬家动身的前绕房子兜三圈，告别老土地时要烧香敬财神；搬到新家是日，要将甘蔗和晾衣竹竿先拿进屋，寓意节节高；并将米桶和水桶放进厨房间，其他的东西搬进房间，门窗贴上红色剪纸"囍"字，寓意喜气洋洋。搬家老邻居和新邻居都要发送定胜糕和双酿团，定胜糕上有"定胜"两字，配有梅花和五星等形状图案，糕的"糕"字与步步高升的"高"字谐音，寓意年年高。

永康里红砖砌墙的石库门，建造于1929年，距离人民广场仅有500米，地处西藏路桥堍，与原工业批发市场，跳蚤市场，原上海抽纱进出口公司毗邻，朝西近光复路是"四行仓库"，（金城、大陆、盐业、中南四家银行的仓库），四行仓库是抗日战争的圣地！它是一幢六层楼的钢筋水泥建筑，墙厚坚固，易守难攻，为了迷惑日军，当时驻守的五二四团一营只有420余名官兵，谢晋元团却以八百壮士名义奋勇抵抗，官兵们在仓库里共计写下298封遗书，字字血泪，句句含情，一寸山河一寸血。谢晋元写道："晋元决心殉国，誓不轻易撤退，亦不作片刻偷生之计……"短短4天时间，八百壮士以阵亡9人伤二十余人的代价，击退敌军数十次进攻，毙敌二百多人。敌众我寡，这支"孤军营"的八百壮士坚持抗日，日方声称允许释放这些士兵，但要解除武装并以难民身份离开上海，谢晋元严词拒绝。1941年4月24日清晨，谢晋元被汪伪收买的4名士兵突然拔出凶器行刺，当场倒地，悲壮长逝，年仅36岁。《泰晤士报》刊文称："八百壮士是为人道而战，为文明而战，为和平而战"。这是上海城市中心赫赫有名的孤军抗日保卫战，见证"中国不会亡"。上海人民永远不会忘记八十多年前，参加淞沪抗战的八百壮士在苏州河畔西藏路桥北岸四行仓库孤军奋战的壮举，现在人们看到修复后透露岁月的斑驳老墙上面的8个炮弹孔和430余个枪眼点……每一位走过这个地方的人，无不对这面布满浓浓火药味以及大小弹孔的四行仓库西侧墙体动容。看过电影《八佰》，再来到苏州河畔的四行仓库，它虽屹立在繁华的都市之中，却在静静的诉说着它曾经见证过的苦难。当我走近四行仓库，只见仓库墙壁上那无数触目惊心的弹孔和硕大的窟窿赫然在目，那满目疮痍的枪炮痕迹活生生的刺进我们每一个参观者的心灵。

上海开埠后，泥城桥（今西藏路桥）周围与附近的南京路一样相继开发，由于该地区北濒苏州河，船民多、小商小贩多、贫民多；与此配套的铁铺、五金店、缆绳店、小旅馆等沿街而置。后来，改为"西藏路桥"。清同治年间开设的英商自来水公司（今煤气公司），北京东路、芝罘路口光绪年间创办的中法药房（后改五金装潢公司），大加利酒店（改为南国酒家），34年前，这里曾发生过动魄牵魂的一幕，轰动上海。那是在1989年7月28日这天，上海市公安局刑侦处二队副队长盛铃发，在南国酒家侦查特大诈骗案时，与犯罪分子搏斗，胸部被刺一刀，他用捂着伤口，和战友一起奋力将犯罪嫌疑人紧紧围困。他伤势严重，当场壮烈牺牲。追思英烈，老泪纵横。在计划经济时代，上海夜市冷清，曾有一首民谣："太阳三丈高，排门还关牢，太阳没下山，东西买不到"。为改变这种经营模式，1968年9月26日，"星火"扔掉了排门板，"今晚不打烊"，实行新中国第一家日夜商店，这盏永不熄灭的灯火，点亮了上海人的生活。旧名"大观园"浴室，后改沪中浴室。东边有丽都大戏院（后改为贵州剧场），黄浦剧场（原金城大戏院）建筑之宏丽、设施之新颖、座位之舒适、布置之完美，曾盛极一时，莫不称羡。1934年6月一部《渔光曲》电影首次公映，持续上映长达84天，创下当时上海最高的卖座纪录。1935年5月由田汉制作，电通公司摄制的故事片《风云儿女》在此首映，它的主题歌就是田汉作词、聂耳作曲，后来被定为《国歌》的《义勇军进行曲》，这首好歌，就此传遍大江南北。同年8月16日上午，聂耳追悼会在"金城"大戏院隆重举行。追悼会结束前，台上台下，又一次唱响了《义勇军进行曲》。1958年周恩来总理来沪视察，欣然挥毫当场书写"黄浦剧场"四个字。小时候，我去黄埔剧场看《闪闪的红星》电影，看完电影后，我时而为冬子担心，时而为冬子骄傲，时而陷入了沉思；"红星闪闪放光彩，红星灿烂暖胸怀……"这震撼人心的旋律不断在我耳边萦绕着。

著名强生汽车公司，从前每到春节期间结婚用车，用户依次排上好几小时队，才能叫到出租车。朝东是浙江路桥（俗称老垃圾桥），石库门里的人天天要过此桥，买小菜，小孩子上学，浙江路桥是我国现在仅存的几座鱼腹式简支梁钢桁架的老桥之一，更是一座国宝级的桥梁；它是从外白渡桥过来的第六座桥，也是苏州河上仅存的第二座钢桁架老桥。一百多年前，桥上铺设单轨，通行英电5路、6路有轨电车。1924年将单轨改为双轨。1963年天潼路行驶的8路有轨电车，驾驶员是站着开车的，1973年拆除铁轨，改驶14路无轨电车。曾有多部影视剧在此拍摄。如琼瑶的作品《情深深雨蒙蒙》《飞虎神鹰》《新上海滩》《上海王》等电视剧均显露雄姿。小时候，浙江路桥的桥墩周边有些镂空，往下望得到水，让我看得吓丝丝，担心落下去，这种感觉忆忆尤深。去年经过该处，发现整座桥已经整修一新，完全是一处观光的景点，镂空部分已被木头封得严严实实，桥边竖了一块以前没有的碑，写着：1908年，现为市级文物。我每次途经这座独特风格的钢桥，总会驻足凝望深思，它无疑是海派建筑文化和商业发展的产物。

如今，怀着对百年老桥的敬意，怀着对百年工商业的无限景仰，追忆生活过、生活着苏州河畔的人们，每一段河岸不同气息的不解情缘，都会谙羡于心，都会由衷地叙说自己对苏州河畔生活的爱。俯瞰母亲河东行至黄浦江附近最美的一道弧线，也是上海市地图两次对折后的最中心，百年来，河面驳船往来无尽，桥上人车川流不息，仓储商贸林立，两岸精英荟萃，商铺民居鼎盛，铺衍出一幅壮美的"沪上的清明上河图"。

回忆少年本真，由感内心丰盈。那时，我只晓得二点一线（家里到学校）外，一隅之见，根本勿晓得上海有多少大？而是管中窥豹，就是"一纵三横"。即：一条苏州河；三条路由南至北：天潼路、七浦路、安庆路。其中天潼路最为闹猛，好像是虹口、闸北的南京路。以河南北路为界，天潼路东侧是河滨大楼、邮政大楼、新亚饭店；天潼路西侧商店云集，熙熙攘攘，吃穿用玩莫用愁，当当当的8

路电轨电车穿梭而过，好像"小而全"的迷你版"南京路"，不出远门，老百姓基本生活之需都能得到解决！难怪现在老上海人碰到一道，总会怀旧讲到这句话："老底子石库门环境此起钢筋水泥大楼更有人情味。"

它既是悲感交集、瑰丽多变的历史长廊，也是一部讲述流动与融合的移民史，又是一宗活生生"非物质文化遗产"。有许多影视剧在此拍摄。例如，在娄烨导演拍摄的电影《苏州河》里上演了一场不知尽头的爱情故事，历经千辛万苦，终于相见的往昔恋人，却不小心驶入苏州河中，双双失去生命。以及作家徐策的长篇小说《魔都》和《上海霓虹》以盖楼为背景，程乃珊、金宇澄，沈宏非等作家曾撰文写过苏州河，摄影家陆元敏专注拍摄苏州河，话剧中"美人鱼仍是苏州河边永恒的主题。"洪健等海派画家，则用画笔描绘苏州河。历史证明：苏州河记录了近代上海从一个县城发展为国际大都市的历史，特别是记录了一个民族工业崛起、与外国资本抗争的血泪历史。我家离苏州河不远，这条母亲河的百年沧桑和百年风情，却见证的城市的发展和我的成长；古往今来，它被多少文人雅士吟诵。

苏州河是尽载风韵的地方，临水的房子，有着水印的幻影；岸边石库门弄堂，书写着这个城市的年龄。苏州河畔的福建路桥（旧称老闸榜）一隅的老闸戏院，这里曾是上海越剧发祥地。曾听戏迷们讲，从前，徐玉兰、范瑞娟她们都是13、14岁绍兴乡间"的笃斑"，先后坐着乌篷船先后来到苏州河畔的上海越剧发祥地。沪上著名的越剧演员：袁雪芬、范瑞娟、傅全香、徐玉兰、王文娟等当年都在老闸戏院唱红成名，成了她们亮相上海舞台的第一站。每次游走在苏州河，耳际亦会自然地响起（人称"歌仙"、系浦东人）陈歌辛留下的那些老歌《苏州河边》《夜上海》《玫瑰玫瑰我爱你》《蔷薇处处开》，这些耳熟能详的歌，不知你是否记得陈歌辛，这些怀旧的流行老歌都出自一个人之手，他就是三十年代被誉为一代音乐才子的音乐家陈歌辛。流年似水，生生不息，苏州河还是一径地流淌，倘若你不经意地在河边走，似乎总能隐约地听到粼粼波光里若隐若现飘散出的《苏州河边》的歌声，犹如烙印般刻进上海人的血脉里，造就这个城市的文化和气质；岁月如歌，那是属于老上海的一个多么绚丽的记忆片段呵！

凭栏东眺，苏州河以一条慵懒而漂亮的弧线与宽阔的黄浦江拥抱，拥抱之处竟是一条黄黑分界线，经年不散。邮电大楼、公济医院（上海市第一人民医院）、百老汇大厦（上海大厦）、礼查饭店具有维多利亚巴洛克式建筑风格，已有170年浦江饭店的老建筑，是最大最豪华的西商饭店。建筑不只是观赏图景，更要发掘其内在精神的要素。考究典雅的孔雀大厅、优质深沉的硬木地板、严谨绅士的餐厅服务，勾勒出这家饭房豪华而独有的气韵。老建筑自然是美的，但是，建筑所承载的故事，所记录的感情，才是这栋建筑的灵魂，让这栋建筑始终"活着"。1882年7月以来，作为当时技术先驱的电灯、电话及电影、电梯、热水器等新事物，都率先在这家礼查饭店登场。难怪早已列入外滩的一个重要元素和文化的标志，既服务于上流社会的阶层藩篱，又渗透到上海市民生活中，这种多元文化脉博的跳动，绵延不断，也许这就是上海人所推崇的所谓"老有腔调"。俄罗斯领事馆。而四川路桥、乍浦路桥、外白渡桥（最早是一座木桥，因桥在外滩公园旁，称"公园桥"；俗称外摆渡桥，又因此时中国人过桥不再交钱，可以白渡苏州河，又称"白渡桥"）向东陈列，尽在眼前。

向南望去，隔河南苏州路76号是上海外滩百年最古老的英国维多利亚坡顶红砖墙、略带一些巴洛克装饰风格的"上海市划船俱乐部"。在中国现代体育历史上，划船运动较之其他体育项目，可称"老大哥"，它的发展比游泳早40年，比篮球早50年，当时的苏州河、黄浦江，也成了划船游玩的"自由港"，其规模是当时远东第一，全国之最，这里是真正的"外滩源"。旁边是上海第一座室内游泳池。解放后，改为黄浦游泳池，对外开放。小时候，我也去学过游泳，有浅水区深水区之分，但缺乏灵性，不得泳姿要领，还是像秤砣。对面是新天安教堂，建于1873年英国总领事馆为典型的英国文艺复兴式2层砖木结构，环境典雅；小辰光，我也曾十分好奇地穿梭于黑色的菱形竹篱笆墙的缝隙里，轻风吹拂着童年的梦，不时睁大眼睛，透视亦真亦幻于苍穹之间绿茵茵的大草坪，烙下人生纯真无邪、审美生活的第一情。嗣后，听刘仁川老师解释：草坪最是贵族的标志。它是人们心中成了政治权力、社会地位和经济实力的象征。外滩万国建筑的曼妙背影，如教养深厚的古典贵妇般婀娜伫立，散发着优雅迷人的人文光芒。

虎丘路146号是光陆大剧院（曙光剧场），设有包厢，顶部和四壁塑印花纹、图案、浮雕，设备完善，雍容典雅，票价昂贵。曾听爸爸讲起，这款独特风格在二三十年代与大光明、大上海、夏令匹克（新华影院）都是申城头等影剧场，可与欧美电影院媲美。有一诗讽刺有钱高傲的打油诗《针》写道：头尖身细如白银，论秤没有半毫分；眼睛长在屁股上，只认衣衫不认人。即使到高档场所去购物或看戏看电影，穿带要讲究，不要穿得邋里邋遢，否则会遭人冷眼相待。套用现代时髦用词，称为"近人尺度"的"微空间"。比如空间品质、色彩选择、艺术氛围等，使致与人群内心期待的气质协调平衡，颇具一点温情和温馨。凡要进入类似高档场合，最得体的是：男士西装革履，颇有绅士风度；女士蓝布旗袍，具有天然的妈妈感、姊妹感。解放后，专映新闻纪录片。小学暑假，我从热浪中一踏进电影院，场子里冷气充足，一会儿就把身上的汗水吸干了，不再摇免费提供的纸扇，却清凉如秋；但是，我生来就是天吃星下凡。买上一根棒冰，撕掉棒冰纸，"啊乌一大口"好痛快，冷得龇牙咧嘴，冰溢满口，汹涌奔放，享用饕餮之乐，颇有大写意、大泼墨意境，乐此不疲；棒冰吃完，小竹棍儿扔到废纸篓里。生命如花，灿烂而又短暂；生命似虹，夺目却不永恒。曾经，每个人都有过从少年的梦到青年的爱，老电影院重重的帷幕拉开，乃是光阴留下轻轻的恋。有多少人在电影院幸福的黑暗里一拉手，就爱了。老电影、老戏剧、老电影院，还有一段充满诗情爱意的老年代。一步之遥便是，南苏州路 185 号原英商上海电车公司大楼，对面河滨公园，不售门票，建有中央日晷台，左右有茅亭，并挂有一块"寰海联欢"匾额，由上海道台聂缉规题写。建国后，改名为"河滨公园"。不变的是，桥堍那个加油站依旧静静的守候于此，默默地在倾诉着自己的前世今生。我的朋友胡丽华夫妇原住光陆大楼 7 楼，爸爸胡国帆原是抗美援朝的后勤老兵，属"最美军人"光荣之家。大约十七八年前的一天早上，我唯一有次上班开车到光陆大楼门口，接其母到小女儿浦东家里，一路畅谈甚欢。在淡然愉悦地承接着岁月的眷顾，温声细语的老母今年 86 岁，像一棵半枯的藤蔓，在阳光里呼吸，在风雨里憔悴，安享康乐晚年。亲家公亦是抗战老兵，他们姊妹兄弟骨子里浸润着斯文尔雅的气息。

有些事，越想忘记，反而记得更清晰。留下城市的印忆，无疑是通过建筑、仪式和传播符号等中介，让人们凝练时代的传奇。北苏州路 400 号沪上有名的巍峨建筑"远东第一公寓"的河滨大楼。这里曾是上海富豪沙逊建造的宝康里、宝泰里、洪福里石库门弄堂住宅；这段历史见证了上海的城市胸怀。抗战胜利后，沙逊重新收回河滨大楼。解放后，住进河滨大楼的人们，纵然生活条件优渥，有南下干部和社会名流、艺术家。该楼是沪上大楼里的精品，转角处底层原是上海市第一人民医院门诊部，给人鹤立鸡群的感觉。近一个世纪以来的传说、故事、记忆、犹如看不见的省略号。我的朋友沈某与其父海军军官也曾在居住，历史烟云在这聚聚散散，这栋 80 余年的老楼，同样承受着时代潮流的颠簸与冲击，死了太多的人，藏着太多的冤魂。从其几何图案的地砖上折射出许多悲欢的故事，叙述着一栋楼里的人情冷暖，富有肌理感，勾勒出上海海派建筑文化的底色。"文革"时期，与隔河桥堍并不陌生的国华银行大楼（原上海市牙病中心防治所）异曲同工，屡次发生跳楼事件，以至于有好几年，行人不敢从大楼底下经过，怕被砸到。

凭窗听雨，放远思绪，从前，弯弯曲曲的苏州河来回依靠摆渡船，一旦天晚或下雨了就无法到达对岸。随着两岸经济的发展，由北新泾以下的吴淞江曾设 20 多个渡口。其中，在晚清设的渡口有：梵皇渡（今凯旋路北端、凯旋北路南端）、强家角渡口（今万航渡路、光复西路之间）、汉中路渡口（今昌平路、汉中路之间）。上海解放后，境内所存的渡口都归并市轮渡公司，并以电动渡船替代手摇木船。小时候，我也偶有乘船渡河。至1997年12月16日，强家角人行天桥建成，最后一个渡口消失。那时，唯一可以通行的是建于雍正年间的浮桥"新闸桥"，十分不便。

桥，往往有着美好的寓意。可以说，无桥不成园，有桥景更幽。无桥不成市，有桥梦成真。上海的桥梁，前人的情怀，融入记忆元素，见证了从苏州河上建桥发展到黄浦江上建桥，经过了一个从童年、少年、青年到壮年的漫长过程。有的宛若童子静卧在河浜上，有的桥身如一道弓横跨在一汪绿潭上，有的形似琴弦连接着天地，有的像一把长剑，有的虹月桥形似彩虹、直插云霄，愈趋成熟，组成了一曲点线面交融的城市新乐章。

光绪八年（1882年），从宋珊宝等合股购置小火轮伊始，由轮船第一次航行于上海与苏州之间。十余年后，戴生昌轮船局在沪成立，陆续开辟上海至苏州、杭州、湖州的航线，成为上海最大的民营内河长途客运企业。苏州河是连着千家万户上海人的家乡，也勾起了许多江浙籍老上海人旧时的记忆。曾听父辈讲起过，早年，河南路桥下塅（今河南北路北塅）一边造船，一边经营内河轮运业务，许多来沪闯荡的人都是乘坐由小火轮拖有五六艘小船来的。河南路桥桥塅的曾是招商局内河轮船局的码头，可乘客货轮船到杭嘉湖等地区。比如，下午6时从苏州河码头出发，经过外白渡桥到黄浦江，由嘉兴进入大运河到杭州，全程大概需要24小时。沿途可以看到大船满载木材顺流而下前往上海，小船装满洋杂百货往返各地。记得，爸爸老早曾讲起一桩事体：三年自然灾害时期，物质生活匮乏，商品流通受限，他带大女儿由家乡乍浦乘小火轮回沪，携带一只鸭子被当即拦下，上船不准带家禽，否则属于投机倒把行为，违者要罚款处罚。如今，早年河道中的机帆船及老码头早已不复存在，就连河面上的船只也很少见到。小时候，我看到苏州河上一片繁忙景象，船儿运走城市垃圾，送来蔬菜粮食；沉甸甸的建材船穿梭于黄金水道，苏州河一度成为上海通往许多地方的主航道。

天作棋盘星作子，万物皆有情。这条弯弯曲曲的母亲河历经了多少欢笑与忧伤，看惯了多少爱恨痴狂；尽管也有脾性，它仍然以博大的胸怀，总是听之任之任你摆步，总想把所有的时光久久留藏。诉说前世今生，透视往事如烟。早年，年轻的唐云曾摇着一只小船，从杭州漂流到上海，在苏州河畔上得码头，住在天潼路河南北路的吉祥寺。吉祥寺住持若瓢和尚，还俗后叫林若瓢，与书画家们过从甚密。他本人是画竹高手，画兰仅次于白焦。传话中，唐云先生后来红了，忙得没闲作画，只有若瓢能把他捉回到画案前。诗书画印俱佳的白蕉先生曾彻夜未眠，于 1949 年 5 月 25 日清晨，展纸磨墨，挥毫立就七律《新纪元卅八年五月廿五日上海解放凌晨观解放军行列一首》。高式熊先生 10 岁随父高振霄住在二摆渡桥（即乍浦路桥）与四川路桥之间的"铁行"读书与生活，铁行进货出货全在河边，码头上挤满了船，"闹猛头势不谈"……

天后宫又名天妃宫，位于河南北路 3 号，建于 1884 年。当时为沪上最大的一处妈祖庙，进宫为广场，前有头门对楼，东西为看台，三进为中央大殿，大殿中有神龛，后有寝宫楼，是一座闻名沪上的大寺院。解放后，部分殿庑仍作学校，部分殿庑改作山西地段医院。1981 年，改为山西中学。儿时，因爸爸在那里工作，遇到该院节庆娱乐活动，爸爸会带我们子女去参加联欢活动，感到十分开心。该建筑屹立在苏州河畔，有独占鳌头的气派。原天后宫门口的一对石狮，后迁到城隍庙九曲桥荷花池畔的豫园门口。天后宫主殿——楠木殿被拆除，移建松江方塔公园。

"苏州河十八湾，湾湾有传说"。附近老上海人如数家珍。从第一位湾到第十八湾。即：长寿湾、潘家湾、昌化湾、潭子湾、梦清湾、小沙渡湾、朱家湾、小花园湾、谈家渡湾、纱场湾、小万柳堂湾、学堂湾、九果湾、长风湾、火花湾、北新泾湾、新长征湾、祁连湾。比如，第一"长寿湾"，附近有底蕴丰富的工业文明遗存的远东最大老上海啤酒厂，上海灯泡厂的炉子点着，炉火红映蓝天，火焰四起舞翩翩，给多情的苏州河又添一道璀璨的夜景；上海阜丰福新面粉厂（莫干山路 120 号）是镶嵌在苏州河畔的一颗闪亮明珠、李安导演曾在里面拍摄电影；原有的四栋保护建筑都被保留下来，正在一砖一瓦的修葺中重生，华丽转身，全新复活一座集购物、餐饮、娱乐的大型城市综合体，惊现苏州河畔的吸睛标题。第十二"学堂湾"，地处万航渡路 1575 号华东政法大学（原圣约翰大学），竹篱笆围墙内，是一座高等学府。我心之神往，但望而却步。当年，17 岁的林语堂从乡下，考取了上海圣约翰大学。不仅是"学霸"，而且学打网球、参加足球校队、还成为学校划船队的队长，他参加远东运动会，创造了 1 英里赛跑的最好纪录；闲暇他去濒临校的苏州河湾钓鱼、捉鳗鱼等。从圣约翰大学起步，林语堂走上了一条治学和创作的文学之道，1923 年夏获得语言学博士学位，成为中国第一位以英文作品闻名海外的作家。他的书房墙上挂有本人所撰，梁启超书写的一副对联："两脚踏东西文化，一心评宇宙文章"。他是一位富有卓越才华的大文豪。

竹篱笆围墙外的万航渡路到底，旁边有一条窄长的弄堂，原在 50 年代，我外公的阿弟阿泉公公一家，曾住古朴砖木结构的平房。阿泉公公热诚厚道，他与奶奶膝下有二子一女。但他特别喜欢我，他每次到我家，总要在裤脚管处夹着木夹钳，足足踏上一个多小时到我家来白相，外公、妈妈会留他吃夜饭，我也会用温热的酒壶给他倒黄酒，他边品边吃，满面红光，露出慈祥的微笑，且脸相与外公最相，时光易老，只缘遇见，相守太少。星期天，父母带上我们儿女乘21路电车到中山公园（旧名：兆丰公园），从阿泉公公的单位中山公园前门串到后门，隔路相对是同仁医院，旁边那条狭长的旧弄到底是阿泉公公的老宅。江南弄堂给人的感觉，不知深几许，曲径通幽，行至尽头，豁然开朗，好像是一支深锁在蒙蒙烟雨中的洞箫。春去秋来，忧愁彷徨以及旧梦与往事，似乎是它恒久不变的主旋律。这种境界对生活在弄堂里的人来说，就是他们最普通、最悠闲的生存空间。给我印象最深的是：阿泉公公与奶奶总是满满一桌菜肴，热情招待我们一家。除外，他家的习俗，老宅放着阿泉公公长兄的一只寿棺，感到很好奇。对此，我问他家爷叔、阿姨是啥意思？说法不一，时兴给要当官的送礼品棺材，会升官发财；说是有官，有财；不存在吉凶与否，民间习俗，核心是心态理智的客观反映。多年后，我们亲属为老公公奔丧，设好灵堂，香三烛二，点长明灯，披麻戴孝，请和尚念经超度；送葬前一天晚上，重要亲朋好友必至，供奉一炷清香，亦求得先人保佑，神明加持。该棺要八人肩扛才能抬走，灵后边鼓乐随行。如今，它早已泯灭在历史的长河中。原先宅内铺有青砖、打井水，宅外田野阡陌、鸡犬相闻、流水潺潺、河道清澈、鸟语花香、好像一派世外桃源，岁月轮回，脱胎换骨，旧貌换新颜。这段绵延曲折的河道，承载着许多富商巨贾产业兴衰的故事，其"多"河湾，这在全国城市的内河中极为罕见。

苏州河畔的曹家渡素有"沪西小上海"之称。它以一个圆形街坊为中心，分别与三个区东西南北的道路相连接，所以又叫"五角场"。因为上海有两个"五角场"，沪西的叫曹家渡五角场，沪东的叫江湾五角场。长寿路（旧名：劳勃森路）最闹猛是位于三区交汇的"曹家渡五角场"，在中心的大圆盘周边商家云集，星罗棋布，讲的上名来的有三民浴室，大新照相店，三阳泰南货店、鼎和祥文具店、沪西电影院等，我的小学同学高容芬曾是公交13路电车的司机，每天在此交通枢纽路过。因我的岳父、岳母、大舅子夫妇都是邻近曹家渡的上海绢纺厂的职工，另有三个子女上山下乡。他们的生活，也依托于"五角场"，记得岳父退休后，每天一桩头等大事，就是要到厂里浴室去孵孵混堂。我结婚后，逢年时亦会到三阳泰南货店买精美糕点、松子软糖等年货，尽点孝心咯。1996年遇老丈人在静安区的私房动迁，而小舅子因在安徽插队、户口不在上海的尴尬事体。为了搭上动迁这班车，多亏两位老同事帮忙，3天内办成小舅子退休回沪入户的手续。在时任余姚路派出所所长徐秋良的热心帮忙下，启动应急申报程序；又在资深警官叶于晖的鼎力关照下，帮我找到当时正在上海展览馆门前开展法制宣传活动的一位静安公安分局副局长，该领导问清事由，当即破例提笔批准同意入户。是夜，我又请该局户政科值班领导帮助办妥准予入户手续。在骑自行车回家的路上，我将这张"入户通知书"揣在白色和尚领汗衫里，紧紧地贴在胸前，倍感来之不易，如果不是诸友鼎力赐恩，错过时间，恐怕麻烦就多了。由于其全部手续事宜符合动迁相关法定程序，故此动迁之事得以圆满解决。

石库门里话里话外，各人都在演绎自己的角色。风土人情，精彩纷呈。还有，无丑不成戏！一个夏天的夜晚，我下班还未走进家门，只看见隔壁邻居"阿五头"在与其老婆发脾气，他边骂边摔碗，门口的小桌倾翻，小菜都在倒地上，狼狈不堪闹得不可开交。我见状，二话不说，拿来扫帚、簸箕，先将碎片捡起，及时扫掉乱七八糟垃圾，马上劝阻"阿五头"的鲁莽举动，给他泼点"冷水"，火爆怒骂的"阿五头"总算认错了。我在捡片时手指划破出了血，但能劝阻邻居吵架，我悟出了一个道理：道德是石，敲出希望之火；道德是火，点燃生命中的每一盏灯；一个人做好事并不难，难的是一辈子做好事。我为别人带去温馨，别人让我感受到生命充实的力量。正因为帮助别人，等于帮助自己；助人之乐，即助已自乐；"我为人人，人人为我"，是人类和谐的音符。邻居应当像一家人，弥漫着亲和气氛。我家对门 47 号三楼是邻居吴蜀希家，她在浦东烟草机械公司工作，早晚上班交通不便，正好我在浦东工作，一度我开车上班顺便带小吴一起去浦东工作单位，我脸上洋溢着喜悦的笑容。弄堂里 11 号杨飞影一家三代旧宅、49 号丁震民旧宅、55 号余必坤、王爱华夫妇旧宅、71 号余荣耀旧宅、89 号同事陈建生一家三代旧宅、老陈母亲与丁家母亲还是闺密，建生君比我小一岁，亦上山下乡，四年后考上大学，毕业后从事邮电系统技术工作（任工程师），1993 年 8 月调入浦东新区公安分局，于 1996 年评为高级工程师，为人谦和，技术精湛。邻里守望相助，关门是小家，开门是大家，同一屋檐下，不是相处朝夕，却让彼此的心灵，贴得更近。

这是 1987 年 11 月 16 日继发生在东体育会路的一家储蓄所的上海第一大案（于双戈抢劫银行案）之后，平静的上海，石库门顿起枪声，再度重演动人的一幕。事发地，离我家永康里不足百米。隔一条文安路，对面就是红墙黑瓦的安宜邨石库门弄堂，80 年代初期，我女儿幼儿园就在此弄堂里。曲阜路东头是一个食堂，西头的西藏北路口是开封路地段医院，转角处有个支弄口，第一家门面是我常去理发的西藏理发店。十字路口是一爿鸿雁饭店。就在这段短短 10 来家门面的曲阜路上，1999 年 4 月 8 日上午 9 时 35 分，当中一间石库门朝北的灶间部位，竟然发生枪案（现为地铁曲阜路站），一时轰动上海。经侦查，系某银行长安支行营业所突然闯进一高一矮两名不速之客，高喊："不许动，把钱拿出来！"歹徒随即连开两枪，打伤了两名营业员。几乎同时出现的一幕：受伤的营业员曹佩勤强忍伤痛，机智地趴下身摁动了报警器。"把钱给我！"歹徒的枪口对准了另一位营业员刘斌。恰巧被驾车路过的出租汽车司机张泉看到，他立即用手机报警。两名歹徒得万余元现金后仓皇逃窜，整个作案过程只有45秒钟。土枪一响，正在附近走访群众的民警刘国军赶来查看，刚好看到两名歹徒朝七浦路方向狂奔。刘国军随手操起一根竹竿，与个体业主张庆荣一起追了上去。两分钟后，两名歹徒在七浦路甘肃路口栏下一辆出租汽车，用土枪威逼司机开车。司机章德急中生智，开了几米旋即刹车，飞快跳下车直喊："捉坏人！"高个子歹徒欲自己驾车，刚起动1米就撞到一辆自行车，只得弃车逃逸，不料与被上海卷尺厂职工王智慧驾驶摩托车，载上刘国军和张庆荣等人狭路相逢。刘国军举起竹竿猛击高个持土枪歹徒右手，终将土枪击落。这时，出租车的矮个歹徒手持土炸药负隅顽抗，千钧一发之际，张庆荣果断拉开车门，随后赶来的宝山路劳动服务公司职工岑光裕用铁棒猛砸歹徒双手，炸药掉落在地。车上歹徒被众人制服，高个歹徒乘隙逃跑。警方侦查发现：落网歹徒叫蒋宫，逃逸的叫封德军，均为外来无业人员。案发前，两人身上仅剩5角钱，遂起念铤而走险。经乘胜追击，4月13日晚10时许，潜逃于江苏某地宾馆浴场的封德军被擒获。鉴于警民是胜利之本，枪声一响，警民不约而同赶到，合力制服，遂将此案犯罪风险降低到最低程度、不畏强暴之壮举，同年4月28日，上海市公安局表彰了"4.8"抢劫案侦破组民警和张庆荣等14位百姓英雄。

天潼路东西相连仅有1.6公里，这条老路的曾经风华，虽然没有南京路繁华，但很贴近居民生活，藏龙卧虎，楼堂场馆充满了浓浓的烟火气，其市井生活布局，集菜场、粮店、美食、油盐酱醋、南货店、百货日用品、文具、理发、中药、服装鞋帽、文化、有轨电车于一路。从清晨天蒙蒙亮，到晚上万家灯火，总将照应度、味蕾度、称心度、融入千家万户，可谓是苏州河畔现代版的"清明上河图"再现，为几代上海人一年四季带来了诸多的便利。曾记忆起老同事冯雨林老早旧居天潼路546弄桃源坊，我在26-27岁时就认得他，他原系北站派出所老内勤，为人和善，讲话带卷舌音，是所里好当家，于1983年退休，我1984年调离闸北，失之交臂，就没有见到过他。欣悉，冯翁寿临期颐，起居饮食自理，脑清机智诙谐，还能唱金陵塔绕口令，快速倒背英文字母，乃为沪上警界的寿星。2003年，我的表舅杨金生夫妇，原住桃源坊68号底层前厢房动迁，因为他们夫妇系弱势群体，委托我们夫妇代理承租人签约。经双方磋商，最后迁至祥德路底层一套独用房子及一笔补偿款，圆满解决了他们的燃眉之急。

天潼路、河南北路口的岗亭后，原是元和酱园粮油店，后改为闸北区第46粮店；天潼路719号原施泰隆，后改为闸北区第47粮店；792号原新合盛，后改为闸北区第48粮店；870号原成泰，后改为闸北区第49粮店。在粮食供应紧张时，每月26日是最闹猛的时候了，早上店门没开，门口有几十人分别拿着米袋或新铅桶等盛器排成一条长队等候购买，民以食为天，原因就是26日可以买下一个月的粮食计划了。随着粮油流通体制改革，从90年代开始，天潼路上的粮油店也随之改制，47店变成上海砂轮厂经营部，48店变成上海三联通用机械经营部。

天潼路626弄馀顺里，630号原龙华医生李敏医生夫妇及女儿李佩的旧居。632号煤球店，后改为皮鞋店。640号"兄弟"理发店，新年前夕，妈妈带着我穿过对面宝庆路到天潼路，朝东十几家门面就是兄弟理发店。一进店堂，就会听到"请到里面坐"亲切的招呼声，依次排队，轮到我剃头时，坐在椅子上人太矮小，剃头师傅就会给我垫上小木凳升高，脖子上涂点滑粉，帮我围上白色围裙，试一试脖颈的松紧，确定合适才进行剃头。我曾对理发店门墙上，挂着的一只旋转式三色灯很好奇，不知啥咯意思？有次，见到顾客落枕或小孩手脱臼，只见理发师傅三下五除二的马上复原如初；又听说，他们还会取哽在喉咙上的鱼刺，小孩噎住，也会巧妙地用招数帮你复原取异物。事后才晓得，他们这些独门绝活，无不与理发店墙上旋转的三色灯有关。红色代表动脉，蓝色代表静脉，白色代表纱布。"哎哟，理发店真奇妙。"怡如里646弄，马路对面是悦来坊，悦来坊东面639弄泰丰里30号（前上海市委吴邦国曾住于此）。

天潼路中段是由山西北路到福建北路，天潼路697号-701号原为同丰泰百货店，后改为国营红宇百货店（山西门市部）。俗话说，"百货中百客。"那时，凭上山下乡证明，7.8元可以买一条灰不溜秋的线毯；名牌商品有民光牌被单、414纯棉毛巾、"卡布龙"袜子、固本肥皂、扇牌药皂等，60年代有横版的日用工业品券；70、80年代有竖版的购货券，可以买绒线、钢盅镬子、皮鞋等轻工业品。1980年3月30日，我家购买了一只16吋电风扇180元整，保用一年。767号老万成糕团店，堂吃加外卖，颇受居民青睐。俗话讲，好吃就是美食文化。艾叶青团、条头糕、双酿团、赤豆糕、菜包子、肉汤圆、薄荷糕等非常好吃、小辰光偶有光顾的地方，味道久久地留在我们的记忆里。769号茶叶店，转弯角为常青中药店。附近居民对天潼路各家店铺都了如指掌，前卫食品店、竟成南货店、万茂祥酒店、同和源皮货店以及五金、煤炭、糖果、蛋行、杂货等商铺是男女老少赖以生存的依靠。老上海人赋予了各类仪式中扮演重要角色。桃红色纸是云片糕特有的包装。

除了好吃外，谁家小囡做客，主人会送一封云片糕，意喻"高高兴兴"！家中老者仙逝，主人送一叠云片糕，意喻"节哀顺变"！这种仪式感，几乎涵盖到人的出生、成长和善终。

自山西北路至福建北路口，依次有烟纸店、小张车行、728弄葆青坊，732号顺生文教用商店，一半卖文具，一半卖纸张。还有零拷墨水，一只玻璃桶，上面有刻度，下面有根橡皮管，弹簧夹子一松，墨水就下来了，拷满一瓶4分，颜色有蓝黑、纯蓝、红颜3种，红色是老师批改作业用的，学生都用蓝黑和纯蓝。初学岁月，那铅笔用了像吃一样（家慈话），干脆买点本色铅笔更为廉价，可以说，在这店里是我留下了脚印最多的地方。朝西几间门面，曾有一爿闻名遐迩的"泰安鸡鸭血汤店"，也叫"阿胡子生煎馒头店"，加工肠子是阿胡子的绝活，先破肠洗清，再用盐捏了捏再洗净，去除异味；嗜臭如命的老幼吃客，慕名而来。清汤指只有鸡鸭血，一角一碗；加肠则加肝胗肠，一角五；手捧一碗紫白相间，嫩而不紫，撒葱浇辣油的鸡鸭血汤，眼前那鸡肠特有的"其臭如兰"的风味却荡然无存了。还有油豆腐细粉汤等小吃，老板儿子阿东与陈杰俊老师还是小学同学，能品尝这款地道的鸡鸭血汤，很有口福，味蕾会给你带来真滋味，我亦偶有光顾，常常客朋满座。740-742号"金龙观"饭店，上下二层，经营镇江菜系，尤以黄豆脚圈汤闻名，时价壹角贰分一碗，随意小酌，价廉物美。

老早小菜场是生活晴雨表，也是文化地标之一。清晨，天潼路、福建北路口的唐家弄菜场（后改山西北路菜场）热闹无比，开秤时分，人声鼎沸，就像对面"玉茗楼"说书先生惊堂木一敲，故事序幕开始。晨练归来目光如炬的老伯，小腿肥腻酥胸半露的少妇，穿着睡衣"头势"清爽的爷叔，夫妇俩挽着胳膊、说说笑笑、拎着一只篾青小篮子，悠闲地踱着方步去挑小菜；一会儿，顾客纷至沓来，人流熙熙攘攘，货比三家，各样品种辉映，令人眼花缭乱，横挑竖拣，狠心还价不拣不还价。一番唇枪舌剑后，各自提着战利品回家，眉眼间有低调的欢喜。有位阿婆直朝前头冲去要买肉，先要给营业员交定期肉票，然后才能称肉付钱。阿婆的算盘好，还想买点其他小菜，地上湿滑，却差点被如潮的人流挤倒。菜场二楼是一个豆制品加工厂，福建北路转弯角上是仁和酱园店。门面围墙高矗带半圆弧形状，二扇黑漆大门，门槛较高，进店须走一个台阶，别有景致。店堂里摆满了一缸又一缸的鬏头菜：什锦菜、白糖酱瓜、宝塔菜、云南大头菜、酱黄瓜、玫瑰腐乳、白腐乳、榨菜等、品种繁多，数也数不过来：清晨，市民本能的闪过"有一碟酱菜一碗白粥"，每每品味，<u>丝丝</u>于怀。

天潼路西段由福建北路到浙江北路。天潼路791号玉茗楼书场，老早为上海最老的书场之一。取名玉茗楼，寓"金枝玉叶，香茗合璧"之意。每天早、中、夜三场。所骋的多为江浙沪评弹响档，书界遂有"要出名，到玉茗"之说，可见玉茗楼在评弹界地位。大约半个世纪前，有"评弹皇帝"誉称的严雪亭先生，用他脍炙人口的弹词开篇《一粒米》，"一粒米，啥稀奇，一粒米，那哈好算大事体？"风靡一时，盘中餐，皆辛苦！大街小巷男女老幼无人不知，无人不晓。中学同学刘继红原住隔壁弄堂里厢，自幼迷恋评弹，上手持三弦，下手抱琵琶，自弹自唱，颇有"起角色"的韵味。我自幼也爱听"说噱弹唱"的评弹艺术，阿拉老欢喜咯额轻清娇糯的悠扬韵调，这门江南独特的艺术瑰宝，就像古人为什么要在门口放门槛一样，学问很深！后来改成闸北区图书馆。对面798号一爿老虎灶兼茶楼，下面是卖油豆腐细粉和豆浆的饮食店，茶楼里茶客常常会叫饮食店送点心上楼，每天早上有十来个八仙桌，桌桌坐满，泡一壶茶，邪气悠哉。

  过814弄有一爿棉花店。主要供应御寒的棉花胎。店堂分东西两侧，东侧是冬卖棉花夏卖席，西侧则卖些日用杂品。那时，棉花需凭棉花票供应，记得每人每年半斤，好像打了结婚证书后会补助每人一斤。养女儿的陪嫁八条被子，买棉花胎只得全家动员，还搭上男方家。真是"谁知床上被，条条家中累"。限于当时供应现状，除了陪嫁买棉花胎外，每家每户用的棉花胎时间长了，就会发硬，都舍不得扔，或旧被头经常晒晒太阳，或弹一弹翻新再用。弹棉花有什么绝巧呢？端午前后，棉花制品收起来了。柜台开始供应草席了。各色草席陆续上市，上海人心中最灵草席固然是"白麻或绿麻为筋"的宁波草席，它质地精密，挺括硬实，柔软光滑，收藏简便，工艺考究而著称于世。宁波草席，别名："明席""滑子"。1954年日内瓦会议，周总理还特地带了四十条宁波草席馈赠国际友人，备受青睐。总之，千奇百怪的席子都不如草席，温水擦过，透出丝丝淡淡的青草香，睡在席上，犹如躺在广袤的田野里，嗅着大自然的味道，回归到自然的本源，有点"采菊东篱下，悠然见南山"的感觉。另一间还卖碗具、灶具、煤球炉、火钳、劳动工具等，交关贴近居民生活。

  天潼路816号大众照相店，是我们小辰光最喜欢去的地方，该店有二位摄影师，那里拍照、冲印又好又便宜，特别是那种半寸大小的"咪咪"照片，拍得满意还会拿给同学看，引来学生都会拍张"咪咪"照。旁边西侧一爿良心服装店，店堂不大，倒蛮赶时尚潮流。我从工作开始到退休，一直都是穿制服，除了结婚买件藏青中山装外，几乎很少买衣裳，基本上是妈妈亲手缝制的；唯有一次我新奇，约在80年中期，为了买一件新款咸菜色的茄克绒衫，我曾在人立服装店门口足足排了几个小时的队，遂心如愿，无疑享受了时尚的韵味。

天潼路814弄43支弄门楣上那块刻有"徐家园"三个字的石匾，告诉人们这块破旧的石库门是上海租界地域娱乐消遣、草堂春宴、寄楼听雨等时为"沪北十景"的私人花园。1883年由商董徐棣山营造，又名：双清别墅。1887年，徐园正式对外开放，门票一毛钱。园内，绿树成荫，花木扶苏，凡亭、堂、榭、阁、斋、泉、石等一应俱全，颇有一派江南园林风情。专设戏台，演出昆曲，髦儿戏等，每晚还张灯结彩，引得沪上骚人墨客争相结伴来游，亦在每年举办的菊花会上，斗酒赋诗，寻欢作乐。1889年又成立了"徐园书画会"。当时已经盛名的海派书画家朱梦庐、任伯年、虚谷、蒲华等常来此雅聚。有一天，任伯年来徐园会友，兴致所至，拿笔欲作画，不料不慎将一滴焦墨落在了纸上，但见他微微一愣，旋即下笔如神，瞬间，一幅猫图已经跃然纸上。他还在此画上加盖印章，并如此落款：光绪己丑正月廿五日徐园第一集。棣山先生为之一笑，山阴任伯年。为此，成了在徐园的一段佳话。1896年6月30日，浙江海宁富商徐鸿逵曾在天潼路814弄35支弄4号的"又一村"，将西洋戏放给亲友们看，相信那天在徐园里看着《火车进站》的上海市民，惊诧程度要比影迷更胜一筹，堪称电影在中国的处女放映。由于诸多原因，到1909年徐园被废掉，当年风雅、风情、风流的徐园荡然无存。由此，这一带的老居民遂将此弄叫作"徐家花园"。

　　说实话，美食文化，百姓百味；只要自己喜欢才是最美的。赞苏菜的诗：老桂开花天下香，看花走遍太湖旁，归舟木渎犹堪记，多谢石家鲃肺汤。苏菜之美，老上海无不为此倾倒。860弄朝西是"五福馆"（先改"锡园点心店"，再易名"向南阁"），别小看这爿五福馆，在五十年代至七十年代时，那个年份孩子多，日子过得都紧巴巴的，要进去唰一顿极不容易呀！掌勺师傅厨艺了得，菜汤面、菜汤糕、肉丝炒面等最有滋味，吊足胃口，回头客交关。听老顾客盛赞说，70年代有一次大概是几个国际海员进店吃饭，哇！整个店门口人山人海，连旁边树上也爬满了小孩看外国人，这个片段故事至今还作笑料。不过让人流连忘返的还是那里的两款亲民小吃。最有特色的是菜汤面，它用骨头汤吊鲜，浓汤硬面条加一把鸡毛菜及几根肉丝，出面时浇一点猪油，撒点胡椒。那个香，足有香飘好几里地哦！我家到五福馆，走过去10分钟路程。少年时，大人让我拿只钢盅锅子去"五福馆"买菜面，一碗一角五分，咯慢慢地端回家，一碗面一家门分着吃得温馨。冬天，吃到这款价廉物美的一碗菜汤面，乃是赛神仙的日子，真情还在老地方。

　　天潼路855号的天福牛肉面店，有将近百年的老面馆了！照牌"天福"，含有"上天赐福"之意，招揽顾客，生意兴隆。以前老板的名字叫"小梅"，所以又称"小梅店"，后来国营了。该店主营项目是牛肉面，一口下去，唇齿留香，辣而暖身。明知食料甚少，但质量保证。这时若来一团糙饭油条，配以牛肉加粉丝，犒劳自己，乃是无比惬意。再有，葱油拌面加汤，葱油喷香，面很劲道，加上浓郁的牛肉汤，也是一种绝配。这爿面店天生"生意精"，具有筋、韧、滑、嫩的特色，不仅留下王盘声等诸多名家的足印，而且我的亲朋好友也许都不会忘却这爿百年老面馆，这款让舌尖跳舞、汤清味浓的牛肉面，太吊老上海人的胃口了。70年代上海普通弄堂女子，听到王盘声，绝对痴迷。三个女人围绕台子，78转粗纹唱片，声音轻，亮丽，荡气回肠，王盘声唱："志超读信"……

天潼路847弄慎余里建于1932年，建筑风格迥异，伫立着约50幢砖木结构的二屋石库门房子，青石板铺就弄堂，颇有气派，是原闸北区为数不多、被完好保存的精华石库门。具有规划严整、青砖红瓦、为双开间一厢房、二楼有钢筋水泥结构的阳台、楼顶有晒台的特色，东西邻分别为四平里和承吉里，分列七对支弄，第三弄、第五弄和第七弄都有一口井，一度曾是成为上海顶级富豪与名流的聚居地。华成烟草公司老板戴耕莘、中国经济学名宿薛暮桥、沪剧泰斗王盘声等名流都是从慎余里走出来的。我的表姐李琴芳一家原住6号后楼和亭子间，给我小时候看病的爸爸同事、擅治小儿科的朱医生夫妇也居住此于；天潼路最后一条弄堂是延吉总里。对面白玫瑰理发店、894-896号时鸣钟表商店、一爿大饼油条店、转角处一爿原名为天吉堂中药店，后来叫长青中药店，半月形店堂门面，中间的弹簧门，将人分二侧，进门的是病人（或陪同者），外面自是健康之人。门内人常常艳羡门外人，健康身体是立命之本。别看药店不大，却也出过名家。石氏伤科的子侄石仰山在店堂挂牌行医。石氏流派历经一百四十余年积淀传承，肇始兰亭先祖，传至石公系第四代，石仰山已成一代国药大师。石筱山的侄子石纯农，本事了得，他治疗腰椎间盘突出，无须望闻问切，只有"腰方"两字，三帖即好，为药店增色。后改名为永强中药店。店经理王宪法业务精湛，为人和善；在上世纪七八十年代，我为外公配紧俏地道的吃急救心脏病的"苏合香丸"中成药（处方笺要有两位医生签字），每次都是他帮我热情解决的。踏进弄堂自然会被那种蕴含并散发优秀的人文建筑所吸引，曾同是名人或百姓旧居处，却迥然相异。奈何，那就只好默默地记住石库门里的风情与故事。

"建筑可阅读"，读故人昔情，读岁月沉淀。位于北苏州路470号的原上海总商会旧址，曾是中国近代民族工商业实至名归的策源地。该楼为三层钢混结构，仿罗马梯铎凯旋门式样，属古典主义建筑风格，镌刻着城市的记忆。解放后，该处建筑先后用于上海电子管厂、联合灯泡厂、上海市电子组件研究所的生产和研究。晚清天后宫全部拆除，遗存戏台、西看楼和南部青砖门墙均由文物保护部门编号保存；慎余里拆下的房屋建材也编号保存。自2011年，启动上海总商会修缮保护工作，历经建筑师们7年雕琢和修缮后，从消防、节能、设备等方面提升建筑安全性和舒适度，为了推进苏河湾地区优秀历史建筑保护性开发，将由央企华润集团旗下华润置地公司按建筑原貌复建，天后宫将打造成以文化为特色演艺广场、群星集会场所；慎余里则将引入文化艺术中心和具有影响力的商业品牌，成为文物活化的海派商业文化时尚地标。届时，也惊艳了时光。至2020年底，除了对33座挢梁进行景观改造、提升夜景灯光、加装无障碍设施等功能品位外，上海中心城区苏州河两岸42公里公共空间实行全线辟通，并打造"一区一亮点"。

  岁月流逝，潮起潮落间，那场如火如荼的知青运动像一片夹在历史厚册中的枯叶，渐渐被人们所遗忘。我的二姐走出石库门，手持毛主席语录和手拿大红花乘上火车去江西省波阳县田坂街公社碧山大队火厂生产队插队。再见了朝夕相处的石库门，再见了爸爸妈妈及家人。她与成千上万的"知青"背负行囊上山下乡，磨砺八年，熬过风霜，经受锻炼。垦荒、翻地、下种、施肥、挑水、煮饭、种菜、插秧、挑肥、收割，成了自己生活的新常态。老俵对她说：傍晚时分，你只要看谁家有炊烟、有灯火，你就往谁家去，饿不着侬，但女青年很少这样做，而是自己动手，集体互助；劳动归来，顾不上休息，赶紧简单烧菜煮饭，用柴火做出来的米饭，有锅巴，又香又糯。在粗茶淡饭滴油少菜中奋进，汗水洗濯灵魂，青春扎根农村。我在部队与二姐四年不见，彼此用书信沟通，互相勉励，在各自不同的地域，不辜负父母的悉心培养，咬紧牙关，做最好的自己，有一份热，发一份光。期间，先后还有表兄郭福根、堂兄王家明、同学胡稚临、张红根、罗昌东、张佩蒂等都是从石库门里走出，相继插队农务。他们掺杂着激情、理想、苦涩、失落等感情，却成为特殊文物，成为现代历史演进的见证。触摸那段"火红年代"的往事，我曾到过安徽石台县看望大姐夫之妹张本华；到过江西新干县看望同学梅昕浩，他们与我二姐等知青一样，男女知青以上海知青金训华大河中抢捞木材牺牲事迹为榜样，脚踩泥巴，背靠大山，粗茶淡饭，承载梦想，置身于广阔天地，晴天抢干、雨天巧干、白天大干、晚上加班干，以广阔胸怀谱写了"锄头铁锹换日月，广阔天地练红心"划时代的宏伟史篇。

  阅尽人间声色，饱经时代沧桑。他们是战地黄花分外香，将一生中最好的韶华，无私献给了知青之路。我觉得，那段特殊环境下的上山下乡运动，对男女知青来说，无非是需求"饱、暖、物、欲"初级生活的快乐，只有坚守初心，方能"宁可卑微如尘土，不愿扭曲为蛆虫"。我的堂兄王家明曾去贵州插队，需座2天2夜的火车，再乘5个小时的卡车，达到荒无人烟的山沟，垦荒种玉米，每次挑牛粪都在 180 斤以上，与乡里的壮劳力一拼高下，全都不在话下。青春年华，似一江黑水流入心田，失望和迷茫笼罩着心灵，这种气魄与心胸大略，令人敬佩不已。只是他们至今都不明白，为什么受累受伤的总是他们，为什么社会变化的代价总是由他们买单，又没有值得炫耀的各种文凭，甚至连初中都没有读完，但他们只身孤影或群居终日的农村经历，经受无数颠簸风雨的考验，其人格魅力之高尚，足以让那些所谓持有"伪文凭"者汗颜……岁月不负深情，生命不辜负馈赠，让我们依然穿过千山万水讲着他们的故事，静静地看着夕阳西去……庞大的"老三届"群体，以其丰富的传奇和独有的经历，在暴风骤雨的年代搏击、生活、生存，人事有代谢，往来成古今。跌宕起伏是人生，酸甜苦辣写青春，知足常乐度一生，蓦然回首皆白头。

　　上海的里弄生产组开办于上世纪 50 年代末，曾与里弄办"居民食堂"齐名，许多蜗居在家里的妇女，走出家门，加入了里弄生产组的行列，为大家解决吃饭的后顾之忧。有人说，中国有八大菜系，而里弄食堂就是第九大菜系。这对很多上了年纪的上海人来说，从小时候上幼儿园一直到退休，寸步不离，人生至少有一半的饭在食堂吃的。而具有工艺门类的里弄生产组，也是当时代经济发展不可或缺的产业链，在"上海制造"享誉全国的年代，如五金家电、电子仪表、轻纺工业、手工业、塑料、玩具等，不少成为外贸产品，很多名牌上海货就出自弄堂小厂，出自社区婆婆妈妈之手。当时，小工厂小车间开在弄堂里，办在居民住房里。"七角、八角，胸怀世界各国"，是当年里弄生产组流转甚广的一句顺口溜，用上海闲话讲起来很押韵，见证了一代人脚踏实地。还清晰地记得，不可小觑的是，许多人家采用多种形式搞点副业。如用啤酒瓶盖头拆纱头、剥大蒜头瓶装出口、组装配套圆珠笔芯等，利用闲时赚点外快，贴补家用。

　　1977 年代末，10 年前何其迅速地涌向北方的雪域、南国的大林莽、西北的黄土地、西南的苗寨的上海知青们，如今，差不多"而立"之年，又以更汹涌的急骤气势返回上海"娘家"了。车站码头变小了，大街小巷变窄了，公交车辆变挤了……到处充塞着被乡村气霭熏黑了脸却又操着纯正上海闲话的男女青年们。堆满了行李铺盖卷儿的黄鱼车一路响着车铃，吃喝喝在行人间有限的空隙里频频穿行。那时的上海，虚弱得如同久病初愈的人急待康复似的，要妥善地安置这数以百万计的年轻人，委实是一种重负。随着返城知青就业问题的日益突出，当时回沪知青没有什么选择的岗位，只有里弄生产组填补空缺，"工资 18，年龄 28，啥辰光当阿爸"，成为第二代生产组的擎天柱。大批知青待在家待业坐卧不安，他们渴望着自立，渴望着挣钱，渴望早日摆脱任何依附关系的羁绊……绝大多数回沪知青都在生产组工作，为了婚姻和将来，他们学文化、学手艺、用闯劲和巧劲投身于里弄生产组、服务站、卫生站、修配站、打包站等、以自立自强的顽强精神，在不起眼的里弄生产组，用自己灵巧的双手与聪明的才智实现人生的价值。一个人的胸怀、气度、风范可从诸多细微之表现出来。天涯何处无芳草，生产组并非用武之地，即便平淡无奇，亦能将工作演绎得绚丽而多姿。其中不少出类拔萃的不凡人才，成为各种生产组的中坚力量；更有甚者，原本不起眼的生产组，还竟然飞出金凤凰，走上了区（局）级、市级、领导岗位，凸显上海人的腔调。

童年的话题，只能留在我过去的梦里，真实而深长。在物资匮乏的年代，父母亲都十分节俭，悉心抚养我们四个儿女成长；他们节衣缩食，身教重于言教，拉扯一个个子女长大；使我的幼小的心灵早就懂得堂堂正正做人，清清白白做事的道理，这简单而深刻的哲理，却是我们儿女立足于社会之根，生存之源。我家除了汗衫、背心、胶鞋、袜子是在商店买的，其余衣服全是妈妈、外公做的；在我的小时候，家里有了一部国产蝴蝶牌缝纫机，它成了妈妈的闺蜜。曾记得，父母靠每天省点小菜铜钿，由爸爸将省下的五元钱，储蓄在单位小额贴花的互助金内，二、三年下来，才可攒一部缝纫机，还得凭票，半年轮到一张二张缝纫机票，要凭抓阄，才能买到一部缝纫机。妈妈不是缝纫内衣、外衣，就是制作毛呢服装、大衣，机不歇，手不停；针不歇，脚不停，妈妈十分操劳地为全家老小缝纫衣服，既时尚，又节俭，给一家人带来了无尽的暖意。

白天，我们儿女上学，爸爸上班，妈妈又独自忙开了，完全成了她劳动的天地，从节俭着手，料理好家务，不是打扫环境买汰烧，就是一刻不停地做针线活；做棉袄、定被头、结绒线、绣花等，样样在行；就是剩下条状布条也舍不得扔掉，用钢丝收紧加固，不散线、不掉头，制成老式棉布拖把。那时，我也开始提上铅桶，拿上妈妈自制的拖把来回舞动一番。再有，妈妈用面粉溜熟的糨糊中搅拌，糊硬衬颇像裱拓，在汰衣裳板上糊硬衬，补上旧布，用竹制刮浆刀抹上稀面浆，再铺布，一层夹一层，三四层即可。年幼时，我也好奇地学做，把糊贴好的布连同汰衣裳板"褙笆"，放在太阳下暴晒，晒干后撕下来，就是制作鞋底的袼褙。然后，用于制作鞋面和鞋底的垫衬。最令人温暖的是，上世纪五六十年代，妈妈一针一线给家人做蚌壳棉鞋，虽然被人讥笑为老头棉鞋，但天冷穿了很暖和。妈妈白天忙碌，当我们在被窝里进入梦乡时，妈妈将纸样贴在硬衬上一张张描好剪下来，用鞋面、硬衬和鞋里组成鞋帮，配上深色薄花呢鞋面，内夹棉花，剪一块鞋底布，用弯钩锥缩好鞋帮，将鞋底布缝好，就可以把鞋子翻过来了。老式棉鞋由两片蚌形合成，叫蚌壳棉鞋，这种棉鞋觉得可亲、温暖、方便兼怀旧。童年，一双胶鞋起码要穿两年，布鞋也是妈妈纳线制作的。这款黑色斜纹直贡呢、镶滚白边的松紧口布鞋，叫"东京鞋"，做工款式虽然没有买的好看，但经穿和耐磨，穿在脚上，暖在心里。即使买上一双3元6角新的黑色松紧鞋，一般上学都舍不得穿的，如果行走弄脏，回家就马上将鞋子清擦干净，爱惜备至。

眼睛，是发现美的窗口，也是心灵的出口。你若演绎，生活则大放其彩！妈妈那双眸清澈明亮，有光，有水，有生气；怡然雅兴时，妈妈会旋即演示转动眼球，与我们儿女逗乐，忽左忽右，反应神速，旋转自如，其神秘奥妙令我不可思议，常常逗得我捧腹大笑。此后，我亦习惯做这个动作，既传承，又好玩。常做运目，确有好处，我至今不戴眼镜，照常写字看报。古人认为"目宜常运"（常转眼珠），能使眼球得以濡润，消除"内障""外翳"以及预防视疲劳和推迟老花眼等作用；研究发现：常运目30秒钟，可以宁心、安神、促进左右脑的互动，可以增强记忆力，也有"益智"效果。现这个绝招，就像一束烛光，绽放着七色的光彩，寂寞的夜里让我重新涌起温馨的流动，感受到母爱那蕴含着无私的力量，令我不再孤单，点亮了我的人生之路。

正因为妈妈素来眼力好，也就喜欢上了绣花手艺。再小的针眼，不用细看，她一下子就把线穿上了针眼；绣花时，她先用棚格固定蓝印纸复下来的图案，不好拉得太紧，一回针线就会断，网格也会拉破，把控一张一弛，松紧有度，方可成就一副好绣品。在妈妈手中花针的勾织下，五颜六色的丝线，乖乖地就变成了设色绚丽的花鸟鱼虫，并制成桌布或枕套等；家藏仅有的一件妈妈躬亲绣品，囡得真牢啊！半个世纪前，妈妈在一块蓝桌布上织成"花篮女童"的绣品，都是其轻挑慢捻地细描着针线，一针一线来回在手指间穿梭，一丝一缕的温柔倾诉，让人感受其勤劳的质感，从流年逝水的季节里，缓缓走来，绘织人生之乐章。虽然，妈妈绣花的手艺，远远不如名家那样逼真、精致、传神、品牌；但其素朴淡雅的绣品，颇有灵动之气。因为，针、线，穿梭的不只是布匹与图案，更多的是劳动，是汗水，是时尚，是人生，更是亲情牵绊的情感。

曾听老人讲起，原来上海人不晓得"绒线"为何物，因为是从西方传入，故之为"洋线"；又能御寒，老百姓也称之为"冷毛"。小时候，一家老小的绒线衫都是妈妈一针一线结出来的。在深秋的夜晚，我们兄弟姐妹有时一觉醒来，只见辛勤劳作了一天的妈妈，还在灯下飞针走线，这种情景长久地定格在我的心中。六七十年代，上海女人由"绒线生活"，一度变为"拆手套生活"，绕成纱线，结成"线衫"或"线裤"。那时候，如能穿上一件"线衫"或"线裤"御寒，已经是相当不错的事情了。石库门的时光在生命的皱褶里遗落着爱的流露，幽远绵长。那时，结绒线是妈妈的一种乐趣，又是屋里厢结绒线的高手，总是把一丝一情带给我们一家人。时间都把回忆导成了电视，而我是最忠实的观众。我记得我穿的第一件绒线背心，是深咖啡夹着淡灰色的横线条的。1965年6月6日，我就是穿着这件条形的绒线背心，拍了一张一寸小学毕业报名照，照片背面写上："送给陈老师"。这件绒线背心，穿穿囥囥，早已无影无踪，但每当我想起以前拥有的岁月，会是一种喜悦。看到我们子女的绒线衫袖口磨耗，妈妈立即拿绒线针忙袖口针脚挑好；冬天生怕子女的手冻疮，妈妈又用旧绒线结好无指头手套，既可写字，又很暖热。除外，妈妈还会钩织绒线帽、饭盒套、钢笔套、童鞋、网线袋、袋口上的绳子一抽，网袋就收纳完成啦！我清晰地记得，妈妈生前最后制作的一件女红小物件的收官之作，是一双手工钩织的绒线宝宝鞋，小巧玲珑，非常精致，是送给邻居吴蜀希肚中尚未出生的宝宝的。寄物于情，甜蜜的记忆。小辰光，妈妈会叫我绷绒线，这不是我白相的玩意儿，我显得很无奈的模样。譬如勿是，我开始跟着妈妈学绷绒线。妈妈从团线上引出线头，将绒线绕在手指头上，绕得差不多了，横着再绕哟！妈妈微微撑开双臂，像怀抱，做一个顺时针或逆时针的环绕旋转动作，不时抖动几下手臂，兜松绒线；我身子前倾，左右环顾，脚尖点着前方，全身摇动，彼此保持一米半的间距，一根绒线，在一绷一绕之间传送。之后，生活逐渐改善，早已变卖绒线衫替代过去的绷绒线或绕绒线了，回不去的年少时光，留给我的当然是那般丝丝的、暖暖的怀旧情愫。

  谁没有童年？谁的童年不是深深印记在心灵深处？而与童年有关的最深的回忆却是吃食，有滋有味，尤为难忘。品尝美味早点，深感弄堂里的早晨温馨与亲热。一个家的温暖，就是餐桌上的表现。在"吃"字上做文章，是妈妈特有的风格与爱好。家庭和谐，巧妇不为无米之炊。妈妈的手是颇巧的，小时候我在桌边看妈妈十指翻飞。冬天，她用钵斗自制甜酒酿，中间放一只玻璃杯子，遂将装满酒酿的钵斗，放在饭草窝焐上一周，拿掉杯子，清澈的酿液香气四溢，闻之垂涎欲滴。尔后，妈妈将两只鸡蛋在碗边一磕，又大又圆的蛋黄即滑入碗底，水开了煮鸡蛋，再放入适慢的冰糖，既清补，又解馋。有时，妈妈用面粉发酵后，做刀切馒头或白糖芝麻馅儿的馒头，蒸笼端上锅里旺火煮之，揭开蒸笼盖，一团白色的蒸汽袅袅腾气，诱人的香气氤氲扑鼻而来。妈妈拧关了火，我却要去掀开盖子，马上想吃，却被妈妈一吼："啥体介急，闷一歇会更好吃。"少顷，我咬上筋道而富有弹性的包子皮，里面一口浓汁又甜香的陷子，即刻滑入于胃。妈妈看到我这副狼吞虎咽的吃相，她的眼神里透出了欢心的微笑。荠菜是春天的时鲜菜，妈妈拌好荠菜与猪肉搭配的馅子，笃悠悠地包馄饨，我在桌旁边看边学，拿筷子夹点陷，在皮子对折时沾一滴点水，旋即将左右两角尖掀牢即可，撒点葱花、蛋皮丝和麻油，这款馄饨百吃不厌。在我眼里，父母亲省吃俭用，无非是让我们儿女吃饱吃好。如今还常常想起那段往事，童年是纯真甜美的，就像山溪中清亮的泉水。

上海的石库门就是过日子，日出而作，日落而息，紫米油盐，市井之息。为了改善生活，偶尔妈妈让阿拉去买"四大金刚"，即：大饼、油条、粢饭、豆浆，这是一种深情关爱，总有一份甜糯的、酥香的快乐流露在脸上。记得我拿着钢盅镬子去店里买刚出炉、煎得劈啪劈啪的生煎包，或吃两面焦脆内里松软、带着酒酿香气的米饭饼或萝卜丝馅儿的滚烫的油墩子，或是吃上软烂热乎的烂糊面及面疙瘩等，提炼上海人寻常百姓家的烟气生活。平时，家不求大鱼大肉，只求温实厚重；有荤有素，只愿充满温馨，才是世间最珍贵的东西。遇到家里有人生日，妈妈会煮好面条，配上一块红烧排骨和两只大虾，嘱咐儿女送到左右邻居家里。邻居家下馄饨，总会与邻里共享，受惠方总会用家乡特产或水果放在空碗里，碗对碗，情对情。浓浓邻里情，久久荡漾在我儿时弄堂生活的记忆碎片之中。吃，也等是最早进入孩子阅历的内容。童年的难忘是在舌尖上的，从中感受到母爱，是平凡中的伟大。

民间有句俗语称，"明前螺蛳赛过鹅"的说法，三月末四月初的螺蛳是最肥美的，可以带壳来做酱爆螺蛳，用嘴轻轻一吸就入了口，也可以去壳与春天的韭菜相炒，那便是春日里最美的滋味了。吮螺蛳，可记忆清晰如昨。妈妈买来清明前螺蛳，螺蛳表面缠绕碧绿青苔，在水里养螺蛳时，滴几滴麻油，把身上的黏液和泥沙带出体外，几小时内几次换水，将螺蛳肚肠养得清清爽爽，然后用老虎钳剪去螺蛳屁股，这看似简单动作也有套路，剪的口子不能太小，太小了不入味，空气流动压力受限，吸的时候特别费力；口子大了，螺蛳尾进来的空气流动太顺畅，不能把螺蛳肉推出来，吃螺蛳，其精髓是一个"嘬"字。葱姜、紫苏爆炒，两三下翻炒后，稍淋酱油料酒白糖提鲜，一忽儿功夫螺蛳头上紫红色的盖头片片脱落下来，马上关火盛出。清香诱人的螺蛳，吃硬结结的头部，螺蛳尾部肚肠等腥腻东西，不能囫囵吞；青壳螺蛳比较大，粒粒爆满！嘬的一声，鲜香的汤汁并同结实的螺肉一道喷薄进味，应声入口，爽！嚼到小舌头快要掉下来。如果不得要领，力道小了，吮不出来的螺蛳用筷头顶一下，吮进后再用力吸；或用牙签挑出来，千万不要让螺蛳盖头吸进气管，否则没命的。最有趣的是，儿时学养小鸡小鸭时，我会细心地用牙签挑出每只螺蛳壳里的小肚肠，喂养小鸡小鸭，它们吃得好带劲哦！据说螺和佛有缘，佛祖释迦牟尼头上的盘发是螺状的，那个"顶髻相"里藏着智慧和神灵，可以食小荤的居士也应该避免吃螺，尤其是田螺。正由于此，有信佛的人春天里会买上螺蛳到河浜里放生。平时，我们渐渐的养成节俭的习惯，哪怕就是冲泡一碗紫菜虾皮酱油汤，亦觉得殷殷温暖心，切切关爱情，始终流淌在我的心坎里。尽管物质并不丰厚，但"情"字至上，在石库门品尝妈妈亲自烹饪的蛋饺、汤团、春卷、甜酒酿、水波蛋、荠菜馄饨、白糖黑芝麻馅馒头等等美味或年味，能在琐屑的日常生活咀嚼出它的全部滋味，这味蕾就像青菜、萝卜、白开水同样好；我在童年、青少年每次品尝的每一份咸也好、甜也好、淡也好、汤也好、煎也好、蒸也好、炒也好、糟也好的美食、样样都好，倾注心意，最值得回味。它糅合了浓得化不开的亲情、乡情……也是妈妈留下的味道，是够我回味温暖一辈子。因为，它属于我的那段幼稚的岁月，诠释了我的石库门童年及青少年生活的真谛。宛如一轮明月，深深地温暖着我幼小的心灵。

每当做衣裳忙不过来的时候，妈妈会去塘沽路生葆里，邀请奉帮裁缝姨公孙有荣、姨婆马鑫宝夫妇到家里帮忙两个拜礼。听妈妈经常提及这对老人对我家的关爱，我从小就铭记在心里。奶奶面目清秀、慈祥爽朗，公公烟酒不沾、克勤克俭；我叫他"北京公公"，特别亲热。他满头银发，小眼睛，酒糟鼻，总是笑眯眯，慢吞吞，两手灰指甲，做起生活来却精益求精，一丝不苟。有时，他会边做边哼："雄赳赳起昂昂跨过鸭绿江"等革命歌曲，我也会在边上跟他一起唱，十分可敬可爱。最令人难忘的是，他将多余的丝织碎料，制成 20×20 公分的块状，并成各色各样的新颖图案，做成精美的"被面子"。上海人俗称缝纫机为"铁车"，一百年前上海已有协昌铁车铺，老上海最熟谙的是胜家缝纫机；它在百年的上海时尚氛围中演绎着情深与共的角色，这款洋机最受沪上红帮裁缝和女性的羡慕。许多家庭凭借铁车平台和裁剪书，边看边做家人的衣服。妈妈就是跟着吃过黄泥螺、外酥里嫩咸烤的小黄鱼饭拜过师傅的"北京公公"依样画葫芦地学做旗袍的。一台缝纫机，一只方桌（将台面与桌面连接成一只长方形的平面），一把煤球炉上的烙铁，一只电熨斗，一只玻璃喷水瓶，一把竹尺，一根卷皮尺，一把镊子，一块三角形划粉，一把裁缝剪刀，一把尖形划浆刀，一块红木绕线板，各色线团，硬衬（定型做衣服的黏合衬）或软衬，一只 60 瓦老灯泡；就是裁缝师傅的小作坊。旗袍的经典，从工艺剪裁入手，如同建筑师设计形成上海石库门的肌理一样的道理。在切、嵌、滚、镶的繁冗工艺中，真正把握其灵魂的奥秘。尽管自家"生活"不如老上海女装"鸿翔""朋街"、男装"培罗蒙"名牌作制精致考究，但通常的量体、裁剪、试样等工艺环节类同，亦需逐一把关。曾听"北京公公"对妈妈讲起，旗袍师傅如考钢琴级数大有讲究。老裁缝将西方时装的元素如打裥、收腰、装垫肩、嵌以栩栩如生的盘扣等注入进去，可见其内功之神韵。张爱玲说过："细节往往是和美畅快，引人入胜。"妈妈心灵手巧，细心地学做旗袍的各式各样的盘扣。真的像模像样的做出了至美盘香扣、贝壳扣、盘蝴蝶扣、琵琶扣、梅花扣、金鱼扣等，领悟手工之魅，盘艺之魂。女宾穿上衣中贵族的旗袍，呈现其凹凸有致、清幽玲珑、婀娜多姿的身影。

从早忙到晚，她终年没有休息，晚上常常不是挑灯做些针线活，就是与爸爸一起帮儿女温习功课直到半夜。忙忙碌碌中她还把房间里面收拾得干干净净，尽管家中都是老旧家具，可是一经她手桌面椅面没有灰尘，角角落落，井然有序。我成长在"三年经济困难"时期，因为妈妈自称她是劳碌命，一切奉献给子女，将艰困全然都化成甜美。这份无私的爱就表达在那些看似微不足道的言行举止之中，亦久久地在我的血脉里奔流；正如孟子曰："充实之谓美。"她劳累的影子，永远在推动着我的成长。一俟冬夜时分，不是享受爸爸或妈妈特意用盐水瓶冲上热水，放在我们儿女被头里捂热，这样困下去就不感到冷冰冰了；就是享受爸爸或妈妈蹑手蹑脚摸到我们儿女的床边给我们掖被窝，也只有父母为儿女掖被窝才是最温情的味道的，我们兄弟姐妹都有这般切身的感受。这种家风一代又一代延续下去，乃是人间至美啊！

我的童年与少年是平凡幸福的，一粥一餐，当思来之不易；半丝半缕，深感物力维艰。每天看到亲人的笑容，每天听到亲人的暖言，无忧无虑，茁壮成长。妈妈不仅对我们子女每天操心操劳；而且对残障人群十分关爱。每当有盲人走过弄堂，妈妈习惯地会叮嘱并扶着盲人走到弄口；看到弄堂里缠裹小脚的"宁波阿娘"在家门口寸步难移时，妈妈总会搬出方木凳，让老太歇歇脚。那时，大人会经常会对我们子女做规矩，一双筷子放到饭碗右边，分筷时不能掷的，长辈先动筷，夹菜要从上到下依次夹，不可用筷子在菜碗里上下翻动。家教即家风，家教不但是孩提的需要，而且伴随一生，潜移默化地规范着我们的行为举止，良好的道德一旦变成生活习惯，便达到孔子所说："从心所欲不逾矩"的境界。同时，父母对子女严而不苛，爱而不溺就是给导子女最受用的一份家风和一笔财富。父爱如山，母爱如水，生命是父母给我的。我在石库门里哭得出生，笑得成长，都是父母的心血养育的，使我幼小的心灵感受到爱的存在，爱的力量，也正是这爱的心灯，无形中照亮了我在平淡中稳步前行，使我在漫长的岁月中不只学会了忍耐与等待，更学会了自信与奉献。

缘，既是定数，也是情愫。无意的相随却伴终生，如秋菊般有着暗香感怀一种真情，一切都氤氲在心底。我们王氏家谱前辈：祖父王德仁，祖母胡王氏，大姑王品美；大伯王志潜，二伯王志潜，伯母姚文安，二姑王静贞，小姑王淑贞和堂兄堂弟、堂姐堂妹、表兄表弟、表姐表妹均居住在安庆路351弄万祥里3号独幢石库门里的生活情景。童年时的我，不仅懵懵懂懂，而且好奇好问。一个星期天的上午，妈妈让我叫上辆三轮车，去安庆路万祥里接阿爷到我家石库门来吃饭。由于阿爷王德仁晚年被路人骑车撞伤致残，平时挂拐杖支撑行走。于是，我拿好妈妈给我的二角车钿去叫车。上车时，我小心翼翼地搀扶阿爷上车，车夫帮阿爷两根拐杖放在车旁，一老一小，不一会儿便到家了。我付好车钿，与车夫一起搀好阿爷下车，阿爷挂着拐杖，我扶着他一步一步一缓地到家了。妈妈对我说："小龙，这桩事体侬做得蛮好，下次还叫侬做。"我连连点头。这份小差使交给我做，我们祖孙三代又可以见面了，真高兴啊！饭毕，我好奇地问阿爷，现在怎么"黄包车"不见了？在我幼年的印象中，黄包车常常在弄堂内外来来往往，黄包车车夫穿簑衣、戴斗笠、绷好腿、穿草鞋，那轻快利落的起伏拉车，好辛苦啊！阿爷讲，黄包车是半封建半殖民地城市发展的产物。英国人先将木制大两轮外裹铁皮改为钢丝橡胶轮胎，早先在日本叫"东洋车"，大约在十八世纪七十年代从日本准入上海叫"黄包车"，且坐黄包车可免受挤公共汽车、电车的拥塞之苦。从前，黄包车在上海滩做生意，没有持"法兰西照会""大英照会""中国照会"是不能到处跑的，拿什么照会就该哪里跑，不然又被英国人雇佣的印度籍"红头阿三"巡捕或警察抓住是被罚款的，这个生意随之会泡汤的。噢！黄包车的故事真不少。阿爷又说：黄包车在上海风靡将近七十年，现在退出历史舞台，最后两辆黄包车在1956年也进了历史博物馆。下午，妈妈又让我叫上三轮车，送阿爷回家了。我对阿爷说，侬当心点走路。阿爷摸摸我的头，说，"小龙，读书要用功哦！"我边扶阿爷边说：我会努力的。后来，我上初中读到鲁迅先生的《一件小事》文章。一天，鲁迅先生有急事叫了一辆车去正门，路上，黄包车遇到一位衣衫破烂的老妇。伊伏在地上，车夫便也立住脚。我料定这老人并没有伤，又没有别人看见，便很怪他多事，我便对他说："没有什么的。走你的罢！"车夫多事，也正是自讨苦吃。这车夫扶着那老妇，便正是向那巡警分驻所大门走去。我这时突然感到一种异样的感觉，觉得他满身灰尘的后影，霎时高大了，而且愈来愈大，须仰视才见。不一会，巡警走近对鲁迅说，"你自己雇车罢，他不能拉你了。"鲁迅先生没有思索的从外套袋里抓出一把铜元，交给巡警，"请你给他……"后来，长大了让我真正读懂了黄包车车夫虽十分辛劳，具有中国劳动大众的美德，与鲁迅对《一件小事》的愧疚，及严于解剖自己的谦逊。时间是检验亲情的最好方式。但时间久了，总有一些对象会遗忘，甚至遗失，至今珍藏的这张泛黄的老照片里的亲人合影，拂去尘埃，斑驳背后的亲情穿过悠然岁月，恍如浮现在眼前。祖父1962年离世，享年84岁。没有前辈的筚路蓝缕，哪来风平浪静的安稳生活。

从百年王氏"家谱"变迁来看，我祖父王德仁曾是码头工人，从家乡浙江平湖乍浦到上海，半个世纪在石库门里度过。二伯王志溪儿时，他在家乡读书成绩很好，能代别的同学复习功课，别人给他点零用钱，他能买点铅笔、橡皮，也感到十分开心。15岁衣兜里揣亲姆给的两块大洋，从家乡闯荡到上海。1925年5月上海发生"五卅"惨案，热血青年的二伯也加入游行队伍，愤怒抗议血腥暴行。从家乡到上海，之后，在粹华卡片厂做学徒，由于他吃苦耐劳，深得厂主器重，为了全家生活，他曾借款开设昌新印刷厂。解放初期，并入浙江金华市印刷行业，每月274元工资；家里子女多，经济负担较重。"文革"时期，他因莫须有的罪名受到冲击，落下累累伤痕。正如学者季羡林说："文革是一场最野蛮、最蛮横、最没有人性的，也不是什么革命，是一场闹剧、一场悲剧，是空前的，也是绝后的。"有次，我二姐代表爸爸来到金华省亲，顺便买了两包香烟送给二伯王志溪，薄礼尊亲，亦体现了王氏家兄血浓于水的亲情。在王氏家属中，长辈相继离世，爸爸是最后走的，最长寿的一位；现在王氏后辈最大年龄的是堂姐王秀娟、堂兄王诚明；血脉相承，代代相传。2018年正月十一，我们夫妇到云锦路看望88岁堂兄王诚明和84岁堂嫂胡雅琴夫妇，我们之间侃侃而谈，感触颇深。

堂兄王诚明深情地说，我们夫妇有今天安定生活，除了父母悉心养育好，最感恩二伯夫妇将我们由平湖乍浦带到上海谋生；如果不是二伯早年闯荡上海，或许现在我们还在乡下苦斗。我顺着兄堂的话音，感慨地说：我小时候经常听爸爸讲起那时乘坐蒸汽机的小火轮船来上海的故事。二伯含辛茹苦挈带我们父母走过了那些艰苦而难忘的岁月，奠定了我们的父母以及我们下一代人的生活根基和美好未来。退休后，二伯夫妇每天早晨到人民公园健身，回家路过菜场，好几次买上一条大乌青鱼，用绳子拴着鱼嘴，边走边拖，慢悠悠地将活蹦乱跳的大鱼送到我家。这份魂牵梦绕的情缘，抚育栽植的慈情，留给我难以泯灭的烙印。

一勤天下无难事，百忍堂中有太阳。人与自然界一样，江河的源头是一滴清露，大树的根本是一颗种子。在石库门里熬了一辈子的大堂姐王秀娟、王洁明等堂兄弟姐妹、表兄弟姐妹相继搬出，尤其是堂姐王洁明是王氏家族唯一是复旦大学毕业秀才，思路清晰、身体尚可。王氏安庆路万祥里3号石库门旧宅，2017年动迁，现在诸位亲戚各家都有了新的归宿。透视王氏脉系，五代人整整在上海石库门里延续生活了百年，也见证了一个家庭的风霜雨雪，喜怒哀乐的变迁。

树高千尺根深在沃土。亲情就是一删一留，生活就是一加一减。生命中有一种亲情，是不言不语陪伴的懂得。有了温情，才有晴天；亲情相系常常牵挂。石库门是一部城市流动的历史，也是一曲余韵悠长的乐章。

我的外公，他是我家地地道道的"顶梁柱"。外公生于1903年1月23日，生肖属兔，他是一位温柔敦厚，品正修为，行善乐施，笑容可掬的长辈。曾记得，他在徐汇区裕德路上海永新雨衣厂成品间工作（旧名：ADK），主要负责商品质量检验，其产品为国内名牌，驰名于世。他每月工薪135元，绝大部分收入补贴我家生活。他像一棵大树，树大根深，滋润着我们的血脉，给全家带来阳光般的温暖，至今默默地流淌着孙辈们的血液里。工作之余，他别无嗜好，钟爱缝纫制衣，讲究仪表，清秀端庄，文质彬彬，精打算盘是强项；爱好沪剧、评弹，亦是"追星族"。他极有爱心和义气，勤俭持家，什么事情都自己做，细致过人，颇受人尊敬。外公心细如丝，一点没错。小时候，我看到他将旧的丝绵棉袄如何翻新，印象极深。他先把旧丝绵慢慢地撕松，拼成块状，用丝线缝，每隔20公分距一针，纵横缝如此，这叫"及时缝一针，可以省九针。"最后，将翻新后丝绵重新铺好装进去夹里缝上口，一件旧翻新的棉丝棉袄呈现在我的眼前。外公的注重细节的嗜好，我看在眼里，记在心里；犹如一盏不灭的灯，谆谆告诫我诸事冷静、细心、分寸是关键，从细节做起，方能有出息。"定被头"勿容易，一般用三寸长的引线来定，先将四个边翻上来，包牢棉花胎，绗辣被面子浪，一只手辣浪上面支，另外一只手用顶针箍辣下面接，四面一兜，一条被头就定好了。我看到一勿小心，还会戳破手指头。讲究清爽的人，再用一条毛巾或"被横头"布料定好，稍有醒醒，拿被横头拆下来汏很便当。这种方法，我在部队里就自己"定被头"，针线虽小，拳拳之心，自己会做，殷殷之情。最为考究的是，他每月会到康乐路、天目东路口的"百花"理发店找泰德裕师傅理发、染发，非他莫属，发型清秀自然大方，精气十足，微笑慈祥，颇有"绅士"风度。我工作后，偶尔亦会与外公一同去该店找秦师傅理游泳式平头，精心剪发，足足要花上半小时，这个款式是最考验理发师傅的技艺水平的。理好发，师傅问你修面吗？答：修。这时会放下座椅至平躺位置，随即一把微烫的毛巾，敷在唇上，热敷一会儿去毛巾，轻柔地开始修脸，一边涂皂，一边轻刮；毕后，再双手拍打头部和肩部穴位，哎哟，真是舒服啊！这款平头定型，自然潇洒，落落大方，此后成了我的终身发型。

曾记得，我家还在七浦路豫顺里时，外公悉心收养了一只温顺可爱、乌黑锃亮的黑猫，平添乐趣。老人养猫寓意吉祥，80岁或90岁称之为耄耋之年；100多岁之为期颐之年。"猫""蝶"正好谐音"耄耋"，出自《对酒歌》"耄耋皆得以寿终，恩泽广及草木昆虫"。猫在中国被人们认为是一个吉祥之物。有一次，由于这只黑猫常在晒台上晒太阳，突然失踪一个礼拜，宠物走失，急煞了他。原来黑猫不慎掉进了一只石灰缸，致伤溃烂；它还是要痛苦地寻主人，终于熬着一瘸一拐乖乖地找回家。一家人，既喜又悲；外公与家人精心地用金霉素眼药膏和消炎粉轻轻地在其伤口处，用绑布裹着伤处，它乖乖地趴在地上，四脚一抽一抽的，忍着疼痛任你摆布，似乎明白主人细心的怜爱。它的伤，靠自己舔无济于事，才向善行求救。多么聪明的猫咪！经过几周精心敷药，它溃烂的伤口慢慢愈合，外公又露出欣喜的微笑。他说，旧宅鼠患多，养猫一举两得；既除患，又馨怡；何乐不为呢？！猫咪通人性，有灵性，灵魂伴侣，负暄之乐。

猫咪的生活几乎与人的生活规律十分相似，柔软细细的猫咪，喵声，有高有低，有长有短。如果把喵鸣的比作四四拍的节奏，它可以是"喵"三"鸣"一或"喵"一"鸣"三拍；"妙声"从它的牙缝里发出，挤过鼻孔，紧张而颤抖，轻易不叫，"妙声"一吼，嚎天动地。平日，再从它一张人字形的嘴巴，圆睁双目，怒气逼人，眉毛竖拔，灵活毕现；白须直挺，灵敏机觉，总会一扇一抖地，量出洞口的尺寸，前爪直趋，坚实有力，弓起脊梁，起伏柔韧，后退微蹲，腾腾欲起，活像一架机敏的小雷达。黑黑的瞳仁澄澈分明，神奇逗人。早晨，像葡萄；中午，成了一条细线；夜里却变成了两只绿灯泡，圆溜溜的，闪闪发光。特别是伸懒腰、拗造型的柔软翻动、惹人逗趣、摇头摇尾地形态显得可爱至极。有时，它围着外公身上久久不愿离去，它每天好像小宝贝似的亲昵。夏困篱圃，冬睡草窝，还弄只盐水瓶给它焐焐；眯紧眼睛，蜷缩身子睡觉。每天要到菜场买新鲜的猫食喂养；让它笃笃定定吃出味道来，翘翘尾巴，用爪或左或右的洗脸，或两只前爪在舌尖上舔一点唾沫，像人一样的洗着脸，再用舌头舔着自己的毛皮，直到一点光亮惬意，千娇百媚，煞是好看，猫咪很懂感恩。人和猫之间的关系是互补的，不要以为是你养育了它，它很识人头，很多时候是它给你精神的慰藉。

我想到我们人类是不缺少爱的。慈心如一泓甘泉，滋润着老者的心田。长沙朋友白翼湘、白明玉兄妹俩经常陪伴鲐背之年的父母一起惬意漫游。作家钱钟书说过："猫是理智、情感、勇敢三德全备的动物；它们扑灭老鼠，像除暴安良的侠客；它们静坐念佛，像沉思悟道的哲学家；它们叫春求偶，又像抒情歌唱的诗人。"在和猫的相处过程中，人类学会和理解了猫的丰富情感。对动物来说，竞争，搏斗，一争高下，你死我活，是一种生存的法则；是一生的全部。而人作为万物之灵，竞争，搏斗，不是全部的人生；因为生活是美好的，竞争的领域尽管会有雄壮，有精彩，而竞争之外的世界更广阔，更柔美，也更精彩。让竞争作为推进和煦阳光，社会有序，人尽其才的一种手段，而让宅心仁厚，人性的光辉成为天空的星月，天人合一。总之，天人共处皆有道，万紫千红春满江。

上海的冬天湿冷入骨三分，难怪北方人不习惯上海人生活，但当时市民会想出许多办法替代取暖。老上海的女人们流行外门使用双手袖笼保温取暖。家境优渥的人家，老人会捧着铜制手炉置些火炭，双手捧着手炉来取暖。一般人家都会使用汤婆子、热水袋御寒取暖。记得我家偶有使用过铜制脚炉置放木炭，或用炭缸放入不能燃烧的"炭壑"，既节省木炭，又可保证室温。再则就是使用铜质火锅，火锅的底部是炉膛，先在锅的内筒加进烧红的木炭，中间设计为"烟囱"，烟囱周围有个圆形的"凹槽"，那就是放菜的"锅"，放入白菜、线粉、香菇、冬笋、肉皮、肉圆、蛋饺……用了小扇子轻轻地扇动底部，炭火渐旺，暖锅里的食材煮沸了，鲜美的味道特别诱人味蕾，吃起来热气腾腾，额骨头上还会冒汗。有趣的是，锅底炭火不断点燃，有时还会火星飞溅，正如清末出版的朱文炳《海上竹枝词》咏：冬日红泥小火炉，清汤菠菜味诚腴。生鱼生鸭生鸡片，可作消寒九九图。这也是老上海们驱寒取暖的好办法，预示着新的一年万事顺意，蒸蒸日上。记得每年秋冬栗子上市，外公总会买点纸袋包装的"糖炒栗子"，带回家放进被窝里"焐热"保温。这是一个公开的秘密，我们小辈回家，即会手放进被窝里迓迓交地去拿"糖炒栗子"，屏勿牢差点笑出来吃上香甜余热糖炒栗子，心里暖洋洋的。他一片赤诚的爱心，一汪深情，化成温暖的记忆，至今滋润着我们小辈的心灵。佛曰：时间是经，空间是纬，细密地织出了一连串的酸甜苦辣，织出了极有规律的阴差阳错。现在，我翻阅爸爸于1956年为外公写的一份自传中知道：外公最忧伤的是，比我妈妈还小5岁的弟弟，叫陆龙福，因患肺痨致17岁夭折，早年丧子，晴天霹雳。一波未平一波又起，1949年2月外婆过早辞世，心寒眸酸；他一生清贫，历经磨难；仍始终任劳任怨地工作，用其勤奋与智慧自我超越，将自己一生节俭、一腔心血付诸于我们这个家庭，赐予爱心，恩重如山。外公因冠心病于1984年与世长辞，享年80周岁。这位善良、慈爱、厚道的长辈一世住在石库门。外公不仅对猫咪如此宠爱，而且对我们小辈更是极度深爱。其实，每个人生命中都有无量无数的恩典。外公实在是殷殷霞曙，深透骨髓。这份纸质泛黄的"自传"已经留存65年了，它细述着外公的历历往事，启迪后辈诚实做人，勤奋工作，温馨持家，亦是一字值千金的"传家宝"。先贤离开了，但也有他的一生劳动成果所浓缩的几件东西却留了下来。尤其，凝视他生前曾经戴过的一副薄型金丝边眼镜和一块金怀表，以及家传一对国民时期由江西程怡盛出品《梅花与鸟》粉彩粥罐，尤为珍贵。

我与外公相聚整整32年，他一身勤俭，忘我工作；一肩担尽持家重任，默默付出安然自若；其朴实无华的风骨，挺拔无私地气节，让生命如此充实、绚烂、淡泊、无我；日久天长，为我所敬仰，所思念。坦诚地说，在我的身体里流淌着前辈的血液与基因，血脉传承，暖暖亲情。时间是检验亲情的最好方式。但时间久了，总有一些对象会遗忘，甚至遗失。至今珍藏的这张泛黄的老照片里的人物，是我外公、外婆与爸爸、妈妈、舅舅合影，拂去尘埃，斑驳背后的亲情穿过悠然岁月，恍如浮现在眼前。我没有见到过的是祖母胡王氏和外婆，真是遗憾。倘若老人家还健在，哪怕时间很短；我亦会牵着长辈的手穿过热闹的街巷，穿过时空穿过无常，穿过生命散发的芬芳；我会陪着长辈在人海茫茫，拥抱着长辈穿过地久天长。我们此时此刻微笑着，感受着幸福溢满的对方，我们此时此刻幸福着，拥有着无比灿烂的时光。纵然只是刹那，亦是永远；如今，只能在珍藏的照片里，静静地、默默地看到前辈的芳容和微笑。

## （四）石库门是我的生活宝地

我对石库门情有独钟，因为石库门是我的生活宝地。石库门春有百花秋有月，夏有凉风冬有雪，各有风味，各有情趣，生生不息。春天清晨的脚步来了，一切都像刚睡醒的样子，欣欣然张开了眼，夹桃树、杏树、梨树、开满了花，红的，黄的，白的，家家户户，老老小小，在弄堂家门口，有的做操，有的打太极拳，有的舞蹈，舒活舒活筋骨，抖擞抖擞精气神。为什么大家对老弄堂、对石库门会如此留恋？建筑专家阮仪三曾说，与其说这是对老弄堂的怀旧，不如讲这是高楼大厦林立的城市里，人们更加渴望小尺度、人性化的居住空间。我就很怀念石库门里独有的那种特别气场，弯弯曲曲的弄堂里，星布着弄堂小学，点心店，裁缝店，理发店，洗衣铺，老虎灶，烟纸店，按摩，拔牙，剃头摊，浴室等。每年春节或者5月，都是结婚热点，"劈啪劈啪"的鞭炮声响彻石库门的上空，新郎新娘从弄堂乘坐轿车步入婚姻殿堂。人丁兴旺的喜庆气派，逐渐酿成一种上海海派独特的市井文化。

七浦路、河南北路口的街头小花园。它是上海道观察使徐雨之创建于1874年之前的"末园"私方家庭院，俗称"港北公园"。解放后，旧屋拆除，建为街心花园。如今，小花园前就是七浦路服装市场。铁马路是老早的路名，现在叫河南北路。由英国商人在此建造了中国第一条铁路的得名。1876年7月3日（光绪二年）吴淞铁路通车典礼在此举行，后为山西汇业公所。当时，车站设在今河南北路塘沽路口，路名沿用至今。路旁的小菜场称为"铁马路小菜场"。塘沽路近彭泽路，过去有一家宁波三北人老板叶大昌开设的上海著名叶大昌南货店。童年时代，只要听见窗外"三北盐炒豆，刮啦风脆的盐炒豆……"就会垂涎欲滴，眼前浮现那外壳爆开内里金灿灿的盐炒豆。那时小贩叫唤出来的"三北"听上去像"三包"，听惯此声的孩子向大人讨了钱，总是说"买'三包'盐炒豆啦……"最初以为可以买三包，其实三分钱只能买一包的啦。

最有趣的是，儿时中国老式爆米花机的记忆。老早辰光，阿拉弄堂里经常有一个穿着墨黜乌黑模样的老头，坐辣一只小凳子浪向爆米花。一只手逆时针方向不停地摇一只小圆盘，一只手拉风箱，明明交关勿顺手的动作，经其长期操作，倒是邪气协调。只要拨伊一小罐大米或珍珠米（玉米）、年糕片、山芋干、"赤屁豆"（蚕豆）放入机内，盖紧机盖。我最喜欢看老头将爆米机搁辣煤炉浪，通过摇手转动爆米机，使机内原料均匀受热并软化，停止加热，将爆米花机扭向一侧，机壳用麻袋罩住，将加力管套在小弯头上，用力扳动小弯头，使之与大弯头搭扣松脱，打开机盖，机内的高温高压气体"嘭"的一声，连同加工原料一起喷射出来，外界的压强迅速下降，使之谷物内部气体向外迅速扩张，由此谷物变被爆开。

菜场南侧是汇泉池浴室。一到每年春节前，附近浴客纷至沓来，一条排队人群弯进隔壁弄堂等候。据堂兄王家明回忆，小辰光，其父常常带兄弟俩人去氽浴。有一次，达明阿弟差点在浴池里险象迭生，幸好被爸爸及时发现险情，即将阿弟拼命抱起，才化险为夷。旁边东侧是一爿没有门面的丁香照相馆，非得从又窄又陡的扶梯走上去拍照，至今同学俞德慈还清晰记得，一角九分就可以拍"咪咪照"，价钿便宜，常常生意爆满。紧挨着是一爿二开间的"为民"棉布店，附近居民都要去买布料。上世纪60年代至90年代，市民每人每年仅发放十几市尺布票，居民可凭布票到商店买成衣，也可以到缝纫店量身定制，更多的居民选择买布自己缝纫机或手工缝纫，正所谓，一生之计在于勤。店堂四周货架上竖直摆放一排排布匹，标有种类及价格，供顾客挑选。堂内还有几只长方形的玻璃柜，专门摆放打折处理的"零头布、鞋面布、被面子"等，夏天生意清淡，秋天之后生意越来越红火。长度计量单位沿用"丈、尺、寸、分"旧制，布票最大面额为一市丈，最小为半市寸。布店生意流程是：顾客挑好布料，抱着布匹到柜台，营业员会用肩脖上挂着的卷皮尺或木尺丈量所需长度，剪个口子，拽住布料一角，顺着布料丝缕轻轻一扯，买主所购布料分毫不差。小时候，我最喜欢看"钢丝网"状似电车"小辫子"夹上铁夹子来回穿梭的一幕。营业员将布票、钞票和开具的发票一并夹在铁夹子内，用手轻轻一推，夹子顺着钢丝滑道划至收银柜台，收银员核对无误后在发票上盖上银货两讫店章，再将钞票布票"找头"，一起夹在铁夹子的钢丝网上，用手一推划至营业员交给顾客。旁边有一爿中药店，闻到中药香，神仙也跳墙。儿时，我们会把橘子皮晒干、与鸡肫皮、乌贼骨、甲鱼壳洗净晾干卖给中药店，可以换得几分钱。烟纸店、口同利烤鸭店、米店,过七浦路有一爿修理店,画像店,三友理发店;对面"小花园",原址拆除有:从塘沽路口到七浦路口计算起,江南电焊厂、"太和馆"点心店、印度阿三开的治疗眼睛店、跑鞋布鞋店,现14路电车、66路公交车站原址。朝南七浦路转角处有一爿水果店,河南北路上有二开间幸福百货店,二开间申大食品店,香烛锡铂店,寄卖商店,棉花日用品店,371号王靖照相馆;铁马路菜场二楼为"友谊食品厂",生产月饼。对面塘沽路730号,创办于1889年的原钱业会馆(原上海市市级文物保护单位)。会馆有前后两殿和两座戏台,在照墙和仪门上,遍雕《三国演义》《岳传》《白蛇传》等人物形象,内设先董牌位房、公共议事厅、养疴(重病)院,专为旅人、疾病患者所设,显现出钱业领袖虔诚的以慈善救民之心。每年的正月十五作为祭神,其中一只"歇山顶"戏台,迁建于嘉定汇龙潭公园;另一只旧戏台,迁移豫园的内园内。钱业中小学校的教学质量过硬,解放前的市长吴国桢也把儿子送去读书。1955年改为新中中学,1963年新中中学搬迁新址,改为塘沽中学。我的堂兄王家明和小学同学梅昕浩都是该校同班68届中学生,他俩求读时,两侧廊房改为教室,大堂改为健身房,雨天上体育课,上课时,学生天天闻到对面食品厂飘过来的月饼香味。他俩昔日同窗,如今天各一方。因校址是一个老旧的建筑物,有点像庙堂。同学们称其"塘庙"。可惜,原来古色古香的古建筑已被一个不伦不类的市场的替代。

上海各个菜场,每天早上人头攒动。它前身属于国营上海市国营蔬菜公司。摊位分门别类,品种辉映,与其讲令人眼花缭乱,不如说是呈现一幅琳琅绚丽、线条明媚的水彩画。逢年过节,我们这代人早上四点起来排队买菜,用小凳子、破篮子、砖头等算人头去买紧俏鱼鲜。回家赶紧吃上泡饭去上学,在不知不觉中长大,或许,现在孩子认为我们太憨太傻,那过去的事情会感到天方夜谭!当你怀着"星期天"改善伙食的心情踏进热闹非凡的菜场时,经常会有这样的问候:"今朝侬小菜买过哦?"上海人习惯把所需的荤菜素菜统统称为"小菜",还把到菜场去买菜又称"跑小菜场"。我家后弄出去五分钟,就是贴马路菜场,生意红火,人声鼎沸。每天五点钟不到,等候六点开秤的市民,菜场里人间百态,摊位前排队的人流水泄不通,充满了扑面而来的烟火气。因为凭卡定量供应,有时也不能保证买到,所以出现了凌晨排队的场景。上海人有句话"拿到篮子就是菜",就是说上海人会过日子,而会过日子首先就要会买小菜,买菜排队是一种信任,绝不缺斤短两。冬天寒风刺骨,排队的男女老少冻得直跺脚,夏天苍蝇蚊子咬得手舞足蹈。六点开秤,你拥我挤,迎面而来的边卖菜边吆喝:"清明螺蛳抵只鹅,小暑黄鳝赛人参,菜花黄时吃甲鱼,大伏天里吃羊肉",构成了一曲喧闹嘈杂的交响曲。为了生计与替父母分忧，我和姐姐也不得不轮流参与，现在想来真是斯文扫地。那时，每户人家发一张"副食品供应卡"，这张"小菜卡"，用场勿要忒多噢。骨头0.15元一斤，要凭医院骨科医生证购买的，猪肝、鸡鸭属于营养品。如果谁问我欢喜吃啥？我说：所谓"无鸡不成宴，无鱼不成席"，鱼是我们餐桌上不可或缺的一道菜。每个人都有自己的吃法，小时候我特别喜欢吃的部位，比好说"鳙鱼头、鲤鱼嘴、鲢鱼肚皮、草鱼尾"，我最嗜好的是鱼眼、鱼腹鳍和尾鳍部；也爱吃鸡头和鸡屁股，这种味道久久地回荡在舌头上。正由于那段困难时期所养成的生活习惯，习性难改，现在细想，学会点滴生活皆学问，跑菜场有益甚多。笔尖所指，菜场是男女老少阅读城市的起点，总能触及人们灵魂深处的记忆碎片串在一起。

　　河南路桥（旧名：三摆渡桥），桥北吴淞铁路筑成叫铁马路桥，清末桥北堍筑成"天后宫"称天后宫桥或天妃宫桥，史称河南路桥。记得儿时，我与红领巾小朋友结伴到桥堍，卖力的帮助三轮车、黄鱼车师傅上坡"推桥头"；把车推到桥顶，这样可以减少载重，减轻师傅费劲力气拉车。来回数次，尽管有点累、出点汗、感到"红领巾"在茁壮成长，与师傅招手致谢相呼应，交织成一道助人为乐的风景线。正如战友王蔚秋（同济大学新闻中心编辑）所作《说桥》一书所言：桥，是心与心的链接；桥，是创新思维中突破的跨越；是此岸到彼岸，是今天往明天；是老一辈与新一代的传承；是历史坐标的一个结点，又一个结点；桥——是根植于祖国桩基的飞天长虹；桥——汗水与心血交织的科技彩练；是一代代中国科学家和工程师们，爱国敬业情怀的交响诗篇。

　　天后宫对面河南北路30号是创建于1934年老字号"雷允上"药店。坐落在北苏州路250号上海邮政大楼。我家走到那里，最多十分钟左右。记得爸爸带着我去邮寄包裹，一起走进大厅，仿佛进了一座宫殿，建筑华丽，大气非凡。小时候，我与弄堂里的小朋友从小是在苏州河的汽笛声和海关大钟的报时钟声陪伴下长大的，那延缓曲直的苏州河，是上海的一面镜子。你经历了清中浊，浊中清，清清浊浊，浊浊清清，而达到清中清，都准确而又细致地显示你的困境与嬗变、进退与荣衰。对面天潼路422号是一家老字号豪华、高雅的上海新亚大酒店。

　　1969年3月10日，我从曲阜路永康里石库门走出去当兵，四年后复员回家，又回到石库门生活。永康里通衢开阔，可通卡车，中规中矩，结构严谨；正好位于浙江路和西藏路中间；每幢石库门，前后相对，纵横有序，交通便捷。永康里67号、69号二间统客堂，面积56平方米；双天井，面积21平方米；天井东侧是洗澡、用厕小间；天井西侧搭有2平方米扩至6平方米的灶披间，冬天阳光很少，前后通风，独门进出，一家三代在这里居住整整40年。这客堂有前后之分，前客堂放一张八仙桌，用餐空间；后客堂为卧室，放"眠床"，煤卫齐全，生活方便；邻里和睦，彼此照应。最为尴尬的是，因地势低，且近苏州河，夏至雨季，潮汛期水倒灌，天井排水一堵，水溢于门槛，房间进水，弄得极不安宁。小时候，我们兄弟姐妹是地道的上海话。遇到亲戚朋友到屋里白相，我会讲，"到屋里厢来坐坐"。我家前客堂 16 平方米，可谓有限空间，徜徉其中，无限遐思，让你身临其境体会石库门情结。

上了岁数的上海人把怀旧的人叫伊"老派人"。然而，"老派"的另一种意思，即公安局和民警的俗称。上海人亲切地把派出所和户籍警称为"老派"或"老派里"，久而久之，"老派"成为整个公安系的代名词，只要是公安民警，都可以称为"老派"。1973 年 4 月，我复员后在海宁路派出所工作，同年 10 月，开始认得新来的同事马扣娣。一顶无檐帽，顶的是责任；一身戎装，穿的是庄严；一双军鞋，走的是神圣，一个军人，看的是军魂，担的是使命。尽管没有鲜艳的唇彩，却把汗水当作珍珠，凸显两面红色领章和五角星帽徽，再加上无檐帽和蓝色的裙装，体现了英姿飒爽女交警的气质，正是她们的青春风采，换来了城市的平安与有序。转业后，又重新穿上警装，戴上无檐帽，露出刘海，平添几分妩媚，与里弄干部一起工作在宝庆居委会，少了一份娇气，多了一份担当；少了一份柔弱，多了一份历练；凡事因缘而生，心是人生的导演，念是人生的底片。她的经历与我相似，需要熟悉社区各类人员的动态变化，以及掌握治安管控信息；工作之余，她参加分局女子乒乓球队，与队员切磋球艺，每天骑上自行车上下班；那时，企业岗位最吃香，民警工资少、地位还抵不过公交司机、售票员，要找个对象也不是一件容易的事。感性的滥觞，情性的氤氲，相恋不是寻找完美的人，而是用完美的眼光，欣赏不完美的人，相见情已深，未语可知心，我与她互生情愫，忽然有一种感觉，就像山花烂漫那样，她青春的心由此洞开。平时，她身着 65 式军装，明眸皓齿，深情微笑，那条乌黑油亮的二条甩在她胸前背后的长辫子，直到结婚前，她依依不舍地剪掉了心爱的长辫子，换了发型，再也回不到青春年华的昨天。

2023 年 4 月，我有幸拜读作家朱惜珍女士写的《弄堂里的万叶书店》佳作，感触颇深。我小时候居住七浦路豫顺里，斜对面正是宝庆里。后来，我夫人曾是宝庆委居户籍警，大姐也曾住此弄旁边一幢三层楼，我早年惊喜于无数次走过此弄，但却不知此事。如今，豁然开朗，原来宝庆里 39 号曾是出版家、艺术家钱君匋先生于 1938 年 7 月创办中国近现代第一家专业音乐出版社诞生地。万叶书店它占据中国出版社举足轻重的一页。岁月叠加到一定的厚度，初见就是重逢，我们夫妇与年逾 88 岁的原宝庆居委干部计莲清阿姨相识近 50 年，心与心的遇见，情与情的相惜，心灵与灵魂的相通；看不出她是耄耋老人，依旧面目清秀、精神矍铄、思路非常清晰，每次听到她满口糯糯的、字正腔圆的老宁波闲话或是欢乐相聚，品味生命赋予彼此的邂逅，岁月浓淡总相宜，人间至味是清欢。

上世纪 70 年代，沪上青年结婚的经典配置有"三转一响"（手表、自行车、缝纫机和收音机）。婚前，购买一只大橱，请木工师傅做了一只三门五斗橱，一对单人沙发，樟木箱是二姐从江西定做托运而来的；新被褥是夫人邻居陈汉文从单位借来一辆大象牌面包车送到新房的。除了吃饭钱还要省吃俭用，无形之中父母的积蓄都贴了上去，尽快买辆自行车、买块手表可以显示已经长大成人。我曾于 1977 年 11 月 1 日和 1978 年 4 月 6 日，先后在国营乘风自行车商店购买 28 吋墨绿外转内凤凰牌半罩自行车和 28 吋黑色凤凰牌 PA 型自行车各一辆，有空先用旧回丝蘸醋擦自行车锈迹，然后涂抹机油防锈，再用旧回丝擦拭自行车轮圈，终将自行车擦得锃亮如新。1978 年 12 月 15 日在上海市第十货商店购买 T241 型海燕十四管收音机一台，1978 年冬天，在四川北路红星钟表店排了一夜的队，花了 185 元买了一只原装瑞士依推纳手表，却有着平凡生活的烟火之气。从前，上海人"锉人"厉害："不识字不要紧，不识人头要吃苦头。"还有一句名言，"人生下好三碗面——手面、情面、场面。"三碗面也源自杜月笙。手面就是手掌摊得开，推开就是撒钱。攥着不放，勒煞吊死，属于"钞票捻勿开"朋友，钞票陪伊困棺材，坊间形容：一分洋钿看得比圆台面还要大。还有一句更促狭：一分洋钿夹在屁股里，踹三脚哈不来。以前市民生活清贫，倘若弄堂里哪户人家当月收入吃光用光，买来的新衣裳不在箱子里压上些许日子便穿在身上，弄堂里的七大姑八大姨往往会向侬投来的鄙夷的目光，暗地里把这称之为"脱底棺材"。弄堂就是"课堂"，老上海人总关对各种各样性格、脾气的人有个复古讲法，邪气有咪道额！其实，岂非"寿头""木头""瘟生""阿木林""一只寿棺材""老皮皮"、两手插了裤袋里，连几只碗盏都汏勿来！学会"过日脚"，才有获得感。俗话讲："帮急不帮穷，帮困不帮懒"。40 年光阴匆匆而过，弄堂里凝固了时光。正如席慕蓉所说："生命中有些邀约不容忘记，走得最急的都是最美的时光"！致那些永远回不去的曾经！

1979 年 2 月 6 日（农历正月初十），我与马扣娣结为伉俪。我们新婚喜酒是在最负盛名的"上海本帮菜鼻祖"之一、山东中路东号"老正兴"菜馆二楼举办的。除了长辈亲属外，前来助兴的领导与同事，有山东籍指导员吕卓亭及儿子吕国强，无锡籍所长吴福清，师傅应胜国夫妇。该店的招牌菜，草头圈子、油爆河虾、虾子大乌参、清炒鳝丝、红烧划水等，令人啧啧称赞，正是婚姻里弥漫着烟火气。

喜庆之日，生活之始。新房是屋里厢 67 号的后客堂。我俩每月 72 元工资，每月拿出60元贴补家用；爸爸每月88元工资，加上外公慷慨资助，由于妈妈精细安排与悉心操持，婆媳、妯娌及邻里关系甚好，生活殷实，其乐融融。那时，我还算有点超前意识，想为父母装部电话，让父母早点使用这种通讯设备。80年代初，花了三百多元安装电话费，电话号码："3243134"。随着私人电话逐渐普及，公用电话退出历史舞台。记得70年代末，爸爸曾向隔壁73号亭子间陈明英（系爸爸同事、针灸医生）以150元，购得一只老红木方桌。所谓"老家生"榫卯结构工艺严谨，木质细腻，古色古香，板材越久成色没有火气，总要有物质载体来留住念想，延用园起来的老对象无不感到其中的温度。一些褪色的老对象和斑驳的墙壁，倒是更能吸收阳光折射出的丝丝温暖……1980年2月7日，在南京东路上海交电商店购买乐声（TP-602）12时电视机一台（计510元）。那时候，我家晚上放电视节目，隔壁65号邻居姚家阿姨，73号红珍阿姨等会来收看节目，我出于提倡爱幼敬老的风尚，会沏上茶，给老人边喝茶、边看电视，让别人快乐感到非常舒坦与惬意。

岁月的素笺上，每个人都藏着有一个遇见的故事，无论情节多么曲直，最美的，却是用心讲述自己的故事。记得1984年，在上海家电公司工作的战友金贵兴赠送我2张购买"上菱"牌冰箱厂组装的日本"三菱"牌冰箱的票子。一张连夜送给家住延安中路四明村的原市公安局同事陆海臣；另一张自家购买一台170升冰箱，使用至2018年7月8日报废，整整34年。上世纪80年代开始，随着市民生活水平的提高，人们追求由"三转一响"转至"三大件"，变成了冰箱、彩电、洗衣机。如今，"小康日子节节高"，"三大件"又变成了空调、录像机、电脑。长期生活在石库门里的人，深感生活如吃着甘蔗上楼梯，节节甜，步步高。

殊不知生活中的五味杂陈。我家1966年秋就用上煤气，生活方便，但最烦恼的是无卫生设备，带着这个难题，我考虑趁早解决才好。1986年夏天，我备齐相关建材，趁自己公休，专门请附近负责环卫部门的朋友帮忙，在天井处辟出厕所间搭建卫浴设备，先开地沟，铺上铸铁管至粪池，足足用了一天时间搞成，极为方便整洁，亦享受了环保生活之乐趣。

在天井水斗右侧放置了一只水缸，即节约，又备水。左侧摆放一只清朝龙凤老缸，缸里养几条小金鱼，借以闲时之赏，寓意年年有"余"，一辈子在一起，永远不分离。鱼在缸里游来游去，我尤其喜欢头戴着"小红帽"的一条，它身披一件红外衣，水泡眼鼓鼓的、亮亮的，但眼珠却望呆了一样，嘴角一动不动，阳光射到小金鱼的金鳞上，忽闪忽闪的，像穿了一身银亮的盔甲，那一摇一摆的大尾巴，好似枫叶，每次我拿饲料来喂它们，金鱼们好像有灵性似的，互相追逐觅食，一张口吞一颗，真逗人喜爱，点缀一份惬意的岁月感。

我对家传一只"古董铁锅"的撼忆。三十多年前，这只铁祸，不是从商店里买来的普通铁锅，而是凝聚着母亲一道健身的好朋友贾瑞坤老伯伯的智慧与匠心、硬是用不锈钢一锤一锤敲打而成的铁锅，传承沿用至今。每当每天使用这只铁锅炒菜时，绵延着一个普通人家温情的烟火，仿佛母亲那个炒菜的影子映现在眼前，演示着怎样把控火候，热锅冷油，煸炒滑炒技法，烹制将毕时放盐，好吃易做的简单菜谱留有余香，那或浓或淡的炊烟，嵌入心扉的呼唤，岁月若水，用过才知冷热，时光如歌，唱过方品心音，铁锅虽在，故人已不在，却每天陪伴着我的生活，与世俱来的亲情，人间母爱赐天伦，博大无私贯意真，此辈牵肠多少事，毕生倾情为儿孙，乃是我最温暖的记忆。正巧，我家厅里挂有出自宋·魏野《述怀》一副对联："有名闲富贵，无事小神仙。"这副对联看了过瘾啊！无疑是我当下闲情逸致的写照。有生之年，学点文化，临摹书画，学点烹饪，修身养性，无愁烦之事，则心怡神泰，百体安和，山河无恙，人间皆安。时间是铅笔，在我心间上写了许多字；时间是橡皮，又把字揩去了。生活无论是琴棋书画诗酒花，柴米油盐酱醋茶并存。诗和远方固然浪漫，但烟火气，才是能安顿每天 24 小时的地方。过去，老弄堂既有最普通的市井生活，也有名人旧闻趣事，这是属于老上海的那段历史与文化，也是嵌于阿拉人文的春华秋梦！苏州河畔石库门的家，才是我赖以栖居、且人间烟火味最浓的港湾。

## （五）石库门是我的心灵家园

我对石库门情有独钟，因为石库门是我的心灵家园。家是最小国，国是最大的家。年年岁岁有真情，岁岁年年情不同。小时候，我们一直喜欢唱这首歌，"月亮在白莲花般的云朵里穿行，晚风吹来一阵阵快乐的歌声，我们坐在高高的谷堆旁边，听妈妈讲那过去的事情。"唱着唱着，自己成了爸爸妈妈；唱着唱着，爸爸妈妈离开了我们；唱着唱着，我们自己老了。月亮还在，白莲花般的云朵还在，晚风还在，想不到自己的芳华岁月，竟然默默地就这般流逝。

春节的脚步越来越近了，弄堂年味儿匆匆浓起来，弥漫着过年的欢乐氛围。每家每户堆满各种各样的年货，屋前屋后，春联福字剪纸年画，彩门花廊张灯结彩，把平静的弄堂一下子美化得五色斑斓，熠熠生辉，给人美轮美奂的感觉。夜里的烟花美极了，红的、绿的、紫的、黄的、蓝的……但愿我也能点燃一个美丽的烟花，啊！我给全家人温暖的祝福：新年快乐！"呼、呼、呼"，映入我的眼帘的最厉害的"压轴炮"——眼花缭乱。烟花首先喷出一团金色的火焰,把它射向天空,最后那团焰火瞬间在空中炸开,形成一朵怒放的"花朵"形状,似乎把整个弄堂夜空都给照亮了。过年是一场男女老幼的期待,期盼一家人团团圆圆,阖家团圆过新年。

常言道:"上天言好事,下界保平安"。我们小孩则是早早的盼望着新年的到来。还有"小孩盼过年,大人怕过年"。不无道理。其实,小孩盼的是欢乐的气氛,大人愁的是忙碌的场景。小时候的我,对家庭生活的私密性,有着一种本能、近乎神圣的维护意识,我不知它是怎么产生于我小小心灵中的。那时,石库门人家的各式各样的窗,似乎代表着一户人家每日无声无息地宣告:从即刻起,那一家人要独享时间了。有的窗栅朽旧了,从裂缝泄出了屋里的暗光。窗是房和楼的眼睛。各家各窗,开关不同,演绎迥异,却给予了我一种家的暗示,尤其是有对称的浪花形浮雕,对称的花藤浮雕,或小仙童浮雕以及东阳的木雕花窗、三门的石窗等,使我从小就濡染对各种材质窗的艺术精美的憧憬之中。那时,开窗栅和关窗栅,乃是我巴望尽那么一种家庭的义务。一扇窗,敲开了多少心扉。从一户人家的窗,可判断一户人家生活的心情。总有一份刻骨的情,萦绕之魂,流年无痕,呢语有声,倘若一户人家的窗一年四季擦得明亮如新,这表明主人的生活态度是昂扬乐观的。在我十四、五岁时,每逢春节前夕,我与姐姐一起按序将六扇落地窗卸下,扛到横弄堂,带上老式纯棉袖套,并将长窗的一头搁在大木桶上清洗,一手护着窗棂,一手用湿布擦两面的小玻璃,再用清水冲一遍,遂将晾干的落地窗凸出圆榫头,慢慢地装到凹进卯眼里。尽管这款长窗较重,但由我与姐姐共同一扇扇擦个够,我终于圆了自己动手的一个梦——拥有数扇可擦之窗的梦。

临近春节,我们兄弟姐妹都盼在窗上贴窗花。趁爸爸下班回家,让他为我们露一手。他乐意而娴熟地将纸叠在一起,稳、准、巧的几剪刀下去,顿时一个吉祥物或"双喜"字样,淋漓尽致,跃然纸上,寄托着辞旧迎新,接福纳祥的愿望。我们儿女拿着喜庆的窗花,沾点糨糊,将窗花贴在玻璃窗上,这份"刀味纸感"给欢度春节带来了红火富丽的祥和之气。这份浓浓的剪窗花之情,一直相沿到2006年12月底,我女儿结婚时,她家具与家妆上的红纸剪花,还是时年86岁老爸的收官之作。现在看来,我亦是伴随窗文化与剪窗花渐渐地长大的。有多少窗就有多少似隐似现的景,有多少形状的窗,就有多少灵动的美。诚然,和窗对话,和心灵对话,和生活对话,"出则繁华,入则静谧",惬意弄堂生活大致如此。

玉梅破蕊先含笑,春色今年胜旧年。一语道破人们心中的最朴素的希冀——辞旧迎新。中国人最喜"梅开五福,竹报三多"。节前,爸爸特意买回来天竹、腊梅，插在花瓶里，瓶取"平"的谐音，寓意"平安"。此是年节时绽放的花，给家宅带来明媚温煦的春意。赏竹、竹叶多为三片，象征"多福""多寿""多子"。四季生机盎然，与竹共舞，用心聆听竹的韵味，她有一颗不求索取的坚韧之心；赏梅，梅开五瓣，寓意"梅开五福"，承载了太多的情意，记录了岁月的点滴，相守了平凡的真情；于是；静静地守候那份淡然、那份芬芳、那份快乐、那份心境安暖陪伴，感悟生命的大慈大悲，平平安安又度过一岁。当然，寻常百姓过日子，无需也不可能风雅如陈洪绶和吴昌硕。"赏名花，娱硕果，清供无尘岁朝春。"供天地日月，神仙圣贤，祖宗社稷，从祭祀的尊敬到祈祷的祝愿。眼目增明，是岁朝乐事。瓜果花卉，水仙、蜡梅、天竹，是取其颜色鲜丽；设色清简，笔墨清雅，寓意平安富贵，而浑不见浮艳伧俗，其文人傲骨，铮铮跃然于纸上。原来，不同的岁朝形式，会呈现出不同的心境，反映出不同的追求啊！

　　我们中国人最看重家庭和亲情，追回纯真年代那些过年的美好记忆，春节最浓者，莫过于亲情；亲情最浓者，莫过于父母与子女之情；全家团圆，血浓于水。尽管物质还没有现在这么富足，买东西几乎要凭卡、或排队，但人们脸上始终洋溢出一种自信与满足。我清楚地记得，上世纪六七十年代春节前挨家挨户领票证。里弄干部边摇铃边通知各家，到居委会领春节供应各种票证。这种优惠待遇大家都不放弃，每季发放一次，凭购粮证、敲户主图章、到指定粮店或居委会领取大户或小户人家票证，五花八门的票面，印有蛋品、家禽、鱼票、肉票、酒票、油票、炒货、干果、糖年糕等等，有了雪中送炭的票证，基本年货保障到位，各家都会定心地到店铺摊里去采购。倘若有多余粮食可以存入粮店，粮店发放一本粮食的存储本。家中有出差，要凭单位证明，到粮店调换全国或地方粮票，各地都要凭本地通用粮票就餐，但要扣除当月相应的粮食定量供应额度。此项政策沿用至90年代。

　　年前，每家每年打扫卫生"驱鬼"。腊月二十四，要送灶家菩萨。我亦会戆嘿嘿地与兄弟姐妹一起忙开了，不是用泡发石灰水、放几只煤球、搅拌均匀，粉刷房间及墙壁；妈妈更是首当其冲，里里外外，忙忙碌碌备年货，添几只新碗，寓意人丁兴旺；最忙的是掌勺做菜肴，刀切浸泡的水发笋干、制作肉丸蛋饺，蒸煮封干鳗鱼、油汆春卷、炒花生、炒点瓜子等。我们儿女轮流地跟着妈妈一起磨糯米粉，先将糯米至少要浸泡两日两夜，再用勺舀一半米一半水，从上扇磨的那个大孔里倒进去，"嚯、嚯、嚯"地顺时针方向转圈磨，一手磨一手添，磨完装在米袋里沥干备用。在石臼里一下一下地捣碎黑芝麻，捣出油来成粉状，把买来的生猪油，剥去板油，与捣碎的黑芝麻与生猪油揉搓，拌上白糖，搓成一颗颗小丸子的馅子,叫"黑洋酥";接着,用半干半湿的水磨米粉捏成小圆形,把"黑洋酥"裹进去,拿捏并搓圆成"宁波汤圆"。汤圆虽小,但是却"包进家人对美好生活的期待"。还有,宁波特色的肉丸、菠菜炒年糕,寓意"年年高"。更有年味的是,每年席间总有的那道油香四溢的"八宝饭",卖相好,讨口彩,寓意吉祥平安,寄托欢乐美好,这是妈妈的"点睛之笔"。糯米里拌上少许生猪油,其内放上豆沙,上面有红、绿果仁、瓜子、核桃、葡萄干点缀,蒸熟后吸收油光的米粒颗颗分明,细腻晶莹;其时,妈妈会说:"细甜爽清,甜而不腻"。这就是一家团聚最好幸福的味道呀!咸的是往事,甜的是岁月,年味出自家人的体验,吃到记忆中的味道,这个年才算过好了。每每过年,莫过于追忆并寄托老早我们在石库门里生活过的地方那份曾经的深情风味,感受一种温度与情怀。

　　除夕下午,在我童年的记忆中,我会帮着爸爸将小灯泡调换大灯泡,照得满屋通明,这盏灯是家里过春节最重要的标志。年夜饭前,祭祖是头等大事。老上海人家的谢年仪式极为讲究,民间传流"菜不摆三""筷不成五""席不成六"说法,老百姓对祭祖当作一桩头等大事,桌上放置祭祖的祭盘,称"红盘",配上"银台面"。桌上摆满各式珍馐,水果、黄酒、香烛,一般是六色,因为六预示吉祥,代表六六顺:六杯酒、六碗茶、六碗饭、六样菜、六种甜点、六种水果。程序是,一般是先放好祭品,点燃香烛,持香叩头三拜,祭天地、祭先祖乃为世代秉承的民间传统习俗文化。其时,妈妈叮嘱我们儿女别出声、不嬉闹、别乱走、手不可触碰桌椅、怕惊扰祖宗。其间,我也跟在大人背后摆碗筷、端小菜、筛酒三巡,祈祷全家平安,福寿双全、风调雨顺。祭礼毕,八仙桌上摆放圆台面、碗筷盘碟,敬请长辈坐正南,期待吃年夜饭。"厨之外有艺"是江南滋味的传统,不但要在味道上讲究,在颜色上讲究,甚至在名字上也别出心裁,犹如新诗创作。看到好的味道,好的颜色,好的名字,忍不住会从人的喉头伸出一只手来。"品味如品画"。一年三百六十五天,年夜饭数第一。每年年味,浓之于心,尤其是妈妈"像牛一样劳动,一样奉献",全家才温暖,父母对儿女没有任何的奢求,他们的一切付出,就是为了儿女们生活的幸福。妈妈拿手好菜数这道"松鼠桂鱼",在洗净的鱼身划上几刀,下锅翻煎,鱼头鱼尾收缩卷曲;并浇上配置葱、姜、蒜末、松子、酒醋酱糖佐料,爽脆鲜嫩,寓意"年年有鱼"。冷盆有四喜烤麸,寓意生活富起来;炒黄豆芽,寓意子孙兴旺、称心如意。最吸引眼球的是,平时难得一见的一盘红膏呛蟹,揾一揾香醋,唇齿相逢,真刁上海人的味蕾,一股咸鲜两宜的美味很快波及全身。一盘裹着黄芽菜冬笋肉丝的春卷,那"一烫抵三鲜"的酥脆,蘸点米醋,脆香诱人,仿佛又是一年春天来了!年夜饭是新旧交替之意,也是秉性上苍之意，我家过年压轴菜是一道交关火热哒哒滚的"全家福"暖锅……品尝的都是好菜，让我吃了仰天长啸。这道丰盛筵席，融入喜庆祥和的春节气氛，非她"买汰烧"莫属，这至浓、至甜、至味、至温、至情的年味，至今荡漾着浓浓的滋味，人间有味是清欢。全家人聚集于圆桌，平时吃不到的，今天样样俱全。吃的是佳肴，品的都是心意。每一道菜肴，妈妈带领我们儿女们先向长辈祝福敬酒。我见到丰盛美肴，眼睛像"闪现"，筷子像"雨滴"，尽管我滴酒不沾，但趁家人用锡酒壶酾温热老酒时，品上一盅黄酒，轻啜慢咽，品赏其醇外之外的醇香、和顺、幽雅、净爽的艺术感受。一家老小聚在一起，就充满了年味。上海人不仅吃"年夜饭"很讲究，就连筷子也有很丰富的内涵。崇尚酒文化的人家，席间，桌上不时的喝酒猜拳助兴，似乎豪气云天，曲水流觞，使行酒者浑身变得轻飘飘的醉人快感。

年夜饭是中国人最具仪式感的一顿饭，哪怕最穷，家里人会围聚在一起，唠唠家常，勾起了我儿时埋藏很久的馋虫记忆，吃的是团圆，吃的是亲情，温情四溢，抓拍一张照片。这就是"年"，祥和喜气，热热闹闹！过年是"浓、闹、实"，是盼望在骨子里的，恪守生生不息的希望，诚如守护我们悠久灿烂的传统文化。特别出生于五六十年代的人体会尤深。因为过去生活水平低、比较穷、平时吃不到好东西，肚子里没油水，过年时候能吃到好吃的，能穿上新衣服，就算邪气开心了。尽管平时都不舍得吃肉，要等到过年才可以大吃一顿。藏于记忆深处的佳肴，逢年过时从脑海中浮现，抹之不去。即便猪肉凭票证，哪怕买点猪头肉，妈妈把盐和花椒放锅里炒，炒出香味，再凉透；将买来的猪头肉洗干净后把水沥干，放入钵斗中盐腌制，上面用块石头压实；一个星期左右将腌肉上下翻身，腌制约两个星期后，将腌肉拿出来，放在阴凉干燥处，又能长期保存，加工成咸猪头肉，蒸熟后热气腾腾，诱人眼馋，大快朵颐，且有嚼劲咯！

记得我们小时候过春节，小摊小店都有卖烟花和爆竹，各式各样的烟花和爆竹还很便宜，什么连环炮啊，什么飞天九龙啊，什么地老鼠等等。所谓"除夕"除旧岁，来年易换新岁。"除夕夜"，就是全家人团家在一起守岁。传说中"年"是一种怪兽，它每到除夕之夜都要伤害人们的性命，所以人们一定要放鞭炮把它驱赶走；"年"有"三怕"：一怕"红"，民间崇尚贴红花，贴对联，红色祛邪；二怕"响"，放炮仗除恶；三怕"火"，架起篝火，守岁。守岁时，一个时间相交另一个时间，一个旧年到一个新年神奇地相交，并神奇地长一岁。《尔雅·释天》中说：年者，禾熟之名，每岁一熟，故以岁为"名"。所以"年"是收获的象征，为了庆祝收成，"吃"成为节日里的重要主题，和"年"有关的记忆渗透在"年味"节庆之中。

宋代杨缵《一枝春（除夕）》曰：竹爆惊春，竞喧填、夜起千门箫鼓。江南的滋味，最合着上海人的脾胃和脾性。"当当当……"十二点钟敲响，燃放鞭炮是男孩最期待的事，弄堂又噼噼啪啪的鞭炮声和欢笑声，声声入耳。有的小孩害怕躲得远远的、有的索性捂着耳朵偷看、有的放得最来劲，每一个人都有不同的惊喜。你瞧，外面成了烟花的世界，弄前弄后简直是火树银花，有的像"仙女散花"，有的像"漫天繁星"，有的像"龙飞凤舞"，有的像"空中花园"，最闹猛的是点放"地老鼠"，点燃后一会儿窜到东，一会儿窜到西，不知窜到谁的脚底下，使人看得目不暇接，突然旋即一响，引得大家哄堂大笑。人们被夜空千姿百态的烟花所陶醉，似乎老远就闻到随风袭来的那股浓烈刺鼻的硝烟味，骨头都酥了；忽隐忽现，把弄堂里的夜空点缀得缤纷四溢。信佛者坐夜待晓，或至寺庙坐夜"守岁"。

年夜饭后要赶紧把正月初一不能动刀的食物切好，地也扫好，种种事体做干净，"过年要做三件事。"第一，年初一不能动刀；第二，"红包要在年三十晚上备好，第二天给小辈惊喜；第三，年前打扫屋里，年初一不要扫地。"

正月初一早晨天不亮，我会抢着放鞭炮，红红火火，辞旧迎新。小时候，最让我期盼和难忘的是什么呢？！我们小孩晨起第一件事，早起穿好新衣裳、新鞋子、全家人吃好妈妈精制的酒酿芝麻汤圆，象征甜甜蜜蜜。再端上一盘热气腾腾的肉丝、菠菜、冬笋炒年糕，你一筷，我一筷，寓意着年年高，每一年都有自己独属的新年回忆，真是收获满满。然后，孙辈们怀着尊敬之情，幼者依序拱手来到长辈的面前，双手合十，深深地向长辈、父母鞠躬拜年，恭祝长辈及父母身体健康。此刻，长辈及父母分别发给小辈有压岁钿的小红包。记得有一年，外公还迓迓交拉我辣海暗黜黜个么二角落头里，绕开父母，偷偷地塞几元赤刮勒的压岁钿给我，神不知，鬼不觉，且嘱咐我要听话做好小囡，够我激动半天。随着时代的变迁，上海人生活日子越来越好，红包逐年鼓起来了，压岁钿也赋予了新的含义。现在过春节给孙辈们压岁钿，都是以前的无数倍，人情淡漠了，连孙辈们都是如此，所以春节成了很多人最窘迫的时候。从前，我们小时候没什么机会有零花钱，便急切地期待过年亲戚们能收到压岁钿，享受那份喜悦！回忆是一种重逢，敲开尘封的记忆，往事不再是过眼云烟，留下一段真情，停泊在曾经的生长地，咀嚼着甜美的童年，感慨着不再拥有的过去，回想起那个时代，我真的深感幸福。

现在过年是"淡、空、薄"，不是曲解过年的本意，气氛一年不如一年，年味淡了。2020年春节前，我家不再自己擦大玻璃窗，专门请专业钟点工擦窗，既安全，又干净，花钱买平安最值。最令人恐惧而心颤的是，春节期间，病毒再次拉响警报！自新型冠状病毒爆发肆虐后，武汉封城，以及一系列阻断病源的紧急抢救措施……年还是那个年，情却不是那个情，中国人心头感悟"春"的温度骤降到最薄点，随之形成检验、抗疫、隔离、驰援、救治、天佑、赋能、送瘟的格局，为了疫情不交叉感染，少聚一次餐，亲眷不走亲，我亦迅即退掉两桌宴席，疫情下的上海成了一座"空城"，历史将铭记这个戴口罩的特殊春节。欣悉，沪上海派著名书法家、篆刻家韩天衡一般不主动刻章，但近日新闻被钟南山刷屏，无不为他勇于担当、无私奉献的精神感动，韩老不顾眼底出血，破例篆刻了一枚别具意义的印章送给当下防疫英雄的代表人物钟南山院士。在边款上留印："重任在肩，担当于心，时代楷模，世人崇敬，制赠战斗在武汉疫情一线的南山院士。庚子孟春八十一叟韩天衡。"印章的印面正气浩然，周正饱满，"山"字的中竖化为象征一柱擎天的盘石，又如不惧水火的金钟罩，寄寓了老艺术家韩天衡对钟南山院士的崇高敬意，待疫情平息时转赠给钟南山院士。

　　俗话说，家家有本难念的经。回想起我36岁时，疾患给了我一次沉重的打击。1988年春年期间，上海突然爆发了一场大型甲肝疫情，在短短3个月内，感染了近30万人，恐慌的情绪席卷了整个上海。一般患者不仅全身乏力，而且面色发黄，腹泻，绝大多数都吃过或接触过毛蚶，一度医院治疗爆满。我也没有躲开甲肝，但一时住不进医院，为避免交叉感染，只得躲在自家的厕所间，吃喝拉撒睡。自我精准抗疫，采用医用紫外线消毒灯，防治甲肝的"神器"板蓝根，终于熬过了居家单独隔离治疗的非常期间，并度过了一个不平凡的春节。此景此情，历历在目。之后，2003年上海人战胜"非典"，到2005年又战胜"禽流感"，现在看来，命运与坚强是可以转换的，坚强可以改变命运的安排，也可以减轻命运所带来的痛苦，命运贵在坚强的不息抗争中走向顺畅。因为，自然界不需人类，人类需要自然界。为此，我亦真诚地为今年武汉彻底打赢这仗"战疫"加油！沉舟侧畔千帆过，病树前头万木春。江南人过春节最讲究细腻、品位、年俗的风尚，年复一年，嬗变年俗，一代代人不断拷贝翻版，乃是祖先留给我们非物质文化遗产的宝贵财富。一代代人不断老去，但不会老去的，最是亲情不会老。我觉得，新时代给我们带来了便利，同样也让我们失去了很多，没有了小时候的仪式感，年也就失去了一些期待！每一年都有自己独属的新年回忆。仔细算来，我于1969年3月到部队当兵，离开家里4年，不能与亲人一起守岁，相隔遥远；4年在外，过年却岁岁牵挂亲人。因为，我在部队与战友们一起为人民安居乐业守大岁，无尚荣耀，忠孝无两全，太值！还清晰地记得1970年我在部队过第一个春节前夕，我特意将每月6元津贴，加上离家时父母给我的30多元钱，凑足整整100元钱，从部队汇款给家里亲人过年，聊表心愿，温馨可亲。年年岁岁情不变，岁岁年年情尤浓。而人却在年岁的交替轮回中，早已自然转换了容颜，留下风霜的刻痕。2018年春节，我与广东徐闻退伍老兵陈立忠微信。他还清晰地记忆起，耀明，你刚到部队时，还从石库门家里带来你妈妈买的"上海巧克力"，分给测量班战友分享，很甜，很甜，味道好极了！身居两地，本同过年；年味各异，情志同欢。4年后，我复员退伍又回到石库门家里的怀抱；又与亲人的年复一年的辞旧迎新。记忆中的热闹与幸福，不知从何时起，年味渐淡渐远，这款温馨而浓郁的过年气氛延续到1997年春节；是年3月13日，妈妈仙逝。至此好端端的亲情渐渐滑落，每年过年的热闹气氛大不如前。这大概就是我们这代人的"年味"至深至情的经典记忆吧！

## （六）石库门是我的精神伴侣

我对石库门情有独钟，因为石库门是我的精神伴侣。解放前，爸爸妈妈和外公、外婆、兄姐六人一起住在新闸路聚庆里53号，我的大哥大姐都出生在53号里（客堂及二楼厢房）。搬家后，爸爸妈妈带着我们兄弟姐妹到53号前楼的老邻居朱家公公、奶奶家去白相，这对苏州籍老人家里全套红木家具，打扫得一尘不染，二老话语亲切，思路清晰，骨子里有老上海的腔调。他家阿侄朱青，原在上海市公安局治安处供职（《上海治保报》编辑）。之后，朱青隔三岔五地将一份份散发着油墨芳香的报纸寄给我。长此以往，肝胆相照恨晚逢，一纸一墨总关情。2020年夏天，我专程到聚庆里去看旧宅，这条弄堂已有百年历史。记得小辰光，我曾听到过朱家奶奶讲起，37号亭子间是侬妈妈的诞生地，45号（舅公、舅婆及大舅马根福系法文翻译，小舅马锦福系英文翻译曾在此居住过）一至三楼完好保留，因拓宽成都北路一侧，47号至53号早已拆除。在敌伪时期，老百姓不仅要面对实行"计口授粮"，也就是上海人所谓的《轧户口米》缺粮之苦，甚至还要遭受职业轧米者以强凌弱之怨，更要遭遇日本兵的百倍凌辱之恨。曾听妈妈讲起过：日本人占领上海后，苏州河桥及重要关口都有兵把守，强迫老百姓过关时"抄靶子"（搜身）向他们鞠躬；甚至在光天化日之下，日本兵见到姑娘公然肆意挑逗或糟践，竟挥舞刺刀戳你身子威胁，可恶至极。我打小就无比憎恨杀人如芥的日本兵。当年，生性倔强的画家凌虚因拒不服从受袭，义愤填膺之下作画《卖油炸桧者》，吴藻雪、郑午昌、白蕉、邓散木、唐云等十余沪上名人士争相在画上题咏，抒发强烈共鸣。

七浦路是条弹硌路，筑于清光绪二十四年（即1898年），沿街都是老式房子，道路狭小，天天拥挤不堪。七浦路东起江西北路，以河南北路为界，东段属虹口区路短；西段属闸北区路长，全长约一公里左右，属公共租界。与北站、四川路咫尺相邻，占尽人流、物流之便，旧时茶商云集，声名鹊起。1960年起开始形成农副产品的利伯维尔场，1963年初至1966年自发形成农贸市场……这条不起眼的弹咯路，是用花岗石铺就至福建北路，并铺成鱼鳞状方块图案，石块之间有缝隙，像粼粼水波般漾开来。车子从上面驶过，车轮总会一蹦一跳，有的车主不敢车胎打足气，以免"弹"得太结棍。风来雨去时分，弹硌路遽然出现一幅撑大小油布伞大写意的泼墨画，富有自然古朴的画面感。雨后不积水，一块块弹硌，就像一只只按摩器，你穿平底鞋，帮侬按摩脚底心；但是，老人行走容易跌倒，缺少安全感；摩登女士穿高跟皮鞋在弹硌路上走，又痛又滑，侪要活受罪了。一旦路面坏脱，筑路工围栏简易铁架，挂上一红一白的警示线，用小铁镐一块石头、一块石头的拼接、修补整齐。马路上下水道堵塞，市政工人推上一部小翻斗车，围挡现场施工区域，打开窨井盖，先将拌成圆形状的长条竹片拉出来，用力伸到下水里疏通，再用平口铲下水井里掏污泥，保持下水道通畅。两侧的"上街沿"或宽或窄，错落有致。沿街竖立挺拔的美松电线杆，昏暗的灯光下，留下一串串岁月脚印的记忆。往昔，每到烟雾飞绕的早晨，我8岁舍近求远踏在弹硌路上去上学，俟下雨，妈妈辣拉我背起书包上学堂辰光，总要叮嘱关照："走路夢望'野眼'，雨天路滑，小心别跌跤了；上课夢望'野眼'专心听老师讲课！"有一种温馨，总让我想念，想念那一份弹硌路起伏与宁静，看到周围熟悉的弄堂、摊店、人文、楼堂馆所，屈指可数。七浦路、山西北路西侧的高明寺（道教当家），道士们身穿袈裟，锣鼓唢呐，吹吹打打，气氛肃穆。

　　原七浦路177弄景兴里是闸北区第一条弄堂，朝西4-5家门面是一爿废品回收站。我清晰地记起，平时，妈妈会将吃穿用下来的废品囤积起来，差我将鸡毛、鸭毛、肉骨头、旧胶鞋、牙膏管、碎玻璃、坏灯管、废铜烂铁等拿到废品回收站去卖；回到家里，我把卖掉的几角几分钱全部交到妈妈手里。卖了几次，我也明白了俭朴生活、变废为宝的道理。至90年代，曾经的废品回收站黯然失色。此后，出于职业敏感，我隐隐约约地记得，公安部门所侦查的治安和刑事案件，许多案件侦破的线索来源于此，从物到人、循迹追踪……七浦路204弄16号，是我二姐闸北五中同学张婉珠的旧宅。小时候，小张常来我家白相。她有一双大眼睛，体魄良好，举止大方，和蔼可亲。中学里，他俩又是同班同学，走的一南一北的道路；二姐去江西务农，小张赴黑龙江黑河军垦农场，后来他们知青分别回沪，各自都有了家庭。多年前，二姐曾到小张新居看望她，她婚后育有一对双胞胎女儿，本应随遇而安，只因多年北大荒艰苦的生活，花甲之年无奈落下病患后遗症。207弄恒吉坊，弄堂里石库门明显比景兴里石库门建筑质量更升一等。记得，我大姐南洋女中同班同学林引娣原住恒吉坊 26 号前楼，小辰光，大姐曾带我走扶梯去她家白相，她初中毕业去新疆军垦农场，我家至今还留有一张林大姐剪短辫子、穿军便装、脚着方口单鞋、烈日下微笑地推着一辆自行车的照片。约五六年前，我受邀参加她们老同学到南汇新场一日游，我一眼就认得林大姐，她一口宁波话，阔别五十多年，大家亲密相见，感到暖意融融。

西侧 209 号新有记理发店，汪万利煤栈，东侧 205 号有一爿老虎灶，门面朝北；对面七浦路小学（旧时，为宁波旅沪同乡会第一小学），我的长兄、大姐小学都就读于此。254 弄巽阳里是条很短的死弄，8 号是幢三上三下的石库门，为海宁路派出所，朝东隔壁是一爿小酒店，过去几间门面是一爿煤球店；七浦路、山西北路十字路口有一爿恒大米店、大生新食品店，是我小时候经常要去的地方。从前，放学之余，妈妈差我买咯种油、盐、酱、醋、酒等调味品，我会拿好米袋和购粮证、油票；拎上一只竹篮子，放上玻璃瓶、或碗盛器去买。三百六十行，行行出状元。各店都有各店的看家招数，牌门上常见"生意兴隆通四海，财源茂盛达三江"的对联，营业员都把顾客当成朋友，讲究做生意的每一个细节，不失为是经营聚财的"生意经"。那时，拷油拷酒都有点添头，买酒、酱油、醋等散装食货，最有趣的是零拷老酒，店主会拿铝、锡、竹、木制等"吊罐"，吊罐大小计量有，规格一两、二两、半斤、一斤之分；店主左手拿瓶或碗，右手拿"吊罐"，再将吊罐从甏口送下去，一勺又一勺吊上来，手势灵巧，"按拷酒要快，拷油要慢"诀窍，抖抖豁豁地将酒灌进酒瓶，秤平斗满，不短斤少两，拷毕还用揩布拿瓶子揩清爽后再递给顾客。民间流传：梦见醋，预示辛苦劳碌；梦见酱油，预示家庭和睦，此话只有一半灵验。酱油店还有零卖的豆瓣酱、甜面酱、辣糊酱等，一般用来烧花生、豆腐干丁、肉丁炒两碗，是一道不错的下饭菜，这道菜最练吃客眼力，多数人家是肉丁先消灭，最终剩下的还是需要火眼金睛……在油盐酱醋酒中，油为最贵。那时每人每月四两油，逢年过节加一两麻油，平日里老百姓青睐菜油，只因菜油油性大，一小勺油就可以炒一碗菜。只是油温不易掌控，高了，油烟呛人；低了，菜里生油气。米商做生意，除了要将斗装满之外，还要再多舀上一些，让斗里的米冒尖儿，因此无"尖"不商，却成了"无奸不商"。

从前米店墙面上有一大斗，约有 20 公分方口朝外，我顺着斗型开口套上米袋，只听营业员一声"好了"。哗啦啦米粒从斗里倒入米袋，便拿上一根麻绳，扎紧袋口，将 10 斤或 20 斤的米袋用力扛在肩上，晃晃悠悠地背回了家。曾有过一次米袋漏了，一路走一路撒，回家少不了一顿臭骂。当时百斤大米 16.4 元；籼米百斤 14.3 元；偶有 17.1 的精白大米，即有排队；限量供应，排到最后的就不一定兑现了。那时，米店是用箩筐盛米称给顾客的。师傅早先须搬米称米，又将米倒入长方形的盛具内；卖完了，就将大包麻袋装的大米倒进木制的盛具内，邪气吃力，后来那称米的设备改成半自动及自动输送系统就省力许多了。老实说，只有挨过饿的人，才能真正感受"民以食为天"这五个字的分量！如今的年轻人，减肥减肥甚多，饭量精而少，他们以"菜"为天，确确与我们从前成反比，他们哪里会知道饥荒之苦啊！

那时，逢年过节，老虎灶生意火爆，从早到晚，一条龙排队，它曾经给上海居民带来了温暖、便利、安逸与欢乐。冬日晚饭后，我常常奉妈妈的命令，拎只竹壳热水瓶、铜吊，去七浦路恒吉坊隔壁老虎灶泡开水。妈妈再三关照："小龙，侬拿好筹子去泡开水，热水瓶盖头塞塞紧哦！"正巧，有一次按紧后，软木塞头"卜"的一声弹开了，来回东找西找，才算找到。之后，我察觉每次拿起热水瓶软木塞头，总是湿漉漉的，隔天的热水，保温性差了。所以必须掌握窍门，热水不灌满，不让水蒸气浸湿软木塞头，留一点空气，那么保温性能会好许多。我问大人，小小一爿泡水店，为什么叫伊"老虎"灶？大人告诉我说，"老虎灶"最贴近居民，灶头用砖砌成，灶前的冘水案板用厚木板支撑着，总是湿答答的，好似虎腿，炉膛出灰口开在正门口，像吐着火舌的老虎"血贫大嘴"，虎口上烧水锅像老虎的一双眼睛，灶尾有一条高高竖起的烟囱，就像老虎翘起的虎尾，上海人风趣幽默，都称"老虎灶"。小时候，我排队泡水，看到灶房有几只大缸，半截埋入土中，储水备用；老虎灶的灶面上置三只汤罐，加煤孔上有一只老厚的铁制盖，自来水龙头接到灶上，用水自如；烧水锅和烟囱之间还有一只一米高的圆木桶的温水大铁锅，木桶锅利用灶膛烟火向烟囱排烟时的余热烧的是半开的温水，不时向汤罐里输送，交叉开罐使用，整天都有开水供应。老板娴熟的在灶孔上套个喇叭形的铁皮桶，用畚箕一畚箕一畚箕地把锯木屑往里倒，老虎灶的炉膛口下，有个大水坑，捅灰的时候，烧尽的煤渣、碎木渣、稻木灰，都落入水中，减少灰尘；老板在早晚卖水高峰时特别忙，不停的拿着衣柄勺从温水桶锅向两只汤罐舀水，后锅水开了向前锅舀水，根据顾客带来盛器不同，如汤婆子、铜吊、热水瓶、热水袋和盐水瓶，老虎灶备有口径大小不同的长柄漏斗，左手将一只长柄漏斗插在热水瓶口上，右手则用带长木柄的铁舀水勺，将开水倒入漏斗流入开水瓶中，还时不时用一根铁棒往铁皮桶上下捅一捅，或拿铲子掏煤渣出灰，家里备有筹子，筹子是竹片上面用火烙出某某熟水店。小铁锅水开了，我将筹子放进木箱里，将竹壳的热水瓶和铜吊提给老板泡水。老板一手拿着小漏斗，另一手拿着摇勺往热水瓶里灌，不多不少，正好三勺就满一瓶。我提着铜吊和热水瓶回家，并用热水灌好汤婆子，将它放进外公的被窝焐热,心里热乎乎的。那时,不管是竹壳的热水瓶时间长了把手松脱,还是铁壳搪瓷的是自行车链条冲压后的废脚料做的,我两手像提着两个炸弹似的,一怕竹壳的热水瓶手把滑出来,二怕铁壳热水瓶生锈脱底,开水烫了脚,总是提心吊胆。老板和善可亲,忙起来一刻不停地操作;有时顾客投五投六忘带水筹,老板都会赊账,即使下次再忘记还账,老板一笑了之。记得,我们同学课间常在课桌上比赛掰手腕,都说老虎灶的师傅手劲最大,他那个长柄大铁勺连水起码两三斤重,一天不停的舀进舀出,肌肉很发达,比赛掰手劲准是冠军。之外,老虎灶还兼营"盆汤",堂屋扯起帷布,有长木盆供顾客沕浴,天气转暖,悬起灯笼,灯笼上书有"盆汤"两字,招揽生意;时入深秋,收下灯笼,改用茶堂。回想起来,我与老虎灶足足也打了有五年余的交道,亦是伴随提着热水瓶"泡开水"过日子长大;老虎灶的活很累,要加火、出灰、卖开水,水滚了还要先舀到灶边的一只保温大木桶锅里储存。难怪春夏秋冬的生意不错,真可谓家家户户雪中送炭的好帮手。但它在一个不大的地方,一个十分简陋的时空里用"灶文化"传递温度和暖意,一直印记在我与家里老老小小的心坎里;既价廉物美,又家庭和睦,俗中有乐趣,俗中见真情,成了石库门居民独具"滚水冲炒米花——开心"的风景线。老虎灶这个怀旧行当,随着城市面貌的改变和人们生活方式的改变,早已渐行渐远渐凋零⋯⋯

小时候,我也欢喜打康乐球,算不上球迷,白相起来老扎劲额。球盘像八仙桌大小,球盘四边是一寸多高的框,好的球盘边框弹性很足。球盘四角是四个光盘大小的圆洞,圆洞下面是储存盒,下面用交叉的木架支撑,球盘高度以到胸口为宜。康乐球,也叫"克郎球"。球子厚如手指,有32枚,是红木做的,一寸见圆,有的球子上还刻有阿拉伯数字。曾有位老上海说早年老北站附近的康乐路上一家木器店老板制作了击打棋子状木子进洞取乐的木质方盘。当时,参与的人都觉很好玩。于是,就以路名来给这玩意儿起了名。在康乐路上打球,成了打康乐球。在那个年代,桌球是贵族的游戏,而康乐球则成了平民的游戏了。白相康乐球讲究角度,拿枪棒的手臂用力,手腕转动,气定神闲才能打准球。我的同学曹子龙打球枪势"老巨""自拉洞""削薄弹""搅花福禄""一炮两响"、最由早额"台湾角";而且"老板"不能进洞,进洞要罚子,球迷都叫他打康乐球的"小台王"。只有懂得转性,才能懂得枪势,这是鉴别侬是不是一个行家里手的标志。

记得1980年初秋季节,我在原闸北公安分局工作时,曾获悉原山西北路派出所要取缔七浦路上设有康乐球赌博之事,因当初我是上海电视台通讯员,出于新闻敏感,即告政法记者朱默生。老朱得悉后,急忙驱车接上我后一道赶到现场。

为了不打草惊蛇，有礼有节地实施集中取缔，老朱考虑先俯视拍摄，后现场拍摄，旨在固定证据，捕捉现场画面观。就在选择两侧居民楼房时，我突然间想到七浦路 298 号前楼是小学同学曹子龙的家，且正好面对现场；老朱说，太好了。于是，老朱手提摄像机，与我一起上楼走进曹家。他的妈妈认得我，当我说明来意后，她即刻支持。这时，老朱立即秘密取镜；正当赶来民警采用马路两边同步围堵时，我与老朱即马上下楼，老朱凭着沉稳中透着机警、亲切中带着睿智的灵敏度，一骨碌地冲进现场；参赌者被突如其来的取缔，一下子摸不着脑袋，仍下赌资与木棒，纷纷窜逃，最终一一入网。是夜，上海电视台播发了这条鲜活的社会新闻。无独有偶，我与七浦路有缘，生在这里，长在这里，工作在这里，调动单位后发现或捕捉社会新闻还在这里；如今，白发苍苍的我，再度闲步于亲切与熟悉的七浦路上，怎么不心潮澎湃？怎么不感慨万千？

如今，从前七浦路老街坊的烟火早已泯灭，取而代之的是，新楼鼎立，庞大的中低档服装批发市场，简直就是服装的海洋。弄堂，承载了几代上海人的记忆：曾经的弹硌路已经消失在历史进程中，如今，一栋栋现代楼宇渐次矗立。由熟悉变陌生，一切都已经远循，但对弹硌路的情感与记忆永不消逝。我独自站在七浦路一隅，静静地边看边思，那路、那楼、那些人，那些不能忘却的岁月，倏然时光仿佛停滞。恍惚间似水流年，却突兀的有一条弹硌的老路，赐予我一笔温润的注释，返老还童，仿佛还听到妈妈的亲切温和的嗓音："小龙，侬拎只竹壳热水瓶去老虎灶泡点热水，给外公洗脚、灌汤婆子。"我马上"接灵子"，即点点头，说声晓得了，欣快地拎着热水瓶朝老虎灶走去……

我们是看着上海人"沕浴文化"的演变与进化渐渐地长大的。如今早已告别儿时的大脚桶，老虎灶的深腰脚盆，混堂的大池与烫池，取而代之的是，"沕浴"进入了每家每户的淋浴、盆浴以及家用蒸汽房、桑拿房。冬天，西风北风凛冽，冷飕飕的。我在上小学时，外公会到校门口等我放学去汏浴。我们只要过浙江北路，五分钟就到金门浴室。老少共浴，其乐融融。老早上海人屋里厢是呒没洗澡设备咯，要么用大木盆汏浴，要么去孵混堂，一到冬季汏浴人多了，还得排队等候，生意红火。男子楼上雅间：0.25 元一人（沙发位子），楼下统铺：0.15 一人，老上海流行的扬州俗话，白天皮包水，就是孵茶馆；晚上水包皮，就是孵混堂。我清楚记得，堂倌操作熟，特别是拿一根 2 米多长柄铜制丫杈头叉衣裳，堂倌接过衣裤套辣丫杈头浪，借天不借地，马上用这把丫杈头拿衣裳挂到天花板下头个挂钩浪，既不会滑脱，又不会偷脱，浴客笃定可以放心穿木拖鞋去浴池了。喜欢清爽的人，中午 12 点钟一开就进去沕浴，叫赶头汤，叫生水。老浴客欢喜晚饭后来沕浴。这时混堂水像豆浆一样乳白色，叫熟水。孵混堂的精髓就是头颈下全部浸泡在熟水里，浑身骨头松脱，飘飘欲仙。有的老人就用木桶舀一点水烫烫脚鲜，舒服极了。如果侬要搓背，需要另付钞票，换好筹码给搓背师傅。搓背师得不急不慢地给侬搓身，先是坐姿，搓头部与双手；再躺姿，从头搓到脚，将污垢搓清爽，然后师傅双手交叉，二个食指伸直，滴笃、滴笃、给侬敲击双肩及背部，富有节奏感，让侬身子得到极度惬意与轻松。冲淋浴地方的人像插蜡烛，在雾气腾腾中排队轮流冲淋！迭种一池一淋，一搓一躺，闭目养神，叫"孵混堂"高手。等侬汏好浴出来，堂倌即刻从蒸桶里取出二块哒哒滚烫热毛巾搭到另一只个手浪向，一面客气的喊侬："小先生，揩一把！"一面已经拿掰块热毛巾"飞"到侬手里。如此频繁操作，伊眼到手到，还不时用五只手指头顶牢毛巾，像杂技演员舞伞似的上下弦动，匠心独特；不时手腕一转，手臂膀一甩。掰块热毛巾又从老远地方飘到侬手里向，混堂文化邪气扎劲哦！浴室公共毛巾，有红蓝两种颜色，红毛巾是揩擦背的，蓝毛巾是揩下身的，洗完澡，躺在沙发上休息，让你彻底身心放松。还有扦脚、按摩等附加服务，休息时间长了，堂倌不断地向侬递送热毛巾的辰光，暗示侬再揩把脸可以走了，不要占着茅坑。于是，老小浴客便会知趣地换好衣裳，惬意地打道回府，这就是老上海人生动市井澡浴的文化。

山西北路是清末的"老街"。历史上是达官贵人和文化名人集居。仅是上海市不可移动文物 7 处。山西大戏院建于民国十七年（1928 年），据传闻，启幕之日，由杜月笙亲临剪彩，狭小的路上人如潮涌，轰动一时。这个地方曾是我学习成长的地方。老师会带领小朋友排队去山西电影院。留给我印象最深的电影是《红色娘子军》和《烈火中永生》两部电影。一部围绕主角吴琼花从奴隶成长为共产主义战士的经历，与"南霸天"斗争的故事；另一部黑白老电影《烈火中永生》，着力塑造许云峰英勇不屈与敌人斗争的英雄形象，还原了江姐受尽酷刑的历史，尤其是那一句：竹签子毕竟是竹子做的，共产党员的意志是钢铁！1949 年 8 月，一位年轻的女难友被营救出狱，她对江姐说：你有什么事情要让我办。江姐对他说：如果我有什么不测，这封信就算是我的遗书。她取出了一根竹筷子，把它磨尖缠上棉花，和灰土加了水调成墨汁，写下了这封"托孤信"……盼教以踏着父母之足迹，以建设新中国为志，为共产主义革命事业奋斗到底！让后来者仰望沉思动容，看见信仰的火焰升腾，听见排山倒海的脚步，照耀黎明中伟大的诞生，凤凰涅槃，向阳而生，壮士浴火，国之栋梁。除外，还刻画了可爱、纯真"小萝卜头"天真烂漫的形象。他的真名叫"宋振中"。他在八个月的时候，随父（宋绮云）、母（徐林侠）被带进监狱，穿的是妈妈改小的小囚衣，吃的是发霉发臭的牢饭，长得脑袋大，身子小，难友们都疼爱地叫他"小萝卜头"。狱中八年，他经常在牢房之间传递信息和情报，遭受了非人的折磨，1949年9月6日同其父母一起并称"一门三烈"，遇害时年仅8岁，是世界上最小的烈士。"人生百年终一死，留得清白上九霄。"这个经典故事，在我幼小的心灵中播下了一颗红色文化的种子，激励着我不断学习成长……

据了解，附近几家电影院共享一套拷贝，而且每家电影院排片放映的时间会有所差异，一般前后相差20-30分钟。为此，跑片员非得开着两用车或踏自行车，马不停蹄地穿梭于大街小巷，在后座挂一只类似邮递员的帆布袋，上有盖子可以防止拷贝被雨水淋湿。途中还要避免骑车轮胎没有气瘪胎、刹车坏掉、链条断裂及链条从齿轮上脱落，以及不小心把行人给撞了一下……类似现象很难避免，实在没有办法，放映员就会打开灯光，换上"跑片未到，敬请谅解"的幻灯片。但是有些观众不买账，把座椅搞得"啪啪"直响，火气大点的人，甚至跑到售票窗口要求退票，场面一片混乱。那时，电影院里常有逃票、扒窃等丑恶现象，故当地警方亦会督促院方打出法制宣传广告，提醒观众加强防范意识。当年的跑片员早已退出了历史舞台，成为了一个时代的记忆。无独有偶，战友张友国复员后，重操旧业，分配到该院当电影放映员，尽管我与他各自岗位面对面，四年里彼此却没有联系，亦无暇顾及去看一场电影；有分有合，友情常存；时值2019年3月10日，纪念参军50周年之际，我们又相聚重逢。如今，电影院不复存在，尚存轮廓；期待规划之后见彩虹……

电影院朝北有一爿"蔡氏"口琴修理店、一爿双开间门面的南货店，安庆路、山西北路口西侧有一爿"国华"烟纸店，东侧有一爿老公和酱油店，河南北路、安庆路口有一爿同孚照相馆，后改虹艺照相馆。我和师生们小辰光都会到这家店去拍照。对面是苏锡帮"太和馆"点心店。一进面馆，熟练的跑堂嘴里不停地唱出一串专业的术语："诶末来哉"，只见跑堂身着白色工作服，头带白布帽，手姿技艺高超，右手手中拿面，右手臂上摆放汤面或拌面，左手手中拿汤面，并不停地扭动着轻盈的身姿，一号台老面孔，三两鳝丝面，要龙须细面；食客在点面时可以对汤面自行定制：烂面指稍微煮过头，老吃客都喜欢硬面，有些还要求"钢丝面"；"宽汤"、"紧汤"，分别指需要汤的多与少，"重青"指葱多，"免青"则免之；"重面轻浇"，指面多浇头少；"重浇轻面"，则亦相反。"过桥"，指浇头用另外的盘子盛放，不浸于面中。"吊汤"的秘方，各家面馆绝不外传。上海阳春面讲究汤料，一大碗面，葱翠清汤青青白白，一抹面条排列整齐，如美女秀发一样惹养眼，正因为没有浇头，故对汤头的要求非常高，一定要用骨头熬出来的高汤。汁水饱满，不油不腻，根根裹着浓郁的汁呲溜入口爽滑劲道，柔韧弹牙，越嚼越有嚼头，是有"鲜得眉毛也会掉下来"之感，好吃到连汤带面将碗舔个干净！打个饱嗝：香！我的记忆中令人垂涎的是，老食客们一般都会事先关照好唱面的跑堂倌，自己有什么要求。他唱我听，双方互动，沁人心脾；老跑堂一一满足每位食客，可以说听到耳里、吃到嘴里、情到心里、面面俱到，丝毫不漏，那是阿拉上海人咯舌尖上的一份情节。

就各类石库门弄堂风貌而言，安庆路366弄和天目东路的均益里建筑，系洋务重臣盛宣怀于1910年建造的101幢中式石库门，屋顶采用中国传统斗拱风格，被列为第三批上海市登记不可移动文物。李经方（李鸿章之子）建造了图南里等8条弄堂，计160幢房屋；安庆路208号–272号李经方公馆，1993年被拆除，建造了8层北站旅馆。石库门是有温度的，这个地块曾亦伴随我的学习和成长。除了住有我的王氏亲属血脉外，还有我的师傅应胜国一家，以及我所熟悉的许多人，他们都曾在石库门里生活过。附近的小学同班同学有秦佩华、吴中卫、张红根、胡稚临、杨孝妹、杨孝云、梅昕浩、高蓉芬、俞德慈、毛以诺、杨永亮、林慧明、莫根美等；老师有叶盛邦、朱梁凤、孙露萍、袁芝郁、李楚琴、陈静华、徐爱娣、王振耀、张丽华、黄采琴、胡翠娣、张玉珍等；中学同班同学有乐汉成、顾玉芳、张红根等；大姐王蔚明原南洋女中同学马玉珍、田翠凤、范颂美、王翠娥等；我觉得那是我年少时最得益和欢快的时期，透过世间浮躁与繁华，感知内心的沉积和清欢，他们现在作为我一生精神伴侣铭记于心，这块地方曾伴随我的学习和成长。依稀记得，小学阶段同学友情却很单纯幼稚，课余与同学在这个地小小班里温课及玩耍，笑着跑着，闹着唱着，无忧无虑，那以往的同窗生活，是一枚拷扁橄榄，那迷人的甜和酸，将永远回味不完，亦隐藏着一种珍贵的友谊。如今，我们师生邂逅，清晰而鲜活地会把那岁月的痕迹印刻在你我慢慢老去的脸上，重拾年少时依稀梦想，恍如昨日，合群而分，分而合群，各人均在各自舞台上演绎着人生的戏剧，亦随着剧情发展而一步步走向成熟。

安庆路，东起河南北路、经山西北路、康乐路、西迄浙江此路，全长560来。旧称爱而近路，原是小河浜，后为弹硌路，并在康乐路至浙江北路段设有5路轨电车单向道，我小时候也乘过，1962年拆除铁轨，改建沥青马路。路北侧有同发里、均益里、永庆里、北高寿里（510弄）等11条弄堂；南侧有荣庆里、实业里、永寿里、万祥里（351弄）、福寿里（371弄）、德润坊（487弄）、南高寿里（509弄）等11条弄堂。福寿里东侧有一爿"北万兴"点心店，光辉食品店；北侧有四层楼安庆路小菜场，从早到晚的热闹和喧嚣，两侧"杂而全"的市井特色小店，附近22条弄堂里居民来来往往，连自行车摊行都很难行，水泄不通，为这条小马路晕染了一层烟火的底色，亦让人读出许多岁月深处的记忆。夜晚，由隔壁福寿里广东籍同学陶润荃父亲沿街而建的"老广东"酒家灯火通明，特色小吃排骨年糕、小锅炒等闻名遐迩，最难得休憩时光顾店堂品尝，妄图食尽人间一切烟火。路北侧有一爿粮油米店、上海闸北区药材公司，安庆路330号民办天目中学（绍兴同乡会旧址），进门是一个标准的篮球场，一度作为"三整顿"办公室，即整顿北站地区交通、治安、市容秩序的临时办公点，为稳定社会秩序起到了积极的作用。

抚今追昔，让老上海人读出许多岁月深处的记忆。康乐路199号，该校于1928年10月由著名教育家陈鹤琴先生创办，为工部局北区小学。1957年改为闸北区第一中心小学。该校春华楼呈现中西合璧的风格，秋实楼庄重严谨，"主动、勤奋、团结、向上"八字校风镶嵌其上，透溢出浓郁的校园文化气息。我的女儿王臻就读这个小学，一年级班主任是语文老师陈文声，她温文尔雅，为人师表，令人敬佩。女儿小学毕业前，我与该副校长曹静芷讲，女儿小学六年，老师真辛苦，我想为贵校拍个教学新闻片，聊表一下我家长对学校的崇敬。此举，得到了曹副校长的同意。于是，我找同事孙俊兴帮助拍摄反映该教育工作的实况，配上文字，送到上海电视台新闻部编辑劳有林处，请劳兄连续播发这一新闻，曹副校长高兴极了。之后，她被选为区人民代表。吃水不忘挖井人，教学全靠好老师。三十多年过去了，我始终觉得，扣好人生第一粒扣子至关重要。

原在卫星居委会工作16年的党支部书记张伟媛，于1992年调至北高居委会任书记，一直工作至2011年11月，一条安庆路，串起了一南一北两个地块社区工作。她35年如一日，寒来暑往，凝心聚力，盘活社区资源，深谙弱势群体，千方百计为民解忧；触摸有温度的每幢石库门，捧出一颗赤诚之心，用生命的恒心浇灌弄堂里的一草一木，把党的温暖送到千家万户，善小之为为社区安居乐业事业，沉淀昨天的美好，守住今天的真诚。北高地块拆迁后，老书记张伟媛更是触景生情。2020年7月初，平移公司将建于上世纪30年代的永庆里5幢石库门（属北高居委），建筑结构均为两层砖木结构，主层面为双坡平瓦屋面逐一进行加固、切割和顶升，随后3列SPMT液压平板以倒车的方式驶入建筑底部，将建筑物托换至渡压平板车上，每幢建筑单次平移最远达230米，5幢建筑来回累计平移达到2088米，创造了上海建筑平移距离之最。据悉，这5幢石库门建筑回归原位后，将成为该区域核心商务休闲区的一部分。翘首以盼，老书记张伟媛看到展现原址、修旧如旧的永庆里石库门的新姿新貌，怎么不感慨万千呢？！

## （七）石库门里藏龙卧虎

我对石库门情有独钟，因为石库门里藏龙卧虎。如果把石库门比作历史"摇篮"；那么，中共一大诞生，中共二大，中共四大在"摇篮"里先后召开。它是石库门里的红色原点，来自各地的十余名代表，聚集在狭小的石库门厅堂里，探讨中国的前途和命运。"开天辟地""焕然一新"，毛泽东曾用这八个字来形容中国共产党诞生的非凡意义。这幢青砖黛瓦镶嵌西洋雕花的石库门，犹如璀璨的宝石，焕发青春活力，引领中国人民前赴后继、艰苦奋斗、从这里起步……陈独秀、毛泽东、周恩来、孙中山、刘少奇、邓小平、陈云等，在石库门里留下他们秘密活动工作伟大身影。如果说一大会址是中国共产党的"产床"，那么，渔阳里则是上海红色文化的"心脏"。1920年5月毛泽东来上海，在这里拜访陈独秀，建党的一系列准备工作完成于此。同年年底，陈独秀去广州，陈望道接任主编。是年11月7日，上海共产党早期组织在此创办的《共产党》月刊，由李达在该楼亭子间编辑。老渔阳里2号成了中共"一大"的筹备处和"一大"期间的秘书处，也是诞生上海红色文化的第一弄。1923年2月，毛泽东三十岁时，曾同蔡和森、向警予、罗章龙等住闸北香山路、公兴路口的三曾里（今象山路公兴路口）的中央办公处，住了近3个月，对外以"报关行"职业为掩护。据史料记载：毛泽东的一生与上海关系甚为密切，从1919年3月到1971年9月毛泽东一身曾经36次到过上海。其中1919年3月，26岁的毛泽东首次来沪，1920年5月5日至7月初，毛泽东居住在原哈同路（今安义路）民厚南里29号砖木结构两层楼房；1924年端午节前后，杨开慧和妈妈带着2岁岸英和刚出生不久的岸青从长沙到上海，与毛泽东一起住在英租界慕尔鸣路甲秀里318号（今茂名北路120弄7号），这是毛泽东一生在上海石库门里住了最富有家庭生活气息的10个月。如今修缮一新的陈列馆，重新开放，增添了伟人一段珍贵的记忆。1926年，中共中央党校曾设在山阴路恒丰里，这里也是上海工人第三次武装起义指挥联络点、中共江苏省委机关所在地。1928年8月至1929年8月，中共中央最大的秘密印刷厂——协盛印刷厂设在闸北区安庆路409弄（春晖里）运作。上世纪三十年代初，上海在白色恐怖笼罩下，瞿秋白夫妇随时面临被捕的危险。1933年3月，鲁迅租到山阴路133弄12号东照里石库门亭子间给瞿秋白夫妇居住。蜗居里布置了鲁迅手书的"人生得一知己足矣，斯世当以同怀视之"的对联，竟使满室生辉。他白天专心研究鲁迅著作，深夜伏案写作，花了四夜功夫，写成了长17000字《鲁迅杂志选集〉序言》，它是中国现代文学批评史上最有里程碑意义的经典文献。这位坦荡悲情的书生，于 1935 年 2 月在福建长汀县水口镇被捕。起初，他自称医生，后被一个叛徒识破；他说，"既然你们已认出了我，我就是瞿秋白，过去我写的那份供词就权当小说去读吧。"6 月 17 日夜，刑前最后一夜，他居然睡得特别香甜。早晨醒来他文思泉涌现，逐披衣取笔，奋笔疾书唐宋人的绝句并凑成一阕：夕阳明灭乱山中（韦应物），落叶寒泉听不穷（郎士元）。已忍伶俜十年事（杜心甫），心持半偈万缘空（郎士元）。诗罢掷笔。行至一座八角亭前，见风光绮丽，瞿秋白便驻足不前，含笑左右"此地是我埋骨之处"。至死，凛然用生命守护信仰，年仅 36 岁。1950 年 12 月 31 日，毛泽东曾为《瞿秋白文集》写了一篇序言。序言肯定"他在革命困难的年月里坚持了英雄的立场，宁愿向刽子手的屠刀走去，不愿屈服。"认为他的这种为人民工作的精神，这种临难不屈的意志和他在文字中保存下来的思想，将永远活着，不会死去。

石库门不仅是中国红色文化的摇篮，而且孕育了无数在中国近现代史上具有重要影响的文学和艺术成就。亭子间空间冬凉夏暖，不少文人"蜗居"于亭子间，生活非常艰辛。

鲁迅先生上世纪三十年初期住在上海"半租界"之称的石库门里，小小亭子间成了他的创作的阵地。在他 1934 年创作的《中国人失掉自信力了吗》一文中说："我们从古以来，就有埋头苦干的人，有拼命硬干的人，有为民请命的人，有舍身求法的人，……虽是等于为帝王将相作家谱的所谓'正史'，也往往掩不住他们的光耀，这就是中国的脊梁"。反驳了当时社会对抗日前途的悲观论调，以及指责中国人失掉了自信力的言论，鼓舞了民族的自信心。鲁迅的《且介亭杂文集》就是在虹口横浜路景云里亭子间写的，在艺术上表现了突出简约严明而又深厚朴茂的风格。将"租"与"界"的"禾"与"田"去掉，取"租界"字形一半而言之，表示先生不愿自己国家的"禾"与"田"让给帝国主义，二字形象地讽刺了当时国民党统治下的半殖民地半封建的黑暗现实。

如果说，过去石库门亭子间里鲁迅抨击黑暗统治，那么，而今石库门过街楼里不仅特别有缘，而且被誉为中国文坛"故事圣手，白描泰斗"的贺友直与上海石库门讴歌新时代生活。1955 年贺老，一家搬进巨鹿路"过街楼"上，一居室 30 平方米，再没有挪过地方。他戏称此处兼具画画、会客、饮食、起居四大功能，故称"一室四厅"。从贺老的幽默风趣，可以看出他对石库门的真正热爱；贺老慷慨捐画早已名声在外，但不熟悉他的人，怎么晓得他的住房环境呢？！这就叫做"螺蛳壳里做道场"。一画 60 多年，最迷上海石库门。他说，住在老式的弄堂石库门里，有它独特的意趣情调，邻里之间的关爱互动，尤其是大户人家，三代同堂住在一起，有事一呼百应，左右逢源。从上世纪 80 年代以来，上海著名连环画大师贺友直潜心创作《申江风情录》《老上海 360 行》《弄堂里的老上海人》等一系列老上海风俗画，引起新老上海人喜闻乐见，其作品还走进地铁车厢，首创地铁文化的系列。他曾独具匠心地说："艺术是心灵的表达，手画有手画的意趣，笔触就在似与不似之间。室雅何需大？方寸之间的亭子间、过街楼流淌过多少纷繁的情感故事，亦承载着"精致"的人文历史，甚至比豪宅更真实而细腻。佛门常说，"无缘大慈，同体大悲。"这是真正的慈悲，称之"无缘大慈"。反之，有条件的是"爱缘慈悲。"同理，"天地与我同根，万物与我一体"，凡是明心见性的人，方能有一片慈悲，清净爱心，博爱众生。

晚清著名山水画家申宜轩之子申石伽，4 岁习读四书，11 岁开始自学篆刻和绘画，14 岁已能作诗填词，17 岁加入中国美术会，尝与同窗叶浅予发起第一届姆州画展。此后，潜心作画，出版的《山水画基础技法》《墨竹析览》，被美术教育界誉为"当代《芥子园画谱》"。1958 年至 1984 年，申石伽居住愚园路 579 弄中实新村 22 号 3 楼的 12 平方米的亭子间，有"六步诗楼"之称。当时，申石伽常以刘禹锡《陋室铭》中的"山不在高，有仙则名，水不在深，有龙则灵"自勉。"一切莫强求，只向心里寻，那么一个人就会心胸坦荡，无忧无虑。"如是说。擅画山水梅竹，以风竹写摇曳之态，乱中有序，动中见静，法度、韵味、气势三者俱佳，九十画笔随心所欲，时人难及。真是亭子间的潜质与才华，自成家数，有"石伽竹派"之说，他室窄心宽的画作深受郭沫若、齐白石、傅抱石、叶浅予等名家推崇。

今天，当我们回忆石库门里的往事时，我们仿佛品尝浓郁又醇香的红色文化、海派文化、市井文化、江南文化的美妙滋味就在昨天，回味犹新。上海石库门建筑文化的标志：它不仅蕴含着中国画中钩、皴、点、染的视觉元素，隐约地折射出古朴而浑厚、雅致而灵秀、集"清、静、和、美、真、气、灵、变"于一体的美学品格，向世人显示了多彩的肌理与生存空间，撩起五彩缤纷衍生中听到历史留下的雄浑凝重的回响；而且富有人们的生命节奏与文化旋律，具有："八气"。即，接地气、融人气、树正气、祛浊气、助运气、显灵气、蕴文气、聚宝气。让人永远读不透、品不尽、也永远让人魂牵梦绕。

石库门是我国人才济济地藏龙卧虎之神秘之地。石库门上有庙堂之高。国家名誉主席宋庆龄、晚清重臣李鸿章、辛亥革命先驱黄兴、民国总理唐绍仪、鲁迅、郭沫若、茅盾、巴金、丁玲、陈望道、夏衍、叶圣陶、吴昌硕、张大千、徐悲鸿、柔石、周建人、聂耳、梅兰芳、程砚秋、邹韬奋、郁达夫、马相伯、竺可桢、赵丹、孙道临、金焰、秦怡、王人美、张乐平、林风眠、董竹君。可见，石库门是上海这个城市一个不老的话题，有着深深的历史烙印，是文明象征，独特时代的产物，具有革命与艺术的近现代的双重价值，不少名家、名流、明星，留下了他们的气场和故事，增添了夺目的历史光影。这是一道富有上海海派人情人脉文化的风景线，石库门的一砖一瓦、原汁原味的人间烟火及往事沧桑，尤显沧桑韵味。

石库门下有江湖之远。1973年3月，我从部队复员后，分配到原闸北公安分局海宁路派出所，与老民警应胜国一起联系卫星居委治安保卫工作。卫星居委呈长方形布局，东西路短，南北路长，涉及11条弄堂，为典型的居民住宅，人员良莠混杂，上至京城外交官、人民代表，下有一贯道人员以及刑释解教、管制帮教人员、刑疑对象等，为此，在居委会党支部统筹安排下，采用抓好"两头"带中间，充分发挥治保会和业余职工治保积极分子作用，开展群防群治，适时打击违法犯罪对象，确保社区安全。

居委会是最直接、最深切感知百姓所急所需的地方。记得，有一天下午，假海宁路808弄10号梁腌硕老伯宅园底层老年活动室召开治保组长会议。我在讲话时，无意间发现对面坐着的一位老妇，面色苍白、坐着不停地打哈欠等；为防止不测，我即话题一转，急忙地说"谁有速效保心丸"？提醒在座人员立即寻找，顷刻，有人拿来了这种心脏急救药，当即给老妇服下，不一会儿，患者慢慢地从眩晕中醒了过来，并称有心脏病史。工作不能单打一，而要以人为本，抓好抓实各项基层基础工件，充分发挥一名户籍警引线穿针的作用。截至1976年12月底，我分管的地区共有居民五百八十九户。该地区在北站、山西电影院附近，居民比较稠密，治安情况比较复杂。况且，我师傅应胜国患有严重哮喘，常有病假，靠药物维持，这样我还得兼管他的分管工作，经常单独下户口段熟悉情况，掌握治安动向，夯实基础管理。我的做法是"四勤"：勤问、勤听、勤记、勤查。重点是密切注视各类违法嫌疑人员的思想动态和现实表现，对居民基本情况做到心中有数。

社区工作可不是容易的工作。于是，我默默地思索，这份沉甸甸的工作，就迫切需要我用一把"特殊的梳子"，一天又一天，有序有节地进行不断梳理，方能疏通气血，通畅血脉，滋养生机，打造形象；从一个里弄看一个社会，居委会的治安管理工作非同小可，务必做深做实。我的师傅应胜国长我7岁，属鸡，颇具"鸡有五德"（即，文、武、勇、仁、义）的风范。毕业于上海公安专科学校。工作勤恳踏实，性格内敛沉稳，文书工整清秀；由于长期严重哮喘，久治不愈，43岁就早早谢世。彼此相处短暂，他对我的工作很有帮助。（我夫人分管第3户口段，应胜国分管第12户口段，我分管第13户口段，刘金元分管第15户口段）。四年里，我与里弄干部一起围绕保障居民安全，旨在以防为主，夯实基础，标本兼治，综合治理，给居民群众有更多的安全感。我的工作的逐渐起色，无疑是历任里弄干部的大力支持和热情帮助，尤其是时任党支部书记陈秀娴（已故）、治保主任李毛媛（已故）以及健在的姚生堂、余德秀、计连清、余爱珍、张伟媛、陈爱娣、陈品芳、王晓雯等悉心指教；久而久之，警民成了一家。其实，我与老姚年龄相差20多岁，正好一个辈分。40多年前，我刚参加工作，没有阅历和经历，样样都得从头做起。自从认得老姚后，他那产业工人的良好形象是政治坚定，保持匠心本色，思维缜密，热心维稳工作，平易近人，破解隐患难题，无形中渗进在我的脑海里。经常利用业余时间，帮助居委会搞好涉及社区治安防范、邻里纠纷以及帮教违法青少年等，由于成绩显著，他那"弄堂里杠木头——直来直去"的品格赢得居民的尊重与敬佩。古人曰："得一良友，如得一师。"我与老姚仅仅相处只有四年，他的热诚指教与工作启迪，乃知音所稀，无价之宝。年复一年，驱使着我潜心置身于千家万户的平安与祥和之中。

同事兄弟般关爱，至今十分难忘。"热水瓶"使用得当，平安无事，亦给你带来温度与欢乐；如果使用不当，适得其反，同样给你带来忧虑与痛苦。40多年前一个夏天的晚上，我正在单位值班，刚打扫好环境卫生；我拿起一只热水瓶时，瓶底突然脱落，一瓶热水倒在脚面上，顿时脚背起大泡，不能动弹。同事刘金元见状，立即借来一辆黄鱼车，送我到市一医院急诊，创面治疗后，小刘又送我到家养伤。如今，大家青丝变白发，我们每年与小刘见面时，总会提起这件事。

有一次，安庆路351弄10号一户双职工家里被撬窃，五斗橱、大橱、箱子等均被撬开，翻得乱七八糟，被窃走大量钱物和票证。那位职工急得要命，急冲冲地来派出所报案。接报后，我与师傅应胜国随即下里弄向党支部汇报，并会同治保同志查看现场。为了及时查清破案，有的治保会同志连饭都顾不上吃。经过走访周围群众、深入排查线索、通宵达旦地追击审查，四十八小时就破了案。同时，还侦破了一起撬窃一千余斤粮票等物的积案。又如，在春节保卫工作中，福寿里一个单身汉，平时不声不响，沉默寡言，似乎很老实。突然之间，发现此人私搭了一只新阁楼，而且夜里还有外来人员住宿，行为鬼鬼祟祟。为了搞清问题，我们及时内查外调，了解到此人有贪污、偷窃等违法行为。于是，就选择有利时间上门，夜间突击清查户口，发现他家里有两个形迹可疑的对象，经过盘问，最后查清是两个盗窃嫌疑人。追根究底，还在他家里查获了窝藏的绝密文件多本，及时为隐蔽战线提供了线索材料。户籍警是上知天文地利，下知鸡毛蒜皮。一点不错，必须勤奋好学，学以致用。有一次，我跟与师傅应胜国去南市捕抓一名违法嫌疑人，该对象气焰十分嚣张。因"808"戒具未带，为了防止乘公交车带回对象发生意外，必须盯死看牢；于是，受过正规训练我的师傅应胜国，急中生智，果断采用"拇指铐"。当即督促该对象解下皮鞋带，再用二根皮鞋带牢牢地扎在违法嫌疑人的两只大拇指下端，这样对象就不容易逃跑，方法简单，绝对实用。只有注重在实践中学习，才能不断提高自己的综合素质。

又有一次，长春居委发生一起伤害致死案。作案人因与母亲为琐事争吵不休，他非但不收敛，反而操起钝器（木凳）砸向其母亲的头部伤害致死。按照法律程序，法医要对被害人尸体进行解剖。那是一个夏天的中午，派出所借了一辆卡车前往"803"验尸所。这个场所既陌生又有神秘，大家鸦雀无声，只听一名法医向原市公安局刑侦处副处长于洋汇报，"准备工作就绪，请处长指示"。于副处长说，开始。在寂静的解剖室，法警胆真大，只见他正紧张而娴熟地操作着，寻迹追踪，锁定罪证；初出茅庐的我，简直都不敢看下去，站在旁边的老刑警郭一冰拉着我的手说，不要怕，验尸是个体力和技术活，这是法警的工作呀！这才给我撑了撑胆。老郭是位高个胖身子，别看他是刑警，讲起闲话轻悠悠的，熟悉人都称其"郭胖"，老郭是演员关鸿达的职余替身，曾特聘扮演《大李老李和小李》电影的演员，大伙见到他都很亲切。解剖结束，于洋副处长发动三轮摩托车，他刚驾车起步与我们乘卡车的基层民警挥手微笑话别。路上我想，基层发生大案，今天惊动沪上警界大侦探，这种谦恭儒将的作风，令我十分敬佩。听老郭讲，50年代，年轻时的于洋是市局业余篮球队员，曾代表市局男篮到匈牙利，与匈牙利警界男篮比赛，能文能武，真是一级带一级的好干部呀！如今，这种轻车简从的氛围已成稀缺，或甚已绝迹。那时，原闸北公安分局刑侦队路南组联系我所的刑事案件侦破工作，由组长李根生、蔡大伟、张守义三位同志，他们三人都不抽烟，由于侦察工作很艰苦，经常与阴暗面打交道，昼夜侦询，风雨无阻，具有独挡一面、智勇双全的能力。平时，他们往往穿着便衣骑脚踏车、或开两轮摩托车下基层；每当讲到侦破案件、抓对象、审案犯、他们就像搭在弦上的箭，一触即发！后来装备逐步升级，有了"乌龟壳"三轮摩托车，就能遮风挡雨呀！那时，刑警张守义开着"乌龟壳"三轮摩托车，我所一帮新警都戏称"臭虫车"来了。老李、老蔡、老张都很和善、踏实、能破案就是他们最大的快乐！由于，只有老张会开"乌龟壳"，故老小称其"臭虫"；他总是点点头，笑嘻嘻的。听说，他的儿子也子承父业，当上了一名警察。

上海人都晓得《刑警803》这部讴歌当代中国刑警的广播剧，自1990年8月10日正式开播后，电波连着民心，好评如潮，大有"一石激起千层浪，一剧揪住万人心"的氛围。上海人只闻其名，却不见其人。这位"803"第一代掌门人端木宏峪，却融入了这座城市血脉的刑警记忆，其"端木"姓本身颇有神秘力量的内涵。41年的探案生涯，韬深如峪，指挥若定，为了共和国的安宁，先后侦破了一系列震惊中外的大要案。在本人的从警生涯中，我只见过一面端木宏峪处长，那时他大概五十多岁。80年代初期，闸北区发生一起凶案，老处长亲临现场坐镇指挥。在案件分析会上，他坐在藤椅上，坐姿端正、神态凝重、闭目静思、除了发言声外，整个会场气氛显得格外宁静。尽管他一言不发，但老处长却在细听各位的陈词，最后他的讲话，话不多却句句都在点上。哦！与众不同，可谓"江南名探"之奥秘！听老刑警讲起，因干部任期受限，各区（县）陆续有一批刑侦队长退出领导岗位，老处长惜才如命，将他们调到市局刑侦处，组建对策组。为此，难怪原山东籍的闸北公安分局魏金德局长对其敬重有加。老魏局长是科班、刑侦老队长出身，思维缜密，儒将风范，时任局长时，有一个不成文的规矩，在召开分局党组会议时，如果闻讯端木处长到分局的消息，魏局长立即宣布休会，等候在门口恭候端木处长莅临指导，足见共和国第一代刑警的深情厚谊。此生，不是沪上当警察的，都能见到端木老处长的；我32岁调到市局政治部干部处工作，算是一个系统的，而不是一个部门，一晃擦肩而过；这是由于大刑侦工作的特质，它有着诸多不确定的时间与空间之致。2020年9月3日是端木处长离世25周年，他走的辰光是白露前的星期天，星期天是休息的日子，他的功勋辉同日月，光照千秋。说来正巧，我从警39年生涯里，只有一次踏进过"803"的大门。那天，周建国副总队长晚上值班，我到时他还在金山区工作，一听我到了，周副总队长赶回"803"。也许，一切皆是天意。这是老天安排于我此生与原浦东公安分局周建国副局长在此握手的。我比他大三岁，他曾先后两次当过我的分管领导，为人谦和，深谙刑侦，能带队伍，体谅下属，颇有儒将风范；我多次当面对他讲起过：在我所见所遇的本系统所有刑侦专家中，除端木处长外，我是最为敬佩侬这位人品高尚、具有超高指挥艺术的刑侦行家。彼此之间，除了工作之外，没有官衔大小的隔膜，尤为难能可贵。我曾被两件生活中的为难事所困扰，恳请他设法帮助，尽管他已调离浦东，仍很上心，素心如简，并及时予以解决。离别时，周副总队长说：老王用我的车子送一下。我微笑地说："周局长，谢谢！"尽管我没有当过刑警，但一讲到刑警的故事就来劲！特别是端木处长、于洋副处长、袁友根副处长、市局王明诚副局长、张声华副局长、闸北王敖才副局长、魏金德局长、季宗堂副局长、薛小明政委、周建国副局长等一批卓越刑侦指挥专家以及一大批像老刑警李根生、蔡大伟、张守义那样智者无敌的刑警风采，令吾钦佩得五体投地。打造起"803"的金字招牌并非一日炼成，而是经过了被誉为沪上现实生活中的活生生的"三剑客"（张声华、裘礼庭和谷在坤），足足几代"803"人的不懈努力，使上海命案的破案率从20世纪五十年代的50%上升到100%，成为上海刑侦队伍的一个辉煌的"代号"。记得20年前，我在陆家嘴地区负责治安工作，时任副局长周建国叮嘱我：市局副局长张声华要召开沪上刑侦专家研讨会，请落实一处场所。机会难得，务必办好。于是，联系落实金茂大厦七楼一个会议室，特为买了一束郁金香放在桌上，点缀气氛，环境简洁雅致；是晚，安排在一幢可观赏浦江夜景的高层会所聚餐，此方案向周副局长汇报后，他表示同意。一个深秋的下午，我在金茂大厦门口迎候各位专家的光临与会，张声华副局长特意关照我，今晚聚餐侬要参加。我即说，谢谢张局长！我是无名之辈，能为这批刑侦专家做件实事，比什么都欣慰。往事蹉跎，岁月流金。智慧和实践是力量的源泉，来不得半点虚伪，唯有从理论到实践的高度上，从严治警，不断积累，善打硬仗，灵魂破案，才能托起大上海的一片安宁的蓝天。

2019年4月20日央视《中国文艺》向经典致敬，致敬人物是京剧表演艺术家杨春霞。她是1971年由周总理亲自批的借调进京排演京剧《柯湘》里的党代表柯湘，一举成名。虽未谋面，却知其人；她的精湛演艺，构起了一代人的共同记忆。巧的是，塘沽路858弄11号底层前厢房是我小学同学林慧明的家，儿时我经常去白相；二楼原住民办海宁路小学音乐老师谭德镕、刘金才夫妇家；杨春霞同住二楼，也是从石库门走出来的艺术家。镜头里的杨春霞致敬词："得意不忘形，失意莫消沉。"弄堂东侧是一家煤球店，长春里13号底层原住卫星居委会党支部书记陈秀娴旧宅，一口原汁纯正的绍兴闲话，说话糯、微笑糯、人也糯，眉眼清秀，温文尔雅，洋溢着难以言传的清芬。她既是领导，又是长辈，当年对我帮助教育很大，其赐教久久地铭记于心。自从我调离工作岗位后，我与陈阿姨一直保持联系，畅聊往事，共叙友情，要不是缘分，怎会情谊笃深。陈阿姨退休后，张伟媛接任卫星居委党支部书记。相见时难别亦难。在我退休前，时年89岁的陈阿姨在四女胡稚临的陪同下，专程换乘两部地铁到浦东我家来白相，欢乐小聚，绵绵情长，深感陈阿姨与女儿给我带来的一抹温暖，滋润岁月的点点滴滴；其实，缘分的安排，自有定数！陈阿姨90大寿之际，我们夫妇是寿宴邀请的特约宾客，送上一只大蛋糕，上面裱有"敬祝母亲大人90华诞"，聊表心意。与其家人共赴一场春天的盛宴，开心的享受天地赐予，唯有偶或一回眸，一点思情会轻涌眼角眉间……

海宁路691弄新乐村弄口是地段院住院部。17号二楼亭子间是我大姐的新婚住房，油木地板，搭有一只小阁楼，煤卫合用，结构精巧。10号是朱宝贞一家。弄内有条永吉里小弄，穿过此弄，隔壁是海宁路711弄太原坊。同学俞德慈一家住17号。2021年6月19日中午，70位老海宁同事相约在大宁地区绍兴饭店聚餐。一个转身，听故事的人，成了讲故事的人，讲故事的人，成了故事里的人。一次回眸，晕染了烟火底色，丹心日月可鉴。缘分很暖，遇见很美。年旬86岁的滕铭孚先生特意手书一幅苍劲有力"海宁之恋"的墨宝来到现场，无不带来了欢乐的气氛。当得悉老滕在建党100周年前夕拿出一万元整作为特殊党费的消息，博得大家阵阵掌声。彼此问候，爱意弥漫。掠过夕阳烟波，我一眼就认出了朱宝贞女士，即是一顷思念的橙色。她身材纤细，目光炯炯，温文尔雅，从小会弹奏琵琶，文体爱好是强项，当年其娴熟的说、噱、弹、唱、演，丝毫不逊于当年著名京剧艺术家杨春霞所带来的飘逸之美。最值得提及的是，原长春电器仪表厂厂长陈嗣康先生。1982年1月1日，《新民晚报》复刊头版报道了本市工业大有作为，题目为《涌现四个"百万富翁"》，其中名列榜首之一的长春电器仪表厂创业之路就是一个范例。正如徐瑷华律师诗抒：追忆往昔岁月稠，七角八角度春秋。三十余载重聚首，一曲歌罢皆悠悠。海宁的光荣，在于当年知青的情结，在于亭子间和灶披间里的奉献，创造了全市最为辉煌的业绩。

　　海宁路774弄3号底层是里弄干部余德秀的旧居，余阿姨三个儿女不仅工作出色，而且十分尽孝，就像藤连着藤，每天关爱着老母亲的四季温暖。7号原住民警王金珠一家；朝西是卫星食堂、一个卫生站、时任的青年卫生员陈爱娣和钱临，多年后陈爱娣改任卫星居委主任。814弄福寿里4号二楼是市一医院小儿科党支部委员王霞珍医生的旧居，我女儿的出生都是她悉心的帮忙。17号是三上三下的石库门，二楼东厢房是钱临家，她为人谦和，贤良淑德；底楼西厢房的后厢房和厨房间后半间是杨盘铭伯伯的家、他早年供职于中华职业教学社，系民建元老黄炎培的秘书及司机。他眉目清秀，天庭饱满，梳大背头，带一副秀郎架金丝边的眼镜，春秋穿中山装，冬天着对襟中装，风流不倜傥；别看他一介书生，却膂力过人，写得一手好字，楷书贴像拷贝一样。一遇难事，必求于他。年终，遇到过录户口、需将大户口簿内册重新抄写，这是一件烦复的事，因我字不行；无奈之下，就像"江西人觅宝"似的，恳请杨老伯伯出场，帮我钢笔誊录四本大户口簿册；他义务用钢笔楷体逐本抄写，整整花了4个礼拜完成此项任务，使我不得不心悦诚服。字如其人见功底。年底，在全所18个户口段此项目评比中，非是卫星居委的大户口簿内册莫属。之后，他曾于1980年度与卫星居委党支部书记张伟媛分别当选人民代表。晚年不忘初心，还光荣地加入了中国共产党党员。21号二楼是马双德家，其父家甚严，儿女都是出类拔萃的高才生，事业有成。海宁之恶，人间晚睛，知音所稀，乃无价之宝。

2018年11月13日中午，原卫星居委党支部书记张伟媛偕同爱人周庆春，诚邀我们夫妇及老同事聚餐。他们夫妇晓得我是"瓷痴"，馈赠宅家"古董"给了我一个惊喜。是日，张书记特意拿来几十年前在江西插队时，到江西景德镇买的一套精美瓷器茶托送给我，易主情谊之深，已经远超这套茶托的本身价值。席间，丰盛的佳肴，滋润着大家的心田。欢聚时分，大家聊得都是暖暖的真情，融融的故事。餐毕，合影留念，大家沉浸在无比快乐之中。欣兴之时，我又从89岁的原居委干部俞爱珍阿姨及长子处得悉，他们母子俩均谈及原住山西北路吉庆里旧宅的深情往事：1954年，他家搬进山西北路（吉庆里）457弄12号二楼东厢房居住；这幢楼底层和二楼从前是海派书画一代画师吴昌硕故居。1913年秋，69岁的吴昌硕携子吴东迈来到上海。挚友王一亭为其租借了侄媳吉庆里12号的一幢旧式石库门两层楼房，吴昌硕将书斋取名为"去驻且随缘室"。在这里，吴昌硕在艺术上达到了炉火纯青的境界。吴昌硕84岁高龄时，在此画室挥笔创作最后一幅杰作《兰花》，直到1927年11月去世。在这里度过了艺术生涯最为辉煌的14年，足见其在沪上的艺术贡献和历史影响。山西北路469弄（福荫里）6号，原住外交部礼宾司副司长朱贵贤的岳母王素贞，12号原居住原闸北公安分局霍晓东；这幢房子现在是不可移动文物。它仅门外部刻有西式石雕门楣；内部有中式匾额，刻有著名书画家、鉴藏家高邕"备致嘉祥"。记得十多年前，我们夫妇得悉，两位耄耋之年的同事因动迁陷入困境。于是，我们夫妇多次分别上门做疏导工作，旨在依法依规合理解决。由于其中一户，因动迁组向法院起诉，该户承住人成了被告。无可奈何，欲委托我为代理承租人，这可非同小事。受命于危难之际，应诉时我却为被告，这是我有生以来第一次坐上被告席。但我坚信法律天平的杠杆作用，给自己打气，坦然从容应对；第一次开庭结束前法官宣布，允许被告人与起诉方动迁单位限期调解，如调解不成，再开庭审理。这是一个契机，我即与被告方家属到动迁单位商榷，反复讲明特殊情况，特别是该户原法定承租人签约前病故的事实，以求一户四代妥善解决，最后动迁组答应放宽原定政策，允许破例平价增加一间房屋，撤销起诉状。生活里有诸多不确定的困窘，人生得失皆有，苦乐相叠，这些苦难与困守，有时往往会为我们内心铸就勇者的信念。梦之所依，心之所至，昨日情景今犹在。缘分和命运一样，总是难以预测和把握，无缘的人咫尺天涯，有缘的人天涯咫尺。蹉跎岁月，地老天荒有如流水般，真情是一种甘露，我留恋；友谊是一种源泉，我珍情；朋友是一种财富，我在意；每当我漫步于曾经工作过的时光隧道里穿梭其间，那熟悉而亲切的温情，久久地回荡在我的心间。

　　由邓功成所创作的《梁氏民宅》这幅钢笔画，就是典型的独栋民宅，看似平常简朴，却承载着建筑之美和人文情怀。无独有偶，我与这幢中西合璧式的花园洋房《梁式民宅》亦有一段封尘的故事。《梁氏民宅》坐落原山西电影院对面的山西北路457弄61号吉庆里弄底，结构庄重，独具匠心，别致典雅，颇有气派。睹物思人，不觉浮想联翩。底层是梁氏后裔居住；二楼是原有上海海运学院老师张家鹏、李云夫妇和一子一女居住。老张兴趣广泛，与原国家足球教练"中国足球教父"年维泗同学，交往甚笃，逢球必看。老张夫人李云（原系部队少校军官）柔中有刚，颇有军人风度，转业后在中学当体育教师，彼此爱好相同，常常会谈及精彩的足球故事。比如，有一次，我去那幢《梁氏民宅》办事，刚巧天突然下起大雨，二楼的老张、李云见了我，忙拉我到他家，一边品茶，一边聊天。于是，老张随手拿起1976年8月13日联邦德国《环球足球杂志》对我讲道：李惠堂曾被评为世界五名球王之一。他和巴西名将里登雷克、德国球星宾德、球王贝利以及独狼罗马里奥是迄今为世界上进球逾千个的五大巨星。李惠堂儿时，他把家门口的狗洞当成了球门；家门口种有两颗柚子树（一棵丰琅柚、一棵攀龙柚），把柚子摘下来当球踢。柚子被踢光了，他又用布巾扎成布团当足球来踢。年长日久，他的盘、枪、传、射门、挑球过头等技巧出神入化，球艺娴熟刁钻，曾踢死过日本人，踢哭英法，年少好球，天赋超群。由此，"李铁腿"的绰号家喻户晓。

足球也有惊人的一幕。我与老张又共同回忆起贝利的足球生涯。贝利从小钟爱踢足球，家里穷，没有钱买足球。为了鼓励儿子对足球的热爱，其父用大号袜子、破布和旧报纸、做成一个自制"足球"送给儿子，从此，小男孩只能捡来塑料盒、汽水瓶、芒果、椰子壳等当球踢，甚至爬到屋顶与小伙伴们看踢足球，或他光着黑廋脊梁，在巷子里及能找到的任何一片空地上踢。三年后，这位神童未满17岁首次入选国家队，愈战愈勇，成就非凡，第一次为祖国捧回来世界杯；那是一个创造性地闪耀着足球才华的年代；那天一个普通的10号却被人们誉为"一代球王——贝利。"

因我年轻时也是个足球迷，凡有好的球赛，老张会将球票馈赠我一饱球瘾。每场球赛不是司令台，就是左右两侧的最佳看台，尽享观赏球赛喜悦。1977年的夏秋之交，"文革"刚结束，冷落了数十年的中国足坛传来了一条爆炸性新闻。报载："美国宇宙队将来中国作友谊赛。球王贝利和德国足球皇帝贝肯鲍尔一同随队前来！"消息传来，广大球迷纷纷奔走相告。9月20日，两队的第二场比赛移师上海江湾体育场进行。以前听球迷或画报介绍贝利踢球娴熟过人，绝非等闲之辈，今天，这场友谊球赛，最精彩的镜头是第63分钟，中国队后卫手球犯规，由贝利在球门右边约二十米处，主罚直接任意球。这个球罚得十分巧妙，球速不快，但是带有弧旋，球绕过主队的"人篱笆"，几乎是擦着地从球门右下角进入球门的。比赛结束前，我提前走下看台，没有早一步，也没有晚一步，刚巧在过道曾荣幸与迎面跑步而来、胸前挂着十字架小挂件、气质神韵极佳的世界球王贝利亲切握手，可谓千载难逢。他超强毅力、技术独到、攻守兼备、纵横调度、盘带华丽、善变球魂的足球真谛，心里感到无比欣喜。赛毕，他带领宇宙队众明星一一与中国队球员拥抱、吻别。还主动交换队服，向观众友好致意，并没有因为球赛输了一场而稍有扫兴。那天，我有眼缘感受到球王贝利的"风格"与"灵魂"，瞩目人格升华。他曾说："我为足球而生，就像贝多芬为音乐而生一样。"为此，我与五万观众不时为"从脚腕到脑袋全身上下都充满了足球的细胞"而喝彩，为双方精彩表演叫好。

　　市井是城市的个性基因，石库门是城市的有机体，毕竟璀璨，不要将它冲洗得干干净净。这个即将被隐去石库门地块，与老百姓最熟悉不过的"老北站"相隔一条马路，它正在悄无声息地变迁与发展，留给我的都是终身难忘的故事和身影。上海石库门正在带着旧日的轻巧与沉重一起退场了，取而代之的，是赏心的绿地与密集的高楼，日见清澈的苏州河也不再泛出咸味和臭味，小船鸣叫也不会回旋于交错参差的石库门间而呵护我们，却也终将不再重回。也许这就是一个多世纪以来蓬勃崛起的石库门对上海文化最深远也最珍贵的馈赠吧！

　　有道是，人间处处是温情。2017年6月1日下午，天空静朗，气候宜人。家住浦西新沪路的年旬88岁姚生堂（原上海交通装卸机械总厂一车间主任，兼原业余治保负责人）和家住临汾路的余德秀（原卫星居委会退休干部）由余阿姨长子开车，专程驱车到浦东新区看望阔别40余年的我。在我们相逢一个多小时的时光里，话匣子顷刻打开，叙说今昔，追忆往事。我们围坐在一起，边品茶边畅聊，先由近至远说开去。在这清晰如昨的记忆里，曾应老姚诚邀，2013年3月11日至15日，我们夫妇带上才满3岁的小外孙贺润坤乘高铁前往心驰神往的古城——绍兴。春风，变换了季节的苍茫。时光的弦，涂抹起大地的红妆！84岁的老姚清健地还推着自行车到火车站迎接我们的到来。绍兴是老姚的故乡。一路上，我们与老姚谈笑风生，春意盎然，舒心极了。不一会儿，我们就登上他家五楼版式房歇脚了。几天里，老姚夫妇忙着"买汰烧"，使我们沉浸在幸福之中。白天，我们夫妇带上小外孙和童车，尽兴游览名胜古迹；晚上，每餐品尝绍兴特色佳肴，非亲胜亲情，好一个春风得意。老姚用浓重的绍兴话说："你我是自家人，不必客气。"老姚夫妇对我们夫妇的好客之道，几天里透着难以言表的感动和温暖，似乎浑身都是热乎乎的；如同那天空中的繁星，照亮着细微之处所至真至纯，富有满溢的诗情。这份特殊的情意，成为自己生命过程中的一部分。真是江南如诗，生命如歌，此行难忘。这种真心的微笑和赤诚的光环，常给我无尽的启迪和灵感。

## （八）石库门里建筑荟萃

我对石库门情有独钟，因为石库门里建筑荟萃。古人称："屋下小巷为弄，庙中之路为唐"，后来街路的支巷或屋边的小路都称为"弄唐"，宅弄深深，曲径通幽，别有新洞天。"堂"与"唐"谐音，这样"弄唐"就演化成了上海"弄堂"。众所周知，百年石库门是上海近代历史的缩影。起源于清代同治年间，盛行于上世纪初，几经脱胎换骨，以其独特的多元文化、设计、建筑、人文、艺术、娱乐、住居、民俗于一体，形成上海人居住、生活主要形式。老式石库门，1872年起，建起兴仁里第一条上海弄堂。上海人向来注重门面，现代话叫"包装"。通常是青灰或赭红的砖石砌成拱形的、颇有欧式韵味，内有乾坤，弄口设计新颖流丽，在这些弄堂的上方矗立起一个醒目巍峨的牌坊式的门面，刻着正楷弄堂名字，标上竣工年代，留给人们无限的遐想空间，触目沧桑，略无欢情，乍闻其声，忽闻弄内篱笆墙里散发令人魂牵梦绕的栀子花、茉莉花的阵阵幽香。它像一幅装饰画，毫无凿痕，一个个都衬得起上海的百年传奇和风云沧桑，既竞秀争妍睦邻亲，又安居乐业蕴韵味，让我们身边最熟悉并亲近这些"古董"，依然能捕捉到历史仓促离去的步子，亦见证了上海这座城市的历史变迁。这种用石条围束门的建筑最早叫做"石箍门"，宁波人说"箍"字音同"库"，"石库门"由此讹诈"石库门"。到晚期新式石库门，成为上海名片之一。然而，谁都完全想不到，这最有上海风情的石库门，却是冒险家们精明计算的产物，因战乱大量难民不断涌入租界，有限的土地怎样容纳暴增的人口居住，于是有了石库门，它是外形脱胎于江南传统民居，但内部融入了欧美建筑元素，采用欧洲联排式的格局，这样可以在当时的技术条件下，最大限度地节省土地，提高房间的数量和密度，定型在租赁时代，形形式式的人杂居在一起，形成了新式石库门系列。鎏金岁月的浮华，仿佛就在昨天。只要有利可图，自然少不了哈同、沙逊们的一份，在造高楼大厦的同时，那些大亨们在石库门里同样赚得钵满盆满，当然石库门是用来赚钱的，不是他们住的，沙逊住在西郊哥特式的豪华别墅里，哈同住在沉浸式体验大亨生活的哈同花园里。由此，上海石库门才逐渐脱胎并形成的，衍生并发展成为中西合璧的弄堂，常用弄、里、坊、村、公寓、别墅等名号，级别逐次提高。石库门房子，有精粗优劣之分。这种弄堂的格局，一般叫作"里"，比如"渔阳里、聚庆里"，居住者大多是职员、教师、小业主、小老板等；比"里"稍强高档一点的弄堂叫作"坊"，比如淮海坊、尚贤坊、万宜坊等；有煤卫、有小花园等公共区域较宽敞；新式弄堂或公寓式里弄，一般会冠以"村"和"邨"，比如愚谷邨、陕南邨、四明邨等，各种设施更胜一筹。它们在格局上仍保留正房和厢房的结构，但在装潢间隔上，有意划为会客厅、餐厅、书房、亭子间之功效，二楼前楼为主人房，另为儿童或其他卧室，基本是独门独户一家独住的，随着后来时局的动荡变迁，现在已属十分罕见了！所谓"在野为庐，在邑为里"。比"里"更简陋的弄堂，叫作"弄"，比如盆汤弄、蕃瓜弄、药水弄等，屋檐低矮，竹篱笆围墙，电线在空中横七竖八，几十户人家合用一个给水站，"骂山门""戳壁脚""打相打"之类也许是每天要上演的"活报剧"。不同的弄堂，不同的风景，不同的居民阶层也造成了不同的判断方式，文化层次、语言交流与生活习性，娶进门的媳妇也不一样。由此形成了市民阶层之间的差异与隔阂。现在，老上海人时常忆起并怀念的弄堂生活，往往大都集中在最最底层的那些鲜活而琐碎的场景。这是上海人的生活的味道与厚道，也是上海人对自己出身的剖析与坦荡。

　　上海张园位于威海路590弄，是上海最早最大的私人花园。是1882年由江苏无锡富商张叔和所建，取名"张氏味莼园"，清末民初称"张家花园"，简称张园。园内绿草成荫，四季花香。即老百姓说的"张家花园"。匠人把它看作吸引顾客的绝佳场所，老人把它视为抹不去的悠闲宝地，艺术家将其作为创作的良感之地，游客把它认为体验老上海的绝佳驻地，整修过后，它又将成为沪上海派石库门文化的新地标。正如贺友直先生的画作所描绘是那样：上海人更亲近的是这石库门，石库门里的锅碗瓢盆，苦辣酸甜，精打细算，亲和实在，触动了上海人心里柔软，真切的记忆。比如，南昌路110弄上海别墅、136弄花园别墅。所谓"新"，比如外墙用水泥"拉花"，屋里有马赛克、水门汀、浴缸、抽水马桶、灶间煤气炉、客厅、房间欧式壁炉、屋顶烟囱通风、并出现了亭子间、老虎窗，外形别致新型整齐，装修精致舒适，室外弄道宽敞，环境绿化优美，有别于旧式石库门，在上海一些幽静的马路，淮海中路、愚园路、思南路、华山路等路段花园式"别墅"较多，千姿百态，一幢幢老房子，有独特的气质，便有了性格，有人文浸染，便有了生命，上海新式石库门里弄就像一身穿明艳旗袍的中国妇女，摩登而不失优雅，令人赞叹不已。踏上时代的节拍，一次又一次华丽转身，让来自四面八方的外宾，犹如欣赏了富有中国特色建筑艺术的珍品。

　　上海市区虽然没有江浙一带小桥流水，但是，一条条朴实别致的石库门弄堂建筑，在浦江两岸勾勒出一幅壮丽而雄伟的水墨画，带给我们无尽的联想，每幢石库门，就是一个故事，每条里弄，就是一部历史。它唤醒老一辈最真挚的记忆，能想起最美好的童年。一条条弄堂像人的毛细血管纵横交错、布满了全身、充满了生机。它以人物为载体，提取石库门里生活的纯真精华，给我们展示了上海这个大都市中西独特的石库门弄堂文化；表面上朴实无华，实际上有着极其神秘丰富而曲折离奇的掌故。上海纵横交叉弄堂，一幢幢石库门，虽然款式各异别致，但这个狭小悠长的时空里可以感受到无穷的文化情趣。上海人有石库门里"72家房客"说法，人人皆知。显然，这是民间夸张和演戏噱头。

侬晓得"闸北"来历哦？据查清代康熙雍正年间，吴淞江曾建两座挡湖石门，老闸、新闸、地处两闸之北而名闸北。

闸北由于诸多历史原因，老闸北成为"赤膊区"。20世纪30年代，闸北惨遭日军"1.28""8.13"两次入侵，除了飞机狂轰滥炸外，日军对闸北烧、杀、掳、掠，大肆纵火焚烧民房，使闸北成为一片火海。1937年10月，日军再度轰炸上海火车站（老北站），公然，扫荡居民区，手持军刀砍杀无辜的平民，致使战争废墟逐渐成灾民、难民聚居的棚户区，书写了一曲悲空岁月的闸北灾难史。唯独恒丰路桥附近（旧时：舢板厂新桥）三层楼（四安里）完整无损。建国后，附近增设恒丰路小学，"三层楼"靠恒丰路街面有沪光眼镜店、兴隆建材油漆店、新丰园餐厅等商店。以后，原名四安里反倒被人们淡忘了，别看这幢规制古朴的建筑不起眼，然后，裕通路85弄这幢"三层楼"挑出阳台的遗址（四安里），却成了老闸北的地标。1986年，恒丰路拓宽，四安里沿恒丰路一侧的房屋被拆除，其余的得以保留。

闸北伴随了几代上海人奉献，不管是繁华还是落魄，她都是闸北的脾性；不管是下只角还是乱哄哄，她都是闸北的质朴；闸北仿佛一坛黄酒，有点度数，不是苦涩；有点年头，不是很久；有点后劲，不上头。品尝塌苦菜或本帮熏鱼，美美地喝上一口，又像暮色中不夜城的灯火，骨子里不求奢华，青烟袅袅，粗茶淡饭，奔波劳碌，静下心来听一听这上天赐予我的天籁吧，莫要辜负了它，也许这洋溢着难以言传的清芬，就是阿拉地道闸北人生活的烟火气。因为，放不下的，我土生土长在闸北，曾经半世"闸北情结"，绝版[310108]，这是上海闸北身份证的前6位的"代号"，凡事过去，皆为序章。

人生如书。可谓，时光因懂得而静好；生命因短暂而美丽。只有懂得欣赏生活中的安闲之美，才能让生命之火燃烧更旺。40多个年华走过，青春和年轻时残留的乳味早就消弭干净，在独立面对自己的时候，石库门里曾有巨大的悲欢和微小的离合。岁月是一匹马，无形、有声、蹄声哒哒，跨过昨天、今天、明天和未来的每一天。

"一年好景君须记，最是橙黄橘绿时。"上海石库门里，可能有你朗朗的笑声；石库门里，可能有你委屈的泪水；石库门里，可能有你成功的自信；石库门里，可能有你失败的警醒；以及感触酸甜苦辣咸的滋味，每一段历史实至名归，注定珍贵。"老上海"不免为之惆怅和伤感，撩起了"灰飞烟灭"的惋惜之情，但不知什么的气质还是什么的角色所赋予，现存每条修缮一新的石库门弄堂，至今情寄以往，谈笑有鸿儒，往来无白丁。浓得化不开的情愫，书写出平凡生活的诗意，还原其浓厚的历史文化感。城市是有生命的，林林总总的石库门就是上海这个城市的"记忆"。石库门有着深深的历史烙印，是"不夜城"里一个永恒不老的话题。老上海殷实大户：南京路张园、南昌路的上海别墅、愚园路的愚谷邨、陕西南路的步高里、厦门路的崇德里等是石库门的"精品"，是昔日"海派风情"的见证。只有曾经住过或者至今仍生活在石库门的人，才感到有温度，并愈发深感那段青葱的静美时光的宝贵。唯有世事为常，地不老，天不荒，这每幢独立而清丽的石库门原汁海味与你我共赏。

红色文化、海派文化、江南文化是不可分割的，申城总归绕不开一个海纳百川的"海"字。上海是中国共产党的诞生地，是海派文化的发祥地，是江南文化的集聚地。开放、包容、创新已成为上海最鲜明的品格。根据市委党史办的统计数据，上海已确定的红色革命遗址 657 处，其中红色史迹 456 处，它们是连接红色血脉与城市文脉的时代印记。35 条老弄堂石库门的青色砖墙和红色窗棂生死有约，唇齿心依，在血雨腥风的岁月里，共产主义的星星之火在中华大地上渐成燎原之势，曾藏着"红色秘密"的故事。

小时候，我年幼不懂，长在红旗下，只觉得戴上红领巾很高兴，它是红旗的一角，是无数革命先烈用鲜血染成。而且，没有经历旧中国的悲惨深重的苦难史。经过岁月的洗礼，红色文化对我自信、自律、自强的熏陶大致经历了三个发展阶段：一是，回溯少年时，从"我在马路边，捡到一分钱，把它交到警察叔叔手里边，叔叔拿着钱，对我把头点"开始学起，通过翻看《鸡毛信》机智小英雄海娃送信、董存瑞舍身炸碉堡、黄继光舍身堵枪眼等连环画故事所感染以及被听革命故事、唱革命歌曲、看红色电影所感所打动，尤其是开展向雷锋叔叔学习，亦被其赤心向党的共产主义情怀所折服，甘做一颗平凡的、小小的、永不生锈的"螺丝钉"。二是，印象最深的是，由孙道临出色地塑造了以李白为原型的《永不消逝的电波》银幕中的形象。为了红色电波与党中央保持畅通，1949 年 5 月 7 日，李白在浦东戚家庙刑场就义。每个红色遗址，都蕴含着不止一段值得后人传诵的故事，都充满着信念与坚守、坚韧与奋斗、艰辛与牺牲，血与火的生死考验伴随我们党的始终，让我们永远记住他们的名字。三是，上海是一座革命城市、英雄城市，在褒扬石库门里红色文化的同时，理应成为传播红色基因的志愿者。上海弄堂的石库门建筑和蜿蜒曲折的里弄，曾是绝大部分上海市民生活和社会空间。石库门不仅居住过芸芸众生，也孕育众多的文化名人，更是我们中国一代领导人的活动摇篮和居住地。开国领袖毛泽东，敬爱的周恩来总理，中国革命倡导者孙中山先生，都曾在石库门留下了他们工作后身影。红色文化寓意共产党人理想与激情辉映、奋斗与牺牲精神交织的特殊品格。她像播种机，播下革命种子，1921年夏日，在一所普通的石库门房子，中国共产党成立，揭开了历史篇章中极其壮伟的一页。"红色"赋予了"避邪"与"吉祥"的含义，中华民族与"红色"结下了不懈之缘，成为岁月无法流逝的"红色情结"。红色文化有别于其他文化的根本点，在于红色象征生命力。1864年，第一国际成立，其标志的颜色的红色。《国际歌》中也唱道："快把那炉火烧得通红，趁热打铁才能成功！"它的基本内涵，与生俱来，遗传在民族基因中，流动在民族的血脉里，红色代表光荣与成功。红色文化在上海的演进中，映辉着最耀眼的代表色。无数红色珍宝镶嵌在石库门里，释放出星火燎原的曙光。1928年2月，毛泽民在开封路西藏北口（开封里）创办《布尔塞维克》刊物印刷厂，历时5年专门承印《布尔塞维克》刊物，共出版52期，1932年7月1日出版最后一期。位于新昌路祥康里也有一处"红色秘密"印刷厂旧址，选址者利用逆向思维，最危险的地方，恰恰是最安全的地方。正是相中此地为秘密印刷厂，完全鉴于当时的国际饭店施工的嘈杂声，掩盖了印刷机器的轰鸣声，曾为党的宣传工作立下功劳。国歌是国家的象征，是民族精神的标志。既然田汉不是在狱中写的《义勇军进行曲》歌词，那他究竟是在哪儿写的呢？从2021年8月，山海关路274弄安顺里11号田汉旧居由原静安区文物保护点提升为该区的区级文物保护单位来看，明确田汉在此石库门完成《义勇军进行曲》歌词的创作、聂耳作曲的。每当唱起它都会热血沸腾，激情澎湃。

有人说，上海之所以成为今天的上海，就是有海派文化的支撑。没错，上海本身地处东海，连通五洲四海；1843年上海开埠后，西方文化随之影响并渗透上海，无疑拓宽了城市及石库门发展的时间与空间，尤其在中西文化剧烈碰撞和南北文化频繁交融下形成了海派文化。我从小时候就无意中的发现，无论老一辈上海人，还是父母辈上海人，都习惯上认为什么都是"洋货"灵光。炫富也是上海人的一种传统腔调，在老上海人中暗中有一层比富炫阔的心态，弄堂是旧上海的意象，木心笔触下将老上海人生活理念归纳为"三宝"，即"牌头""派头""噱头"。旧上海，上海人追求崇洋媚外是渗透在骨子里的，盲目地迷信外国的东西一切都好。无论时光如何变化，品味上海的味道，感触上海的体温，洋味永远挥之不去。追忆最多最好的是吃、穿、用、医；甚至于崇尚外国文化，认为外国的任何东西都比国产的要好。上海人在辛亥革命后，使用洋货变成为上海中上阶级的一种时尚，让人看得眼花缭乱。尤其对外国人发明的或吃的、用的等各种各样事物都冠以一个"洋"字，因为是来自大洋对面嘛，习惯了以后即便它们已经完全为人们所接受和使用"洋"的称呼，却沿袭了很久。吃得有：蛋糕、面包、巧克力、洋烟、洋酒、洋药（西药）；穿的有：西装、洋毛衫、洋皮鞋；用的有：洋车、洋房、洋灰（水泥）、洋油（煤油）、洋火（自来火）、洋锅、洋碱（肥皂）、洋纱、洋布、洋毛毡、洋袜、洋钟、手表、兰令自行车、三枪自行车、胜家缝纫机、郎森打火机、帕克钢笔、洋玩具、金银器等；看病是教会医院：有上海开埠后第一所西医的仁济医院、公济医院（市一医院）、广慈医院（瑞金医院）、哈佛医院（华山医院）、伯特利医院（市九医院）等，然而，上海人其丰厚的生活积累，追求洋味历久弥新，活出诗意，把薄情的世界活出深情，随之越来越让更多的人趋之若鹜。城市，之所以迷人，并不在于有多少高楼大厦，而在于街道上所体现的城市风貌与个性，在于它的特色与底蕴。

江南文化底蕴深厚，从唐宋起，诗情画意里赋予了烟雨江南，白墙青瓦，小桥流水，静谧村落，古宅灵翠，肥沃田野，秀水灵动。那爬满青苔而斑驳的墙，记载着多少才子佳人的动人故事，每当你卷起裤腿、撑着油布伞，踩在吱吱嘎嘎作响青石板的雨巷，一江春水流淌着情似水的思念，演绎着爱如诗的浪漫，一年四季皆是景，春披一蓑烟雨，夏看十里桃花，秋赏三秋桂子，冬钓一江寒雪。江南人骨髓里有水的温柔，无数诗人，人走了又来，来了又走，"青竹风影黄昏后，月影莺啼待月明，"来来回回吟诗魂，进进出出一把橹，恬静内秀的韵味，无不显示江南文风雅致。尤其是秉承"正中仁义"的教诲，坚持耕读传家，敬教兴学，重义好施，至诚至善，高明之至，文化精髓，勇立潮头，秀雅的让人不舍离去……江南世外桃源，是中国人心目中最理想的栖落地。每每游走，西湖水碧，姑苏夜凉，烟柳画桥，风帘翠幕，荡漾篷船，江上渔火，蓦然间，思绪的远方一缕炊烟在缓缓升腾，飘逸在空间，那轻柔细语的水桥，这便是如诗如画的醉美江南。

尤其是受"耕读传家"传统文化的影响，一代又一代学子勤勉苦学，并逐步演绎成江南人勤俭、坦诚立志成才。在庸常忙碌的生活里，营造一个身在凡尘，仰望星空，清淡读书，宠辱皆忘，觞咏赋诗的美好环境。十年树木，百年树人。热爱故乡，是人类特有的天性。乡土乡情，无不释放演绎出沁人心脾的"乡愁"。岁月无声爱有声。2014 年 12 月 7 日上午，中国雕塑院院长、新上任的中国美术馆馆长吴为山，现身平湖李叔同纪念馆。他与收藏家朱奕龙一起，将花费十多年心血构思创作的爱作"弘一法师像"，捐赠李叔同纪念馆。这尊雕像，吴为山最终选了"悲欣交集"四字这个表情，仿佛浑然天成。吴为山说："这四个字，就是我塑造的他的神态，似笑非笑，似哭非哭，但这就是他的内心世界！"平湖是我的故乡。我从小接受父母热爱家乡的教诲及故乡的文化熏陶，虽为在上海长大的第二代移民，仍怀有眷恋故乡的深情。"弘一法师像"归故里，重新栩栩如生地立于世人面前，真正适得其所；既告慰弘一法师的临终遗言，又在雕塑背后，展现他深厚的国学修养和崇高的精神境界。略看这尊雕像，一身青布单衣，身影瘦弱，感悟世事，沧桑而饱满。我们驻足瞻仰弘一法师雕像，幸甚！除了钦佩，更多是热爱和敬仰的高僧之情。只有经历"小我、大我、无我"的过程，人生才算功德圆满。弘一慧灯，永耀人寰。

在我心里，"江南"二字还意味着一种情怀，是我无尽眷恋的地方。它古色古香，秀丽动人，清丽的风景和质朴的市井人情，构成幅怡然诗意的画卷，其独特的儒雅的气质，穿越千年、亘古不变，亦是人类心灵永恒的追求；人以群分，芸芸众生如我们者，其实何尝不是匆匆而行的旅人，是谁立于柳下花前，看世事流转，清绝明净如深谷幽兰？是谁撑一把油纸伞，漫步在多情的烟雨中，用情至深的寻觅昔日遗失在江南水畔的旧梦？是谁乘一叶扁舟，既非凡又平凡、真心勾勒出一往情深的江南故事？见闻思语，透过行云流水的鲜活的传奇，它并不是简单的浪漫与唯美，而是江南人历经世事纷繁后的淡定、从容、细腻、执着、节制、坚守。

我认为，自己成长的过程，就是一个不断尝试并最终获得智慧的过程。岁月清浅，人生执缘，太多的故事都值得我们去留恋。人之所以至灵，是因为人有心；心智成熟是一个逐渐剔除的过程，精神的力量主宰一切。人生如碗，小心翼翼，才能完好无缺；摆正定位，才能创造价值！关键是人的立身之德，既是内在气质和涵养时间的萃取，也是在岁月的沉淀下的对生活的态度和信仰，并逐步在生命履历中淬炼而成的；石库门的生活气息，早已渗透到我的每一根神经末梢。我作为从石库门步入警苑的人民警察，在金盾圣光的照耀下，以生命的真挚，肩负着责任与担当，用自己的青春和忠诚燃烧着毕生年华，这就是平凡中的不凡。而且，我是吃纳税饭的一员，身处这个充满正义的警察职业，惩恶扬善；把履职融入善、融入爱、融入千家万户，即便化成点滴碎片，也片片灿烂。我对石库门情有独钟，江南文化是我的精神命脉。每到江南乡间踏青，带着欣快和灵性，总会被青幽的山、碧绿的水、绿莹莹的禾苗、墨绿的荷叶所吸引；地里正忙的农民，披着蓑衣戴着笠；他们的房屋，稀稀疏疏的，幽幽小巷，在烟雨里静野着；屋檐雨滴，炊烟袅袅；每当蓝天配朵夕阳在胸膛，缤纷的云彩是晚霞的衣裳，忽儿听到这委婉动听的歌曲声，只见放牛娃骑在牛背上，挥舞着、吆喝着、有力的将牛鞭子打在牛的屁股上，牛竖角踩蹄、怒目圆瞪、索索地奔跑起来，我正羡慕大自然中牛娃那威风凛凛的神气！醉在炫丽无比的光阴里，让人留恋和怀想。闲暇时，我陆续即兴创作了几十把扇面，自赏并送给朋友分享。虽然谈不上地道，但意境却是墨笔的灵魂；其中有一把竹扇"牧童"的拙作，勾勒出童稚之美与牛犊子的盎然天趣，吸引了浙籍人郑胜国的眼球，方寸之间，尽显江南文化精髓，暗吐芬芬。出于拂不去的乡愁与养育，初识了一个水揉的、诗性的江南，以及行业百态的多彩重彩，我领悟到江南文化的底色为"十之"。即：水色之美，田野之秀，庭院之绝，劳作之勤，亲情之和，家肴之丰，人文之萃，风格之雅，禅意之盛，蓝印布之丽。

我由衷感言，上海石库门乃是一幅具有独特风情、复杂世相的宏阔画卷，它无疑蕴含着对人命运的深刻考虑，是一曲文化、人性与时代共筑的人间百态交响。无论是市井生活的饱满度，或是个人命运把握的精确度，或是各层次、对话细节的鲜活度，还是阅读石库门的愉悦度，人世间百媚千红，唯对你情之所钟。我与石库门风雨同舟，翩然相随，半世相伴，相依云水间；沉凝，懂得，且疼惜，且珍惜。渴求读懂石库门，乃为毕生之信念。

红色文化是文化立志、信仰立国之基；海派文化是兼包并蓄、洋为中用之石；江南文化是尚德务实、锐意进取之源；情意长长，人生什么都在；爱意悠悠，唯有不变的是真情意。诉与流年，说与时光；我在石库门幼年养性，童年养正，少年养志，成年养德，老年养心；与其沉醉于石库门情感似乎超出了建筑本身之美谈，不如自律于"先天下之忧而忧，后天下之乐而乐"之情怀；人生如树，一呼一吸，只有认识生命的真谛，才能真正体验到生命的精髓。汉代杨雄《法言》中曰："人而不学，虽无忧，如禽何！""通天地人谓儒。""儒"字是一个"人"，加一个"需"字，告诫我们故通天地人，而后可以谓之儒也。欲寄飞鸿三万里，心倾尺素一生情。所以，每个人的生命只有一次，人生在世，要做个有道德有文化的人。尤其在物欲横流当下，要托起自己人格力量的一片天空。如果被花花绿绿的钞票所诱惑，那么你会在为富不仁的道路上愈陷愈深。

泱泱大国，精英辈出。纵死终令汗竹香。远的学习中国爆炸力学工程技术专家林俊德院士 2012 年当选感动中国十大人物。他用自己率真的品格和坚定的信仰化作一束至纯至强之光，在"胆管癌晚期"，他戴着氧气罩，身上插着各种医疗管线的垂危老人，仍坐在临时搬进病房的办公桌前对着笔记本电脑，用颤抖的手一下一下地挪动着鼠标，争分夺秒的赛跑，整理电脑资料，批改科研论文，召集课题组成员交代后续科研任务……对于自己的后事，林院士只交待一句话：把我埋在马兰。这位"核盾"脊梁，52年坚守在罗布泊，参与45次核试验任务，一直到生命的最后，他都和国家命运绑得这样紧。宁可牺牲生命，绝不拖欠使命，却以最后微弱的生命之火，在病房里发起他最后的冲锋，绽放出一朵绚丽夺、永不凋谢的马兰花！让我感到心灵震撼的精神力量。近的学习大金（中国）投资有限公司上海分公司营业副总经理刘紫剑"以人为轴"的经营理念，荣获2020年度上海市劳动模范称号。"生命的富有总是存在于我们已经忘掉的记忆之中"。在自己有限的岁月里，务必精准地把握人生的分分秒秒，自律自强，心怡每天；由此，写作能把那些记忆中被"忘掉"的"流光碎影"，升华转化为我生命的精神上的"富有"。陶行知曾言："要人敬者，必先自敬。""修心"也罢，"修行"也好，不仅贵在心行合一，而且贵在自"修"。记得学校里，常安排"自修课"，为什么？因为校长、老师明白学生各门功课很紧张，需要自己调整心态，调理一下自己的笔记、收获、得失等等，有道是"师父领进门，修行在各人"。所以，我将持续张扬着生命的活力与激情，让自己的生命顽强地在天地间绵延，愿做一棵小树，生在山崖，长在地角，默守着一份纯情，用一支素笔写尽石库门的思与情，往事如昨，本色如初；望尽天涯，弘毅致强；"蓦然回首，那人却在灯火阑珊处。"

跋

# 嘉树着花有清采

徐智明

嘉树着花有清采；人生如树，这是多么亲切而精妙的书名呵！这里，且不说树是天下山水大地之间的生命链，普陀山千年古香樟，黄山迎客松，泰山罗汉松，峨眉山桫椤古树，北方白杨树，云南西双版纳独树成林的大榕树，国家湿地公园水上森林，曲阜孔庙门前青松翠柏，新疆、内蒙古大沙漠与狂风飞沙搏斗的英雄树胡杨，陕西轩辕黄帝陵墓前的"国树"古柏等等，皆是历史的化身，活的生机盎然的"绿色古董"。众多树林中，有的盘根错节，如虬如蛇；有的高耸挺拔，苍劲伟岸；有的繁枝茂叶，飘逸沉雄；有的碧翠摇曳，婀娜多姿。在这里，也不讲树的恩典，在于其根牢固扎入土地深处，然而通过枝叶进行光合作用，吸纳天地之灵气，日月之精华，日日夜夜，春夏秋冬，一岁一枯荣，坚守轮回，才让人们享受大自然氧吧，丰富多彩的果实，才让人们美意延年。

在这里，只聊聊人与树古往今来相护情缘，人文情怀。宋代女诗人李清照《添字采桑子·芭蕉》："窗前谁种芭蕉树？……叶叶心心，舒卷有余情。"在古人心目中，树是有心灵有情感的。想当年，陶渊明辞官归田园，屋前种了五棵柳树，自称"五柳先生"，常在柳树底下，"遥遥望白云，怀古一何深"，过着与树为伴的宁静淡泊的日子。如今有一本书名为《人生最重要的琐事二十则》小册子，第一则便是"种一棵树，留下人生的轨迹。"这使我回忆起在云南普洱、西双版纳、台湾花莲，闻知的苗族人传统风俗，原来他们的祖先早就跟树建立了生死情谊，即苗族的婴儿一出生，父母抱着去深山老林，拜见一棵古老大树许愿，把树捧为神灵，将子女一生寄托给树，其虔诚之心，让人与树融为一体，让生命造福山林。茅盾《白杨礼赞》曾写道："那是力争上游的一种树，笔直的干，笔直的枝"，"参天耸立，不折不挠"，"伟岸，正直，朴素，严肃"，"也不缺乏温和"，"它是树中的伟丈夫。"记得鲁迅当年在自己北京新居，兴致勃勃种了"三株白杨树"，因为"白杨树生长力强，风吹树叶,沙沙响,别有风味",这是"他所心爱的"(川岛《鲁迅先生生活琐记》),总之,《人生如树》是出色的书名,其内涵会让聪明读者细细领会的。

当我们打开书的扉页品读时,仿佛惊喜地见到:从上海石库门弄堂深处人间烟火里,健步走出来一个沪上警界"平和卓然"人士王耀明,他正淡定而谦和地微笑着,步入菩提树底下,跟您聊聊夕阳心语……

人生,心灵的修炼场,是全书的主心骨。不是么,从追忆攀枝花当铁道兵,"勤学苦练"的初心意蕴,到领悟百岁书法泰斗苏局仙墨宝"康乐"的真谛;从父母恩重如山的孝心,到助人为乐的"病危之中有亲人";从破获流氓集团的奋不顾身的可贵精神,到"霞菲"沙龙警友真挚情谊;从"游山玩水"、收藏书画、古玩文物,到心灵之旅,营造"夕阳无限好"的"精神家园";从对现实生活在历史坐标中的感悟,到依恋昨天,拥抱今天,展望明天。这一切,虽有一种"五谷杂粮"味道,突出人生是一场心灵修炼过程,作者紧扣追求"平和卓然"之立意,从吉光片羽处打捞人文情怀记忆与亲情、友情与感悟。其特点是在温故中善于独立思考,表露真知灼见,力求创新。全书可贵之处,还在于用镜头凝视生命,定格瞬间即逝的人生细节、场景,原汁原味体现现实生活情景与心灵风景,特别是图文并茂之中以白描式文字画龙点睛搭配图片,不仅仅让旧照片"活"起来,而且道破人生哲理,给聪明读者一把"钥匙",开启晚年生活智慧之门。其中"人生四十八计",言简意赅,针对人生难题而作。在这里,不一一举例赘述,让大家细细品读正文即可。

综上所述,王耀明以书香点亮自己一生,让大家分享精神盛宴,其良苦用心令人钦佩。如今虽然他已退休,但以岁月为犁,不负韶光,努力追寻向善的精神力量,因为他内心明白:善仁是生命的常青树。所谓"人生如树",就是要修炼成这棵"常青树"。他还明白"什么是幸福?幸福就是一种有意义的快乐。""幸福就是一种心灵的香味。"众所周知,写书要不断笔耕,不断"爬格子",不断沉心静气,深思苦想,全身心投入灵感走笔之中,让心灵的清香,徐徐散发在文稿里,写作是一种苦中作乐精神活动,健脑运动,应该说是有意义的快乐。什么叫写作?我以为写作就是思维与文字的"圆舞曲"。一个个文字、一句句、一段段文字经过思维有机组合,加以心智释放与思想表达。写作是一种含蓄的孤独、寂寞的沉默脑力劳动。那么不少人为什么要写作呢?记得作家冯唐《活着活着,就老了》一书,有一篇《用文字打败时间》章节,乍一看,有点新意。细想一下,我以为与其说"用文字打败时间",还不如讲是"写作打败时间";因为冯唐文中写道:"文字打败时间,这是我一辈子要做的事情。"这"要做"的"事情",其实,便是写"字"

作"文",即写作。否则,单文只字,怎能战胜时间?!巴基斯坦有个获得2014年度诺贝尔和平奖的17岁的女孩,名叫马拉拉的,在世界联合国论坛上向全球人们说过:"书籍和笔是世界上最强大的武器。"书籍,是通过笔耕来完成的,可见写作就是"世界上最强的武器"。也许有人问:写作最"强"到什么程度呢?我以为有三个"可以":一是写作可以使时光在书中倒流,生命在字里行间重生,让您的灵魂永恒"活"在书中。书比人的寿命长。马克思已逝世二百多年,他的《共产党宣言》《资本论》等经典著作永恒不朽,他的灵魂永远"活"在其中。二是写作可以抵抗人的命运,抵抗病魔。比如上海著名女作家张爱玲,她的后半生在国外四处漂泊,生活拮据,生患疾病又要照顾瘫痪的丈夫,然后她坚守一个写作者的形象,跟马拉拉一样,相信写作有最强大的精神力量,她对写作的虔诚、执着,虽不能扭转乾坤,但即使在美国加州发生地震的艰难困苦日子里,依然坚毅地写出生前最后一部作品《对照记》,以此抵抗命运与社会的炎凉。三是写作可以抵抗与战胜孤独。从司马迁、曹雪芹、茅盾到奥斯特洛夫斯基、卡夫卡,这些文学巨匠深深懂得写作是孤独的克星,他们在孤独的写作中获得自由的生命的表现,获得人生的真正乐趣,让他们心旷神怡,宠辱皆可忘记,更重要的是,他们在写作中不仅忘我地抵抗、战胜孤独,而且诞生了光彩夺目的《史记》《红楼梦》《子夜》《钢铁是怎样炼成的》《变形记》等等不朽作品。

荣获安徒生儿童文学奖的北大教授曹文轩说过,"人类进化的标志之一,就是获得了写作能力"。"正是因为我们勤奋地写作才有了历史,历史也正是因为我们不断地书写才得以被记录。"写作,作为心智操作,也是一种为善的智能,行善积德的行为,善良是生命之根,它以笔为善,传播善种,传播人性的真、善、美,可以这么说,写作是精神财富的象征。写作式美好怀旧,时光易逝,情怀不老;会让您重返人生的春天,美好的回忆好像从心灵点燃一盏"长明灯",于是您就进入了精神家园的快乐的天堂。这就是为什么写作的理由与好处,难怪不少理智的人们笔耕不辍,因为写作不仅是一种有意义的快乐;而且写作能让你的心灵清香从字里行间散发给广大读者分享。

退休前,我作为学林出版社责任编辑,曾经编辑过林语堂《吾民吾土》全译本,这是该书首次在国内大陆正式出版,改书名为《中国人》,其"出版前言"由我执笔,提及"人"与"圆"的比喻,我引用了法国雨果《悲惨世界》一句名言:"人并不是只有一个圆心的圆圈;它是一个有两个焦点的椭圆形。事物是一个点,思想是另一个点。"同样道理,《人生如树》写的是王耀明的"事"与"思",诚然会有好的一面,也有局限的一面。不过,不会像林语堂那么复杂;王耀明是我们敬爱的伟大的共产党培养下的自我鞭策的老警。有道是"天有日月星，人有精气神"。《人生如树》就是王耀明精气神化身，也是他的灵魂的归宿。从中可见他"写作雅玩观礼记，儒风道韵点春秋"人生缩影。心灵富足，一生从容。

是为跋。

作者原系学林出版社副审编，写于 2019 年 10 月 10 日上海滩花园寓所

# 上海警官的新视界

劳有林

上海警官王耀明的新书，令我欣喜不已。浏览我所接触到的海内外警官著书立说，绝大多数是现场侦破实录，中外警视见闻和公安教科书。而王耀明则是报告他的警官生涯中的经历感悟、管辖区内的风情民俗、三教九流三姑六婆引车卖浆者流和海上闻人以及药丸膏丹异草珍禽古玩旧画童耍妇好……但是如果认为王耀明是在展示上海的市井风俗画，那又未免低估了。身为警官，他有警官不可或缺的猎人般的眼神和嗅觉，他是社会主义制度下的警官，他又有着一颗为人民肝脑涂地的妇人之心。所以，从他铺开的洋洋洒洒三十多万字中，不仅可以领略到上海这座国际化大都市警官独有的风采，更可以感受到管理这座城市中最细腻的绣花针般的警官的身手。我在香港担任上海电视台驻港记者近三十年，我采访过好多的香港警官到过许多警署甚至惩教署。当地人俗称男警察为"差佬"，女警察为"差婆"，警署为差馆。从这一名称中也能看出警察与老百姓的关系就是捉与被捉的关系。市民对警察有不满是往往会说，"差佬！我底交税养你的。"我并不是说香港警察不好。香港警察也是世界上最好的之一。但香港警察绝对不可能如王耀明警官那样的上海警察与老百姓乳水交融鱼水共存的。因此，你也就在海外找不到一本描写警官与百姓和谐共处到谁也离不开谁，谁也不会为难谁的著作。香港如此，世界其他地方也基本如此。但中国特别是上海，王耀明笔下的警官警民警事却真的可读可敬可叹！

警官王耀明和我曾经是媒体的通讯员和记者的关系。他是非常多产勤奋的写手，又是目光敏锐很会抓新闻眼的记者的好助手。他提供的新闻线束，往往是记者喜出望外梦寐已久的，他的新闻稿，更是我们非常省心省力的理想稿。所以，王耀明现在奉献出煌煌巨著，我一点也不吃惊。唯一吃惊的是他居然有那么强的描写大场面的能力，有那么强的深挖几十年前的公安战线蛛丝马迹的记忆力，有那么强的社会观察力和交际能力,有那么强的将繁杂事物用白描平实的手法描摹出来的能力。我佩服他,相信读者也会和我一样。

　　作者系上海市作家协会会员、上海市杂文家协会理事、原上海电视台驻香港高级记者

# 莫道桑榆晚　汝树枝叶新

王蔚秋

50年前王耀明先生与我同在中国人民解放军铁道兵五师二十一团服役；但是两人从未谋面，也不相识。直到回沪几十年后大家都退休闲居，为方便联系建立了"铁道兵上海战友联谊会"；聚会当天他忙着发材料，填表格，才知道这位发起、召集人——王耀明。

再就是一次组团旅游中闲聊，得知他喜好书法、绘画、古玩收藏……兀自想来——他也许和大多数"爱好者"一样泛泛的玩儿玩儿而已吧？

一场突如其来的疫情，隔断了绝大多数人际交往；无可去处的人们便在朋友圈儿里聊天侃地，二手信息发过来转过去；远隔千里万里的朋友，战友们反倒更加热络了起来。惶惶昏昏地过了一年，忽然接到他一个来电；说是他出版了一本书，择日约了一张圆桌战友们聚餐，人手赠书一册。

直到饭局上捧书在手才真真的被他惊到了！厚厚重重，沉甸甸的一大部约46万字。从孩提时的记忆，洋洋洒洒写到退休；但却不是自传。由于他的工作经历，上自接洽中外国家元首、商贾、名人、艺术家……下到同事、朋友、邻里阿婆、医生、大厨、甚至流民、小偷、杀人犯……几十年的故事细细述说，娓娓道来，纵横捭阖，千丝百缕述诸笔端。

想想也是晕呢！这些十八杆子都连不上的人物、事件、时代背景怎么能收入一本书中而不破相？要说还是当领导的思维逻辑就是不同；箧梳经楼，揽纲携要分为四辑：溯源之源；常情之情；军旅之旅；警察之察。

万千繁杂悖驳变异，中国人冥冥中总有一脉不委世态炎凉的恒定民心。"民可载舟，亦可覆舟"，民心如水致柔致坚。不同阶层的人；不同性质的事件；不同时代背景的认识观念；不同人际关系的远近疏离；不同的美丑善恶缘由因果……在王耀明笔下的叙述标尺只有一个——人心，人民之心。铺开去——汪洋恣肆，海纳百川。收拢来——万马归缰,同维一理。

《人生如树》如此恰和。上通下达;植根于沃土,虬枝秀叶舞八面来风。此书也是王耀明先生的又一满树春华。

作者原系同济大学宣传部新闻中心编辑,写于2021年5月21日同济新村

# 东方耀明珠

宗廷沼

王耀明先生是我相识多年的公安老战友，写文章的老文友。我俩曾经在市公安局同楼办公，同吃一锅饭，他是市局政治部干部处干部，我在市局办公室办《人民警察》杂志。改革开放大潮中，他先转战卢湾分局打磨7年之后，又一马当先从市中心城区分局到公安第一线浦东分局冲锋陷阵，先后担任全国首家警察署办公室主任、分局中层干部、陆家嘴治安警察署署长职务，为浦东社会治安立下汗马功劳，为美丽的东方明珠增光添彩。

他还是位能文能武的公安儒将，很早就在报刊杂志上发表文章。他的文章接地气，有生气，文中既有警民平凡的人物形象，也有文坛泰斗巴金、百岁苏翁苏局仙等名家大腕的风采。1995年5月，是浦东开放开发5周年，《人民警察》史无前例出版专刊，我是当期责任编辑。邀请沪上文学新闻界名人叶辛、赵丽宏、陈村、李伦新、倪辉祥、彭瑞高、姜金城、钱勤发、司徒伟智等人，全方位检阅公安的丰功伟绩，王耀明也幸运地相识多位名师益友，与作家倪辉祥合作发表了专访《浦东第一警察署》。公安部副部长为专刊撰写了卷首语，叶辛先生专访了副市长赵启正，钱勤发写了《东上海三大战役》，这期专刊在市内外影响空前。

王耀明是位挚爱文学的公安作家，还是位颇有名气收藏家。今年春天，我又获喜讯，他的第二本新书精选本《秋影漫笔》即将由上海文艺出版社出版。这本散文、随笔、纪实文学精选本，题材之泛，名家风采，文坛泰斗巴金等人墨宝难得一见，亲情友情，警坛硬汉的内心也有绵绵温柔；石库门沪上风情，老城厢深处的儿女情肠在儒将心中别有韵味；海派名师能工巧匠，上海厨王留给人间的至味美味悠香……

东方明珠灯火璀璨，王耀明便衣轻装，茫茫人海中一朵浪花。

作者系中国作家协会会员、编审、浦东新区作家协会前任副主席

# 后 记

继前年我出版《人生如树》一书之后，应该衷心感谢倪辉祥先生、宗廷绍先生、徐牲民先生的鼓励，他们建议我再编一本书，致使我愈发提升了创作的热情，趁手脚灵便之机，时续写了一些文章，其中有《古燕京里墨蕴香》《巴金签名的微笑》《钱君匋先生教我"以德养俭"》《不散的军魂》等，陆续见诸报端。

虽然算不上具有唐风宋韵之特色，但哪一篇不是写自己裸露却浓浓的情分？哪一篇不又感人至深而注满心头弥足珍重的回音？我只渴望写的能够如酒而不是白开水，哪怕只是一杯薄酒或一盏清茶，毕竟是自己心血酿成的，毕竟还有着一颗温馨的心。它有点像十月怀胎。熬过了一定的时间，一朝分娩，这本书终于奉献在读者面前。闻着这淡淡的书香，心中不免有些自我陶醉。于是，我轻轻揉了揉花得快要看不见文字的眼睛，站起身自言自语地说："哎呀！终于写完了《秋影漫笔》一书。"这本书顺利出版，亦了却我心头多年的心愿，有一种特定的情愫涌上我的心头。

这本书不是一泓深深的湖水，更不是一片浩瀚壮阔的大海。虽不是原野的芬芳，却纵然一身清苦，也有小草的翠绿。记忆，像一部旧电影，忽而幽暗，忽而明亮。依我看来，岁月像一条河，推门是生活，关窗是烟火。我的"追思与眷恋"，力求溶真实性、形象性、情趣性、故事性、历史性于一炉，自"石库门"起步、到"橄榄绿"、再至"警察蓝"，感受其变化与内涵，毫不讳言，其间亦留有我的足迹与镌刻，着力捕捉其沧桑感和新鲜感。篇幅有长有短，皆平平凡凡、清清淡淡；然而，却蕴藏着生命的温润，钻进去了就叫"悟道"。

"职业老警，余生写作。"我只希望送给读者的是我怡然自乐、躬身陇亩的播散种子，或如"情如岭上云，胆似秦岭月"的绵绵情意，文字淡然溢出，乃是皓月禅心。如果读者能够在饭后茶余、枕侧车上，偶尔翻翻这本小书，唤起原本拥有的或淡忘的或逝去或追寻，那种渴望的情分，心中倏然一热或一动，便是对我最好的慰藉。

每个人都是一本书。正如作家、收藏家马未都所说，人的最佳生活状态，是眼睛写满故事，脸上不见风霜。由于各自路径与维度不同，都不可复制。一路走来，我不优秀。人，终其一生的追求，应遵从本心，不为外物所拘，"宁做笔直的剑，不做弯腰的钩"，既闲有所趣，四季清宁；又怀拥秋影安暖，笑看人生漫漫，却内心秩序淡定与从容。

作者写于 2023 年 10 月涵菁轩

图书在版编目（CIP）数据

秋影漫笔 / 王耀明著. -- 上海：上海文艺出版社,2024.1
ISBN 978-7-5321-8871-0
Ⅰ.①秋… Ⅱ.①王… Ⅲ.①散文集－中国－当代
Ⅳ.①I267
中国国家版本馆CIP数据核字(2023)第230222号

发 行 人：毕　胜
责任编辑：毛静彦
封面设计：周志武

书　　名：秋影漫笔
作　　者：王耀明
出　　版：上海世纪出版集团　　上海文艺出版社
地　　址：上海市闵行区号景路159弄A座2楼 201101
发　　行：上海文艺出版社发行中心
　　　　　上海市闵行区号景路159弄A座2楼206室 201101 www.ewen.co
印　　刷：上海安枫印务有限公司
开　　本：710×1000　1/16
印　　张：22.5
字　　数：415,000
印　　次：2024年1月第1版 2024年1月第1次印刷
Ｉ Ｓ Ｂ Ｎ：978-7-5321-8871-0/I.6990
定　　价：96.00元
告 读 者：如发现本书有质量问题请与印刷厂质量科联系　T:021-64348005